첫사랑을
닮았다

문스톤 장편소설

동아

첫사랑을 닮았다

초판 1쇄 인쇄일 | 2020년 01월 03일
초판 1쇄 발행일 | 2020년 01월 10일

지은이 | 문스톤
펴낸이 | 박성면
펴낸곳 | (주)동아

출판등록 | 제406-2007-000071호
주소 | 경기도 파주시 문발로 115, 세종출판벤처타운 201-A호
전화 | (031)8071-5201
팩스 | (031)8071-5204
E-mail | bear6370@hanmail.net

정가 | 11,800원

ISBN 979-11-6302-288-6 (03810)

첫사랑을 닮았다

Resemble the first love

문스톤 장편소설

DONGA

ROMANCE

STORY

동아

목 차

프롤로그

[나라 건축 사무소 3팀 팀장 선우영]

강우는 지금까지 수십 번도 넘게 보았던 명함을 쳐다보다가 손목에 차고 있는 시계로 시선을 내렸다. 분침과 초침까지 한 치의 오차도 없이 세팅된 시계는 정확히 한 시 오십오 분을 가리키고 있었다.

약속 시각까지 오 분. 아무리 내키지 않는 미팅이라 해도 시간 약속은 지키는 사람이겠지.

그는 손가락으로 테이블을 톡톡 두드리며 생각했다.

늦기만 해 봐라, 적어도 몇 달 동안은 인생을 피곤하게 만들어 줄 테니까.

그렇게 쓸데없는 복수를 다짐하는 동안 삼 분이 더 흘러갔다. 그리고 드디어 입구 쪽에 선우영의 모습이 나타났다.

뭐, 지각은 아니군. 그런데, 사진으로 봤던 것과는 많이 다른데……?

강우는 직원의 안내를 받아 이쪽으로 다가오는 그녀의 모습을 보며 생각했다. 크지도 작지도 않은 키, 나오고 들어간 곳이 확실하게 구분되지 않는 밋밋한 몸매, 느슨하게 틀어 올린 까만 머리카락까지는 사진과 똑같았다.

하지만 직접 본 그녀의 얼굴은 사진에서보다 훨씬 어려 보였다. 하얀 피부와 앳된 얼굴은 그보다 한 살 많은 서른두 살이 아니라 스물여덟 정도로 보였다. 그런 생각에 왠지 모르게 기분이 나빠지고 있는데 마침내 그의 앞에 도착한 선우영이 가벼운 목례와 함께 인사를 건넸다.

"신강우 부사장님? 처음 뵙게……."

인사를 건네던 그녀의 눈이 살짝 커진다 싶은 순간, 얼굴에 싸늘한 기운이 스쳐 갔다. 그러나 그녀는 금세 아까의 예의 바른 표정으로 돌아와 인사를 마쳤다.

"……뵙겠습니다. 나라 건축 사무소 선우영입니다."

"처음 뵙겠습니다. 신강우입니다. 나와 주셔서 감사합니다."

그렇게 마주 앉은 두 사람 사이로 침묵이 흘렀다. 아무래도 자신을 바라보는 선우영의 시선에 묘한 느낌이 있는 것 같다는 생각이 들었다. 하지만 그는 여자들의 눈길에 워낙 익숙한 남자였기 때문에 그녀의 시선을 너그럽게 받아들이기로 했다.

사실 태강 건설의 부사장씩이나 되는 그가 건축 사무소 팀장을 직접 만나려고 나온 건 이런 시각적인 효과를 기대했기 때문이기도 했으니까. 솔직히 말하면 강우는 자신을 처음 보고 호감을 느끼지 않는 여자는 지금까지 한 명도 본 적이 없었다.

"바쁘신 것 같으니 간단히 말씀드리겠습니다."

"네."

"어떻게 하면 태강 건설의 프로젝트를 맡아 주실 겁니까?"

"……부사장님, 그 부분은 전에 말씀드렸던 대로입니다. 내년까지 일정이 다 짜여 있어서요. 죄송합니다."

"개인적인 이유로 태강 건설의 일을 하지 않는 건 아니고요?"

"무슨 말씀이신지……."

"선일 그룹의 선우세진 회장님과 가까운 관계이시라고 들었습니다."

그러나 그녀는 그 말에 눈썹 하나도 까딱하지 않았다.

"잘못 들으셨습니다. 그런 질문을 많이들 하시긴 합니다만, 저와는 아무 관계도 없는 분입니다."

"그렇군요."

그는 아닌 것 같은데, 라는 표정을 노골적으로 지으며 마지못한 듯 고개를 끄덕여 보였다. 아직 확실하게 확인된 것이 없으니 당분간 이쪽으로는 더 밀어붙이지 말아야겠다.

"그렇다면 어떤 점이 마음에 안 드십니까?"

"부사장님, 방금 말씀드렸지만 태강 건설의 프로젝트를 거절한 건 순전히 저의 스케줄 문제……."

"아닐 텐데요."

그는 매력적인 미소와 함께 그녀의 말을 잘랐다.

"제가 듣기로 선우 팀장님은 지금 하고 있는 양평 별장 일이 마무리되면, 다음 일이 시작될 때까지 두 달 정도 여유가 생긴다고 하더군요. 그 정도면 저희 쪽 일을 진행하기에 딱 적당한 시간이 아닌가요?"

그제야 선우영의 무표정한 얼굴에 낭패했다는 기색이 떠오른다. 완전히 드러난 것은 아니고 아주 살짝만. 강우는 그런 그녀의 얼굴을 보며 다시 한 번 여자들에게 잘 먹히는 미소를 지어 보였다.

"조건은 원하는 대로 맞춰 드리겠습니다. 그러니, 다시 한번 고려해 주셨으면 좋겠군요."

잠시 침묵이 흐른 다음 선우영이 난처하다는 얼굴로 입을 열었다.

"사실 그 시간은 휴식과 재충전을 위해 사용할 생각입니다. 솔직히 말씀드리면, 태강 건설 말고도 좋은 제의를 해 주신 곳은 많았습니다. 하지만 저는 어떤 의뢰도 받아들이지 않았습니다."

"그렇군요."

"직접 시간까지 내주셨는데, 정말 죄송합니다."

"재고의 여지는 없습니까?"

"네."

"아쉽군요."

"다음번에, 좋은 기회가 있으면 그때는 긍정적인 방향으로 생각해 보겠습니다."

그렇게 말한 선우영은 잠시 후, 일이 있어 먼저 나가겠다며 자리에서 일어났다. 그는 그녀가 나가고 나서도 느긋하게 남은 커피를 다 마셨다. 선우영이 말은 그렇게 했지만 벌써 어느 정도는 넘어왔을 것이라고 생각하면서. 그러니까 나머지는 다음 주쯤 그녀와 선우 회장과의 관계를 완전히 파악한 후에 진행해도 늦지 않을 것이다.

그런데.

강우가 여유로운 기분으로 주차장에 도착했을 때였다. 멀지 않은 곳에서 차에 기대어 전화 통화를 하고 있는 선우영의 모습이 보였다. 급한 일이 있다더니 역시 핑계였구나 생각한 그는 코웃음을 치며 차 문을 열었다.

그리고 바로 그 순간 선우영의 작은 목소리가 정확하게 그의 귀에 꽂혀 왔다.

"눈 호강은 무슨! 완전히 눈 버렸다고요! 그리고, 대표님이 제 스케줄 비어 있다고 흘리셨죠? 왜 그런 걸 아무한테나 소문내시고 그러는……. 아, 몰라요! 아주, 재수 옴 붙은 기분이란 말이에요!"

그 말과 함께 전화를 끊어 버린 선우영은 차에 타더니 순식간에 주차장에서 빠져나가 버렸다. 황당함과 현실 부정 사이의 어느 지점을 헤매고 있던 강우의 정신은 선우영의 차가 완전히 사라져 버린 다음에야 간신히 제자리로 돌아올 수 있었다.

분노는 그보다 더 늦게 불붙기 시작했다.

강우는 어금니를 질끈 악물고 그녀의 말을 되새겼다.

눈을 버렸어? 재수 옴 붙었다고? 감히 이 신강우를 만난 다음 어떻게 그 따위 말을 할 수가 있지? 선우영, 당신 잘못 걸렸어. 내가 이번 프로젝트는 무조건 당신한테 맡기고 만다. 그리고 두 달 동안 두고두고 괴롭혀 주지!

하지만 그는 모르고 있었다. 그 시각, 선우영 역시 같은 다짐을 하고 있었다는 것을.

그로부터 삼십 분 전.

"아, 귀찮아. 바빠 죽겠는데……."

영은 손거울로 자신의 상태를 점검하며 투덜거렸다. 출발하기 전에 양치질은 했고, 얼굴에 뭐 묻은 것도 없고, 틀어 올린 머리가 조금 흐트러져 보이긴 했지만 지저분해 보일 정도는 아니니까…… 이 정도면 들어가도 되겠지.

"하고 많은 인테리어 디자이너 중에 왜 나한테 꽂혀서 이러는 거냐고."

그녀는 여전히 불만 가득한 얼굴로 투덜거리며 레스토랑으로 올라갔다. 입구에 도착하자마자 어떻게 알아봤는지 매니저가 다가와 '선우영' 씨가 맞냐고 묻는다. 영이 의심스러운 눈초리로 고개를 끄덕였더니 매니저는 상냥하기 그지없는 미소로 그녀의 표정에 대답했다.

"이쪽으로 오시겠습니까. 기다리고 계십니다."

신강우라는 사람이 왜 태강 호텔의 레스토랑을 약속 장소로 정했는지 알 것 같았다. 그녀에 대한 배려, 더 정확히 말하면 그 배려의 밑에 깔린 자신의 배경을 보여 주려는 속셈이겠지.

하지만 최근 몇 년간 그런 사람들을 꽤 많이 만나서 그런지 그다지 놀랍지도, 감동적이지도 않았다. 그런데, 그런 생각을 하며 매니저의 뒤를 따라 예약된 테이블 앞으로 다가간 순간 영의 눈이 커다랗게 떠졌다.

……이렇게 기분 나쁠 수가. 하늘 아래 저렇게 생긴 인간이 또 있었다니.

그녀는 저도 모르게 손톱이 살을 파고들 만큼 주먹을 세게 움켜쥐며 생각했다.

역시 대표님의 말을 듣는 게 아니었다. 아니, 약속을 정하기 전에 인터넷으로 검색이라도 한번 해 보고 나올 걸 그랬다. 그러면 굳이 저 기분 나쁜 얼굴을 직접 마주하지 않고 거절할 수 있었을 텐데, 젠장.

신강우는 태강 그룹 신이철 회장이 가장 아끼는 손자이자 장차 태강 그룹의 후계자로 손꼽히는 남자였다. 김창수와는 먼지만큼의 접점도 없는 사람인 것이다. 그런데 그런 남자가 하필 김창수와 똑같은 생김새를 하고 있다니, 정말 귀신이 곡할 노릇이었다.

쌍꺼풀 없이 꼬리가 길게 이어지는 날카로운 눈, 반듯한 코, 육감적인 입술, 넓은 어깨, 길고 섬세한 손가락까지. 그는 완전히 영의 예전 애인이었던 김창수의 데칼코마니라고 할 수 있었다. 그녀의 청춘을 다 빨아먹고 튀어 버린 그 망할 자식 말이다.

그녀의 눈과 머릿속에 차례대로 빨간 비상등이 켜졌다. 그러나 그런 영의 상태를 모르는 신강우는 영을 보자마자 자리에서 일어나 매력적인 미소를 지어 보였다. 영이 그 미소를 얼마나 질색하는지도 모르고서.

그녀는 마음속 깊은 곳에서부터 치밀어 오르는 메스꺼움을 겨우 참아 가며 그와 인사를 나누었다. 요즘 돈지랄에 신이 난 졸부 고객님을 자주 뵙다 보니 면역력이 강해져 있던 게 그나마 다행이랄까.

영은 최대한 예의를 갖춰 태강 건설의 리조트 건을 거절했다. 그러자 신강우는 할아버지의 이름을 들먹이며 그녀를 자극했다. 당연히 영은 눈 하나 깜짝하지 않았다. 그런 소리를 처음 듣는 것도 아니었으니까.

그런 영의 반응을 본 강우는 이번엔 스케줄이 비어 있다는 것을 다 안다면서 압박을 넣으려고 했다. 그럴수록 그녀가 더 진저리를 친다는 것도 모르고 말이다.

영은 마지막으로 한 번 더 정확하게 거절의 말을 한 다음 일을 핑계로 자리에서 일어났다. 그리고 주차장으로 내려오자마자 김 대표에게 전화를 해 성질을 부렸다. 도대체 무슨 생각으로 직원들의 스케줄을 외부에 유출하는 거냐고 말이다. 그러나 김 대표는 그게 왜 문제가 되는지 모르겠다는 듯 느긋한 목소리로 대답할 뿐이었다.

─왜 그래? 얘기 잘 안 됐어? 신 부사장이 맛있는 거 안 사 준 거야? 이상하다, 왜 그랬지? 내가 선우 팀장한테 고기 먹이라고 그렇게 당부했는데. 일단 고기부터 먹여 놔야 그 까칠한 성격이 조금이라도 누그러진다고 몇 번이나…….

"대표님!"

─아, 귀청 떨어지겠다. 왜 그렇게 날카로워? 내가 보기엔 지금 선우 팀장한테 제의 들어온 것 중에서 태강 건설 건이 제일 괜찮아. 잘 생각해 보라고.

마음이 넉넉한 대표님 밑에서 일하는 건 이럴 때 가장 피곤하다. 영은 통화를 끝내고 양평 별장으로 향하며 생각했다.

내가 굶어 죽는 한이 있어도, 그래서 할아버지한테 빌붙어 살게 되더라도, 태강 건설이랑은 일을 하지 않을 거라고.

그러니까 신강우 부사장님, 한 번만 나를 더 자극하면 인생 피곤해 질 겁니다. 내가 이래 봬도, 한다면 하는 여자거든요!

1. 누가 누가 잘하나

그 일은 한 달 전, 할아버지의 한마디 말씀에서부터 시작되었다. 어느 일요일 저녁, 할아버지는 그와 재민을 식탁 앞에 앉혀 두고 결혼하라는 잔소리를 실컷 퍼부으시더니 뜬금없이 폭탄을 던지셨던 것이다.

"올해에 네 녀석들 하는 것을 봐서, 내년에 누구를 본사로 불러들일지 결정할 생각이다."

그 갑작스러운 폭탄에 그와 재민 모두 입을 쩍 벌렸다. 갑자기 본사라니? 내년엔 그가 태강 전자로, 재민이 백화점으로 가는 게 아니었냔 말이다. 그러나 할아버지는 두 사람이 뭐라고 더 묻기도 전에 피곤하다는 말씀과 함께 방으로 들어가 버리셨다.

닭 쫓던 개 꼴이 되어 집에 돌아온 강우는 도대체 할아버지가 왜 갑자기 그런 말씀을 하셨을지, 밤새도록 고민했다. 몇 달 전까지만 해도 그와 재민에게 '본사에 들어오는 것은 너무 이르다'고 못을 박았던 할아버지의 심경에 도대체 무슨 변화가 생겼길래?

설마 뒤늦게 그와 재민에게 경쟁이라도 붙여야겠다는 생각을 떠올리신 걸까? 둘이서 제대로 한 번 붙는 것을 보고 싶다는 생각이라도 하셨나?

만약 그렇다면 한시라도 빨리 할아버지를 모시고 병원에 가야 할지도 모른다. 그가 지금까지 삼십 년 동안 귀에 못이 박이도록 들었던 말이 바로 '가족끼리 우애 있게 지내야 한다'는 것과, '우리 집안에 후계자 전쟁은 절대로 없다'는 것이었으니까.

그래서 그는 동갑내기 사촌인 재민과 한판 제대로 붙어 보고 싶다는 충동을 삼십 년 동안이나 억누르며 살아오고 있었다. 그런데 이제 와서 경쟁을 붙이신다고?

……아니, 그건 말이 안 된다. 할아버지는 단지 재미있겠다는 이유로 말을 바꾸실 분이 아니었다.

그럼 도대체 이유가 뭐지?

결국 강우는 아침이 될 때까지도 답을 찾아내지 못했다. 그리고 잠을 제대로 못 자서 좀 날카로워진 상태로 출근을 했다. 하지만 그를 기다리고 있었던 것은 속 터지는 소식뿐이었다.

"그래서, 만나지도 못했다는 겁니까?"

"네. 양평으로 직접 찾아뵙겠다 했더니, 어차피 안 될 일에 뭐 하러 힘 빼시냐고, 올 필요 없다는 대답을……."

"그래서, 고분고분하게 알겠다는 대답을 하고 끝냈다는 겁니까?"

"……."

할 말이 없다는 듯 시선을 피하는 마케팅 2실장을 쳐다보던 강우는 못마땅한 한숨을 내쉬며 말했다.

"알겠습니다. 그만 가 보세요."

잠시 후 그는 책상 앞에 앉아 인상을 쓰며 서류 한 장을 내려다보고 있었다. 정말, 별게 다 피곤하게 만든다고 생각하면서.

그가 지금 추진하고 있는 친환경 리조트 사업은 말 그대로 '양보다 질'을 추구하는 알짜배기가 될 예정이었다. 고즈넉한 숲에 각각 독립된 형태로 된 삼십 평대의 별장을 지어서, 완벽한 휴식을 원하는, 그리고 그 대가를 충분히 지불할 능력이 있는 사람들에게만 제공할 계획이었던 것이다.

때문에 넓은 부지에 비해 건물의 수는 많지 않았다. 건물은 당연히 최고의 시설과 편리하고도 아늑한 인테리어를 갖추고 있어야 했다. 그리고 문제는 여기서 발생했다. 그가 인테리어 디자이너로 찍어 놓은 사람이 제안을 듣지도 않고 거절부터 했던 것이다.

이유는 딱 한 가지였다.

'바빠서.'

물론 그의 선택을 받을 정도였으니 실력은 두말할 것도 없었다. 강우는 그 여자가 많이 바쁠 것이라는 사실을 충분히 이해했다. 그래서 그는 선우영이 태강 건설의 제의를 일언지하에 거절했다는 말을 들었을 때, 나라 건축 사무소의 대표에게 직접 연락해 그녀의 스케줄을 문의했다.

그의 고등학교 선배이기도 한 김 대표는 채 5분도 지나지 않아 이런 대답을 해 주었다.

―선우 팀장, 이번 일 끝나면 두 달 정도 스케줄 비는데? 다시 한번 얘기해 봐. 태강 건설이라면 경력에 큰 도움이 될 테니, 받아들일 거야.

그 말을 믿고 다시 한번 연락을 해 보았지만 이번에도 역시 거절이었다. 게다가 이번에는 얼굴은커녕 목소리도 직접 듣지 못했다고 했다.

슬슬 짜증이 나기 시작한 강우는 그 '선우영'이라는 여자에 대해 조금 더 자세히 알아보았다. 뭐 얼마나 대단한 사람이길래 이렇게 콧대를 세우나 싶은 마음에서. 그러다가 그는 선우영의 이력서에서 조금 특이한 점을 발견하고 고개를 갸웃거렸다.

어렸을 때부터 여기저기 수상 경력이 많은 거야 그런가 보다, 할 수 있었다. 하지만 아무리 그렇다고 해도 실무 경력 십 년을 넘지 않은 초짜가 선일 그룹 회장님의 별장 인테리어를 맡았다는 건 이해가 되지 않는 일이었다. 게다가 선우영의 이름은 그 별장 건을 성공시킨 다음부터 유명해진 것이 확실했다.

아무래도 이상했다. 선일 그룹의 회장님이 누구던가. 깐깐하기로 따지면 그의 할아버지인 신이철 회장과 막상막하인 노인네가 아니냐 말이다. 아무리 나라 건축 사무소의 초대 대표가 선우 회장과 친분이 두텁다고 해도…….

게다가 두 사람은 성도 똑같았다. 물론 드문 성씨라고 해서 모두 혈연관계라고 볼 수는 없겠지만, 강우는 찜찜한 느낌을 떨쳐 버릴 수가 없었다.

선우영의 가족 관계를 자세히 파악해 보라는 지시를 내리고 나서 일주일 후, 그가 받아 본 서류에는 별다른 것이 없었다. 어머니가 선우영의 이십 대 초반에, 아버지는 이십 대 후반에 돌아가시고 혼자 지낸다는 것만 확인할 수 있었을 뿐이다. 게다가 그녀의 부모님은 모두 형제가 없었기 때문에 선우영은 완전히 혼자였다. 애인도 없었고, 친한 친구 몇 명과 직장이 있을 뿐이었다.

그러나 강우의 눈은 왠지 모르게 자꾸 그녀의 아버지의 이름인 '선우명재'에 멈춰지고 있었다. 뭔지 정확하게 떠오르지 않았지만, 이상하게 자꾸 신경을 건드리는 기분이 들었다.

"아무래도 뭔가 있을 것 같은데……."

한참을 생각하던 그는 결국 선우영의 아버지에 대해서도 조사해 보라는 지시를 내렸다. 그리고 그녀의 아버지가 삼십팔 년 전에 개명을 했다는 사실을 알게 된 순간 기분이 찜찜했던 이유를 깨달았다.

선우 회장은 슬하에 오 남매를 두고 있었는데, 그 중 셋째 아들이 일찌감치 후계자 전쟁에서 물러나 자취를 감췄다. 그의 육감에 따르면 선우영의 아버지가 바로 그 선우 회장의 셋째 아들일 것 같았다.

일단 거기까지 확인한 다음, 그는 다시 한번 선우영과 접촉해 보도록 지시했다. 그리고 이번에도 실패했다는 대답을 들었다. 겨우 만나긴 했지만, 그녀는 태강에서 제시하는 조건을 제대로 들어 보지도 않고 거절한 다음 차를 타고 어디론가 가 버렸다는 것이다.

"아니, 거기까지 쫓아가서 말도 제대로 못 꺼냈다는 겁니까!"

"죄송합니다."

강우는 마치 자신이 문전박대를 당한 듯한 기분을 느꼈다. 그러고 나서는 오기에 불타올라 직접 선우영을 만나겠다는 결정을 내렸다. 만나 보면 그녀가 과연 선우 회장의 손녀인지 알 수 있을 것 같았던 것이다.

사실 그 결정에는 그녀가 다른 여자들과 비슷한 심미안을 가졌다면, 그의 외모와 지위에 어느 정도는 넘어올 것이라는 계산도 깔려 있었다. 그러나 자신만만하게 나갔던 그가 들은 것이라곤 '거절'과 '재수 옴 붙었다'는 말뿐이었다. 생각하면 할수록 기가 막혀서 잠도 오지 않을 지경이다.

아니, 재수 옴 붙었다니! 나 정도 되는 인물을 봤으면 눈 호강 시켜 줘서 감사하다고 김 대표에게 배꼽 인사를 했어도 부족한 거 아닌가? 길거리를 아무리 헤매고 다녀 봐라, 나 같은 인물을 만날 수 있는지! 그런데 재수 옴 붙었다니! 주변에 그렇게 잘생긴 남자들이 많아? 도대체 당신 심미안은 어떻게 생겨 먹은 거야!

한참 씩씩대며 서성거리던 강우는 잠시 후 스피커 폰을 눌러 정 비서를 호출했다.

"선우영 팀장에 대한 조사는 어떻게 되어 가고 있습니까."

"이삼일 정도 더 소요될 것 같습니다."

"서둘러 주세요."

"알겠습니다."

강우는 집무실 안을 빙빙 돌면서 그녀에게 한 방 먹일 수 있을 만한 방법을 고민했다. 그러나 아무리 생각해 봐도 뾰족한 수가 떠오르지 않는다. 다른 회사였으면 대표 쪽으로 압력을 넣을 수도 있었겠지만, 나라 건축 사무소에는 그런 방법을 쓸 수가 없었다. 김 대표의 경영 방식이 너무 확고했기 때문이다.

'난 우리 직원들 피곤하게 할 생각 없어. 사고를 쳤으면 모를까, 일 잘하고 있는 직원들한테 뭐 하러 압박을 줘? 그래 봤자 효율성만 떨어지지.'

선우영이 태강 건설의 일을 하도록 한마디 보태 주면 좋겠다고 부탁했을 때, 김 대표가 대답했던 말이었다. 얼마 전까지만 해도 그렇게 자율적인 경영 방식과 능력을 부러워하고 존경했던 강우였지만, 지금만큼은 전혀 좋게 볼 수가 없었다.

대표가 말이야, 리더십이나 카리스마, 이런 걸 보여 줘야 하는 게 아닌가? 그래야 직원들이 더 잘 따라오는 게 아니냐고!

그는 애꿎은 김 대표를 탓하며 다시 선우영에게 복수할 방법을 궁리하기 시작했다. 머리를 쥐어 짜내다 보면, 무슨 방법이든 하나는 나올 것이라고 생각하면서.

같은 시각, 김 대표가 선우영에게 그의 생각과 비슷한 비난을 받고 있었다는 사실을 알았더라면 강우의 기분이 조금은 나아졌을지도 모른다.

영은 대표님 앞이라 차마 평소의 말투를 사용할 수가 없었다. 그래서 단어를 고르고 골라 보았지만, 그렇게 걸러진 단어 역시 그리 아름답지는 않았다.

"그 남자 얼굴이 그렇게 좋으시면 대표님이 직접 작업하시면 되잖아요."

"아니, 굳이 내가 하고 싶은 마음은 없는데."

"왜요?"

"남자한테 왜 작업을 해?"

그 썰렁한 농담에 영은 노골적으로 어이없다는 표정을 지었다. 그녀의 얼굴을 본 김 대표가 민망한 듯 입을 열었다.

"신 부사장 성격이 좀 까칠하거든. 내 후배이긴 하지만, 태강의 후계자가 될지도 모르는 녀석이니까 굳이 부딪히고 싶지는 않더라고."

그 말을 들은 영은 황당한 표정으로 물었다.

"그런 사람한테 저를 밀어 넣으신 거예요? 뭘 믿고요?"

"뭘 믿긴, 선우 팀장 정도면 상대해 볼 만하잖아. 어쨌든 같은 재벌 3세니까."

"그건 비공식이잖아요!"

"뭐, 그렇긴 하지만……."

영은 태평하기 짝이 없는 김 대표를 보다가 한숨을 푹 쉬었다. 정말, 주먹으로 가슴이라도 치고 싶은 심정이다.

"대표님, 제발 평상시에도 일할 때만큼만 단호한 모습을 보여 주시면 안 돼요?"

그러나 김 대표는 한숨 섞인 그녀의 말에도 시큰둥한 표정을 지을 뿐이었다.

"귀찮게, 뭐 하러……."

그러더니 김 대표는 갑자기 생각났다는 듯 눈을 크게 뜨고 물었다

"그런데 선우 팀장은 진짜로 신강우 얼굴이 별로야? 잘 생기지 않았어?"

"잘 생기긴 개뿔……."

욱하는 마음에 대답하던 영은 마지막 말을 삼키고 나서 다시 입을 열었다.

"제가 딱 싫어하는 타입이에요."

"그래? 이상하네. 난 선우 팀장이 딱 좋아할 스타일이라고 생각했는데."

이해가 안 된다는 듯 고개까지 갸웃거리는 김 대표를 보며 영은 살벌하게 물었다.

"그 얼굴의 어디가요?"

그 기세에 주춤한 김 대표가 시선을 피하며 말끝을 흐렸다.

"아니, 뭐, 잘생겼으니까 그렇게 생각했다는 거지……."

"제가 보기엔 하나도 안 잘생겼으니까, 앞으론 절대로 저한테 태강 건설 얘기 꺼내지 마세요. 그리고, 엄한 사람들한테 제 스케줄 누설하는 것도 그만하시고요!"

"어, 그래. 알았어."

어물쩍하게 대답하는 김 대표를 뒤로하고 사장실에서 나온 영은 다시 한

번 한숨을 푹 내쉬었다. 저렇게 대답만 하시고는 변하지 않을 게 분명했으니까. 하지만 더 강하게 항의할 수도 없는 게, 그것이 김 대표 나름의 영업 방식이었기 때문이다.

게다가 다른 회사 같았으면 대표의 권리로 벌써 그녀에게 태강 건설의 일을 밀어붙였을 것이었다. 그리고, 아무리 하기 싫다고 해도 이런 식으로 대표님 앞에서 푸념을 하지도 못했을 것이다. 그런 사실을 잘 알고 있는 그녀로서는 이 정도에서 물러날 수밖에 없었다.

"아, 정말! 하필이면 그 진상을 닮을 게 뭐냐고!"

또다시 떠오른 그 소름 돋는 얼굴에 진저리를 치며 자리로 돌아오는데 마침 탕비실에서 나오던 4팀 팀장 안소현과 마주쳤다. 소현은 그녀를 보더니 반색을 하며 팔짱을 끼어 왔다.

"자기, 태강 건설 부사장 만났다며?"

"네, 만났죠."

"어땠어? 정말 그렇게 잘생겼어?"

"아뇨. 정떨어지게 생겼어요."

영의 시큰둥한 대답에 소현이 그럴 리 없다는 표정을 지었다.

"에이, 말도 안 돼. 사진에서 봤을 땐 부티가 줄줄 흐르던데? 완전히 조각미남에다가, 키도 크고, 어깨빨도 장난이 아니고."

"……사진에서 봤는데 뭐 하러 또 물어보세요?"

"사진이랑 실물이랑은 느낌이 다르잖아, 느낌이. 실제로 보니까 어땠어?"

"제 느낌은 불쾌함이 50퍼센트였어요."

그러자 소현은 믿을 수 없다는 듯 물었다.

"나머지 50퍼센트는 뭐였는데?"

"스트레스요."

"뭐? 아니, 왜?"

"……그런 게 있어요."

영은 어리둥절한 표정의 소현을 떼어 놓고 자리에 와서 앉았다. 앉으면서 보니 책상 위에 올려 둔 핸드폰 액정에 부재중 통화가 여러 건 남아 있었다. 그것도 하필 태강 건설 비서실이다.

아, 이 인간은 끈질긴 것까지 김창수와 똑같은가 보다. 안 한다고 몇 번을 말했는데, 어디 한번 해 보자는 건가?

영은 핸드폰을 아예 무음 처리한 다음, 액정까지 안 보이게 엎어 놔 버렸다.

아무리 전화를 해 봐라, 내가 그 일을 하나. 끈기라면 나도 만만치 않거든?

그러나.

신강우는 클라이언트였다. 지금 당장은 아닐지 몰라도 언제 어디서 어떻게 만날지 모르는 잠재적 클라이언트였던 것이다.

그래서 영은 자신의 끈기가 얼마나 대단한지 솔직하게 보여 주고 싶은 생각을 포기해야 했다. 어쨌거나 그녀는 스스로의 평판과 함께 회사의 평판까지 고려해야 할 입장이었기 때문이다.

결국 그녀는 다음 날 태강건설 비서실에서 걸려 온 전화를 받았다. 그랬더니 전화 건 사람은 부사장님이 다시 한번 만나고 싶어 하신다는 말을 전했다.

아, 정말, 그 인간 참 끈질기긴…… 안됐지만, 나는 그 얼굴을 다시 보고 싶은 마음은 절대로 없거든!

영은 이를 바득바득 갈며 대답했다.

"죄송하지만 제가 요즘 계속 지방 출장을 가야 해서요. 말씀하셨던 그 건이라면, 할 생각이 없으니까 연락은 이제 그만 하셨으면 좋겠네요. 부사장님께도 꼭, 죄송하다고, 전해 주시겠어요?"

전화를 끊고 난 영은 아무래도 이번 일이 끝나면 장기 휴가를 내든지 해야겠다고 생각했다. 그리고 아무도 찾지 못하는 곳으로 도망을 쳐야겠다. 지금도 이렇게 사람을 괴롭히는데, 일이 끝나게 되면 그야말로 쫓아다니면서 들들 볶아 대지 않을까.

"아니, 도대체 그 많은 인테리어 디자이너 중에 하필 왜 나한테 꽂혀서 그러는 거냐고! 잘 나가는 사람이 얼마나 많은데! 다른 사람 찾아보란 말이야, 다른……."

차에 시동을 걸며 그렇게 투덜거리던 영은 그 순간 문득 떠오른 생각에 손가락을 딱, 튕겼다.

그래, 내가 직접 다른 사람을 소개해 주면 되겠네! 요즘 잘 나가는 사람으로다가!

왜 진작 이 생각을 못 떠올렸는지 모르겠다. 그녀는 스스로를 대견하게 생각하며 머릿속으로 연락해 볼 만한 사람들의 리스트를 작성하기 시작했다.

요즘 대연 선배가 쉬고 있다고 했었나? 아, 미경 선배도 나랑 비슷하게 마무리 작업 들어갔다고 했었지? 아유, 연락해 볼 사람들이 수두룩하네?

하지만 기껏 생각해 낸 그 방법은 고작 며칠 만에 쓸모없는 것이 되어 버리고 말았다. 며칠 후, 신강우 부사장을 만난 영이 그 말을 꺼내자마자 그는 단번에 거절했던 것이다.

"그건 선우영 팀장님이 걱정하실 문제가 아닙니다. 만약 선우영 팀장님이 태강의 일을 안 하게 된다면, 다른 사람을 섭외하는 건 저희 쪽에서 알아서 할 문제니까요."

아니, 그걸 누가 몰라서 그런답니까? 내가 어떻게든 빨리 당신한테서 벗어나고 싶어서 이러는 거잖아요! 와, 정말, 밉다 밉다 했더니 이렇게 미울 수가……. 내가 며칠 동안 리스트를 작성하느라 얼마나 고생했는지 알기나 하냐고!

영은 솟구치는 성질을 열심히 억눌렀다. 그러나 마주 보이는 얼굴이 워낙에 짜증을 불러일으키고 있었기 때문에 별 효과는 없었다. 그런 그녀를 쳐다보던 강우가 느긋하게 커피잔을 내려놓으며 물었다.

"지금 일이 끝나면 두 달 동안은 정말로 아무것도 안 할 생각입니까?"

"출근은 해야겠죠."

영의 삐딱한 대꾸에 그가 피시식 웃었다. 그 웃는 모습을 보자 그녀의 기분이 더 나빠졌다. 영은 '혹시 어릴 때 헤어진 쌍둥이 형제가 있지 않냐'는 말이 혀끝에서 맴도는 것을 삼키며 물었다.

"그렇게까지 그 건을 저에게 맡기시려는 이유가 뭔지 물어도 될까요?"

"이유야 간단하죠. 선우영 팀장님의 디자인이 마음에 들거든요."

"솔직히 말씀드리면, 저만큼 하는 사람은 많아요."

"솔직히 말씀드리면, 더 잘하시는 분들도 많습니다."

"그럼 그분들에게 의뢰하시면 되겠네요."

"그러고 싶지 않으니까 이렇게 선우영 팀장님께 부탁드리는 게 아닐까요?"

순간 그녀의 입에서 빠드득 소리가 흘러나왔다. 이 인간이 지금 나랑 장난하는 것도 아니고……. 피 같은 시간 쪼개서 나왔더니 말장난이나 하자는 거야? 지금 이거, 나랑 한번 붙어 보자는 뜻이지?

그러나 영의 입에서 솔직한 마음을 표현하는 단어가 튀어나오기 직전, 강우의 목소리가 먼저 흘러나왔다.

"내가 그렇게 싫습니까?"

이런, 젠장.

영은 한 방 먹은 기분으로 입을 다물고 말았다. 하필 이 타이밍에 저런 말을 내뱉다니, 약아빠진 남자 같으니라고.

강우는 그녀가 입을 다무는 것을 보더니 피식 웃으며 다시 물었다.

"왜 그렇게 싫습니까? 개인적으로 봤을 때도, 나 정도면 꽤 괜찮은 편 아닌가요?"

"보편적인 관점에서 보면, 괜찮은 편이시죠."

"괜찮은 것 이상이라고 생각합니다만."

영은 그 틈을 놓치지 않고 끼어드는 강우를 싸늘한 시선으로 쳐다보며 말했다.

"보편적이라고 해서 모든 사람에게 적용되는 건 아니니까요."

"다른 사람은 모르겠지만, 선우영 씨에게 적용이 되지 않는다는 건 확실히 알겠습니다."

"이제라도 알아주셔서 감사합니다."

대놓고 비꼬는 말을 들은 강우는 눈썹을 슬쩍 치켜세우더니, 곧이어 픽 하고 웃음을 지었다. 기분 나빠 하며 대화를 끝내기를 바랐는데 그러지 않을 모양이다. 하여간 끈질긴 인간이라고 속으로 투덜거리고 있는데 그가 재미있다는 표정을 하고 물었다.

"고기 먹을래요?"

"네?"

"생각해 보니까 그동안 식사 대접을 한 번도 못 했더군요. 마침 오늘은 업무가 끝났다고 하셨으니, 저녁 식사나 하러 가시죠."

"아니, 굳이 그럴 것까진……."

그러나 강우는 그녀가 하려는 거절의 말을 다 듣지도 않고서 다시 물었다.

"설마, 싫은 사람과는 밥도 같이 못 먹겠다고 대답하려는 건 아니겠죠?"

영은 집에 소화제가 있었는지 기억을 더듬으며 대답했다.

"……그럼요, 사 주신다는데야, 뭐."

그녀는 마지못해 중얼거리며 생각했다. 그래도 혹시 모르니까 집에 들어가면서 종류별로 소화제를 다 사 가야겠다고.

* * *

강우는 집에 돌아오자마자 걸치고 있는 옷을 훌훌 벗어 버리며 욕실로 들어갔다. 온몸에, 아니 땀구멍 하나하나마다 모두 돼지갈비 냄새가 스며들어 있는 기분이었다.

선우영 그 여자는 혼자서 돼지갈비를 자그마치 5인분이나 해치웠다. 밥도 안 먹고, 술도 안 먹고, 오로지 고기만 미어터지게 먹어 댔던 것이다.

더 기가 막힌 건, 이제 그만 먹어도 되겠다면서 젓가락을 내려놓는 표정이 그리 만족스러워 보이지 않았다는 것이었다. 아마, 그가 마주 앉아 있지 않았더라면 3인분은 더 먹고도 남았을 것이다.

"무슨 여자가, 굶고 사는 것도 아닐 텐데……. 아니, 그 몸집에 그걸 다 먹는다는 게 말이 되긴 해?"

평소보다 몇 배는 더 긴 시간 동안 샤워를 하고 나온 강우는 냉장고에서 맥주 한 캔을 꺼내어 숨도 쉬지 않고 들이켰다. 온몸에 배어 있는 돼지갈비 냄새를 씻어 내고 나니 좀 살 것 같은 기분이 든다.

사실 강우는 그녀가 돼지갈비를 메뉴로 골랐을 때, 속셈이 뻔히 보인다고 속으로 코웃음을 쳤었다. 분명 그가 싫어할 거라 생각하고 고른 느낌이 팍팍 들었으니까.

그는 갈비를 꽤 좋아하는 편이었다. 그래서 선우영이 갈비를 능숙하게 굽는 자신의 모습을 보며 놀랄 거라는 생각에 혼자 히죽거리기까지 했다.

하지만.

그녀가 데려간 곳은 그가 알고 있었던 갈빗집과는 전혀 다른 모습을 하고 있었다. 포장마차인지 비닐하우스인지 구분도 할 수 없는 곳에 동그란 양철 테이블을 놓고 앉아서, 연탄불로 갈비를 굽고 있었던 것이다.

환기가 제대로 되지도 않아서 들어서는 순간부터 답답해지기 시작한 강우와 달리 그녀는 아주 신이 나 보였다. 그리고 주인의 안내도 받지 않고 아무 자리에나 털썩 앉아서는 이렇게 외쳤다.

'사장님, 여기 3인분이요!'

고기가 냄새를 풀풀 풍기며 익어 갈수록 그의 입맛은 사라져만 갔다. 그러나 이 답답한 곳에서 한시라도 빨리 나가고 싶다고 생각하는 강우와 달리 영의 얼굴에는 생기가 넘쳐흐르고 있었다.

그녀는 마주 앉아 있는 그의 모습은 보이지도 않는 듯 반짝이는 시선으로 고기만 쳐다보고 있다가, 고기가 다 익었다는 확신이 드는 순간 빠른 속도로 젓가락질을 시작했다.

'아, 맛있어. 이게 얼마나 먹고 싶었는지…….'

그렇게 감탄사를 쏟아 내며 상추쌈을 싸던 그녀가 드디어 강우의 존재를 깨달았는지 고개를 들었다. 그리고 내키지 않는다는 듯 그의 앞에 고기 몇 점을 놓아 주며 먹어 보라고 권했다.

'드세요, 맛있어요.'

그 말을 끝으로 신강우는 선우영에게 잊힌 사람이 되고 말았다.

영은 순식간에 3인분의 갈비를 해치우고서 다시 2인분을 추가했다. 그리고 그 역시 게 눈 감추듯 먹고 나서 젓가락을 내려놓았다.

더 먹을 수 있지만 그를 생각해서 그만 먹는 거라는 기색이 역력한 선우영의 표정을 보는 순간, 강우는 잠시 정신줄과 함께 잊고 있었던 오기가 순식간에 제자리를 찾아오는 것을 느낄 수 있었다.

한번 해 보자는 거지? 그래, 그런 도전이라면 못 받아 줄 것도 없지. 마침내 손에 아주 좋은 패가 들어와 있기도 하니까 말이야.

사실 오늘 그녀를 만난 이유는 그 패가 자신의 손에 들어와 있다는 것을 알려주기 위해서였다. 그것을 알려주고 놀라거나 경계하는 선우영의 표정을 보려고 했었는데, 하필 연탄 돼지갈빗집으로 끌려가는 바람에 깜빡하고 말았던 것이다.

"하여간, 취향도 참……."

선우 회장님은 그렇게나 예민하고, 까탈스럽고, 고급스러운데, 그 손녀라는 여자는 왜 그 할아버지의 취향을 요만큼도 닮지 않은 건지 알 수가 없다고 투덜거리던 강우는 다시 냉장고에서 맥주캔을 꺼내어 들이켜기 시작했다.

아아, 목구멍 안으로 시원하게 넘어가는 맥주가, 돼지갈비 냄새에 찌들어 있던 몸을 깨끗이 소독해 주는 기분이 든다. 온몸에 덕지덕지 붙어 있던 돼지갈비의 냄새가 이제야 완전히 빠져나갔나 보다.

그는 두 번째 캔까지 말끔하게 비우고 난 다음 침대에 털썩 드러누워 선우영에게 복수할 방법을 궁리하기 시작했다.

밥을 먹자고 데리고 나가서 그 여자가 보자마자 질색할 만한 음식을 주문해 볼까? 삭힌 홍어 같은 음식을? 아니다. 오늘 먹는 걸로 봐서는 선우영이 그보다 비위가 강할 확률이 이백 퍼센트였기 때문에 그 방법은 안 쓰는 게 좋을 것 같았다.

……그러면, 공식 석상에 데리고 가서 선우 회장님과 마주치게 만들어 볼까? 서로 생각지도 못한 곳에서 마주치고 당황하는 모습을 보는 것도 꽤 재미있을 것 같은데?

아니, 그것보단 차라리 그녀에게 선우 회장님과의 관계를 알고 있다는 암시를 하면서 계속 불안하게 만드는 게 낫겠다. 그래야 더 오래 괴롭힐 수 있을 테니까.

강우는 그렇게 한참 동안 유치하기 짝이 없는 계획을 세우며 혼자 낄낄거렸다. 아, 상상만 해도 이렇게 재미있을 수가 없었다. 하지만 그렇게 낄낄거리던 중 선우영의 아버지 선우재명에 대해 알아봤던 사실이 문득 떠올랐다. 그리고 그의 웃음이 서서히 사라져 갔다.

할아버지는 지금도 가끔 그런 말씀을 하시곤 했다. 선우가에서 셋째 아들을 잃은 것은 참 안타까운 일이었다고. 선우 회장 슬하의 오 남매 중에서 가장 똑똑하고, 싹싹한 데다가, 배짱까지 두둑해서 사업에는 가장 잘 맞는 성격이었다고 말이다.

그런 셋째 아들을 집에서 그렇게 쉽게 내보내다니, 아마 선우 회장은 그때부터 이미 제정신이 아니었던 것 같다고도 하셨다.

"나도 이렇게 아까운데, 그 속은 오죽하겠어. 쯧쯧……. 그 셋째가 얼마나 똑똑하고 배포가 컸는데 말이야."

아마 할아버지의 그런 말씀이 기억 속에 남아 있었기 때문에 그렇게 집요하게 선우영의 아버지에 대해서 알아봤던 것인지도 모른다. 그 대단한 사람이 선우가에서 나간 다음 어떤 삶을 살았는지 궁금했던 것이다. 그러나 보고서에 따르면, 선우재명의 인생은 그가 기대했던 것보다는 훨씬 평범했다. 그렇게 기를 쓰고 파헤쳐 낸 것이 허무할 정도로.

고등학교를 졸업하자마자 미국 유학길에 오른 선우재명은 스물다섯 살에 한국에 돌아왔다. 돌아와서는 반년 만에 개명을 했다. 선우이현에서 선우재명으로. 그리고 몇 달 후 선우재명이란 이름으로 군에 입대를 했고, 3년 후 제대를 하고 사회에 나왔을 때 그는 이미 선우가에서 없어진 사람이 되어 있었다.

선우재명이 그 꼬장꼬장한 선우 회장님을 어떻게 설득시켰는지까지 알아 내지는 못했다. 그렇게 선우가에서 나온 다음 가족들과 완전히 인연을 끊었 는지까지도 역시 알 수 없었다.

강우가 알아낸 것은 스물아홉 살의 늦은 나이로 사회에 나온 선우재명이 회계사 시험 준비를 했다는 것이었고, 이 년 뒤에는 시험에 합격해 회계사 로서의 삶을 살기 시작했다는 것이었다.

그다음부터 선우재명은 너무 평범해서 평탄해 보이기까지 하는 삶을 살 았다. 회계사가 되고 나서 2년 후, 친구에게 소개받은 여자와 결혼을 했 고, 서른다섯 살에 딸이 태어났다. 그리고 더 이상의 자녀가 태어나지는 않았다.

보고서에 따르면 선우영은 아버지를 닮아 어렸을 때부터 똑똑했다고 한다. 어떻게 구했는지는 모르지만 보고서에 첨부된 어렸을 적 사진을 보니 성격이 나 두뇌는 아버지 쪽을 닮고, 외모는 어머니를 닮은 모양이었다.

선우영의 어머니는 지금의 선우영과 거의 구분하기 힘들 정도였다. 아담 한 체구, 오밀조밀한 이목구비와 하얀 피부까지, 쌍둥이라고 해도 믿을 것 같았다.

그렇게 부모님의 장점만을 골고루 닮은 선우영은 스물두 살이 될 때까지 나름대로 무난한 시간을 보냈다고 한다. 그러다가 스물두 살 때 어머니가 사고로 돌아가셨고, 몇 년 지난 다음 스물여덟 살 때는 아버지가 급성 폐렴으로 돌아가셨다.

선우가의 셋째 아들이 급성 폐렴으로 생을 마감했다는 사실을 알게 된 순간 강우는 얼마나 허무했는지 모른다. 요즘 같은 시대에 폐렴이라니.

그러자 선우 회장이 셋째 아들의 죽음을 언제 알았을까, 하는 것도 궁금해졌다. 장례식은 선우영 혼자서 조촐하게 치렀다고 했는데, 과연 선우 회장은 혼자 남은 손녀딸과 언제 어떻게 만났을까. 선우영은 과연 할아버지가 선일 그룹의 회장이란 사실을 알고 어떤 반응을 보였을까. 무시했을까, 원망했을까, 아니면 반가워했을까.

"그 집안에 대한 고민은 그만해야지. 나랑 무슨 상관이라고."

그러나 아무리 그렇게 생각해 봐도 머릿속에서 영과 그녀의 아버지에 대한 생각이 사라지지 않았다.

남의 가족사에 대해, 그것도 태강 그룹의 가장 큰 경쟁사인 선일 그룹의 가족사에 대해 이렇게까지 궁금해질 줄은 몰랐다. 하지만 너무 깊게 파헤친 것 같아 미안한 기분에 그만 생각하자고 마음을 먹어도, 강우의 머릿속에서는 선우재명과 그의 딸에 대한 생각이 사라지지 않았다.

아무래도 선우영에게 몇 번이나 거절당하고, 오늘은 한 방 먹기까지 했기 때문에 그런 모양이다. 하여간, 고집 센 여자 같으니라고.

그렇게 또다시 생각이 선우영에게 돌아오자 강우는 다시 한번 그녀에 대한 복수를 계획하기 시작했다. 조만간 꼭, 선우영에게 커다란 한 방을 선사하리라. 남은 평생 절대 잊지 못할 정도로 큰 한 방을.

* * *

'우리 자기, 요즘 공부하느라 힘들었나 보다. 얼굴색이 많이 안 좋은데.'
'오빠야말로 피곤해 보이는데, 괜찮아?'

'괜찮아. 어제까진 힘들어 죽을 것 같았는데, 우리 자기 얼굴 보는 순간 힘이 막 솟구치는 기분이야.'

'피이, 거짓말.'

'진짠데? 우리 자기는 비타민 같은 존재라니까? 오빠 말 못 믿는 거야?'

꿈이라는 건 처음부터 알고 있었다. 하지만 알고 있어 봤자 뭘 하냔 말이다. 깰 수가 없는데.

처음 이 꿈을 꾸었을 때 그녀는 어떻게 해서든 깨어나려고 발버둥을 쳤었다. 그러나 시간이 지나면서 꿈이 계속 반복되고 있다는 것을 깨닫자 점점 방관자 같은 태도를 취하게 되었다.

그녀는 형체도 없이 둥둥 떠 있는 채로 김창수가 다른 여자들과 어울리며 자신을 배신하는 모습을 고스란히 지켜보아야 했다. 욕이라도 한마디 해 주면 속이 시원하겠지만, 형체도 없는 그녀가 목소리를 낼 수 있을 리 없었다.

그래서 영은 자신의 이십 대가 김창수에 의해 난도질 되는 모습을 그대로 지켜보며 아무것도 하지 못했다. 그때처럼 아무것도 할 수가 없었다.

다행이라면 꿈에서 언젠가는 깨어날 수 있다는 사실을 알고 있다는 것이었고, 불행이라면 끝까지 김창수에게 욕도 한마디 못하고 깨어나야 한다는 것이었다. 어느 순간 자신도 모르게 눈을 뜬 영은 식은땀에 범벅이 된 채로 길게 숨을 내쉬며 중얼거렸다.

"김창수, 개자식. 이혼이나 당하고 위자료 탈탈 털려서 거지나 돼 버려라."

시간이 지나면 분노도, 미움도 다 사그라든다는 말은 거짓말인 것 같았다. 그녀는 아직도 김창수를 떠올리면 어금니를 악물고 주먹을 움켜쥐게 되었으니까.

할아버지를 만났을 때는 그 개자식에게 화려한 복수를 해 줄까도 생각했지만, 남의 손을 빌긴 싫어 그만두었다. 복수는 다른 누구의 손이 아니라 자신의 손으로 직접 하고 싶었다. 하지만 과연 어떻게 해야 김창수에게 가장 아픈 상처를 남길 수 있는지, 그녀는 아직도 방법을 찾지 못한 상태였다.

이러다가 그 개자식에 대한 복수가 평생의 과업으로 남게 되는 건 아닐까.

더 기분 나쁜 건 요즘 그놈의 김창수와 똑같이 생긴 남자를 자꾸 보게 된다는 사실이었다. 아마 오늘도 그래서 그 꿈을 꾼 모양이다. 한동안 꾸지 않았었는데, 하필 신강우와 밥을 먹고 과식을 하는 바람에 속이 불편해서 악몽을 꾼 것 같았다.

"한 방 먹였다고 좋아했더니……."

연탄 갈빗집에 도착한 순간의 신강우가 떠오르자 그녀는 무의식중에 미소를 지었다. 사진으로 찍어서 두고두고 놀려 먹기 딱 좋은 표정이었는데.

사실 그녀는 신강우가 그렇게까지 솔직한 반응을 보일 거라 예상하지는 않았다. 워낙에 '신 회장이 가장 아끼는 손자, 태강 그룹 후계자 1순위, 냉철한 사업가, 사람 속을 뒤집는 포커 페이스'라는 소문만 들어 왔기 때문이었다.

하지만 그는 처음 만날 때도 그렇더니, 만날 때마다 계속 허술한 모습을 드러내고 있었다. 그중에서도 어제저녁은 가장 '허당'스러운 모습이었다고 할 수 있었다.

갈비를 먹자는 말에 의기양양한 태도로 앞장서라고 했던 신강우는 연탄 갈빗집에 도착한 순간 한번, 그리고 그 안으로 들어가 테이블 앞에 앉는 순간 다시 한번 무너졌다. 당연한 일이었다. 영도 처음 그 집에 갔을 때는 그 허름한 시설과 사방에서 모여드는 냄새에 정신을 못 차렸으니까 말이다.

신강우가 생각했던 갈빗집은 절대 그런 집이 아니었을 것이다. 항상 깔끔하고 정갈한 분위기의 고급스러운 한식 레스토랑에 가서 직원이 성심성의껏 구워 주는 갈비를 먹고 다녔겠지. 양철 테이블 앞에 앉아 연탄불에 구워 먹는 돼지갈빗집에 가 본 것은 아마도 생전 처음이 아닐까 싶었다.

일부러 그를 그곳에 데려갔던 영의 계획은 완벽하게 성공했다. 신강우의 표정이 점점 굳어지는 게 어쩌나 신나던지, 소화 불량을 걱정했던 처음과는 달리 고기도 아주 꿀맛처럼 달게만 느껴졌다.

……그래서 좀 과식을 했나 보다. 보란 듯이 5인분을 해치우고 젓가락을 내려놓을 때는 더 못 먹는 게 아쉽기만 하더니, 나중에 이렇게 그 값을 치르게 된 것이다.

"이래서 옛 어른들이 착하게 살아야 한다고 하셨던 건가 보다……."

영은 한숨과 함께 침대에서 일어나 아직 해가 뜨지 않은 창밖을 바라보았다.

알고 있었다. 신강우는 김창수가 아니라는 것을. 두 사람은 그저 생김새만 닮았을 뿐 완전히 다른 사람이었다. 서로의 존재조차 모르는 완벽한 타인이었다.

그러니까 그녀도 신강우를 미워하는 걸 그만둬야 하는데 그게 생각처럼 쉽지가 않았다. 마주 서서 그 얼굴을 보기만 해도, 아니 이제는 전화 목소리만 들어도 반사적으로 눈꼬리가 치켜 올라갔다. 아무 잘못도 없는, 그녀가 왜 그러는지 영문도 모르는 신강우의 입장에서는 매번 그런 반응을 보이는 그녀가 얼마나 이상해 보일까.

"그러니까, 이제 그만 해야지."

영은 창문을 열고 새벽바람을 맞으며 크게 심호흡을 했다.

"정신 수양, 정신 수양, 정신 수양……."

도를 닦는 사람처럼 그렇게 중얼거리며 심호흡을 반복했다. 몇 분의 시간이 흐르자 머리가 차갑게 식고 불편했던 뱃속도 가라앉는 기분이 든다. 잠시 후 그녀는 창문을 닫고 거실로 나오며 혼잣말을 했다.

"집에서 할 것도 없는데, 출근이나 하자, 출근이나. 일찍 가서 커피 한 잔 마시면 머릿속도 맑아지겠지."

오늘은 양평 별장의 주인인 오 사장을 만나기로 한 날이었다.

오 사장의 집안은 소위 말하는 땅 부자였다. 경기도 일대의 땅에 신도시가 건설되면서 오 사장은 보상금 수십억을 받았다. 그리고 그 돈으로 건물을 지어, 지금은 소위 조물주와 동급이라 칭해지는 건물주가 된 사람이었다.

하지만 오 사장은 취향이 그리 고상한 편은 아니어서 무조건 화려하고 번쩍거리는 것을 요구했다. 때문에 일을 시작하는 단계에서부터 영을 상당히 피곤하게 만들었다.

오 사장과의 만남은 그녀의 사교술과 인내심을 극한까지 끌어올려야 하는 고난의 연속이나 마찬가지였다. 그래서 영은 이제 도면을 보여 주고 최종 브리핑만 끝내고 나면 더는 오 사장에게 시달리지 않아도 된다는 것이 얼마나 기쁜지 몰랐다.

양평에 가지 않아도 되는 날인 데다가, 마침 일찍 일어나기도 했으니 오랜만에 차림새를 단정하게 하고 싶다는 생각이 든다.

영은 샤워 후에 머리를 정성 들여 세팅하고 옷장 끝쪽으로 밀려나 있었던 옷을 꺼냈다. 너무 오랜만에 입는 옷이라서 혹시 안 맞으면 어쩌나 걱정을 했는데, 그동안 계속 양평에 출퇴근하다시피 해서 살이 좀 빠졌는지 스커트는 넉넉하게 잘 맞았다.

영은 진줏빛 블라우스를 입고 스커트와 한 벌인 재킷을 걸쳐 입었다. 거의 파란색에 가까운 남색의 정장에 진줏빛 블라우스를 매치하자 산뜻해 보이는 효과가 났다.

가볍게 피부 화장을 하고 립스틱을 발라 마무리한 그녀는 여유 넘치는 기분으로 천천히 운전해서 회사에 도착했다.

일찍 일어나니까 이런 점이 좋다고 생각하면서.

그러나 상쾌한 아침은 딱 거기까지였다. 오 사장과 만나기로 한 약속 시각 삼십 분 전, 영은 뜬금없는 전화를 받으며 인상을 쓰고 있었다.

—아, 내가 골프 여행 가기로 한 걸 깜빡했구먼, 허허허허. 그래서 우리 큰아들을 보냈으니, 선우 팀장이 그 녀석이랑 잘 얘기해 보소.

"……하지만 오 사장님, 아시다시피 오늘은 최종 브리핑을……."

오 사장은 당황한 그녀의 말을 다 듣지도 않고 잘랐다.

—허허허, 선우 팀장이 무슨 말 하려는지 다 아니까, 그냥 나한테 하듯이

큰아들 녀석한테 설명만 잘 해 주면 됩니다. 자자, 그럼 다음에 또 봅시다? 내가 지금 바빠서……

영은 그렇게 끊어진 전화를 보며 황당함에 눈만 껌뻑거렸다. 아니, 이 아저씨가 나중에 또 무슨 딴소리를 하려고!

하여간 처음부터 끝까지 사람 속을 뒤집는 건 변함이 없다고 짜증을 내고 있는데, 다시 한번 핸드폰이 울리기 시작했다. 영이 전화를 받자 수화기 저쪽에서 기름기가 철철 흐르는 목소리가 들려왔다.

─선우영 팀장님? 저는 오민석이라고 합니다. 아버지께서 전화를 하신 걸로 알고 있습니다만.

"아, 네. 조금 전에 오 사장님께 연락을 받았습니다."

─사실 저도 아버지께 말씀 들은 지 얼마 되지 않아서요. 죄송하지만 미팅을 원래 약속 시각보다 삼십 분쯤 미뤄도 될까요?

"그것보다는, 제가 나중에라도 오 사장님을 다시 뵙는 것으로 일정을 조정하는 게……"

그러나 민석은 아버지인 오 사장과 똑같이 그녀의 말을 잘랐다.

─감사합니다. 그럼 열 시 삼십 분에 뵙겠습니다.

영은 통화가 끊긴 핸드폰을 내려다보며 오만상을 찌푸렸다. 아무래도, 오늘 하루가 몹시 파란만장할 것 같은 예감이 든다.

2. 악연의 연속

"와우, 아버지께 들었지만 이렇게 미인이신 줄은 몰랐는데요."

네에, 나도 예상하긴 했지만 댁이 이렇게까지 기름 범벅일 줄은 몰랐네요.

영은 속으로 그렇게 생각하며 오민석을 향해 대외 접대용 미소를 지어 보였다.

"과찬이십니다."

"솔직히 말씀드리면 아침에 아버지 전화를 받고 좀 귀찮다고 생각했었는데, 선우영 팀장님을 보는 순간 그 생각이 싹 사라졌습니다. 하하하하."

맹세컨대 이런 오일 가이를 만나기 위해 아침부터 때 빼고 광을 낸 게 아니었다. 오늘 그녀의 차림새는 오 사장과의 마지막을 기념하기 위한 자축이나 마찬가지였단 말이다.

하지만 오민석은 당연히 그 사실을 몰랐고, 그래서인지 정말 쉴 새 없이 영에게 치근덕거렸다. 순진한 여자였다면 이 남자가 진짜로 나한테 첫눈에 반했나, 착각했을 정도로 말이다.

물론 선우영은 그런 순진해 빠진 여자가 아니었다. 김창수 같은 개자식 덕분에 남자의 번지르르한 말을 곧이곧대로 믿으면 안 된다는 것을 완벽하게 깨달은, 노련하고 냉정한 여자였던 것이다.

그래서 그녀는 오민석의 말을 자연스럽게 무시하며 자신이 할 일만을 했다. 설명하는 내내 화면이 아닌 그녀의 얼굴만 뚫어지게 쳐다보는 민석의 시선이 상당히 거추장스러웠지만, 그 정도쯤이야 거뜬히 넘길 수 있었다.

어차피 한 시간 후에 헤어지고 나면 다시 안 볼 남자인데, 저 정도 눈빛쯤 견디는 게 뭐가 대수라고.

그리고 사실, 오민석의 저 멍청한 시선보다는 혹시라도 나중에 딴소리를 할지 모를 오 사장이 더 걱정이었다. 그래서 오늘 미팅을 모두 녹화해서 오 사장에게 보낼 생각이긴 했지만, 벌써 수십 번이나 오 사장의 억지를 경험했던 그녀로서는 찜찜하지 않을 수 없었다.

미팅을 끝낸 영은 점심 식사를 대접하겠다며 느끼하게 들러붙는 민석을 선약이 있다는 핑계로 돌려보냈다. 그의 차가 주차장에서 빠져나가는 것을 직접 보고 나서야 안으로 들어온 그녀는 화장실 세면대에서 손을 씻으며 혼자 투덜거렸다.

"하여간, 남의 말 안 듣는 건 부자가 똑같네, 똑같아."

오 사장은 억지를 부려서 그렇지 느끼하진 않았는데, 그 아들은 왜 저런지 모를 일이다. 아무래도 점심땐 속이 놀랄 만큼 매운 음식을 먹어서 저 느끼함을 다 씻어 내 버려야 할 것 같았다.

그런데 화장실에서 나가자마자 그녀를 반갑게 부르는 목소리가 들려왔다.

"선우 팀장, 자기야!"

4팀 팀장인 소현이었다. 그녀는 영에게 다가와 팔짱을 끼더니 신강우에 대해 물어볼 때처럼 호기심 가득한 표정을 지었다.

"자기, 아까 그 고객은 누구야?"

"오 사장님 큰아들이요. 오늘 오 사장님이 갑자기 못 오신다고 하면서 큰

아들을 대신 보내셨더라고요. 오늘이 최종 브리핑이었는데 도대체 무슨 생각인지 모르겠다니까요. 그래 놓고 나중에 분명히 딴소리하려고……."

"어머, 세상에……."

소현은 놀란 얼굴이 되어 물었다.

"오 사장님한테 그런 아들이 있었어?"

……놀라는 포인트가 그녀의 예상과는 완전히 달랐다. 영은 그제야 소현의 눈에 가득한 감정이 오민석에 대한 호감이었다는 것을 깨닫고 입을 쩍 벌리고 말았다.

아무리 주변에 남자가 없어도 그렇지, 그런 기름기 철철 흐르는 남자의 어디가 좋아서? 안 팀장님 취향이 원래 이랬었나?

영은 설마 하는 생각으로 물었다.

"소개해 드릴까요?"

그러자 소현의 얼굴이 활짝 피어났다.

"응, 응! 자기야, 꼭 해 줘! 그 남자 딱 내 타입이더라!"

……그러셨군요.

영은 앞으로는 절대로 타인의 취향을 미리 짐작하지 않겠다고 다짐하며 고개를 끄덕였다.

"네. 전해 드릴게요. 아, 참. 그분한테 애인이 있는지부터 먼저 알아보고 나서요."

그러자 소현이 어깨로 그녀를 살짝 밀며 눈웃음을 쳤다.

"에이, 그런 건 신경 쓰지 말고, 자긴 그냥 자리나 마련해 주면 돼. 그다음은 내가 다 알아서 할 테니까."

"……네에."

"그럼 빨리 진행해 줘야 돼, 기다릴게!"

그렇게 말한 소현은 기대에 가득한 미소와 함께 자리로 돌아갔다. 영은 신이 나서 나풀거리는 소현의 뒷모습을 한참 동안 쳐다보다가, 피식 웃으며 고개를 저었다. 지금까지 몇 년을 같은 회사에서 일했는데, 이제야 소현의 연애관을 확실히 알게 된 느낌이다.

"뭐, 연애 방식이야 사람마다 다른 거니까."

그렇게 중얼거리며 자리에 와서 앉는데, 마침 핸드폰이 울리며 액정에 오민석의 이름이 떠올랐다. 영은 다시 한번 피식거리며 통화 버튼을 눌렀다. 어쩌면 이 두 사람, 잘 될지도 모르겠는데?

민석은 그녀에게 저녁 식사를 제의했고, 영은 친구와 선약이 있다면서 망설이는 척을 했다. 그리고 사내 메신저로 소현에게 저녁때 시간이 있는지를 물었다. 소현에게서 '아무런 스케줄도 없다'는 대답이 돌아온 순간, 수화기 저편의 민석이 이렇게 물었다.

─친구분만 괜찮으시다면, 합석해도 될까요? 제가 두 분께 맛있는 식사를 대접하겠습니다.

"아니, 그렇게까지 폐를 끼칠 수는⋯⋯."

영이 다시 한번 망설이는 척을 하자 예상대로 민석은 더 강하게 밀어붙여 왔다.

─ 폐라니요, 전혀 아닙니다. 그동안 별장 짓느라 애쓰셨는데, 오히려 저희가 더 폐를 끼쳤죠. 선우 팀장님은 아무 부담 갖지 말고 나오기만 하시면 됩니다.

그렇게 해서 저녁 약속이 잡히자 소현은 말 그대로 뛸 듯이 기뻐했다.

"정말 고마워! 자기, 내가 이번에 잘되면 절대로 잊지 않을게."

소현이 그렇게 기뻐하는 모습을 보자, 뭔가 좋은 일을 한 것 같은 기분이 느껴져 괜히 뿌듯해졌다. 영은 화장을 고친다, 옷차림을 점검한다 수선을 피우는 소현을 보며 웃다가 자리로 돌아왔다.

약속 시각 십 분 전, 소현과 함께 약속 장소에 도착한 영은 그제야 약속 장소가 태강 호텔이었다는 사실을 깨달았다. 갑자기 이유를 알 수 없는 찝찝함이 느껴지기 시작했다.

"설마, 마주치지는 않겠지? 맨날 호텔에서 저녁을 먹는 건 아닐 테니까……"

저도 모르게 그 말을 입 밖으로 소리 내어 중얼거렸나 보다. 손거울을 보며 마지막 점검을 하고 있던 소현이 무슨 말이냐는 듯 물었다.

"뭐라고?"

"아, 아니에요."

영은 어색하게 웃으며 말을 돌렸다.

"이제 올라갈까요?"

"응. 근데, 자기야, 나 괜찮아 보여?"

진지함과 심각함이 반쯤 섞인 소현의 얼굴을 보는 순간 영은 그냥 웃고 말았다. 애인이 있어도 상관없다던 아까의 그 패기는 벌써 다 사라진 모양이었다.

"네, 좋아 보여요. 그러니까 너무 걱정 마시고 그만 올라가요."

레스토랑에 올라가자 민석은 이미 도착해서 기다리고 있었다. 반나절 만에 느끼함의 수치가 두 배쯤 더 상승한 모습에 영은 속으로 진저리를 쳤지만, 소현에게는 그게 더 매력적으로 느껴지는 모양이었다.

영은 발그레하게 물든 소현의 얼굴을 곁눈질하며 앞으로 한두 시간 동안 음식에 최대한 집중해야겠다고 마음먹었다.

* * *

도대체 저건 뭐지?

강우는 눈앞에 보이는 광경을 믿을 수가 없어 인상을 썼다. 주변에 다른 사람이 없다면, 손으로 눈이라도 비벼 보고 싶은 심정이었다.

선우영 취향이 저랬어? 저렇게 기름기 줄줄 새는 남자가 취향이었다고? 하! 그래, 그래서 나를 그렇게 질색했던 건가? 그래, 그런 거였어. 그건 순전히 선우영의 취향 문제였던 거야.

하지만 아무리 그렇게 생각하며 묘하게 뒤틀린 기분을 달래 보려고 해도 그의 기분은 점점 더 비뚤어져 가기만 했다.

아니 도대체, 제정신이냐고! 내가 저기 저, 기름 범벅인 인간보다 빠지는 게 뭔데? 저 느끼한 놈의 어디가, 얼마만큼 마음에 들길래 거기 앉아서 그렇게 헤벌쭉거리며 웃고 있냐고!

시간이 갈수록 짜증이 솟구쳐서, 지금 입속으로 들어가는 음식이 무슨 맛인지도 모를 지경이었다. 그런 그를 맞은편에 앉아서 유심히 쳐다보고 있던 재민이 의아하다는 듯이 물었다.

"도대체 누굴 그렇게 노려보는 거야? 전생의 원수라도 찾았어?"

"뭐?"

"저기, 저 두 여자 중에서……."

재민은 조금 전까지 강우가 쳐다보고 있던 쪽을 눈짓하며 물었다.

"누가 그렇게 마음에 안 드는 건데?"

"……넌 신경 쓸 것 없어."

그러나 재민은 그 말을 듣지 못한 것처럼 고개를 갸웃거리며 중얼거렸다.

"둘 다 내가 모르는 얼굴이고, 둘 다 미인이지만, 둘 다 네 타입은 아닌데……."

"쓸데없는 소리 그만……."

"하필 남자만 내가 아는 얼굴이네."

"뭐?"

강우는 그건 또 무슨 말이냐는 표정으로 재민을 쳐다보았다. 재민은 씩 웃더니 의외로 순순히 입을 열었다.

"분당에 건물 몇 채 가지고 있는 오 사장이라고 있거든. 그 큰아들인가 그럴 거야. 능력은 별로 없는데 부모님 잘 만나서 건물 관리하고 다니더라고. 돈 많은 여자랑 결혼해서 죽을 때까지 놀고먹는 게 인생 목표라고 하던데."

그 말을 들은 강우는 조금 황당한 표정으로 재민에게 물었다.

"어떻게 그렇게 자세하게 알고 있냐?"

"저 남자의 여동생도 돈 많은 남자를 찾고 있었으니까. 며칠 전에 작은 모임에 나갔다가 인사를 했는데, 어찌나 노골적으로 들러붙는지 나 그날 보쌈당해 가는 줄 알았다."

강우는 재민의 그 너스레에 피식 웃고 말았다. 이래서 재민을 멀리할 수가 없었다. 조금 더 까칠하고 조금만 더 욕심을 내며 그를 견제한다면 기다렸다는 듯 밀어낼 텐데, 재민은 늘 이렇게 그를 느슨하게 만들었다. 지금까지 삼십 년 동안, 내내.

"야, 웃지 마. 나나 되니까 멀쩡히 살아 돌아왔지, 너였으면 벌써 보쌈당해 갔을걸."

이어지는 재민의 말에 강우는 진심을 다해 코웃음을 쳐 주었다.

"웃기고 있네. 나 같으면 옆에도 오지 못하게 만들었을 거다."

그러자 재민은 아무 말 없이 그를 쳐다보다가 이렇게 말했다.

"하긴, 너는 보쌈해 가 봤자 세 시간도 안 돼서 되돌려 보냈겠지. 까칠한데다, 유머 감각도 없고, 저만 제일 잘난 줄 아는 녀석이니까. 여자들이 딱 싫어할 타입이야, 너는."

"네 걱정이나 하시지."

"내 걱정은 무슨. 나야말로 여자들의 최고 워너비라고. 두고 봐라, 내가 여섯 달 안에 결혼해서 할아버지의 소원을 이뤄 드리고 본사로 들어갈 테니까."

재민의 큰 소리에 강우는 고개까지 끄덕이며 맞장구를 쳤다.

"부디 건투를 빈다."

재민은 그가 평소답지 않게 발끈하며 꿈 깨라는 소리를 하지 않자, 김이 샌다는 표정을 지었다. 그리고 이내 강우의 싸늘한 시선이 아까 그 테이블 쪽으로 향해 있는 것을 깨닫고는 재미있다는 눈길을 보냈다. 하지만 강우는 그것조차 깨닫지 못하고 있었다.

이거, 조만간 뭔가 일이 생기겠는데?

재민은 점점 미간이 찌푸려지는 사촌의 얼굴을 지그시 쳐다보며 생각했다.

강우는 그보다 두 달 먼저 태어난 사촌 형이었다. 그리고 모든 면에서 인간미 넘치는 그와는 달리, 모든 면에서 너무 완벽해서 재수 없는 타입이었다. 그중에서도, 신강우는 자신이 잘났다는 걸 너무 잘 알고 있다는 점이 가장 꼴 보기 싫었다.

그래서 사실 어렸을 때는 강우를 많이 미워하기도 했었다. 무엇을 하든 강우를 넘어설 수 없었기 때문이다.

공부를 해도, 피아노를 배우거나 그림을 그려도, 운동을 해도 강우는 언제나 그를 앞서 나갔다. 하다못해 키까지 4센티미터 더 컸기 때문에, 한때는 정말 꼴도 보기 싫어한 적도 있었다. 한 번도 드러내 놓고 표현하지는 못했지만 말이다.

그러나 철이 들기 시작하면서 재민은 그렇게 잘나기만 한 강우의 인생이 즐겁지만은 않겠구나, 하는 것을 깨닫게 되었다. 잘난 사람에게는 그만큼의 기대가 따라다녔으니까.

자신처럼 적당히 잘난 사람은 잠깐 한눈을 팔거나 가끔 실수를 해도 '사람이 그럴 수도 있지'라는 말로 넘어갈 수 있었다. 하지만 강우는 아니었다. 그는 언제나 완벽해야 했고, 다른 사람에게 뒤처져서는 안 됐다. 무엇보다도 그런 기대를 다 받으면서 힘들다거나 지친다는 내색을 해서는 안 됐다.

사촌의 그런 상황을 깨닫고 나자 재민은 강우에 대한 시기심과 미움이 점점 사라지는 것을 느낄 수 있었다. 완벽한 인간으로 살며 그런 압박을 받느니, 차라리 적당하게 잘난 인간으로 살면서 인생을 즐기는 게 낫다는 생각이 들었던 것이다.

그렇게 강우를 앞지르겠다는 마음이 사라지자 재민은 동갑내기 사촌이 자신과 꽤 잘 맞는다는 사실도 깨닫게 되었다.

그래서 언제부턴가 그는 이렇게 가끔 강우와 함께 저녁 식사를 하곤 했다.

동갑내기 사촌이란 관계는 생각보다 괜찮은 사이여서, 솔직히 말하면 재민은 이제 부모님이나 친구들보다 강우와 함께 있는 자리가 더 편할 정도였다. 강우와 있는 자리에서는 마음속에 있는 무슨 말을 해도 상관없었으니까.

그런데 항상 빈틈없고, 타인에게, 특히 여자에게 별 관심이 없던 사촌이 오늘은 이상하게 초조해 보였다. 초조해할 뿐만 아니라 다른 테이블에 앉아 있는 여자를 노려보며 인상까지 쓰고 있었다.

재민은 강우가 노려보는 여자가 과연 둘 중에 어느 쪽일까 궁금해하며 일부러 결혼이란 말을 꺼내 보았다. 하지만 들은 척도 하지 않는 걸 보니 아직 그런 걸 생각할 단계는 아닌가 보다.

쯧쯧, 어느 쪽인지는 몰라도 안 됐네. 그 여자는 신강우의 성격이 얼마나 집요한지 알고나 있는 걸까? 아까부터 계속 눈을 떼지 못하는 걸로 봐서는 꽂혀도 단단히 꽂힌 것 같은데.

재민이 그렇게 영을 걱정하는 동안에도 그녀를 노려보는 강우의 시선은 점점 더 살벌해져 가기만 했다.

신이 났네, 신이 났어. 아주, 웃느라고 정신을 못 차리시는군. 남자가 돈이나 노리는 한심한 놈인지도 모르고…… 쯧쯧쯧. 저렇게 남자 보는 눈이 없으니 앞으로 어떻게 살아갈지, 안 봐도 뻔하네. 사기당해서 가진 돈 다 털리고 나중에 후회해 봤자…….

바로 그때 내내 웃고 있기만 하던 영이 일행에게 무슨 말인가를 하며 자리에서 일어났다. 강우가 저도 모르게 그녀를 따라 몸을 일으키자 재민이 놀란 얼굴로 물었다.

"왜 그래?"

"아, 아냐. 잠깐 나갔다 온다."

"그러든지."

시큰둥한 척 대답한 재민이 뒤에서 눈을 번뜩이며 쳐다보는 것도 모르고, 강우는 걸음을 빨리해서 선우영이 사라진 방향으로 쫓아갔다. 화장실에 들어간 지 십 분이 지나도록 안 나오는 걸 보니 저 느끼한 놈한테 잘 보이기 위해 화장이라도 고치고 있나 보다.

그 얼굴에 아무리 화장을 열심히 고쳐 봤자 호박이 수박이라도 되겠냐며 혼자 코웃음을 치고 있는데 드디어 그녀가 모습을 드러냈다. 어이구, 그러고 보니 오늘은 머리 세팅도 하고 스커트 정장까지 깔끔하게 차려입으셨다.

아침부터 시간깨나 들였겠군.

신경 써서 차려입은 선우영의 차림새가 왜 이렇게 눈에 거슬리는지 모를 일이었다. 강우는 자신의 생각과 행동이 평소와는 매우 다르다는 것을 깨닫지도 못한 채 앞으로 한 발 나갔다. 그러자 핸드폰을 보며 걸어오던 그녀가 깜짝 놀라는 듯하더니 고개를 든다.

시선이 마주친 순간 영의 눈동자 속에 놀람, 불쾌함, 깨달음이 차례대로 지나가는 것이 보였다. 그리고 강우가 마지막의 그 '깨달음'의 정체가 무엇인지 몰라 멈칫하는 동안 그녀가 그를 보며 대외 접대용 미소를 지었다.

"안녕하세요, 부사장님. 자주 뵙네요."

"안녕하십니까."

"어제저녁은 정말 감사히 잘 먹었습니다. 댁에는 잘 들어가셨어요?"

"네. 잘 들어갔습니다. 그런데 오늘 여기서 다시 뵙게 될 줄은 몰랐군요."

"하하하, 그러네요. 저녁 식사하러 오셨어요?"

"네, 사촌 동생과 식사하던 중이었습니다. 선우영 씨는요?"

"클라이언트와 미팅이 있었거든요. 저는 이제 막 나가려던 참이었어요."

뭐라고? 영의 말을 듣자 뭔가 이상하다는 생각이 들었다.

조금 전까지만 해도 그녀의 일행들이 테이블에 앉아서 화기애애하게 대화를 나누고 있는 걸 봤는데 나갈 거라고? 아무리 봐도 자리에서 일어날 분위기가 아니었는데?

설마, 이 여자가 지금 나랑 마주쳤다고 기분 나빠서 나간다고 하는 건⋯⋯.

갑작스럽게 든 생각에 기분이 상한 강우는 그녀의 기분도 같이 나빠져 보라는 심보로 물었다.

"잘됐군요. 저희도 지금 일어날 참이었는데, 자리 옮겨서 같이 한잔하는 건 어떻습니까?"

그러자 영이 놀란 듯 눈을 크게 떴다. 안 그래도 큼지막한 눈이 은은한 섀도와 마스카라 덕택에 어제의 거의 두 배는 되어 보인다. 강우가 순간적으로 여자들의 놀라운 화장 기술에 대해 새삼 감탄하고 있는데, 그녀가 고개를 끄덕이며 대답하는 것이 보였다.

"그럴까요? 그럼 어제 저녁 식사의 답례로, 오늘은 제가 살게요."

어? 이게 아닌데?

강우는 뒤통수를 맞은 것 같은 기분으로 웃고 있는 영의 얼굴을 바라보았다.

이 여자가 갑자기 왜 이렇게 부드럽지? 짜증을 내며 거절할 거라고 생각했는데?

그러나 영은 그가 더 당황할 틈도 주지 않았다.

"저는 일행들에게 인사를 하고 나가 있을게요. 밖에서 만날까요?"

"그…… 아닙니다."

강우는 일단 정신부터 차리고 대답했다.

"자리에서 잠시 기다리시면 제가 그쪽 테이블로 가겠습니다."

이게 어떻게 된 일인지 파악하는 건 나중에 해도 된다. 지금은 그 기름기 범벅인 놈이 정말로 단순한 '클라이언트'인지 확인하는 것이 더 중요했으니까.

화장실에서 손만 씻고 나온 강우가 자리로 돌아가자 재민은 벌써 나갈 준비를 하고 있었다. 자리에서 일어난 지 한참 만에 돌아온 그를 보고도 왜 이렇게 오래 걸렸냐는 말조차 하지 않았다. 뭔가 뻘쭘해진 강우가 계산을 위해 직원을 부르려고 하자 재민은 그것까지도 말렸다.

"계산 끝났어."

"……오늘은 내가 내는 날 아니었던가?"

"네가 바빠 보이길래 인심 한번 썼다."

그렇게 대답한 재민은 자리에서 일어나며 의미심장한 미소와 함께 물었다.

"그래서, 같이 나가기로 했냐?"

"……누가?"

"참, 나, 지금 시치미 떼는 거야? 여기서도 다 보였거든."

재민의 핀잔을 들은 강우는 민망한 표정을 감추지도 못하고 어색하게 대답했다.

"뭐, 한잔하러 갈 건데, 너도 같이 가든가."

"미친, 나를 왜 거기에 끼워 넣어? 얼마나 눈치를 주려고? 술 먹고 체할 일 있냐?"

"……."

"잘 되면 나한테 제일 먼저 소개나 해 줘. 난 먼저 간다."

쿨하게 뒤돌아서 가 버리는 사촌 동생을 보면서 강우는 생전 처음으로 미안함과 고마움을 동시에 느꼈다.

하여간, 오지랖만 넓어서는……. 같이 가도 상관없었는데.

민망한 마음을 추스르고 영의 테이블로 갔더니 그녀 역시 일행들과 작별 인사를 나누고 있었다. 함께 나가자고 그녀를 붙잡는 오민석을 보자 강우의 머릿속에서 재민에 대한 생각이 순식간에 사라졌다. 그는 저도 모르게 전투 모드가 되어 매끄러운 미소를 얼굴 가득 채우고는 영의 곁으로 다가갔다.

"그만 나갈까요?"

강우를 돌아보는 오민석의 얼굴에는 놀라움과 불쾌함이, 다른 일행인 여자의 얼굴에는 경악이 떠올랐다. 여자는 시선을 그에게 꽂은 채로 영의 팔을 붙잡으며 놀라움이 가득한 목소리로 물었다.

"자기, 만났다는 분이 신강우 부사장님이었어?"

"네."

"그럼, 우리 그냥 같이 자리를 옮기는 게……."

이 여자가 미쳤나. 강우는 테이블 위에 놓여 있는 빈 와인병을 확인한 다음 부드럽지만 싸늘한 목소리로 여자의 말을 잘랐다. 이미 혀가 꼬였는데, 어딜 따라붙으려고.

"인사 끝났으면 그만 나갈까요?"

그러자 웬일로 영이 기다렸다는 듯 생글생글 웃으며 자리에서 일어났다.

"그럼 먼저 가 보겠습니다. 민석 씨, 오늘 식사 감사했어요. 그리고 우리 안 팀장님도 마지막까지 잘 부탁드릴게요."

"아, 그래도 선우영 팀장님이 이렇게 먼저 가시면 제가 너무 서운……."

"자기, 정말 먼저 가려고?"

"네, 먼저 가서 죄송해요. 그럼 두 분, 즐거운 시간 보내세요."

영은 생글거리는 얼굴로 칼같이 인사를 끝냈다. 그러고는 레스토랑에서 나오자마자 가늘게 한숨을 내쉰다. 옆에서 그 한숨 소리를 듣고 있던 강우는 저도 모르게 피식 웃고 말았다. 정말 어지간히도 같이 있기 싫었나 보다. 오죽하면 그를 핑계 대고 도망 나올 생각까지 했을까.

훗, 그래도 같이 나와서 한 잔 산다고 한 사람은 당신이니까, 무를 생각은 하지 않는 게 좋을걸.

강우가 그렇게 생각한 순간 그녀가 고개를 들고 물었다.

"어디로 갈까요? 혹시 아시는 데 있어요?"

참 이상한 일이었다. 그저 눈 화장을 조금 했을 뿐인데 왜 저렇게 커 보이는 거지? 말똥말똥 뜨고 쳐다보는 그녀의 눈이 마치 사슴, 아니 송아지 같다는 생각이 든다. 까맣고 커다래서 계속 보고 있으면 빠져들기 딱 좋은…….

미쳤구나, 신강우. 빠져들긴 어딜 빠져!

그는 말도 안 되는 생각을 한 게 민망해서 일부러 더 냉정한 목소리로 대답했다.

"근처에 제가 가끔 가는 바(BAR)가 있습니다. 괜찮으시다면 그곳으로 갈까요?"

"네, 그래요."

아, 정말! 이 여자가 오늘 왜 이렇게 고분고분한지 모르겠다, 사람 불안하게.

자리에 앉은 영은 맞은편에 앉아 있는 남자의 눈치를 슬쩍 살폈다. 아까보다 목소리가 냉랭해진 게, 그 자리를 빠져나오려고 그를 이용했다는 걸들킨 게 아닌지 모르겠다.

하지만 그건 그녀도 어쩔 수 없는 일이었다. 오민석은 자꾸 그녀에게 들이대며 와인을 권했고, 그 와인을 대신 받아 마신 소현은 계속해서 그녀에게 눈치를 주었기 때문이다. 그래서 나가서 한잔하자고 권하는 이 남자의목소리가 삐딱하다는 것을 알면서도 덥석 받아들였는데, 아무래도 실수였던모양이었다.

그래, 어제 얻어먹은 것도 있으니까 한잔 사고 집에 가면 되지, 뭐.

그렇게 생각한 영은 미안한 마음에 애써 생글거리는 미소를 만들어 내며물었다.

"뭐 드실래요?"

솔직히 말하면 저녁 내내 억지로 웃는 표정을 짓고 있느라 얼굴 근육에경련이 일어나기 직전이었다. 그런데 신강우는 그런 그녀의 노력도 모르고시큰둥한 말투로 이렇게 대꾸했다.

"선우영 씨와 같은 걸로 주문하죠."

"그럼 진토닉으로 할까요? 괜찮으세요?"

대답도 귀찮다는 듯 고개만 까딱이는 그의 모습을 보자 그녀도 슬슬 짜증이 치솟기 시작했다. 아니, 한잔하러 가자고 먼저 말한 사람은 당신이잖아! 나라고 뭐, 이 자리가 좋아서 따라온 줄 알아? 1차에 기름 범벅을 상대하고, 2차는 김창수 도플갱어와 마주 앉아 있어야 하는 내 기분을 당신이 알기나 하냐고!

영은 갑자기 피곤이 확 몰려오는 것을 느끼며 생각했다.

……아, 오늘이 금요일이었다면 얼마나 좋을까. 그럼 다음 날 아침에 늘어지게 늦잠 자는 걸로 스트레스를 풀 수 있을 텐데. 하지만 불행하게도 오늘은 목요일이었고, 따라서 내일도 아침 일찍 일어나 출근을 해야 한다.

……그럼 내일은 양평에 가서 못질이라도 좀 하고 올까? 그러면 내일 밤은 정말 눕자마자 곯아떨어질 수 있을 텐데 말이다.

그런 생각을 하고 있는데 맞은편에 앉아 있는 남자의 시선이 느껴졌다. 생긴 것답게 날카로운 시선으로 그녀의 모습을 쳐다보는 눈빛을 영은 담담하게 마주했다.

그렇게 쳐다보면 내가 뭐, 무서워할 줄 알고?

그런 생각을 듣기라도 했는지, 신강우의 입술이 열리더니 그녀를 향해 물었다.

"선우 회장님은 알고 계십니까? 손녀딸에게 저런 남자들이 들러붙는다는 사실을?"

"……네?"

영이 어벙한 얼굴로 무슨 말인지 모르겠다는 듯 되묻자 그가 피식 웃었다.

"시치미 뗄 필요는 없습니다. 선우 회장님과 선우영 씨의 관계는 이미 다 확인했으니까."

의아한 표정을 짓고 있던 영의 얼굴이 점점 싸늘하게 식어갔다.

"……뒷조사했다는 말을 참 당당하게 하시네요."

"제가 호기심이 많은 편이라서요."

"뻔뻔하다는 뜻이었는데요."

"그래도 이렇게 본인 앞에서 털어놓고 있으니까 정상 참작은 해 주셨으면 합니다."

이번엔 영의 입술에서 피식거리는 웃음이 새어 나왔다. 와, 무슨 남자가 사과를 이렇게 뻔뻔하게 하는지 모르겠다. 더 기분 나쁜 것은 저렇게 뻔뻔하게 말하는 모습이 미모에는 아무런 영향을 주지 못한다는 사실이었다.

역시, 세상은 불공평해.

그녀는 속으로 씁쓸하게 입맛을 다시며 생각했다.

저런 김창수 과들은 모두 오크같이 생겨야 하는 건데. 머리는 인형 탈만큼 크고, 다리는 웰시코기처럼 짧고, 배는 곰처럼 불룩하게 나오고, 눈은 새끼손톱만 하고, 피부는 도마뱀 같고……. 그래야 나같이 정신 나간 여자들이 조금이라도 덜 빠져들지.

"기분이 많이 상했나 보군요. 정식으로 사과하겠습니다. 미안합니다."

그녀가 어떤 생각을 하고 있는지 모르는 강우가 자세를 바로 하고 앉더니 고개를 살짝 숙였다. 영은 머릿속에서 진행 중이던 '신강우 오크 만들기'를 중단하고 물었다.

"그게 그렇게 궁금하셨어요?"

"네. 사실 저희 할아버지와 선우 회장님이 개인적으로 친한 편이신데, 선우영 씨 같은 손녀분이 있다는 말은 한 번도 들어보지 못했습니다. 지금까지 마주친 적도 없었고."

"대외적으로 알릴 생각은 없었으니까요."

"하지만 저처럼 호기심 강한 사람들이 있었을 텐데요."

"그래도 이렇게까지 대놓고 물어보진 않으시더라고요."

"그럼 처음에 물어봤을 때 왜 아니라고 했습니까?"

강우가 약간 발끈한 말투로 묻자 그녀는 어깨를 으쓱해 보였다.

"대외적으로 알릴 생각은 없다니까요. 특히나 사업상 할아버지를 잘 아는 분들이라면 더 그렇고요."

그러자 강우는 대화가 돌고 도는 게 마음에 안 든다는 표정으로 입을 다물었다. 영은 그런 강우를 보며 약 올리듯 한마디 덧붙였다.

"부사장님도 처음에 저를 만나자마자 제가 거절하는 이유를 할아버지와 연관 지어 생각하셨잖아요?"

두 사람 사이에 잠시 침묵이 흘렀다. 그동안 진토닉을 홀짝거리던 영은 씩 웃으며 다시 입을 열었다.

"제가 할아버지 손녀라는 걸 부정할 생각은 없어요. 하지만 저는 선일 그룹과는 상관없는 인생을 살 생각이에요. 할아버지께도 그 점에 대해서는 분명하게 말씀드렸고요."

"하지만 다른 사람들은 그걸 모릅니다. 게다가 선우영 씨의 이름이 알려지게 된 건 선우 회장님의 별장을 맡은 다음부터였습니다. 그 소문을 들은 사람들은 다들 한 번씩 당신과 회장님의 관계에 대해서 생각해 볼 겁니다."

"생각만 해 보겠죠. 부사장님처럼 두 팔 걷고 조사에 뛰어드는 사람은 별로 없어요."

"별로 없다는 말이 완전히 없다는 말은 아니죠. 당장, 오민석 씨만 봐도 선우영 씨에게 너무 적극적이라는 생각은 들지 않았습니까? 속셈이 너무 뻔히 보인다는 생각은 안 해 봤어요?"

그 말에 영은 조금 놀란 얼굴로 물었다.

"오민석 씨와 아는 사이셨어요?"

"……직접 아는 사이는 아닙니다. 그보다, 제가 지금 하는 말이 무슨 뜻인지 생각을……."

"알아요."

그녀는 이제 진짜 미소를 지으며 말했다.

"저, 그 정도로 순진하지도 어리숙하지도 않아요. 그보다 걱정해 주셔서 고맙습니다. 부사장님, 보기보다 친절하시네요?"

그러자 강우가 어이없다는 눈으로 그녀를 쳐다보았다. 영은 그의 친절에 보답하는 뜻에서 조금 솔직해져 보기로 마음먹었다.

"사실, 그동안 제가 부사장님한테 많이 무례하게 굴었어요. 죄송합니다."

그녀의 말에 그가 한쪽 눈썹을 치켜세우더니 삐딱한 목소리로 말했다.

"······진짜 미안하면 그 이유나 들어 봅시다."

영은 말을 괜히 꺼냈구나 하며 후회했다. 아, 그냥 사과나 받고 넘어갈 것이지, 이유까지 캐묻고 그런데!

어색한 미소로 진토닉을 홀짝이며 시간을 끌어 봐도, 강우의 눈빛은 점점 집요해질 뿐이었다. 솔직해지기로 마음먹었던 게 잘못이라는 걸 깨달았지만 이미 늦었나 보다.

그 이유를 들으면 진짜 기분 나빠질 텐데, 그걸 왜 굳이 듣겠다는 겁니까, 부사장님.

"얘기를 안 하는 걸 보니까 별로 안 미안한 모양이네요?"

영이 계속 시간을 끌자 그가 아까보다 더 삐딱한 음성으로 그렇게 말했다.

젠장. 집요하기는.

그녀는 속으로 열 번쯤 욕을 한 다음 입을 열었다.

"진짜 듣고 싶으세요?"

"네."

"별로 좋은 얘긴 아닐 텐데요?"

"그러니까 그렇게 무례하게 굴었겠죠. 선우영 씨가."

그녀가 했던 말을 그대로 따라 하는 걸 듣는 순간 영의 입가에 걸려 있던 난처한 미소가 사라졌다.

하여튼 쪼잔하긴, 누가 김창수 도플갱어 아니랄까 봐! 그렇게 듣고 싶으면 들어 보라고!

"제가 스물두 살에 만나서 스물여덟 살에 헤어진 남자가 있었어요."

영은 불쑥 말을 꺼내며 저도 모르게 강우처럼 삐딱한 표정을 지었다.

"힘들 때 만난 사람이라서 그런지 정신없이 빠져들게 되더라고요. 정신을 차렸을 땐 거의 조공 수준으로 그 사람 뒷바라지를 하고 있었고요. 그런데 그 남자는 뒤에서 이 여자 저 여자를 다 만나고 다녔어요. 그러다 들키면 아니라고 잡아떼거나, 상대 여자가 유혹해서 그랬다는 둥 변명이나 늘어놓고, 그런 다음 또 다른 여자를 만나고……."

그녀는 낮은 한숨을 쉬며 칵테일을 한 모금 마셨다.

"그러다가 결국 열쇠 세 개 쥐어 주는 여자랑 결혼을 하더라고요. 저는 그 사람이 약혼한다는 걸, 다른 친구를 통해 들었어요. 그것도 그 남자의 약혼식 일주일 전에, 제가 가장 힘들었던 시기에 말이죠."

그녀는 잠시 멈췄다가 조금 퉁명스럽게 말을 이었다.

"그리고 부사장님은 하필 그 사람과 똑같이 생겼어요. 그래서 처음 만났을 때 얼마나 놀랐는지 몰라요."

그러자 강우가 어이없다는 표정으로 입을 벌렸다.

"그게 말이 됩니까?"

"왜 안 돼요? 제가 그때 얼마나 소름 끼쳤는지 아세요? 김창수 그 인간은 제 평생의 원수…… 아니 그러니까, 그만큼 끔찍한 남자라고요. 근데 그런 인간과 똑같이 생긴 남자가 있다니!"

"그만큼 끔찍한 사람이라는 건 이해하겠는데, 그런 남자가 나랑 똑같이 생겼을 리 없습니다. 말도 안 돼요. 사진 가지고 있는 거 있으면 한 번 비교해 보십시오."

코웃음까지 섞인 강우의 말에 영은 슬슬 기분이 나빠지기 시작했다.

"아니, 내가 그딴 인간의 사진을 아직까지 가지고 있을 것 같아서 하는 말이에요? 그리고, 육 년 넘게 만났던 남자 얼굴을 제가 잊어버렸을 것 같냐고요!"

"사람의 기억은 시간이 지나면 지워지고 왜곡되기 마련입니다."

"그런 거 없다니까요!"

"그러니까 사진을 찾아보라는 겁니다. 바로 앞에 대놓고 비교해 보면 바로 알 수 있을 게 아닙니까!"

와, 나, 정말, 이 남자가!

영은 계속 이어지는 강우의 억지에 더 이상 할 말을 찾지 못했다. 아니, 안 그래도 꼴 보기 싫어 죽겠는데, 사진까지 찾아봐야 해? 그 전에, 그 자식 물건은 이미 다 태워 버리고 없다니까!

한참 동안 씩씩거리던 그녀는 분을 못 이겨 재킷과 가방을 들고 벌떡 일어났다. 그러자 강우가 왜 그러느냐는 듯 묻는다.

"어디 갑니까?"

"집에요!"

"얘기를 하다 말고 간다고요?"

"네! 할 얘기 다 하고, 마실 것도 다 마셨으니 그만 돌아가는 게 좋을 것 같네요. 부사장님은 나오실 필요 없어요."

"선우영 씨!"

뒤에서 들려오는 소리를 무시한 채 콧김을 씩씩 내뿜으며 집에 돌아오고 나서야 머리끝까지 치솟았던 성질이 가라앉았다. 샤워를 마치고 나온 영은 화장대 앞에 앉아 수건으로 머리를 말리다가 김빠진 한숨을 푹 내쉬었다.

"내가 미쳤지."

아니, 왜 거기서 폭발을 하냐고, 그것도 그 남자한테.

생각해 보면 신강우가 기분 나빠한 건 아주 당연한 일이었다. 그녀가 무례하게 굴어서 죄송하다고 했을 때 그 이유를 궁금해한 것도 당연한 일이었고, 또 그녀가 그렇게나 싫어하는 사람과 닮았다고 했을 때 기분 나빠한 것도 당연한 일이었다. 입장을 바꿔 놓고 생각해 보면 그녀라도 그랬을 테니까.

그러니까, 처음부터 무례하게 굴어서 죄송했다는 말 따위를 꺼낸 게 잘못이었던 것이다. 하필 왜 그때 사과해야겠다는 생각이 떠올랐는지 모르겠다. 그냥 예의 없는 여자로 남았으면 이렇게 유치찬란하고 창피한 말싸움 따위는 하지 않았을 텐데!

그래 놓고 혼자 씩씩대면서 뛰쳐나오기까지 했지. ……정말, 인생에 길이 길이 남을 흑역사를 만들고 왔구나.

"앞으로 그 얼굴을 어떻게 보냐고."

늘어지게 한숨을 쉬며 중얼거리던 영은, 그러나 잠시 후 자신이 이제 다시 신강우를 만날 일은 없다는 것을 깨닫고 이번엔 안도의 한숨을 내쉬었다.

"아, 다행이다. 더 창피할 일은 없겠네."

하지만 그 유치한 말싸움은 그 남자의 기억 속에 그대로 남아 있을 것이다. ……정말로, 아까의 그 말싸움을 떠올리면 밤새 이불을 덮어쓰고 발차기를 해도 창피함이 사라지지 않을 것만 같았다. 갑자기 벌떡 일어나서 나가 버리는 그녀를 보며 신강우가 얼마나 황당해했을지 상상도 되지 않는다.

제발 누군가 그 남자의 기억을 좀 지워 줬으면 좋겠다. 오늘 저녁, 자신과 함께 있었던 딱 두 시간의 기억만이라도.

한숨을 푹푹 쉬며 그런 생각을 하던 영은 머리도 다 말리지 않은 채 침대 속으로 파고들었다. 잠이 들었다가 일어났을 때는 자신의 기억도 다 지워져 있었으면 좋겠다고 생각하면서.

3. 작업 거는 겁니까

강우는 얘기를 하다 말고 갑자기 벌떡 일어나더니, 혼자서 씩씩거리며 나가 버리는 선우영의 뒷모습을 멍하니 바라보았다.

지금, 무슨 일이 있었던 거지? 이게 도대체 어떻게 된 일인지 모르겠다. 아니, 얘기 잘하고 있다가 왜 갑자기 화를 내고, 왜 갑자기 뛰쳐나간단 말인가.

"……취했나? 목소리는 멀쩡했는데?"

황당하게 중얼거리던 그는 어이없는 표정으로 자리에서 일어났다. 저 선우영이라는 여자와 얽히면 항상 예상했던 대로 끝나는 일이 없다고 생각하면서.

처음엔 아무 이유도 없이 자신을 싫어하는 게 아니라는 것을 알게 되어서 다행이라고 생각을 했었다. 아주 잠깐은 말이다. 하지만 그 싫어하는 이유가 '과거의 애인을 닮아서'라는 것을 듣는 순간 그는 황당해서 말도 제대로 나오지 않았다.

육 년이나 사귄 여자를 속이며 바람을 피우고, 마지막에는 다른 여자와 약혼하는 것도 알리지 않은 그런 개자식과 그가 닮았다는 게 말이 되냔 말이다. 신강우처럼 완벽하게 생긴 남자가 세상에 또 있다는 것도 믿기 힘든 일이었는데, 그게 하필 그런 쓰레기 같은 자식이라니!

어느 모로 보나 말이 안 되는 일이었기 때문에 그는 사진이 있으면 비교해 보라는 말을 했을 뿐이었다. 그랬더니 그 여자는 갑자기 화를 내고는 가 버렸던 것이다.

사진이 없으면 없는 거지, 그렇게 화를 낼 건 또 뭐란 말인가. 진짜 기분 나쁜 사람은 그런 개자식과 닮았다는 말을 들은 자신이 아니냔 말이다.

"아, 정말, 생각할수록 기분이 나쁘네."

집으로 돌아온 강우는 선우영에게 들었던 그 황당한 말을 머릿속에서 지워 버리기 위해 애를 썼다. 하지만 아무리 다른 일을 하며 관심을 돌리려고 해 봐도 그녀의 목소리가 자꾸만 되살아났다.

'육 년 넘게 만났던 남자 얼굴을 제가 잊어버렸을 것 같냐고요!'

선우영의 나이가 서른둘, 그 남자와 헤어진 건 스물여덟 살이라고 했으니까 헤어진 지 벌써 사 년이나 지났을 것이다. 그 정도 시간이 지났으니 어느 정도는 잊어버리는 게 당연한 일이 아닌가? 그렇게 싫은 남자 얼굴을 또렷이 기억해서 뭐 하려고 아직도 잊지 않았는지 모르겠다.

설마, 이제 와서 복수라도 하려고? 하려면 그때 했어야지, 시간이 다 지난 지금 복수를 해서 뭐 하게? 그 자식은 벌써 선우영이라는 여자를 다 잊고 잘 먹고 잘살고 있을 텐데? 그렇게 복수를 다짐할 시간에 차라리 새로운 남자를 만나서 보란 듯이 행복하게 살아야 하는 게 아닌가? 그게 얼마나 바보 같은 짓이고, 시간 낭비인지 모르는 걸까?

"똑똑한 줄 알았는데, 아니었네. 그런 미련이나 떠안고 살아온 주제에 나한테 그런 놈을 닮았다는 말도 안 되는 소리를 해? 두고 봐, 내가 꼭 그 자식 사진 찾아내서 하나도 닮지 않았다는 것을 증명해 줄 테니까."

그렇게 중얼거리던 강우는 불과 몇 시간 전에 선우영의 뒷조사를 했던 일에 대한 사과를 했던 것을 떠올리고 잠깐 주춤했다. 그러나 다시 생각해 보니, 이번 일은 뒷조사가 아니라 그가 그 자식과 닮았다는 누명을 벗기 위한 일일 뿐이었다.

"내 결백을 내가 증명하겠다는데, 그게 뭐가 어떻다는 거지? 그게 싫다면 당신이 그 자식 사진을 가져와 보든가."

의기양양하게 혼잣말을 하던 강우는, 그러나 선우영이 그 자식이 남긴 흔적을 찾기 위해 집 안을 뒤지는 것을 상상하자 왠지 못마땅해지고 말았다.

"……내가 움직이는 게 더 빠르겠지."

강우는 그렇게 중얼거리며 주먹을 불끈 움켜쥐었다. 가능한 한 빨리, 선우영과 사귀었다는 그 개자식의 사진을 입수해서 이 불쾌하기 짝이 없는 누명을 벗어 버리리라!

다음 날 오전, 그는 출근하자마자 선우영이 예전에 만났던 '김창수'라는 남자에 대해 알아보라는 지시를 내렸다.

결과는 의외로 빨리 나왔다. 그날 오후, 책상 위에 올라와 있는 김창수에 대한 자료를 보며 역시, 자신이 알아보길 잘했다고 고개를 끄덕였다. 사진을 확인하는 데 하루도 안 걸렸으니까 말이다.

김창수의 나이는 그녀보다 두 살 많은 서른네 살이었다.

"같은 대학이었지만 같은 과는 아니었고…… 치과대학? 아, 열쇠 세 개 받고 결혼했다더니, 의사 선생이셨어?"

자료를 살펴보던 강우는 영이 했던 말을 떠올리고는 고개를 끄덕였다. 결혼한 여자가 S 저축은행 강남지점장의 딸이었는데, 김창수와 무려 아홉 살이나 차이가 났다. 그러니까, 스물아홉 살 때 스무 살의 여자를 꼬셔서 약혼을 했다는 뜻이다.

"현재는 김앤유 치과 원장이고…… 뭐? 애인이 두 명? 이런 쓰레기 같은……."

강우는 저도 모르게 욕설을 중얼거리며 마지막에 첨부된 사진을 쳐다보았다. 그리고 인상을 확 썼다.

"이게, 나랑 닮았다고? 어디서 그런 말 같지도 않은 소리를······."

아무리 사진을 요리조리 돌려 보고 노려보아도 자신과는 하나도 닮지 않은 얼굴이다. 굳이 따지자면 엊그제 보았던 오민석이라는 인간과 비슷한 느낌이었다.

선우영 그 여자, 기억력에 문제 있는 거 아니야?

미간을 잔뜩 찡그린 채 사진을 노려보던 강우는 인터폰을 눌러 정 비서를 호출했다.

"네, 부사장님."

"잠깐 들어와 봐요."

그리고 그는 정 비서가 들어와 책상 앞에 서자 들고 있던 사진을 내밀며 물었다.

"이 사진 속의 남자를 보면 누가 떠오릅니까?"

"네?"

"그냥, 보자마자 생각나는 사람을 말해 보세요."

강우의 뜬금없는 요구에 정 비서가 어리둥절한 얼굴로 사진을 쳐다보았다. 그리고 잠시 후 이렇게 대답했다.

"잘 모르겠습니다."

"아무도 안 떠오른다는 겁니까?"

"그게 아니라······ 제가 아는 누군가와 비슷한 것 같긴 한데, 그게 누군지 모르겠습니다."

"그럼 3분만 더 보고 있다가 다시 대답해 보세요."

"네?"

정 비서의 얼굴에 순간적으로 황당하다는 표정이 스쳐 지나갔다. 하지만 진지하기 짝이 없는 강우의 얼굴을 보자 더 물어보면 안 되겠다는 생각이

들었는지, 그대로 입을 다문다.

정확히 삼 분이 지난 다음, 강우는 정 비서를 향해 다시 한번 물었다.

"누구와 닮았습니까."

그러자 정 비서가 답지 않게 잠시 머뭇거리더니 물었다.

"……솔직히 말씀드려도 될까요?"

"말해 보세요."

"부사장님과 닮았습니다."

정 비서는 그렇게 말을 하고는 슬쩍 강우의 눈치를 본 다음 다시 조심스럽게 말을 이었다.

"어디라고 정확하게 짚어내기는 어려운데, 전체적인 이미지가 왠지 부사장님과 닮은……."

망할.

강우는 욕설을 중얼거리며 정비서의 말을 잘랐다.

"됐습니다. 그만 나가 보세요."

정 비서가 문을 닫고 나가는 순간 그의 입에서 다시 한번 욕설이 흘러나왔다.

젠장. 그런 개자식이 감히 누구를 닮았다는 거야! 신강우의 삼십일 년 인생에 이렇게 억울하고 기분 나쁜 일이 또 있을까 싶었다.

* * *

"산 넘어 산이라더니."

차에서 내린 영은 기운 빠진 목소리로 중얼거리며 엘리베이터 버튼을 눌렀다.

남들은 똥차 가고 벤츠 온다는데, 나는 왜 벤츠가 가고 똥차가 오는 거냐고. 아니, 신 부사장님은 업무 때문에 만난 거니까 벤츠라고 표현하기는 좀 그런가? 게다가 김창수를 닮아서 더 마주쳐 봤자 기분만 나쁜 사람이니까…… 아무튼!

집에 들어온 그녀는 옷도 갈아입지 않은 채로 침대 위로 쓰러지듯 누워 버렸다.

"그놈의 오민석이라는 인간 좀 내 눈앞에서 치워 버렸으면 소원이 없겠다……."

오민석은 요즘 시도 때도 없이 양평 별장에 모습을 드러내고 있었다.

설계도를 보여 주고, 친절하고 자상하게 설명도 다 해 줬으니 이제 남은 것은 계획과 예산에 맞춰 예쁜 집을 완성하는 일밖에 남지 않았다. 그 과정에서 집주인이 너무 자주 들락거려 봤자 좋을 것은 하나도 없었다. 그런데 집주인인 오 사장도 아니고 오민석이 왜 계속 기웃거리며 귀찮게 하느냔 말이다.

말로는 별장에 대한 일을 아버지에게 모두 위임받았다고 하는데, 그녀가 오 사장과 통화를 했을 때 전해 들은 말은 또 달랐다.

─아, 그 녀석이 요즘 한가하다면서 양평 별장에 관심을 보이길래 한 번 가서 둘러보고 오라고는 했었지요. 왜, 무슨 문제라도 있었습니까?

"그런 건 아닙니다."

─아, 선우 팀장, 첫째 녀석이 오지랖이 넓고 궁금한 것도 많은 성격이라 여기저기 끼어들 수도 있습니다. 그 녀석이 너무 귀찮게 하거나 문제를 일으키면 당장 쫓아내 버려요. 아니면 나한테 전화하거나.

"하하하, 네……."

그러니까 그 오지랖 넓은 첫째 아들을 보내지 말고 직접 오시라고요! 도대체 집주인이 누굽니까! 설계하기 전에는 감 놔라, 배 놔라, 그렇게 귀찮게 굴더니, 왜 지금 와서 큰아들에게 일임하시는 건데요!

물론 그 말을 그대로 오 사장에게 할 수는 없었다. 아무리 그런 소리를 들었어도, 귀찮다는 이유로 아들을 쫓아내 버리면 오 사장이 가만히 있을 위인은 아니었으니까.

그러다 보니 그녀는 요즘 양평에 갈 때마다 언제 어디서 오민석이 나타날지 몰라 언제나 경계 태세를 갖추고 있어야 했고, 이제는 너무 지쳐서 신경쇠약에 걸릴 지경이 되어 버렸다.

"귀찮은 일은 다 끝났다고 좋아했더니, 왜 하필 그런 느끼한 놈이 들러붙어선……."

마음 같아서는 오민석이 들러붙을 때마다, '나는 결혼에 관심 없는 사람이니까, 다른 데 가서 돈 많고 명줄 짧은 여자 알아보라'고 말해 주고 싶었다. 하지만 그렇게 말을 하려면 적어도 오민석이 그녀에게 직접 사귀자는 표현을 해야 하는데, 정말 짜증 나게도 그는 그런 말은 하지 않고 있었다.

영이 자신을 탐탁지 않게 생각한다는 것을 눈치채서 그런지는 몰라도, 그저 옆에서 졸졸 쫓아다니며 그녀를 귀찮게 할 뿐이었다. 마치 관심을 바라는 강아지처럼.

"강아지처럼 귀엽기나 하면 또 몰라."

영은 콧방귀를 끼며 몸을 일으켰다. 얼른 세수하고 양치질하고 제대로 누워야겠다. 그래야 내일 아침에 제시간에 일어날 수 있을 테니까.

다음 날.

회사에 출근한 영이 가장 먼저 마주친 사람이 하필이면 소현이었다. 소현은 지난번 오민석과의 저녁 식사가 마음대로 풀리지 않자, 영에게 조금 삐쳐 있는 상태였다. 오늘도 그녀가 먼저 인사를 건네자 '일찍 나왔네'라고 새침하게 말하며 몸을 돌렸다. 그 모습을 본 영은 피식 웃으며 중얼거렸다.

"임자 있어도 상관없다고 하더니."

사실 소현은 원래 혼자서 잘 삐치기도 하고, 잘 풀어지기도 하는 성격이었다. 그 사실을 알고 있었던 영은 지금까지 소현이 삐친 것 같아도 '저러다 풀어지겠거니' 하면서 신경을 쓰지 않았다.

하지만 이번만큼은 소현이 오민석을 성공적으로 유혹했다면 좋았을 텐데,

하는 생각이 들어 심란한 것도 사실이었다. 그랬다면 자신이 지금 이렇게까지 피곤하지는 않을 텐데 말이다.

잘해 보라고 자리까지 비켜 줬더니, 도대체 뭘 하신 거냐고요. 덕분에 나는 신강우 부사장한테 유치찬란함의 끝장을 보여 주고 수치사할 뻔했단 말입니다.

뭐, 그래서인지는 몰라도 더 이상 태강 건설의 일을 맡아 달라는 연락을 해 오지 않는 건 다행이었다. 그러고 보니 방법이야 어찌 됐든 신강우 부사장을 떨궈 낸 것만 해도 커다란 성과가 아닐까 싶다.

자리에 앉은 영은 스스로를 위로하듯 고개를 끄덕이며 중얼거렸다.

"그래, 이제 오민석만 떨궈 내면 다시 평화로운 일상으로 돌아갈 수 있어."

그러나 그녀는 그때까지만 해도 모르고 있었다. 신강우가 그렇게 간단히 떨궈 낼 수 있는 남자가 아니라는 것을 말이다.

그날 오후 사무실 책상 앞에 앉아 오랜만에 느긋한 시간을 보내고 있던 영에게 한 통의 전화가 걸려 왔다. 모르는 번호라서 조심스럽게 받았더니 수화기 저편에서 딱딱한 저음의 목소리가 들려왔다.

ㅡ신강웁니다.

"아, 네. 안녕하세요."

영은 전화 통화라서 내키는 만큼 썩은 표정을 지을 수 있는 게 다행이라 생각하며 대답했다.

"그런데, 무슨 일이신지……."

ㅡ오늘 시간 괜찮으면 저녁 식사 어때요?

"네?"

그 한마디에 '내가 왜 너랑 저녁을 먹어야 하는지 모르겠다'라는 생각이 그대로 드러났나 보다. 수화기 저쪽의 목소리에 웃음기가 살짝 묻어 나왔다.

ㅡ선우영 씨가 좋아할 만한 곳을 찾았거든요.

"아하하, 그러시군요."

영은 최대한 정중하게 들리도록 목소리를 가다듬으며 대답했다.

"생각해서 연락해 주셨는데, 죄송해서 어쩌죠? 오늘은 제가 중요한 일이 있어서요."

―왜요, 오민석 씨라도 만납니까?

"……아닌데요."

―그럼 내일은 어떻습니까. 내일도 중요한 약속이 있어요?

영은 대답하지 않은 채 입술만 잘근잘근 씹었다. 내일도 약속이 있다고 해 봤자 그다음 날로 계속 이어질 분위기였으니까. 그녀가 대답을 하지 않았더니 강우는 피식 웃고 나서 이렇게 말했다.

―그럼 내일 저녁에 봅시다. 퇴근 시간에 맞춰 회사 앞으로 가겠습니다.

통화를 끝낸 영은 고민에 빠졌다. 이 남자가 또 왜 이러는 걸까.

설마 아직까지도 일을 맡겨 보겠다는 미련을 버리지 못한 건가? 아니, 조금 전의 통화에서는 그런 뉘앙스가 전혀 느껴지지 않았다. 그럼 개인적인 용건으로 만나자는 건데, 당신과 나 사이에 개인적으로 만날 만한 용건이 도대체 뭐가 있다고?

"……굿이라도 해야 할까 싶은데."

요즘 이상한 남자들이 자꾸 꼬이는 것 같다는 생각에 중얼거리고 있는데, 그녀의 후배인 인수가 설계도를 책상 위에 내려놓으며 물었다.

"뭘 한다고요?"

"아니야."

영은 고개를 저으며 물었다.

"확인 다 했어?"

"네. 수정하라고 말씀하신 부분까지 꼼꼼하게 체크했습니다."

"그래, 수고했어."

인수는 그녀가 설계도를 챙기는 모습을 보면서 가만히 서 있더니 갑자기 물었다.

"팀장님, 내일 저녁때 시간 있어요?"

"약속 있는데, 왜?"

그러자 인수가 슬쩍 인상을 쓰며 물었다.

"설마 오민석 씨 만나는 건 아니죠?"

"아니거든! 도대체 왜 다들 내가 그 남자를 만날 거라고 생각하는 거야?"

"다들…… 이라뇨?"

"있어, 그런 사람. 아무튼 내일은 안 돼."

"혹시 선배, 오민석 씨 말고 또 다른 남자 있어요?"

그제야 영은 뭔가 이상하다는 것을 느끼며 인수를 쳐다보았다.

"'또 다른 남자'라니? 듣기 좀 그렇다?"

그녀의 표정을 본 인수는 아차, 하는 표정을 지으며 웃음으로 대답을 얼버무렸다.

"아니, 하하하하……. 우리 팀장님, 요즘 인기 많은 것 같아서요, 하하하……."

"쓸데없는 소리 그만하고 가서 일이나 하지 그래?"

"하하하, 그래야죠."

인수는 영의 냉랭한 대꾸를 듣고는 머쓱한 얼굴로 몸을 돌렸다.

가늘게 뜬 눈으로 그 뒷모습을 쳐다보던 그녀는 뒤늦게서야 인수가 뭔가 할 말이 있었던 건 아닐까 하는 생각을 떠올렸다. 애꿎은 후배에게 짜증을 낸 것 같아 미안해하던 그녀는 최대한 빨리 오민석을 떨궈 내는 게 좋겠다고 다시 한번 생각했다.

인수가 저런 말을 할 정도라면 벌써 사내에 소문이 꽤 돌고 있다는 뜻이었다. 개인적인 감정은 둘째 치고, 클라이언트와 그런 식으로 소문이 난다면 좋을 건 하나도 없었다.

하지만 마찬가지로 오민석이 클라이언트이기 때문에 함부로 말을 할 수 없는 부분도 있었다. 만약 집적거리는 남자가 오민석이 아니라 저기 저한인수 같은 녀석이었다면 벌써 반경 백 미터 밖으로 쫓아내고도 남았을 텐데.

"뒤늦게 쓸데없이 남자가 꼬이고 그래. 십 년 전에 이랬으면 좀 좋아. 그럼 나도 김창수 같은 인간한테 이십 대를 바치진 않았을 거 아니냐고."

영은 그렇게 투덜거리며 도면을 펼쳤다. 아무리 짜증스러워도 자기네 별장을 보러 온다는 오민석을 막을 수는 없는 노릇이다. 그러니까 별장이 다 지어질 때까지는 그녀가 잘 피해 다니는 수밖에는 없었다. 그 후에도 오민석의 태도가 변하지 않는다면, 그때야말로 속 시원하게 한 방 먹여 주리라.

* * *

강우는 정확히 다섯 시 오십 분에 나라 건축 사무소의 주차장에 도착했다. 그리고 십오 분을 기다려도 그녀의 모습이 보이지 않자 전화를 걸었다. 전화를 받은 영은 조금 숨 가쁜 목소리로 대답했다.

—지금 나가고 있어요. 늦어서 죄송합니다.

그 말이 끝나는 것과 동시에 건물 밖으로 나오는 그녀의 모습이 보였다. 그가 차 문을 열고 나가자 주차장에 내려와 두리번거리던 영이 빠른 걸음으로 다가왔다.

"오래 기다리셨어요?"

"아닙니다. 방금……."

"그럼 얼른 가실까요."

영은 그의 대답을 듣는 둥 마는 둥 하며 냉큼 차 문을 열고 자리에 앉았다. 강우는 그런 영을 황당한 얼굴로 쳐다보았다. 그러나 그녀는 오히려 왜 그러고 서 있느냐는 듯 그를 재촉하는 시선으로 쳐다볼 뿐이었다.

"안 가실 거예요?"

……자신을 만나는 걸 별로 반기지 않을 거라고 생각했는데, 뭔가 이상했다.

하지만 먼저 만나자고 한 쪽은 그였으니 뭐라고 할 수도 없었다. 강우는 왠지 미심쩍은 기분으로 운전석에 앉아 차를 출발시켰다. 그러자 다음 순간 계속 룸미러를 보고 있던 영이 휴우, 하고 안도의 한숨을 내쉬었다.

누가 쫓아오기라도 하는지 궁금해진 강우도 룸미러로 눈길을 돌렸다. 하지만 뒤에는 퇴근하기 위해 건물 밖으로 나오는 사람들밖에 보이지 않았다. 이상하네. 왜 이러지?

바로 그때.

강우는 갑자기 떠오른 생각에 설마 하는 표정으로 그녀를 보며 물었다.

"선우영 씨 지금, 나랑 같이 나가는 걸 사람들에게 보이기 싫어서 서두른 겁니까?"

그러자 영이 아차, 하는 얼굴로 시선을 피했다.

"아, 그게……. 부사장님과 저녁 식사를 한다고 하면 사람들이 오해를 하더라고요. 하하하……."

"무슨 오해를 말하는 겁니까?"

"음, 업무상 만나는 게 아니라, 개인적으로 만난다고 생각한다는 거죠."

"그럼 지금 이 만남이 개인적으로 만나는 게 아니면 뭡니까?"

강우가 냉정한 목소리로 물었다.

"태강 건설 일은 안 한다면서요? 그럼 지금 저녁 먹으러 가는 게 업무적인 일은 아닐 텐데요."

"하하하……. 그러게요……."

강우는 어색한 웃음으로 대답을 얼버무리는 영의 모습을 못마땅하게 쳐다보았다. 도대체 이 여자는 왜 만날 때마다 이런 식으로 허를 찌르는지 모르겠다.

도대체 나만 한 남자가 어디 있다고, 같이 가는 모습을 보이기 싫어해! 다른 여자들은 같이 다니지 못해서 안달인데!

사실 강우는 김창수의 사진을 확인한 다음 날 바로 영을 만나러 오려고 생각했었다. 자신이 김창수 같은 쓰레기와는 수준부터가 다르다는 것을 증명해 보이고 싶었던 것이다.

하지만 그놈의 회의와 미팅들이 왜 그렇게 많은지 당최 시간을 낼 수가 없었다. 그 와중에 캄보디아 출장까지 갔다 와야 했고 말이다.

그렇게 쌓여 있던 일정을 모두 다 소화해 내자마자 만나러 왔더니, 자신과 같이 있는 모습을 남들이 보면 오해한다는 소리나 하고 있고…… 정말 성질 같아서는 보는 사람들이 죄다 그들의 사이를 연인이라고 생각하도록 밖으로 데리고 나가 키스라도 해 버리고 싶을 정도다. 그러면 이 여자는 화가 나서 어쩔 줄 모르고 펄펄 뛰겠지.

……근데, 잠깐. 키스를 한다고?

순간 강우는 자신이 방금 떠올렸던 생각에 이게 아닌데, 하면서 미간을 찌푸렸다.

내가 왜 그렇게까지 해야 하지? 난 그저 내가 김창수 같은 인간이 아니라는 걸 보여 주고 싶을 뿐인데? 물론 선우영이 그와 같이 있는 모습을 남에게 보이기 싫다는 부분에서 기분 나쁜 건 맞았지만, 그래도 그게 키스까지 할 일인가?

그런 생각에 저도 모르게 옆에 앉아 있는 영을 슬쩍 쳐다보는데, 하필 그녀의 입술이 눈에 확 들어왔다. 나오기 전에 뭘 발랐는지 몰라도, 핑크색으로 예쁘게 반짝거리고 있는 선우영의 도톰하고 아기자기한 입술이.

한입 깨물어 보면 복숭아를 베어 문 것처럼 달콤한 향과 과즙이 흘러넘칠 것만 같다.

"크흠."

괜히 불편해지는 마음에 헛기침을 한 강우는 일단 본래의 목적에 충실하자고 마음을 다잡았다. 오늘 저녁 식사는 그와 김창수의 차이를 보여 주기 위한 것이 목적이었다. 결코 선우영과 연애 같은 달콤한 짓을 하기 위해 만난 것이 아니란 말이다.

하지만.

목적지에 도착한 다음 저녁 식사의 주메뉴가 족발이라는 것을 알고 신이 난 영을 보고 있으려니 왠지 모르게 기분이 착잡해진다. 더불어 그녀가 자신을 아예 '남자'라는 '이성'으로 보지 않고 있다는 것도 새삼스럽게 깨달을 수 있었다.

조금이라도 마음에 두고 있는 남자 앞에서라면 저렇게 볼이 미어터지도록 상추쌈을 싸서 입에 넣지는 않을 것이다. 잘 보이고 싶은 상대 앞에서 내숭을 떠는 건 여자든 남자든 마찬가지였다.

"맛있습니까."

강우는 그녀가 그렇게 미어터지도록 쌈을 싸 먹다가 목이라도 메이지 않을까 싶어 물 잔을 앞에 놓아 주며 물었다. 그러자 기다렸다는 듯 물 잔을 들어 올린 영이 씹던 음식을 다 삼키고는 고개를 끄덕였다.

"네. 맛있어요. 어떻게 이런 집을 알고 계셨어요?"

그녀의 감탄스러운 시선을 보니 피식 웃음이 나왔다. 아마 지금까지 그를 향해 보냈던 눈빛 중에 가장 호의적인 시선이지 않을까 싶었다.

"예전에 몇 번 와 봤습니다."

"언제요?"

"대학 다닐 때요."

"아."

영은 다시 한번 상추쌈을 커다랗게 싸면서 고개를 끄덕였다.

"이 집도 오래된 맛집인가 보네요."

그러더니 대답도 기다리지 않고 쌈을 입속으로 쏙 집어넣었다. 강우는 그 모습을 보며 또다시 헛웃음을 웃었다. 차라리 처음 만나는 날 이 집으로 데려올 걸 그랬다는 생각이 들었다. 그러면 분위기가 좀 더 나았을지도 모르는데.

김 대표님이 고기 먹이라고 그렇게 강조를 했던 이유가 다 있었던 거였군. 그는 속으로 피식거리며 젓가락으로 고기 한 점을 집었다.

사실 강우는 이 족발집을 꽤 오랫동안 잊어버리고 있었다. 원래도 족발을 좋아하는 편이 아니었고, 아주 오래전에 '친구 따라서' 두어 번 와 본 것이 전부였기 때문이다.

게다가 이 가게는 대학가 근처라서인지 몰라도 음식 가격이 싼 대신 시설이 상당히 허름했다. 깔끔하고 편안한 곳을 선호하는 그의 취향과는 전혀 맞지 않았다.

그래서 전에 갔었던 연탄 갈빗집만큼이나 '허름한 맛집'을 찾기 시작했을 때, 강우는 이 집을 떠올리고 혼자서 상당히 흡족해했다. 그러면서 영이 이번엔 또 얼마나 많이 먹는지 지켜보겠다며 회심의 미소도 지었더랬다.

뭐, 실망시키진 않는군.

하지만 영이 너무 족발에만 열중하는 모습을 보자 슬슬 심술이 나기 시작하는 것도 사실이었다. 심지어 다른 여자들처럼 이렇게 값싸고 오래된, 허름한 족발집에 데려왔다고 서운해하는 모습을 보이지 않는 것마저 못마땅해진다.

……아무리 나한테 관심이 없어도 그렇지, 어떻게 아직 몇 번 만나지도 않은 남자 앞에서 이 정도로 내숭이 없을 수가 있냐고!

살다 살다, 여자가 내숭을 안 떠는 게 못마땅해지는 날이 올 줄은 몰랐다. 그러나 영은 강우의 그런 속마음도 모르고 신나게 쌈을 싸 먹다가 갑자기 손을 번쩍 들어 올리며 외쳤다.

"사장님! 여기 파전 하나 주세요!"

그 순간 강우는 완전히 전의를 상실하고 말았다. 이 모든 게 다, '고기 좋아하는 선우영'을 이곳에 데려온 자신의 잘못이라는 생각이 들었던 것이다. 차라리 호텔 레스토랑 같은 곳에 가서 스테이크를 먹었다면 이 여자도 그 장소에 맞는 정도의 격식은 차렸을 것이다.

하지만 그녀는 강우를 그렇게 기운 빠진 상태로 오래 놓아두지 않았다. 족발을 다 먹고, 파전까지 한 접시 다 해치우고 난 영은 잠깐 실례하겠다면서 자리를 비웠다. 그동안 계산을 하려고 카운터에 갔던 강우는 십 초 후, 황당한 표정을 지으며 이렇게 되물었다.

"계산을 했다고 하셨습니까?"

족발집 사장님은 뭘 그렇게 놀라느냐는 얼굴로 대답했다.

"네. 같이 앉아 있던 아가씨가 방금 화장실 가면서 계산했어요."

아, 나, 이 여자가 정말!

강우는 잠시 식었던 전의가 새롭게 불타오르는 것을 느끼며 눈을 희번덕거렸다. 내가 사 준다고 데려왔는데, 왜 당신이 계산을 해 버린 거냐고! 정말로 내가 뒷목 잡고 쓰러지는 꼴을 보겠다는 거야, 뭐야!

그렇게 남의 속을 뒤집어 놓은 여자는 잠시 후 돌아오더니 상큼한 얼굴로 이렇게 물었다.

"그만 나갈까요?"

강우는 그녀가 자리를 비웠던 짧은 시간 동안 마음을 가라앉히기 위해 상당한 노력을 했다. 그러나 영의 상큼한 미소를 보자 그 노력이 모두 쓸데없는 것이었음을 깨달았다.

"선우영 씨."

"네?"

"계산하셨던데요?"

그녀는 강우의 냉랭한 목소리에도 개의치 않고 여전히 해맑은 미소로 대답했다.

"아, 네. 너무 맛있게 먹어서 제가 냈어요. 지난번에 실례한 것도 사과할 겸 해서요."

아주 당연하다는 듯 대답하는 영의 얼굴을 보자 속에서 뭔가가 꾹꾹 치밀어 오른다. 동시에 머릿속에는 이런 생각이 떠올랐다. 어쩌면, 이 여자는 그의 인내심과 이타심을 시험하기 위해 나타난 존재가 아닐까 하는. 그렇지 않다면, 처음 만났을 때부터 이렇게 사사건건 그의 속을 뒤집어 놓을 리 없었다.

"일단 나가죠."

의자에서 일어난 강우는 성큼성큼 가게 밖으로 나왔다. 그리고 영이 나오자마자 비비 꼬인 말투로 물었다.

"혹시 지금 나한테 작업 거는 겁니까?"

그 말에 그녀의 얼굴에서 미소가 사라지며 별 미친놈을 다 보겠다는 표정이 떠올랐다.

"네에?"

"내가 사겠다고 한 식사 비용을 대신 냈길래 물어보는 겁니다. 이번엔 당신이 샀으니, 그 답례로 다음번 저녁 식사를 더 근사한 데서 사라, 뭐 그런 의미 아니었습니까?"

"아닌데요."

"그럼 뭡니까?"

그러자 영이 혼자서 무슨 말인가를 중얼거렸다. 정확히 들리지는 않았지만 얼핏 들리는 단어가 '초록'과 '동색'이라는 말 같다. 아니, 이 여자가 또 나를 김창수랑 비교하고 있는 거야!

그러나 강우가 뭐라고 하기도 전에 영의 삐딱한 목소리가 먼저 들려왔다.

"지금 시비 거시는 거죠?"

"사실 관계를 파악하고 있는 것뿐입니다."

그러자 영의 입술에서 이런 소리가 새어 나왔다.

"헐."

"그게 무슨 뜻입니까?"

"너무 황당해서 대답할 말이 없다는 뜻이요."

두 사람은 잠시 서로를 노려보듯 쳐다보았다. 이번에도 먼저 입을 연 사람은 영이었다. 그녀는 불쾌한 표정으로 낮은 한숨을 뱉어 내더니 이렇게 말했다.

"정말로 지난번 일이 죄송해서 제가 낸 거예요. 맛있게 먹기도 했고요.

작업은 절대 아니니까 안심하셔도 됩니다."

그러더니 그녀는 고개를 살짝 숙이며 인사를 한다.

"그럼 조심해서 가세요."

너무 산뜻하고 간단한 작별 인사에 멈칫한 순간 영은 벌써 돌아서서 저만큼 가고 있었다.

아, 무슨 여자가 걸핏하면 저렇게 혼자 가 버리는 거냐고!

강우는 더 생각할 것도 없이 한달음에 달려가 그녀의 팔을 잡았다.

"그렇게 혼자 가 버리면 남은 사람은 어쩌라는 겁니까?"

팔을 잡고 돌려세우며 그렇게 묻자 영은 어이없다는 시선으로 그를 쳐다보면서 대답했다.

"어쩌긴요, 집에 돌아가시면 되죠."

"같은 차를 타고 왔다는 건 잊어버렸습니까?"

"그 차를 안 탄다고 해서 집에 못 가는 건 아니니까요. 설마 서울 바닥에서 길이라도 잃어버리겠어요?"

영의 퉁명스러운 대답에 강우는 머리를 쥐어뜯고 싶은 기분을 느끼며 말했다.

"일단, 갑시다."

"저 혼자 간다니……."

"그렇게는 내가 안 되겠다고요!"

이를 악물고 으르렁거리듯 말을 했더니 그제야 영이 말없이 그의 뒤를 따라온다. 그녀를 차에 태우고, 운전석에 앉아 몇 번이나 심호흡을 하고 난 다음, 이성적인 목소리를 낼 수 있겠다 싶을 때쯤 강우가 입을 열었다.

"원래 그렇게 기분이 나쁘면 혼자 가 버리는 습관이 있습니까?"

"……그런 건 아니에요."

"그런데 나와 만날 때는 왜 그러는 겁니까?"

"더 크게 싸우기 싫어서요."

"뭐라고요?"

영은 대답하기 싫다는 표정을 지었지만 그가 재촉하는 눈길로 계속 쏘아보자 내키지 않는다는 얼굴로 입을 열었다.

"······이런 말을 또 하는 건 죄송하지만, 부사장님은······."

"그놈의 부사장이란 말은 좀 집어치우고 이름으로 부르시죠!"

"······그, 신강우 씨는 제가 싫어하는 사람을 너무 많이 닮았어요. 그러다 보니 다른 사람과 함께 있을 때보다 더 빨리 기분이 나빠지고 금방 화가 나더라고요. 그래서 더 크게 실례하기 전에 자리를 피하는 거예요. 순전히 제 개인적인 문제라서 죄송하긴 한데, 그래도 이건 어쩔 수가 없는 부분이라서요."

그래, 처음부터 그게 제일 큰 문제였었지. 강우는 불편한 얼굴로 시선을 돌리고 있는 그녀를 보며 말했다.

"그럼 이렇게 합시다."

"······뭘 어떻게 해요?"

"내가 김창수라는 남자와 다르다는 걸 확실하게 보여 줄 테니 앞으로 다섯 번만 더 만나 보죠."

"네에?"

영의 얼굴에 다시 한번 '얘가 미쳤나' 하는 표정이 떠올랐다. 그러나 그는 못 본 척 말을 이었다.

"그런 남자와 내가 닮았다니, 불쾌해서 견딜 수가 없습니다. 다섯 번 더 만나면서 나와 그 남자가 어떻게 다른지 확인해 보세요."

어이없다는 표정으로 한참 동안 그를 쳐다보던 영은 시니컬한 말투로 이렇게 물었다.

"설마, 지금 저한테 작업 거시는 거예요?"

"뭐, 그렇게 생각해도 상관없습니다."

"헐······."

그녀의 입에서 다시 한번 그 정체불명의 감탄사가 흘러나왔다. 하지만 강우는 왠지 모르게 개운해진 기분이 되어 차의 시동을 걸었다. 할 말을 잃은 채 자신을 쳐다보고 있는 영의 모습에 심술궂은 희열까지 느껴진다. 그는 의기양양한 미소를 지으며 그녀의 입을 완전히 막아 버렸다.

"그럼, 다음번엔 언제 만나는 게 좋겠습니까?"

그러자 영이 황당하다는 듯 물었다.

"진심이에요?"

"이런 얘기를 장난으로 하는 성격은 아닙니다."

"……그러시군요."

"네."

"그래도 이번엔 농담이라고 하고 넘어가 보는 게 어때요?"

"왜 그래야 하죠?"

"……."

강우는 대답 없는 영의 얼굴을 보면서 다시 한번 웃었다. 최근 들어, 이렇게 기분이 좋았던 적은 없었던 것 같다는 생각을 하면서.

4. 양손의 떡

다음 날 오후, 핸드폰에 새로운 메시지가 온 것을 확인한 순간 영의 입에서 푸념 섞인 말이 흘러나왔다.

"올해에 마가 끼었나. 정말 굿이라도 해야 하는 거 아냐?"

그냥 미친놈한테 잘못 걸린 거라고 생각하고 넘어갈 수도 있었다. 하지만 그 미친놈이 한 명도 아니고 두 명이라는 게 문제였다. 양쪽에서 번갈아 가면서 찔러 오니, 무시하고 넘어가려고 해도 그게 생각처럼 쉽지가 않았다.

메시지를 못 본 척하고 자리에서 일어나는데 또다시 문자 메시지 도착 알림이 들렸다. 인상을 팍팍 쓰며 확인했더니, 이번엔 신강우가 아니라 오민석이었다.

[오늘 별장에 오실 거죠? 기다리고 있겠습니다.]

순간 영은 의자에 주저앉으며 진지하게 고민을 시작했다. 나 대신 다른 사람을 보내면 어떨까 하고. 그런 다음 오민석의 번호를 아예 수신 거부로 설정해 놓는 것이다.

아주 잠깐이나마 그런 생각을 하며 비뚤어진 미소를 짓던 그녀는 금세 고개를 저었다. 그래 봤자 양평 별장이 다 지어질 때까지 오씨네 일가를 상대해야 한다는 사실은 변하지 않을 테니까.

영은 끙, 하고 한숨을 쉬며 다시 몸을 일으켰다. 이렇게 신경만 쓰이게 하지 말고 차라리 대놓고 들이대는 게 나을 것 같았다. 그러면 그 자리에서 깔끔하게 잘라 버릴 수 있을 텐데.

"안 그래도 신강우 씨 때문에 정신 사나워 죽겠는데."

투덜거리며 자리에서 일어난 그녀는 가방을 챙겨 들고 사무실에서 나왔다. 아무리 가기 싫어도 오늘은 욕실 공사를 하는 날이라서 직접 현장을 확인할 필요가 있었다.

오늘은 또 어떻게 오민석을 피해 다닐까 고민하며 양평에 도착한 순간, 핸드폰이 울리기 시작했다. 끈기와 추진력으로 따지자면 오민석을 찜 쪄먹고도 남을 신강우 씨의 전화였다. 아까 보낸 메시지의 답을 하지 않았으니, 기다리다 못해 먼저 연락을 한 모양이다.

영은, 정말로 수신 거부를 해야 할 사람은 이 남자가 아닐까 생각하며 전화를 받았다.

"선우영입니다."

ㅡ왜 답이 없습니까?

신강우는 이제 누구라고 밝히지도 않고 다짜고짜 본론부터 꺼내 들었다. 목소리만 들어도 알아들을 거란 자신감은 도대체 어디에서 나오는지 모르겠다. 그녀는 일부러 멍청한 목소리로 물었다.

"실례지만 누구신지……."

ㅡ신강웁니다. 정말 몰라서 묻는 건 아니지요?

영이 아무 대답도 하지 않자 그는 왠지 모르게 재미있다는 목소리로 물었다.

—약속 장소는 어디로 할지 정했습니까?

"……부사장님, 그런 걸 굳이 증명할 필요는……."

—이름으로 불러 달라고 했을 텐데요?

"……네, 네, 신강우 씨. 굳이 증명하시지 않아도 신강우 씨가 그 남자와 다른 사람이라는 건 이미 잘 알고 있으니까……"

—그래도 나를 보면 여전히 그 남자가 떠올라서 기분 나쁘다면서요.

"……."

—그러니까 만나자는 말입니다. 내가 싹 잊게 해 줄 테니까.

정말, 헤어 나올 수 없는 늪에 빠진 기분이다. 쓸데없는 소리 좀 그만하라고 말하고 싶어도, 김창수를 닮았다는 말을 먼저 뱉은 사람이 그녀였기 때문에 할 수가 없었다. 게다가 그런 이유로 몇 번 만나는 동안 계속 실례를 저질렀고 말이다.

……다섯 번까진 아니더라도 한 번쯤은 만나서 다시 제대로 사과하고 더 만나진 않아도 된다고 말하는 게 좋겠지? 영은 그렇게 생각하며 입을 열었다.

"그럼 모레 어떠세요?"

—모레…….

강우는 스케줄을 확인하는 듯 잠깐 대답을 끌다가 말했다.

—좋습니다. 선우영 씨 퇴근 시간에 맞춰 회사 앞으로 가겠…….

"아니요."

또 사람들의 눈을 피해 헐레벌떡 뛰어나오고 싶지 않았던 영은 단번에 그의 말을 잘랐다.

"번거롭게 그러실 필요 없어요. 그냥 약속 장소에서 만나요. 제가 장소 정해서 알려 드릴게요."

—그러죠. 연락 기다리고 있겠습니다.

"네, 그럼 모레 뵐게요."

전화를 끊고 나자 기운이 쭉 빠진다. 이래서 사람은 항상 입조심을 해야 하는 건가 보다. 그날 도대체 무슨 바람이 들어서 신강우에게 김창수를 닮았다는 얘길 꺼냈던 걸까. 그런 얘길 듣고 좋아할 사람이 어디 있다고.

더 기가 막힌 건 그 말을 하고 난 다음부터 신강우와 김창수의 다른 점이 보이기 시작했다는 사실이었다.

기본적으로 김창수는 그녀에 대한 배려가 부족한 사람이었다. 영이 자신을 좋아한다는 것을 너무 잘 알고 있어서 그랬는지는 몰라도, 무슨 일을 하건 본인 위주로만 생각했던 것이다. 그리고 창수는 어딜 가서 무얼 먹든지 간에 음식점이 낡고 허름하면 싫어했다. 라면이나 떡볶이를 먹더라도 크고 번듯하게 차려진 곳에 가고 싶어 했다.

대학을 졸업하기 전, 용돈이 넉넉하지 않았을 때도 김창수는 언제나 프랜차이즈 카페에서 비싼 커피를 마시고, 패밀리 레스토랑에서 밥을 먹고, 인테리어가 고급스러운 바에서 술을 마시길 원했다. 그리고 그런 데이트 비용은 대부분 영이 내도록 했다. 자신은 등록금이 비싸서 돈을 아껴야 한다는 이유로 말이다.

사랑에 눈이 멀어 있던 그녀는 그런 김창수의 행동을 당연한 것으로 여겼다. 언제부턴가 데이트 장소가 그의 집 근처 카페로만 정해져도 피곤한 그를 위해 이해했고, 두 사람의 기념일이나 크리스마스 같은 날을 그냥 넘어가도 바쁜 그를 배려해 서운한 티를 내지 않았다. 가끔 조르고 졸라서 길거리 데이트를 할 때면 돌아다니는 것마저 귀찮다는 듯 뚱한 표정으로 따라오는 창수의 눈치를 보는 것도 그녀였다.

'오빠, 저기도 가 볼까?'

'참, 나……. 뭐, 볼 것도 없는데 계속 돌아다니고 그래.'

'미안, 오랜만에 오빠랑 나온 게 좋아서 그래. 조금만 더 걷자, 응?'

'그럼, 딱 십 분만 더 걸어. 나 피곤하니까.'

뭐가 그렇게 피곤하고 바쁜지 만날 때마다 퉁명스러운 말로 그녀에게 상처를 줘도 속상한 티조차 내지 못했다. 창수가 그녀에게 실망해서 헤어지자고 할까 봐서 말이다. 정말로 그때는 왜 그렇게 멍청하게 구는 게 당연하다고 생각했는지 모를 일이었다.

하지만 신강우는 생김새만 김창수와 같았을 뿐, 하는 행동은 전혀 달랐다. 말투는 쌀쌀맞았지만 항상 예의를 지켰고, 그녀가 일부러 통명스럽게 굴며 익숙하지 않은 곳에 데려가도 인상을 살짝 찡그리기만 할 뿐 그 이상의 부정적인 반응은 보이지 않았다.

"……자뻑 증상이 심해서 그렇지, 나쁜 사람은 아니니까."

영은 그렇게 생각하며 다시 한번 다짐했다. 다음번에 만날 땐 절대로 신강우의 자존심을 건드리지 않겠다고.

그가 김창수와 다르다는 것을 이미 잘 알고 있다고 말해 주고, 잘난 남자든, 느끼한 남자든, 이젠 남자와 엮이고 싶은 마음이 없다고 확실히 말한 다음, 그동안에 실례했던 것도 확실히 사과하는 거다. 그렇게 헤어지고 나면 신강우도 더 이상은 오기를 불태우지 않겠지.

그런 생각을 하며 별장에 들어선 그녀는 오민석이 아직 도착하지 않았다는 것을 알아차리고 신이 나서 헤벌쭉거리며 미소를 지었다.

역시, 일찍 오기를 잘했다. 오민석이 주로 한 시 이후에 온다는 것을 깨달은 다음부터 영은 양평에 도착하는 시간을 무조건 오전으로 잡고 있었다. 오민석과 만나는 시간을 최소한으로 줄이기 위해서.

오늘도 가능하면 한 시가 되기 전에 출발해야겠다고 마음먹은 그녀는 곧바로 욕실로 들어가 공사 진행 상황을 확인하기 시작했다.

예상했던 대로 민석이 도착한 것은 한 시쯤이었다. 그리고 그녀는 그때 이미 확인할 부분을 다 확인하고, 현장 책임자와도 얘기를 모두 끝낸 다음 서울로 출발하려던 참이었다. 영은 섭섭하다는 표정을 지으며 차 한잔하고 가시라는 민석의 말을 산뜻하게 거절했다.

"세 시에 미팅이 있어서요. 천천히 둘러보고 가세요. 저는 먼저 출발하겠습니다."

회심의 미소를 지으며 차에 오르는 그녀의 뒷모습을 지켜보던 민석은, 영의 차가 사라지는 순간 표정을 싹 바꾸며 짜증스럽게 중얼거렸다.

"거참, 더럽게 튕기네."

원래 민석의 취향은 저렇게 활동성 있고 자기주장 강한 여자가 아니었다. 그는 자신의 말에 무조건 수긍하는 얌전한 타입의 여자와 결혼하려는 생각을 하고 있었다. 정확히 말하면 자신의 말에 무조건 고개를 끄덕이는, 나이 어리고, 얌전하고, 돈 많은 여자와 결혼하고 싶었다.

그러나 요즘 세상에 그런 여자를 찾기가 쉬운 일은 아니었다. 그래서 그저 돈만 많아도 괜찮다는 생각으로 점점 바뀌어 가고 있는 차에 선우영을 만났던 것이다.

사실 처음 아버지에게서 얘기를 들었을 때는 그녀에게 별 관심을 두지 않았다. 인테리어, 그것도 건축 사무소에서 일하는 여자는 고분고분한 성격이 아닐 게 뻔하니까.

그러나 그녀가 선일 그룹의 선우세진 회장의 손녀일지도 모른다는 말을 듣는 순간 갑자기 귀가 번뜩 뜨였다. 그녀의 나이가 자신보다 두 살이나 더 많다는 것을 알고 다시 주춤했지만, 직접 만나 보고 난 다음에는 그 정도의 외모라면 두 살이란 나이 차이는 감수할 수 있다고 고개를 끄덕거렸다.

그래서 민석은 곧바로 작업을 걸기 시작했다. 하지만 선우영은 쉽게 넘어올 생각이 전혀 없어 보였다. 기껏 호텔 레스토랑에서 저녁을 사겠다고 했더니 다른 여자를 데리고 나와서 떠넘긴 다음, 중간에 다른 남자와 함께 나가 버렸던 것이다.

그녀와 함께 나간 남자가 태강 건설의 신강우라는 것을 알게 된 민석은 이를 바득바득 갈며 기필코 선우영을 유혹하고 말겠다고 다짐했다. 감히 그런 남자와 자신을 저울질하고 있었다는 게 얼마나 약 올랐는지 몰랐다.

하지만 그 후로도 그녀가 자신을 대하는 태도에 변화가 없자 그는 접근 방법을 조금 바꿔 보기로 했다. 저돌적으로 대시하다가 부작용이 생기느니 천천히 다가가는 것이 낫겠다고 생각했던 것이다. 그래서 요즘 개인적으로 연락을 자제하면서 선우영이 별장에 올 때마다 같이 내려오는 쪽을 택했는데, 아무래도 이 방법 역시 아닌 것 같았다. 그녀는 요즘 계속 오전에 내려와서 그가 도착할 때쯤은 서울로 돌아가 버렸기 때문이다.

"여자가 자꾸 도망가면 남자는 쫓아가고 싶어지는 심리를 이용하는 것 같긴 한데, 그것도 사람을 봐 가면서 해야지."

민석은 짜증스럽게 투덜거리며 주차장 바닥에 침을 뱉었다.

"제가 무슨 스무 살 꽃띠도 아니고, 남자가 얼마나 쫓아다닐 거라고 생각하는 거야. 쓸데없이 콧대만 높아서. 나중에 결혼만 해 보라고, 한 달 안에 고분고분하게 만들어 줄 테니까."

그렇게 중얼거린 민석은 별장은 대충 보는 둥 마는 둥 둘러보고는 금세 차에 올랐다. 괜히 선우영 때문에 일찍 일어나서 시간만 낭비했다고 생각하면서.

그날 저녁, 영은 퇴근 후 근처 백화점에 들러 와인 한 병을 샀다. 약속 장소는 압구정동에 있는 친구의 집이었다. 대학 친구이자 사촌이기도 한 미현이 남편이 출장을 갔다면서 저녁을 먹으러 오라고 초대했던 것이다.

와인 한 병만 들고 오면 원하는 건 뭐든 만들어 주겠다는 친구의 말을 거절할 이유는 없었다. 그래서 영은 발걸음도 가볍게 미현의 아파트 일 층에서 벨을 눌렀다. 기다리고 있었다는 듯 문이 열렸고, 엘리베이터를 타고 올라가자 현관문은 이미 열려 있었다.

"나 왔어."

영은 현관문을 닫고 들어가며 큰 소리로 말했다. 그러자 음식 냄새가 솔솔 풍겨 오는 주방 쪽에서 미현의 목소리가 들려왔다.

"주방으로 와."

식탁에는 이미 샐러드와 파스타가 차려져 있었고, 미현은 스테이크를 굽는 중이었다.

"와, 냄새 죽인다."

영이 입맛을 다시며 말하자 미현은 씩 웃으며 고개를 돌리다가 눈을 크게 뜨며 물었다.

"너, 얼굴이 왜 그래? 요즘 많이 바빴어?"

"말도 마."

영은 욕실까지 가기도 귀찮아 싱크대에서 손을 씻으며 대답했다.

"일도 바빠 죽겠는데, 웬 남자들까지 들러붙어서 아주 미칠 것 같다."

그러자 미현의 눈이 아까보다 더 크게 떠졌다.

"남자?"

"응, 남자."

시큰둥한 영의 대답에 미현은 호기심 가득한 얼굴로 다음 말을 재촉했다.

"어떻게 만났는데? 클라이언트야? 한꺼번에 둘을 만난 거야, 아님 따로 따로?"

밥이나 먹고 나서 말을 할 걸, 괜히 지금 얘기를 꺼냈나 보다. 영은 늘어지게 한숨을 쉬며 대답했다.

"나 배고픈데, 밥이라도 먹고 말하면 안 되겠냐?"

그러자 미현은 재빨리 스테이크로 시선을 돌렸다. 일단 그녀의 배부터 채우고 나서 바닥까지 싹싹 긁어낼 작정인가 보다. 그래도 미현이 만든 음식은 언제나처럼 맛이 있었기 때문에 영은 배가 부를 때까지 실컷 먹고 나서 수저를 내려놓았다.

"자, 그럼 이제 말해 봐."

그녀가 만족스러운 표정으로 와인을 홀짝이는 것을 본 미현이 더 이상 기다릴 수 없다는 듯 입을 열었다.

"그 두 남자를 언제, 어디서, 어떻게 만났고, 둘 중에 누가 더 마음에 드는데?"

미현의 숨 쉴 틈 없는 질문에 영은 피식거리며 대답했다.

"한 명은 클라이언트, 다른 한 명은 클라이언트가 될 뻔한 사람. 그리고 둘 다 마음에 안 들어."

그렇게 대답한 그녀는 잠시 망설이다가 물었다.

"너, 혹시 태강 건설 신강우 부사장 알아?"

"당연히 알지. 그 사람은 왜……."

김샌다는 얼굴로 심드렁하게 대답하던 미현의 눈이 갑자기 커다래졌다.

"설마, 두 남자 중의 한 명이 신강우 부사장이었어?"

"응."

"와, 대박."

그렇게 감탄사를 터뜨린 미현은 믿어지지 않는다는 표정으로 그녀를 보며 물었다.

"그 얼음 같은 남자를 어떻게 꼬셨어? 설마, 술 먹고 덮쳤냐?"

영은 어이없다는 얼굴로 대꾸했다.

"야, 나 이제 두 잔 이상 안 마시는 거 알면서! 그리고, 내가 누굴 덮치면 취해서 기억도 못 할 때 덮칠 것 같아? 맨정신에 덮칠 거라고! 하나부터 열까지 다 기억해 둘 거야!"

하지만 미현은 그녀의 말에 콧방귀를 끼며 말했다.

"아니 그러니까, 네가 그 냉돌 같은 남자를 어떻게 꼬셨냐고!"

"내가 꼬신 거 아니야! 그냥, 어쩌다 보니까 얽혔어!"

"그러니까 어떻게!"

"어떻게긴 뭘 어떻게야, 일 맡기려고 찾아왔는데……."

영이 말끝을 흐리자 미현은 안달 난 표정으로 재촉했다.

"찾아왔는데, 뭐? 보자마자 너한테 반했대? 그래서 막 들이대?"

"아니, 그게 아니고! 그 남자를 만났는데 하필 김창수랑 똑같이 생긴 거야. 그래서 짜증이 나길래……."

"김창수?"

미현은 뜬금없이 그게 무슨 말이냐는 듯 고개를 갸웃거리다가 잠시 후 아, 하는 감탄사를 뱉었다.

"그러고 보니까 닮은 것 같기도 한데……. 야, 그래도 똑같지는 않지! 어디 신강우랑 김창수를 비교하냐! 신강우 씨 쪽이 훨씬 잘생겼……."

그렇게 말하던 미현은 다시 고개를 갸웃거리며 말끝을 흐렸다.

"듣고 보니 진짜 닮긴 했다. 그것참 신기하네."

"아무튼 그래서 시작이 안 좋았어. 그쪽 일은 처음부터 안 할 생각이긴 했는데 그 사람은 계속 맡아 달라고 들이밀고, 그래서 더 짜증이 나고, 그러다가 그 남자가 자기를 왜 그렇게 싫어하냐고 묻더라고."

"그래서 홀랑 말해 버렸냐? 재수 없었던 옛날 애인 닮아서 기분 나쁘다고?"

"……응. 퉁퉁거린 게 미안하기도 해서."

그러자 미현은 미쳤다고 중얼거리며 다음 얘기를 재촉했다.

"그러니까 그 남자가 뭐라든?"

"그런 남자를 닮았다는 게 자존심 상해서 못 견디겠대. 자기가 다 잊게 해 줄 테니까 다섯 번만 만나자더라."

그 말에 미현이 피식거리고 웃으며 물었다.

"그래서, 만나기로 했어?"

"다섯 번 다 만날 생각은 없어. 뭐 하러 그런 짓을 해. 그냥 내일모레 만나면 그동안 죄송했다고 사과하고 끝내려고."

영의 대답을 들은 미현은 쯧쯧 혀를 차더니 이렇게 말했다.

"야, 그게 네 맘대로 될 것 같냐? 너, 신강우 씨가 어떤 사람인지 알아보지도 않았어?"

"그 사람이 어떤데……?"

"한 번 물은 건 끝까지 안 놓는 걸로 유명한 남자야. 그 사람이 시작한 일 중에 성공하지 못한 건 지금까지 아무것도 없었어. 괜히 신 회장이 제일 아끼는 태강 그룹 후계자 일 순위 손자겠냐고!"

미현의 말을 듣고 있던 영의 표정이 서서히 일그러졌다. 미현은 그런 영을 보며 쐐기를 박듯 쏘아붙였다.

"근데, 그런 남자가 네 말 한마디 듣고, '그 사과 한 번으로 다 이해했으니 이제 그만 만납시다' 이럴 것 같냐?"

"……."

"쯧쯧쯧, 하여간 선우영 태평한 건 예나 지금이나 변함이 없어요, 변함이."

그렇게 한참 동안 핀잔을 주던 미현은 뒤늦게 생각난 듯 두 번째 남자에 대해 물었다.

"근데, 신강우 씨 말고 다른 남자는 또 누구야?"

그리고 영이 오민석에 대한 이야기를 해 주자 고개를 설레설레 저으며 말했다.

"그쪽은 더 들어 볼 필요도 없겠네. 양손의 떡이긴 한데, 한쪽은 쉰 떡이다, 선우영. 가능한 상대도 하지 말고 신강우 씨나 만나 봐."

"야, 그런 식으로 만나는 거 아니라니까!"

"아니긴 뭘 아니야! 그런 냉돌 같은 인간이 아무 생각도 없이 너랑 만날 것 같냐? 다 마음이 있으니까 그러는 거지!"

"남자가 마음이 있다면 무조건 받아 줘야 돼? 난 만날 생각 없는데?"

그러자 미현이 인상을 팍 쓰며 말했다.

"그럼 진짜로 늙어 죽을 때까지 혼자 살래? 세상엔 김창수보다 괜찮은 남자가 얼마든지 있다고! 이제 그런 개자식은 좀 잊어버리고 새 남자 만나야지!"

"귀찮아. 혼자 있는 게 편하기도 하고."

그녀의 심드렁한 대꾸에 미현이 답답하다는 듯 가슴을 팡팡 두드렸다.

"어이구, 내가 요즘 네 걱정에 잠이 안 온다, 잠이 안 와. 언제까지 그렇게 혼자 있을래."

하지만 영은 그런 친구를 보며 쿨하게 말했다.

"밥 먹고 가슴 두드리면 소화는 잘되겠다?"

잠깐 미현이 그녀의 와인 잔을 뺏어 버리겠다고 흥분하는 소동이 일어났다. 영은 흥분이 가라앉지 않은 듯 씩씩거리며 그녀를 흘기는 미현을 보다가 피식 웃으며 말했다.

"난 지금이 딱 좋아. 굳이 누굴 만나서 감정 소모하는 거, 별로 내키지 않아."

그 말에 미현이 여전히 씩씩거리는 말투로 대답했다.

"나중에 늙어서 외롭다고 찾아오기만 해 봐. 절대 안 놀아 줄 거니까."

그러자 영은 최대한 불쌍한 표정을 만들어 보이며 말했다.

"진짜? 늙으면 나 버릴 거야?"

"그래!"

"난 정말 너밖에 없는데……."

"들러붙지 마. 난 남편 있는 여자야."

"그새 마음이 식은 거야? 언제는 남편보다 내가 낫다더니."

"야! 안 그래도 내가 그 말 때문에 얼마나 고생했는지 알아? 재훈 씨가 그 말 듣고 삐쳐 가지고, 그거 달래느라고 내가……."

사실 미현은 남편인 김재훈과 정략결혼을 한 사이였다. 그래서 처음에는 서로 불편해하고 같이 있는 것도 어색하다고 하더니, 결혼한 지 이 년 정도 지난 지금에서야 사이가 좋아진 모양이었다.

뒤늦게 신혼을 즐기면서 연애도 하는 기분이라는 미현의 얘기를 들으면 참 좋아 보이기는 했다. 하지만 부럽다는 생각은 들지 않았다. 정말 김창수와 헤어진 다음부터 연애 세포가 다 죽어 버리기라도 한 걸까.

영은 저녁 식사를 마친 후, 한참 수다를 떤 다음 미현의 집에서 나섰다. 미현은 배웅을 하겠다며 함께 밖으로 나와서는, 택시를 기다리는 그녀에게 이렇게 말했다.

"나한테만 너무 집착하지 말고 다른 사람 찾아봐. 가급적이면 남자로. 이

언니는 남편 하나 관리하는 것만으로도 벅차단다."

헛소리 그만하고 얼른 들어가서 잠이나 자라고 대꾸하는데 택시가 도착했다. 영은 뒤에서 손을 흔드는 미현의 모습을 보면서 피식 웃고는 중얼거렸다.

"하여간, 싱겁긴."

미현을 만난 건 대학교 1학년 때였다. 같은 과는 아니었지만 동아리 활동을 하며 친해졌고, 서로 성격이나 취향이 잘 맞는다는 것을 알게 된 다음부터는 거의 함께 다니다시피 했다. 하지만 그때까지만 해도 영은 미현이 자신의 사촌이라는 것을 모르고 있었다. 그 사실을 알게 된 것은 친구가 된 지 무려 팔 년이나 지난 다음이었다.

아버지가 돌아가신 다음 할아버지를 만나게 되었고, 그 후에 다른 친척들을 만났을 때 그 자리에 미현이 있는 것을 보고 얼마나 놀랐는지 모른다. 더 놀라운 일은 미현은 처음부터 그녀가 사촌이라는 사실을 알고 있었다는 것이었다.

그 사실을 알게 된 후 영은 미현이 자신을 속였다면서 미친 듯이 화를 냈다. 친구가 아니라 집안의 스파이였다며 험한 말로 상처도 많이 주었다. 그러나 미현은 영이 그렇게 화내는 것을 모두 받아 주고 그때마다 사과를 되풀이하면서 꿋꿋하게 그녀의 옆을 지켰다. 얼마 후 김창수와 헤어지고 나서 영이 알코올성 쇼크로 입원했을 때 며칠 밤을 새워 가며 그녀를 간호해 준 사람도 미현이었다.

미현은 그녀의 몸이 다 회복되고 나서야 변명처럼 말했다.

"내가 엄마 얘길 듣고 너랑 일부러 친해진 건 맞아. 하지만 우리가 정말 잘 맞지 않았다면 이렇게까지 오랫동안 친구로 지내진 못했을 거야. 그러니까, 그만 화 풀고 용서해 주면 안 될까? 그동안 말 안 해서 정말 미안해."

용서하고 말 것도 없었다. 그 시점에서 미현은 그녀의 친구이기 전에 생명의 은인이나 다름없었으니까. 하지만 영은 억지를 부리듯 이렇게 대답했다.

"앞으로, 너 하는 거 봐서."

그 이후로 두 사람은 예전보다 더 가까운 사이가 되었다. 미현이 결혼을 한 지금도 그 관계에는 변함이 없었다. 오죽하면 재훈이 미현과 영의 사이를 은근히 경계하고 질투할 정도였다.

아마 그래서 몇 년 동안 혼자 지내도 외롭다고 생각하지 않았던 것 같다. 미현이 있고, 자주 뵙진 못하지만 할아버지도 계셨으니까. 친구, 가족, 직장. 필요한 것은 모두 갖추고 있었기 때문에 그녀의 인생에 남자는 필수가 아니라 선택적인 부분이었던 것이다.

그런데 이제 와서 신강우 같은 남자를 만나라고? 태강 그룹 후계자나 마찬가지인 사람을? 영은 고개를 설레설레 저었다.

아버지는 그녀에게 친척이 있다는 말은 한 번도 하지 않은 채 돌아가셨다. 그래서 아버지가 돌아가시고 난 다음, 할아버지라며 찾아오신 분이 선일 그룹의 선우세진 회장님이라는 것을 알았을 때, 영은 코웃음을 쳤었다.

선일 그룹같이 큰 회사에서 어떻게 그렇게 일을 허술하게 하는지 모르겠다며 대놓고 비웃었던 것이다. 다른 사람도 아니고, 손녀를 잘못 찾다니.

하지만 할아버지는 그녀가 그 사실을 받아들이고 인정할 때까지 몇 번이나 찾아오셨다. 아들을 그렇게 허망하게 보냈는데, 손녀까지 잃을 수는 없다면서. 그런 할아버지를 지켜보던 영은 결국 이렇게 말했었다.

"제가 손녀라는 사실이 알려지지만 않으면 괜찮을 것도 같아요. 생각해 봤는데, 아버지가 그 자리를 마다하고 나오신 데는 이유가 있을 것 같더라고요. 저도 선일 그룹과 상관없이 그냥 할아버지의 손녀라는 이름만 가지고 있을게요. 사람들에게도 할아버지를 만났다는 말은 하지 않을 생각이에요."

할아버지는 그녀의 말에 서운한 표정을 지으면서도 고개를 끄덕이셨고, 그렇게 영은 아버지의 빈자리를 대신할 가족을 찾을 수 있었다. 그리고 지금까지 그런 상태 그대로 잘 살아왔다.

할아버지의 별장을 내부 수리한다는 말을 듣고 인테리어를 도와드렸는데,

그게 소문이 나는 바람에 유명해졌을 때는 당황스럽기도 했다. 하지만 그녀는 혹시나 하며 물어보는 사람들에게 딱 잡아뗐었다. 성이 같아서 회장님이 예쁘게 봐주신 모양이라며.

대부분 사람들은 그런 말을 들으면 미심쩍은 표정을 지으면서도 그냥 고개를 끄덕이고 물러났다. 뒤에서 그녀의 사정을 알아본 사람이 있을지는 모르지만, 신강우처럼 대놓고 '내가 네 뒷조사를 했다'고 나오는 사람은 없었다. 아직까지는 말이다.

물론 그렇다고 해서 신강우가 그녀의 개인사를 소문낼 사람으로 보이지는 않았다. 그래봤자 그에게 득이 될 것도 없을 테니 말이다. 하지만 그런저런 사정을 알았으면 적당히 사과받고 물러나 줄 것이지, 왜 계속 연락을 해오는지 모를 일이었다.

"피차 바쁜 사람들인데, 이런 일에 기운 빼지 맙시다, 신강우 씨, 네?"

집에 돌아온 영은 구시렁거리며 샤워를 하고 침대에 누웠다. 미현은 그 남자가 정말 괜찮은 사람이니까 잘 만나 보라고 했지만, 영은 그렇게 대단한 남자와 굳이 소문으로라도 엮이고 싶은 생각이 없었다.

아직까지 남자를 만나고 싶다는 생각도 들지 않았지만, 만약에 만난다면 아버지같이 다정하고 자상한 사람을 만나고 싶었다. 거대한 그룹을 이끌겠다는 야망보다는 가족과의 소박한 행복을 더 중요하게 생각하는 남자를 말이다.

그러니까 다음에 만날 때는 정말로 확실하게 사과하고, 서로 더 이상 시간을 뺏지 말자고 해야겠다. 그가 김창수와 닮은 건 외모일 뿐, 다른 것은 하나도 같지 않다는 말도 정확하게 해 주고 말이다. 그런 이유로 계속 만난다는 것은 두 사람 모두에게 시간 낭비였다. 적어도 영은 그렇게 생각했다.

5. 사심 가득한 만남

오늘도 결혼하라는 잔소리를 퍼부으실 줄 알았던 할아버지는 저녁 식사 시간 내내 아무 말씀도 없으셨다. 무슨 소리를 하시든 한쪽 귀로 흘려듣고 말겠다는 다짐까지 하고 왔는데, 아예 아무 말씀도 안 하시니 그것 역시 불안했다.

설마, 오늘도 무슨 폭탄을 준비하고 계신 건…….

강우가 머릿속에 경계심을 가득 채운 채 식사를 하고 있는데 아니나 다를까, 할아버지는 뜬금없이 이런 말씀을 하셨다.

"요즘 만나는 여자가 있다면서?"

강우는 잠시 멍한 표정으로 생각했다. 내가 요즘 여자를 만났던가?

그의 어리둥절한 얼굴을 본 할아버지는 혀까지 차며 다시 물으셨다.

"젊은 녀석이 왜 그리 정신을 놓고 다녀? 요즘 네가 만난 여자가 누군지 기억도 안 난다는 게냐?"

그런 소리까지 듣고 나서야 자신이 요즘 가장 자주 만난 여자가 누군지 떠올랐다. 바로 선우영이다. 강우는 무의식중에 비틀린 미소를 지으며 대답했다.

"춘천 리조트 건으로 만난 인테리어 디자이너예요. 할아버지가 기대하실 만한 일은 전혀 없습니다."

그렇게 말하고 나자 문득 할아버지가 선우영의 존재를 알고 계실까 하는 것이 궁금해졌다. 선우 회장님은 할아버지의 가장 오랜 친구이자 경쟁자이시기도 한데, 정말 한 번도 말씀을 안 하셨을까?

그런 생각을 하면서 할아버지를 너무 오랫동안 쳐다봤나 보다. 신 회장이 도대체 왜 그러느냐 얼굴로 이렇게 물었다.

"왜? 내가 기대할 만한 일은 없었다면서? 아니면 뭔가 있었는데 할아비한테 숨기려니 양심에 찔리기라도 하는 게야?"

"전혀요."

강우는 시큰둥한 음성으로 대답했다.

"그리고 혹시나 뭔가가 있었더라도 할아버지한테 시시콜콜 말씀드릴 만한 나이는 아니죠."

"뭐야!"

"아무튼 저를 할아버지 마음대로 결혼시키려는 생각은 그만……."

거기까지 말하던 강우는 갑자기 떠오른 생각에 입을 다물었다.

음, 할아버지는 만약 선일 그룹과 사돈을 맺게 된다면 뭐라고 하실까? 싫어하진 않으시겠지? 어차피 두 분은 친한 사이이니까. 게다가 우리나라의 양대 산맥이라 할 수 있는 두 그룹 간의 혼사라면 이미지에도 나쁘진 않을 것이다. 게다가 그 시너지 효과는 엄청나겠지.

"왜? 또 무슨 생각을 하길래 갑자기 입을 다물어 버리는 게야?"

강우는 할아버지의 못마땅한 목소리를 듣고 생각에서 깨어났다.

말도 안 되는 일이다. 그와 선우영의 결혼이라니. ……하지만 그녀와 결혼을 한다면 할아버지는 기뻐하면서 곧바로 자신을 본사로 부르시지 않을까?

그리고 그는 그동안 선우영을 상대로 혼자 했었던 이런저런 상상들을 실현할 수 있겠지?

"아, 밥 먹다 말고 왜 비실비실 웃는 게야?"

"아니에요."

강우는 자꾸 머릿속을 파고드는 실없는 생각을 떨쳐 내려 고개를 저었다. 할아버지가 자꾸 결혼 얘길 하시는 바람에 말도 안 되는 생각이 드는 것 같았다. 이런 쓸데없는 생각을 할 바에야 차라리 얼른 집에 가서 씻고 잠이나 자는 게 낫겠다.

"전 그만 가 보겠습니다."

할아버지께서 식사를 마치시길 기다렸다가 곧바로 일어나자 여전히 못마땅함을 가득 담고 있는 대답이 들려왔다.

"뭐가 그렇게 급해!"

"피곤해서요. 할아버지도 그만 쉬세요."

뒤에서 재미도 없고 야박하기까지 한 손자 녀석이라는 타박이 들려왔지만 언제나 그렇듯 강우는 신경 쓰지 않았다.

가끔 할아버지는 아직도 그를 열 살짜리 어린애 대하듯 하실 때가 있었는데, 오늘이 바로 그런 날인 것 같았다. 이런 날은 최대한 빨리 자리를 털고 일어나야 공연한 꾸지람을 피할 수 있다.

집에 돌아온 강우는 선우영과의 데이트를 어떤 식으로 진행해야 할지 고민하기 시작했다. 호기롭게 다섯 번이라고 큰소리를 쳤지만, 사실 그는 한 번도 여자와 제대로 된 '데이트'라는 것을 해 본 적이 없었던 것이다.

다른 여자를 대할 때처럼 대충 식사나 하고 헤어진다면 그녀는 분명히 실망할 테고, 그러면 그는 그 망할 놈의 김창수와 닮았다는 오명에서 벗어나지 못할 것이었다.

젠장, 차라리 삼자대면을 하는 게 더 낫겠군.

강우는 투덜거리듯 생각했다. 김창수를 아예 눈앞에 앉혀 놓은 다음 직접 비교해 보라고 하면 그녀도 금세 그가 그 자식과 다르다는 것을 깨달을 텐데 말이다. 하지만 그러려면 삼자대면을 위해 영이 그 개자식을 다시 만나야 한다는 부분이 마음에 걸린다.

도대체 뭐가 이렇게 복잡한 거야.

그는 다시 투덜대며 소파에 걸터앉았다. 아무리 생각해도 이번 일은 그가 괜한 오기를 부리다가 휘말린 게 맞았다. 난생처음 자신의 발목을 스스로 걸고 넘어진 것이다. 그것도 여자 때문에.

하지만 그걸 다 알고 있으면서도 그만둬야겠다는 생각이 들지 않는 게 문제였다. 어느 정도냐 하면, 선우영에게 그가 김창수와는 완전히 다른 멋지고 잘난 남자라는 것을 확실히 인식시켜 주는 게 일생일대의 과업처럼 느껴질 정도였다. ……아무래도 그 여자를 만난 다음부터 살짝 정신이 나간 게 아닌가 싶기도 했다.

그래도 어쨌든 간에 그만두고 싶다는 생각이 들지 않았기 때문에, 그는 성격대로 이번 일에 대해서도 끝장을 볼 셈이었다.

다섯 번의 데이트를 성공적으로 이끌어서 영의 감탄을 자아내고, 더불어 김창수라는 개자식의 존재마저 그녀의 머릿속에서 지워 버리겠다는 오기가 하루에도 수십 번씩 끓어오르고 있었으니 실패할 리는 없었다. 절대로.

그래서 강우는 다시 그녀와의 데이트에 대해 고민하기 시작했다. 결코 실패하지 않겠다는 일념으로, 밤이 새도록.

* * *

다음 날, 저녁 식사를 하던 영은 핸드폰 알람이 번쩍거리는 것을 보고 액정을 터치했다가 곧바로 인상을 구겼다. 하필이면 이 시간에 문자를 보낼 게 뭐냔 말이다. 눈치도 없게. 아나나 다를까, 맞은편에 앉아 식사를 하시던 할아버지께서 그녀의 표정을 보고는 걱정스러운 목소리로 물으셨다.

"왜, 안 좋은 소식이라도 온 게야?"

"아니에요. 그냥 스팸 문자예요."

"그래? 그럼 얼른 지워 버리고 밥이나 먹자꾸나. 얼굴 못 본 지 고작 두어 달인데, 왜 그렇게 안색이 안 좋아졌어?"

그 순간 영은 '요즘 신강우라는 남자가 쉴 새 없이 괴롭혀서 그래요'라고 일러바치는 말이 나오는 것을 꿀꺽 삼켰다. 그녀의 입에서 남자의 이름이 나오는 즉시, 결혼과 연결해 생각하시는 할아버지를 알기 때문이었다.

게다가 지금까지 들었던 바로는, 할아버지와 신 회장님은 오래전부터 매우 돈독한 사이였다. 그러니까 어떤 꼬투리도 잡혀서는 안 된다. 말 한마디만 잘못해도 그녀의 인생이 180도 바뀔지 모르니까 말이다.

영이 다시 수저를 들고 음식을 먹기 시작하는데 할아버지가 다시 물으셨다.

"이번 일 끝나면 한동안은 한가하다고 했지?"

"네. 두 달 정도는요."

"그럼 할아버지랑 여행이라도 가지 않으련? 주말 끼어서 연차 쓰면 적어도 나흘은 나올 게 아니냐?"

영은 씩 웃으며 물었다.

"어디 가고 싶으신 데라도 있어요?"

"어딜 가는 게 중요한 게 아니야. 너랑 같이 간다는 게 중요한 거지."

그 말에 그녀는 감동한 표정을 지었다.

"와, 우리 할아버지 로맨티시스트셨네. 젊은 남자한테 그런 말 들었으면 가슴이 막 두근거렸을 텐데."

영의 말에 선우 회장이 혀를 쯧쯧 찼다.

"그런 말을 해 줄 젊은 남자를 찾아봐야지! 오죽하면 할아비가 여행을 가자고 했을까."

"저는 할아버지랑 같이 가는 게 더 좋아요. 맛있는 것도 다 사 주실 거고, 갖고 싶은 것도 다 사 주실 테니까."

그녀가 일부러 어리광부리듯 말하자 선우 회장은 아직도 철이 덜 들었다면서 다시 한번 혀를 찼지만 입가에는 슬며시 미소가 떠올랐다.

식사가 끝날 때쯤 여행지는 싱가포르로 결정되었다. 이제 정확한 날짜만 정하면 되겠다고 좋아하시는 할아버지를 보자 그녀의 얼굴에도 미소가 떠오른다.

그러나 여행을 가게 됐다는 생각에 들떠서 히죽거리며 집에 돌아온 영은 오피스텔 건물 앞에 도착한 순간 기다렸다는 듯 울리는 핸드폰을 보며 또다시 인상을 썼다.

신강우 이 남자가 끈기의 화신이라는 건 부정할 수 없는 사실인가 보다. ······그래도, 그 끈기를 나한테 보여 줄 필요는 없다고요!

그런 생각을 하며 핸드폰을 노려보고 있는 동안 전화가 끊겼다. 그리고 잠시 후 이런 문자가 도착했다.

[전화 일부러 안 받는 겁니까? 지금 나랑 밀당해요?]

밀당 같은 소리 한다. 내가 아무리 할 일이 없어도 그렇지, 당신이랑 밀당 같은 걸······.

바로 그때, 차창을 똑똑 두드리는 소리가 들려왔다. 무심코 고개를 돌린 그녀는 손가락으로 차창을 두드리고 있는 강우의 모습을 보고 소스라치게 놀라고 말았다.

"왜 그렇게 놀랍니까?"

영이 문을 열고 나가자 그가 빈정거리듯 물었다.

"문자도, 전화도 무시한 게 좀 찔리긴 하나 봅니다?"

"여긴 웬일이세요?"

민망해진 그녀가 말을 돌렸지만, 강우의 목소리는 달라지지 않았다.

"퇴근하고 있는데 우연히도 선우영 씨 차가 보이길래 따라왔습니다. 무슨 중요한 일이 있길래 전화도, 문자도 다 못 본 척하는지 궁금해서요."

아, 젠장.

영은 낭패한 표정을 감추며 생각했다. 십 분만 늦게 나올걸. 그럼 이런 식으로 들키지 않았을 텐데.

"못 본 척한 건 아니에요. 오늘 좀 바빠서 그랬어요."

"그럼 나중에 연락하겠다는 답이라도 보냈어야 하는 거 아닙니까?"

괜히 변명을 했다가 추궁이나 더 당하게 생겼다. 하여간 이 남자는, 생긴 건 세상에 둘도 없이 쿨하게 생겼으면서 어쩜 이렇게 질척대는지 모를 일이다. 아니, 내가 왜 당신한테 혼나는 기분을 느껴야 하냐고! 우리가 무슨 사이라도 되기나 해?

그녀는 그 생각이 얼굴에 그대로 드러날까 봐, 일부러 새침한 표정을 지으며 사과했다.

"미안해요. 하루 종일 정신이 좀 없었어요."

뭐라고 또 한마디 할 줄 알았는데, 의외로 강우는 조용히 그녀를 쳐다보기만 했다. 하지만 침묵이 계속되면 될수록 또 무슨 얘길 하려고 저러나 하는 생각에 조마조마하기만 하다. 그녀의 입에서 제발 무슨 말이든 빨리하고 돌아가 달라는 애원이 나오기 직전, 강우가 입술을 열었다.

"내일 저녁 일곱 시."

"네?"

"장소는 약속 시각 전에 정해서 연락하겠습니다."

그렇게 말한 다음 몸을 휙 돌려 가 버리는 뒷모습을 영은 한참 멀뚱거리며 바라보았다. 더 이상 잔소리를 듣지 않아서 다행이긴 했는데, 저렇게 시간만 툭 던지듯 말해 놓고 가 버리는 모습을 보자니 그것도 과히 좋은 기분은 아니었다.

"오늘도, 피곤해."

그녀는 강우의 차가 완전히 사라지고 나서야 몸을 돌리며 중얼거렸다. 저 남자를 만날 때마다, 왜 자꾸 혼란스러워지는지 당최 모를 노릇이라고 생각하면서.

하지만 다음 날 오후가 되었을 때 영은 신강우의 연락을 초 단위로 세면서 기다리는 자신을 발견할 수 있었다. 이유는 바로 오민석 때문이었다. 도대체 무슨 바람이 불었는지 저녁을 같이 먹자는 문자가 한 시간 간격으로 오고 있었기 때문이다.

선약이 있다는 답을 보냈으나 그러면 전처럼 합석을 해도 된다며 막무가내였다. 클라이언트를 만나기로 했다고 말했더니 그게 누구고, 어디서 만나느냐며 꼬치꼬치 캐묻는다. 정말, 고객의 아들이 아니었다면 그녀의 입에서 벌써 쌍욕이 튀어나오고도 남았을 지경이었다. 게다가 정작 당당하게 약속 시각만 던져 놓고 가 버린 남자는 연락도 없었다.

약속 시각 전에 장소 정해서 연락한다며! 벌써 다섯 신데 언제 연락하려고! 여섯 시 오십구 분에 전화하려고? 좀 일찍 일찍 알려 줄 수는 없어? 그래야 내가 마음의 준비라도 할 거 아니냐고!

……도대체 이 남자들이 오늘 왜 이러는지 모르겠다. 지쳐 버린 영이 약속이고 뭐고 퇴근과 동시에 집에 돌아가 전화기를 꺼 버리겠다고 마음먹는 순간, 핸드폰 액정이 번쩍거리며 빛났다.

[여섯 시 이십 분까지 주차장으로 가겠습니다.]

딱 한 시간 남겨 두고 연락하는 센스라니. 됐고, 피곤해 죽겠으니까 오지 말았으면 좋겠다는 말을 꾹꾹 눌러 참으며 영은 알았다는 답장을 보냈다. 어쨌거나 더 이상 만날 필요 없다는 말을 하기 위해서라도 강우를 한 번은 더 만나야 했기 때문이다.

그런 다음 오민석에게도 클라이언트와 '회사 앞에서' 만나기로 했기 때문에 저녁 약속에 응할 수 없다는 문자를 다시 한번 보내고 나니 그제야 핸드폰이 조용해졌다. 영은 거짓말처럼 얌전해진 핸드폰을 한참 동안 쳐다보고 있다가 저도 모르게 한숨을 푹 내쉬었다.

바로 그때, 뒤에서 소현의 목소리가 들려왔다.

"자기, 무슨 일 있어? 무슨 한숨을 그렇게 쉬어?"

"별일 아니에요."

"양평 별장에 문제 생긴 건 아니지?"

"아직까진 괜찮아요. 팀장님은 성수동 건 마무리 끝나셨어요?"

"응, 다음 주면 끝날 것 같아."

그렇게 대답한 소현이 잠시 머뭇거리며 그녀를 쳐다보았다. 어쩐지 그냥 안부나 물으려고 말을 건 게 아닌 것 같더니, 또 다른 용건이 있는 모양이다. 영은 씩 웃으며 물었다.

"왜요? 하실 말씀이라도 있어요?"

"음, 그게……. 오늘 자기 저녁 약속 있어?"

"네."

"누구랑?"

순간 영의 머릿속에 오민석이 떠올랐다. 그 인간이 안 팀장님을 부추겼나? 설마, 안 팀장님이 그 인간을 그렇게까지 마음에 두고 있는 거야?

"클라이언트랑요. 혹시 저랑 저녁 먹으려고 물어보신 거예요?"

영이 그런 생각을 숨긴 채 생글거리며 묻자 소현은 어색하게 웃으며 말끝을 흐렸다.

"으응, 그럴까 했는데……."

"아쉽네요. 그럼 오늘 말고 내일은 어떠세요?"

"그래, 그럼 내일 먹자. 퇴근 잘해."

"네. 내일 뵐게요."

김이 샜다는 듯 멀어지는 소현의 뒷모습을 보며 영은 내일도 조심해야 겠다는 생각을 했다. 정말로 소현이 오민석에게 홀딱 넘어가서 정신을 못 차리는 거라면, 내일 저녁 식사 자리에 오민석이 나타날 확률은 80퍼센트 이상일 테니까.

그녀의 입에서 다시 한번 한숨이 쏟아졌다. 산 넘어 산이구나.

한 시간 후 주차장으로 나가자 강우의 모습이 보였다. 문제는, 그 모습을 보고 있는 사람이 그녀만이 아니었다는 것이다.

퇴근을 위해 지나가던 사람들이 모두 강우를 보며 수군거리거나 아니면 아예 멀찍이 멈춰서 쳐다보고 있었다. 물론 신강우는 그런 시선에도 아랑곳없이 차에 기댄 채 핸드폰만 들여다보고 있었지만.

분명히 내가 몇 분에 나오나 확인하고 있을 거야.

사람들이 지쳐서 가 버릴 때까지 기다릴 것인가, 아니면 저 따가운 시선을 다 감수하고 신강우 앞으로 다가갈 것인가. 사람들이 없어질 때까지 기다린다면 분명 강우가 가만히 있지 않을 것이고, 사람들이 다 보는 앞에서 그의 차를 탄다면 내일부터 그녀는 스캔들에 시달리게 될 것이다. 어떤 쪽을 선택해도 피곤하긴 마찬가지였다.

진퇴양난. 사면초가.

평소에는 쓰지도 않는 사자성어까지 떠올리며 고민에 빠져 있는데 핸드폰이 울리기 시작했다. 발신자의 이름이 신강우인 것을 확인한 영은 그제야 실수했다는 것을 깨달았다. 밖으로 나오기 전에 충분히 고민을 해 둘 걸 그랬다.

─거기서 뭐합니까.

그는 영이 전화를 받자마자 무뚝뚝한 음성으로 물었다.

"……약속한 상대방의 안위를 고려해 차 안에서 기다려 주시면 좋았을 거라고 생각하는 중이었어요."

─뭐라고요?

어차피 알아들을 거라고 기대도 하지 않았다. 그녀는 한숨을 푹 쉬며 대답했다.

"지금 내려간다고요."

그녀가 주차장에 내려가 강우에게 다가갈수록 사람들의 수군거림이 커져만 갔다. 선우영, 3팀, 하는 소리가 나오는가 싶더니 나중에는 '어머, 어머' 하는 부정적인 감탄사와 함께 '저 커플 반대일세' 하는 말들이 각양각색의 표현으로 들려오기 시작했다.

내일은 하루 종일 양평에 가 있는 게 좋겠구나. 만사 포기한 그녀는 그런 생각을 하며 강우를 쳐다보았다. 하지만 그는 주변의 수군거림이 하나도 안 들리는 사람처럼 냉정한 얼굴로 차 문을 열어 준다. 영의 눈에는 그 좌석이 마치 고문 의자처럼 보일 지경이었다. 강우는 앉은 자리가 가시방석이라는 표정의 그녀를 보면서 의외라는 듯 말했다.

"사람들의 시선에 그렇게 예민한 줄은 몰랐는데요."

"저는 부사장님과 달리 평범한 월급쟁이라서요."

그녀가 살짝 꼬인 말투로 대답하자 강우가 피식 웃으며 그 말을 받았다.

"저도 월급 받고 일하는 직원입니다만."

"……언젠가는 월급을 주는 입장이 되실 거 아니에요?"

"아직은 장담할 수가 없어서요."

덤덤하게 대꾸하는 그 말이 왜 이렇게 얄밉게 들리는지 모를 일이다. 영은 콧방귀를 끼며 차창 밖으로 시선을 돌렸다. 그런 그녀의 모습을 본 강우도 더 이상 말을 걸지 않고 운전에만 집중했다.

차가 멈춰 선 곳은 시내 중심가의 유명한 이탈리안 레스토랑이었다. 이 남자와는 계속 족발집이나 연탄 갈빗집 같은 곳으로만 다녔더니 이렇게 번쩍거리는 레스토랑에 같이 오는 것이 왠지 어색하게 느껴졌다.

강우는 그런 어색함을 다 눈치챈 듯 더할 나위 없이 정중하게 그녀를 에스코트했다. 영은 그와 함께 레스토랑에 들어가 예약해 놓은 자리에 앉는 동안 무수히 많은 시선이 등 뒤에 꽂히는 것을 느끼며 생각했다.

입가에 큼지막한 점이라도 하나 찍고 올 걸 그랬네. 그래야 사람들이 내가 아니라 그 점을 기억해 줄 텐데.

"스테이크 먹을 거죠? 샐러드랑, 파스타도 시킬까요?"

그녀의 생각을 모르는 강우가 자상한 얼굴로 물었다. 목소리가 어찌나 다정한지 모르는 사람이 들으면 데이트한다고 착각하기 딱 좋은 음성이었다.

"스테이크랑 샐러드면 충분해요."

"와인은요?"

"강우 씨 좋아하는 걸로 시켜 주세요."

영의 대답을 들은 강우가 주문을 끝내고 나서 물었다.

"그런데, 평소에도 이렇게 혹을 달고 다니는 편입니까?"

"네?"

그녀는 이게 또 무슨 뚱딴지같은 소리인가 하며 물었다.

"혹이라뇨?"

"저기, 저쪽에서 우리 테이블을 쳐다보고 있는 사람이 낯선 얼굴이 아니라서 하는 말입니다. 나를 따라온 것 같지는 않은데요."

강우가 가리킨 방향으로 고개를 돌리자 못마땅한 얼굴로 두 사람을 쳐다보고 있는 오민석의 모습이 보였다. 영의 입에서 놀란 목소리가 그대로 튀어나왔다.

"저런 미친……."

그러다가 앞에 있는 남자가 누구인지를 깨닫고 재빨리 입을 다물었다.

"크흠, 이상한 남자네요. 왜 여기까지……."

"혹시 오늘 약속이 있었습니까?"

"아니요. 저녁 식사를 하자고 하길래 선약이 있다고 말해 줬을 뿐이에요."

"그럼 선우영 씨를 따라온 건 맞는 것 같군요."

"……뭐, 그럴 가능성이 없진 않겠네요."

삐딱한 목소리로 대답하는 그녀를 보던 강우의 얼굴에 갑자기 미소가 떠올랐다.

"인기가 많군요."

"그러게요. 살면서 이렇게 인기 폭발이었던 적은 처음인 것 같아요."

영의 시큰둥한 대꾸에 강우가 쿡쿡거리며 웃었다. 자신이 방금 했던 말의 어디가 그렇게 웃겼을까 고민하던 그녀는 문득 떠오른 생각에 눈을 크게 뜨며 물었다.

"아 참, 혹시 김재훈 씨라고 아세요?"

그러자 강우가 오래 생각하지도 않고 대답했다.

"대일은행 차남 말입니까?"

"네. 재훈 씨가 제 사촌의 남편이거든요."

"압니다. 그런데 김재훈 씨는 왜요?"

"강우 씨 사촌분과 친한 사이라던데 강우 씨와도 친한가 해서요."

그녀의 말을 들은 강우는 슬쩍 고개를 저으며 말했다.

"안면은 있지만, 친하다고 할 정도는 아닙니다. 제 사촌과는 아마 대학 동창인 것으로 알고 있습니다."

친하지 않더라도 관계는 다 파악하고 있나 보다. 영은 '과연 재벌 2세들의 세계란 다르구나' 하고 생각하며 다시 물었다.

"그럼 사촌분과는 친해요?"

"네."

"잘됐네요. 재훈 씨가 다음에 사촌분이랑 다 같이 한번 만나자고 하던데, 강우 씨도 그때 시간 된다면 같이 보면 좋겠어요."

그 말에 강우의 표정이 조금 차갑게 변했다.

"제 사촌을 궁금해할 줄은 몰랐는데요."

"네?"

"벌써 모임 약속까지 정했다니 하는 말입니다."

아무리 생각해도 비꼬는 기색이 다분한 음성이었다. 영은 저 남자가 왜 또 저러는지 알 수 없어 인상을 썼다.

아니, 내가 뭐 그 사촌이란 사람하고 사귈 것도 아니고, 친구의 친구라서

한 번 본다는 건데 저렇게 싫은 티를 팍팍 낼 건 없지 않나? 사촌이 그렇게 아까운가? 내가 한 번 보는 것도 싫을 정도로?

그리고 강우는 그런 영의 표정을 보며 자신이 왜 그렇게까지 꼬인 반응을 보였는지 고민하고 있었다.

'사촌과 만나기로 했다'는 말을 듣자마자 아무 생각 없이 툭 튀어나온 말이었다. 그냥 갑자기 기분이 나빠졌던 것이다.

정말 솔직히 말하면, '저기 저 오민석으로도 부족해서 재민이까지?'라는 생각이 들었던 것도 사실이었다. 그녀가 재민을 만난다는 말을 듣는 순간 짜증이 확 치솟아서 말을 내뱉기 전에 생각할 여유도 없었다.

자신이 왜 이러는지 알 수가 없었다. 도대체 선우영의 어떤 점이 그렇게 대단하길래 그를 이렇게 아무 생각 없는 남자로 만드는 것일까.

예뻐서? ……뭐, 외모야 괜찮은 편이기는 했다. 그럼 성격이 좋아서? 성격도 뭐, 갑자기 욱해서 혼자 가 버리는 것만 제외한다면야 나쁘지 않은 것 같았다.

음, 그렇게 생각하다 보니 선우영은 예쁘고, 성격도 괜찮고, 좋은 직장에, 집안까지 좋았다. ……그러고 보니 완벽한 여자였던 것이다.

물론 자신을 싫어한다는 것이 가장 큰 문제이긴 했지만, 그거야 피치 못할 사연이 있기 때문이었다. 앞으로 충분히 생각이 바뀔 수 있는 문제였고 말이다. 강우는 여전히 뭐 씹은 표정으로 샐러드를 뒤적거리고 있는 영을 보며 생각했다.

이렇게 선우영을 만난 건, 어쩌면 나에게 주어진 기회가 아닐까?

지금까지 살아오면서 이렇게까지 신경 쓰이고 그의 이성을 잃게 한 여자는 처음이었다. 아마 그녀가 결혼 상대로 나쁘지 않은 여자이기 때문일 것이다. 그렇지 않고서야 자신이 이럴 리가 없었다.

주야장천 가족 사랑을 주장하던 할아버지가 갑작스럽게 그와 재민을 경쟁시키신 이 시점에 나타난 여자였다. 영과 결혼하면 태강과 선일, 두 그룹 간의 관계는 훨씬 돈독해질 것이다. 할아버지가 만족하실 거라는 건 두말할 필요도 없었다. 그렇게 할아버지가 만족하신다면 내년에 본사로 들어가 후계자의 자리를 확고히 할 사람은 다른 누구도 아닌 자신이 될 것이다.

그래, 그러는 게 좋겠군. 선우영과 결혼을 하는 거야.

그렇게 결론을 내린 순간 벌써 마음이 급해졌다. 강우는 아직도 그들을 힐끔거리고 있는 오민석을 싸늘한 눈길로 노려보았다.

안됐지만, 꿈 깨는 게 좋을걸. 당신은 이 여자한테 손끝 하나도 대지 못할 테니까.

그러고는 날카로워져 있던 목소리를 누그러뜨리며 말했다.

"김재훈 씨와 친합니까?"

"재훈 씨와 친한 게 아니라 재훈 씨와 결혼한 제 사촌과 친해요."

대답하는 목소리가 퉁명스러웠다. 그의 어깃장에 꽤나 기분이 나빴나 보다. 강우는 일부러 오민석 쪽을 슬쩍 곁눈질하고 나서 말했다.

"그런 커플 모임에 같이 갈 파트너가 필요하다면, 앞으로는 나와 함께 다니시죠."

"네?"

예상했던 대로 영은 이건 또 무슨 헛소리냐는 얼굴을 하고 쳐다보았다. 하지만 강우는 그런 그녀의 표정이 이제는 익숙하다 못해 귀여워 보인다는 생각을 하며 말을 이었다.

"앞으로 진지하게 만나 보자고 말하는 겁니다, 선우영 씨."

영이 그의 말을 이해하지 못하겠다는 듯 눈을 깜빡거렸다. 그리고 한참 후에야 나온 대답이 이랬다.

"지금도 충분히 진지한데요. 더 이상 어떻게 진지할 수 있는지 모를 정도거든요."

비꼬는 기색이 그대로 드러난 그녀의 말에도 강우는 미소를 잃지 않았다.

"아직도 나를 보면 김창수 씨만 떠오릅니까?"

"······그렇진 않아요."

"다행이군요."

"그렇다고 해서 신강우 씨와 진지한 만남을 생각할 정도는 아닌데요."

"조금 전엔 충분히 진지하다고 하지 않았습니까?"

영은 어이없는 표정으로 그를 바라보았다. 이 남자는 만날 때마다 그녀를 황당하게 만든다고 생각하면서. 어떻게 하면 그녀에게 한 방 먹일 수 있는지 연구라도 하고 나오는 걸까?

영은 그의 미소 띤 얼굴을 한참 동안 쳐다보다가 물었다.

"설마, 진심은 아니시죠?"

"이런 얘길 농담으로 할 만큼 가벼운 성격은 아닙니다."

그래, 그건 영도 잘 알고 있었다. 김창수와 다르다는 것을 보여 줄 테니 다섯 번씩이나 만나보자고 하는 사람이니까.

하지만 왜 뜬금없이 '진지한 만남'을 운운하는 건지 이해가 되지 않는다. ······혹시, 내가 선일 그룹 회장의 손녀라서 저러는 건가? 계산기를 두드려 보니 괜찮은 상대라는 생각이 들어서?

뭐, 그럴 수도 있을 것이다. 이해하지 못할 상황은 아니었다. 영은 강우가 그런 이유로 자신에게 다가왔다고 해도 충격받지 않을 만큼은 사회생활을 해 보았으니까.

만약 그녀가 할아버지의 손녀라고 공표되어 있는 상태였다면, 이미 강우와 정략결혼의 상대가 되었을지도 모른다는 것 역시도 알고 있었다. 미현이 대일은행 차남과 정략결혼을 했던 것처럼 말이다.

하지만 그건 그거고, 내 상황은 다르니까.

영은 할아버지의 손녀라는 사실이 알려지지 않은 지금 이 상태를 충분히 누리겠다고 생각하며 말했다.

"저는 지금 누군가를 만날 생각이 없어요."

"왜요? 이제 남자라는 종족이 지긋지긋합니까?"

강우의 시니컬한 말투에 그녀는 쿡쿡거리며 낮은 웃음소리를 냈다.

"아니요. 그런 것보다는······ 누군가를 새로 만나는 게 귀찮다고나 할까요."

영의 말에 그는 속으로 한숨을 삼켰다. 왜 이 여자를 만날 때마다 매번 굴욕의 역사를 새롭게 쓰는 기분이 드는 걸까. 진지하게 만나자는 말에 돌아온 대답이, '귀찮아서 싫다'라니. 자신이 이렇게까지 존재감이 약한 남자였었나.

그리고 다음 순간 언제나처럼 오기가 치솟는다.

"그럼 먼저 나에 대해 흥미를 느끼게 만들어 줘야겠군요. 더불어 김창수 씨와 다르다는 것도 확인해 주고요."

그 말에 영은 희미한 미소와 함께 고개를 저었다.

"그러실 필요 없어요. 아까도 말씀드렸지만 강우 씨가 김창수 씨와 다르다는 건 이미 알고 있으니까요. 그러니까 굳이 다섯 번을 채워 가며 저를 만나실 필요도 없어요."

"그럼······."

강우는 지금 그의 기분으로 만들어 보일 수 있는 가장 상큼한 미소를 지으며 대답했다.

"그 귀찮다는 기분을 바꿔 보기 위해서라도 이제부터 횟수 제한 없이, 사심 가득한 만남을 가져 보도록 하죠."

그러자 영의 표정에 살짝 짜증이 섞이기 시작했다.

"그러실 필요 없다니까요."

"왜 없습니까. 적어도 기회는 줘 봐야 하는 거 아닌가요."

말하다 보니 비참하다는 생각까지 든다. 자신은 왜 이렇게까지 해서 이 여자를 잡으려고 하는 걸까. 하지만 아직까지는 비참함보다 오기가 더 큰 모양이었다. 강우는 어떻게든 영의 입에서 알겠다는 말이 나오게 만들겠다는 의지를 불태우며 말을 이었다.

"적어도, 저기 앉아 있는 오민석 씨와 공평하게 경쟁할 수 있는 상황은 만들어 줘야 할 거 아닙니까."

그 말에 영의 표정이 묘하게 일그러졌다.

"저기 앉아 있는 오민석 씨는 신강우 씨와 경쟁 관계가 될 이유가 전혀 없어요."

"오민석 씨는 그렇게 생각하지 않을걸요."

"아, 저 사람이야 어떻게 생각하든 무슨 상관이에요!"

"왜 상관이 없습니까? 내 경쟁자가 될지도 모르는데?"

그녀는 답답해서 가슴이라도 치고 싶다는 표정으로 외쳤다.

"경쟁자가 아니라고요! 저기 앉아 있는 오민석 씨는 내가 결혼이 미치도록 하고 싶어서 하루에 열두 번씩 선을 보고 다닌다고 해도 절대로 결혼 상대로 생각하지 않을 타입이란 말이에요!"

"그럼 나는 결혼 상대로 고려할 만한 타입입니까?"

그제야 영이 멈칫하는 얼굴이 되더니 그를 향해 눈꼬리를 치켜세웠다. 하지만 강우는 흥미진진한 미소를 지으면서 말했다.

"가능성은 있다니 다행이군요."

"아니, 제 말은……."

영이 답답해 죽겠다는 얼굴로 입을 열었지만 강우는 고개를 저으며 그녀의 말을 막았다.

"앞으로의 일은 어떻게 될지 모르는 거니까요. 지금 그렇게 장담할 필요는 없지 않을까 합니다. 그리고, 선우영 씨는 앞으로 오 분 안에 신강우란 남자의 존재가 절실하게 필요해질 겁니다."

그러자 그녀가 어이없다는 얼굴로 물었다.

"어떻게 그걸 장담하세요?"

"저기 앉아 있던 오민석 씨가 자리에서 일어났거든요. 아무래도 우리 테이블로 다가올 모양인 것 같군요."

그 말에 영의 표정이 뭐 씹은 것처럼 구겨졌다. 강우는 저 다양한 표정만큼은 어떤 여자도 선우영을 따라갈 수 없을 거라 생각하며 씩 웃었다. 그녀는 강우의 미소에 더 약이 오른다는 듯 날이 선 목소리로 따져 물었다.

"왜 웃어요?"

"재미있어서요."

"뭐가요?"

"뭐가 재미있는지는 나중에 설명할 테니까 선우영 씨도 나를 보고 웃는 게 좋겠군요."

"내가 왜요?"

"오민석 씨가 바로 뒤까지 다가왔거든요."

짜증스럽다는 듯 콧김을 뿜던 영이 표정을 감춘 순간이었다. 오민석의 느끼한 목소리가 바로 옆에서 들려왔다.

"선우 팀장님, 약속 있으시다더니 여기서 뵙게 되는군요."

아까부터 시선이 몇 번이나 마주쳤는데 이제 와서 처음 본 척이라니, 오민석의 얼굴도 참 두껍구나 싶었다. 하지만 영에게는 이럴 때 사용하기 위해 오랜 시간 갈고 닦아 놓은 대외 접대용 미소가 있었다. 그래서 그녀는 얼굴 가득 웃음을 담고 대답했다.

"안녕하세요, 민석 씨. 여기서 뵙네요."

그러자 그녀의 얼굴을 보고 있던 강우가 피시식 웃었다. 재미있어 죽겠다는 듯. 영이 어금니를 지그시 악물며 강우를 향해 경고의 시선을 보내고 있는데 민석의 목소리가 두 사람 사이로 끼어들었다.

"그러고 보니 두 분, 전에도 함께 나가셨던 것 같은데 요즘 같이 계시는 모습을 자주 보는 것 같습니다."

의심스럽다는 기색을 그대로 드러낸 말투였다. 영이 무슨 소리를 하는 거냐는 의미로 눈을 동그랗게 뜨는 순간 강우가 느긋한 음성으로 말했다.

"어쩌다 보니 제가 요즘 영 씨의 시간을 많이 뺏고 있습니다. 함께하는 시간이 워낙 매력적이어서 말이죠."

그 말에 민석과 영의 표정이 동시에 구겨졌다. 그러나 강우는 눈꼬리를 가늘게 접고 웃으며 한마디를 덧붙였다.

"솔직히 말하면, 방해받고 싶지 않군요."

그러자 민석이 입가를 일그러뜨리며 억지웃음을 지었다.

"하하하, 제가 눈치 없게 두 분의 시간을 방해했나 보네요. 실례했습니다."

하지만 그대로 자리를 뜨고 싶은 생각은 없었는지, 민석은 영을 보며 사뭇 다정한 목소리로 인사를 건넸다.

"그럼 선우 팀장님, 내일 다시 뵙겠습니다."

"네, 안녕히 가세요."

민석이 생각보다 빨리 물러나서 다행이라고 생각하며 고개를 돌린 순간이었다. 조금 전까지만 해도 여유만만한 미소를 짓고 있던 강우가 날카로운 눈으로 그녀를 노려보고 있는 것이 보였다.

아, 또 왜!

영이 드러내놓고 한숨을 푹 쉬자 그는 배배 꼬인 목소리로 물었다.

"내일 오민석 씨를 만나기로 했습니까?"

"아니요."

"방금 내일 보자고 하는 말을 들은 것 같은데요."

"약속은 하지 않았지만, 내일 일은 어떻게 될지 모르니까요. 무엇보다도, 오민석 씨는 지금 제 클라이언트거든요. 만나기 싫다고 해서 거절할 수 있는 상대가 아니라고요."

그녀의 말이 다 끝나기도 전에 강우가 오만상을 찌푸렸다. 영은 이제야 속이 좀 시원하다는 생각으로 그를 보며 씩 웃었다.

"식사도 다 끝났으니 이제 그만 일어날까요?"

6. 청혼

민석은 씩씩거리며 집에 돌아왔다. 선우영의 맞은편에 앉아 의기양양한 미소를 짓고 있던 신강우의 모습이 계속 머릿속을 맴돌아, 약이 올라 죽을 것만 같았다.

제가 뭔데 내 자리를 넘봐! 집안 좋은 것 빼면 아무것도 없는 주제에!

두 사람이 같이 있던 모습을 생각하면 할수록 짜증스럽기만 했다.

게다가 선우영 그 여자는 또 왜 그렇게 제멋대로인 건지 모를 일이었다. 작작 좀 튕기고 넘어오면 안 되냔 말이다. 그러면서 신강우와 자신을 저울질하기까지 하다니, 정말 자존심 상하는 일이었다.

주제에 태강 그룹의 며느리 자리는 탐나나 보지? 하여간 있는 것들이 더 하다니까.

민석이 그렇게 화를 주체하지 못하고 서성거리는데 핸드폰 벨 소리가 울리기 시작했다. 발신자를 확인해 보니, 선우영과 같은 회사에서 일하고 있는 안소현이라는 여자였다.

그래, 이 여자가 있었지.

민석은 처음부터 그를 좋아한다는 티를 팍팍 냈던 소현을 떠올리며 비릿한 미소를 지었다. 마침 이용해 먹고 버리기 딱 좋은 상대라고 생각하면서. 뭐, 선우영이 계속 버티면서 시간을 끈다면 그동안 소현과 잠깐 즐기는 것도 나쁘지는 않을 것이다.

"네, 오민석입니다."

-민석 씨, 안녕하셨어요? 저 소현이에요.

"하하하, 알고 있습니다, 소현 씨. 그동안 별일 없었어요?"

그가 먼저 아는 척을 해 주자 소현의 간드러진 목소리가 한층 더 높은 톤으로 올라갔다.

-그럼요. 민석 씨도 잘 지내셨어요?

"물론입니다. 안 그래도 한번 연락을 드려야지, 하고 있었는데 생각이 통한 모양이네요."

-어머, 그러셨군요.

"네, 하하하하. 말 나온 김에 조만간 저녁 식사나 같이하실래요?"

소현은 그 말을 듣자마자 기다렸다는 듯 대답했다.

-저야 언제든 오케이죠.

"잘 됐군요. 언제가 편하시겠습니까?"

-음, 그럼 혹시 내일 괜찮으세요? 안 그래도 선우 팀장이랑 같이 저녁 먹기로 했는데, 전처럼 같이 드시는 것도 좋을 것 같아서요.

"그럼요, 좋습니다. 하하하. 제가 이번에도 두 분을 좋은 곳으로 모셔야겠네요."

-호호호, 기대할게요.

"네. 그럼 내일 뵙겠습니다."

통화를 끝낸 민석의 입가에 다시 한번 비틀린 미소가 떠올랐다. 혹시 몰라 소현에게 친절하게 대해 줬더니, 결국 이렇게 써먹을 수 있게 됐다고 생각하면서. 역시, 어떤 여자든 다 상황에 따라 쓸모가 있는 법인가 보다.

예상했던 것보다 일이 쉽게 풀릴지도 모르겠다는 생각을 하던 그는 곧 다시 일어나서 방을 나섰다. 내일 선우영을 만나는 것을 준비하고, 기분 전환도 할 겸 해서 쇼핑이나 하는 게 좋을 것 같았다.

내일은 반드시 선우영의 머릿속에서 신강우를 몰아내 주리라. 민석은 선일 그룹의 일원이 되는 것을 절대로 포기할 생각이 없었다.

* * *

어쩐지, 이럴 것 같더라니.

소현은 영이 회사에 출근하자마자 달려와 '오늘 저녁 식사에 오민석 씨도 오게 됐다'는 소식을 전했다. 어느 정도 예상은 했었지만, 그래도 짜증이 나는 건 어쩔 수 없었다. 오민석의 느끼함을 참으며 음식을 목구멍으로 넘겨야 할 걸 생각하니 벌써 속이 불편한 기분이었다.

레스토랑 같은 데 가지 말고, 낙지볶음 같은 거나 먹으러 갔으면 좋겠다.

그런 생각을 하며 일을 하고 있는데 점심시간이 지나자마자 사장실에서 호출이 왔다. 웬일인가 하며 가 보았더니 김 대표가 뜬금없이 이렇게 물었다.

"선우 팀장, 오늘 뭐 해?"

"⋯⋯일하는데요?"

그러자 김 대표는 정신 좀 차리라는 눈빛으로 그녀를 바라보다가 다시 물었다.

"퇴근하고도 일할 거야? 할 일 없이 자리에 앉아서 빈둥거려도 야근 수당 없는 건 알지?"

"⋯⋯."

"별일 없으면 저녁이나 같이 먹자."

"약속 있어요."

영의 심드렁한 대답을 들은 김 대표 역시 심드렁한 목소리로 말했다.

"오민석 씨랑?"

이제 그녀가 저녁 약속이 있다는 말을 하기만 하면 다들 상대가 오민석이라고 생각하나 보다. 아니, 사내에 자자한 소문의 상대는 신강우인데, 왜 다들 그녀의 앞에서는 오민석 얘기만 하는 건지 모르겠다.

영은 오민석과 스캔들이 나느니, 차라리 신강우와 스캔들이 나는 게 훨씬 낫다는 생각을 하다가 정신을 차리고 고개를 흔들었다.

미쳤어! 무슨 생각을 하는 거야! 둘 다 필요 없다고!

그녀는 조금 퉁명스러운 말투로 김 대표를 향해 말했다.

"안소현 팀장님도 같이 만나는 거예요."

"그럼 그냥 합석해도 되겠네."

뒤늦게야 뭔가 이상하다는 생각이 들었다.

왜 갑자기 이러시는 거지? 대표님은 이렇게까지 사적인 자리를 강요하시는 스타일이 아니었는데?

"무슨, 하실 말씀이라도 있으세요?"

그렇게 묻는 그녀의 목소리가 저절로 조심스러워졌다. 김 대표는 그런 영의 모습을 보더니 씩 웃으며 대답했다.

"궁금해?"

"네."

"조금만 기다려 봐. 알게 될 테니까."

그 미소가 얼마나 불길해 보이는지 모르시는 모양이다. 영은 김 대표에게 '중요한 클라이언트를 만날 때는 절대로 그렇게 웃지 마시라'는 말을 해 줄까 하다가, 갑자기 만사가 귀찮다는 생각이 들어 그냥 밖으로 나오고 말았다.

몇 시간 뒤, 그녀는 시내의 유명한 한정식집에 앉아 우거지상을 쓰고 있었다.

그녀의 옆자리엔 강우가, 맞은편엔 민석이, 그리고 그 옆에는 영과 마찬가지로 뭐 씹은 표정을 한 소현이 앉아 있었다. 모인 사람 중에서 진심으로 즐거운 표정을 짓고 있는 사람은 김 대표밖에 없는 것 같았다.

"반가운 표정이라도 지어 주는 게 어떻습니까? 뜻밖의 장소에서 만났는데."

주문을 마치고 나자 강우는 그녀 쪽으로 고개를 숙이며 그렇게 속삭였다. 그 모습에 민석의 눈빛이 흉흉하게 바뀌는 것을 보면서 영은 시큰둥하게 대답했다.

"뜻밖의 장소인 건 맞는데, 그다지 반갑지는 않아서요."

"섭섭하네요. 이 자리에 나올 시간을 만들기 위해 점심도 못 먹고 일을 했는데."

"뭐 하러 그러셨어요, 다 먹고살자고 하는 일인데. 끼니는 챙겨 먹어야죠."

그녀의 심드렁한 대꾸를 들은 강우가 쿡쿡거리며 웃기 시작했다. 그러자 민석과 소현이 짜증스럽다는 듯이, 그리고 김 대표는 자못 궁금하다는 표정이 되어 두 사람을 쳐다보았다.

"두 사람, 꽤 친해진 것처럼 보이는걸?"

김 대표가 호기심 가득한 얼굴로 물었다. 영이 그 말에 쓴웃음을 짓기도 전에 강우가 냉큼 대답을 했다.

"친해진 것처럼 보이는 게 아니라 친해진 겁니다. 선배님 조언대로, 제가 영 씨에게 열심히 로비를 했거든요."

"로비요? 어떻게요?"

이번엔 소현이 눈을 동그랗게 뜨고 물었다. 강우는 소현에게도 친절한 설명을 아낌없이 베풀었다.

"만날 때마다 영 씨가 좋아하는 음식을 먹었습니다."

"어머, 어떤 걸 드셨는데요?"

소현이 부러워 죽겠다는 얼굴로 묻자 강우는 느긋한 미소와 함께 대답했다.

"연탄 갈비, 족발, 그리고……."

부러움을 가득 담은 채 강우를 향해 미소 짓던 소현의 얼굴이 조금씩 흐려졌다.

"연탄, 갈비요?"

"네, 색다른 경험이었습니다."

그 순간 대화에 끼어들 틈새를 노리고 있던 민석이 기다렸다는 듯 영을 향해 말했다.

"선우 팀장님, 연탄 갈비를 좋아하시는 줄은 몰랐네요. 제가 아주 유명한 맛집을 알고 있는데, 조만간 한번 대접하도록 하겠습니다."

그러자 소현도 마지못한 표정으로 호호거리며 웃었다.

"그것도 좋겠네요, 호호호. 나중에 다 같이 가면 재미있겠어요."

사람들의 웃음을 따라 미소 짓는 영의 입가가 바들바들 떨려왔다.

저녁 식사는 내내 그런 분위기 속에서 진행되었다.

강우가 한마디를 하면 소현이 웃으면서 받아 주고, 그러면 곧바로 민석이 치고 나온다. 그렇게 까칠해진 분위기를 부드럽게 만드는 것은 김 대표의 역할이었다.

그 사이에서 영은 강우의 과도한 '친한 척'이 계속되는 바람에 스트레스성 위염이 도지는 것을 느끼며 입을 꾹 다물고 앉아 있었다. 앞으로 회사 사람 중 어느 누구와도 식사 약속은 하지 않겠다고 다짐하면서.

영의 앞에서는 계속 여유만만한 모습을 보였지만, 사실 강우의 속마음은 그렇게까지 느긋하지 못한 상태였다. 누군가를 만나기 위해 이렇게 전전긍긍하는 것도, 그런데 그 상대가 매번 그를 매몰차게 대하는 것도 모두 처음이었기 때문이다. 게다가 그 상대가 여자라는 것은, 한 달 전까지만 해도 상상조차 하지 못했던 일이었다.

내가 왜 이렇게 됐지?

저녁 식사를 끝내고 집에 돌아온 강우는 소파에 널브러지듯 주저앉아 고민에 빠졌다.

처음엔 분명 춘천 리조트 건을 성사시키려는 생각밖에 없었다. 선우영이 도대체 언제까지 태강의 제의를 거부할 것인지 지켜보겠다는 오기도 있었고 말이다.

하지만 언제부턴가 그녀를 만나는 시간은 철저히 개인적인 것이 되어 가고 있었다. 이제는 아예, 그녀의 옆에 있어도 춘천 리조트에 대한 생각이나 할아버지가 하셨던 본사 이야기조차 떠오르지 않을 때가 대부분이었다.

아무래도 내가 점점 이상해지는 것 같은데…….

하루에도 몇 번씩 정신을 차려 보면 선우영에 대한 생각에 빠져 있는 자신을 발견할 수 있었다.

어떻게 하면 그녀의 머릿속에서 '김창수를 닮았다'는 생각을 싹 몰아내 버릴 수 있을까. 어떻게 하면 자신을 볼 때마다 구겨지는 영의 표정을 미소로 바꾸어 놓을 수 있을까. 어떻게 하면 그녀와 함께 있는 시간이 좀 더 즐거울 수 있을까.

아무리 일에 집중하려고 해도 어느샌가 그런 생각에 빠져 있는 스스로를 깨달을 때면, 한숨밖에 나오지 않았다.

누가 들으면, 내가 선우영에게 반해서 정신을 못 차리는 줄 알겠군.

진짜 심각한 문제는 그게 아니라고 강하게 부정할 수 없다는 것이었다. 그녀와 함께 있을 때면 강우의 머릿속은 지극히 본능적인 호기심으로 가득 채워지곤 했기 때문이다.

머릿결이 보이는 것만큼 부드러운지, 피부는 얼마나 매끄러울지, 또 입술은 보이는 것처럼 달콤할지, 저 작은 몸을 품에 안으면 어떤 기분일지, 하는 궁금증이 한시도 머릿속을 떠나지 않았다.

특히나 그 핑크색 입술에 대한 호기심은 영과 함께 있지 않은 시간에도 시시때때로 폭발했다. 솔직히 말하면 그녀와 함께 있을 때는 무슨 핑계든

대고 그 입술을 맛보고 싶다는 생각만 할 때도 있었다. 성적 호기심이 뇌를 잠식한 십 대도 아닌데 도대체 왜 이러는지 모를 노릇이었다.

게다가 그런 조바심은 오민석이란 녀석이 영에게 접근해 올 때마다 더 강해져서, 오늘 그는 저녁 식사를 하는 내내 영에게서 눈길조차 떼지 못했다. 그녀에게 낯선 남자가 접근이라도 하면 신경을 곤두세우고 으르렁거리는 충견이라도 된 것처럼 말이다.

"하아, 이게 도대체 무슨 짓인지 모르겠군."

이렇게 하루 종일 영의 생각으로 안절부절못하며 시간을 보내느니, 차라리 그녀를 자신의 옆에 꽁꽁 묶어 둘 방법을 찾아내는 것이 낫지 않을까 싶을 정도였다. 어떤 남자도 영에게 접근할 수 없게, 오로지 그 혼자서만 그녀를 볼 수 있고, 만질 수 있고, 키스할 수 있도록……

"크흠, 그건 좀 심한가."

강우는 조금 변태스러워진 생각을 털어 버리기 위해 헛기침을 했지만, 한 번 머릿속에 똬리를 튼 생각은 쉽사리 사라지지 않았다. 선우영을 독점한다니, 그 얼마나 매력적인 생각이냔 말이다.

흐음, 그녀의 고려 대상에서 최우선 순위를 차지하려면 과연 어떻게 해야 할까. 특히나 영에게 접근하는 다른 남자들에게 대놓고 꺼지라고 말할 수 있는 권리를 가지려면 어떤 방법을……

그 순간 갑자기 강우의 머릿속에 아주 간단한 해결책이 떠올랐다.

'결혼.'

그리 놀랍지도, 새삼스럽지도 않은 해결책이었다. 바로 어제저녁에도 했던 생각이었기 때문이다.

그러나 생각해 보면 결혼이야말로 가장 완벽한 방법이 아닐 수 없었다. 영과 결혼을 하면 그녀에게 접근하는 남자들을 다 쫓아내 버릴 수 있었고, 그가 원하는 만큼 그녀의 입술을 맛볼 수 있을 테니까. 입술뿐만이 아니었다. 그동안 슬쩍슬쩍 곁눈질만 했던 영의 다른 모든 부분을 모두 만족할 때까지……

콜록!

그는 상상만으로도 흥분하기 시작하는 몸을 진정시키기 위해 왜 조금 전까지 이 방법을 깜빡했었는지, 스스로에게 못마땅한 말을 몇 마디 중얼거렸다.

그리고 '남자를 만나는 게 귀찮다'는 선우영을 과연 어떻게 꼬셔야 결혼에 대한 긍정적인 마인드를 심어 줄 수 있을지 고민하기 시작했다.

물론 그녀를 설득하는 일이 쉬울 거라 생각하지는 않았다. 지금까지 그녀를 지켜본 바에 의하면, 매우 힘든 일이 될 것이 분명했다. 그러나 신강우는 힘든 일에 대한 도전일수록 투지가 불타오르는 남자였다. 그리고 불가능이라는 단어를 모르는 남자였다.

그래서 다음 날 영을 만났을 때, 결혼하자는 말에 세상에 다시없는 헛소리를 들었다는 표정으로 쳐다보는 그녀를 보면서도 강우는 미소를 잃지 않을 수 있었다.

"저기, 이런 말 하기는 정말 미안한데, 강우 씨, 요즘 많이 피곤하신가 봐요."

황당하다는 얼굴이 짠하다는 표정으로 서서히 바뀐 다음, 그녀의 입에서 나온 말은 그랬다. 심지어 눈빛마저 동정의 빛으로 가득했다. 그런 영의 모습에 순간적으로 욱했지만, 강우는 스스로의 감정을 잘 다스린 다음 미소를 잃지 않고 대답했다.

"전혀요."

"아니, 그런데 왜 그런……."

영은 그의 대답을 절대 믿지 못하겠다는 듯 그렇게 말을 얼버무렸다. 강우는 그녀의 말 뒤에 생략된 '헛소리를 하시는 건데요'라는 말이 귓가에 맴도는 것을 느끼며 다시 한번 성질을 눌렀다.

"물론, 다른 사람들이 하는 식의 진짜 결혼을 얘기하는 건 아닙니다."

"네?"

"계약 결혼이라고 하면 되겠군요. 기간은…… 짧으면 삼 년, 길면 오 년 정도로요."

"네에?"

영은 그의 말을 잘 이해할 수 없다는 얼굴로 계속 그 말만 되풀이했다. 강우는 세 살짜리 아이를 대하듯 사뭇 자상한 미소까지 지으며 말을 이었다.

"후회하진 않을 겁니다."

그제야 그녀가 어이없다는 표정으로 입을 열었다. 어찌 보면 멍해 보이기도 하는 얼굴이었다.

"어떻게 그렇게 확신을 하세요?"

"그게 사실이니까요."

"어떤 근거로요?"

"우리가 서로에게 가장 이상적인 상대라는 사실을 근거로요."

그러자 영은 눈을 깜빡깜빡하며 한참 그를 쳐다보다가 말했다.

"못 들은 걸로 할게요."

"……왜요? 한국말은 끝까지 들어 봐야 한다는 말도 모릅니까?"

"잘 알고 있지만, 지금 강우 씨가 하는 말은 끝까지 안 들어 봐도 될 것 같아요."

예상은 했지만 영은 정말 힘든 상대였다. 마치 까다롭고 예민하기까지 한 바이어들을 접대하는 기분이랄까. 그래서 강우는 그 예민하고 까다로웠던 바이어들을 대하듯 영을 대하기로 했다.

"일단 들어 보기라도 하는 건 어떻습니까. 분명히 영 씨에게 도움이 되는 부분이 있을 겁니다."

그러자 영이 나지막하게 한숨을 쉬었다. 그리고 나서는 내키진 않지만 한 번 들어나 보겠다는 표정으로 고개를 끄덕거렸다. 강우는 매력적이고도 자신만만한 미소를 지으며 말했다.

"첫째로, 귀찮게 달라붙는 남자들을 손쉽게 떨궈 낼 수 있습니다."

"그리고요?"

"결혼하라는 주변의 압박에서 벗어날 수 있죠."

그러나 영의 표정은 여전히 시큰둥하기만 했다.

"그리고요?"

"집안끼리도 잘 맞을 겁니다."

"……또 없어요?"

"나와 결혼하지 않는다면, 더 이상의 남편감을 찾기는 힘들 텐데요."

그 말에 그녀는 아무 대꾸도 없이 눈을 끔뻑거렸다. 그동안의 경험을 바탕으로 했을 때 저 표정은 '말도 안 된다'는 의미였다.

내가 그렇게까지 마음에 안 들어? 도대체 어디가 어때서! 다른 여자들은 남편으로 만들지 못해 안달을 하는데!

강우는 다시금 속에서 욱하고 치밀어 오르는 성질을 억누르며 덧붙였다.

"우리가 결혼하면 말 그대로 완벽한 커플이 될 겁니다."

그 말을 듣고 나서도 영은 떨떠름한 표정 그대로였다. 그리고 한참이 지난 다음 입을 열어 이렇게 말했다.

"근데, 지금 강우 씨가 말씀하신 것들은……."

그녀의 얼굴에 아주 살짝, 유감이라는 기색이 떠올랐다가 사라졌다.

"저보다 강우 씨에게 필요한 조건들 같은데요. 안 그래요?"

젠장. 어쩐지 저런 말을 들을 것 같더라.

사실 밤새 고민하고 고민해 봤지만, 이런 이유들밖에 떠오르지 않았다. 영은 아무것도 아쉬울 게 없는 여자였고, 스스로가 그 사실을 잘 알고 있는 데다가, 결혼을 못 해 안달이 난 상태도 아니었기 때문이다. 강우는 낮은 한숨을 쉬며 물었다.

"혹시 독신주의잡니까?"

"아닌데요."

"그럼 언제든 결혼을 생각해 볼 수 있는 거 아닙니까."

"그럴 수는 있지만, 강우 씨와 저는 서로 잘 알지도 못하잖아요. 결혼을 생각하기에는 한참 이른 것 같은데요."

"지금부터 차차 알아 가면 됩니다."

"제 생각은 좀 달라요."

그러자 강우가 고집스러운 얼굴로 대꾸했다.

"그럼 그 생각의 차이를 좁히는 게 가장 먼저 해야 할 일이겠군요."

"굳이 그러실 필요가 있을까요?"

그는 쓸데없는 짓을 한다는 눈빛으로 자신을 바라보는 영에게 확신 어린 음성으로 대답했다.

"충분히 있습니다."

털썩.

집에 돌아온 영은 씻고 나오자마자 젖은 머리에 수건을 감은 채로 침대에 쓰러져 버렸다. 피곤했다. 며칠간 몸 쓰는 일이라곤 하나도 하지 않았는데 왜 이렇게 피곤한지 모를 일이었다.

'저와 결혼하시겠습니까, 선우영 씨?'

머릿속에 갑자기 강우의 목소리가 떠오르자 이제는 화가 나는 게 아니라 황당한 웃음만 피시식 흘러나온다.

결혼이라니. 그것도 기간을 정할 수 있는 계약 결혼이니 너무 부담 가질 필요는 없단다. 최근 들어본 농담 중에 가장 창의적인 것이긴 했지만, 하나도 재미있게 느껴지지 않았다.

"결혼이 무슨 장난도 아니고, 그렇게 쉽게 내뱉을 말이냐고."

그렇게 중얼거리던 영은 문득, 자신이 왜 저녁 시간 내내 그런 말도 안 되는 얘기를 계속 듣고 있었는지 고민하기 시작했다. 아예 말을 잘라 버리고 더 이상 그런 화제를 꺼내지 못하도록 만들 수도 있었는데 말이다.

아니 사실, 강우가 만나자고 할 때마다 꼬박꼬박 나가지 않아도 문제 될 건 없었다. 그것도 아니라면 진지한 만남을 운운했을 때 아예 그만 만나자고 못을 박아 버렸어도 될 일이었다. 원래 선우영의 성격대로라면 충분히 그러고도 남았을 것이다.

그런데 왜 그러지 못했을까.

이런 식으로 남자에게 관심을 받는 게 오랜만이라서?

뭐, 그런 생각이 조금도 없다고 하면 거짓말일 것이다. 어쨌거나 신강우는 능력과 외모와 재력까지 모두 갖춘 잘난 남자였으니까. 그런 멋있고 바쁘기까지 한 남자가 밥 먹는 시간까지 아껴 가며 자신을 만나러 온다는데 싫다고 할 여자가 과연 얼마나 되겠냔 말이다.

그리고 김창수와 비슷한 외모를 놓고 봤을 때, 그녀가 평소에 좋아해 오던 타입이라는 것도 부정할 수 없는 사실이었다. 만남을 거듭할수록 김창수와의 유사성보다는 신강우라는 남자의 존재감이 강해졌다는 것 역시 무시할 수 없었다.

게다가 강우가 옆에 있었기에 오민석의 접근을 막을 수 있었던 것도 맞았다. 며칠 전 강우가 했던 말처럼 그의 존재가 '절실하게' 필요하진 않았지만, 도움이 된 건 사실이었던 것이다.

"하지만 그런 이유로 결혼을 할 수는 없는 거지."

영은 스스로를 납득시키듯 다시 한번 중얼거렸다. 이제 정말로 강우와의 만남을 끝낼 때가 된 건지도 모르겠다고.

그래, 클라이언트도 아닌 사람과 너무 자주 만나긴 했지. 쓸데없이 소문만 나고.

그녀는 다음번에 강우를 만나면 그때는 꼭 그만 만나자는 말을 해야겠다고 다짐하며 자리에서 벌떡 일어났다. 아무리 피곤해도 머리는 말리고 자야 했다. 그래야 내일 아침 출근 준비가 조금이라도 수월해질 테니까.

머리를 다 말리고 잔 덕분인지 다음 날 출근할 때까지는 평화롭기만 했다. 그러나 평화는 딱 거기까지였다. 영은 사무실에 들어가자마자, 양평 별장의 현장 책임 소장에게서 온 전화를 받고 멍한 음성으로 물었다.

"……그게 무슨 말씀이세요?"

그 물음에 김 소장은 열불이 난다는 듯 소리를 질렀다.

―아, 1층 공사를 죄다 다시 하게 생겼다고!

"도대체 뭐가 잘못됐는데요! 어떻게 된 일인지 설명을 해 주셔야 제가 알아듣죠!"

―다 망가졌어, 다! 아무튼 난 화딱지가 나서 제대로 설명할 수도 없는 상태니까, 선우 팀장이 와서 두 눈으로 직접 보라고!

그래서 그녀는 모든 일을 제치고 양평 별장으로 달려갔다. 그리고 현장에 도착한 순간 입을 쩍 벌리고 말았다. 눈앞에 벌어진 일을 도저히 믿을 수가 없었다.

거의 다 완성되어 가던 거실이 완전히 망가져 있었다. 바닥이며 벽, 창틀, 하다못해 천정까지 모두 긁히고, 깨진 것도 모자라 군데군데 그을음까지 묻어 있었던 것이다.

영이 할 말을 잃은 채 거실 한가운데 멍하니 서 있는데, 어느새 다가온 김 소장이 허무한 목소리로 물었다.

"어째, 이 집 계속 진행할 거야?"

"……해야죠. 근데, 도대체 어떻게 된 일이에요, 소장님? 도대체 누가 이런 짓을……."

"이 집 아들이 그랬어."

"네에?"

영은 이제 자신의 귀를 믿을 수 없는 상태가 되고 말았다. 이 집 아들이라니, 설마 오민석을 말씀하시는 건가?

"이 집 아들이라고요?"

"그래. 왜, 요즘 맨날 내려오던 그 건달 같은 놈 말이야. 어제저녁엔 친구
두 명을 데리고 내려왔더라고. 친구들한테 별장 구경을 시켜 준다고 하는데,
집주인 아들이니 안 된다고 할 수도 없고 해서 그냥 놔뒀더니 이 지랄을 해
놓고 간 거야."

"그 미친놈이······."

그녀는 저도 모르게 욕설을 중얼거리며 이를 바드득 갈았다. 아니, 도대체
무슨 짓을 했는데 이렇게까지 엉망을 만들어 놓을 수가 있냐고!

"오 사장님한테도 연락하셨어요?"

"그래. 그 양반도 내려오겠다고 했으니, 곧 도착하겠지."

그렇게 대답한 김 소장은 한숨을 푹 쉬며 영의 어깨를 툭툭 두드렸다.

"집주인 와서 무슨 말이든 할 때까지 견적이나 내 보라고."

아까는 그렇게나 흥분해서 설명도 제대로 못 하시더니, 이제 그 흥분이
가라앉았나 보다. 영은 김 소장과 마찬가지로 한숨을 쉬며 대답했다.

"네, 그래야겠네요. 소장님은 좀 일찍 식사라도 하고 오실래요?"

"아냐."

그녀의 말에 김 소장이 고개를 저었다.

"내가 직접 오 사장을 보고 설명을 해야지."

김 소장이 하고 싶은 말을 충분히 짐작했기 때문에 영은 아무 대답도
하지 않았다.

이 별장은 그녀의 손으로 디자인을 한 곳이었지만, 그 디자인을 보고 직접
만들어 낸 사람은 김 소장이었다. 자신의 일과 솜씨에 상당한 자부심을 가지
고 있는 김 소장이었으니 그만큼 충격과 분노가 클 것이었다.

"나는 너무 기가 막혀서 화도 나지 않는데."

김 소장이 밖으로 나가자 그녀는 망가진 창틀 위에 주저앉아 그렇게 중얼
거렸다. 엉망이 된 거실의 잔해와 잔뜩 그은 천정을 보고 있으니 왠지 모르게
바보가 되어 버린 것 같았다. 몇 달 동안 이 별장을 만들기 위해 했던 노력이

다 수포로 돌아간 느낌이다. 바닥과 창틀은 뭔가로 실컷 두드려 놓은 듯 금이 가거나 부서져 있었고, 천정에 묻은 그을음은…… 무슨 짓을 벌인 건지 상상조차 하기 싫었다.

결국 양손으로 어제 열심히 말리고 잔 머리카락을 움켜쥔 그녀의 입에서 험한 말이 쏟아져 나오기 시작했다.

"미친놈. 도대체 무슨 짓을 한 거야! 자기네 집이잖아! 돈이 썩어나기라도 해? 그렇게 돈 쓸데가 없으면 기부라도 하든가! 제 손으로 못 한 번 제대로 박아 본 적도 없을 놈이! 집주인 아들놈이면 다냐고!"

민석이 눈앞에 있다면 정말 쌍욕이라도 해 주고 싶은 심정이었다. 아무리 생각이 없어도 그렇지, 어떻게 이럴 수가 있냔 말이다.

그러나 타이밍 나쁘게도 바로 그때 오 사장이 도착해서 김 소장과 함께 별장 안으로 들어왔다. 영은 자리를 털고 일어나 무표정한 얼굴로 오 사장에게 인사를 했다. 오 사장은 그녀의 인사를 받는 둥 마는 둥 하더니 오만상을 찌푸리며 난장판이 된 거실을 둘러보았다.

"그래, 이게 우리 큰애가 해 놓은 짓이라고요?"

대답은 김 소장이 했다.

"네."

"왜 민석이 짓이라고 생각하는 겁니까."

오 사장의 말은 누가 들어도 시비조였다. 그래서인지 대답하는 김 소장의 표정도 좋지 않았다.

"어제저녁에 큰 아드님이 친구들 두 명과 같이 와서 밤새도록 머물렀으니까요. 내내 웃고 떠드는 소리가 들리더니 아침 녘에 갑자기 통탕거리는 소리가 나기 시작했습니다. 무슨 일인지 확인하기 위해 문을 두드렸는데 신경 쓸 필요 없다는 대답을 들었고요. 문도 열어 주지 않더군요. 그러고 나서 두 시간쯤 지난 후에 큰 아드님이 친구들과 함께 별장에서 나왔고, 그다음은 보시는 대로입니다."

김 소장의 차분한 설명에 오 사장의 입이 못마땅한 모양새로 다물어졌다. 김 소장은 그런 오 사장을 보며 피곤하다는 말투로 물었다.

"아드님은 댁에 잘 도착하셨습니까? 별장 안에 뒹굴던 술병을 보면 술도 꽤 많이 드신 것 같던데요."

그 말에도 오 사장은 대답이 없었다. 잠시 후 김 소장은 한숨과 함께 이렇게 말했다.

"아무튼, 사정 설명은 끝났으니 나머지는 선우 팀장과 얘기하십쇼."

그러자 이제 오 사장의 구겨진 시선이 영에게로 향했다. 그녀는 무의식중에 마주 인상을 쓰며 말했다.

"저도 조금 전에 도착했기 때문에 어디가 얼마나 파손되었고, 복구엔 얼마나 시간이 걸릴지, 그리고 비용은 얼마나 추가될지 확인이 안 된 상태입니다. 모두 다 확인이 되면, 연락 드리도록 하겠습니다. 그땐 서울에서 뵙죠."

오 사장은 알겠다는 대꾸조차 하지 않고 몸을 돌렸다. 뭐라고 한마디 항의조차 없는 것을 보니 아침에 술에 취해 귀가한 큰아들의 상태에 대해서 알고 있는 모양이었다.

영은 문 앞에 서서 오 사장의 차가 사라지는 것을 지켜보았다. 그런 다음 커피를 한 사발 들이켜고 나서 피해 상황을 확인하기 시작했다.

7. 사고

양평 별장의 사고는 입소문을 타고 빠르게 퍼져 나갔다. 그도 그럴 것이 이 업계에서는 전무후무한 사건이었기 때문이다.

집주인의 망나니 아들이 완공 직전의 새 별장을 난장판으로 만들어 놨다. 그것도 어찌나 꼼꼼하게 망가뜨려 놨는지, 거실을 완전히 새롭게 뜯어고쳐야 할 정도였다. 그에 따른 비용 역시 어마어마하게 추가되었고, 완공까지 기간은 거의 한 달이 더 걸릴 예정이었다.

다른 건 다 상관없었지만, 한 달이라는 시간을 더 양평 별장에 묶여 있어야 한다는 사실은 영의 분노에 불을 붙이기에 충분했다. 그녀는, 김 대표의 말을 빌자면, '누가 건들기만 해도 녹색 괴물로 변하는 상태'가 되어 있었다.

그리고 강우 역시 말은 안 했지만 영과 비슷한 상태라고 할 수 있었다. 그는 하루에도 수십 번씩 오민석을 향해 욕을 퍼부었다.

그 기름 떡칠한 백수 녀석이 감히 그녀의 작업과 스케줄을 망쳐 놓다니, 감히!

오민석이 자신의 클라이언트가 아니라서 직접 매운맛을 보여 줄 수 없는 게 미치도록 안타까울 뿐이었다. 그의 의뢰인이었다면 벌써 멘탈이 붕괴되기 직전까지 괴롭혀 줬을 텐데, 영은 오민석에게 아무런 제스처도 취하지 않았다고 했다.

아마 회사 입장 때문에 그러는 거겠지. 하여간 은근히 마음이 약하다니까.

강우는 속으로 혀를 차며 그녀에게 전화를 걸었다.

한 번에 전화를 받을 거라는 기대는 아예 하지도 않았다. 별장 일 때문에 바쁠 테고, 기분도 별로일 것이다. 그는 스스로가 영에게 반가운 존재가 아니라는 것쯤은 잘 알고 있었다.

그래서 신호가 네 번째 울렸을 때 그녀의 목소리가 들려오자 강우는 깜짝 놀라고 말았다. 다음 순간 저도 모르게 입가에 미소가 번져 나갔다.

─강우 씨?

부사장님이라는 딱딱한 호칭이 사라지고 나니 그녀의 입에서 흘러나오는 자신의 이름이 이렇게 다정하게 느껴질 수가 없었다.

"식사했습니까?"

─네, 폭식했어요.

"배가 많이 고팠나 보군요."

─아니요, 스트레스 때문에요.

이제 툭툭 던져 오는 영의 말투까지도 귀엽게 들렸다.

"양평 별장 건 때문에 많이 힘든가 보네요."

─벌써 소문났어요?

"그럼요. 앞으로 오랫동안 오 사장은 이 업계에서 블랙리스트 1순위로 꼽힐 겁니다."

─그건 좀 마음에 드는데요.

영의 대답에 강우는 쿡쿡 웃다가 물었다.

"오늘 저녁엔 뭐 합니까?"

―일해야죠.

"잠깐 나올 수 있습니까? 위로의 뜻으로 저녁 식사를 대접하겠습니다."

그러자 영은 망설이는 듯 잠시 침묵하더니 이렇게 대답했다.

―오늘 말고 내일은 어떠세요?

"내일이 무슨 날입니까?"

―금요일이죠. 그다음 날은 주말이고요.

강우는 다시 한번 쿡쿡 웃으며 대답했다.

"알겠습니다. 내일 저녁에 만나죠."

통화 종료 버튼을 누른 영은 심각한 얼굴로 한숨을 쉬었다. 강우의 목소리가 반가운 날이 오다니, 세상 참 오래 살고 볼 일이었다.

하지만 지금 이 시점에서 신강우만큼 편하게 만나서 신세 한탄을 늘어놓을 사람이 없다는 것도 사실이었다. 회사 사람들과는 며칠 동안이나 머리를 맞대고 있었기 때문에 금요일 저녁까지 같이 보내고 싶지는 않았던 것이다.

강우는 이쪽 일이 어떻게 돌아가는지 잘 알고 있을뿐더러, 이미 그녀의 본색을 다 알고 있었다. 그래서 내숭을 떨 필요도 없는 데다가 오민석을 싫어하기까지 했다. 오 사장 일가의 뒷담화를 함께 하기에 가장 적당한 상대였던 것이다.

'진지한 만남'이라는 불편한 화제가 있긴 했지만…… 그거야 나중에 생각할 일이고.

영은 불편한 부분은 잠깐 잊어버리기로 마음먹었다. 일단, 양평 별장 일이 정리되면 그때 가서 생각하면 되겠지 하면서. 물론 다시 생각해 보더라도 강우와 그녀의 관계가 변할 리는 없겠지만 말이다.

그래서인지 다음 날 저녁 강우를 만났을 때 그녀의 기분은 전에 없이 편안한 상태였다. 얼마나 편안했냐 하면, 평소에는 종류에 상관없이 두 잔 이상 마시지 않던 술을 석 잔, 넉 잔이 넘도록 마셔도 걱정조차 되지 않을

정도였다. 게다가 강우 역시 그런 그녀를 부추기는 듯 적당히 마시라는 말
도 하지 않았다.

"……그랬더니 오 사장이 뭐라고 하는 줄 알아요?"

"뭐라고 했습니까?"

"자기 아들이 좀 심란한 일이 있어서 그랬다는 거예요. 그래서, 조금 더
심란했으면 새로운 별장을 지을 뻔했다고 말했더니 도끼눈을 뜨고 노려보더
라고요."

그녀의 시니컬한 말투에 강우가 낮은 웃음을 터뜨렸다. 그러나 그녀가 오
사장에 빙의라도 된 듯 도끼눈을 뜨고 쳐다보자 금세 웃음을 멈추고 물었다.

"그래서, 결론은 어떻게 났습니까."

"어떻게 나긴요. 어차피 오 사장 별장이고, 오 사장이 돈 내는 건데요. 저는
늘 하던 것처럼 최상의 재료로, 최고의 인테리어를 해 드리겠다고 했어요. 비
용엔 전혀 신경 쓰지 않고요."

"오 사장이 순순히 고개를 끄덕였습니까?"

"네, 이를 좀 갈긴 했지만 딱 한 마디만 하고 가던데요."

"뭐라고 했습니까?"

"얼마나 멋진 별장이 만들어질지 두고 보겠다고요."

그 말에 강우는 비위가 상하는 것을 느끼며 중얼거렸다.

"주객전도로군요."

"그러니까요!"

그녀도 다시금 화가 솟구친다는 듯 목소리를 높였다.

"아니, 아무리 제 돈으로 짓는 별장이라지만, 지금까지 몇 달 동안 공들인
작품을 망쳐 놨으면 사과 한마디쯤은 해야 하는 거 아닌가요? 그 별장을 짓
느라고 고생한 사람만 해도 몇 명인데, 사람이 어떻게 그렇게 뻔뻔할 수가
있는지……."

강우는 그녀의 빈 잔에 와인을 따라 주며 맞장구를 쳤다.

"오민석이 오 사장을 닮아서 그 모양이었군요."

"그런가 봐요!"

영은 기다렸다는 듯 와인 잔을 비우고 나서 말했다.

"부전자전이라더니, 옛말 그른 거 하나도 없다니까요!"

씩씩거리는 그녀를 보고 있으려니 그의 마음속에서도 오 사장 일가를 향한 분노가 꿈틀꿈틀 몸집을 키우기 시작했다.

감히, 선우영을 건드려? 돈 좀 있다고 갑질을 하는 거야, 뭐야! 아무리 클라이언트라도 잘못한 게 있으면 사과를 하는 게 도리 아니냐고! 자기들이 뭔데 내 여자를 이렇게 힘들게 해!

다음 순간 강우는 저도 모르게 멈칫거리며 영의 눈치를 슬쩍 살폈다. 내 여자라니, 갑자기 흥분하는 바람에 너무 앞서 나갔다는 생각이 들었던 것이다.

그러나 잠시 후 그는 그 말에 혼자 뜨끔했다는 사실에 씁쓸해지고 말았다. 혼자 생각한 것만으로도 눈치를 보고 있다니, 자신의 처지가 왜 이렇게까지 됐는지 모를 일이다.

도대체 나만 한 남자가 어디 있냐고, 이 냉정한 여자야!

그는 마주 앉아 불퉁한 얼굴로 와인을 마시고 있는 영을 보며 생각했다. 어디 가서 나 같은 남자 만나기가 그렇게 쉬울 것 같아? 왜 몰라보냐고, 왜! 이렇게 완벽하게 준비된 남자를 또 어디서 만날 줄 알고!

물론 그런 말을 입 밖으로 내뱉을 생각은 없었다. 영이 술을 물처럼 벌컥거리며 들이켜는 모습을 보아하니, 눈앞에 있는 그를 아예 '남자'로도 보고 있지 않은 것이 분명했으니까. 이런 상황에서 진지한 만남에 대한 얘기를 다시 꺼내 봤자 욕이나 듣지 않으면 다행일 것이다.

강우는 생각하면 할수록 비참해지기만 하는 상태에서 벗어나기 위해 영의 손에 있는 술잔을 가져왔다.

"그만 마셔요."

"왜요? 술 마시려고 금요일에 만나자고 한 건데요."

"지금까지 마신 것만으로도 충분해 보이는데요. 영 씨, 지금 취했죠?"

그녀는 당당하게 고개를 끄덕였다.

"네. 근데 아직 만족스럽진 않아요."

그들은 벌써 와인을 두 병째 비우는 중이었다. 그리고 그 두 병 중의 삼분의 이 정도를 그녀가 다 마셨다. 그런데도 만족스럽지 않다고? 도대체 얼마나 마실 생각인데?

그런 생각이 얼굴에 그대로 드러난 모양이다. 그의 얼굴을 본 영이 씩 웃으며 물었다.

"내가 취해서 집도 못 찾아갈까 봐 겁나요?"

"그러는 영 씨는 내가 술 취한 당신에게 나쁜 마음이라도 품으면 어쩌나 걱정도 안 됩니까?"

강우의 입에서 저도 모르게 퉁명스러운 말이 튀어나왔지만 영은 태평스럽게 웃을 뿐이었다.

"저언혀, 걱정 안 해요. 강우 씨는 그럴 사람이 아니니까요."

"뭘 믿고 그렇게 장담합니까?"

그의 목소리가 더 불퉁해졌다.

나도 남자라고, 이 여자야! 그것도 당신한테 충분히 호감을 가지고 있는 남자! 근데 왜 걱정을 안 해! 왜 그렇게 경계심이 없는 거냐고!

그러나 마음속에서 부글거리며 끓어오르던 생각은 영의 대답에 풀썩 수그러지고 말았다.

"제가 얼마 만에 술을 이렇게 마시는 줄 아세요?"

"……모릅니다."

"4년 만이에요. 저, 4년 동안 술은 무조건 두 잔 이상 마시지 않았거든요. 장소와 종류를 불문하고 딱, 두 잔이었어요."

"왜 그랬습니까?"

"술 먹고 쇼크가 와서 병원에 실려 간 적이 있으니까요."

참, 다채로운 경험이 있는 여자구나 하는 생각도 잠시였다. 강우는 다음 순간 떠오른 생각에 조금 날카로운 목소리로 물었다.

"설마, 그것도 김창수 씨 때문입니까?"

"뭐, 그렇다고 할 수 있죠. 아버지 돌아가시고, 그 인간이 다른 여자랑 약혼한다는 말을 들었을 때 저질렀던 일이거든요."

만나 본 적도 없는 인간에게 살의를 느끼는 게 이렇게나 쉬운 일이었다니. 강우는 분노가 순식간에 끓어오르는 것을 느꼈다. 지금 당장 그 김창수란 인간을 찾아내서 복수를 하지 않으면 잠도 올 것 같지 않았다.

영은 그런 강우의 속마음도 모르고 해맑게 웃으며 말을 이었다.

"아마 미현이는 제가 또 이렇게 술을 마시고 있다는 걸 알게 되면 삼 박 사 일 동안 잔소리를 퍼부을걸요."

"그 사람은 또 누굽니까?"

강우가 살벌한 말투로 물었지만 그녀는 취해서 그런지 알아채지 못했다.

"제 사촌이요. 알코올 쇼크로 쓰러진 저를 병원에 입원시키고, 정상으로 돌아올 때까지 돌봐 준 친구죠."

그제야 강우의 분노가 수그러들었다.

"고마운 분이군요."

"그럼요. 미현이가 아니었으면 제가 지금 여기서 이렇게 강우 씨를 앞에 두고 술을 마시지도 못했을 거예요. 더불어 오민석 같은 인간 망종을 만날 일도 없었겠죠."

잠깐 훈훈했던 대화가 갑자기 원래의 주제로 돌아와 버렸다. 순식간에 화제를 바꿔 버린 것을 보면 많이 취하긴 한 것 같은데…….

강우는 오민석의 이름을 듣지 못한 척 무시하며 물었다.

"근데 오늘은 왜 이렇게 술을 마시는 겁니까?"

그 말에 영도 금세 오민석을 잊고서 씩 웃었다.

"그러고 싶으니까?"

"내가 잘 받아 줄 것 같아서요?"

"음, 그것보다는 강우 씨가 이해를 잘 해 줄 것 같아서요. 누가 나를 힘들게 하는지 잘 알고 있잖아요."

"내가 술 취한 영 씨를 귀찮아하면서 버리고 가면 어쩔 겁니까?"

"에이, 그러지 말고 택시까지만 태워서 보내 주세요. 집은 알아서 찾아갈게요."

헤실거리며 대답하는 영의 얼굴에는 웃음기만 자글거렸다. 그래서 강우는 발끈한 기분을 티도 내지 못하고 이렇게 말했다.

"집에 못 갈까 봐 걱정은 하지 않아도 됩니다. 업고서라도 데려다줄 테니까."

그러자 영이 까르르 웃음을 터뜨렸다. 그가 했던 말의 어느 부분이 그렇게 재미있는지 모를 일이었다.

아쉽게도 그녀는 강우가 업고 갈 정도로 취하지는 않았다. 그런데 괜찮다는 그녀를 그의 차에 태워 집 앞까지 바래다주었더니 눈치도 없는 대리 기사가 주변을 두리번거리다가 물었다.

"여기서 내리신다고요? 주차할 데가 없는데요? 여기에 차를 주차했다가는 그대로 견인당할 텐데요?"

"……잠깐 기다리십시오. 일행을 바래다주고 돌아올 테니."

"아, 네. 알겠습니다."

머쓱하게 대답하는 대리 기사를 슬쩍 노려본 다음 강우는 문을 쾅, 닫고 내렸다. 오늘따라 사람들이 왜 이렇게 자신을 자극하는지 모를 일이라고 생각하면서.

영은 바래다준 그에게 고맙다는 인사를 하고는 미련 없이 돌아서 집으로 들어갔다. 그 모습을 보자 왠지 모르게 씁쓸한 기분이 된다. 그리고 그 기분은 집에 돌아와서도 사라지지 않았다.

도대체 왜 이런 기분이 드는 거지?

샤워를 마친 강우는 침대에 반듯하게 누운 채로 고민을 시작했다.

오늘 저녁 그녀와 보낸 시간은 나쁘지 않았다. 술에 취해서 그랬는지 몰라도 영은 시종일관 웃었고, 그가 묻는 말에도 친절하게 대답해 주었다. 생각해 보면 지난 어떤 만남보다도 화기애애한 시간이었다.

그런데 왜 이런 기분이 드는 걸까.

오민석으로 인해 영이 한 달이라는 시간을 더 양평 별장에 할애하게 되었고, 그래서 결국엔 태강 건설의 일을 맡지 못하게 되었다는 점이 짜증스럽긴 했다.

하지만 그녀는 그런 상황에서 하소연을 들어 줄 상대로 자신을 선택했다. 그것도 몇 년 만의 금주를 깨는 날, 앞자리에 그를 앉혀 놓고 술을 마셨다는 것은 정말 비약적인 진전이라고 할 수 있었다. 그런데도 왜 이렇게 못마땅한 기분이 드는 걸까.

그녀가 그를 남자로 의식조차 하지 않는 것 때문에? 아니면 그녀가 집에 도착하자마자 뒤도 안 돌아보고 냉큼 들어가 버려서? 아니면 대리 기사가 오해한 것 때문에? 그것도 아니면 그녀가 김창수라는 놈 때문에 알코올 쇼크가 올 정도로 상처를 받았다는 것을 알게 되어서?

아니, 어쩌면 저 이유들 모두가 그를 화가 나게 하는 건지도 모르겠다. 강우는 오민석 때문에 그녀의 스케줄이 꼬인 것이 짜증 났고, 영이 김창수 때문에 받은 상처가 아직도 낫지 않았다는 것에 화가 났으며, 그녀가 자신을 너무 안전하기만 한 남자로 대한다는 사실에 속이 터졌다.

더불어 영은 아무 걱정 없이 쌩쌩하기만 한데 자신은 이렇게 혼자 잠도 못 자고 속을 끓인다는 사실이…….

"아아, 그래."

그렇게 한참 동안 생각한 끝에 한 가지 결론에 다다르자 강우의 입에서 한숨과 같은 중얼거림이 새어 나왔다.

결국, 이렇게 되는 거였나.

그러니까, 그는 어느새 선우영을 좋아하게 되어 버린 것 같았다. 알게 된 지 겨우 두어 달밖에 안 된 여자를 말이다. 그래서 선우영이 김창수를 잊어 버리게 만들겠다는 다짐을 하며 쫓아다녔고, 오민석이 그녀를 따라다니자 짜증이 났으며, 그녀의 일이 꼬여 버리자 마치 제 일처럼 화가 났던 것이다.

"사람의 마음이 움직이는 게 이렇게 빠른 거였다니."

너무 쉽게 타인에게 마음을 빼앗겼다는 사실에 허무한 웃음이 나올 정도였다. 자신에게는 이런 일이 절대 생기지 않을 거라고 생각했었는데.

강우는 열두 살이 되던 해에 부모님을 한꺼번에 잃었다. 빗길에 일어난 자동차 사고였다. 물론 그를 키워 주신 할아버지와 할머니의 사랑에 부족함은 없었다. 아니, 지금까지 살아오는 동안 부족한 것은 그 무엇도 없었다. 그러나 마음 한구석에 정체를 알 수 없는 허전함이 사라지지 않는 것 역시 어쩔 수 없는 일이었다.

그래서인지 그는 타인에게 쉽게 마음을 열지 않는 편이었다. 지금까지 살아오면서 그에게 진심으로 가까운 존재는 조부모님과 재민밖에 없었던 것이다.

당연히 진지한 마음으로 여자를 만난 적도 없었다. 그에게 있어서 여자란 사업상의 파트너일 뿐이었으니까. 그래서 언젠가 결혼을 한다면 자신에게, 그리고 태강 그룹에 도움이 되는 여자와 할 거라는 생각만 가지고 있었을 뿐이었다.

그런데, 자각도 하지 못한 사이에, 이렇게 쉽게 다른 누군가에게 빠져 버리다니. 놀랍기도 하고, 황당하기도 하고, 허무하기도 하고, 신기하기도 하고……

그렇게 새롭게 깨달은 감정에 대해 놀라워하던 강우는 다음 순간 자신이 지금 이렇게 한가롭게 누워 있기만 할 때는 아니라는 것을 깨닫고 벌떡 일어났다.

이럴 때가 아니었다. 스스로의 감정이 어떤 종류인지를 정확하게 깨달았으니, 영의 마음 역시 자신과 같아지도록 만드는 일이 시급해진 것이다.

그런데, 아직도 그를 다른 평범한 남자와 똑같이 생각하는 여자에게 뭘 어떻게 해야 하는 걸까. 무슨 짓을 해야 그 여자의 머릿속에 로맨스라는 감정을 싹틔울 수 있는 거지?

"한 가지가 해결되니까 기다렸다는 듯 또 다른 고민이 생기는군."

강우는 마치 '고민 총량 불변의 법칙' 속에 빠진 것 같다는 생각을 하며 허무한 미소를 지었다. 영을 만나고 난 다음부터는 생각했던 대로 일이 진행된 적이 한 번도 없는 것 같았다.

하지만 일단 감정을 깨달은 이상, 미적거리며 여유를 부릴 생각은 없었다. 영에게 오민석 같은 잡벌레가 또 다시 꼬이기 전에 그녀의 마음을 얻어야 했으니까.

일단 그는 다시 한번 그녀를 만나 선우영이 어떤 스타일의 남자를 원하는지 알아보기로 했다. 그리고, 가능하면 그녀의 이상형을 자신에게 맞춰 보기로 했다.

그는 자타공인 잘난 남자였다. 현재 모든 결혼 적령기의 여자들과, 그 부모들이 탐내는 신랑감인 것이다. 비록 영은 여전히 그의 매력에 무감했지만 계속 장점을 어필하다 보면 그녀도 결국 자신의 진가를 알아보게 될 것이다.

강우는 그 시간을 가능한 한 줄여 나가기로 마음먹었다.

다음 날.

오찬 약속이 있었던 그는 식사가 끝나자마자 도망치듯 자리에서 물러났다. 어디를 그렇게 급하게 가는지 캐묻는 할아버지의 시선이 등 뒤에 따갑게 느껴졌지만 뒤도 돌아보지 않았다.

강우는 영의 집 근처까지 가서 그녀에게 전화를 걸었다. 신호가 세 번 울리고 나자 바로 영의 목소리가 들려온다. 이제 막 잠에서 깬 듯 잠겨 있는 목소리가 꽤나 섹시했다. 바로 곁에 누워서 듣고 싶다는 생각이 머릿속을 가득 채우자 목소리가 저절로 낮아졌다.

"이제 일어났습니까?"

ㅡ네. 조금 전에요. 근데 웬일이세요?

"영 씨 해장시켜 주려고요."

ㅡ네?

"어제 술을 마셨으니 오늘은 해장을 해야죠. 준비하는 데 얼마나 걸립니까?"

ㅡ어…… 그게……. 한 시간쯤?

망설이며 우물거리는 대답이 들려오자마자 그는 낚아채듯 말했다.

"뭐, 그 정도면 양호하군요. 그럼 한 시간 후에 내려와요. 기다리고 있을 테니."

강우는 그녀가 정신을 차릴 시간을 주지 않고 재빨리 전화를 끊었다. 왠지 모르게 승리한 기분을 느끼면서.

다행히 영은 마음이 바뀌었다거나 귀찮다는 핑계를 대며 다시 전화하지 않았다. 대신 정확히 한 시간이 지나자 전화를 걸어 왔다.

ㅡ지금 어디 있는데요?

"왼쪽으로 고개를 돌려 봐요. 대략 오십 미터 거리에 있습니다."

그 말을 따라 고개를 돌린 영의 얼굴에 복잡미묘한 표정이 떠올랐다. '너 도대체 여기서 뭐 하는 거니' 하는 질문이 자그마한 얼굴에 꽉꽉 차 있었다. 하지만 마음을 깨달았기 때문인지 그 표정까지도 귀여워 보였다.

순식간에 중증 환자가 되어 버렸구나.

강우는 스스로의 상태에 대해 냉정한 판단을 내리며 차 문을 열고 나왔다.

"여기까지 웬일이세요?"

영의 목소리에도 역시 의심이 가득했다. 강우는 이 여자의 머리에 로맨스라는 말랑한 감정을 심어 주려면 고생깨나 하겠다는 생각을 하며 대답했다.

"아까 말했던 것처럼 해장이 필요할 것 같아서요. 아직 식사 전이죠?"

"그렇긴 한데…… 강우 씨는 어제 많이 마시지도 않았잖아요."

"그래도 밥은 먹어야 하니까요."

사실 그는 영과 함께 식사를 하기 위해 오찬 자리에서 밥을 거의 먹지 않았다. 그러나 그녀가 그런 사실까지 알 필요는 없었다.

"일단 타요."

그렇게 말하며 차 문을 열자 영이 잠시 머뭇거렸다. 이 남자가 도대체 왜 이러나 싶은가보다. 강우는 그녀의 시선을 모르는 척하며 씩 웃었다.

"해장은 주로 어디서 합니까?"

"글쎄요……."

아직도 어리둥절한 표정으로 대답을 얼버무리는 그녀에게서는 샴푸 향기와 옅은 알코올 향이 섞여 나왔다. 그 알코올 향까지도 기껍다는 생각이 들자 강우는 속으로 고개를 저었다.

정말, 미쳐도 단단히 미쳤나 보다.

"먹고 싶은 거 없어요?"

"그다지……."

하긴, 술을 그렇게 먹었으니 음식 생각이 안 날 법도 했다. 강우는 시동을 걸며 물었다.

"칼국수 좋아합니까?"

"네."

"그럼 칼국수 먹으러 갑시다. 마침 소문난 맛집을 찾았습니다."

영은 그렇게 말하며 차를 출발시키는 강우를 뚫어져라 쳐다보았다. 윤기가 잘잘 흐르는 검은색 슈트에 진청색 셔츠를 받쳐 입은 모습이 아무리 봐도 칼국수를 먹으러 나온 차림새는 아니었다.

"어디 갔다 오셨어요?"

그녀의 질문에 간단한 대답이 들려왔다.

"오전에 회사에 잠깐 들렀습니다."

대수롭지 않게 대답하는 강우를 보며 영은 조금 창피해지는 것을 느꼈다.

누구는 어젯밤에 술을 진탕 마신 다음 늦잠을 잤는데, 누구는 그 술을 진탕 마신 여자를 집에 데려다주고 나서 다음 날 아침 일찍부터 일을 했던 것이다. 그러고 나서 해장을 시켜 준다며 맛집까지 데리고 가다니, 누가 들어도 애인한테 홀딱 빠진 남자의 행동이었다.

하지만 난 애인이 아니잖아? 그러니까 후드 티셔츠와 청바지 차림에 맨얼굴로 나온 지금의 모습을 부끄러워할 필요는 없는 거야. 이 남자에게서 풍겨 나오는 시원한 향기에 매료돼서도 안 되겠지.

영은 그렇게 생각하며 창밖으로 시선을 돌렸다. 술이 덜 깨서 멍한 상태였는데, 샤워를 하고 나와 쭉 뻗은 고속도로를 시원하게 달리자 한결 개운해진 기분이 들었다. 역시 사람은 몸을 움직여야 하나 보다. ……근데, 잠깐. 고속도로라니?

영은 어리둥절한 눈으로 주변을 둘러보았다. 칼국수 먹으러 간다면서 왜 고속도로지? 그녀의 미심쩍은 시선이 강우에게로 향했다.

"칼국수 먹으러 가는 거 아니었어요?"

"맞습니다."

"근데 왜 고속도로를 타요?"

"칼국숫집이 인천에 있으니까?"

그렇게 대답한 강우가 그녀를 힐끗 보더니 씩 웃었다. 그 장난기 가득한 미소에 갑자기 심장이 두근거리기 시작하는 건, 분명히 술이 덜 깼기 때문일 것이다. 영은 괜히 퉁명스러운 말투로 대꾸했다.

"멀리도 가네요."

"가는 김에 드라이브도 하고 좋지 않습니까?"

물론 그렇긴 했다. 하지만 너무 데이트하는 느낌이라 부담이 팍팍 느껴진단 말이다.

영은 창밖으로 시선을 돌리며 생각했다. 정말이지, 멋있는 남자들은 함부로 웃으면 안 되는 법을 제정하든지 해야 할 것 같다고. 그래야 여자들의 마음이 괜히 심란해지지 않고, 항상 평정을 유지하면서 살 수 있지 않을까.

그가 말했던 맛집은 시장통에 있는 작은 가게였다. 시장 입구에 들어서자, 점심시간이 훨씬 지났는데도 길게 줄을 서서 기다리는 사람들이 보였다. 맛집이라고 하더니 정말 유명한 모양이었다.

칼국수도 기대했던 것보다 훨씬 맛있었다. 강우의 옆에 어색한 얼굴로 서서 차례를 기다렸던 영은 자리에 앉아 국물 맛을 보자마자 거의 흡입하듯 들이켰고, 그 모습을 지켜보던 강우는 조용히 손을 들어 한 그릇을 더 주문했다.

"와, 맛있었다."

칼국수를 다 먹고 나온 영이 행복한 얼굴로 중얼거린 말에 강우가 빙그레 웃었다.

"해장은 잘 됐습니까?"

"네. 바지락이 많이 들어가서 국물이 정말 시원했어요. 근데 여긴 언제 와보셨어요?"

"저도 오늘 처음 와 봤습니다."

"정말요? 근데 어떻게 그렇게 금방 찾아냈어요?"

"친구한테 자세히 물어봤거든요."

그 말에 영은 잘했다는 듯 고개를 끄덕였다.

"훌륭한 친구를 두셨네요."

그녀의 말을 들은 강우는 영에게 절대로 재민을 소개해 주지 않으리라 마음먹었다. 두 사람의 취향이 은근히 비슷하다는 것을 깨달았기 때문이다. 괜히 사촌이랍시고 소개해 줬다가 취향이 어쩌니, 입맛이 어쩌니 하며 둘이 친해지기라도 하면 귀찮아질 게 뻔했다.

아무튼 영은 배불리 먹고 나더니 기분이 좋아진 모양이었다. 알파벳이 큼지막하게 들어간 하얀색 후드티와 빛바랜 청바지, 참 편해 보이는 운동화를 신고 머리를 길게 늘어뜨린 채 방파제 앞에 서서 입가에 가득 미소를 띤 채 바닷바람을 맞고 있었다.

그 모습이 어딘지 모르게 자유로워 보인다는 생각을 하는 순간, 강우는 자신의 손이 제멋대로 올라와 영의 머리카락을 건드리는 것을 보았다.

바람에 흩날리던 머리카락이 손가락에 휘감겼다. 생각했던 것보다 훨씬 더 부드러운 감촉이었다. 머리카락 속으로 조금 더 깊이 손을 묻으면 어떤 기분일까?

강우의 손이 더 가까이 다가갔을 때 뭔가 이상한 기분을 느낀 듯 그녀가 고개를 돌렸다. 바로 얼굴 앞까지 다가온 손을 본 그녀가 눈을 크게 뜨자 강우는 정신이 번쩍 드는 것을 느꼈다.

그러나 영과 시선이 얽히고 나니 그대로 몸이 굳어 버린 듯 꼼짝도 할 수 없었다. 그녀 역시 그와 마찬가지 상태인지 눈을 크게 뜬 표정 그대로 가만히 쳐다보기만 할 뿐이었다.

그런 상태로 시간이 얼마나 흘렀는지도 알 수 없었다. 강우는 갑작스레 귓가에 파고든 비명을 듣고 정신을 차렸다.

"아니야! 아빠 미워!"

근처에 있던 아이가 그렇게 소리를 지르더니 울음을 터뜨렸다. 현실 세계로 돌아온 강우는 어색하게 손을 내리며 목소리를 가다듬었다.

"흐음, 그만 갈까요?"

영도 어색하게 시선을 돌리며 대답했다.

"아, 네. 그만 가야겠네요. 밥도 다 먹었고."

영은 옆자리에 앉아 운전을 하고 있는 강우의 옆모습을 흘끔거렸다. 그는 점심을 먹을 때부터 재킷을 벗어 버린 다음 진청색 셔츠를 팔꿈치까지 걷어 올린 상태였다. 많이 더웠나 보다.

하긴, 칼국숫집이 좀 작아서 답답하긴 했지.

영은 그렇게 생각하며 다시 한번 강우를 힐끔 쳐다보았다. 단단한 근육질의 팔이 운전대를 잡고 있는 모습을 보자 저도 모르게 마른침이 꿀꺽 삼켜진다.

미쳤나 봐.

영은 눈을 질끈 감고서 창문 쪽으로 고개를 돌렸다.

도대체 왜 이러는지 모르겠다. 아까 바닷가에서 자신의 머리카락을 만지던 그와 눈을 마주친 다음부터 정신이 반쯤 나가 버린 것 같았다. 강우에게서 도무지 눈을 뗄 수가 없었던 것이다.

벌어진 카라 사이로 보이는 목선, 셔츠에 감싸인 너른 어깨, 팽팽한 등, 근육질의 팔뚝, 길쭉한 다리까지 모두 다 탐스러워 보였다. 보고 있으면 가슴이 막 뛰면서 만져보고 싶다는 생각만 들었다. 변태 중에서도 상변태가 된 기분이 들었지만, 도무지 눈을 뗄 수 없다는 게 문제였다.

애인 없이 지낸 세월이 너무 길어서 그런가……. 음기가 머리끝까지 차올랐구나, 선우영. 정신 좀 차리라고!

아무리 그렇게 스스로를 다잡아 봐도 소용이 없었다. 차라리 집에 갈 때까지 눈을 감고 있는 게 나을 것 같았다. 그러면 어느 순간 정신이 나가 저도 모르게 신강우를 덮치는 불상사는 피할 수 있을 테니까.

하지만 불행하게도 강우는 본인의 정조가 위험에 빠졌다는 사실을 모르고 있었다. 차가 서울에 들어오고 나자 이렇게 물었던 것이다.

"커피 한잔 마시고 들어갈까요?"

영은 절대로 안 된다고 대답하기 위해 입을 벌렸다. 이 상태로 계속 같이 있다가는 분명히 뭔가 사고를 치고도 남을 것 같았다. 그러나 입술은 그녀의 의지를 배반한 채 이미 이런 말을 하고 있었다.

"네, 그래요."

정말, 미쳐도 단단히 미쳤나 보다.

그녀의 대답을 들은 강우는 시내로 들어가는 대신 한강 쪽으로 차를 몰았다.

차가 한강 공원의 주차장에 멈춘 순간, 영은 몰래 안도의 한숨을 삼켰다. 아무리 음기 탱천한 상태라 하더라도 그녀는 이렇게 사방이 뻥뻥 뚫린 곳에서 강우를 덮칠 만큼 뻔뻔하지 못했으니까.

"뭐 마실래요?"

강우의 물음에 영은 차 문을 벌컥 열고 나가며 대답했다.

"제가 사 올게요. 강우 씨는 뭐 드실 거예요?"

"아메리카노요."

"차가운 거로요?"

"네."

"금방 갔다 올게요."

영은 그 말이 끝나기도 전에 빠른 걸음으로 카페를 찾아 사라졌다. 마치 그에게서 얼른 도망치고 싶다는 듯이. 강우는 멀어져 가는 그녀의 뒷모습을 보다가 참았던 한숨을 터뜨렸다.

휴우.

정말, 덮치고 싶은 걸 참느라 죽는 줄 알았다.

신강우는 남자다. 남자는 시각에 민감한 존재였다. 따라서 그 역시 시각에 민감한 건 당연했다. 하지만 오늘따라 그 민감함이 너무 지나쳐서 문제였다.

오늘 영의 옷차림은 수수하기 그지없었다. 타이트하게 몸에 달라붙지도, 노출이 심하지도 않았던 것이다. 그런데도 강우는 운전을 하고 오는 내내 그녀에게로 향하는 손길을 참기 위해 운전대를 부서져라 움켜잡아야 했다.

저 헐렁한 후드티를 확 벗겨 버리고, 아니 벗길 것도 없이 그 안으로 머리를 밀어 넣고 그녀의 피부를 느껴 보고 싶었다. 성에 찰 때까지 달콤한 향기를 들이마시면서…….

젠장.

또다시 망상에 빠지던 그는 머리를 세차게 흔든 다음 몇 번이나 심호흡을 했다. 영이 돌아오기 전에 정신을 차려야 했다.

아마도 영은 그의 그런 상태를 어느 정도 눈치채고 일부러 거리를 두기 위해 자진해서 커피를 사러 갔을 것이다. 그러니까 그녀가 오기 전에 냉철하고 이성적인 신강우로 돌아가 있어야 했다. 그래야 집에 갈 때까지 그녀와 자신이 모두 무사할 테니까.

그러나.

저 멀리서 양손에 컵을 들고 돌아오는 영의 모습이 눈에 들어오자 조금 전까지 했던 다짐은 순식간에 흔적도 없이 사라지고 말았다. 강우는 저도 모르게 한숨을 푹 쉬며 눈을 감았다. 머리끝에서 발끝까지 본능으로만 꽉꽉 찬 단세포가 된 기분이었다.

"피곤하세요?"

어느새 차에 탄 영이 조심스럽게 물었다. 눈을 감고 있는 걸 보고 완전히 오해한 모양이다. 강우는 당신을 덮치고 싶은 욕구에서 벗어나기 위해 노력하는 중이라고 대답하는 대신 그냥 웃으며 고개를 저었다.

"아니요. 괜찮습니다."

"아침 일찍 나오신 것 같은데 얼른 들어가서 쉬시는 게 좋겠어요. 아, 그러고 보니 커피 말고 다른 걸 사 오는 게 나을 뻔했네요."

"아닙니다."

어차피 커피를 마시나 안 마시나 오늘 밤은 뜬 눈으로 새울 게 뻔했다. 강우는 차라리 얼음이 가득 들어간 커피를 원샷 해 보는 게 어떨까 하는 생각을 하며 컵을 받아들었다.

그런데 컵을 받아 든 순간 하필 두 사람의 손가락이 스치고 말았다. 강우는 그 가벼운 접촉에도 온몸에 전기가 흐르는 것을 느끼며 영을 바라보았다. 눈을 동그랗게 뜬 채 자신을 마주 보는 얼굴을 보자 이대로 그냥 덮쳐 버리고 싶다는 생각이⋯⋯.

그는 힘겹게 그녀에게서 시선을 돌리며 말했다.

"잠깐, 나가서 걸을까요?"

"아, 네. 그래요."

영은 경계심 가득한 표정이었지만, 다행스럽게도 별말 없이 차에서 나와 강우의 옆에서 걷기 시작했다.

"내일은 일정이 어떻게 됩니까."

어색한 분위기를 피하기 위해 말을 건넸던 강우는 자신의 입에서 그 말이 나오자마자 후회했다. 퇴근하기 전에 일정 보고를 받는 것도 아니고, 뭐 하는 짓이냔 말이다. 하지만 다행스럽게도 영은 별다른 핀잔 없이 그의 헛소리에 대답을 해 주었다.

"집에서 푹 쉬려고요. 월요일부턴 또 양평으로 출퇴근을 해야 하거든요."

"힘들겠네요."

"뭐, 힘든 것보단 속 터지는 게 먼저라. 양평에 가면 일단 못이라도 몇 개 박고 나서 일을 시작할 생각이에요."

영의 말에 강우는 조금 놀란 얼굴로 물었다.

"못질도 합니까?"

"당연하죠. 가끔 톱질도 하는데요."

"다치면 어쩌려고요!"

그의 놀란 표정이 우스웠던지 영이 쿡쿡 웃음을 터뜨렸다.

"현장에 드나들면 그 정도는 다들 해요."

"그래도, 망치나 톱은 위험합니다. 될 수 있으면 하지 말아요."

그러자 영은 더 크게 웃었다.

"아하하하, 지금 아빠처럼 말하는 거 알아요?"

……그냥 아는 남자도 아니고 부모님이라니. 선우영은 정말 자신에 대해 이성으로서의 관심이 손톱만큼도 없는 걸까?

"아, 강우 씨 지금, 제가 대학 들어가서 처음 못질을 해 봤다고 했을 때 아빠가 정색했던 표정이랑 똑같았어요. 곱게 키워 놨더니 대학 들어가자마자 제 손으로 못질을 시작했다고 얼마나 우울해하시던지. 하하하."

그래, 강우는 영의 아버지가 아니었지만 왠지 그 마음을 충분히 이해할 수 있을 것 같았다. 금쪽같이 아끼던 딸이 그런 거친 일을 한다고 하면 그 역시 무지하게 속이 상했을 테니까.

영은 그의 그런 생각도 모른 채 재미있다는 표정으로 말을 이었다.

"그래도 가끔 못질하고 톱질하는 게 도움이 되긴 해요. 특히나 이번 일 같이 스트레스 많이 받을 때는요."

"그건 또 그렇겠군요."

"그리고 충분히 조심하고 있으니까 걱정하지 않으셔도 돼요."

그러더니 그녀는 장난스러운 얼굴로 한마디 덧붙였다.

"아버지."

짜게 식은 그의 표정에 다시 한번 웃음을 터뜨리는 영을 보던 강우는 잠시 후 피식거리며 같이 웃고 말았다. 하여간, 이상한 데서 사람의 긴장을 누그러뜨리는 재주를 지닌 여자였다.

두 사람은 아까보다 많이 부드러워진 분위기 속에서 주차장으로 돌아왔다. 차에 앉아 시동을 거는데 안전벨트를 매던 영이 갑자기 생각났다는 듯 말했다.

"아, 참, 고마웠어요."

"……네?"

"어제 제 하소연 들어준 것도 그렇고, 오늘 해장도 그렇고, 전부 다 고맙다고요. 강우 씨 덕분에 많이 위로가 됐어요."

말갛게 웃으며 고맙다고 말하는 얼굴을 본 순간 강우는 깨달았다. 이젠 정말 참을 수가 없다는 것을. 그는 난생처음 이성보다 본능에 충실하기로 마음먹었다.

"이게 다, 선우영 씨에게 잘 보이려고 하는 일입니다."

그러자 영이 살짝 웃으며 대답했다.

"그렇다면 이틀 연속 성공하셨네요."

"성공에 대한 상은 없습니까?"

"하하하, 어떤 상을 받고 싶으신데요?"

"원하는 건 다 들어줄 겁니까?"

그가 깊숙이 몸을 숙이며 묻고 나서야 영의 얼굴에서 웃음기가 사라졌다.

"어, 글쎄요……."

"천천히 생각해 봐요."

강우는 당황한 기색이 역력한 그녀의 얼굴을 바로 코앞에서 마주 보며 속삭였다.

"그동안 나는 내가 하고 싶은 걸 하겠습니다."

대답을 기다리지 않고 고개를 숙이자 촉촉한 입술이 맞닿았다. 작고, 따뜻하고, 말랑거리고, 달콤한 느낌이 차례대로 그의 오감을 간지럽힌다.

강우의 손이 저절로 올라와 뒷머리를 감싸 안았더니 그녀가 나지막하게 숨을 내쉬며 입술을 벌렸다. 강우는 그 틈을 놓치지 않고 그녀의 안으로 파고들었다. 이렇게 좋은 걸 지금까지 어떻게 참았는지 모를 일이었다. 참으려고 애썼던 시간이, 너무 아깝기만 했다.

영의 달콤하고 촉촉한 입술은 아무리 마셔도 갈증이 해소되지 않을 것 같았다. 그의 손이 본능적으로 움직여 의자 등받이를 내려 버렸다. 강우는 몸의 중심을 그녀에게 완전히 실으며 더 깊이 입술을 빨아들였다.

어지럽다. 영은 머릿속이 핑핑 도는 것을 느끼며 뜨겁게 파고드는 강우를 끌어안았다.

키스가 원래 이렇게 짜릿한 것이었나? 이렇게 달콤하면서도 애가 타고, 해도 해도 계속 부족하기만 한 느낌을 주는 것이었나? 알 수가 없었다. 확실한 것이라곤 그저 이 키스를 끝내지 않으면 좋겠다는 생각뿐이었다.

영은 두 팔로 강우를 더 꼭 당겨 안았다. 그러자 갑자기 의자 등받이가 뒤로 푹 내려가며 강우의 몸이 그녀의 몸 위를 덮어왔다.

두 사람의 입술이 잠시 떨어졌다. 그 대신 강우의 손이 티셔츠 안으로 들어와 그녀의 매끄러운 피부를 쓰다듬는다.

영은 그의 손길이 지나가는 곳마다 피부가 타들어 가는 것처럼 뜨거워지는 기분을 느끼며 달뜬 숨을 몰아쉬었다. 강우의 눈을 가득 채운 욕망의 빛에 온몸이 짜릿하게 달아올랐다.

"생각해 봤습니까?"

"뭘요?"

지금 이 상태에서 할 수 있는 생각이라고는, 그가 쓸데없는 말은 그만하고 계속 키스만 해 줬으면 하는 것밖에 없었다. 다행스럽게도 강우는 그녀의 생각을 금방 눈치챈 모양이었다. 그의 입술이 다시 내려오는 것을 보며 영은 만족스럽게 눈을 감았다.

뜨겁게 입속을 파고드는 혀가 좋았다. 아플 만큼 빨아당기는 움직임도 너무 좋았다. 영의 머릿속엔 이 남자를 완전히 가지고 싶다는 생각만이 가득 들어찼다.

강우가 다시 고개를 든 것은 한참이 지난 후였다. 그는 키스로 인해 붉게 달아오른 그녀를 내려다보며 거친 음성으로 속삭였다.

"여기서, 내 아파트가 가깝습니다."

"……네?"

키스의 여운에서 깨어나지 못한 영이 멍한 표정으로 묻자 강우는 다시 한번 빠르게 그녀의 입술을 훔친 다음 말했다.

"오늘 밤을, 같이 보내고 싶다는 뜻입니다."

영은 천천히 그의 말뜻을 이해했다. 하지만 곧바로 결정하지 못하고 잠시 망설였다.

그와 함께 가고 싶었다. 그러나 그래서는 안 될 것 같았다. 하지만 다시 생각해 보니 안 될 이유도 없을 것 같았다.

깜빡, 깜빡, 깜빡.

생각이 바뀔 때마다 눈을 한 번씩 깜빡이는 그녀를 지켜보던 강우가 갑자기 몸을 일으켰다. 놀란 영이 그의 팔을 잡으려는 순간, 의자 등받이가 다시 위로 올라오고, 그녀의 몸에 안전벨트가 채워졌다. 그런 다음 강우는 아무 말도 없이 차를 출발시켰다.

정말로 그의 아파트까지는 겨우 오 분 정도밖에 걸리지 않았다. 다급하게 주차장에 세워진 차의 엔진이 멈추기도 전에 강우가 차 문을 열고 내렸다. 그리고 곧바로 그녀 쪽의 차 문을 열더니 아무 말도 없이 손을 내밀었다.

강우의 눈 속에서 여전히 식지 않은 욕망을 발견한 그녀는 마치 뭔가에 홀린 사람처럼 손을 내밀었다. 그의 손에 이끌려 엘리베이터에 오르자마자, 강우가 다시 고개를 숙여 왔다. 키스는 아까보다 훨씬 더 강렬했다. 엘리베이터가 멈추고, 집에 들어간 것도 깨닫지 못할 만큼.

"이제 당신은 도망 못 가."

그녀를 번쩍 안아 올린 강우가 침대 위에 가볍게 내려놓으며 속삭였다. 영은 대답 대신 두 팔로 그를 끌어안았다. 지금 이 순간, 도망가고 싶은 생각은 조금도 없었다.

이렇게 좋은데 내가 왜 도망을 가?

달뜬 미소를 짓는 그녀의 입술을 강우가 뜨겁게 덮쳐 왔다.

8. 불편한 재회

쾅쾅쾅쾅.

망치가 움직일 때마다 못이 쑥쑥 들어가 박혔다. 영은 못이 판자 속으로 완전히 박혀서 거의 보이지 않을 때까지 망치를 휘둘렀다. 지나가던 김 소장이 그 모습을 보고는 한마디 던졌다.

"어이구, 우리 선우 팀장, 오늘 기운 좋네. 혼자서 못 다 박고 가겠어."

"네에, 하하하."

할 말이 없었던 영은 그냥 웃어 보이고 나서 새로운 못을 집어 들었다. 김 소장은 그런 그녀를 뒤돌아보더니 다시 말했다.

"어허, 쉬면서 하라고, 쉬면서. 전화도 좀 받아 가면서 말이야. 아까부터 핸드폰에 불이 나고 있다니까."

바로 그 핸드폰을 쳐다보기 싫어서 망치를 휘두르고 있는 건데요.

영은 목구멍 끝에서 맴도는 말을 꿀꺽 삼킨 채 천천히 자리에서 일어났다. 그렇게 솔직하게 대답했다가는 분명 김 소장이 무슨 일이냐고 캐물을 테니까.

썩은 표정으로 테이블 앞으로 간 그녀는 아까부터 방치해 두었던 핸드폰을 확인했다. 부재중 전화 여섯 통. 어제부터 쌓이기 시작한 부재중 통화를 합치면 모두 스무 통은 넘을 것이다.

발신인은 모두 한 사람이었다. 신강우. 그리고 전화하는 기세를 보아하니, 앞으로도 한참은 더 부재중 통화가 쌓일 것 같았다.

"정말, 미치겠네."

밖으로 나온 영은 정원 한구석에 쪼그리고 앉아 두 손으로 머리카락을 움켜쥐었다.

도대체 어쩌자고 그 남자랑 잤을까. 아무리 정신이 나갔어도 그렇지, 어떻게 신강우랑 잘 생각을 할 수 있느냐 말이다!

하지만 그때는 그게 아주 당연한 것처럼 느껴졌다. 아니, 솔직히 말해서, 강우가 키스를 하지 않았다면 그녀가 먼저 덮쳤을지도 몰랐다. 칼국수를 먹고 나서부터 느끼기 시작했던 성적인 호감은 키스를 하면서 순식간에 불타올랐고, 아주 당연한 순서처럼 이성을 완전히 마비시켰던 것이다.

그리고, 절망스럽게도, 그와 함께한 밤은 미치도록 좋았다. 말 그대로 정신이 홀랑 나가 버릴 정도로 말이다.

마음 놓고 가출했던 정신이 되돌아온 것은 어제 오전이었다. 강우는 밤새도록 그녀를 재우지 않았다. 냉정하고 금욕적으로 보이던 그가 침대에서만큼은 뜨겁고, 지칠 줄 모르는 남자였다.

결국 영은 새벽이 되고 나서야 실신하듯 잠이 들었다가, 아침이 지난 다음 눈을 뜰 수 있었다. 그리고 마침 제자리를 찾아 헤매고 있던 정신머리를 붙잡아 맨 순간, 마하의 속도로 그의 집에서 벗어났다. 온몸이 익숙지 않은 통증을 호소하고 있었지만 그 순간만큼은 아무것도 느껴지지 않았다.

집에 도착한 다음, 후들거리는 몸으로 샤워를 하고 나오는데 핸드폰이 울리기 시작했다. 전화한 사람이 강우라는 것을 알았지만, 모르는 척해 버렸다. 도대체 그에게 무슨 말을 해야 할지 알 수 없었으니까.

실수라고 할까? 당신이 너무 매력적이어서 한순간 이성을 잃었다고? 지난 밤은 참 좋았지만, 우리 둘 다 이성적으로 판단할 수 있는 성인이니, 깔끔하게 잊어버리는 게 좋겠다고?

죽어도 그런 말은 못 할 것 같았다. 도대체 얼굴에 얼마만큼의 철판을 깔면 그런 말을 할 수 있단 말인가. 아니, 그 전에 영은 애인이 아닌 남자와 그렇게 뜨거운 밤을 보낼 수 있을 거라고 상상조차 해 본 적도 없었다.

며칠 전까지만 해도 누군가 그녀에게 '넌 언젠가 신강우에 대한 욕망으로 타올라서 하룻밤을 같이 보내게 될 거야'라고 말했다면, 영은 진심 어린 마음으로 그 사람에게 정신과 의사를 소개해 주었을 것이다.

"나, 이제 어쩌지?"

영은 정말로 울고 싶다는 생각을 하며 애꿎은 머리카락만 쥐어뜯었다.

* * *

"끝까지 안 받겠다, 그거지?"

강우는 정확히 서른두 번째로 부재중 통화를 남긴 다음, 핸드폰이 마치 선우영이라도 되는 것처럼 노려보며 중얼거렸다.

"멀쩡한 남자 마음에 불 질러 놓고, 지금 뭐 하는 겁니까 선우영 씨?"

어제 잠에서 깼을 때, 옆자리가 비었다는 것을 깨달은 순간 강우는 태평스럽게 생각했다. 먼저 일어나서 씻고 있나 보다. 샤워도 같이하면 좋을 텐데, 수줍어하긴. 같이 샤워를 하고 아침도 먹은 다음, 하루 종일 그녀와 함께 침대에서 보낼 생각에 바보처럼 헤벌쭉한 미소를 짓기도 했다.

그러나 느긋하게 일어나 빈 욕실을 확인하고, 그녀의 옷가지가 하나도 남김없이 사라졌다는 것을 알게 되자 갑자기 머릿속이 하얗게 비어 버리는 것을 느꼈다. 그렇게 멋진 밤을 함께 보내 놓고 말도 없이 사라지다니, 믿을 수가 없었다.

분노는 그보다 뒤늦게, 서서히 불타오르기 시작했다.

그는 절대 영에게 강요하지 않았다. 그날의 모든 것은 그녀의 암묵적인 동의하에 이루어진 일이었다. 침대에 같이 있던 순간만큼은, 아니 그 전에 키스를 할 때부터도 강우는 영의 마음이 자신과 똑같다고 확신하고 있었다. 그 확신은 지금도 여전했지만, 선우영이 제 감정을 모른다는 것 역시 분명해 보였다.

도대체 그 여자를 어떻게 해야 할까 고민하고 있는데 스피커폰이 울리며 정 비서의 목소리가 들려왔다.

"부사장님, 20분 후에 회의 시작입니다."

강우는 이를 바득바득 갈며 대답했다. 여자 때문에 할 일을 잊어버리는 날이 오리라곤 한 번도 생각하지 못했었다.

"알겠습니다."

강우는 잠깐만이라도 머릿속에서 그녀의 생각을 몰아내야겠다고 생각했다. 일단 회의부터 무사히 끝내고 나서, 다시 한번 선우영을 어떻게 해야 할지 고민해 보는 거다.

그러나 안타깝게도 그 생각은 완전히 실패하고 말았다. 회의 시간 내내 그의 머릿속은 그녀에 대한 생각으로 어지럽기만 했다.

그나마 다행스러운 점은, 주변 사람들이 그가 살짝 정신이 나간 상태라는 것을 눈치채지 못했다는 거였다. 회의 중에 강우가 같은 말을 두 번 물으면 사람들은 긴장하기에 바빴고, 그에게서 대답이 바로 나오지 않으면 눈치 보느라 바빴으니까.

평소 까칠했던 모습 덕택에 위기를 무사히 넘긴 강우는 집무실로 돌아오자마자 다시 본격적으로 '선우영 꼼짝 못 하게 만들기' 프로젝트에 집중하기 시작했다.

전에 계약 결혼 얘기를 꺼냈다가 본전도 못 찾은 전적이 있는 만큼, 이번에는 치밀하고도 완벽한 계획을 세워야 했다. 어떻게든 그녀가 제 마음을 인정할 수 있도록. 그리고 두 번 다시는, 영이 그의 곁에서 도망갈 수 없도록 만들 것이다.

* * *

목요일 오후, 일찌감치 양평에 들렀다가 회사에 도착한 영에게 사람들이 인사를 건네기 시작했다.

"선우 팀장, 잘 먹었어."

"팀장님, 잘 먹었습니다. 정말 맛있었어요!"

"선우 팀장, 연애하는지 몰랐는데, 축하해!"

"나도 축하해. 근데 국수는 언제 먹어?"

"팀장님, 바쁘시다더니 연애는 또 언제……."

영은 어리둥절한 표정으로 사무실에 들어갔다. 그녀가 들어오는 것을 언제 봤는지 소현이 쪼르르 쫓아와서는 새침한 표정으로 물었다.

"자기, 신강우 부사장님이랑 언제부터 사귄 거야?"

"네에?"

소현은 눈을 동그랗게 뜨며 질겁하는 그녀의 표정을 완벽하게 오해했다.

"아무 사이도 아니라고 그렇게 시치미 떼더니……. 나 좀 섭섭하다, 선우 팀장. 같이 식사한 적도 있는데, 뭘 그렇게 숨겼어."

"아니, 그런 게 아니라요!"

"몰라. 미안하면 나중에 밥이나 사든가."

영은 그렇게 말하고 돌아서 가 버리는 소현의 뒷모습을 멍하니 바라보았다. 아닌 밤중에 홍두깨라더니, 지금 자신의 상황이 딱 그런 것 같았다. 무슨 일인지 알아야 변명이라도 하든 말든 할 거 아니냐고!

그런데 소현에게서 고개를 돌리자마자, 책상 위에 놓인 예쁜 상자가 눈에 띄었다. 레이스 리본으로 아기자기하게 장식된 상자를 본 영은 고개를 갸웃하며 건너편에 앉은 사람에게 물었다.

"재은 씨, 이게 뭐야?"

"뭐긴요. 팀장님 애인분이 보내 주신 간식이잖아요."

재은은 다 알고 있으니까 시치미 떼지 않아도 된다는, 능글맞은 미소를 지으며 대답했다. 영은 뜨악한 표정으로 그 상자를 열었다.

그래, 이게 날 곤궁에 빠뜨린 원인이란 말이지? 소현의 말을 미루어 짐작하건대, 이 망할 놈의 상자는 신강우가 보낸 게 분명했다.

눈을 잔뜩 치켜뜨고 상자를 여는 순간, 콜록, 그녀의 입에서 마른기침이 튀어나왔다. 감탄사는 어느새 그녀의 뒤쪽에 모여 있던 사람들의 입에서 대신 흘러나왔다.

"어머, 예뻐라!"

"와, 이거 아까워서 어떻게 먹어요?"

"팀장님 애인분, 너무 로맨틱하신 거 아니에요?"

"진짜 부럽다……."

상자 안에는 알록달록한 마카롱과 쿠키가 보기에도 탐스럽게 놓여 있었다. 게다가 정 가운데에는 장미꽃 몇 송이와 함께 자그마한 하트 모양의 카드도 있었다. 돌아보지 않아도 사람들의 시선이 그 카드 위로 모이는 게 느껴진다. 앙다문 그녀의 입술이 바들바들 떨렸다.

"역시, 애인한테는 훨씬 더 정성이 들어갔네요."

"와, 팀장님 너무 부러워요. 나도 저런 상자 한번 받아 보고 싶다."

"안 드세요, 팀장님? 마카롱 진짜 맛있던데. 입에 넣는 순간 그대로 녹아 없어지더라고요."

"으응, 조금 있다가 먹을 거야. 점심 먹은 게 아직 더부룩해서."

영의 시큰둥한 대답에 사람들은 실망한 표정으로 흩어졌다. 사랑싸움을 하고 난 다음에 애인이 화를 풀라며 선물을 보낸 게 분명하다는 말을 수군거리면서.

그녀는 사람들이 각각 자리로 돌아간 것을 확인한 다음, 조심스럽게 카드를 열었다. 카드에는 신강우만큼이나 깔끔한 글씨체로 이렇게 적혀 있었다.

[뜨거웠던 그 밤을 떠올리며]

이 남자가 미쳤나!

누가 보기라도 했을까 봐 두리번거리던 영은 카드를 허겁지겁 가방 안에 넣어 버렸다. 강우는 그녀가 며칠 동안 전화를 안 받았다고, 약이 바짝 오른 게 분명했다. 그게 아니라면 이런 식으로 광고하듯 선물을 보내지 않았을 것이다.

누가 넘어갈 줄 알고!

그녀는 속으로 씩씩거리며 다짐했다. 절대로 강우에게 연락하지 않겠다고.

그러나.

다음 날 오후, 또다시 태강 호텔 레스토랑에서 배달된 간식을 받는 순간 영은 어제의 다짐이 완전히 쓸모없는 일이었다는 것을 깨달았다.

"와, 오늘은 샌드위치랑 커피네요."

"맛있겠다! 팀장님, 잘 먹겠습니다!"

"선우 팀장, 우리야 매일 맛있는 거 먹으니 좋기는 한데, 웬만하면 용서해 줘라. 내가 다 안타깝다."

"맞아요, 팀장님. 사랑싸움은 칼로 물 베기라잖아요."

사람들의 그런 말을 들은 영은 그제야 강우의 속셈을 알게 되었다. 그녀는 씩씩거리며 핸드폰을 들고 밖으로 나갔다.

이런 식으로 자리를 굳힐 속셈이었어? 꿈 깨시지!

강우는 신호음이 딱 세 번 울리고 나서 전화를 받았다.

−선우영 씨가 먼저 전화를 다 해 주시고, 이렇게 황송할 데가.

비비 꼬인 목소리를 보아하니, 그 역시 심사가 잔뜩 뒤틀려 있었던 모양이다. 그런데 우습게도, 강우의 그 비비 꼬인 음성을 듣는 순간 이상하게 마음이 울렁거렸다. 영은 자신의 기분을 들키기라도 할까 봐, 더 날카로운 목소리로 쏘아붙이듯 물었다.

"도, 도대체 뭐 하시는 거죠?"

-뭐가 말입니까?

"간식 말이에요! 왜 자꾸 보내는 거냐고요!"

-요즘 못질하고 톱질하느라 체력이 바닥났을까 봐, 먹고 힘내라고 보낸 겁니다. 왜요? 양이 적습니까? 아예 점심 도시락으로 보내 줄까요?

"됐거든요! 내가 굶어 죽든 말든 신경 쓰지 말라고요!"

-그럴 수야 없지요. 명색이 애인인데.

영의 입이 쩍 벌어졌다.

"애, 애인이라니! 그게 무슨 말이에요! 미쳤어요?"

-미치기 일보 직전입니다. 애인이 된 여자와 며칠씩이나 연락 두절이었던 상태라서요.

그녀는 저도 모르게 주변을 둘러보며 목소리를 낮췄다.

"누, 누가 애인이란 거예요!"

-선우영 씨밖에 더 있습니까? 최근에 나랑 같이 잔 여자는, 아니, 잔 게 아니라 밤새…….

"신강우 씨!"

그녀는 수화기 너머의 목소리를 누가 듣기라도 할까 봐 잔뜩 목소리를 낮추었다.

"도대체 왜 이러는 거예요, 네?"

-이유가 궁금합니까?

"네!"

-그럼 퇴근하고 기다려요. 여섯 시 삼십 분까지 가겠습니다.

영은 그제야 너무 흥분했다는 것을 깨닫고 입술을 깨물었다. 그러나 전화는 이미 끊겨 있었고, 그녀는 또다시 머리카락을 움켜쥔 채 자신의 욱하는 성격에 저주를 퍼부었다.

정신 좀 차리라고, 선우영! 이성을 찾으란 말이야!

이런 상태로는 강우를 만나 봤자 아무 소용이 없을 게 뻔했다. 아니, 까딱 잘못하면 그가 말하는 대로 휩쓸려 가서 본전도 못 찾을지 모른다.

영은 고개를 휙휙 저은 다음 화장실로 가서 차가운 물에 세수를 했다. 오늘 신강우를 만나는 선우영은 그 누구보다 이성적인 여자여야 했다. 절대로, 반드시, 그래야만 했다.

강우는 정확히 여섯 시 이십오 분에 영의 회사 주차장에 차를 세웠다. 오늘도 도망갔으면 집으로 직접 찾아가 결판을 내겠다고 다짐하며 전화를 했는데, 그녀는 의외로 순순히 주차장으로 나왔다.

머리카락 끝까지 약이 바싹 올라 있었던 강우는 영의 눈 아래쪽에 큼지막하게 자리 잡은 다크서클을 보는 순간, 갑자기 성질이 가라앉는 것을 느꼈다. 머릿속에서 푸시식 하며 불꽃이 꺼지는 소리가 들리는 것도 같았다.

그가 차 문을 열자 영은 아무 말도 없이 조수석에 앉았다. 운전석에 오른 강우가 빤히 쳐다봤지만 시선을 내리깐 채 고개도 들지 않는다. 그는 낮은 한숨을 내쉬며 조용히 물었다.

"잘 지냈습니까?"

"……그럭저럭이요."

"내가 잘 지냈는지는 안 물어봅니까?"

영은 마지못해 묻는다는 티를 팍팍 내며 입을 열었다.

"……잘 지내셨어요?"

"못 지냈습니다."

"……."

"그 이유는 안 물어봅니까?"

"네. 안 듣고 싶어요."

시큰둥한 그녀의 대답을 들은 강우의 입술에서 피식거리는 웃음이 새어 나왔다.

"그럼 일단, 밥이나 먹읍시다."

그가 차를 세운 곳은 태성 호텔이었다. 경계하는 눈으로 강우를 노려보던 영은 그의 발걸음이 레스토랑의 프라이빗 룸 앞에 멈추고 나서야 눈꼬리를 내렸다. 그런 그녀를 보며 강우가 빙글거리는 목소리로 물었다.

"왜요, 룸으로 올라가지 않아서 실망했습니까?"

"아니거든요!"

영이 이를 악문 채로 대꾸했더니 그는 더 이상 놀리는 말을 하지 않았다. 그렇게 자리에 앉아 음식이 다 나온 다음에야 다시 입을 열었다.

"궁금한 게 있습니다만."

"······."

"그날, 왜 도망간 겁니까?"

강우가 저 질문을 할 거라는 건 불 보듯 뻔한 일이었다. 그래서 그녀도 저 말에 대한 대답을 몇 가지나 생각해 두었다. 하지만 막상 눈앞에 마주 앉아서 듣자, 머릿속은 새하얗게 비어 버리고 얼굴은 새빨갛게 달아올랐다.

"싫었습니까? 아니면, 만족스럽지가······."

"그런 거 아니에요!"

"그럼 왜, 자다 말고 일어나서 뛰쳐나간 겁니까?"

자다 말고 일어나서 뛰쳐나갔다니, 정말로 그때의 상황에 딱 일치하는 표현이었다. 이 남자, 설마 자는 척하면서 그녀가 허둥대는 모습을 다 보고 있었던 걸까?

영은 새빨개진 얼굴이 터지지나 않을까 걱정하며 대답했다.

"당황해서 그랬어요."

"나랑 밤새도록 섹스를 한 게······."

"아, 좀!"

그녀는 인상을 팍 쓰며 그의 말을 잘랐다.

"그냥, '밤을 보냈다'라고 표현해 주면 안 될까요?"

강우는 한참이 지나고 나서야, 내키지 않는다는 듯 말을 바꿨다.

"나랑 밤을 보낸 게 그렇게나 당황스러운 일이었습니까?"

"……그래요."

"뭐가 그렇게 당황스러웠습니까? 우리 둘 다 성인이고, 서로에게 호감이 있고, 그렇게나 잘 맞았는데? 혹시, 나만 좋았던 겁니까?"

이제 보니 이 남자, 상당히 뻔뻔한 구석이 있었다. 아니, 저런 말을 어떻게 얼굴색 하나 바꾸지 않고 말할 수 있는 거지? 그러나 영은 곧 강우가 이틀 동안 그녀의 회사에 간식을 돌리며 아무렇지도 않게 애인 행세를 했던 남자라는 것을 기억해 냈다.

원래 성격이 저랬나 봐.

그녀는 속으로 고개를 끄덕이며 입을 열었다.

"그, 우리 둘 다 성인이라는 말은 맞아요. 그러니까 이번 일은 사고였던 셈 치고, 쿨하게 넘어가는 게 어때요?"

그러자 강우의 한쪽 눈썹이 수직 상승했다.

"사고였다고요?"

"네, 뭐……."

영은 조금 식어 가던 얼굴이 다시 달아오르는 것을 느꼈지만 마음을 굳게 먹고 말을 이었다.

"그, 강우 씨 말대로, 서로에게 호감이 있다 보니까, 그…… 밤을 같이 보내긴 했지만, 그렇다고 해서 꼭 사귀거나 해야 한다는 법도 없고……."

"그래서, 나를 차 버리겠다고요?"

"네?"

그녀는 이게 또 무슨 말인가 하며 눈을 크게 떴다.

"차 버리다뇨! 우리가 뭐 사귀기라도 했어요?"

"사귀지는 않았어도, 사심 가득하고 진지한 만남을 갖고 싶다고 말했던 걸로 기억하는데요."

강우는 언젠가 자신이 했던 말을 그대로 반복하며 그녀를 추궁했다.

"나는 진지하게 만나는 사람이 아니면 함께……."

그는 보란 듯이 말을 멈추고 시간을 끌었다.

"……밤을 보내지 않습니다. 영 씨도 그런 줄 알았는데…… 아니었습니까? 상대방에 대한 책임감이 그 정도밖에 안 되는 건가요?"

"아니, 그게 아니라……."

"그게 아니면 설마 간 본 겁니까? 내가 당신과 얼마나 잘 맞는지, 일단 함께 밤을 보내 본 다음에……."

"아니라고요! 도대체 무슨 말을 하는 거예요!"

듣다 못한 영이 소리를 꽥 질렀다. 그제야 강우가 날 선 목소리를 누그러뜨렸다.

"그럼 그저 도망치고 싶어서 그런 건가 보군요."

젠장, 눈치 빠른 남자 같으니라고. 내 입을 완전히 막아 버리려고 작정을 했나 보다.

그녀가 시무룩한 얼굴로 입을 다물자 강우는 한숨을 푹 쉬고 나서 말했다.

"나는 보이는 것만큼 그렇게 쿨한 남자가 아닙니다. 그러니까 선우영 씨는, 나를 책임져야 합니다."

아니, 보기에도 그리 쿨해 보이진 않는데요.

영은 속으로 삐딱하게 중얼거리며 대답했다.

"꼭 그럴 필요가 있을까요?"

하지만 강우는 대답 대신 이렇게 물었다.

"내가 그렇게 싫습니까?"

"그런 문제가 아니……."

"다행이군요."

그는 영의 말을 다 듣지도 않고 잘랐다.

"서로에게 호감이 있는 건 확실하니, 거기서부터 시작합시다."

아니, 뭘 시작하냐고요, 이 벽창호 같은 신강우 씨야.

오늘따라 그는 앞뒤가 꽉꽉 막힌 사람처럼 보였다. 하지만 그럼에도 불구하고, 자신을 바라보는 눈빛에 진심이 가득하다는 것을 느끼자 가슴 한구석이 찌르르 떨려 오기 시작한다.

내가 정말 미쳤나 봐. 그렇지 않고서야 이 타이밍에 가슴이 두근거릴 리가 없어.

무조건 이성적으로 대해야 한다는 다짐은 다 어디로 갔는지 모르겠다. 영은 진심으로 울고 싶어졌다.

* * *

강우의 행동은 그 후로도 변함이 없었다. 매일 오후 네 시가 되면 회사에 간식을 보냈고, 그녀가 양평으로 내려가는 날은 별장 정원에 출장 뷔페가 차려졌다. 일주일도 지나지 않아 그녀가 강우와 사귄다는 소문은 기정사실처럼 굳어지고 말았다.

아무리 아니라고 말해 봤자 소용이 없다는 것을 깨달은 영은, 그냥 입을 다물고 말았다. 차라리 강우가 제풀에 지쳐 떨어져 나갈 때까지 기다리는 것이 낫겠다는 생각을 하면서.

누가 이기나 한번 보자고요, 신강우 씨.

그러나 그 다짐은 뜻밖의 사건으로 인해 무너지고 말았다. 일주일쯤 지난 어느 날 강우가 난데없이 연락을 하더니 이렇게 말했던 것이다.

─내일 시간 있습니까?

"강우 씨 용건에 따라 다르겠죠."

수화기 저쪽에서 쿡쿡거리는 웃음소리가 들려왔다. 강우는 그녀의 말이 뭐가 그렇게 웃긴지 혼자 한참을 웃고 나서 말했다.

―내일 저녁에 시간 좀 내주시죠.

간단히 저녁 식사를 하자는 것 같지 않았다. 그랬다면 그냥 밥을 먹자고 했을 테니까. 영의 머릿속에 뭔가 불안하다는 생각이 떠올랐다.

"어디 가서 뭘 할 건지 정확히 말해 주면, 생각해 볼게요."

그렇게 말하면서도 영은 자신의 대답이 참 재수 없다는 생각을 했다. 싫으면 그냥 싫다고 딱 잘라 말하면 되는 거였다. 하지만 그녀는 싫다고 하지 않고, 만남에 대한 여지를 두고 있었다. 진짜 속마음은 그를 만나는 게 싫지 않다는 의미였다.

내 안에, 이렇게 얄미운 성격이 숨어 있었나.

영은 착잡한 기분으로 생각했다. 이게 다, 강우가 자신을 좋아한다는 사실을 알고서 하는 짓이었다. 그가 한결같은 태도로 쫓아다니고 있었기 때문에 마음 놓고 튕기는 것이다. 그렇지 않았더라면 이런 식의 대답은 생각해 내지도 못했을 것이다.

아무튼 그녀는, 피곤했던 한 주의 마무리를 강우와 함께할 수 있다는 사실이 마음에 들었다. 사고만 치지 않는다면, 그와 함께하는 시간은 즐거울 게 분명했으니까. 그래서 그가 뭐라고 하든 한 번만 더 튕겨 본 다음, 마지못한 척 승낙을 해야겠다고 생각했다.

―가벼운 모임에 나갈 겁니다. 같이 갈 파트너가 있으면 좋을 텐데, 영 씨 말고는 떠오르는 사람이 없군요. 얼굴만 비추고 나오면 되는 자리니까, 부담 가질 필요는 없습니다.

"몇 명이나 모이는 자리인데요?"

―글쎄요, 머릿수까지는 확인을 못 했습니다만?

"……생각해 볼게요."

―같이 가 준다면, 2차로 영 씨가 좋아하는 와인을 준비해 놓겠습니다.

이번에는 영의 입술에서 쿡쿡거리는 웃음이 새어 나왔다.

다음 날.

그녀를 데리러 온 강우는 진짜로 놀랐다는 듯 눈을 크게 뜨고 쳐다보았다.

"신경을 많이 썼군요."

정확한 말이었다. 꼭두새벽부터 일어나 머리를 세팅하고, 옷을 골라 입고, 정성 들여 화장까지 했으니까. 영은 부정할 생각은 없다는 듯 새침하게 대꾸했다.

"낯선 자리에 가는 거잖아요. 누구를 만날지 모르니까요."

그러자 강우에게서 살짝 날 선 대답이 들려왔다.

"솔직히 말하면, 다른 사람들이 지금 당신의 모습을 오랫동안 쳐다보지 못하게 만들고 싶습니다. 나 혼자만, 꽉 닫힌 공간에서 만끽하고 싶군요."

그 말에 그녀의 심장이 쿵쿵거리며 뛰기 시작했다. 하지만 영은 아무것도 느끼지 못한 척 눈을 흘겼다.

"지금 그 말, 상당히 불순하게 들리는 거 알아요?"

"이 정도가 말입니까? 지금 내가 느끼는 감정을 상당히 순화해서 표현한 건데요?"

표정 하나 바꾸지 않고 하는 말에, 그녀는 조용히 입을 다물고 말았다.

모임의 장소는 시내에 있는 한 호텔이었다. '특별한 주제가 없는 단순한 친목 모임'이라는 강우의 말에 영은 의아한 목소리로 물었다.

"꼭 가야 하는 자리는 아니라는 뜻이네요?"

"맞습니다. 하지만 부탁받은 게 있어서요."

"무슨 부탁인데요?"

강우는 씩 웃더니 주제를 돌렸다.

"양평 별장은 얼마나 복구됐습니까?"

영은 더 캐묻지 않기로 했다.

"음, 딱 이 주일 치 복구가 됐어요. 비용은 예전의 두 배 이상이 들어갔고요."

"설마 이 주일 만에 마음이 약해지기라도 한 겁니까? 나 같으면 네 배도 더 들어가도록 만들었을 겁니다."

"저도 그러고 싶었는데, 그랬다가는 나중에 귀찮아질 것 같아서요. 일이 끝나고 나서까지 그 집 남자들을 만나고 싶지는 않더라고요."

그러자 강우는 얼른 말을 바꿨다.

"현명한 판단이었습니다."

그 말에 영이 웃고 있는 동안 강우는 호텔 앞에 차를 세웠다. 도어맨에게 차 키를 건네준 강우가 영의 등 위에 살짝 손을 얹었다. 그녀는 긴장되는 마음을 애써 억누르며 강우와 함께 안으로 들어갔다. 그가 말했던 대로, 오래 있지는 않아도 될 거라고 생각하면서.

하지만 그건 잘못된 생각이었다. 사람들이 '신강우와 함께 온 여자'에 대한 호기심을 노골적으로 드러내며 두 사람의 주위에 모여들었기 때문이다. 당황한 그녀와 달리 강우는 여유롭기 짝이 없는 모습이었다. 끊임없이 모여드는 사람들에게 인사를 하다가 지쳐 버린 영은, 이 일에 대해 꼭 복수를 하리라 다짐하며 남몰래 강우를 흘겨보았다.

마치 다섯 시간처럼 느껴지는 한 시간이 지나고, 이제 그만 가자는 강우의 말에 안도의 한숨을 터뜨렸을 때였다. 영은 뒤쪽에서 들려온 목소리에 의아해하며 몸을 돌렸다. 이런 자리에서 나를 알아볼 사람이 있었던가?

"혹시, 영이 아니니? 세상에, 맞구나!"

반가운 얼굴로 가까이 다가오는 남자가 누군지 깨닫는 순간, 그녀의 얼굴에서 핏기가 완전히 사라져 버렸다. 이런 데서 김창수를 만날 줄이야. 그것도 하필 강우와 함께 있는 이 순간에 말이다.

순간적으로 머릿속이 하얗게 비어 버리고 말문이 콱 막혔다. 뒤에서 경계심에 가득 찬 강우의 목소리가 들려온 다음에야 그녀는 정신을 차릴 수 있었다.

"아는 사람입니까?"

창수는 강우의 말을 무시하며 영에게 한 걸음 더 가까이 다가섰다.

"여기서 만날 줄은 몰랐는데, 정말 반갑다. 그동안 잘 지냈어?"

영은 왼쪽 손으로 주먹을 꼭 말아쥐었다. 손톱이 손바닥에 깊이 박히고 난 다음, 그녀의 입술이 열렸다.

"그럼, 잘 지냈지. 오랜만이야, 선배."

그 대답에 창수는 느물거리는 미소를 지으며 영의 모습을 훑어보았다.

"그러게, 이게 몇 년 만이야. 근데 너 정말 예뻐졌다."

"고마워. 선배는 어때? 병원은 잘 돼?"

"하하하, 그렇지, 뭐. 아무튼 우리 오랜만에 만났는데, 어디 가서 한잔하지 않을래? 그동안 지냈던 얘기도 좀 하고……."

강우의 목소리가 다시 들려온 것은 바로 그 순간이었다.

"나도 소개해 주겠습니까?"

그는 부드럽기 짝이 없는 음성으로 말하며 영의 어깨에 손을 올렸다. 손바닥에 손톱을 찔러 넣어도 완전히 돌아오지 않던 정신이 그제야 제자리를 찾았다. 그녀는 힘겹게 미소 지으며 강우를 돌아보았다.

"강우 씨, 인사하세요. 이쪽은 제 대학 선배 김창수 씨예요."

강우는 망설임 없이 손을 내밀었다.

"처음 뵙겠습니다. 신강우입니다."

그의 이름을 들은 김창수의 얼굴이 미묘하게 일그러졌다.

"김창수입니다. 그런데, 우리 영이와는 어떤 사이이신지……."

우리 영이 같은 소리 하고 있네, 미친놈.

기가 막힌 그녀가 눈꼬리를 치켜세우며 한마디 하려는데 강우의 침착한 대답이 먼저 들려왔다.

"약혼잡니다."

그 순간 주위에 있던 모든 사람이 숨을 멈췄다. 말 그대로, 바늘 하나 떨어지는 소리까지도 명확하게 들릴 것만 같았다. 그리고 그중에서도 가장 긴장한 사람은 바로 영이었다. 그녀는 이 자리에서 당장 뛰쳐나가고 싶은 충동을 애써 억눌렀다.

여기서 강우만큼 그녀와 김창수의 관계에 대해 잘 아는 사람은 없을 것이다. 그런데도 그는 약혼자라는 말까지 하면서 옆자리를 지켜 주고 있었다. 그러니까 도망치면 안 된다.

영은 그렇게 다짐하며 강우의 팔에 가볍게 팔짱을 끼었다. 그 모습을 본 창수가 눈을 커다랗게 떴다.

"너, 약혼했어? 언제? 그런 소문은 못 들었는데……."

"비밀리에 진행 중이었습니다. 시끄러워지는 게 싫어서요."

이번에도 강우가 먼저 대답을 했다. 영은 그 말을 듣고 당황하는 창수의 얼굴을 보다가 문득, 이제는 강우의 얼굴이 창수와는 완전히 다르게 느껴진다는 사실을 깨달았다.

여전히 두 사람의 분위기가 비슷하기는 했다. 그러나 창수에게서는 이미 이십 대 시절의 샤프한 모습을 찾아보기 어려웠다. 병원이 잘 되고 있는지 예전보다 살집이 꽤나 붙어서, 그냥 배 나온 아저씨처럼 보이기만 했다.

반면 강우는 늘씬하고 단단했다. 그는 원래부터도 창수보다 키가 크고 날카로운 이미지였기 때문에, 이렇게 같이 놓고 보니 두 사람의 비슷한 점은 한눈에 잡히지도 않았다. 강우에게서 김창수의 모습을 발견하고 난리 쳤던 지난날이 부끄러워질 정도다.

게다가, 성격은 완전히 딴판이지. 감히 비교도 안 돼.

그렇게 반성 아닌 반성을 하고 있는 그녀의 귓가에 창수의 목소리가 파고 들었다.

"영이 너도 많이 변했구나. 전에는 순진하기만 했었는데."

"……뭐?"

이건 또 무슨 말인지 알 수 없었다. 갑자기 순진 타령이 왜 나오는 거지?

영문을 알 수 없어 미간을 찌푸리고 있는데, 창수가 살짝 비웃음 섞인 목소리로 말을 이었다.

"예전엔 항상 너 혼자 힘으로도 잘 먹고 잘살 수 있다고 말했었잖아. 그 모습이 꽤 멋있었는데…… 결국 결혼하는 사람은 재벌 3세라니. 세월이 참 무섭긴 하다, 그치?"

그 말의 의미를 이해하는 순간, 영은 뚜껑이 확 열리는 것을 느꼈다. 아니, 지금 나를 속물 취급하는 거야? 저는 아홉 살이나 어린 저축은행 사장 딸을 유혹해서 결혼한 주제에?

갑작스럽게 창수를 만나 당황했던 기분이 순식간에 사라졌다. 영은 눈을 치켜뜨며 한 발자국 앞으로 나갔다. 내가 오늘 너를 곱게 집에 보내면……!

그런데, 강우가 영의 팔을 살며시 잡으며 속삭였다.

"나를 저런 쓰레기와 닮았다고 했던 거, 확실히 사과해야 합니다?"

그러더니 영이 뭐라고 대답하기도 전에 창수를 향해 차가운 시선을 던졌다.

"지금 한 말, 상당히 듣기 거북하군요. 마치, 영 씨가 나라는 사람이 아닌 내 조건을 보고 약혼을 했다는 말처럼 들리는데요?"

그제야 창수가 시선을 돌리며 민망한 척을 했다. 하지만 그 얼굴에는 아직도 비웃음이 남아 있었다. 강우의 목소리가 더 냉랭해졌다.

"다른 사람들이 모두 자신과 같은 기준을 가지고 살아간다고 착각하지 않기를 바랍니다."

그러자 이번엔 창수가 발끈했다.

"지금 그게 무슨 말입니까?"

"영 씨와 저는 서로 사랑해서 약혼을 한 겁니다. 당신처럼 애인을 몇 번이나 바꿔 가면서, 조건을 따져 가며 상대를 고른 게 아니라는 뜻이죠."

"신강우 씨, 지금 무슨 소리를 하는 겁니까!"

창수가 얼굴을 붉히며 따지듯 말했지만, 강우의 차가운 표정엔 변함이 없었다.

"아, 미안합니다. 워낙 소문이 무성해서 그만……."

창수는 씩씩거리면서도 더 이상 뭐라고 하지는 못했다. 강우는 그런 창수를 노골적으로 비웃으며 한마디 덧붙였다.

"뭐, 그렇게 한 결혼 생활도 그리 만족스럽지는 않은가 보더군요. 이혼 소송 중이라는 말이 들리던데……. 지금 이런 곳에 나와서 사교 활동을 할 여유가 있다니, 솔직히 감탄스럽습니다."

영은 놀란 눈으로 강우를 쳐다보았다. 어떻게, 그런 것까지 알고 있는 거지?

강우는 그녀와 시선이 마주치자 부드럽게 웃으며 말했다.

"그만 나갈까요? 여기 너무 오래 있었던 모양입니다. 기분 전환이 필요할 것 같군요."

"네, 그래요."

영은 고개를 끄덕이며 살며시 웃었다. 하지만 그 자리에서 벗어나기 전에 김창수에게 한 방 날리는 것을 잊지 않았다.

"선배, 만나서 반가웠어. 다음번엔 부부 동반 모임에서 만나면 더 좋겠다. 잘 지내."

뒤에서 부들부들 떨며 그들을 노려보는 창수의 시선이 느껴졌다. 하지만 영은 아무렇지도 않았다. 정말, 신기할 정도로 아무 느낌도 들지 않았다.

9. 공동 소유로 가는 험난한 길 (1)

차를 타고 나서 한동안, 두 사람 사이에는 어색한 침묵이 흘렀다.

우울하기도 하고, 착잡하기도 하고, 미안하기도 한, 참 복잡 미묘한 기분으로 창밖을 보고 있던 영은 갑자기 들려온 라디오 소리에 고개를 돌렸다. 그동안 강우의 차에 타고서 한 번도 라디오를 들어 본 적이 없었는데, 지금은 그도 어지간히 어색한 기분인가 보다.

라디오 DJ의 조용한 목소리가 들려오자 불편한 정적이 조금씩 사라졌다. 그리고, 잠시 후 들려오기 시작한 노랫소리에 그녀의 귀가 저절로 쫑긋 섰다.

……이제 나 다른 사람 만나러 가요 새로운 사람이 오려나 봐요
그 사람 만나러 가는 길, 벌써 이렇게 또다시 떨려와요……

싸이라는 가수의 '벌써 이렇게'라는 곡이라고 했다. 연인과 헤어졌을 때는 죽을 것처럼 아프더니, 시간이 지나고 나자 또 새로운 사람을 만나게 되고,

그 사람을 만나러 가는 길이 기쁘고 행복하다는, 그런 내용의 노래였다. 왠지 지금의 상황과 비슷하다는 생각을 하고 있는데 강우가 천천히 입을 열었다.

"노래 가사가, 마음에 드는군요."

영이 피식 웃으며 쳐다보자 그는 조용히 말을 이었다.

"영 씨도, 미워하다가 그리워하다가 다 지워 버렸으면 좋겠습니다. 그리고, 그 자리에 내가 들어갔으면 좋겠군요."

"와, 돌직구."

그녀는 당황한 티를 내지 않기 위해 과장된 표정을 지었다.

"원래 그런 말도 잘했어요?"

"원래 못 하는 게 없었습니다."

뻔뻔한 표정으로 대답하는 강우를 보던 영의 얼굴에 미소가 돌아왔다.

"오늘, 고마웠어요. 강우 씨한텐 항상 신세만 지네요."

"그렇게 생각할 필요 없습니다. 전해도 말했지만, 다, 영 씨한테 잘 보이려고 하는 일이니까요."

두 번만 더 잘 보였다가는, 내 정신을 쏙 빼 가고도 남겠는데요.

영은 그런 말을 삼키며 다시 창밖으로 시선을 돌렸다. 더 이상, 강우에게 마음이 가는 것을 숨길 수 없을 것 같았다. 그러나 한편으로는 너무 빨리 그 마음을 보여 주고 싶지 않다는 생각이 들었다. 유치하지만 그가 자신에게 목을 매고, 애태우는 모습을 조금 더 보고 싶은 기분이다.

강우는 전에 말했던 것처럼 고급스러운 와인바로 그녀를 데려갔다. 그리고 이번에는 와인보다 안주를 훨씬 더 정성 들여 골랐다.

"너무 많이 시킨 거 아니에요?"

영은 안주를 네 개나 시키는 것을 보고 놀라서 물었다. 그러나 강우는 고개를 저으며 대답했다.

"아까는 몰랐는데, 긴장이 풀리니까 배가 고프네요. 영 씨는 안 그렇습니까?"

"전 아직까지 잘 모르겠어요."

"그래도 안주를 든든히 먹어 두도록 해요. 나중에 갑자기 취해서 나를 덮치기라도 하면, 집에 안 보낼 거니까."

무표정한 얼굴로 하는 농담이라 더 웃었다. 쿡쿡거리며 웃는 영을 가만히 보고 있던 강우가 또 한마디를 툭 던졌다.

"그렇다고 해서 절대 덮치면 안 된다는 말은 아닙니다."

그녀는 더 크게 웃음을 터뜨렸다.

"하하하, 그럼 어쩌라는 거예요?"

"글쎄요, 저도 모르겠습니다. 그냥, 영 씨가 원하는 대로 하세요. 그래야 내 마음도 편할 것 같군요."

아무래도 오늘 강우는 그녀에게 모든 것을 아낌없이 퍼 주기로 작정한 모양이었다.

아, 자꾸 이렇게 감동하면 안 되는데.

영은 벌써부터 약해지는 마음을 다잡기 위해 와인을 쭉 들이켰다. 그러나 목으로 넘어가는 와인의 맛이 더할 나위 없이 달콤하게 느껴지자, 이것도 별 효과는 없겠구나 하는 생각이 든다.

연거푸 와인을 들이키는 그녀의 모습을 강우가 걱정스럽게 바라보았다. 영의 입에서 '그 다정한 시선 좀 제발 자제해 달라'는 말이 나오려는 순간, 그가 먼저 입을 열었다.

"많이 힘듭니까?"

그녀는 그제야 자신이 강우의 눈빛에 담긴 의미를 철저히 오해하고 있었다는 것을 깨달았다. 그의 시선에 안쓰러움이 가득 담겨 있는 것을 느끼자 '나는 아무렇지도 않다'는 말이 쏙 들어갔다.

참으로 선우영답지 않은 감정이었지만, 어리광을 부리고 싶었다. 이제 시도 때도 없이 미쳐 가나 보다.

"기분이 좀, 그래요. 솔직히, 그런 데서 마주칠 줄은 몰랐거든요."

"미안합니다."

"아니, 강우 씨가 사과할 필요는……."

"모임 장소에 도착한 지 십 분 만에, 김창수 씨가 와 있다는 걸 알았습니다."

영은 의아한 표정으로 강우를 쳐다보았다. 아니, 계속 자신과 함께 있었는데 그걸 어떻게 알았지? 그리고 다음 순간 떠오른 생각에 눈을 크게 떴다.

"그럼 설마…… 일부러 저를 그 자리에 데려간 거예요?"

"사실은, 그래요."

영은 미간을 찌푸리며 물었다.

"왜요?"

"당신이 하루라도 빨리 김창수에 대한 미련을 떨쳐 버리길 바랐으니까요."

"미련 따윈 없어요. 이미 잊은 지 오래……."

강우는 조용히 고개를 저었다.

"증오도 애정만큼이나 강렬한 감정입니다. 어떤 경우엔, 사랑보다 더 강하고 집요하다더군요."

"……."

"당신이 그 미움까지 다 털어 내 버렸으면 좋겠습니다."

"……."

"내 마음대로 행동해서 미안합니다."

영은 강우를 힐난하는 대신 와인 잔으로 손을 뻗었다. 그의 행동에 배려심이 부족했던 건 맞았다. 그러나 그녀는 아까 창수와의 만남으로 인해 별로 상처를 받지 않았다. 솔직히 말하면, 놀라울 정도로 멀쩡했다. 그건 아마도 강우가 그녀의 옆을 든든히 지켜 주었기 때문일 것이다.

만약 혼자서 창수를 만나고, 천연덕스러운 얼굴로 잘 지내냐고 묻는 소리를 듣고, 같이 나가서 한잔하자는 말까지 들었다면 그녀는 냉정을 유지하지 못했을 것이다. 아마 입에서 육두문자를 쏟아 내고, 주변을 난장판으로 만들어 놨겠지.

하지만 강우가 도와줬기 때문에 이성을 유지하고, 창수에게 한 방 먹이기까지 할 수 있었다. 다시 생각해 보니 정말 속이 시원한 일이었다.

휴우.

영의 입에서 낮은 한숨이 새어 나왔다. 이제 정말로 김창수에게 남았던 감정의 찌꺼기까지 모두 내버리고, 그 빈 자리에 신강우라는 남자를 들여놓을 때가 됐나 보다. 김창수에 대한 좋고 싫음을 떠나서 함께했던 기억이 사라지는 게 씁쓸할 법도 한데, 씁쓸함보다 후련함이 더 큰 것이 사실이었다.

"나도 정식으로 사과할게요. 강우 씨를 김창수랑 닮았다고 한 거요. 정말 크게 실례했어요."

그러자 굳어 있던 강우의 얼굴에 살짝 미소가 돌아왔다.

"두 사람을 직접 눈앞에 두고 비교하니까, 차이점이 확실히 보이던가요?"

"네. 현미경으로 관찰하는 것처럼 명확하게요."

강우의 미소가 조금 더 진해졌다. 눈꼬리를 길게 접고 웃는 것을 보니 김창수와 똑같다는 오명에서 벗어난 게 어지간히도 좋은 모양이었다. 하지만.

영은 조금 시니컬하게 생각했다. 이 남자가 김창수랑 닮지 않았다면, 그래서 내가 성질을 부리지 않았다면, 지금 이렇게 같이 마주 앉아서 웃는 일은 없었을지도 모르지. 물론 그 생각을 그대로 강우에게 말할 이유는 없었다.

"사과하는 의미에서, 다음번엔 내가 밥 살게요."

"그럼, 이제 나를 피해 다니지 않을 겁니까?"

그 말을 듣고 나서야 그녀는 요즘 자신이 강우를 피해 다니는 중이었다는 것을 기억해 냈다. 김창수와 마주치고 난 다음 그 일을 싹 잊어버리다니, 어쩌면 이렇게 단순한지 모를 일이다.

"어…… 그게……. 피해 다닌 게 아니라, 시간이 필요했던 거예요."

"무슨 시간이요?"

"그…… 현실을 인지할 시간?"

어설픈 그녀의 변명에 강우가 픽 하고 웃었다. 그 노골적인 비웃음을 보자

서서히 얼굴이 달아오른다. 영이 와인 잔을 만지작거리며 시선을 피했더니, 갑자기 강우가 몸을 일으켰다.

"왜, 왜요?"

그녀는 바로 옆자리에 앉는 그를 보며 경계하는 표정으로 물었다. 아까까지만 해도 얌전히 매고 있던 넥타이가 어디 갔는지, 그는 셔츠의 단추를 두 개씩이나 풀어 버린 상태였다. 강우의 섹시한 목선이 고스란히 눈에 들어온다. 영은 무의식중에 꿀꺽, 마른침을 삼키며 생각했다.

이 남자 혹시, 내가 자기 몸을 보면 흥분한다는 걸 이미 다 알고 있는 거 아냐?

"나도 영 씨를 가까이서, 정확하게 관찰하고 싶어서요."

유혹하는 게 아니라?

"명색이 약혼녀인데…… 좀 더 자세히 알아야 하지 않겠습니까?"

웃음기 섞인 그 목소리에 영은 정신이 번쩍 드는 것을 느꼈다. 아, 그러고 보니 아까 강우가 그녀를 약혼녀라고 했었다. 그것도 사람들이 잔뜩 모여 있는 자리에서.

"소문나면 어떡하죠?"

"뭐가요?"

"우리가 진짜 약혼한 것처럼 말이에요."

"가짜 약혼도 있습니까?"

영은 빙글거리며 되묻는 강우의 얼굴을 쏘아보았다.

"장난하지 말고요!"

"장난 아닙니다. 영 씨는 잊고 있나 본데, 나는 이미 청혼도 했어요. 기억 안 납니까?"

……생각해 보니 그랬다. 그때는 강우에 대한 마음이 이렇게 변할 줄 모르고 결혼하자는 말에 코웃음을 쳤다. 계약 결혼이니, 가장 이상적인 상대니 하는 말이 그렇게 황당할 수 없었는데, 이렇게 될 줄 알았으면 그

때 심각하게 고민 좀 해 볼 걸 그랬다.

그녀가 후회를 하고 있는데 강우가 진지해진 음성으로 말했다.

"기억이 안 난다면, 다시 청혼하겠습니다. 선우영 씨, 저랑 결혼해 주십시오."

쿵, 쿵, 쿵, 쿵.

진지한 얼굴로 말하는 강우의 얼굴에 심장이 먼저 반응했다. 영이 아무 말도 못 하고 눈을 크게 뜬 채 쳐다보고 있자 그는 부드럽게 웃으며 말을 이었다.

"누군가와 함께 살고 싶다는 생각을 한 적은 처음입니다. 그 사람이 영 씨라는 사실이, 기쁘군요."

처음 듣는 얘기가 아니었다. 그것도 같은 남자한테 두 번째 듣는 얘긴데, 왜 이렇게 가슴이 뛰고 수줍어지는지 모를 일이다. 강우는 그것으로도 부족했는지, 그녀의 손을 살며시 잡고 들어 올렸다. 그의 입술이 손등에 닿는 순간, 영은 저도 모르게 눈을 감았다.

잠시 후 강우의 입술이 당연한 순서처럼 그녀의 입술을 덮었다. 뜨겁고 격렬했던 지난번과는 달리, 부드럽고 달콤했다. 그와 입술을 얽는 것이 너무 자연스러워서 밤새 키스를 해도 지치지 않을 것만 같았다.

한참 지난 다음 그녀에게서 떨어진 강우가 허스키한 음성으로 물었다.

"대답, 기다리고 있습니다."

"……며칠만 더 생각해 볼게요."

그러자 그는 낮은 한숨을 쉬며 다시 고개를 숙였다. 강우의 입술이 아까보다 훨씬 더 뜨겁게 파고들며 그녀의 이성을 마비시켰다.

* * *

강우는 스스로가 상당한 인내심을 가진 사람이라고 생각하며 살아왔다. 지금까지 삼십 년이 넘도록 말이다.

그러나 영에게 다시 한번 청혼을 하고 그녀의 대답을 기다리는 동안, 그는 자신이 세상에서 가장 인내심이 부족한 사람이 아닐까 하는 생각을 하루에도 수십 번씩 해야 했다.

인내심뿐만이 아니었다. 그녀가 거절하면 어쩌나 하는 걱정에 하루 종일 조바심이 났고, 그럴 때마다 영에게 전화를 걸어보고 싶다는 생각에 안절부절못했다. 오죽하면 일요일 저녁, 함께 식사를 하던 할아버지께서 이렇게 말씀하실 정도였다.

"핸드폰 좀 그만 보거라. 어렸을 때도 하지 않던 짓을, 왜 이제 와서 하고 있는 게야!"

그러자 옆자리에 앉아 있던 재민이 이죽거렸다.

"연애를 처음 해 봐서 그래요, 할아버지. 엄밀히 따지고 보면 강우가 모쏠이거든요."

다행스럽게도 할아버지는 '모쏠'이 뭐냐고 묻지 않으셨다. 대신, 강우를 향해 기대가 가득 담긴 시선을 보내왔다.

"네가 약혼녀라고 하면서 같이 다니는 아이가 있다고 들었다."

소문이 참 빠르기도 했다. 겨우 이틀 지났을 뿐인데 집안사람들 모두가 그의 약혼녀에 대한 이야기를 들었나 보다.

"어떤 아이냐?"

"나중에 같이 인사드릴게요."

할아버지의 눈에 놀라움이 가득 차올랐다.

"혹시 결혼할 생각까지 하고 있는 게야?"

"네."

그러자 옆에 있던 재민도 잽싸게 끼어들었다.

"도대체 누군데?"

"나중에 인사시킨다니까."

지금은 절대로 그녀의 이름을 발설할 수 없었다. 영이 아직 확실한 대답을 해 주지 않았으니까. 괜히 그녀의 이름을 얘기했다가, 만에 하나라도 거절을 듣게 된다면 가족들에게 영의 이름은 영원히 흑역사로 남게 될 것이다.

그런 생각을 하던 강우는 자신이 이렇게까지 소심해졌구나 하는 생각에 입맛이 떨어지고 말았다. 그를 이 지경으로 만들다니, 선우영은 여러 가지로 참 대단한 여자임이 틀림없었다.

할아버지와 사촌 동생의 부담스러운 시선을 견디다 못한 그는 밥을 먹는 둥 마는 둥 하고 집으로 돌아와 버렸다.

뭔가를 이렇게까지 기다려 본 적이 있나 싶을 정도로 피가 마르는 기분이었다. 두 시간 동안 운동을 하고 나서도 잠이 오지 않아서 밤늦게까지 거실을 서성거렸지만, 그러고 나서도 결국 뜬눈으로 밤을 새웠다.

다음 날 새벽, 강우는 퀭한 눈으로 출근 준비를 하며 생각했다. 청혼은, 두 번 다시는 못 할 짓이라고. 그러니까 어떻게 해서든 선우영에게 오케이 사인을 받아 내서, 이런 속 타는 경험은 두 번 다시 겪지 말아야겠다.

하지만 아무리 기다려도 영은 청혼에 대한 답을 해 주지 않았다. 매일 한두 번씩 안부 전화를 하고, 오늘은 어떤 일이 있었다는 소소한 수다를 떨면서도 결혼에 대한 이야기는 아예 듣지 못한 사람처럼 굴었다.

재촉을 하면 그녀가 더 뒤로 물러서진 않을까 하는 걱정과, 이번엔 절대로 내가 먼저 말을 꺼내지 않겠다는 오기가 뒤섞인 상태에서 강우는 이를 악물고 기다렸다.

그래서 일주일이 지난 후 함께 저녁 식사를 하던 영이 '우리 결혼해요'라고 아무렇지도 않게 말했을 때, 잠깐 동안 잘못 들은 게 아닌가 하며 눈을 끔뻑거리기만 했다.

강우의 둔한 반응을 본 그녀는 조금 실망스럽다는 표정으로 말했다.

"와, 결혼하자고 한 사람 어디 갔나 보네. 난 일주일 동안 잠도 제대로 못 자고 고민한 다음……."

그제야 강우의 입이 열렸다.

"진심입니까?"

"네."

영의 대답이 너무 덤덤해서 믿을 수가 없었던 그는 다시 한번 물었다.

"진짜 나랑 결혼한다는 겁니까?"

"네."

"번복하지 않는 거죠? 진심으로……."

"아, 그렇다니까요!"

반복되는 강우의 말에 그녀가 팩하고 성질을 냈다.

"신강우 씨랑 결혼하겠다고요! 내 말이 그렇게 못 미더워요?"

그 말을 듣고 나서야 그의 입가에 미소가 떠오르기 시작했다. 강우는 수저를 놓고 자리에서 벌떡 일어난 다음 그녀도 일으켜 세웠다.

"왜, 왜 그래요?"

"갑시다."

"어딜요?"

"우리 둘만 있을 수 있는 곳으로요. 여기서 당신을 안아 들고 소리를 지르면 민망해지지 않겠습니까?"

그 말에 영은 붉어진 얼굴로 말없이 그의 뒤를 따라나섰다.

강우는 그녀를 데리고 자신의 아파트로 갔다. 그리고 아까 말했던 것처럼 집에 들어가자마자 영을 끌어안고 빙빙 돌리며 웃음을 터뜨렸다. 함께 웃던 그녀가 어지럽다며 그만 놓아달라고 투덜거리기 시작했지만, 그 말은 귀에 들어오지도 않았다.

그렇게 한참을 돌던 강우는 결국 그녀를 안은 채로 소파 위에 쓰러지고 말았다. 정신이 없다는 듯 그의 가슴에 기대 누워 숨을 고르던 영이 조그맣게 중얼거렸다.

"이렇게 기뻐해 주니 그동안 고민한 보람이 있네요."

강우는 대답 대신 한 손을 슬그머니 그녀의 블라우스 안으로 집어넣었다.

그리고 다른 손으로는 슬며시 스커트를 걷어 올리자 영이 뾰족한 목소리로 말했다.

"이 나쁜 손은 누구 손이에요?"

"내 손입니다."

그는 당당하게 대답하며 더 노골적으로 그녀의 몸을 쓰다듬었다.

"내 거, 내가 만진다는데 문제라도 있습니까?"

"당신 거라뇨? 지금 강우 씨가 만지는 몸은 엄연히 내 거거든요!"

"곧 내 거도 될 텐데요, 뭐."

"아무튼, 지금은 아니라고요."

영의 새침한 말에도 강우의 목소리는 음흉해져 가기만 했다.

"그냥 오늘부터 공동 소유로 하면 안 됩니까?"

아마 영은 안 된다고 대답하고 싶었을 것이다. 그러나 그의 엉큼한 손이 매끄러운 피부를 강하게 움켜쥐자, 안 된다는 말 대신 짧은 신음이 흘러나왔다.

"으응."

"그렇게 해 줄 거죠?"

"강우 씨, 하는 거 봐서……."

강우는 숨이 찬 듯 말을 잇지 못하는 그녀의 목소리에 짓궂은 미소를 짓다가 몸을 벌떡 일으켰다. 그러고는 그대로 영을 안아 들고 침실로 들어갔다. 이번에는 주말 내내 그녀를 돌려보내지 않으리라. 강우의 얼굴에 흥분과, 기대와, 기쁨이 뒤섞인 미소가 가득 떠올랐다.

* * *

월요일.

강우가 결혼을 하겠다고 말했을 때 신 회장이 보인 반응은, 그가 영에게서 결혼을 하겠다는 말을 들었을 때 보인 반응과 똑같았다. 강우는 제대로 들은 건지 믿을 수 없다는 표정으로 앉아 계시는 할아버지를 보자, 그때 영이 이런 기분이었겠구나 하며 고개를 끄덕였다.

역시, 사람의 기분은 그 입장이 되어 보지 않고서는 정확히 알 수 없는 거였다.

"최대한 빨리 할 생각입니다. 할아버지도 좀 도와주세……."

그제야 신 회장이 미심쩍은 얼굴로 물었다.

"진짜 결혼을 한다고?"

"네."

"진심이라는 게야?"

"그럼요. 지금부터 준비할 것도 많으니까……."

"네가 결혼을 한다는 거지?"

"아, 그럼 제가 하지 누가 해요!"

저도 모르게 소리를 지른 강우는 머쓱한 표정으로 입을 다물었다. 그러나 신 회장의 얼굴에는 미소가 피어나기 시작했다. 신 회장은 그가 초등학교를 졸업한 후 처음으로 강우의 등을 팡팡 두드리며 장하다는 듯 말했다.

"그래, 잘 생각했다, 잘 생각했어. 그 아이는 언제 보여 줄 게냐?"

"조만간 같이 식사하러 올게요."

"그래, 그래."

흐뭇하게 고개를 끄덕이던 신 회장은 뒤늦게야 생각났다는 듯 물었다.

"그런데, 어느 집안 여식이냐? 내가 알고 있는 아이야?"

"글쎄요."

강우는 의뭉스런 미소를 지으며 물었다.

"별 볼 일 없는 집안이면 반대하시려고요?"

"반대는 무슨, 이 할아비가 그렇게 꽉 막힌 사람 같아? 네가 좋다는 아이라면 나는 아무 상관없다."

"저도 그럴 거라고 생각했어요."

"그러니까 얼른 데려오거라. 할아비 궁금해서 숨넘어가기 전에."

기대에 가득 찬 할아버지의 시선을 받은 강우의 얼굴에 더 진한 미소가 떠올랐다.

"네. 며칠만 기다려 주세요."

* * *

그가 결혼한다는 소문은 금세 퍼졌다. 갑작스러운 결혼 소식에 친척들은 대부분 신 회장처럼 믿을 수 없다는 반응을 보였지만, 곧 진심으로 축하해 주었다. 외롭게 자란 강우와, 그런 강우를 걱정하는 신 회장의 마음을 모두 잘 알고 있었기 때문이다.

그러나 단 한 사람, 재민은 축하가 아닌 의아하다는 반응을 보였다. 냉정하기 짝이 없는 사촌이 이렇게 쉽게 사랑에 빠졌다는 말을 믿을 수가 없다면서 말이다.

"혼자서 결혼을 결정해 버린 건, 좀 심하지 않아? 가족들하고 상의를 먼저 했어야 하는 거 아닌가?"

"내 결혼이야."

"넌 태강의 후계자고, 이건 엄연히 집안 문제야. 너 혼자만의 일이 절대로 아니라고!"

강우는 유난히 예민한 반응을 보이는 재민을, 의아한 시선으로 쳐다보았다.

"도대체 왜 그래? 내가 먼저 결혼한다니까 질투라도 하는 거냐?"

"미친……. 질투 같은 소리 한다! 네 결혼 상대자가 어떤 여잔지 정확히 모르니까 이러는 거잖아!"

"너도 소문은 들었을 텐데? 이름은 선우영, 나라 건축 사무소에서 잘나가는 인테리어 디자이너……."

"그 정도는 나도 알아."

재민은 인상을 쓰며 강우의 말을 막았다.

"내가 알고 싶은 건, 네가 그렇게 쉽게 결혼 얘기를 꺼낸 이유야. 너답지 않아."

심각하기 짝이 없는 재민의 목소리에 강우는 피식 웃고 말았다.

"나도 내가 이렇게 될 줄 몰랐다. 그래서 뭐라고 설명을 해 줄 수가 없네. 나중에, 너도 직접 겪어 보면 알게 될 거라는 말밖에는."

그러자 재민이 뜨악한 표정으로 한참 동안 그를 쳐다보다가 고개를 저었다.

"너, 할아버지한테 인사시키는 거, 미뤄."

"뭐?"

"선우영에 대해서, 내가 먼저 정확히 확인해 봐야겠으니까, 일단……."

그 순간 강우의 표정이 냉랭하게 굳었다.

"신재민. 쓸데없는 짓 하지 마."

하지만 재민의 고집도 만만치 않았다.

"너 지금 그 여자 때문에 완전히 정신 나갔다고! 어떤 여잔지 냉정하게 판단해 줄 사람이……."

"젠장! 그런 판단은 내가 해! 네가 생각하는 그런 여자 아니라고!"

"그런 여잔지 아닌지 어떻게 확신해! 넌 지금 그 여자한테 완전히 빠졌는데!"

"누구보다 내가 영 씨에 대해 잘 아니까!"

"너야 잘 안다고 생각하겠지! 하지만……."

재민의 계속되는 불신에 강우는 왈칵, 말을 내뱉고 말았다.

"선일 그룹 선우 회장님 손녀야! 됐냐?"

"뭐……?"

그는 믿을 수 없다는 표정의 재민을 보며 한숨을 푹 내쉬었다.

"사정이 있어서 숨기고 있는 거야. 젠장, 할아버지한테 먼저 말씀드리려고 했는데……. 아무튼, 쓸데없는 소리 그만해. 나중에 어떤 사연인지 설명할 테니까."

그 말을 들은 재민은 복잡하기 짝이 없는 눈빛으로 그를 바라보았다. 재민의 시선 속에 불신이 가득한 것을 눈치챘지만, 강우는 아무 말도 하지 않았다. 재민은 입이 무거웠다. 그러니까 그가 직접 할아버지께 말씀드릴 때까지 입을 다물고 있을 것이라 믿었다.

할아버지 역시 듣고 나면 그가 무슨 말을 하는지 금방 이해하실 것이다. 그러면 영의 가정사에 대해 몇 번씩 되풀이하면서 이야기하지 않아도 된다. 그리고 재민 역시 그 사정을 듣고 나면 영에 대한 오해를 완전히 풀어 버릴 것이라 생각했다. 재민은 원래 이해심이 많은 녀석이니까 말이다.

그러나.

다음 날 저녁 신 회장을 만난 강우는 일이 이상하게 돌아가고 있다는 사실을 깨달았다. 어제까지만 해도 큰손자가 결혼하게 됐다며 싱글벙글하셨던 분이, 오늘은 완전히 굳은 표정으로 그를 마주하고 계셨던 것이다.

신 회장은 그가 맞은편 자리에 앉기도 전에 입을 열었다.

"재민이가 재미있는 이야기를 하더구나."

강우는 고개를 끄덕이며 선수를 쳤다.

"벌써 들으셨어요?"

그 말에 신 회장은 믿을 수 없다는 표정으로 물었다.

"재민이의 말이 맞다는 게냐?"

"맞아요. 할아버지가 가끔 말씀하셨던 그분의 딸이에요."

"그걸 어떻게 확신하느냐?"

"……네?"

그는 황당하기까지 한 얼굴로 신 회장을 바라보았다. 설마, 할아버지도 못 믿으신다는 건가?

"네가 결혼하겠다고 한 그 아이가, 선우이현의 딸이라는 것을 어떻게 확신하느냐고 물었다."

"제가 직접 조사했으니까요."

"그 조사가 정확했다고 믿는 게야?"

강우의 입에서 긴 한숨이 쏟아져 나왔다. 도대체, 가족들이 왜 이러는지 이해가 되지 않았다. 재민에 이어 할아버지까지 이런 반응을 보이니, 솔직히 이제는 짜증이 난다. 자신이 가족들에게 이렇게까지 못 미더운 존재였나 하는 생각도 들었다.

"제가 그렇게 허술하다고 생각하십니까? 지금까지 어떤 일이든 대충 넘어 간 적이 없다는 건, 할아버지께서 가장 잘 알고 계실 텐데요?"

"하지만 이번 일은 달라. 네 결혼에 대한 문제이고, 그 결혼 상대자에 대한 일이다. 무엇보다 투명해야 해! 그리고 넌 이미 그 여자에게 빠져서 냉정한 판단을 내릴 수 있는 상태가 아닌 것 같아 보이는구나."

"할아버지!"

"게다가 나는 지금까지 한 번도 선우 회장에게서 그 손녀에 대한 이야기 를 들어 본 적이 없다. 존재하지도 않았던 손녀가 갑자기 나타났다는 사실 부터 미심쩍구나. 내가 직접 확인을 해 봐야겠다. 결혼은 조금 더 생각해 보 도록 해라."

그렇게 일방적으로 대화를 끝낸 신 회장은 강우가 어떤 말을 해도 듣지 않았다. 게다가 재민이 소문을 어떻게 퍼뜨렸는지, 친척들도 하루아침에 모 두 싸늘해진 반응을 보이고 있었다.

강우는 지금까지 살아오는 동안 이렇게 기가 막힌 일은 처음 겪어본다고 생각했다. 자신이 가족들에게 이렇게까지 신뢰감을 주지 못하는 사람이었나?

아무리 그래도 그렇지, 내가 사랑하는 여자와 결혼을 하겠다는데, 왜!

한참을 혼자 씩씩거리던 그는 영의 목소리라도 들으면서 안정을 되찾아야 겠다고 마음먹었다. 그녀 역시 선우 회장님께 결혼을 알리기로 했기 때문에, 어떤 대답을 듣고 왔는지 궁금하기도 했다.

솔직히 말하면 강우는, 영의 집안에서는 반대를 할 이유가 없다고 생각했다. 그래서 내심 기대에 차, 어느 정도는 위로를 받고 싶다는 생각까지 하며 그녀에게 전화를 걸었다.

하지만, 영에게서 들려온 것은 청천벽력 같은 소식이었다.

―음, 결혼식 날짜를 너무 빨리 잡으면 안 될 것 같아요.

그 조심스러운 음성을 듣자마자, 강우는 뭔가 잘못되어 가고 있다는 것을 깨달았다.

"무슨 일입니까? 혹시 할아버님께서 반대라도 하시는 건……."

영은 바로 대답하지 못하고 머뭇거리더니 이렇게 말했다.

―전화로 얘기하는 것보다는, 만나서 설명하는 게 좋을 것 같은데. 내일 저녁 같이 먹을까요?

약속 장소와 시간을 정한 다음, 강우는 전화를 끊기도 전에 침대 위에 누워 버리고 말았다.

지금까지 살아오는 동안 이렇게까지 노골적인 실망과 불신을 받아 본 적이 있었던가? 지금까지 받았던 모든 기대와 믿음은, 단지 그가 태강 그룹의 후계자였기 때문에 부가적으로 받았던 혜택이었을까?

강우는 자신이 태강 그룹의 일원이라는 이유로 살아오면서 많은 특권을 누렸다는 사실을 잘 알고 있었다. 최고의 환경에서 최고의 교육을 받으며 자랐고, 모든 사람에게서 최고의 대우를 받았다.

하지만 그는 그런 특권이 당연한 것이라고 생각하며 현실에 안주하지 않았다. 그만큼 남들보다 앞서기 위해 끊임없이 노력했다.

자신이 누리는 모든 것들을 낭비하지 않기 위해서 항상 스스로를 갈고 닦았다. 할아버지와 친척들이 자신을 아끼는 만큼 보여 주고 싶었다. 그에게 거는 기대가 허무하게 무너지진 않을 거라는 사실을.

그리고 지금까지는 그렇게 사는 것에 아무 문제도 없었다. 신강우는 완벽한 남자였고, 주위 사람들도 모두 그렇게 생각하는 줄 알았다.

결혼 문제가 터지기 전까지는.

"결혼이라는 게, 이렇게 힘든 거였나."

강우는 한숨처럼 중얼거리며 멍하니 천장을 쳐다보았다. 지금 이 순간만큼은, 자신이 태강 그룹의 후계자라는 사실이 말할 수 없이 거추장스럽게만 느껴졌다.

10. 공동 소유로 가는 험난한 길 (2)

할아버지가 놀라실 거라는 생각은 당연히 했다. 그러나 그녀가 만나는 남자가, 그리고 결혼하고 싶은 남자가 신강우라는 말을 듣자마자 인상을 쓰실 거라고는 전혀 예상하지 못했다. 그래서 영은 할아버지의 반응에 실망하기에 앞서, 이상하다는 생각을 먼저 했다.

강우 씨가 그렇게까지 완벽한 신랑감은 아니었던 건가? 자기가 일등 신랑감이라고 큰소리 떵떵 치더니, 좀 안됐다는 생각이 드는걸?

그때까지만 해도 영은 할아버지의 반대가 심각한 수준은 아니라고 생각했다. 무엇보다 그녀와 만난 이래로, 할아버지는 한 번도 영이 하는 일에 반대하신 적이 없었기 때문이다.

"제가 생각보다 부잣집으로 시집간다고 해서 놀라셨어요?"

그녀는 조금 장난스럽기까지 한 얼굴로 그렇게 물었다. 하지만 선우 회장의 반응은 딱딱하기만 했다.

"유럽의 왕족과 결혼한다는 말을 들었어도 지금보다는 덜 놀랐을 거다.

왜 하필 그 집안이야? 게다가 신 회장의 큰손자라니, 다시 생각해 보는 게 좋겠구나."

영은 그제야 당황한 기색을 애써 감추며 말했다.

"신 회장님과 상당히 친하신 줄 알았는데요?"

"신 회장과 친한 것과, 그 집안과 사돈이 되는 건 엄연히 다른 일이다."

"그렇긴 하지만, 강우 씨 정도면 어디에 내놔도 완벽한 신랑감인 줄 알았는데……."

"완벽하긴, 무슨! 너한테는 한도 끝도 없이 부족해!"

그녀는 슬며시 입을 다물었다. 할아버지가 무턱대고 반대를 하시는 게 속상하긴 했지만, 이렇게까지 자신을 아끼신다는 것을 깨닫자 좀 감동스럽기도 했다.

나 정말 사랑받고 있었구나.

아버지가 돌아가신 후로 늘 허전했던 마음 한구석이, 이제야 비로소 꽉꽉 채워지는 기분이 들었다. ……하지만 그건 그거고, 결혼은 결혼이지.

영은 감동한 마음을 꾹 눌러놓았다. 지금은 강우에 대한 할아버지의 야박한 평가를 조금이라도 만회해 놓는 것이 중요했다.

"그래도 한번 만나 보시면 생각이 바뀔 거예요. 할아버지, 강우 씨 좋은 사람이에요. 저한테 얼마나 잘 해 주는데요."

"지금이야 당연히 잘 해 주겠지. 결혼을 앞두고 있으니까. 하지만 결혼하고 나면 넌 금세 후회하게 될 게다. 신강우 부사장이 진짜 결혼한 상대는 네가 아니라 일이라는 것을 깨닫게 될 테니까."

그 말에는 영도 주춤하지 않을 수 없었다. 강우가 태강 그룹의 후계자라는 것과 그가 자신의 위치에 책임감을 느끼고 있다는 사실은 잘 알고 있었다. 그래도, 결혼하면 좀 달라지지 않을까?

선우 회장은 그런 그녀의 생각을 읽기라도 한 듯 못마땅한 음성으로 말을 이었다.

"네 아버지가 이 집안에서 나간 가장 큰 이유가 바로 그거였다. 선일 그룹의 일부가 아닌, 독립된 사람으로 살고 싶다는 바람 말이다. 그래서 이름을 바꾸고 가족들과 연락까지 두절하면서 제 행복을 찾아갔지."

선우 회장은 잠시 말을 멈추고 조용한 한숨을 쉬었다. 그녀의 아버지에 대해 이야기해야 한다는 사실이 힘든 것처럼.

"영이 너도 네 아버지처럼 가정적인 남자를 만나고 싶다고 했었지? 그렇다면 신강우는 너에게 가장 안 어울리는 상대야. 신강우 부사장에게는 무슨 일이 있어도 태강 그룹이 일 순위일 게다."

강우에게 직접 들은 말이 아닌데도 가슴 한쪽이 서걱, 베여 나간 느낌이 들었다. 할아버지 앞에서 당당하게 '그렇지 않다'고 말할 수 없었기 때문에 더 그랬다. 영이 상처받은 표정으로 고개를 숙이자 선우 회장은 조금 누그러진 어조로 말했다.

"좀 더 시간을 가지고, 신중하게 생각해 보거라. 평생 같이 살아갈 사람을 선택하는 일이 아니냐. 할아버지는 네가 사랑받으면서, 행복하게 사는 것을 보고 싶구나."

그녀는 기운이 쭉 빠지는 것을 느끼며 집으로 돌아왔다. 할아버지의 말씀은 모두 그녀를 생각해서 나온 것이었다. 그 사실을 잘 알기 때문에 더 우울했다.

내가 새로운 사랑에 정신이 나가서 현실감각을 잃어버렸구나, 하는 생각만이 머릿속을 가득 채웠다. 너무 성급하게 결정한 걸까? 주변 상황은 아무것도 고려하지 못하고, 그 사람에게 청혼을 받았다는 사실만으로 모든 게 완성됐다고 생각한 건 아닐까?

하지만 기대에 가득 찬 강우의 전화를 받고 나자 차마 그런 이야기를 할 수는 없었다. 내일 함께 저녁 식사를 하자는 말로 통화를 끝낸 영의 입에서 긴 한숨이 쏟아져 나왔다.

뭐든, 간단하게 해결되는 일이 없나 봐.

사실상 아무것도 한 게 없는데, 벌써부터 지쳐 버린 기분이었다.

다음 날 만난 영과 강우는 오랜만에 두 사람의 사이가 서먹해졌다는 생각을 했다.

예상했던 대로라면 두 사람은 가족들의 축하를 받은 다음, 샴페인을 터뜨리며 자축하고 있었어야 했다. 그런데 둘 다 반대에 부딪혔고, 그 말을 상대방에게 어떤 식으로 해야 할지 고민하느라 심란한 상태였다. 서로를 마주 보고 해맑게 웃으며 행복을 즐길 수 있게 되리란 기대가 완전히 산산조각 나 버린 것이다.

그리고 그 실망의 크기를 굳이 비교하자면, 강우 쪽이 영보다 조금 더 컸다. 솔직히 그는 선우 회장님이 자신을 손녀 사윗감으로 생각하지 않는다는 사실에 큰 상처를 입은 상태였다.

내가 어디가 어때서! 이래 봬도 정략결혼 대상의 영 순위라고, 내가!

하지만 그렇게 생각하다 보니 영도 처음에는 그를 결혼 상대는커녕 남자로조차 보지 않았단 사실이 떠올랐다. 강우는 영의 그 무심하고도 냉정한 성격이 할아버지에게서 물려받은 건 아닐까 궁금해하며 조심스럽게 말을 꺼냈다.

"혹시, 할아버님께서 뭐라고 하시던가요?"

그 말에 영이 어색하게 웃으며 눈을 깜빡거렸다. 저 솔직한 성격에 대답을 바로 못 하는 것을 보니, 아직 할 말이 정리되지 않은 모양이다. 냅킨을 만지작거리던 그녀의 손이 물잔으로 옮겨갔다. 그러는 동안 레스토랑 직원이 들어와 주문한 음식을 테이블에 차려 주고 나갔다.

영은 문이 조용히 닫히고 나서야 더 이상 시간을 끌 수 없겠다는 생각을 했는지 천천히 입을 열었다.

"음, 강우 씨 전에 우리 아빠에 대해 알아본 적이 있었죠?"

"네."

"아빠가 왜 가족들과의 왕래를 끊고, 이름을 바꾼 채로 살았는지도 아세요?"

강우는 그녀가 왜 갑자기 아버지의 이야기를 하는 건지 의아해하며 고개를 저었다.

"아니요."

"사실 저는 아빠가 돌아가실 때까지 할아버지나 다른 친척들이 있는지도 모르고 살아왔어요. 엄마도 외동이었기 때문에 명절이 되면 다른 친구들처럼 갈 데가 없다는 게 좀 속상할 때도 있었죠. 하지만 그렇다고 해서 외롭다고 생각한 적은 한 번도 없었어요. 우리 부모님은 언제나 저를 우선시하셨거든요. 특히나, 아빠는……."

영은 아버지의 모습이 떠올랐는지 잠시 말끝을 흐리며 웃었다.

"정말 그렇게 자상할 수가 없었어요. 지금 생각해 보면 회계사는 참 바쁜 직업인데, 항상 가족이 우선이었죠. 그리고 언제나 엄마와 저에게 이렇게 말씀하셨어요. 아빠는, 우리와 함께 있는 시간이 가장 행복하다고요."

강우는 조용히 고개를 끄덕였다.

"멋진 분이셨군요."

"네. 정말 최고의 아빠였어요. 친구들도 얼마나 부러워했는지 몰라요. 왜, 중고등학생이 되면 부모님과 좀 멀어지게 되잖아요. 특히나 아빠랑은 완전히 서먹서먹해진다고 하더라고요. 근데 저는 그런 걸 아예 모르고 살았어요. 지금 생각해 보면 아빠가 참 노력을 많이 하셨던 것 같아요. 사춘기 딸 비위 맞추기 정말 힘드셨을 텐데."

거기까지 말한 영은 물은 한 모금 마신 다음 쓸쓸하게 웃었다.

"아빠 돌아가시고 나서 할아버지가 찾아오셨을 때 제가 뭐라고 했는지 아세요?"

"뭐라고 했습니까?"

"사기 치지 마시라고요."

그는 눈을 동그랗게 뜨고 선우 회장에게 사기 치지 말라고 하는 영의 모습을 충분히 상상할 수 있었다. 강우가 쿡쿡거리며 웃자 그녀는 멋쩍은 표정으로 말을 이었다.

"TV에서나 보던 대기업 회장님이 갑자기 나타나서 내가 네 할아버지다,

하시는데 얼마나 황당했는지 몰라요. 처음엔 뭔가 착오가 있었겠지 하다가, 자꾸 찾아오시니까 짜증이 나더라고요. 안 그래도 아빠 돌아가셔서 힘든데, 왜 저런 말도 안 되는 착각을 하셨는지…….”

“그래서, 어떤 계기로 혈육이라는 사실을 믿게 됐습니까?”

강우의 물음에 영은 어깨를 으쓱해 보였다.

“유전자 검사를 했어요.”

강우는 다시 한번 큭큭 웃었다.

“같이 있는 자리에서 샘플을 채취했고, 결과가 나오자마자 직접 저를 데리고 병원에 가셨죠. 박사님이란 분이 오시더니 알아보지도 못할 자료를 내밀면서 혈연관계가 맞다고 하시는데, 더 이상 할 말이 없더라고요.”

선우 회장이 이 당돌한 손녀를 보면서 어떤 생각을 했을지 상상하니 자꾸만 웃음이 새어 나왔다. 영도 웃음을 참지 못하는 그를 보며 같이 웃었다.

“아무튼 그렇게 할아버지를 다시 만나고 나서 한참이 지난 다음에 여쭤봤어요. 왜 아빠가 개명까지 하면서 가족들과 연락을 끊었는지. 혹시 가족들 간에 다툼이 있었던 건 아니었는지 말이에요.”

강우는 진심으로 대답을 궁금해하며 물었다.

“무슨 일이 있었다고 하시던가요?”

“아무 일도 없었대요.”

그녀는 고개를 저으며 말을 이었다.

“적어도 할아버지가 아는 한에서는 말이에요. 아빠한테 어떤 일이 있었는지는 할아버지도 정확히 모른다고 하셨어요. 다만 선일 그룹과 상관없는 개인으로 살고 싶다는 의지를 도저히 꺾을 수가 없으셨대요.”

“……그랬군요.”

“그래도 연락을 완전히 끊었던 건 아니었나 봐요. 가끔, 일 년에 한두 번 정도씩은 연락을 하고 만나기도 하셨대요. 하지만 아빠는 매번 절대로 가족들을 선일 그룹과 연관시키지 말아 달라고 못을 박았대요. 주로, 저에 대한 얘기가 나왔을 때 말이죠."

그녀의 미소가 다시 어두워졌다.

"할아버지는 정말 속이 상하고 서운하셨지만, 세월이 지나고, 아빠가 행복하게 살고 있는 것을 보고 나니까 잘했구나 하는 생각이 드시더래요. 가끔은 아빠가 누리고 있는 자유와 행복이 부러울 때도 있었다고 하시더라고요."

거기까지 말한 영은 강우를 바라보며 씁쓸하게 미소지었다.

"저를 만나고 나서는, 아빠가 원하는 대로 해 준 것을 다행스럽게 생각하셨대요. 그래서 제가 선일 그룹과 상관없는 사람으로 살겠다고 했을 때, 끝까지 반대하지 못하셨다고 하더라고요."

영이 긴 이야기를 끝마치고 나서야, 강우는 선우 회장이 결혼을 반대하는 이유를 깨달을 수 있었다. 정말 기가 막힌 노릇이 아닐 수 없었다. 다른 여자들에게는 가장 매력적으로 보일 조건이, 선우 회장과 영에게는 가장 불리한 조건으로 작용하다니.

그는 태어났을 때부터 태강 그룹의 일원이었고, 그 안에서 자신의 존재가 증명되는 것을 아주 당연하게 생각하며 살아왔다. 그런데 바로 그게 문제였다고? 설마 영과 결혼하려면 태강 그룹에서 나오기라도 해야 하는 걸까?

강우가 그렇게 고민에 빠져들려는 순간, 그녀의 목소리가 다시 들려왔다. 영은 무거운 분위기를 바꿔 보려는 듯 조금 높아진 어조로 그에게 물었다.

"자, 이제 강우 씨 차례예요. 강우 씨 할아버님도 좋은 반응을 보이시진 않은 것 같은데, 뭐가 가장 문제였어요?"

그 시원시원한 태도를 보자 강우의 머릿속에는 아주 잠깐이지만 이런 생각이 떠올랐다. 이 여자와 함께하기 위해서라면, 태강 그룹과 상관없는 삶을 사는 것도 나쁘지 않겠다고. 영은 그가 어떤 생각을 하는지도 모르고 재차 물어 왔다.

"혹시, 내가 너무 평범해서 부족하다고 말씀하신 거예요?"

강우는 잠시 고민했다.

솔직하게 말해도 될까? 자신의 말을 듣고 영이 상처받으면 어쩌지?

하지만 어떻게 말하든 결론은 같았다. 그리고 그에게는 영처럼 부드럽게 돌려 말하는 재주도 없었다.

"그런 건 아닙니다."

"그럼요?"

"음, 아무래도 할아버지는 영 씨의 존재를 처음 들어봤다는 부분이 걸리시는 듯하더군요. 그리고 제가 만난 지 얼마 되지 않은 상대에게 너무 쉽게 마음을 빼앗겼다고도 생각하시는 것 같았습니다."

강우의 덤덤한 대답에 그녀는 눈을 크게 뜨며 말했다.

"와, 저 팜므파탈 된 거예요? 냉철한 강우 씨를 순식간에 함락시킨 치명적인 여자?"

그는 영의 반응에 피식 웃으며 물었다.

"섭섭하지 않습니까?"

하지만 그녀는 아무렇지도 않게 고개를 저었다.

"아무 반대도 없이 결혼할 수 있을 거라고는 생각하지 않았으니까요. 그리고 생전 처음으로 치명적인 여자가 된 기분도 나쁘지 않네요. 근데 저보다는 강우 씨가 더 섭섭하지 않아요? 재벌 3세라서 반대하시는 거잖아요."

그녀의 장난 섞인 물음에 강우도 농담과 푸념이 섞인 대답을 했다.

"그러게 말입니다. 반대하시는 본인도 회장님이시면서 너무하는군요."

영이 낮게 웃으며 말했다.

"시간이 필요할 거예요. 우리 마음만 확고하다면 어른들도 결국엔 허락해 주시겠죠."

강우는 그녀의 말에 불편했던 기분이 점점 누그러지는 것을 느꼈다.

그래, 맞는 말이다. 당사자의 마음만 확고하다면, 어른들의 반대는 이겨낼 수 있을 것이다.

그는 테이블 위로 팔을 뻗어 영의 손을 잡았다.

"나에 대한 마음에 그렇게 확고하다니, 기쁘군요."

"내가 이래 봬도 줏대 있는 여자거든요."

"그래서 내가 반했나 봅니다."

그러자 영이 고개를 살짝 들고 새침하게 물었다.

"내가 팜므파탈이라서 반한 게 아니고요?"

"그래서 지금 한 번 더 반한 것도 맞고요."

그 말에 그녀가 입술을 비쭉 내밀었다. 살짝 얼굴을 붉히며 고개를 돌리는 모습이 너무 예뻐 보여서 가슴이 술렁거린다. 아무래도, 그는 영에게 꽉 잡혀 버린 것 같았다. 이렇게 얼굴만 보고 있어도 행복한 것을 보면.

그런 생각이 드는 것조차 기분이 좋아, 강우의 얼굴에서는 시종일관 웃음이 사라지지 않았다.

* * *

그러나 서로를 위로하며 다시 한번 마음을 확인한 두 사람과는 달리, 양가 할아버지들은 전투를 준비하고 계셨다.

특히나 신 회장은 든든하기만 했던 큰손자가 사기꾼 같은 여자한테 걸린 것을 가만히 두고 볼 수 없다며 펄쩍펄쩍 뛰었다. 그 기세가 얼마나 등등했는지, 선우영이라는 여자가 선우 회장의 손녀를 사칭하며 강우에게 접근한 것 같다는 말을 전했던 재민조차 멈칫거릴 정도였다.

"할아버지, 제가 더 정확히 알아보고 말씀드릴 테니까 진정하세요."

"알아보려면 진즉에 알아봤어야지! 지금까지 강우가 그 여자를 계속 만나고 다닌 걸 뻔히 알았다면서, 왜 이제야 알아본다는 게야!"

"잠깐 만나다 말겠지, 했단 말이에요. 결혼까지 한다고 나설 줄 제가 알았겠어요."

"하루를 만났어도 확인을 했어야지!"

"아니, 강우가 어린애도 아니고, 강우 여자관계를 제가 왜 관리해요."

신 회장은 그제야 못마땅함이 가득한 표정으로 입을 다물었다. 신 회장이 진정될 때까지 옆에서 가만히 앉아 있던 강우의 숙부 중 한 명이 신중한 얼굴로 말을 꺼냈다.

"선우 회장님께 직접 확인을 해 보시는 건 어떨까요?"

"확인해 보나 마나야. 난 지금까지 그런 손녀 얘기는 한 번도 들어본 적 없다."

"저도 그래요, 아버지. 더구나 이현이는 제 친구였습니다. 하지만 그 친구의 딸을 사칭하고 다니는 여자가 있다면 선우 회장님도 아셔야 한다고 생각합니다."

그 말을 들은 신 회장은 머릿속에서 선우영이라는 여자의 경력을 떠올렸다. 오전에 확인한 바에 의하면 선우영에게는 몇 년 전 선우 회장의 별장 인테리어를 맡았던 이력이 있었다. 아마도 그때 선우 회장의 집안사에 대해 알게 된 것 같았다.

하지만 다시 생각해 보면 선우 회장이 생판 모르는 남에게 그의 가족사를, 그것도 가장 아픈 손가락인 셋째 아들 이야기를 선뜻 했을 것 같진 않았다. 별장 인테리어를 맡은 사람을 과연 몇 번이나 만난다고 그런 말까지 하느냐 말이다.

아무리 많이 만나 봤자 서너 번이었을 텐데, 그 서너 번 만에 가족사를 풀어놨다고? 말도 안 되는 얘기였다. 선우 회장이 얼마나 꼬장꼬장하고 경계심 많은 성격인지는 누구보다도 자신이 잘 알고 있었다.

그래, 어쩌면 선우 회장은 그 선우영이란 여자가 손녀를 사칭하고 다니는 것을 이미 다 알고 있을지도 모른다. 그런데도 가만히 놔둔다는 건, 뭔가 이유가 있다는 뜻인데…….

"선일 그룹 비서실에 연락을 넣어라."

신 회장은 심각한 표정으로 재민을 향해 말했다.

"선우 회장이 뭐라고 하는지, 직접 들어 봐야겠다."

강우는 신 회장이 가장 아끼는 손자였다. 먼저 세상을 떠난 아들 내외 대신 곱게 키운 자식이었던 것이다.

다행스럽게도 강우는 지금까지 한 번도 엇나가는 일 없이 듬직하게 자라 주었다. 그래서 이제 좋은 사람을 만나 가정을 꾸리는 것만 본다면 더 바랄 게 없겠다고 생각하고 있었는데, 이런 일이 터지다니.

신 회장은 마음을 굳게 먹었다.

결혼은 강우의 인생에서 가장 중요한 일 중의 한 가지였다. 그런 결혼의 상대가 사기꾼이라니, 절대 안 될 일이었다. 손자가 여자한테 빠져서 이성을 잃었다면, 제자리로 돌아올 수 있게 도와주는 것이 자신의 역할이었다.

그 과정에서 강우와 트러블이 생긴다고 해도, 어쩔 수 없는 일이었다. 시간이 지나면 강우도 자신의 마음을 이해하게 되리라.

그러나.

눈에 힘을 잔뜩 주고 선우 회장을 만나러 간 자리에서, 신 회장은 상대방의 선제공격에 너무 간단히 무너지고 말았다.

"내 손녀는 못 주니, 그리 알게."

"……뭐라고?"

"자네 큰손자가 내 금쪽같은 손녀와 결혼하고 싶어 한다면서? 난 허락 못 하니, 그리 알라고."

황당함에 말을 못 잇던 신 회장은 선우 회장의 말을 이해하는 순간 인상을 북 쓰며 따지듯 물었다.

"그래서, 그 아이가 자네 손녀가 맞다는 게야?"

"그럼 우리 영이가 내 손녀지, 누구 손녀란 말인가?"

"남들 모르는 손녀가, 하늘에서 갑자기 떨어지기라도 했나?"

"하늘에서 떨어졌든, 땅에서 솟았든, 내 손녀에게 관심 접게. 아까도 말했 지만, 결혼시킬 생각 없으니."

선우 회장의 그런 반응에, 신 회장은 슬슬 부아가 치미는 것을 느꼈다. 아니, 우리 강우가 어디가 어때서! 누구한테 보내도 아깝기만 한 손자라고!

"그래, 자네 생각이 내 생각과 똑같다니 잘됐군. 이 결혼은 없었던 일로 하지. 그래도 그 아이가 자네 손녀가 맞는지는 다시 한번 정확히 확인해 보는 게 어떻겠나. 요즘 세상이 워낙 험해서, 사람을 섣불리 믿었다가는 큰코 다칠 텐데."

신 회장의 비꼬는 말에도 선우 회장은 코웃음을 칠뿐이었다.

"이미 유전자 검사까지 다 끝냈다네. 그 아이는 이현이 딸이고, 내 손녀가 확실해. 쓸데없는 소리는 그만하게나."

그 말에 신 회장이 믿을 수 없다는 얼굴로 물었다.

"유전자 검사까지 했다고?"

"그래."

"도대체 그게 언젠가!"

"벌써 몇 년 지났지."

몇 년이라는 걸 보니 별장 인테리어를 맡겼을 때 이미 선우영이 손녀라는 것을 알고 있던 모양이다. 신 회장은 배신감을 느끼며 씩씩거렸다.

손녀를 찾고서도 한마디도 안 했다고? 어떻게 그럴 수 있지? 우리가 알고 지낸 세월이 몇 년인데! 어떻게 몇 년 동안 한 번도 말을 안 할 수가……

그런 신 회장의 모습을 지켜보던 선우 회장이 조금 가라앉은 목소리로 말했다.

"영이를 찾은 사실을 이제야 알게 돼서 서운한가 보군."

"그래. 다시 찾은 손녀에 대한 일을 몇 년 동안이나 비밀로 하고 있었다니, 자네도 참 대단하군 그래."

신 회장의 퉁명스러운 대꾸에 선우 회장이 쓴웃음을 지었다.

"나도 어쩔 수 없었네. 이현이와의 약속을 어기고 그 아이를 만난 것이라 모든 게 조심스러웠거든."

"······뭐?"

선우 회장은 허무한 미소와 함께 말을 이었다.

"이현이 그 독한 녀석이, 자신이 죽고 나서도 영이를 만나지 말라고 나한테 몇 번이나 다짐을 시켰다네. 하지만 가족을 모두 잃고 혼자 남은 손녀를 그냥 둘 수가 없었어. 그래서 찾아간 거야."

그제야 신 회장이 조금 누그러진 말투로 물었다.

"이현이는 왜 그렇게까지 가족들과의 관계를 끊으려고 했던 건가?"

"······자유롭고 싶다고 하더군. 어디를 가든 경호원이 따라다니고, 누구를 만나서 뭘 해도 선일 그룹을 먼저 생각해야 하는 삶이 답답하고 지긋지긋하다고. 일에 얽매여서, 사랑하는 사람들을 등한시하며 살아가는 삶이 무슨 의미가 있겠냐는 말이 아직도 잊히지 않네."

"······."

그렇게 말하던 신 회장의 미소가 갑자기 밝아졌다.

"우리 영이가 이현이를 꼭 닮았어. 얼마나 똑 부러지는지 아나? 내가 찾아갔더니 사기꾼 취급을 하면서 쳐다보지도 않더군. 몇 번을 찾아가도 모르는 척하길래, 유전자 검사를 해서 증거를 보여 줬더니 그제야 수긍을 하는 게 아닌가. 허허허허."

그 말을 듣고 있던 신 회장도 슬쩍 미소를 지으며 물었다.

"그래, 뒤늦게 찾은 손녀가 아까워서 결혼도 못 시키겠다는 게야?"

"어허, 방금 전까지 했던 얘긴 어디로 들었나."

선우 회장이 혀를 차며 대답했다.

"솔직히 자네 큰손자 잘난 건 나도 잘 알지. 그만큼 바르고, 똑똑하고, 인물도 훤칠한 아이가 어디 있나. 하지만 강우는 태강 그룹 후계자야. 무슨 일이 있어도 태강 그룹이 먼저겠지. 우리 영이는 그런 사람과 결혼하면 행복하지 못할 거네. 이현이가 그 앨 어떻게 키운 줄 아나?"

"······."

"내가 조금 전에도 제 아버지를 똑 닮았다고 말하지 않았나. 내 손녀가 맞다는 걸 확인하고 나자마자 자기는 선일 그룹과 상관없는 삶을 살겠다고 못을 박은 아이야. 우리 영이는 강우와 결혼해도 행복해지지 못할 걸세. 앞날이 뻔한데 왜 결혼을 시키겠냔 말이야."

신 회장은 못마땅한 표정이었지만 입을 꾹 다물고 아무 말도 하지 않았다. 선우 회장의 말에 틀린 것이 없기 때문이다.

강우는 어려서부터 태강 그룹 후계자로 키워졌다. 이제 태강 그룹에 없어서는 안 될 존재였고 말이다. 재민을 비롯한 다른 손자들도 있었지만, 강우만큼 듬직한 녀석은 없었다.

그렇게 아끼는 만큼 다른 누구에게보다 큰 기대를 걸고 있는 것도 사실이었다. 언제부턴가 강우의 미래는 태강의 미래와 마찬가지라고 생각해 온 신 회장이었다. 그래서 선우 회장이 무슨 말을 하는지 아주 잘 이해할 수 있었다.

하지만 동시에, 섭섭한 마음이 드는 것도 사실이다. 큰손자가 처음으로 마음을 준 아이인데, 결혼 얘기가 나오자마자 거절부터 하고 나오니 속상한 것은 어쩔 수 없었다.

"그렇게 손녀를 싸고돌기만 하다가 결혼은 언제 시키려고 그러나."

신 회장의 퉁명스러운 말에도 선우 회장은 피식 웃을 뿐이었다.

"결혼이야 제가 하고 싶을 때 하는 거지. 제가 좋다는 사람이 생기면 말이야."

"좋아하는 사람이 생겨도 반대부터 하고 나오니 하는 말일세. 나중에 우리 강우와 결혼을 못 하게 했다고 원망을 들어도 후회하지 말게. 우리 강우처럼 완벽한 사윗감을 또 만날 수 있을 줄 아나?"

"허허허, 못 만나면 어쩔 수 없지. 난 내 손녀만 행복하다면 혼자 산다고 해도 상관없네. 제 앞가림을 못 하는 아이도 아닌데, 원하지 않는 일을 시켜서 뭐 하겠나."

그렇게 말하는 선우 회장에게, 신 회장은 더 이상 아무 말도 할 수 없었다. 분하지만, 그리고 방식이 다르긴 했지만, 손녀를 생각하는 마음만큼은 누구에게도 뒤지지 않는다는 것을 깨달았기 때문이다.

"아무튼, 사돈이 될 수 있는 기회를 놓쳐서 아쉽군. 나중에, 손녀도 같이 식사나 한번 하세나."

신 회장은 그 말을 남긴 채 자리에서 일어났다. 손자가 이 상황을 잘 받아들이기만을 바라면서.

두 집안 어른들의 만남은 그렇게 예상보다는 우호적으로 마무리되었다. 하지만 다른 가족들은 '없었던 일로 하고 함구하자'는 말에 불만을 터뜨렸는데, 그 불만은 강우의 친척들 쪽이 조금 더 심했다.

처음엔 강우가 꽃뱀에게 홀린 게 아니냐고 흥분했던 가족들은, 영이 진짜 선우가의 사람이라는 것을 확인하고 나자 선우 회장이 영과 강우의 결혼을 반대한다는 사실에 불만을 터뜨렸다. 어쨌거나 강우는 태성의 후계자였고, 그 완벽한 후계자가 결혼 상대로 부적합하다는 판단을 내렸다는 것에 대해 모두 불쾌함을 느꼈던 것이다.

그중에서도 가장 노골적으로 불만을 터뜨린 사람은 재민이었다. 그는 평소 존경해 마지않던 선우 회장을 향해 '노망이 난 건 아닌지' 확인해 봐야 한다며 분통을 터뜨렸다.

"도대체 손녀 사윗감이 얼마나 대단해야 한다는 거야? 네가 뭐가 모자라서 반대를 하시는 건지, 도무지 이해가 안 간다."

강우는 평소답지 않게 흥분하는 사촌에게 차가운 물 한 잔을 내밀었다.

"물이나 마시고 이성을 찾아. 왜 그렇게 흥분한 거야?"

그러나 재민은 찬물을 원샷하고 나서도 진정이 안 된 모양이었다.

"아, 그럼 흥분을 안 하게 생겼어? 그러는 넌 왜 그렇게 태평한 거냐? 절대 안 된다고 반대하셨다는 말을 들었는데?"

강우는 태연한 표정으로 대답했다.

"예상했으니까."

"……뭐?"

"왜 반대하시는지 잘 알아. 그 생각이 바뀌기 힘들다는 것도 알고 있고. 그래서 나도 어떻게 해야 마음을 돌리실지 고민 중이다."

그러자 재민이 믿을 수 없다는 얼굴로 물었다.

"너, 설마 결혼을 계속 추진하겠다는 거야?"

"당연하지. 장난삼아 한 말도 아닌데."

"그래도, 그런 소리까지 들어 가면서 굳이 선우영 씨여야 하는 이유가 있어? 아니, 너 설마 사고 쳤냐? 선우영 씨가 임신이라도 한 거야?"

그 말에 강우가 피식거리며 웃었다.

"임신이라도 하면 양가 어른들이 결혼을 허락하실까?"

"이런, 미친놈……!"

재민은 황당하다는 듯 씩씩거렸다.

"너 정말 제정신 아니야, 알아?"

"그럴지도 모르지. 어쩌면 영 씨와 처음 만났을 때부터 제정신이 아니었던 것도 같다."

맞다. 생각해 보니 그랬다.

처음엔 그저 일을 맡기기 위해 만난 것이었다. 그런데 자신을 질색하는 영의 반응을 본 순간 그는 이상한 오기를 부리기 시작했다. 그녀가 자신을 싫어하든, 싫어하는 누군가를 닮았다고 짜증을 내든, 신경 쓰지 않으면 그만이었는데 말이다.

원래 그는 그렇게까지 예민한 성격이 아니었다. 상대가 여자라면 더더욱 무신경했었다.

하지만 그때 강우는 영의 그런 반응을 무시하지 못했다. 무시는커녕 쫓아다니면서 자신이 멋진 남자라는 것을 증명하려고 애썼다. 그녀에게 꼭 인정받아야만 하는 이유가 있는 사람처럼.

그러면서 그녀를 놓치기가 싫은 나머지 계약 결혼이니 뭐니 하는 말까지 했었다. 사실 그때는 영을 좋아하는 마음보다는 자존심을 지키고 싶은 마음이 더 컸었다. 그가 잘난 사람이라는 것을 어필하고, 자신과 결혼하면 그녀에게 어떤 이득이 있는지 알려주고 싶었던 것이다.

더불어 그녀와의 결혼을 통해 자신이 취할 수 있는 이점은 어떤 것이 있는지 계산했던 것도 사실이었다.

하지만 이제 그런 마음은 흔적도 없이 사라지고, 오직 그녀와 함께하고 싶다는 생각뿐이었다. 어떻게 하면 영과 평생 잘 먹고 잘살 수 있을지, 그 방법을 찾아내는 것 외에는 아무것에도 관심이 없었다.

영을 만난 지 몇 달 지나지도 않았는데 그녀에 대한 마음이 언제 이렇게 깊어졌는지 스스로도 놀랄 지경이었다.

그래서 재민이 자신에 대해 지나치게 걱정하는 것도 어느 정도 이해할 수 있었다. 그가 여자에게 이렇게 갑작스럽게 빠져 버렸다는 사실을 믿을 수가 없는 것이리라.

재민은 지금까지 강우와 다른 여자들과의 관계가 언제나 얕고 심플하기만 했던 것을 누구보다 잘 알고 있었던 것이다.

"너도 언젠가 영 씨 같은 여자를 만나면 내 기분을 이해하게 될 거다."

강우의 말에 재민은 황당하다는 표정으로 물었다.

"영 씨 같은 여자가 어떤 여잔데?"

"평생 사랑하고 함께 살고 싶은 여자."

그 말을 들은 재민이 경악에 찬 시선으로 그를 쳐다보았다. 어떻게 그런 낯간지러운 말을 아무렇지도 않게 하느냐는 표정이었다.

"너, 정말 신강우 맞아? 신강우를 탈을 뒤집어쓴 외계 생명체가 아니라?"

강우는 지금 재민의 표정을 똑똑히 기억해 두었다가 나중에 되돌려 주겠다고 생각하며 대답했다.

"네가 아는 신강우 맞으니까 걱정할 필요 없다, 사촌 동생아."

* * *

이틀 후 강우가 재민에 대한 얘기를 해 주었더니 영은 재미있다는 표정으로 물었다.

"그래서, 재민 씨는 아직도 강우 씨가 결혼하고 싶어 한다는 걸 못 믿는 거예요?"

"아마 그럴 겁니다. 겉으로는 유해 보여도 알고 보면 꽤 고집이 센 성격이 거든요."

"그래도 재민 씨랑 가장 친하다면서요."

"네. 동갑이라서 그런지 몰라도 생각이 잘 통해요. 부모님이나 할아버지한 테 불만이 생기면 서로에게 털어놓을 수도 있었고요."

그 말에 영이 짓궂은 미소를 지었다.

"아하, 그런 식으로 우정을 쌓아 온 사이였군요?"

퇴근 후 만난 두 사람은 먼저 간단히 저녁 식사를 했다. 그런 다음 남산에 올라와 데이트를 하는 중이었다. 호젓한 곳에서 둘만의 시간을 보내고 싶었던 강우는 주차장에 도착한 순간부터 생각보다 사람이 많다면서 투덜거렸다. 그러나 영이 그의 손을 잡고 걷기 시작하자 투덜거림은 곧바로 멈췄다.

강우는 그녀의 손을 깍지 껴 잡으며 은근한 목소리로 물었다.

"보고 싶을 거라는 말도 안 해 줍니까?"

"출장을 멀리 가는 것도 아니고, 기간도 2박 3일인데요, 뭐."

그렇게 대꾸한 영이 씩 웃으며 덧붙였다.

"조심해서 다녀오라는 말은 해 줄게요."

강우는 내일부터 캄보디아로 2박 3일간의 출장을 다녀올 계획이었다. 며칠 전부터 그 출장에 대해 얼마나 얘기를 했는지, 영은 이미 비행기 이 륙 시각과 도착 시각까지 다 외운 상태였다.

그녀의 대답에 강우는 불만스럽다는 표정을 지었다.

"원래 그렇게 냉정한 성격이었습니까?"

"글쎄요? 이게 평범한 반응 아닌가요?"

"전혀, 평범하지 않습니다. 우린 지금 한시라도 떨어져 있고 싶지 않은 상태 아닙니까?"

"어, 우리가 그랬어요? 난 몰랐는데?"

영이 처음 듣는 소리라는 듯 눈을 동그랗게 뜨고 대답하자 강우의 표정이 불퉁해졌다.

"애타는 사람은 나밖에 없나 보군요."

퉁명스러운 강우의 말에 그녀는 배시시 웃으며 말했다.

"그래서, 억울해요?"

"당연히 억울하죠. 이런 델 오는 게 아니라 영 씨도 애타게 만들 수 있는 곳으로 가는 건데 그랬습니다."

"나를 애타게 만들 수 있는 곳이요?"

영은 호기심 어린 표정으로 물었다.

"그게 어딘데요?"

"내 아파트요."

"네?"

"침대 위에서는 얼마든지 영 씨를 애타게 만들……."

"그게 무슨……!"

영은 질겁을 하면서 한 손으로 그의 입을 막았다. 그러더니 주위를 둘러보며 누군가 듣지 않았나 살펴보고는 목소리를 잔뜩 낮춰 그를 나무랐다.

"밖에서 무슨 소릴 하는 거예요! 누가 들으면 어쩌려고!"

"왜요, 틀린 말도 아닌데. 그러고 보니, 산책도 적당히 했는데 이제 내 아파트로 가서 우리 둘만의 시간을 보내는 게 어떻겠습니까?"

"내일 새벽에 출장 간다면서요?"

"내일 새벽까진 아직 시간이 많이 남았는데요?"

영은 능글맞은 강우의 미소를 보더니 슬쩍 눈을 흘기며 말했다.

"알았어요, 강우 씨 출장 가 있는 동안 보고 싶어서 죽을지도 몰라요. 됐죠?"

하지만 그는 시큰둥한 표정으로 고개를 삐딱하게 기울였다.

"엎드려 절 받긴데 되긴 뭐가 됐습니까?"

"아, 그럼 어쩌라고요?"

"이대로 집에 가서 옷을 벗어 던지고 뜨거운 시간을……"

그녀의 손이 다시 한번 강우의 입을 막았다.

"알았으니까 다른 사람이 듣기에 민망하지 않을 말을 해 주세요. 여긴 공공장소라고요."

그제야 강우의 얼굴에 만족스럽다는 표정이 서렸다.

"그럼 내일 시간 날 때마다 전화해요."

"……일 안 할 거예요?"

"꼭 영상 통화로 해야 합니다."

"……"

"그리고 이번 주말에는 내 아파트에서 데이트합시다."

"……"

"그게 싫으면 지금 바로 차에 가서 영 씨를 애타게……"

"알았어요, 알았다고요!"

영은 얼굴을 빨갛게 붉히며 투덜거렸다.

"원래부터 이런 성격이었어요?"

"아니요. 영 씨를 만나고 나서 내 안의 새로운 인격을 발견해 나가는 중입니다."

하여간, 말이나 못 하면.

그녀는 고개를 숙이며 입술을 비쭉 내밀었다. 새로 발견한 인격이 하필 능구렁이 같다는 게 좀…… 싫기도 하고 좋기도 한, 복잡한 기분이었다.

11. 팜므파탈

신강우는 냉정하고 이성적인 남자였다. 일시적인 감정에 빠져 그릇된 판단을 한 적은 한 번도 없었고, 그래서 그에게는 무슨 일이든 믿고 맡길 수 있었다. ⋯⋯라는 게 지금까지 재민이 가지고 있던 생각이었다.

그런데 그런 신강우가 만난 지 몇 달 지나지도 않은 여자에게 푹 빠져 이성을 잃었다. 늘 그랬던 것처럼 가볍게 몇 번 만나다가 헤어질 거라고 예상했던 재민은 강우의 입에서 결혼 얘기가 나오자 자신의 귀가 잘못된 건 아닌가부터 의심을 했다.

결혼을 한다고? 신강우가? 진짜로?

아, 물론 사촌이 평생 결혼도 안 하고 혼자 살 거라고 생각했던 것은 아니었다. 그러길 바라지도 않았고 말이다.

하지만 강우는 태강의 후계자였고, 그 자리의 무게를 누구보다 잘 알고 있는 녀석이었다. 따라서 결혼의 상대는 당연히 그 자리에 가장 도움이 될 사람으로 선택할 거라 믿었다.

선일 그룹의 숨겨진 손녀 정도로는 강우의 상대로 턱없이 부족했다. '숨겨진' 입장에서는 강우에게, 그리고 태강 그룹에 도움이 되지 못할 게 뻔했으니까.

그러나 강우는 양가 가족들의 반대에도 불구하고 그녀와의 결혼을 기정사실처럼 생각하고 있었다. 아니, 가족들의 반대가 아예 안 들리는 사람처럼 행동하고 있었다. 평상시의 신강우와는 전혀 다른 모습이었다.

그래서 재민은 자신이 나서서 사촌의 이성을 되찾아 주기로 했다. 선우영이 어떤 여자인지 확실하게 파악한 다음, 강우에게는 어울리지 않는 사람이라는 것을 보여 주기로 말이다. 그 일은 강우의 친구이자 사촌인 자신밖에 할 수 없는 일이라고 생각하면서.

재민은 먼저 선우영의 사촌에게 접근해 보기로 했다. 대일 은행 차남 김재훈과 결혼한 정미현에게 말이다. 재훈은 그의 대학 동기였고, 부부 동반으로 사교 모임에 자주 나오는 편이라서 자연스럽게 친분을 만들기도 적당한 상대였다.

마침 시기적절하게 강우의 출장이 잡히자 재민은 그 기회를 놓치지 않고 재훈에게 연락했다. 저녁 식사 약속을 만드는 것은 하나도 힘들지 않았다. 그 저녁 식사를 두 사람의 자리가 아닌 가벼운 모임으로 만드는 것 역시 어려운 일이 아니었다.

강우의 이야기를 슬쩍 흘리며 선우영과의 친분 관계를 만들고 싶다는 말을 하는 것만으로도 재민은 간단히 목적을 이룰 수 있었다. 재훈은 영과 함께하는 저녁 식사 자리에 재민을 부르기로 약속하면서 이렇게 말하기도 했다.

"가능한 한 영 씨와 많은 얘기를 나눠 줬으면 한다. 집사람은 영 씨만 오면 나를 쳐다도 안 보거든."

그 말을 들은 재민은 도대체 선우영이 어떤 여자길래 사람들이 그렇게 좋아하는지 확인하고야 말겠다는 다짐을 굳혔다.

그러나 직접 만나 본 선우영의 첫인상은 그냥 평범하기만 했다. 강우와 미현이 푹 빠져서 헤어 나오지 못하는 매력의 소유자로는 눈곱만큼도 보이지 않았던 것이다.

"말씀 많이 들었어요. 드디어 만나 뵙게 됐네요."

영은 재민을 보자마자 시원한 미소를 지으며 먼저 손을 내밀었다.

그녀의 손을 잡은 재민은 그 자그마한 손이 생각보다 단단하고 힘이 세다는 사실에 놀랐다. 바깥일이라고는 한 번도 안 해 본 고운 손이 아니었다. 인테리어 디자이너라더니, 그래서 못도 박고 톱질도 한다며 강우가 걱정을 늘어지게 하더니, 빈말이 아니었나 보다.

"저도 많이 뵙고 싶었습니다."

"강우 씨가 오늘 같이 나왔으면 정말 좋았을 텐데, 아쉽네요."

"다음에 같이 만날 기회가 또 있을 겁니다."

그 순간 마침 영의 휴대폰 벨 소리가 울리기 시작했다. 발신인을 확인한 그녀의 얼굴에 짓궂은 미소가 떠올랐다.

"지금도 같이 만날 수 있을 것 같은데요?"

"네?"

영은 재민의 의아해하는 얼굴을 보며 통화 버튼을 눌렀고, 다음 순간 화면에 강우의 얼굴이 나타났다.

-퇴근했습니까?

"네. 지금 막 약속 장소에 도착했어요. 강우 씨는요?"

-저녁 식사 장소로 이동하는 중입니다.

"회의는 잘 끝났고요?"

-그럭저럭요.

"그럼 식사 맛있게 하세요."

그러자 강우가 퉁명스럽게 말했다.

-아직 몇 분 더 시간이 있습니다만.

누가 들어도 아쉬워하는 기색이 역력한 말투였다. 두 사람의 통화를 지켜보고 있던 재민은 처음 보는 사촌의 모습에 기분이 불편해지기 시작했다. 그런데 갑자기 영이 재민 쪽으로 고개를 돌리더니 씩 웃으며 말했다.

"그럼 내가 오늘 새로 사귄 친구를 소개해 줄까요?"

ㅡ……새로 사귄 친구라니요? 미현 씨를 만난다고 하지 않았습니까?

"맞아요. 근데 재훈 씨가 다른 친구분도 초대하셨더라고요."

그 말이 끝나자마자 강우가 목소리를 낮게 깔고 물었다.

ㅡ그게 누굽니까.

재민은 눈으로 직접 확인하지 않아도 차갑게 굳어 있는 강우의 얼굴을 떠올릴 수 있었다. 하지만 영은 그런 강우의 얼굴을 보면서도 재미있기만 하다는 표정으로 대답했다.

"짠."

그 유치한 감탄사와 함께 핸드폰의 화면이 재민 쪽으로 넘어왔다. 강우가 어떤 표정으로 무슨 말을 할지 충분히 짐작할 수 있었다.

ㅡ네가 왜 거기 있어?

역시나 강우는 못마땅한 기분을 그대로 드러내며 차갑게 물었다. 재민은 생글거리며 웃고 있는 영이 그렇게 얄미워 보일 수 없다는 생각을 하며 뻔뻔한 표정을 지었다.

"글쎄, 어쩌다 보니 이렇게 됐는데?"

ㅡ어쩌다 보니 두 사람 모두 나한테 한마디도 안 했고?

다행히도 그 순간 영이 핸드폰을 다시 가져갔다.

"나도 몇 시간 전에 알았어요. 나 혼자만 재민 씨 만나서 삐친 건 아니죠?"

삐쳤다니.

재민은 강우의 굳은 표정을 보면서도 여전히 해맑기 그지없는 영을 보며 속으로 생각했다. 이 여자는 원래 이렇게 강심장인가? 아니면 그냥 눈치가 없는 걸까? 지금 강우가 얼마나 불쾌해하고 있는지 보이지도 않는 걸까?

그러나 그렇게 생각하다 보니 자신이 왜 이렇게까지 강우의 눈치를 봐야 하는지 알 수 없어졌다. 내가 뭘 잘못했길래? 그는 그저 영 씨가 어떤 사람인지 궁금했을 뿐이다.

강우의 대답이 뒤늦게 들려왔다.

-삐치…… 지 않았습니다.

어금니를 악물기라도 한 듯, 살짝 억눌린 말투였다. 그런데도 영은 생글생글 웃으며 그 말을 받았다.

"그렇다면 다행이에요. 다음엔 꼭 같이 만나요. 다음번엔 제가 강우 씨도 잊지 않고 데려올게요."

잠시 후 강우는 알겠다는 대답을 하고는 약속 장소에 도착했다면서 전화를 끊었다. 통화가 끊기기 바로 전, 나중에 다시 통화하자는 말을 잊지 않는 강우를 보며 재민은 속으로 고개를 저었다.

정말, 신강우가 홀려도 단단히 홀린 모양이었다. 선우영의 장난기 넘치는 행동을 다 받아 주는 것으로도 부족해, 다급하게 다음 통화까지 약속하는 것을 보면 말이다.

"놀라셨다면 죄송해요."

통화를 끝낸 영은 미안한 미소와 함께 사과의 말을 건넸다.

"강우 씨를 놀라게 하려고 했는데, 재민 씨가 더 놀라신 것 같네요."

"하하, 아닙니다."

재민은 아무렇지도 않은 척 웃었다. 그녀가 생각보다 강심장이라는 사실을 머릿속에 저장해 두고서. 강우의 그런 표정과 목소리를 마주하고서도 눈 하나 깜짝하지 않는 여자는 선우영이 처음이었다.

저녁 식사를 하면서도 재민은 끊임없이 그녀를 관찰했다. 말투나 식사 예절, 웃는 표정, 앉아 있는 자세까지 하나하나 꼼꼼하게. 그러나 식사가 끝난 다음 헤어질 때까지도 꼬투리 잡을 만한 점을 발견하지 못했다. 기분 나쁘게도 말이다.

선우영은 처음 보는 순간 '완벽한 여자구나' 하고 감탄을 자아내는 타입은 아니었다. 사실 평범한 쪽에 가까웠다. 예쁘장하긴 했지만 눈에 확 띄는 얼굴도 아니었고, 몸매가 육감적인 것도 아니었으니까.

하지만 마주 앉아서 이야기를 나눌수록 더 호감을 느끼게 되는 상대이기는 했다. 무엇보다 시원시원한 미소와 재치 있는 말투가 매력적이었다. 그동안 조신한 척하며 내숭을 떠는 여자들만 만나 와서 그런지 영의 그런 모습이 좋아 보이는 것은 사실이었다.

강우도 선우영의 그런 점에 끌렸던 걸까? 하지만 고작 그것뿐이라면 강우가 그녀와의 결혼에 그렇게 목을 맨다는 게 이해가 되지 않는다. 마음먹고 찾아보면, 선우영과 비슷한 타입의 여자는 수두룩하게 만날 수 있을 테니까.

결국 재민은 한 번의 만남으로는 선우영을 파악하기에 턱없이 부족하다는 결론을 내렸다. 조금 더 파헤쳐봐야 할 것 같았다. 자꾸 파헤치다 보면 강우의 이성이 번쩍 돌아올 만한 것을 발견할지도 몰랐다.

그래. 꼭 찾아내고야 말겠어.

재민은 그렇게 다짐하며 저도 모르게 주먹까지 불끈 쥐었다. 훗날 강우에게 고맙다는 인사를 듣는다면 얼마나 뿌듯할지 상상하면서.

* * *

강우는 기분이 나빴다. 그 이유가 요즘 영과 재민이 자꾸 마주치기 때문이라는 사실을 드러낼 수 없어서 더 그랬다.

이런 기분에 대해 얘기하면, 누구든 속 좁은 남자라고 생각할 것이 뻔했다. 그래서 입을 다물고 있자니 속에서 계속 뭔가가 부글부글 끓어오르는 기분이 들었다.

솔직히 말하면 그는 가족들의 계속되는 반대 때문에 속이 점점 타들어 가는 중이었다. 겉으로만 의연한 척, 내색을 하지 않았을 뿐이다. 그런 와중에 재민이 영과 점점 가까워지는 것을 보고 있으니 전에 없던 심술이 폭발하듯 터져 나오는 것이 느껴졌다.

영의 주변에 바리케이드를 쳐 두고, 접근하는 사람들은 모두 으르렁거리며 쫓아내고 싶다는 생각까지 든다.

누구든 다가오기만 해 봐, 가만두지 않을 테니.

영을 만난 이후 자신이 점점 유치해지고 있다는 사실은 알고 있었지만, 이렇게까지 심각해질 줄은 몰랐다. 스스로 생각하기에도 가끔은 정말 손발이 오그라들 것 같은 때가 있었다. 하지만 알면서도 그만둘 수 없다는 게 문제였다.

도대체 내가 왜 이렇게 된 걸까.

오늘도 강우는 영이 외근을 나갔다가 우연히 재민을 마주쳤다는 소식을 듣고 한참 동안 혼자 씩씩거렸다. 냉수 두 잔을 마신 다음에야 겨우 진정되긴 했지만, 아무래도 요즘 재민과 그녀가 마주치는 횟수가 너무 잦아졌다는 생각이 머릿속에서 떠나지 않았다.

'우연'이라는 게 이렇게 자주 발생하는 일이었나? 지난달까지만 해도 한 번도 일어난 적 없었던 우연이 얼마 전부터는 왜 이렇게 시도 때도 없이 일어나는 거지?

자신이 너무 과민한 반응을 보인다고 생각하고 싶었다. 재민은 그의 가장 친한 친구이자 사촌이었다. 그러니까 영과 자주 마주치고 좀 더 친해진다고 해도 거리낄 게 없었다. ……그렇게 생각하고 싶었다.

하지만.

"어제 재민 씨가 아이스크림을 사 줬는데 정말 맛있더라고요."

저녁 식사를 마치고 집으로 돌아가는 차 안에서 영의 이런 말을 듣자 다시 한번 속에서 뭔가가 부글거리며 끓기 시작했다.

"둘이서 아이스크림을 먹었습니까?"

"네."

그녀는 강우의 기분이 어떤지도 모르고 해맑게 웃으며 고개를 끄덕였다.

"요즘 새롭게 떠오른 맛집이라고 하던데, 진짜 맛있었어요. 나중에 강우 씨도 같이 가요."

"아이스크림은 안 좋아합니다."

영은 그 퉁명스러운 대답을 듣고 나서야 강우의 심기가 불편하다는 것을 눈치챈 모양이었다. 눈을 가늘게 뜨고 한참 동안 쳐다보더니, 갑자기 그의 앞으로 얼굴을 바싹 들이밀며 물었다.

"내가 재민 씨랑 둘이서만 아이스크림 먹은 게 마음에 안 들어요?"

"······솔직히 말하면 듣기 좋진 않았습니다."

"음, 내가 재민 씨랑 친해지는 게 별로예요?"

강우는 바로 대답을 못 하고 그녀를 물끄러미 바라보았다. 이렇게 돌직구를 날리면 말하기가 좀 민망한데.

영은 그가 입을 다물고 있자 조금 섭섭하다는 듯 말했다.

"흐음, 난 재민 씨랑 친하게 지내면 강우 씨가 좋아할 줄 알았는데."

"······."

"나중에 우리가 싸우기라도 한다면 재민 씨한테 뒷담화도 좀 해 볼 생각이었거든요."

그 말에 어이없는 웃음이 새어 나왔다.

"진짜 속셈은 그거였습니까?"

"그럼요."

영은 어깨를 으쓱거렸다.

"강우 씨 뒷담화를 미현이한테 할 수는 없으니까요. 그러고 싶지도 않고요."

"왜 미현 씨는 안됩니까?"

"미현이한테 얘기할 정도면 정말 싫은 거거든요. 그리고 우리가 결혼하게 되면 미현이는 제 친정 식구가 되는 거예요. 친정 식구한테 남편 뒷담화를 하고 싶진 않아요."

그 말에 불편했던 마음이 스르르 풀어졌다. 영이 여전히 자신과의 미래를 생각하고 있다는 사실 하나만으로도 이렇게 기분이 달라질 수 있다니. 강우는 짐짓 심각한 얼굴로 그녀의 이름을 불렀다.

"선우영 씨."

"왜요?"

"나한테 도대체 무슨 짓을 한 겁니까?"

"내가 뭘 어쨌는데요?"

이번에는 강우가 그녀의 앞으로 얼굴을 들이밀었다.

"왜 점점 더 당신이 좋아지는지 모르겠습니다."

그 말에 영의 얼굴이 살짝 붉어졌다. 그러나 그녀는 곧 뻔뻔한 표정을 지으며 이렇게 말했다.

"설마 그 이유를 아직도 모르겠어요?"

"네, 모르겠습니다."

"내가 팜므파탈이라 그런 거잖아요. 앞으로도 강우 씨는 내 매력에서 절대로 빠져나올 수 없을걸요."

아무리 그녀가 좋다지만 이런 말에까지 맞장구를 치기에는 양심이 많이 불편했다. 영은 시선을 피하는 강우를 보더니 눈에 힘을 주고 대답을 추궁하기 시작했다.

"왜 말이 없어요?"

"뭐라고 대답을 하면 좋을지 생각하는 중이었습니다."

"그게 그렇게 오래 생각할 만한 말이었어요?"

강우는 진지한 표정으로 고개를 끄덕였다.

"최근 들어 본 말 중에서 가장 오랜 시간 고민이 필요한 대답인데요."

그 말에 영이 약 오른 얼굴로 입술을 삐죽였다.

"와, 그거 한마디 맞장구를 못 쳐 주냐."

"맞장구 안 쳐 줘서 섭섭합니까?"

"당연하죠."

강우는 피식 웃으며 아직도 삐죽거리고 있는 그녀의 입술에 쪽, 소리가 나도록 키스했다.

"지금도 섭섭해요?"

"음, 글쎄요."

영이 새침하게 말하며 고개를 살짝 들어 올렸다.

"한 번 더 해 보면 섭섭한지 아닌지 알 수 있을 것 같은데요."

"그럼 다시 해 봐야겠군요."

이번에는 강우의 입술이 오랫동안 그녀에게 머물렀다. 영의 입술이 달콤하게 그를 받아들이자, 강우는 한 손으로 의자의 등받이를 슬쩍 밀어 버렸다.

그녀의 몸이 등받이를 따라 뒤로 넘어가고 그 위로 강우의 무게가 고스란히 실렸다. 영은 놀란 듯 눈을 동그랗게 떴지만 곧 그의 목에 두 팔을 감으며 진하게 미소 지었다.

"다시 한번 해 볼래요?"

강우는 다시 그녀의 입술을 덮으며 생각했다. 아무래도 선우영은 팜므파탈이 맞는지도 모르겠다고.

* * *

재민은 오랜만에 바쁜 나날을 보내고 있었다. 바쁜 이유는 업무 때문이 아니라 여자 때문이었는데, 그를 바쁘게 만든 여자는 자신의 애인도 아닌 사촌의 애인이었다.

영의 스케줄을 알아내어 최대한 그녀와 자주 마주치는 것은 상당히 섬세한 작업이 필요한 일이었다. 강우의 의심을 사지 않을 만큼 자연스러워야 했기 때문에 더 그랬다.

그러나 아무리 그렇게 기회를 만들어 봐도, 사촌을 홀린 여자에 대한 결점을 찾아내는 일은 쉽지 않았다. 참 신기하게도 선우영에게서는 뭔가 두드러지는 결점이 발견되지 않았던 것이다.

성격이 까칠하다든가, 물욕이 많다든가, 술을 사랑한다든가, 공주병이 있다든가, 하는 것 중 그녀에게 해당하는 건 아무것도 없었다. 하다못해 남자 관계도 깨끗했다. 강우를 만나기 전까지 지난 몇 년 동안 영은 연애도 한 번 하지 않았던 것이다.

하여간, 만나도 꼭 저 같은 여자를 만나서.

그런 생각에 점점 지쳐 가던 재민은 이쯤에서 그만 포기해 버릴까, 하는 고민을 수십 번도 더 했다. 선우영의 결점을 찾는 일은 그만두고, 강우가 유치한 연애 놀음에 푹 빠져서 허우적대는 모습을 느긋하게 감상하는 것도 나쁘지 않을 테니까.

그러다 보면 지난날의 사촌에게서는 찾아보기 힘들었던 '굴욕의 역사'를 몇 개쯤 머릿속에 저장해 둘 수도 있겠지. 나중에 강우를 약 올리고 싶어질 때는 그 '굴욕의 역사'들을 들먹이며 즐길 수도 있을 것이었다.

하지만.

강우가 영과 같이 있는 모습, 특히나 지금처럼 이렇게 주위에 누가 있든 말든 신경도 안 쓰고 그녀에게만 모든 주의를 기울이는 모습을 볼 때면 마음속에서 묘한 투쟁심이 솟구쳐 올랐다. 동시에 '신강우가 제정신으로 돌아올 수 있도록 도와줘야 한다'는 의무감 역시 무럭무럭 솟아났다.

처음부터, 시작하질 말아야 했어.

재민은 속으로 땅이 꺼져라 한숨을 쉬며 생각했다. 강우의 앞날은 스스로 알아서 챙기도록 놔둬야 했는데, 괜히 신경을 쓰다가 이러지도 못하고 저러지도 못하는 상태에 빠져 버린 것이다.

"무슨 일 있어요, 재민 씨?"

강우와 둘이서 뭔가를 속닥거리던 영의 시선이 어느새 그를 향하고 있었다.

느긋하고도 냉정한 강우의 시선 역시 자신을 보고 있다는 것을 깨달은 재민은 어색하게 웃으며 고개를 저었다.

"아니요. 좀 피곤해서요."

그 말에 강우가 기다렸다는 듯 핀잔을 주었다.

"피곤하면 일찍 들어가서 쉬지, 뭐 하러 나왔어."

그러자 영의 손이 강우의 옆구리를 살짝 찔렀다. 그 손짓에 강우가 입을 딱 다물어 버리자 재민은 원인을 알 수 없는 짜증이 끓어오르는 것을 느꼈다.

그래, 이 닭살스런 커플과 저녁 식사를 함께할 생각을 한 자신이 멍청이였다.

"그래, 아무래도 난 오늘 일찍 들어가는 게 좋을 것 같다."

"어, 정말요? 많이 피곤하세요?"

영의 얼굴에 서린 서운함의 기색이, 예의상 만들어 낸 것이 아니라 진심이라는 것조차 재민에게는 불편하기 짝이 없었다.

"네, 좀……."

"아……. 그럼 조심히 들어가세요."

"다음에 또 뵙겠습니다."

영에게 인사를 한 재민은 강우에게로 시선을 돌렸다.

"먼저 간다."

"그래."

아까까지 불편했던 기분 때문인 걸까, 그를 바라보는 강우의 시선이 평소보다 훨씬 냉랭해진 것 같은 느낌이 들었다.

영을 데려다주고 집에 돌아온 강우는 골똘히 생각에 잠겼다. 아무리 생각해도 재민이 이상했다. 며칠 전까지만 해도 말도 안 되는 생각이라고 스스로를 질책했는데, 오늘 재민의 태도를 보고 나자 그동안 의심했던 것이 맞구나 하는 확신이 들었다.

겉으로 보기에 재민은 부드럽고 유쾌한 데다가 친절하기까지 한 성격이었다. 하지만 한 꺼풀 벗겨 보면 그 속에는 치밀하고 냉정한 성격이 숨어 있었다. 그 모습을 알고 있는 사람은 가까운 가족이나 몇몇 친구들밖에 없었다. 강우는 그중에서도 재민의 성격을 가장 잘 파악하고 있는 사람 중의 한 명이었다.

그런 재민이었기 때문에 영에게 접근하는 것도 가만히 두고 본 것이다. 재민이 그녀의 존재를 환영할 거라고 생각하지 않았었다. 물론, 처음에 그가 예상했던 것보다 훨씬 더 심한 거부반응을 보였기 때문에 속으로 내심 놀랐던 건 사실이었지만, 그다지 걱정을 하지는 않았다.

재민 역시 그녀가 멋진 여자라는 것을 곧 알게 될 것이라고 생각했기 때문이다.

재민은 그가 선우영이라는 여자에게 너무 순식간에 빠져들었다는 사실 때문에 많이 놀란 것뿐이었다. 영이 어떤 여자인지 파악하고, 자신이 진심으로 그녀를 좋아한다는 사실을 알게 되면 사심 없이 축하해 줄 것이라고 믿었다. 강우는 정말 그렇게 생각하고 있었다.

그래서 영이 재민과 자주 마주친다고 했을 때도 아무렇지 않은 척 넘기려고 했다. 재민이 유난스럽게 구는 건, 쓸데없는 오지랖 때문이라고 여기면서 말이다. 언젠가 저러다 말겠지. 나중에, 시간이 지나면 재민에게 '그땐 너 참 귀찮은 짓을 했었다'고 농담처럼 한마디 해 볼 수도 있을 것이다.

하지만.

오늘 두 사람과 함께한 자리에서 재민은 상당히 복잡한 표정이었다. 불신과 후회, 오기, 피로가 뒤섞인 묘한 눈빛이었고, 그 눈으로 계속 영을 관찰하고 있었다. 그가 바로 앞에서 보고 있는데도 불구하고 말이다.

그러다가 피곤하다는 말을 남기더니 먼저 일어나서 가 버렸다. 그가 아는 재민은 누구를 만나더라도 그런 식으로 먼저 자리에서 일어나는 성격은 아니었다.

결국 그는 그동안 재민에 대해 했던 의심, 계속 부정하려 했던 그 불쾌한 생각에 대해 인정하지 않을 수 없었다.

재민은 사촌과 결혼할 여자에 대한 단순한 호기심으로 영에게 접근한 것이 아니었다. 그녀가 자신과 어울리지 않는다던 처음의 생각을 그대로 유지한 채, 더 나아가 그것을 증명하기 위해서 영과 자주 접촉했던 것이다. 한마디로, 그녀에게서 조그마한 흠집이라도 잡아내기 위해서 말이다.

기가 막히고 황당했다. 믿는 도끼에 발등 찍힌다는 말이 이럴 때 쓰라고 만들어진 말이었나 보다. 강우는 재민이 어떻게 그럴 수 있는지 이해가 가지 않았다. 자신이 지금까지 그 정도로 못 미더운 존재였었나, 하는 생각에 어이가 없을 정도였다.

재민은 사촌이었지만 언제나 그보다 더 가까운 존재였다. 친형제나 마찬가지였고, 속내를 터놓을 수 있는 유일한 친구였다.

그런데 왜 그런 행동을 했을까. 도대체 어떻게 자신에게 이럴 수 있느냐 말이다.

생각할수록 배신감이 들고 화가 났다. 혹시나 영이 재민의 그런 속셈을 눈치채진 않았을까 걱정도 됐다. 영은 만약 눈치챘다고 해도 그에게 말을 하지는 않았을 것이다. 그냥 속으로 묻어 두고 말겠지. 하지만 그래서 더 속상하고 상처를 받았을 것이다.

생각을 거듭하던 강우는 이번 일을 모르는 척 넘어가지 않기로 했다. 영과 결혼하기 전에 분명히 짚고 넘어가겠다고 결정한 것이다. 결혼을 반대하는 사람은 재민 말고도 많았기 때문에 또 다른 친척들이 이와 비슷한 일을 벌이지 않으리라고 장담할 수 없었다.

"그래도."

강우는 황당함과 허무함이 뒤섞인 한숨을 내뱉으며 중얼거렸다.

"그렇게까지 할 건 없잖아, 신재민."

강우는 곧바로 재민에게 달려가서 따지지 않았다. 며칠 동안 혼자 시간을 보내며 차분하게, 냉정을 되찾으려고 노력했다. 신기하게도 강우가 그렇게 성질을 가라앉히려 노력하는 동안 재민이 영과 마주쳤다는 소식은 들려오지 않았다.

강우는 마침내 이성적인 대화가 가능하겠다는 판단이 들자, 재민을 불러냈다.

"웬일이야?"

약속 장소에 도착한 재민이 농담 섞인 음성으로 물었다.

"오늘은 데이트 안 하고 나만 불러낸 거야? 영 씨가 서운해하겠는걸."

강우는 평소와 다름없이 유쾌한 얼굴의 재민을 물끄러미 쳐다보았다. 저렇게 속내를 숨긴 채로 자신을 대한 것이 과연 처음이었을까, 하는 생각이 들자 고개를 저으며 쓸데없는 생각을 몰아냈다.

그 정도는 아니겠지. ……아니어야 한다.

강우의 무표정한 얼굴을 본 재민은 잠시 후 조심스러운 목소리로 물었다.

"무슨 일 있어?"

"……너야말로 아무 일 없어?"

"나?"

재민은 의아한 표정으로 고개를 갸웃거렸다.

"글쎄, 없는데?"

"아무 일도 없어서 요즘 영 씨와 안 마주쳤나 보군."

그러자 재민의 안색이 살짝 변했다.

"아, 그러게. 생각해 보니까 요 며칠 동안은 영 씨랑 안 마주쳤네. 왜, 나랑 영 씨가 안 마주치니까 속이 좀 편해졌냐?"

다시 실없는 얼굴로 돌아온 재민의 말에 강우는 차가운 음성으로 대답했다.

"그래. 그런데 왜 영 씨의 뒤를 따라다니는 걸 그만뒀지? 이제 지겨워졌나? 아니면 이번 주 스케줄 파악을 못 했어?"

"······뭐?"

재민의 얼굴에 경계심 어린 표정이 떠올랐다.

"갑자기 무슨 말을 하는 거야?"

"아닌 척 시치미 떼면서 서로 피곤하게 하지 말자, 신재민. 내가 무슨 소리 하는지 모르는 게 아닐 텐데."

그제야 재민이 그의 시선을 피해 눈을 돌렸다.

"왜 그랬지? 내가 결혼한다는 게 그렇게까지 싫었어? 아니면 그 상대가 영 씨라는 게 못마땅했었나?"

"······미안하다."

"사과를 듣자고 하는 말이 아니야."

강우는 냉정하게 재민의 말을 잘랐다.

"왜 그랬는지 이유를 묻는 거야. 다른 사람도 아닌 네가, 왜 영 씨를 따라다니면서 관찰했지? 혹시 할아버지나 숙부님이 시키기라도 한 거야?"

"······그런 건 아니야."

"그럼 왜?"

재민이 다시 불편한 표정으로 입을 다물자 강우는 무표정한 얼굴로 조용히 기다렸다. 밤새 기다리더라도 대답을 듣고야 말겠다는 생각으로. 재민은 그런 강우의 마음을 눈치챘는지 잠시 후 낮게 가라앉은 음성으로 말했다.

"솔직히 말하면, 나는 영 씨가 네 결혼 상대로는 부족하다고 생각했어. 아니, 지금도 그렇게 생각한다."

"그래서, 영 씨의 뒤를 좇아다니면서 단점을 찾아내려고 했어? 우연인 것처럼 가장하고?"

"······."

"그래서, 영 씨의 단점을 찾아내면 어떻게 하려고 했는데? 그걸 빌미로 내 결혼을 막아 보기라도 하려고?"

"······."

예상은 했지만 막상 확인하고 나니 황당함에 웃음이 나올 정도였다. 강우는 시선을 피하고 있는 재민을 가만히 쳐다보다가 물었다.

"설마, 그 정도의 이유로 내가 결혼을 망설일 거라고 생각했던 거야? 순진하네, 신재민. 언제부터 그렇게 순수해졌지?"

"……."

"순진함도 도가 지나치면 민폐라는 걸 모를 나이는 아닐 텐데."

계속 이어지는 강우의 비아냥에 재민이 듣고 있을 수만은 없다는 듯 입을 열었다.

"나는 네가, 결혼을 좀 더 신중하게 결정하기를 바란 것뿐이야."

"그래서, 결국 나를 위한 일이었다는 말이로군?"

"……너무 기분 나빠하지 않았으면 좋겠다. 누가 보더라도 넌 너무 쉽게 결혼을 결정했어. 예전의 너답지 않았다고. 네 결혼이……."

"뭔가 착각하고 있나 본데, 신재민. 내 결혼은 내가 하는 거야. 네가 대신 고민하고 결정해 줄 필요는 없어. 그 정도는 나도 충분히 할 줄 아니까."

비웃음이 그대로 드러나는 강우의 말에 재민은 욱하는 표정을 지으며 말했다.

"널 걱정해서 한 일이라고! 넌 지금까지 한 번도 이렇게 쉽게 여자한테 빠진 적이 없었으니까! 혹시라도……."

"그래도 영 씨는 건드리지 말았어야지, 신재민."

강우는 냉정하게 그 말을 받았다.

"네 말대로 내가 누군가에게 이렇게 쉽게 빠진 걸 처음 본다면, 그 여자를 건드렸을 때 내가 어떻게 반응할지도 충분히 예상했어야 하는 거 아닌가?"

재민은 다시 입을 다물었다.

"비난을 하든, 설득을 하든, 처음부터 끝까지 나한테 했어야지. 그래야 내가 이해해 보려는 시늉이라도 할 수 있지."

"……미안하다."

"이미 늦었어, 신재민."

강우는 차갑게 대답하며 자리에서 일어났다.

"지금 이 시간 이후로 우리 앞에, 특히 영 씨 앞에 나타나는 일이 없도록 해. 이 경고를 어겼을 때의 내 반응이 궁금하다면, 한 번 나타나 보든가."

"강우야!"

강우는 재민의 목소리가 안 들리는 사람처럼 뒤도 돌아보지 않고 밖으로 나왔다.

재민에게서 몇 번이나 미안하다는 말을 들었지만, 씁쓸한 기분이 사라지지 않는다. 가족들은 언제나 자신을 믿고 지지해 줄 거라는 믿음이 한순간에 깨져 버렸던 것이다.

재민이 이 정도라면 다른 가족들은 더 심한 생각을 하고 있을지도 몰랐다. 이런 상태에서 결혼을 하게 된다면 오히려 영이 더 힘들어지겠지.

"하아."

집에 돌아가려던 그는 생각을 바꿔 할아버지 댁으로 차를 돌렸다. 할아버지도 반대하는 마음이 전과 똑같은 상태라면 이제부터는 자신의 태도도 바꿔어야 한다는 생각이 들었다.

시간이 지나면서 가족들이 이해해 주기만을 기다려서는 안 된다. 내색을 못 해서 그렇지, 지금 그는 선우 회장의 반대만으로도 충분히 힘겨운 상태였다.

"이 시간에 연락도 없이 웬일이냐?"

신 회장은 갑자기 들이닥친 강우를 보고는 놀란 얼굴로 물었다. 잠자리에 드시려고 했는지 벌써 잠옷으로 갈아입으신 상태였다. 강우는 오늘따라 왠지 더 나이 들어 보이는 할아버지의 모습에 약해지려는 마음을 다잡았다.

"드릴 말씀이 있습니다."

"뭔데?"

"제가 영 씨와 결혼하는 것을 끝까지 반대하실 생각입니까?"

그러자 신 회장은 피곤하다는 얼굴로 소파에 앉으며 말했다.

"오밤중에 쳐들어와서 무슨 말을 하는 게냐."

"재민이가 제 결혼 상대에 대해 상당히 못마땅하게 생각하고 있다는 것을 확인하고 오는 길입니다. 할아버지와, 다른 가족들의 생각도 마찬가지인지 알고 싶습니다."

신 회장의 입에서 긴 한숨이 새어 나왔다.

"일단, 자리에 앉아라."

"오래 있지 않을 겁니다."

강우의 냉랭한 대답에 신 회장은 또 한 번 한숨을 쉰 다음 말했다.

"너는, 지금까지 한 번도 네 자리를 힘겨워한 적이 없었지. 어려서부터 그 점이 참 대견스럽고 또 걱정이 됐는데, 결국 이런 일이 생기는구나."

"제 자리가 어떤 자리인지는 한시도 잊은 적이 없습니다. 하지만 그 자리 때문에 제가 사랑하는 여자와 결혼을 할 수 없다고는 생각해 본 적 없습니다."

"그 애가 네 옆자리를 힘들어한다고 해도 말이냐?"

"영 씨는……."

신 회장은 조용히 고개를 저으며 손자의 말을 잘랐다.

"그 아이는 자유롭게 자랐다. 선우 회장과 만난 후에도 선일 그룹과 자신은 상관없다고 못을 박았다더구나. 그런 아이가 너와 결혼해서 태강에 매이게 됐을 때 행복해할 거라고 생각하는 게냐?"

"저도 그런 점을 고려하지 않은 건 아닙니다. 하지만……."

"선우 회장이 반대하는 이유는 바로 그거다. 나 역시 그 점이 걸리는구나. 네가 지금까지 살아온 시간보다 더 오랜 세월을 그 아이와 살아가야 할 텐데, 그 점을 극복하지 못한다면 너희 둘 다, 힘들어질 게다."

신 회장은 말없이 서 있는 손자를 조용히 바라보다가 말을 이었다.

"강우야, 나는 네가 결혼을 해서 조금이라도 더 행복하고 편안해졌으면 좋겠구나. 다시 한번, 차분히 생각해 보거라."

"……어떤 말씀이신지 잘 알겠습니다, 할아버지. 하지만 영 씨와 결혼하겠다는 제 생각은 변하지 않을 겁니다. 주무세요."

강우는 기운이 쭉 빠지는 것을 느끼며 집으로 돌아왔다. 영의 아버지가 왜 이름까지 바꾸면서 자신의 삶을 찾아 떠났는지, 이제야 비소로 깨달은 기분이었다.

그는 한 번도 자신의 자리가 힘겹다고 생각한 적이 없었다. 자신이 누리는 모든 것과 그에 대한 책임과 의무까지 당연한 것이라 생각했으니까. 한 번도 자신이 뭔가에 얽매여 있다고 생각한 적도 없었다. 그런데 지금은…….

집에 돌아온 강우는 옷도 갈아입지 않고 소파에 주저앉았다. 푹신한 소파에 늘어지듯 몸을 기대자 허무한 한숨과 함께 이런 말이 저절로 새어 나왔다.

"우물 안 개구리였구나, 신강우."

이런 상태로, 지금까지 아무 문제도 없이 살아온 게 정말 신기할 지경이었다.

12. 우연과 악연

영이라고 해서 가족의 반대로부터 자유로운 것은 아니었다.

그녀의 친척들은 다만, 선우 회장의 강압적이기까지 한 함구령에 아무 말도 못 하고 있을 뿐이었다. 게다가 표면상 그녀는 현재 선일 그룹과는 아무 상관없는 '남'이었다. 따라서 드러내 놓고 반대하기도 어정쩡했기 때문에 다들 못마땅함을 숨긴 채 입을 다물고 있어야 했다.

그러다 보니 대놓고 결혼을 반대할 수 있는 사람은 선우 회장과 미현밖에 없었는데, 그 두 사람 중 한 명인 미현은 '신강우 씨와의 결혼을 결사적으로 반대하고 싶지는 않다'는 얘기를 했다가 선우 회장에게 눈총을 받고 말았다.

"결혼은 네가 좋아하는 남자하고 해야 하는 거잖아. 그리고 네가 태강의 후계자랑 결혼하면 태강과 우리 집안과의 사이도 더 돈독해질 테니 좋겠지. 한 가지 걱정이라면 네가 태강의 작은 마님이 된다는 건데, 그거야 네가 알아서 할 일이고. 신강우 씨랑 결혼하겠다고 했으면서 그 정도 각오도 안 한 건 아니잖아?"

참으로 현실적이고도 냉정한 충고였다. 어쩌면 저렇게 맞는 말만 하는지, 얄미워 죽겠다는 생각을 하며 흘겨보았지만 미현은 콧방귀를 끼며 덧붙였다.

"싫으면 말든가. 근데, 솔직히 너 신강우 씨랑 헤어지고 나면 누굴 만나도 오징어처럼 보일걸?"

저 얄미운 말을 부정할 수 없는 현실이 슬펐다. 하지만 옆에서 듣고 계시던 할아버지의 한마디에 미현은 그 정도에서 입을 다물어야 했다.

"쓸데없는 말만 할 거면 집으로 돌아가거라."

하지만 그렇게 미현의 입을 다물게 만드신 할아버지도 결국 하신 말씀은 비슷했다.

"네가 좋아하는 사람과 결혼을 하고 싶겠지. 하지만 좋아하는 마음과 결혼 생활은 완전히 다르단다, 영아. 네가 지금까지 누렸던 모든 자유를 결혼 생활과 바꿔야 할지도 모른다. 그래도 괜찮겠니?"

강우와 결혼하겠다는 말을 한 다음 수도 없이 들었던 말이라 이제 귀에 딱지가 앉을 지경이었다. 그런데도 그만 좀 하시라고 말할 수 없었던 건, 그녀를 걱정하는 할아버지의 마음을 누구보다 잘 알기 때문이었다.

할아버지는 차마 '네 아버지를 떠올려 봐라'라는 말까지는 안 하셨다. 그저 그녀에게 다시 생각해 보라는 말만 반복하셨을 뿐이다. 결국 그녀는 씁쓸한 한숨과 함께 집에 돌아오고 말았다.

"결혼은 현실이라더니."

양평 별장에 내려와 마무리 작업을 점검하던 영은 저도 모르게 멍하니 중얼거렸다. 그러자 옆에 있던 김 소장이 의아한 얼굴로 물었다.

"무슨 말이야? 시집도 안 간 처녀가."

피식 웃던 영은 갑자기 김 소장의 의견을 들어 보고 싶다는 생각에 입을 열었다.

"소장님."

"왜?"

"혹시 따님이 결혼하겠다고 데려온 남자가……."

김 소장은 생각만 해도 끔찍하다는 표정을 지었다.

"우리 딸 아직 중학생이야."

"아니, 그러니까 십 년쯤 후에 따님이 좋아하는 사람을 데려왔는데, 그 남자랑 결혼을 하면 따님 생활이 완전히 변할 게 뻔히 보여요. 그러면 어떻게 하시겠어요?"

조금 전에 질색했던 사람답지 않게 김 소장의 대답은 빨랐다.

"뭘 어떻게 해? 결혼시키는 거지."

"네?"

너무 쉽게 나온 대답에 영이 놀란 표정을 하자 김 소장이 심각한 얼굴로 물었다.

"남자가 못 살아? 결혼해서 밥 굶길 것 같아?"

"아뇨, 돈은 좀 있어요."

"그럼, 능력이 없어? 물려받은 재산만 축내는 게으름뱅이야?"

"아니요, 그것도 아닌데."

"그럼, 바람기가 있어?"

"아니요."

그러자 김 소장은 오히려 그녀를 이상한 눈으로 보았다.

"그럼 뭐가 문제야?"

"아, 그게, 서로 살아온 환경이 달라서……."

"그런 것도 감수 못 할 거면서, 결혼은 왜 한다고 해? 연애만 하다가 끝낼 것이지."

핀잔 같은 그 말을 듣는 순간, 영은 저도 모르게 입을 쩍 벌리고 말았다. 이렇게 간단한 문제였구나 하는 생각이 들었던 것이다. 그런 영을 보던 김 소장이 피식 웃으며 말을 이었다.

"결혼하면 생활이 달라지는 건 누구나 마찬가지야. 몇십 년을 같이 산 가족도 아니고, 따지고 보면 생판 남인 사람과 같이 사는 건데, 그게 어떻게 예전과 똑같겠어? 서로 이해하고, 양보하고, 포기하면서 살아가는 거지."

"……네, 그렇겠네요."

"그러니까 선우 팀장도 이것저것 따지느라 시간 버리지 말고, 그 남자가 진짜 좋은지, 평생 함께 살고 싶을 정도로 좋은지, 그것만 생각해. 생각이 너무 많아도 못 써. 그 시간에 차라리 좋은 추억이라도 하나 더 만드는 게 나아."

그녀가 멍하니 생각에 잠겨 있는 동안 김 소장은 조용히 말을 끝냈다.

"그리고, 좋아하는 사람 있을 때 결혼해. 나중에 나이 들었다고 등 떠밀려서 대충 골라 결혼했다간, 진짜로 삶이 징그럽게 바뀔 테니까."

뭐랄까. 뒤통수를 한 방 거하게 맞았는데 갑자기 시야가 탁 트이는, 그런 기분이 들었다. 생각해 보면 이렇게 단순한 거였는데, 지금까지 왜 이렇게 고민했을까. 어차피 결론은 한 가지밖에 없었다. 결혼을 하든가, 아니면 강우와 헤어지든가.

서울로 돌아오는 차 안에서 영은 차분히 생각에 잠겼다.

나는 결혼을 하고 싶은 걸까? 신강우라는 남자와?

충동적으로 결정했던 결혼이 아니었다. 장장 일주일이나 심사숙고한 끝에 내린 결정이었다.

물론 고민하는 동안 그녀가 가장 중요하게 생각했던 것도 강우가 태강 그룹의 후계라는 사실이었다. 그런 그와 결혼하게 되면 이제까지의 조용한 생활은 모두 사라지게 될 거라는 점 말이다.

하지만 그땐 이상하게도 크게 문제가 되지 않을 것 같았다. 강우와 함께 잘 조절해 가면서 살면 되지 않을까, 그런 생각이 더 컸던 것이다. 그녀가 힘들어하면 강우가 많이 배려해 줄 거라는 믿음이 있었던 것도 사실이었다.

생각해 보면 신기한 일이었다. 그땐 왜 강우와 결혼을 하는 게 당연하다고 생각했을까.

아니, 그건 지금도 그랬다. 주변에서 계속 말리는데도 그와의 결혼을 다시 심사숙고해 봐야겠다는 생각은 들지 않았다. 어떻게 하면 그와 결혼해도 문제없이 잘 먹고 잘살 수 있을까 하는 고민이 계속될 뿐이었다.

없으면 죽을 것처럼 사랑해서?

……솔직히 말하면 그건 아니었다. 그러나 신강우라는 남자와 결혼을 하면 행복할 거라는 확신이 들었다. 도대체 무슨 근거인지 모르겠지만, 그 생각만큼은 지금도 확고했다.

그러니까, 가족들 모두에게 축하받으면서 하는 게 좋을 텐데. 반대하는 결혼은 하는 게 아니라고들 하지만 모든 일에는 예외가 있는 법이었다.

그날 저녁 강우를 만난 자리에서 그런 말을 했더니 그는 씩 웃으며 영의 손을 잡았다.

"정말로 나와 결혼이 하고 싶은가 보군요."

"……아니, 뭐, 하겠다고 했으니까요."

의기양양해 보이는 강우의 표정이 왠지 얄미워 그렇게 말해 보았지만, 그의 미소는 더 진해질 뿐이었다.

"영 씨가 그렇게나 나와의 결혼을 기다리고 있었다니, 감동했습니다."

"아니, 기다린다고 하진 않았…….."

"걱정 말아요. 가족들이 반대한다고 해서 결혼을 못 하는 건 아니니까요."

"그거야 그렇죠."

"그리고, 정 안되면 다른 사람들 신경 쓰지 말고 우리끼리만 살면 됩니다."

"……네?"

이해가 안 된다는 듯 되묻는 그녀를 보던 강우가 손에 조금 더 힘을 주었다.

"영 씨 아버님께서 어떤 생각을 하셨을지, 지금에서야 확실히 이해가 되더군요."

"설마, 강우 씨…….."

"결혼도 내 마음대로 못하는데 다른 게 다, 무슨 의미가 있는지 모르겠습니다."

영은 급하게 고개를 저었다.

"아니요, 강우 씨. 성급하게 생각하지 말아요. 시간이 좀 더 지나면……."

"처음엔 저도 그렇게 생각했습니다. 하지만 기다리는 시간만큼 당신과 함께 지낼 수 있는 시간이 줄어든다는 생각이 들더군요. 영 씨는 그 시간이 아깝지 않습니까?"

아깝기는 했다. 그녀도 강우와 함께 있는 시간이 좋았으니까. 영의 얼굴에 그런 생각이 드러났는지 강우가 만족스럽다는 듯 웃으며 물었다.

"혹시 태강 그룹 사모님 자리가 탐나서 나와 결혼을 하겠다는 건 아니지요?"

"설마요."

그녀가 무슨 말을 하는 거냐는 표정으로 눈에 힘을 주었지만 강우는 여전히 웃는 얼굴로 말했다.

"아버지에 대한 이야기를 할 때, 영 씨는 언제나 행복해 보였습니다. 영 씨가 그렇게 행복했으니 당연히 아버님도 행복하셨겠죠. 그런 삶을 사는 것도 좋겠다는 생각이 들었습니다. 당신과 함께라면 충분히 행복하고 값진 삶이 될 겁니다."

갑자기 심장이 주책없이 쿵쿵거리며 온 몸속을 뛰어다니기 시작했다. 영은 얼굴이 붉게 달아오르는 것을 느끼며 고개를 숙였다. 아, 이 남자는 왜 계속 멋있어지는지 모를 일이었다.

"그러니까, 괜한 기다림으로 기운을 빼는 것보다는 그 시간을 더 실속 있게 보내고 싶습니다. 같이 결혼 준비를 하는 것도 좋겠군요."

얼굴이 아까보다 더 뜨거워져서 아무 말도 할 수가 없었다. 사랑받고 있구나, 하는 생각에 마음속이 꽉 차다 못해 터질 것만 같았다. 결국 영은 한참 후에야 입을 열고 이렇게 말하고 말았다.

"어…… 내가 잘해 줄게요."

그 말에 강우의 한쪽 눈썹이 삐딱하게 올라갔다.

"당연한 거 아닙니까? 나중에 마음 바뀌었다느니, 무르자느니 하는 말만 해 봐요. 뒤끝 있는 남자의 표본을 보게 될 겁니다."

"와, 그거 협박 아니에요?"

"아닙니다."

강우는 뻔뻔한 얼굴로 고개를 저었다.

"영 씨의 마음만 변하지 않는다면, 절대 일어날 리 없는 일이니까요."

그러니까, 아무래도 협박 같은데요?

하지만 그녀는 그 말을 속으로 삼키며 피식 웃었다. 강우의 말처럼 자신의 마음이 단단하다면 일어나지 않을 일이니까. 그리고 사실 그녀 역시 누구에게도 뒤지지 않는 뒤끝의 끝판왕이었다. 강우에게 굳이 그 사실을 말할 생각은 없었지만 말이다.

* * *

드디어 양평 별장이 다 지어졌다.

마무리를 깔끔하게 끝내고 청소까지 깨끗하게 끝낸 별장은 난장판이 되었던 모습이 기억도 안 날 정도로 멋지기만 했다.

생각했던 것 이상으로 완벽하게 지어진 별장의 모습을 보고 있으려니 그동안의 우여곡절이 떠오르고 눈물까지 나올 것 같다. 뒤에서 김 소장의 목소리가 들려오지 않았다면 아마 울었을지도 모른다.

"허허, 시원섭섭하네. 그렇지?"

"네, 소장님. 정말 고생 많으셨어요."

"고생은 무슨. 우리야 선우 팀장이 하라는 대로만 만들면 됐는데. 선우 팀장이야말로 매일같이 왔다 갔다 하느라고 고생했지."

"그러게 말이에요. 이번엔 정말 힘들었는데, 다 끝나고 나니까 뿌듯하긴 하네요."

"그래. 이제 올라가서, 뒤풀이나 시원하게 하자고."

"네. 하하하."

그러나 기분 좋게 회사로 돌아왔을 때, 영을 기다리고 있는 사람이 있었다. 바로 오민석이었다. 민석의 모습을 확인한 영이 걸음을 멈추자마자 바로 옆에 서 있던 김 소장의 입에서 험한 말이 튀어나왔다.

"저 화상은 왜 여기 있는 거야? 낯짝 들고 다닐 여유가 있나 보네? 오사장이 따끔하게 가르치지 않은 모양이지?"

"그러게요. 왜 하필 오늘 나타나서 좋았던 기분을 망치는지 모르겠네요."

영과 김 소장이 그렇게 투덜거리고 있는데, 그들을 발견한 민석이 반가운 표정을 지으며 자리에서 일어났다. 영의 입에서 저도 모르게 욕설이 흘러나왔다.

"젠장."

민석은 그녀가 표정을 바꿀 새도 없이 다가와서 인사를 건넸다.

"오랜만입니다, 선우 팀장님."

"네. 안색이 좋아 보이시네요."

영의 비꼬는 인사에도 민석은 미소를 잃지 않고 말했다.

"네. 한동안 푹 쉬었거든요, 하하. 그동안 별장 짓느라 고생 많이 하셨습니다."

"고생했다는 인사보다는, 사과를 먼저 해야 하는 게 아닙니까."

그녀의 옆에 있던 김 소장이 못마땅한 말투로 툭 던졌다. 그러자 민석이 피식 미소를 지으며 슬쩍 고개 숙이는 시늉을 했다.

"안 그래도 사과드리러 온 겁니다. 제가 술 먹고 실수를 좀 했었죠? 미안합니다, 하하."

안 듣느니만 못한 사과였다. 영이 가장 싫어하는 게 '술 먹고 하는 실수'

였다. 그녀는 예의상 웃어 보일 필요성조차 느끼지 못한 채, 짜게 식은 표정으로 대꾸했다.

"아, 네. 그러셨군요."

민석은 불쾌한 기색을 그대로 드러내며 슬쩍 목례를 하고 들어가 버리는 영의 뒷모습을 보다가 다시 한번 피식 웃었다.

아버지의 강요로 나온 길이었다. 제대로 사과하고 오지 않으면 앞으로 카드를 몰수하겠다는 말에 어쩔 수 없이 나왔던 것이다. 그런데 저, 선우영의 사과 받는 태도가 참 건방지기 짝이 없었다.

사실 그는 자신이 했던 일이 사과가 필요한 일은 전혀 아니라고 생각했다. 어차피 돈 받고 하는 일 아니냔 말이다.

완성되지 않은 별장에서 좀 거하게 놀았다 하더라도 건축 사무소 사람들에게 욕을 들을 일은 아니었다. 그 보수공사까지도 완벽하게 비용을 지불하고 끝냈으니까.

오히려 그 보수 공사를 하면서 돈을 더 과다하게 청구하는 바람에 저들은 다른 때보다 돈을 더 벌었을 텐데, 도대체 왜 저렇게 불쾌해하는지 모를 일이었다.

"하여간, 콧대만 더럽게 높아 가지고."

밖으로 나온 민석은 핸드폰을 꺼내며 주차장 바닥에 침을 뱉었다. 아버지는 오늘 저 사람들이 뒤풀이하는 비용까지 내주고, 꼭 같이 식사를 하고 돌아오라고 했었다. 하지만 민석은 선우영의 저 건방진 꼴을 보면서 식사하고 싶은 생각은 없었다.

그냥 돈이나 내주면 되지, 뭐 하러 밥까지 같이 먹어.

민석은 그렇게 중얼거리며 예약해 둔 가게에 전화를 했다. 잠시 후 손님들이 도착할 테니, 부족하지 않게 서비스해 달라는 말을 하고 난 그는 다시 또 어딘가로 전화를 걸었다.

"나야."

―그래. 왜?

"준비됐냐?"

―거참, 어지간히도 재촉하네. 그래, 다 됐으니까 전화 좀 그만하라고!

"야, 중요한 일이니까 그렇지!"

―이쪽도 한두 번 해 본 솜씨 아니거든. 걱정하지 말고 때 되면 연락해.

"그래, 알았다."

통화를 끝낸 민석은 다시 한번 바닥에 침을 뱉었다. 차에 들어가 시동을 거는 그의 입가에 비열한 미소가 넘실거렸다.

"선우영, 언제까지 그렇게 건방지게 굴 수 있는지 보자고."

민석은 그렇게 중얼거리며 주차장에서 빠져나왔다. 믿었던 남자에게서 뒤통수를 맞고 무너지는 선우영의 모습을 두 눈으로 직접 봐야 하는데, 그 광경을 볼 수 없다는 게 얼마나 억울한지 몰랐다.

* * *

[저녁 식사하러 왔어요.]

영이 그런 문자를 보낸 것은 다섯 시 삼십 분 경이었다. 일찌감치 양평 별장의 일을 끝내고 올라와 뒤풀이를 갈 거라고 하더니, 정말로 일찍부터 시작할 모양이었다.

별일 없겠지?

벌써 몇 년을 같이 일한 사람들이라고 했다. 게다가 오늘은 김 대표도 함께하는 자리라고 했고. 영에게는 아주 익숙하고 편안한 자리일 게 뻔했는데, 이상하게도 자꾸 걱정이 됐다.

"부사장님, 나가실 시간입니다."

인터폰에서 정 비서의 목소리가 들려오자 강우는 알았다는 대답을 하며 자리에서 일어났다. 하필이면 그 역시 오늘 해외사업부 직원들과 저녁을 먹기로 되어 있었다. 선약만 아니었어도 영이 밥 먹는 자리에 슬쩍 찾아가 얼굴도장을 찍을 수 있었는데, 아쉽기만 했다.

그래도 어차피 내가 먼저 끝날 테니까, 데리러 갈 수는 있겠지.

강우는 그렇게 아쉬운 마음을 달래며 밖으로 나왔다.

직원들과의 저녁 식사 자리에 부사장이란 존재가 오래 머무르면 눈치 없는 사람으로 찍히게 마련이었다. 강우는 그 사실을 잘 알고 있었고, 따라서 밥만 먹고 나면 바로 자리에서 일어날 생각이었다.

하지만 오늘따라 해외사업부장이 집요하게 그를 물고 늘어졌다.

"부사장님, 오늘은 끝까지 함께 하시죠."

황 부장이 이렇게 눈치 없는 사람이라는 걸 이제야 알게 되다니. 황 부장은 소주 몇 잔에 취해 버린 것처럼 강우의 옆자리에 버티고 앉아 연신 술잔을 부딪쳤다. 주변에 앉아 있는 다른 직원들의 표정이 점점 썩어 가는 것도 모르고 말이다.

"황 부장님, 적당히 드셔야겠습니다. 오늘 빨리 취하시는 것 같은데."

보다 못한 강우가 그런 말까지 했을 정도였다. 하지만 황 부장은 어지간히 기분이 좋은지, 무슨 말을 들어도 웃음을 터뜨릴 뿐이었다.

"전혀, 저언혀 안 취했습니다! 하하하하."

그럼 가능한 한 빨리 취하게 만들어서 집에 보내는 게 나을 것 같았다. 아무래도 남은 시간 동안 직원들이 회식을 즐길 수 있게 하려면, 내가 데리고 나가는 게 좋을 것 같은데……?

참으로 내키지 않는 결론이었지만 어쩔 수 없었다. 강우는 황 부장을 데리고 나가야 자신 역시 이 자리에서 빨리 벗어날 수 있다는 사실에 만족하기로 했다.

강우는 최대한 인내심을 발휘하여 황 부장을 상대했다. 횡설수설하는 황 부장의 말에 맞장구를 쳐 주며 슬쩍슬쩍 잔도 계속 채워 넣었다. 결국 황 부장은 자리에 앉은 지 한 시간이 조금 넘었을 때 완전히 취해서 늘어지고 말았다. 강우는 정 비서에게 눈짓을 하며 자리에서 일어났다.

"황 부장님을 댁에 보내 드리고, 저도 들어가도록 하겠습니다. 남은 시간 즐겁게 보내십시오, 여러분. 계산은 신경 쓰지 않아도 됩니다."

그 말에 직원들은 미안한 기색을 드러냈지만 그리 열성적으로 강우를 붙잡지는 않았다.

그는 황 부장을 보내고, 집까지 모셔다드리겠다는 정 비서까지 들여보낸 다음 느긋하게 핸드폰을 꺼냈다. 이제야 아무것도 신경 쓰지 않고 영에게 연락을 할 수 있겠구나.

그러나.

강우가 핸드폰 액정을 터치하려는데 갑자기 뭔가가 와서 부딪쳤다. 깜짝 놀란 강우는 다음 순간 벌써 손과 핸드폰, 그리고 셔츠 앞섶까지 적셔 버린 커피를 보면서 인상을 확 썼다.

"이게 도대체 무슨……!"

"어머, 죄송해요. 어떻게 해……."

고개를 돌리자 울상을 하고 있는 여자가 보였다. 여자의 손에 들려 있는 반쯤 비워진 테이크 아웃 커피 컵도.

"죄송해요. 괜찮으세요?"

여자는 컵을 들고 있지 않은 손으로 가방을 뒤적거리며 물었다. 아마도 손수건을 찾는 모양인데, 사실 손수건 같은 것을 착실하게 챙겨 가지고 다닐 타입으로 보이지는 않았다.

네크라인이 넓게 파이고 타이트하게 달라붙는 티셔츠, 허벅지를 가릴락 말락 한 미니스커트, 새빨간 입술과 진한 향수 냄새.

강우는 숨이 막힐 것 같은 향수 냄새에 눈살을 찌푸리며 주머니에 있던 손수건을 꺼내어 핸드폰부터 닦았다. 지금 고장 나면 피곤해지니까. 당장,

영에게 연락할 수단부터 사라지게 된다.

"아, 손수건 여기 있는데……."

여자는 하얀색 손수건을 내밀며 한 발자국 다가왔다.

"핸드폰은 괜찮아요? 혹시 망가진 건……."

"괜찮습니다."

강우의 싸늘한 목소리에 여자가 살짝 움츠러든 표정을 지었다.

"정말 죄송해요. 제가 정신이 없어서……."

"괜찮으니 신경 쓰지 마십시오."

"아, 저기, 그래도 저 때문에 옷도 다 젖고 했으니까 사례는 충분히 할
게요."

"괜찮습니다. 신경 쓰지 말고 갈 길 가시죠."

그러나 여자는 꽤 끈질긴 성격인 듯했다. 울상을 지으면서도 그에게 바싹
달라붙어 이렇게 말했던 것이다.

"아니에요. 제가 부주의해서 일어난 사고니까 제가 책임지고……."

그 말이 끝나기도 전에 여자의 몸이 기우뚱하며 움직였다.

"어멋!"

다음 순간 여자가 강우의 팔을 잡았고, 컵에 남아 있던 커피가 모두 그의
핸드폰으로 쏟아져 버렸다. 강우는 반사적으로 팔을 들어 올렸지만, 쏟아지
는 커피를 완전히 피할 수는 없었다.

"도대체 이게 무슨 짓입니까!"

짜증이 난 그가 낮게 소리치자 여자는 다시 한번 울상을 지었다.

"죄송해요. 구두가 너무 불편해서, 발목을 삐끗하는 바람에……."

여자는 그러면서 은근히 몸을 기대 왔다. 풍만한 가슴이 팔을 눌러 오는
순간, 강우는 직감적으로 깨달았다. 위험한 여자였다. 뭘 노리고 접근한 건
지는 모르겠지만, 자신을 타깃으로 삼고 커피를 쏟은 건 확실했다.

하아, 정말, 오늘 일진이 왜 이래.

강우는 이를 바드득 갈며 여자에게 물었다.

"못 걷겠습니까?"

"네, 죄송해요."

여자는 눈물까지 글썽거리며 그의 팔에 가슴을 더 기댔다. 그러면서 낮은 목소리로, 속삭이듯 말했다.

"혼자서는 못 서 있을 것 같은데, 좀 잡아 주시면……."

육체미를 부각시키며 그의 욕구를 자극할 작정이었다면, 번지수를 잘못 찾아도 한참 잘못 찾았다. 강우는 어렸을 때부터 이렇게 노골적으로 들이대는 여자들에게 관심을 가져 본 적이 한 번도 없었으니까.

누군지 몰라도, 가지가지 하는군.

강우는 여자의 배후를 알아내면 가만히 두지 않겠다고 다짐하며 싸늘하게 대꾸했다.

"내 팔을 잡아요."

"감사합니다. 근데, 저기, 너무 죄송한데, 저희 집이 여기서 몇 분 거리거든요. 집까지만 데려다주시면 안 될까요?"

여자가 감동한 얼굴로 그의 팔에 매달리며 속삭였다. 코를 찌르는 향수 냄새에 구역질이 날 것만 같았다. 강우는 여자의 말을 들은 체 만 체하며 일 미터쯤 떨어져 있는 건물 앞으로 데려갔다.

"벽에 기대서요."

"네……."

여자는 벽에 기대서도 정말 발목이 불편한 것처럼 삐딱한 자세로 그의 팔을 놓지 않았다. 강우는 팽개치듯 여자의 손을 떼어 내 버린 다음 핸드폰을 켜 보았다. 다행히도 통화는 가능한 상태였지만, 저 여자가 어떤 의도로 접근한 건지 알 수 없어 께름칙하기 짝이 없었다.

그의 전화를 받은 정 비서가 긴장한 음성으로 물었다.

—부사장님, 무슨 일이라도…….

"정말 미안한데, 아까 그 자리로 되돌아와 줄 수 있습니까? 귀찮은 일이 생겨서요."

정 비서는 더 묻지도 않았다.

―바로 가겠습니다.

정 비서가 자리를 뜬 건 십 분 전이었다. 그러나 돌아오는 데 걸리는 시간은 오 분밖에 걸리지 않았다. 아직 퇴근 시간 러시아워가 끝나지 않았음을 감안한다면, 기적적인 속도라고 할 수 있었다.

정 비서를 기다리는 동안 여자가 무슨 말이라도 붙여 보려고 애를 썼지만 강우는 들은 척도 하지 않았다. 여자가 도망갈까 봐 멀리 떨어져 있지 못하는 게 한이라면 한이었다.

강우를 발견한 정 비서는 옆에 서 있는 여자를 보더니 묘한 표정을 지으며 다가왔다.

"무슨 사고라도……."

"퇴근하는 중에 다시 불러서 미안합니다. 여기, 이 여자분이 다리를 다친 것 같으니 병원에 데려다줘야 할 것 같아서요."

그러자 여자가 화들짝 놀라며 손을 내저었다.

"아, 아니, 그러실 것까진 없어요!"

"그럼 여기 그대로 놔두고 갈까요?"

강우의 냉정한 물음에 여자는 불안한 표정으로 시선을 피했다. 강우는 다시 정 비서를 향해 말했다.

"병원에 데려가서, 정밀 검사를 받게 하고 정확한 결과를 알려 주세요."

"네, 부사장님."

여자는 정 비서의 옆자리에 앉으며 아까와는 다른 의미로 울상을 지었다. 그 모습을 지켜보던 강우는 변호사에게 전화를 걸어 조금 전의 사고를 설명했다. 변호사는 그의 말이 끝나기도 전에 이렇게 대답했다.

―그 여자에 대해 확인해 보겠습니다.

강우는 그 통화가 끝나고 나서야 차에 올랐다.

영을 데리러 가고 싶은 생각에 술은 그냥 입에 대는 시늉만 했는데, 셔츠가 커피로 얼룩지는 바람에 데리러 가기는 다 틀려 버렸다. 생각하면 할수록 짜증이 난다. 안 그래도 요즘 이것저것 피곤한 일투성이인데, 별게 다…….

집으로 돌아온 그는 커피 얼룩이 배인 셔츠를 그대로 쓰레기통에 넣어 버렸다. 커피 얼룩에서조차 역겨운 향수 냄새가 나는 것 같았기 때문이다. 그 냄새를 씻어 내기 위해 한참 동안 샤워를 하고 나오자마자 핸드폰이 울렸다. 정 비서였다.

"어떻게 됐습니까."

-가볍게 접질린 정도라고 합니다.

"진단 기간을 최대한 길게 받도록 해요."

-네, 한 변호사님께 말씀 들었습니다.

"아, 그리고 핸드폰도 바꿔야 할 것 같군요."

-지금 바로 준비하겠습니다.

"아니요, 내일 오전에 처리해도 됩니다."

-네, 알겠습니다.

정 비서와의 통화를 끝내고 나자 이번엔 영에게서 문자 메시지가 도착했다.

[회식 잘 끝났어요?]

잠시 고민하던 강우는 답장을 이렇게 보냈다.

[아직요. 오늘은 좀 늦어질 것 같습니다. 영 씨는요?]
[저도 좀 늦어질 것 같아요.]

[그렇군요. 즐거운 시간 보내요. 취하지 않도록 조심하고.]
[네.]

마지막 대답에서 영이 서운해하는 기색을 느낄 수 있었지만, 강우는 전화하지 않았다. 정체도 모르는 여자의 커피가 두 번이나 쏟아진 핸드폰으로는 그녀와 통화하는 것조차 꺼려졌으니까.

* * *

다음 날 오전, 새로운 핸드폰과 한 변호사의 보고가 함께 도착했다.
—이름은 신미영, 스물여섯 살이고 압구정의 C클럽에서 일하고 있습니다. 직장 동료 중에 조한성이라는 남자가 있는데, 조한성이 요즘 가깝게 지내는 친구 중 한 명이 오민석으로 확인되었습니다.
어쩐지, 그럴 것 같더라니.
강우는 어이없는 웃음을 흘리며 생각했다.
그런 어설프기 짝이 없는 시나리오로 나를 낚으려고 했어? 오민석이, 이렇게 순진한 인간이었나? 너무 어설퍼서 안타깝기까지 한데?
그러나 피식거리다 보니 왠지 영이 마음에 걸렸다. 그녀는 이런 지저분한 계략에 익숙하지 않을 것이다. 강우는 혹시 발생할지도 모르는 사고 예방 차원에서 말했다.
"한동안 선우영 씨의 주변에 경호원을 붙이도록 하세요. 물론 영 씨가 눈치채면 안 됩니다."
—알겠습니다.
"아, 그리고 신미영 씨에게는 내 핸드폰 수리비를 모조리 받아내 주셨으면 좋겠군요. 한동안 핸드폰이라는 말만 들어도 치를 떨 정도로 말입니다."
—네, 부사장님.

통화를 끝낸 강우는 오민석을 어떻게 처리할까 고민해 보았다. 하지만 신미영의 접근만으로 오민석을 추궁하기엔 상당히 부족했다. 증거도 없고, 피해도 미미했으니까.

자신을 그런 허접한 방법으로 낚으려 했다는 사실이 더할 나위 없이 괘씸했지만, 지금 이 상태에서 오민석을 데려왔다가는 괜한 구설에나 휘말릴 게 분명했다.

차라리 그냥 그 여자를 따라갈 걸 그랬나? 그럼 확실한 증거를 만들 수……

저도 모르게 그런 생각을 하던 강우는 진저리를 치며 고개를 저었다.

내가 지금 무슨 말도 안 되는 생각을!

아무리 요즘 스트레스를 많이 받았다지만 해도 되는 생각이 있고, 안 되는 생각이 있는 법이다. 게다가 그 신미영이라는 여자와 단둘이 밀폐된 공간에 있다는 상상만으로도 소름이 끼치는데, 이 무슨 쓸모없는 생각인지 모르겠다. 더러운 건 미리 피해 가는 게 상책이었다.

그런데 다음 날 저녁, 함께 저녁 식사를 하는 도중에 영이 뜻밖의 이야기를 꺼냈다.

"아무래도 악연인 것 같아요."

"누가 말입니까?"

"오민석 씨요."

"네?"

강우의 눈이 날카롭게 빛나며 그녀를 살펴보기 시작했다. 그러나 영은 눈치채지 못한 채 샐러드 그릇을 뒤적대며 투덜거렸다.

"엊그제부터 계속 회사에 찾아오더라고요. 양평은 이제 완전히 끝났는데, 짜증 나 죽겠어요."

"무슨 핑계를 대면서 찾아옵니까?"

"동두천 부근에 별장을 짓고 싶대요. 컨설팅은 제 전문분야가 아니라고 했는데도 안 들어먹더라고요."

강우는 미간을 찌푸리며 생각에 잠겼다. 경호원들에게서 아무 보고도 듣지 못했다. 오민석이 고객으로서 영을 찾아간 것이기 때문에 별말이 없었던 걸까. 그는 지금 이 시각 이후로 그녀에 대한 경호를 한층 더 강화해야겠다고 생각하며 말했다.

"진짜 별장을 지을 생각이 있는 것 같습니까?"

"그 점이 분명하지 않다니까요."

영은 입술까지 죽 빼물며 대답했다.

"나한테만 그러는 거면 한마디 따끔하게 해서 쫓아낼 텐데, 안 팀장님한테도 그러니까 제가 나서서 뭐라고 하기도 애매하고……."

"안 팀장님이라니요?"

강우의 물음에 그녀는 잠시 기억을 더듬어 본 다음 말했다.

"4팀 팀장님인데, 강우 씨도 전에 한 번 마주친 적이 있어요. 호텔 레스토랑에서 밥 먹었을 때요."

그는 영이 언제를 말하는지 금세 떠올릴 수 있었다.

"아, 그때요."

"네. 그때요."

그녀는 그들이 처음 만난 지 얼마 안 되었던 때의 기억을 떠올리게 만든 게 좀 멋쩍다는 표정을 지으며 말을 이었다.

"사실 안 팀장님이 오민석 씨에게 호감이 있거든요. 그때도 그래서 일부러 식사 자리를 만들었는데, 아직도 진전이 없더라고요."

그러면서 영은 '둘이 어서 잘 돼야 나도 편해지는데'라고 중얼거렸다. 강우는 피식 웃으며 그녀에게 말했다.

"오민석이 그 이상으로 귀찮게 하면 언제든 말해요."

그 말에 영이 눈을 동그랗게 뜨더니 고개를 저었다.

"아, 그 정도는 아닌데요. 그냥, 강우 씨한테 푸념 한번 해 본 거예요. 저도 그런 남자를 대하는 방법 정도는 알고 있답니다."

"그런 남자한테는 어떻게 하는데요?"

"무시하면 돼요. 그러다가 제풀에 지쳐 떨어져 나가겠죠, 뭐."

별일 아니라는 듯 대답하는 영을 보던 강우는 잠깐 동안, 조심하라는 말을 할까 말까 고민했다. 그러다가 하지 않기로 결정했다.

조심하라는 말을 하려면 그 이유를 설명해야 하는데, 그러자면 회식 날 저녁에 무슨 일이 있었는지까지 다 밝혀야 할 것이고, 그 얘기를 다 들으면 영의 기분도 나빠질 테니까 말이다.

그래서 그는 집에 돌아온 다음 경호원들에게 영의 주변을 맴도는 사람 중에 가장 위험한 인물이 누구인지를 몇 번씩 강조해서 말해 주었다. 그리고 한 변호사에게도 연락해서 오민석의 주변 역시 주의 깊게 살필 것을 요청했다.

13. 악연과 필연

민석은 짜증이 머리끝까지 차오른 상태였다. 요즘 들어 뜻대로 되는 일이 하나도 없었던 것이다.

별장에서 친구들과 장난을 친 건 정말 술김에 했던 일이었다. 물론 선우영을 곤란하게 만들 의도도 있었지만, 그런 것 치고는 정말 약소한 장난이었다.

지붕이 내려앉은 것도 아니고, 벽에 금이 간 것도 아닌데, 뭘 그렇게 유난들을 떠는지…….

그런데 아버지는 생각했던 것 이상으로 화를 내면서 그를 거의 일주일 동안 집 밖으로 나가지도 못하게 했다. 그리고 집안에 감금된 내내 어렸을 때도 들어보지 않았던 욕설을 지겹게 들어야 했다.

도대체 아버지가 왜 그러는지 이해를 할 수가 없었다. 그게 뭐 그렇게 대단한 일이라고! 돈 몇 푼 쥐여 주면 다 해결되는 일이 아니냔 말이다.

아무튼 한동안 욕을 잔뜩 먹은 다음 그는 제대로 사과하라는 아버지의 명령에 따라 직접 선우영을 만나러 오기까지 했다. 그것도 양평 별장이 완공된 당일에 와서 사과를 한 다음 회식비까지 내줬던 것이다.

그런데도 선우영은 뻣뻣하기만 했다. 뭐가 그렇게 대단한 여자인지 인상을 박박 쓰더니 고개만 끄덕여 인사를 받았다. 그 모습에 민석은 괜한 오기를 부리기 시작했다. 그래, 네가 언제까지 그렇게 뻣뻣하게 구는지 두고 보자는 생각을 하면서.

물론 거기에 신강우를 골탕 먹이려던 작전이 틀어진 데 대한 복수심도 더해지긴 했다.

"아, 젠장. 그 자식을 생각하니 또 열 받네."

민석은 인상을 잔뜩 찌푸리며 욕설을 중얼거렸다.

신강우 그건 남자도 아니었다. 미영이같이 섹시한 여자가 유혹하는데 어떻게 손도 대지 않을 수가 있단 말인가. 그런 여자가 유혹을 하면 대충 넘어가 주는 게 예의가 아니냔 말이다.

그런데 신강우는 비서를 시켜 미영을 병원에 데려간 것으로도 부족해 미영에게 핸드폰 수리비까지 청구했다고 한다. 그것도 변호사를 시켜서 십 원짜리 한 푼까지 알뜰하게 받아 냈다고 했다.

변호사가 클럽까지 찾아온 바람에 얼마나 창피했는지 아느냐고, 미영에게 욕을 한 바가지 먹고 나자 강우는 이를 박박 갈며 복수를 맹세했다.

물론 그 복수를 매일같이 선우영의 회사에 찾아가 지분거리는 것 정도로 끝낼 생각은 없었다. 선우영의 회사에 찾아가는 건, 그가 생각하는 일에 비하면 심심풀이 정도도 되지 않았으니까.

이 오민석은 뭔가를 하겠다고 마음먹으면 그 정도에서 끝나지 않는다고. 내가 어떤 남자인지 확실히 보여 준다, 이 말이야.

민석은 그렇게 다짐하며 차에서 내렸다.

선우영과 신강우를 한데 묶어 골탕 먹일 작전은 착착 진행되는 중이었다. 실행일까지 얼마 남지도 않았다. 그래서 그동안은 선우영의 회사에 들락거리며 살짝 실없는 인상을 심으려고 노력하는 중이었다. 그래야 그 뻣뻣한 여자가 조금이라도 더 경계심을 풀고 그의 계획에 동참할 것이 아닌가.

요즘 꾸미고 있는 일을 떠올리자 기분이 좋아진 민석의 입에서 낮은 휘파람 소리가 흘러나왔다. 그는 비열해 보이는 미소를 지으며 생각했다.

둘 다 조금만 기다려 봐. 내가 한 방 제대로 먹여 줄 테니까.

* * *

"자기, 같이 갈 거지, 응?"

영은 아침부터 달려와 함께 점심 식사를 함께하자 조르는 소현을 보며 한숨을 삼켰다. 아니, 관심 있는 남자에게 대시하는 건 자기가 알아서 한다고 큰소리쳤던 일은 까맣게 잊은 모양이다. 차마 '도대체 이게 몇 번째냐'는 말을 할 수 없었던 영은 억지로 미소 비슷한 표정을 만들며 대꾸했다.

"오늘은 간단히 먹고 싶은데, 둘이 가시면 안 돼요?"

"그러고야 싶은데, 민석 씨가 생각보다 가까워지기 쉬운 성격이 아니더라고. 그나마 자기가 있으면 좀 더 부드러워진단 말이야. 같이 가자, 응?"

결국 그녀는 피곤한 표정을 숨긴 채 고개를 끄덕일 수밖에 없었다.

이제는 자신이 직접 나서서라도 소현과 오민석의 인연을 이어 주고 싶은 기분이다. 그래야 한시라도 빨리 오민석의 꼴을 안 볼 수 있을 테니까. 양평 별장이 다 지어진 지 일주일도 넘었는데 왜 오민석의 얼굴을 매일같이 봐야 하는지, 정말 짜증 나는 노릇이었다.

대신 그녀는 소현에게 이번이 마지막이라고 확실하게 못을 박았다. 그러고 나서도 내키지 않아 오전 내내 부루퉁한 얼굴로 일을 했다. 이상하게도 오늘따라 오민석의 얼굴을 보는 게, 다른 날보다 훨씬 꺼림칙하게 느껴졌다.

점심 식사 장소가 시내도 아닌 교외의 한 음식점이라는 것을 들은 영의 얼굴에 못마땅함이 더 짙게 깔렸다.

아니, 왔다 갔다 하는 시간만 해도 얼만데 거기까지 간다는 거야?

그나마 오늘이 마지막이라서 다행이었다. 그녀는 그 한 가지만 기억하자고 다짐하며 소현과 함께 사무실을 나섰다.

영은 원래 실외에서 식사하는 것을 싫어했다. 특히 나무 아래에서 먹는 건 딱 질색이었다. 어렸을 때 소풍 갔다가 도시락에 벌레가 떨어진 이후, 잎이 무성한 나무 아래서 5분 이상만 있어도 신경이 쓰였다.

그래서 가능하면 나무 아래 평상에서 밥 먹는 일은 피하려고 노력했다. 고객들과 밥을 먹다가 괴성을 지르며 벌떡 일어나는 짓만은 하지 않고 싶었으니까.

하지만 그런 영의 사정을 알지 못하는 오민석은 날씨가 화창하고 바람이 시원하다면서 굳이 바깥 자리를 고집했다. 영이 불편하다고 말을 해 봤지만, 신경도 쓰지 않는 것 같았다. 소현은 민석의 비위를 맞추기 위해서인지 영의 말을 못 들은 척했다.

그녀는 할 수 없이 평상의 끄트머리에 앉아, 머리 위쪽에서 뭔가가 떨어지지 않는지 계속 신경을 곤두세우고 있어야 했다.

"이 집 오리 백숙이 먹어 본 곳 중에서 최고더라고요. 이제 날씨도 더워질 텐데, 미리 몸보신하셔야죠, 하하하."

고기를 좋아하는 영이었지만, 참 공교롭게도 '물에 빠진 고기'는 즐기지 않았다. 오민석은 어쩜 이렇게 그녀가 싫어하는 것만 고르는지 모를 일이었다.

영은 머리 위에서 뭔가 떨어질까 봐 신경을 곤두세운 채 맛도 없는 오리고기를 씹었다. 입속에 들어간 음식과 함께 민석에 대한 짜증도 같이 꼭꼭 씹어 삼켰다. 부디 이 자리를 끝으로 더 마주치는 일이 없기를 기도하면서.

그런데 식사가 아직 다 끝나기 전이었다. 소현이 핸드폰으로 걸려 온 전화를 받더니 울상을 지으며 이렇게 말했다.

"정말 죄송한데, 저 먼저 들어가 봐야 할 것 같아요. 급한 일이 생겨서요."

"네에?"

영은 눈을 크게 뜨며 물었다.

"무슨 일인데요?"

내가 안 팀장님 차를 타고 왔잖아요! 당신이 먼저 가 버리면 난 오민석의 차를 타야 한다고요! 안 돼, 절대 안 돼요!

소현은 적잖이 당황한 표정으로 대답했다.

"현장에 일이 좀 생겼나 봐. 지금 바로 가서 확인해야 할 것 같아. 먼저 일어날게, 미안해."

"어, 그러면 밥도 거의 다 먹었으니까 같이 가요."

그러나 소현은 눈치도 없이 고개를 저었다.

"에이, 아니야. 나 때문에 먹다 말고 일어날 수는 없지. 천천히 먹고 와. 민석 씨도 천천히 드시고 오세요. 먼저 가서 죄송해요."

소현의 아쉬운 인사에 민석은 이해심 가득한 미소를 지었다.

"하필 이런 날 일이 생겼군요. 운전 조심하세요, 안 팀장님. 다음에 또 뵙 겠습니다."

정말 급했는지 소현은 인사를 하는 동시에 부산스럽게 짐을 챙기더니 급 한 걸음으로 주차장 쪽으로 가 버렸다. 영은 망연자실한 표정으로 소현의 뒷모습을 보다가 평상 위에 털썩 주저앉았다.

내 차로 오자고 했을 때 좋다는 대답만 했어도 내가 지금 여기 남지 않아도 됐을 텐데. 그럼 지금 나는 안 팀장님과 같이 차로 뛰어갈 수 있었을 텐데. 아무 거리낌 없이 오민석만 남겨 두고 이 자리를 뜰 수 있었는데 일이 왜 이 렇게 꼬여 버린 거냐고!

세상이 어떻게 자신에게 이럴 수 있는지 모르겠다.

영이 그런 생각을 하며 멍하니 앉아 있는데 갑자기 오민석도 자리에서 일어났다.

"잠깐, 손 좀 씻고 오겠습니다."

"네."

건들거리는 걸음으로 멀어지는 민석의 뒷모습을 보던 영의 입에서 무의식 중에 이런 중얼거림이 흘러나왔다.

"영영 안 오셔도 상관없어요."

민석이 돌아오기까지는 생각보다 오래 걸렸다. 그래서 영은 그 틈을 활용해 빠릿빠릿한 정신을 되찾고, 대외 접대용 미소까지 지을 수 있었다. 그런 그녀의 얼굴을 본 민석이 무슨 이유에서인지 피식 웃으며 말했다.

"식사가 거의 끝난 것 같아서 후식을 주문하고 왔습니다."

"네. 감사합니다."

"사실은, 선우 팀장님께 정식으로 사과를 한번 드리고 싶었습니다. 그, 별장 건에 대해서요."

"아, 네……."

차마 괜찮다는 말이 나오지 않는다. 다른 경우라면, 아니 다른 상대라면 그만 신경 쓰셔도 된다는 입바른 말을 하고도 남았을 것이다. 하지만 영은 그 정도로 마음이 넓지 않았다.

그녀의 어설픈 대꾸에도 민석은 꿋꿋하게 말을 이었다.

"그때 제가 심란한 일이 있어서, 술을 과하게 마셨습니다. 많이 놀라셨지요?"

"네, 좀."

"죄송합니다. 저 때문에 고생 많으셨습니다."

영은 속으로 어금니를 꽉 깨물었다가 천천히 입술을 열었다.

"괜찮습니다. 다 지난 일인데요, 뭐. 완공도 무사히 됐고요."

"다 선우 팀장님 덕입니다. 하하하."

그렇게 사과를 주고받는 동안 민석이 말했던 후식이 나왔다. 과일 몇 가지와 수정과였다. 영은 후식이라도 좋아하는 것을 먹을 수 있어 다행이라고 생각했다.

하지만 수정과는 생각보다 맛이 없었다. 뭔가…… 지금까지 먹어 본 것과는 다른, 묘한 맛이 느껴졌다. 때문에 그녀는 수정과를 한두 모금 마시고 난 다음 대놓고 시계를 흘끔거렸다. 그러자 민석이 눈치 빠르게 자리에서 일어났다.

"회사로 들어가셔야지요? 모셔다드리겠습니다."

"감사합니다. 점심 식사도 맛있게 잘 먹었어요."

"마음에 드셨다니 다행이네요."

민석은 웬일로 마지막까지 깔끔한 태도를 유지했다. 왠지 모르게 그것조차 불길하게 느껴졌지만, 그런 생각은 마음속에 꾹꾹 눌러 넣어 두었다.

잠시 후 자리에서 일어나던 그녀는 민석이 자리를 비웠을 때 미리 택시를 불러 놓지 않은 것을 후회했다. 택시가 쉽게 올 만한 위치도 아니었고, 만약 지금 부른다 해도 한참 걸릴 게 분명했기 때문이다.

게다가 민석은 그녀가 자기 차를 타는 게 당연하다는 듯 조수석 문을 열어 둔 채 쳐다보고 있었다. 영은 하는 수 없이 딱 삼십 분만 더 참으면 된다는 생각을 하며 그의 옆자리에 올랐다.

차를 출발시킨 민석이 곧바로 라디오를 틀었다. 그는 소현이 먼저 가고 난 다음부터 신기하리만큼 예의 바르게 행동하고 있었다.

별일이네. 혹시 이제 안 팀장님한테 관심이 생겨서 저러나? 그렇다면 정말 다행일 텐데.

그런 생각을 하고 있는데 갑자기 잠이 쏟아지기 시작했다.

아, 하필 이럴 때 식곤증이야!

회사까지는 삼십 분 정도 걸렸다. 하지만 민석의 옆자리에서는 졸면서 가고 싶지 않았다. 아무 이유도 없이 찜찜한 기분이 들었으니까.

그러나 아무리 애를 써도 잠이 오는 것을 막을 수 없었다. 영은 입술을 깨물고, 허벅지를 꼬집고, 나중에는 손등까지 꼬집어 보았다. 그런 노력에도 불구하고, 잠시 후 그녀는 의자 등받이에 머리를 기댄 채 잠에 빠져들었다.

* * *

서류에 사인을 하기 직전, 펜을 들고 있던 손이 멈췄다. 강우는 인상을 쓰며 물었다.

"⋯⋯지금 뭐라고 했습니까?"

상대방은 아까와 같은 말을 침착하게 되풀이했다.

―선우영 씨를 태운 차가 용인 쪽으로 이동하고 있습니다.

"오민석이 운전을 하고 있고요?"

―네. 어떻게 할까요?

강우는 잠시 생각에 잠겼다. 오늘 영은 오민석과 어딘가를 갈 거라는 말은 하지 않았다. 하지만 그녀는 하루의 스케줄에 대해 세세하게 설명하는 타입은 아니었다. 그러니까, 전에 오민석이 말했던 별장 부지를 보러 가는 것일 수도 있었다.

하지만 그때 영은 분명히 용인이 아닌 동두천이라고 했었다. 완전히 다른 방향으로 가고 있다는 사실이 너무 꺼림칙했다. 게다가 오민석이 보냈던 여자가 그에게 수작을 걸었던 게 얼마 지나지도 않은 상태였다.

"혹시 모르니 지금 바로 추가 인원을 배치해 주십시오."

―알겠습니다.

"그리고 조금이라도 의심스러운 점이 생기면 바로 연락 부탁드립니다."

―네.

경호팀과의 통화를 끝낸 강우는 곧바로 영에게 전화를 걸었다. 연속으로 두 번을 했지만 받지 않았다. 그것조차 불안했다.

그녀가 운전을 하는 것도 아닌데 왜 전화를 안 받는 걸까? 오민석과 이야기를 하느라 전화벨 소리를 못 들었을까? 아니다. 영은 그 정도로 무딘 성격이 아니었다. 그녀가 전화벨 소리를 못 들을 정도로 오민석과 심도 깊은 대화에 빠졌다고 상상하기도 힘들었다.

그렇다면 전화를 못 받을 만한 상황이라는 뜻인데…….

그런 생각을 하는 것만으로도 등골이 서늘했다. 강우는 고개를 저으며 냉정을 유지하기 위해 애썼다. 영은 부재중 통화를 확인하자마자 자신에게 연락을 할 것이다. 그러니까 조금만 더 기다려 보자. 그리고 경호팀도 뒤따라가고 있으니 무슨 일이 생기더라도…….

"젠장!"

그는 벌떡 일어나 집무실 안을 서성거리기 시작했다. 아무 일도 생겨서는 안 된다. 영에게 무슨 일이라도 생기면 그는 오민석을 완전히 끝장내 버릴 것이었다. 감히 그녀에게 손을 대고도 무사할 거라고 생각한 건 아니겠지?

그 순간 갑자기 인터폰이 울리며 정 비서의 목소리가 들려왔다.

-부사장님, 신재민 전무님께서 방문하셨습니다.

……하필 이 시간에 재민이라니. 하지만 재민은 문전박대를 할 수 있는 존재가 아니었다. 아무리 최근에 불편한 일이 있었다고 해도 말이다. 강우는 내키지 않는 음성으로 대답했다.

"들어오라고 하세요."

재민은 조금 어색함이 느껴지는 얼굴로 문을 열고 들어왔다.

"잘 지냈냐?"

"그래. 너는?"

"나도, 뭐……."

재민은 그렇게 얼버무리며 소파에 앉았다.

두 사람은 그날 언쟁을 하고 헤어진 이후로 처음 만나는 것이었다. 전화도 아니고 이렇게 직접 찾아온 것을 보면 그들의 관계를 회복시키려는 의도로 방문한 것이 분명했다.

하지만 타이밍이 안 좋았다. 지금 강우는 영에 대한 걱정 때문에, 다른 사람들에게 신경 쓸 만한 여유가 없었던 것이다. 그리고 재민은 워낙 강우에 대해 잘 알고 있었기 때문에, 그런 그의 상태를 곧바로 눈치챘다.

"너, 무슨 일 있지?"

"……."

"무슨 일이야? 회사에 문제 생겼다는 말은 못 들었는데. ……혹시 영 씨에 대한 일이야?"

"……."

"왜? 얼마 전에 양평 별장도 무사히 완공했다는 얘길 들었는데, 갑자기 무슨 문제야?"

그제야 강우의 입이 열렸다.

"양평 별장 얘기는 누구한테 들었지?"

경계심이 짙게 깔려 있는 강우의 목소리에 재민은 조금 서운하다는 말투로 대답했다.

"나도 나름대로 루트가 있거든! 내가 괜히 저녁마다 여기저기 돌아다니는 줄 알아?"

"……."

"무슨 일인데 그래? 말이나 해 봐. 내가 도움이 될 수도 있잖아."

맞는 말이었다. 재민은 사교성이 워낙 좋아서 그와는 달리 여기저기 모임에 다니는 것을 즐겼다. 그러니까 오민석에 대해 그가 모르는 정보를 들었을 수도 있었다.

강우의 입술이 천천히 열렸다.

"……영 씨가 지금 오민석과 같이 있어. 차가 용인 쪽으로 향하고 있다는데, 연락이 안 된다."

재민의 표정도 심각해졌다.

"오늘 오민석을 만난다고 했어?"

"그런 얘긴 없었어. 누구랑 점심을 먹는다고 세세하게 얘기하는 성격도 아니고."

"그럼 용인 쪽으로 가고 있다는 건 어떻게 알았는데?"

재민의 의아한 물음에 강우는 낮은 한숨과 함께 대답했다.

"경호원에게 연락이 왔어."

"뭐?"

"설명하자면 길어. 아무튼 최근에 영 씨 주변에 경호원을 심었는데, 조금 전에 전화가 왔어. 오민석과 점심 식사를 하고 나더니 회사가 아닌 용인 쪽으로 가고 있다고."

그러자 재민은 더 캐묻지 않고 생각에 잠겼다. 잠시 후 핸드폰을 꺼낸 재민은 누군가에게 전화를 걸었다. 상대방이 전화를 받자 재민의 목소리가 더 없이 사근사근하게 변했다.

"안녕하세요, 민주 씨. 신재민입니다. ……네, 하하하. 그날 잘 들어가셨죠?"

그리고 재민은 잠깐 상대방과 시시한 잡담을 이어 갔다.

"……하하하, 맞습니다. 아, 참, 그런데 전에 용인 쪽 별장을 말씀하신 적 있었죠? ……네. 거기요. 혹시 위치가 어디쯤 되는지 기억하십니까? ……아, 그쪽이 조용하고 경치도 좋다는 말이 자주 들리길래 저도 한 번 알아볼까 하고요. ……네, 맞습니다. 하하하. 말씀하신 별장 소유주가 이철민 씨였죠?"

그 후로도 재민은 몇 마디 더 시시껄렁한 대화를 나눈 다음 통화를 끊었다.

"이철민이라고, 최근에 오민석과 자주 어울린다는 녀석이 있어. 오민석과 비슷비슷한 졸부 집안인데, 용인에 있는 별장에서 자주 모인다더군."

강우는 성급하게 물었다.

"거기가 어딘데?"

그 별장의 위치를 알아내는 것은 오래 걸리지 않았다. 영을 따라가고 있는 경호팀에 연락해 보자, 그쪽으로 향하고 있다는 것을 확인할 수 있었다.

"알겠지만, 질이 좋은 녀석들은 아니야. 사람을 더 보내는 게 좋겠다."

걱정 섞인 재민의 말에 강우는 경호팀에 추가로 지원을 요청하고 경찰에도 신고를 했다. 경찰에 신고를 한 다음 곧장 밖으로 나서는 강우를 재민이 붙잡았다.

"걱정되는 마음은 알겠지만, 너도 조심해."

"그래, 고맙다."

"해결되면 연락하고."

"알았어."

이철민의 별장으로 향하는 내내 강우는 입안이 바싹바싹 마르는 것을 느꼈다.

영은 아무리 전화를 해도 받지 않았다. 그렇다고 오민석에게 전화를 해 볼 수도 없었다. 녀석이 정말 나쁜 마음을 먹고 있다면 강우가 의심한다는 것을 눈치채고 계획을 바꿔 용인 별장이 아닌 다른 곳으로 가 버릴 수도 있었기 때문이다.

목적지까지 아직 절반 이상의 거리가 남았을 때 가장 먼저 출발한 경호팀에게서 연락이 왔다.

─지금 막 말씀하신 별장에 도착했습니다. 선우영 씨는 정신을 잃은 듯 보이고, 오민석이 안고 별장 안으로 들어갔습니다.

그 순간 강우는 머릿속이 하얗게 비어 버리고, 눈앞이 캄캄해지는 것을 느꼈다.

"정신을 잃었다고요?"

─네. 오민석이 안고 들어갔습니다.

강우는 냉정과 이성을 잃지 않기 위해 어금니를 악물었다.

"……추가 인원은 언제 도착한다고 합니까?"

─오 분에서 십 분 정도 뒤입니다. 그런데, 오민석 한 명이라면 지금 저희가 처리해도…….

강우는 당장 들어가서 오민석을 잡아 오라는 말을 하고 싶은 걸 억누르며 대답했다.

"오민석의 별장이 아닙니다. 안에 사람이 얼마나 더 있을지 몰라요. 적어도 추가 인원이 도착한 후에 시작하십시오. 경찰도 곧 도착할 겁니다."

-알겠습니다.

통화를 끝낸 강우는 운전기사를 향해 말했다.

"속도는 신경 쓰지 말고, 최대한 빨리 갑시다."

"네, 부사장님."

* * *

이상하게 온몸이 흔들리는 기분이 들었다. 그중에서도 가장 심하게 움직이는 것은 머리였는데, 동시에 깨질 것처럼 아프기도 했다.

"왜 이렇게……."

이상하게도 말조차 제대로 나오지 않았다. 마치 입속에 뭔가가 가득 들어찬 것처럼 어눌한 중얼거림이 흘러나올 뿐이다. 영은 인상을 잔뜩 찌푸리며 힘겹게 눈을 떴다. 눈을 뜬 순간 바로 앞에서 오민석의 얼굴을 발견하자 입에서 괴상한 비명이 터져 나왔다.

"뭐……! 으엑!"

그 소리를 들은 민석이 비웃는 얼굴로 말했다.

"정신이 좀 드시나?"

"지, 지금, 뭐 하는 거예요?"

영은 그렇게 묻고 나서야 자신이 지금 오민석에게 안긴 채로 이동 중이라는 것을 깨달았다. 민석에게서 벗어나고 싶은데, 몸에 힘이 하나도 들어가지 않았다. 도대체 이게 어떻게 된 일인지 모르겠다.

민석은 대답 대신 그녀를 어디엔가 내려놓았다. 주위를 둘러보자 넓은 방과 넓은 창, 테이블과 의자가 보였다. 영은 한쪽에 있는 커다란 침대 위에 앉아 있는 상태였다. 누군가 살고 있는 집이 아니라 가끔 들르는 별장 같은 느낌이었다.

"여기가 어디죠?"

그녀는 흐느적거리는 몸에 힘을 주기 위해 애쓰며 물었다. 일단 여기가 어디인지부터 파악을 한 다음, 몸을 제대로 움직일 수 있게 될 때까지 기다려야 한다. 그때까지는 오민석을 자극하지 않고, 자신도 침착을 유지하는 게 최우선이었다.

"그건 몰라도 돼."

오민석은 이제 예의 바른 태도를 완전히 벗어 버린 모양이었다. 노골적으로 그녀의 몸을 훑어보더니 테이블 앞에 있는 의자에 앉으며 말을 이었다.

"조금만 지나면, 여기가 어딘지는 중요하지 않게 될 테니까."

그 말을 듣는 순간 온몸에 소름이 끼쳤다. 영은 침착해야 한다고 되뇌면서 슬쩍 시계를 확인했다. 정신을 잃고 있었던 시간이 대략 한 시간쯤 되는 것 같았다. 그렇다면 서울에서 그리 멀지는 않은 곳이라는 의미였다.

할아버지나 강우 씨에게 연락을 해야 돼.

그런 생각으로 주변을 둘러봤지만 그녀의 가방이나 핸드폰은 보이지 않았다. 민석은 영이 두리번거리는 모습을 보더니 그 이유를 눈치챈 듯 다시 비웃었다.

"꿈 깨셔. 혼자서는 도망 못 가. 여기가 어딘 줄 알고."

그러더니 주머니에서 담배를 꺼내 물었다. 창문도 열지 않고서. 영은 속으로 욕설을 중얼거린 다음 말했다.

"창문이라도 좀 여는 게 어때요?"

민석은 방 안에 연기가 뿌옇게 찬 다음에야 창문을 열었다. 그녀는 안 그래도 뿌연 머릿속이 담배 연기로 인해 더욱더 핑핑 도는 것을 느끼며 이를 악물었다.

나쁜 놈. 나한테 도대체 뭘 먹인 거야.

게다가 시간이 지날수록 메스꺼움까지 느껴졌다. 영은 속이 뒤집어질 것 같은 기분을 느끼며 인상을 썼다.

"화장실이, 어디예요?"

민석은 대꾸도 없이 손으로 방의 한쪽을 가리켰다. 그녀가 후들거리는 몸에 겨우 힘을 주고 일어나 화장실 문을 여는데, 뒤에서 이런 목소리가 들려왔다.

"들어간 김에 샤워도 하고 나오라고."

미친놈.

영은 속으로 욕을 퍼부으며 욕실 문을 꼭꼭 잠갔다. 물론 민석이 열쇠를 가지고 온다면 소용없는 짓이 되겠지만, 그래도 잠시나마 시간은 벌 수 있지 않을까.

하지만 다시 생각해 보니, 욕실에서 시간을 벌어 봤자 할 수 있는 일이 없었다. 여기가 어딘지도 모르고, 다른 사람에게 연락도 할 수 없는 상태로 욕실에서 시간을 끌어서 뭘 한단 말인가. 게다가 지금은 몸 상태도 좋지 않았다.

그녀는 잠깐 동안 핸드폰을 바지 주머니가 아닌 가방에 넣어 둔 스스로에게 욕을 했다. 그러나 곧 그것이 쓸데없는 에너지 낭비라는 사실을 깨닫고 변기 뚜껑 위에 걸터앉아 두 손에 얼굴을 묻었다.

누군가 내가 없어졌다는 사실을 알고 있지 않을까? 회사에서 내가 너무 오래 자리를 비운 것 때문에 전화를 했을 거고, 계속 부재중이라는 걸 확인했으면 무슨 일이 생겼을지 모른다고 의심하고 있을 거야. 하지만 어디에 있는지는 모를 텐데…….

"어떻게 해야 하지?"

욕실을 둘러보았지만 밖으로 나갈 만한 창문은 보이지 않았다. 아무래도 욕실에서 계속 시간을 끌지 말고 밖으로 나가는 게 좋을 것 같았다. 그래야 방 밖으로 나갈 기회도 노려볼 수 있을 것이다.

영은 그렇게 생각하며 다시 한 번 천천히 주변을 둘러보았다. 민석이 나쁜 마음을 먹고 덤비기라도 한다면, 무기로 쓸 만한 것을 찾기 위해서였다.

그러나 아무것도 찾아내지 못한 채, 허리춤에 칫솔이라도 숨겨야 하나 고민하고 있을 때였다. 갑자기 문에서 쾅 소리가 나더니 오민석의 목소리가 들려왔다.

"안에서 뭐 하나, 응? 도망치려는 궁리라도 하려고? 쓸데없는 짓……."

그때였다. 이번엔 욕실 문이 아니라 바깥쪽에서 쿵쾅거리는 소리가 울리더니, 오민석의 고함이 들려왔다. 그리고 다시 쿵쿵거리는 소리와 욕설이 들려오다가 순식간에 조용해졌다.

영은 불안함을 억누르며 천천히 문 쪽으로 다가갔다.

무슨 일일까. 문을 열고 나가도 되는 걸까? 그러다가 오민석이 아닌 또 다른 사람이 있으면 어쩌지?

그녀는 불안하게 생각하며 속으로 천천히 숫자를 셌다. 열까지 센 다음 나지막하게 심호흡을 하고 나서, 문을 열기로 결심했다. 일단 나가야 도망이라도 칠 수…….

그 순간 욕실 문을 똑똑 두드리는 소리와 함께 낯선 음성이 들려왔다.

"선우영 씨? 안에 계십니까? 경찰입니다."

안도감에 앞으로 바싹 다가섰던 영은 문을 열기 직전 갑자기 뒤로 물러섰다.

경찰이라는 말을 믿어도 되는지 모르겠다. 민석의 지인들이 질 나쁜 장난을 치는 거라면 어쩌지? 문을 열었을 때 오민석이 바로 앞에 서 있다면?

그녀는 아까보다 문에서 더 멀리 떨어졌다. 안심할 수 없었다. 경찰이 어떻게 여길 알고 온단 말인가. 그녀가 눈을 뜬 지 겨우 십여 분밖에 지나지 않았을 텐데.

영이 의심 가득한 눈으로 문을 노려보고 있는데 다시 두드리는 소리가 들려왔다.

"선우영 씨? 안에 계십니까?"

그녀가 대답하지 않자 밖에서 두런거리는 말소리가 들려왔다.

"없나 본데요?"

"다 확인해 봤지만, 잠겨 있는 문은 이거 하납니다."

"그래요, 그럼 열어 봅시다."

그러더니 우지끈하는 소리와 함께 문이 들썩거리기 시작했다. 영은 저도 모르게 욕실 구석에 바싹 붙어 섰다.

진짜 경찰일까? 아니면 어떻게 하지? 사람이 많은 것 같은데, 나 혼자 무슨 수로 도망을……

그런 생각을 오래 할 시간도 없었다. 문은 금방 열렸고, 사람들이 천천히 안으로 들어오기 시작했던 것이다.

"선우영 씨?"

경찰복을 입고 있는 사람을 보는 순간 그녀는 다리에 힘이 풀리는 것을 느꼈다. 자리에 주저앉기 직전, 검은 양복을 입은 남자가 옆으로 다가와 조심스럽게 물었다.

"괜찮으십니까?"

"네. 근데……"

"무사하셔서 다행입니다."

남자는 그렇게 말하며 부축하려는 듯 손을 내밀었다. 영이 반사적으로 한 발자국 물러서 경계하는 눈으로 쳐다보자 남자는 난처한 표정으로 말했다.

"죄송합니다. 많이 놀라셨나 보군요. 저는……"

그때였다. 욕실 밖에서 강우의 목소리가 들려온 것은.

"어디 있습니까!"

그녀는 그 목소리를 듣자마자 남자를 밀치고 비틀비틀 걸어갔다. 마침 욕실 문 앞에 도착한 강우의 모습에 안도감이 들고 눈물이 솟구친다. 영은 팔을 뻗으며 그대로 강우의 품에 안겼다.

"강우 씨!"

강우의 팔이 그녀의 몸을 힘껏 끌어안았다.

"괜찮습니까? 어디, 다친 덴 없어요?"

"네, 없어요."

"하아, 정말 다행입니다."

강우는 이제야 안심이 된다는 듯 다행이라는 말을 되풀이하며 그녀를 더 꽉 안았다. 그의 심장이 그녀의 것처럼 거칠게 뛰고 있었다. 영은 그 소리를 들으면서 진정될 때까지 강우의 품에 안겨 있었다.

마침내 눈물이 멈추자 영은 히끅거리며 고개를 들었다.

"어떻게, 알고 왔어요?"

"얼마 전부터 경호원들이 당신 주위를 살피고 있었습니다."

그렇게 말하면서 강우는 그녀의 옆쪽으로 눈짓을 했다. 고개를 돌려 보니 아까 그녀를 부축하려던 남자의 모습이 보였다. 영은 놀라서 물었다.

"경호원이요?"

그러자 강우는 슬쩍 말을 돌렸다.

"사정 설명은 나중에 하겠습니다. 그런데, 정말 다친 데는 없어요?"

"네."

"정신을 잃었다고 하던데······."

"아까 점심때 먹은 음식에 수면제 같은 걸 섞었나 봐요. 차를 타자마자 잠들었어요."

"속이 이상하진 않습니까?"

"네. 좀 메슥거리긴 하는데, 참을 만해요."

"그럼 일단 이곳에서 나갑시다."

강우는 영을 감싸다시피 한 채 밖으로 나왔다. 집 앞마당에는 경찰차를 비롯해 여러 대의 차가 세워져 있었다. 무심코 경찰차를 쳐다보던 영은 그 안에 있던 오민석과 눈이 마주친 순간 저도 모르게 이를 악물었다.

나쁜 자식. 날 납치해? 감히?

저도 모르게 주먹을 불끈 쥐고 한 발자국 앞으로 나가려는데 강우가 걱정스럽게 물었다.

"괜찮아요?"

영은 욱했던 기분을 다스리려 애쓰며 대답했다.

"네……."

"그럼 차에 먼저 타고 있어요. 나도 금방 탈게요."

그는 그녀가 깨지기 쉬운 유리 인형이라도 되는 것처럼 조심스럽게 차에 태웠다. 그리고 나서 경찰과 경호원들과 몇 마디 나누더니 바로 그녀의 옆 자리에 와서 앉았다.

"잠깐 경찰서에 가서 진술을 해야 한다는군요."

강우는 그것이 마치 자신의 잘못이라도 되는 양 미안한 표정이었다.

"괜찮겠습니까?"

"네, 괜찮아요."

그러자 강우가 팔을 내밀어 다시 그녀를 안았다.

"당신이 오민석의 차에서 정신을 잃었다는 걸 알았을 때, 정말 미치는 줄 알았습니다. 무사해서 고마워요."

영은 그를 마주 안으며 말했다.

"나도, 빨리 찾아 줘서 고마워요. 아무도 모르는 줄 알았는데……. 얼마나 무서웠는지 몰라요."

"경호원을 붙인 게 정말 다행이었습니다."

그 말에 영이 고개를 번쩍 들었다.

"근데 경호원은 왜 붙인 거예요?"

강우는 간단하게 사정을 설명했다. 그의 말을 듣는 동안 영의 눈꼬리가 점점 더 올라가더니, 마지막에는 거의 45도 각도까지 치솟았다.

"강우 씨한테 뭘 어쨌다고요?"

강우는 갑자기 살기가 등등해진 그녀를 보고 조금 놀란 듯 대답했다.

"아니, 그 일은 이미……."

"하! 기가 막혀서! 오민석 그 인간 정말 미친 거 아니에요?"

"영 씨, 좀 진정하고⋯⋯."

"지금 내가 진정하게 생겼어요? 당신한테 그런 말도 안 되는 수작을 부린 것도 모자라, 나한테까지⋯⋯. 내가 정말 그 인간을 그냥 두나 봐라!"

강우가 펄펄 뛰는 영을 진정시키려고 애쓰는 동안 차는 경찰서 앞에 도착했다. 그녀는 강우가 말릴 새도 없이 차 문을 열고 뛰쳐나가더니, 경찰서 안으로 속사포처럼 돌진했다. 그러나 경찰이 그녀를 보고 걱정스러운 얼굴로 이렇게 묻는 순간 우뚝 멈춰 서고 말았다.

"오셨습니까, 선우영 씨, 좀 괜찮으세요?"

영은 잠깐 눈을 깜빡거리며 경찰관을 마주 보았다. 그러다가 뒤쫓아 온 강우가 그녀의 어깨에 손을 올리자, 살짝 비틀거리며 그에게 몸을 기댔다.

"괜찮아요?"

강우가 놀란 얼굴로 물었다. 영은 최대한 괴로운 표정을 만들어 보이며 대답했다.

"아⋯⋯ 갑자기 움직였더니 어지러워서⋯⋯. 속도 막 메슥거리고⋯⋯."

"여기, 이쪽으로 앉으세요."

그녀가 강우의 품으로 힘없이 기대는 것을 본 경찰이 당황한 듯 의자를 권했다. 영이 기운 없이 주저앉자 경호원이 어디선가 가져온 생수병을 내밀었다.

"드시겠습니까."

"네⋯⋯."

느릿하게 손을 내밀어 물병을 받아 드는데, 저쪽에 앉아 있던 오민석과 눈이 마주쳤다. 황당하다는 듯 쳐다보는 오민석의 눈빛에, 영은 생수병을 입에 댔다가 바로 떼어 내며 고개를 저었다.

"아, 속이 너무 메슥거려서 못 먹겠어요."

그러자 오민석이 기가 막힌다는 것처럼 코웃음을 쳤다. 영은 속으로 그런 민석을 비웃었다.

네가 나한테 뭘 먹였는지 몰라도, 넌 이제 끝장이야. 그냥 수돗물만 먹었더라도 말이지.

그녀는 기운 없는 목소리로 경찰을 향해 말했다.

"물어보실 게 있다고 들었는데, 빨리 진행하면 안 될까요? 제가 좀 힘들어서……."

"아, 알겠습니다. 지금 바로 진행하도록 하죠."

진술은 오래 걸리지 않았다. 영은 경찰이 물어보는 대로 지난 몇 시간 동안의 일을 자세하게 설명했다. 오민석과 함께 점심 식사를 한 이유와, 그의 차를 타게 된 경위, 그리고 깨어난 후 욕실에 들어가서 탈출 방법을 고민하는 동안 경찰이 도착한 것까지 모두.

두 번 정도 같은 이야기를 반복하고 나자 그녀의 옆에 가만히 앉아 있던 강우가 차가운 목소리로 끼어들었다.

"말할 수 있는 건, 다 말씀드린 것 같은데요. 나머지 일 처리는 변호사를 통해서 진행하겠습니다."

그러면서 강우는 자리에서 일어나 영을 부축하듯 일으켰다.

"그만 가죠. 놀라고 힘들었을 텐데, 그만 쉬어야……."

하지만 그녀는 힘없이 고개를 저으며 강우에게 기댔다. 이대로 집에 가다니, 안될 일이다. 오민석이 자신에게 먹인 게 무엇인지, 확인하는 게 먼저였다.

"병원부터 가요."

"아."

강우는 아차 한 표정이 되었다.

"미안합니다. 내가 먼저 챙겨야 했는데. 어디가 가장 안 좋아요?"

"속이 너무 메슥거려서요."

"알았습니다. 바로 갑시다."

두 사람은 경찰의 배웅을 받으며 밖으로 나왔다. 강우는 차 문이 다 닫히기도 전에 빨리 병원으로 가자고 성급한 목소리로 말했다. 그 모습을 지켜보던 경찰이 다시 안으로 들어가 오민석에게 사나운 목소리로 말했다.

"수정과에 수면제만 섞은 게 맞습니까? 다른 것도 섞은 거 아니에요?"

그러자 오민석이 짜증스럽게 대꾸했다.

"아, 그렇다니까요! 지금까지 몇 번을 말했는데!"

"지금 어디서 큰소리를 칩니까! 여기 경찰서고 당신은 현행범으로 잡힌 용의자입니다! 묻는 말에만 대답하세요!"

민석은 짜증스러운 표정으로 입을 다물었다. 철민을 기다린다고 시간을 끌었던 게 잘못이었다. 철민이 자식은 왜 굳이 기다렸다가 같이 시작하자고 지랄을 해서…….

소현이 갑자기 먼저 가겠다고 일어났을 때만 해도 그는 생각했던 것보다 빨리 기회를 잡은 것에 기뻐했다. 갑작스럽게 일어난 일이니만큼, 성공 가능성도 클 것이라 생각했던 것이다. 신강우가 이렇게까지 빨리 움직일 거라고 예상하지 못했던 것이 가장 큰 실수였다.

"젠장, 재수 한 번 더럽게 없네."

그 말에 경찰이 험악한 시선으로 민석을 노려보았다. 민석은 이를 바득바득 갈며 아버지에게 연락해 줄 것을 요구했다.

14. 오늘도 죽이네

병원에서의 검사는 오래 걸리지 않았다. 머리가 어지럽고 속이 불편한 것 외에 다른 증상은 없었기 때문이다. 혹시나 모르는 다른 약물 투여의 가능성은 검사 결과가 나와야 알 수 있다고 했다.

내내 옆에서 지켜보던 강우는 검사가 끝나자 아주 당연한 듯 영을 자신의 집으로 데려갔다.

"혼자 둘 수 없습니다. 오늘만이라도 여기서 지내요."

그녀는 잠시 고민했다.

사실 경찰서에 도착했을 때쯤엔 몸 상태가 많이 좋아져 있었지만 민석을 더 나쁜 놈으로 만들기 위해 조금 과장한 것이 사실이었다. 지금은 아예 아무렇지도 않았다.

하지만 조금 전까지 속이 메슥거린다고 안 좋은 척을 했는데, 갑자기 멀쩡해졌다며 벌떡 일어나 돌아가는 것도 우스워 보이지 않을까? 그리고 솔직히 말하면 이대로 집에 가서 혼자 있고 싶지도 않았다.

결국 그녀는 마지못한 척 고개를 끄덕였다.

"고마워요, 강우 씨."

"잠깐 기다려요. 갈아입을 옷을 가져올게요."

강우는 그녀를 거실 소파에 앉혀 두고는 드레스룸으로 사라졌다. 영은 그 뒷모습을 쳐다보다가 푹신한 소파에 등을 기댔다. 소파가 너무 편안해서 그런지 몸이 축 처지는 기분이 든다. 지금까지 느끼지 못하고 있었는데, 긴장을 많이 했던 모양이었다.

휴우.

그녀는 낮은 한숨을 토해 내며 눈을 감았다. 지난 몇 시간 동안 일어났던 일이 마치 꿈을 꾼 것처럼 비현실적으로 느껴졌다.

나쁜 놈에게 납치를 당했는데 무슨 일이 일어날 새도 없이 애인이 구하러 오다니, 모르는 사람이 들으면 그냥 영화 속의 한 장면이라고 해도 믿을 것 같았다.

그러나 잠에서 깼을 때 코앞에서 마주 보았던 민석의 얼굴을 떠올리면 지금도 온몸에 소름이 끼쳤다. 영은 고개를 탈탈 털어 머릿속에서 그때의 기억을 몰아냈다.

끝난 일이었다. 오민석은 경찰서에 잡혀 있고, 그녀는 강우와 함께 안전한 곳에 있었다. 더 이상 무서워할 이유가 없었다.

"음, 마땅히 입을 게 없네요. 이거라도 입어 볼래요?"

강우가 드레스 룸에서 나오며 말했다. 그의 손에는 티셔츠와 트레이닝 바지가 들려 있었다. 영은 소파에서 일어나 옷을 받아들었다.

"고마워요. 욕실 좀 사용할게요."

그녀는 옷을 가지고 욕실에 들어갔다. 전에도 와 보긴 했었지만 그의 옷을 입으려니 왠지 어색한 기분이 들었다. 영은 간단하게 씻고 나서 재빨리 옷을 갈아입었다.

강우의 옷은 아주 많이 컸다. 아무리 잘 봐줘도 남의 옷을 빌려 입은 어린

애 같은 모습이다. 영은 어떻게 하면 조금이라도 더 예쁘게 보일지 고민하다가, 그냥 포기했다. 그리고 어떻게 하면 덜 이상해 보일지에 집중하기로 했다.

그러나 헐렁한 티셔츠의 허리춤을 묶고, 트레이닝 바지의 다리를 접어 올린 상태에서 멀쩡해 보일 방법은 아무리 찾아봐도 없을 것 같았다.

"내가 원래 이 정도로 패션 센스가 없진 않은데 말이야."

영은 한숨과 함께 중얼거리며 욕실 문을 열었다. 안 좋은 일이 있긴 했지만, 오랜만에 강우와 단둘이 집에 있는데 이런 후줄근한 모습을 보여 줘야 한다는 게 참 안타깝기만 했다. 욕실 밖으로 나온 영은 아무도 없는 방을 둘러보다가 문을 열고 나갔다.

그는 거실에도 없었다. 전에 못 했던 집 구경도 할 겸 여기저기 기웃거리던 그녀는 달그락 소리가 들려오는 쪽으로 발걸음을 옮겼다. 집이 워낙 크다 보니 거실을 가로질러 부엌까지 가는 데도 한참이 걸리는 것 같았다. 강우는 싱크대 앞에서 뭔가를 씻고 있었다.

요리하는 남자가 섹시하다더니, 강우는 요리를 안 하고 싱크대 앞에 서 있기만 해도 섹시미가 줄줄 흘렀다. 여자들이 왜 애인의 뒤에서 백허그를 하는지, 이제야 비로소 알 수 있었다.

영은 강우의 넓은 등판에 얼굴을 파묻고 싶다는 생각을 하다가 혼자 얼굴을 붉혔다. 그리고 그 붉어진 얼굴이 거의 식을 때쯤 돼서야 입을 열었다.

"뭐 하고 있어요?"

강우가 뒤를 돌더니 그녀의 모습을 보고는 쿡쿡거리며 웃었다.

"아주, 귀여운데요."

영은 불퉁한 목소리로 대답했다.

"얼마나 귀여운지는 나도 잘 아니까 그만 웃어요. 뭐 만드는 거예요?"

강우는 웃음을 멈추지 않은 채로 다시 고개를 돌렸다.

"야채 다듬어요. 내가 죽 끓여줄게요."

"죽이요?"

그녀는 부루퉁한 표정을 지우고 놀란 목소리로 물으며 다가갔다.

"죽도 만들 줄 알아요?"

"네. 한 번도 안 만들어 봤지만, 만들 수 있을 겁니다."

너무 자신만만한 대구에 피시식 웃음이 나온다. 영은 고개를 비죽 내밀고 강우가 무엇을 씻고 있는지 확인했다. 당근이었다. 그 옆쪽에는 호박과 양파, 버섯도 있는 게, 제법 구색은 갖춘 것처럼 보였다.

"와, 그럼 나 여기 앉아서 기다리고 있으면 되는 거예요?"

"네. 조금만 기다려요. 오래 걸리지 않을 겁니다."

영은 말 잘 듣는 어린애처럼 얌전히 식탁 앞에 앉았다. 죽이 완성될 거라는 기대보다는, 저 재료를 다지는 데 과연 얼마나 시간이 걸릴지 궁금했다.

강우가 블렌더 사용법을 알기나 할까? 아니 그 전에 블렌더가 어디 있는지는 알고 있을까?

그녀는 흥미진진한 표정으로 그가 재료를 준비하는 모습을 지켜보았다. 재료를 다 씻은 강우는 단 한순간도 당황하지 않고 싱크대 아래쪽에서 핸드 믹서를 꺼냈다. 그러더니 설명서를 한 번 쓱 보고는 야채를 넣어 다지기 시작한다.

야채 손질이 끝나자 어디선가 다진 고기가 등장했다. 강우가 이미 밑간이 된 고기를 볶기 시작하는 것을 그녀는 조금 의심스러운 눈으로 쳐다보았다.

아니, 처음 하는 거라면서 뭐 저렇게 자연스럽지? 사람이 저래도 되는 건가?

그녀가 그런 생각을 하건 말건, 강우는 고기와 함께 야채를 넣고 열심히 볶더니 밥솥에서 밥을 퍼 담고 죽을 끓이기 시작했다. 그 모든 과정이 어찌나 물 흐르듯 순탄하게 흘러가는지, 누가 본다면 신강우가 퇴근 후 집에서 요리 연구만 하는 사람이라고 해도 믿을 것 같았다.

알고 보니 사기 캐릭터였어.

우여곡절이 하나도 없으니 지켜보는 재미도 없었다. 영은 어느새 식탁에 팔을 괴고 꾸벅꾸벅 졸기 시작했다. 부드럽고 편안한 분위기와 음식 냄새, 보글보글 끓는 소리가 귀에 착착 감기면서 잠이 쏟아진다.

하지만 영이 아예 머리를 묻고 잠을 청하려는 순간 강우의 목소리가 그녀를 깨웠다.

"다 됐습니다. 맛 좀 봐 줄래요?"

영은 눈도 뜨기 전에 벌떡 몸을 일으켰다. 졸기는커녕 눈도 감지 않았던 것처럼 씩 웃으며 다가가자 강우가 숟가락으로 죽을 조금 뜨더니 후후 불어서 식힌 다음 그녀에게 내밀었다. 영은 괜히 수줍어지는 기분을 느끼며 눈을 살짝 내리깔고 입술을 벌렸다.

그런데.

"좀, 싱거운 것 같아요."

그녀는 좀 어색한 미소를 지으며 말했다. 사실은 거의 맹맛이었지만 차마 그렇게까지 말할 수는 없었다. 영은 싱크대 어딘가에 있을 양념통을 찾아 두리번거렸다.

"소금을 좀 넣으면 좋겠는데……."

그러자 강우가 죽을 떠먹어 보고는 미간을 살짝 찌푸리며 고개를 갸웃거렸다. 어딘가 이상하긴 한데 그게 뭔지 모르겠다는, 딱 그 표정이었다. 그녀는 왠지 모르게 안심이 되는 것을 느끼며 찾아낸 소금 통을 강우에게 내밀었다.

"자요. 내가 맛봐 줄게요."

간이 배고 나니 맛이 훨씬 좋아졌다. 영이 맛있다며 엄지손가락을 추어올리고 호들갑을 떨자 강우는 쑥스러운 듯 헛기침을 했다.

전처럼 '나는 뭐든지 잘한다'고 고개를 빳빳이 세우면 등짝을 한 대 때려 주겠다고 마음먹고 있었던 영은, 그 쑥스러워하는 모습을 보는 순간 다시 한번 그에게 반하고 말았다.

이 남자는 어떻게 이렇게 예측 불가의 매력을 가지고 있는지 모르겠다.

두 사람은 식탁에 나란히 앉아 식사를 했다. 그릇을 금세 비운 후, 영이 먹는 모습을 가만히 보고 있던 강우가 갑자기 물었다.

"내가 먹여 줄까요?"

그녀는 그게 무슨 생뚱맞은 소리냐는 듯 인상을 썼다.

"왜요?"

"애인이 아프면 먹여 주고, 그런 거 해 보고 싶지 않아요?"

"아니요."

영은 심드렁하게 대답하며 고개를 저었다.

"지금은 아프지도 않은데요, 뭘. 그리고 저는 제 손으로 먹는 게 제일 편해요."

그러자 강우가 실망스럽다는 표정을 지었다.

"냉정한 애인이군요. 난 먹여 주고, 씻겨 주고, 재워 주고, 다 해 보고 싶은데."

그 말을 들은 영은 그를 빤히 쳐다보다가 말했다.

"나중에 아이가 태어나면, 꼭 부탁할게요."

그 시니컬한 말에 강우는 쿡쿡거리며 웃음을 터뜨렸다.

강우는 옆으로 누운 채 새근새근 숨소리까지 내며 잠이 든 그녀를 바라보았다. 영은 식사 후 침대에 누운 지 오 분도 지나지 않아 잠이 들었다. 안 그런 척해도 낮의 일로 많이 놀라고 힘들었을 것이다.

그는 한 손으로 조심스럽게 영의 머리카락을 쓰다듬었다. 얼굴에 흐트러진 머리카락을 살그머니 귀 뒤로 넘겨 주자 뽀얀 목덜미가 눈길을 잡아끌었다.

강우는 눈을 질끈 감았다가 떴다. 자신의 옷을 입고 잠든 영은 정말로 귀엽고 매력적이었지만 오늘만큼은 본능이 아예 없는 사람이 되어야 했다. 안심하고 푹 쉬게 하려는 마음에서 집으로 데려온 것이니까.

그녀가 오민석에게 납치됐다는 것을 알았을 때 그는 사람이 얼마만큼이나 두려워질 수 있는지 깨달았다. 눈앞이 캄캄해진다든가, 심장이 너무 떨려서 아무 생각도 할 수 없다든가, 말도 제대로 나오지 않는다든가 하는 것들을 모두 한꺼번에 느낄 수 있었던 것이다.

정말 다행스럽게도 무사히 영을 구출했을 때는, 세상의 모든 것에 감사하고 싶은 마음이 들었다. 그의 품에 뛰어들듯 안겨 온 작은 몸이, 세상 누구보다 소중하고 사랑스럽다는 것도 깨달을 수 있었다.

이제는 영이 없는 생활을 상상하는 것만으로도 불안하고 허전할 정도였다. 이 마음이, 언제 이렇게까지 커져 버린 걸까.

"다시는, 그런 일을 겪지 않게 하겠습니다."

강우는 다짐처럼 중얼거리며 더 조심스러운 손길로 그녀를 쓰다듬었다. 이제부터는 누구도 영을 건드릴 수 없게 만들 것이다. 설령 가족이라 해도 마찬가지였다. 그리고 그 사실을 모르는 사람은 아무도 없도록 만들 것이다.

* * *

다음 날 아침 강우는 영을 집에 데려다주고, 출근 준비하는 것을 다 기다린 다음, 다시 회사까지 데려다주었다.

그녀가 사무실로 들어가자 회사 사람들이 몸은 괜찮냐며 걱정스럽게 물었다. 동료들의 말을 대충 짜 맞춰 본 결과, 그녀는 어제 식사를 하다가 갑자기 쓰러져서 병원으로 실려 간 것으로 되어 있음을 알 수 있었다.

영은 다행이라고 생각하며 사장실에 연락을 했다.

"3팀 선우영 팀장입니다. 대표님을 뵐 수 있을까요?"

다행히도 바로 올라오라는 대답이 들려왔다. 그런데 자리에서 일어난 영이 걸음을 옮기려는 순간, 소현이 헐레벌떡 달려오더니 그녀의 팔을 잡고 물었다.

"자기, 괜찮아?"

너무 호들갑스러운 목소리에 사람들의 시선이 한꺼번에 모였다. 영은 낮은 한숨을 쉬며 소현을 데리고 밖으로 나갔다.

"목소리 좀 낮춰 주시면 좋겠는데요."

"으응. 미안해. 나 어제 너무 놀라서……. 근데 정말 괜찮아?"

"네, 괜찮아요."

"다행이다. 괜히 나 때문에……."

너무 미안해하는 모습을 보자 뭐라고 할 수도 없었다. 그리고 사실 소현과는 상관없이 벌어진 일이기도 했고 말이다. 오민석 같은 놈에게 관심을 가진 게 잘못이라면 잘못일까.

"어제 경찰서 갔다 오셨다면서요?"

"응. 조사는 받았는데, 아무 관계도 아니라는 게 확인돼서 금방 나왔어. 자기, 정말 미안해."

"괜찮아요. 아무도 다친 사람 없이 마무리됐는데요, 뭐. 근데, 저 지금 대표님 뵈러 가는 길이라……."

"아, 미안. 그럼 얼른 올라가. 그리고 나중에 내가 밥 살게, 알았지?"

영은 착잡한 기분으로 사장실로 올라갔다. 저렇게 미안해하는 소현을 보니 기분이 참 묘했다. 미워하고 탓하고 싶은데, 그럴 수가 없는 사람이랄까.

아무튼 소현의 남자 취향이 앞으로는 조금 더 발전하기를 바라며 사장실에 올라가자, 김 대표가 걱정스러운 표정으로 그녀를 맞았다.

"어제 얘기 들었어. 괜찮아? 몸 안 좋으면 연차 쓰고 쉬지 그랬어."

김 대표에게는 어제 강우가 사정 설명을 자세히 했다고 한다. 그래서 영은 좀 더 편하게 말을 꺼낼 수 있었다.

"안 그래도 그 말씀을 좀 드리려고요."

"뭐……? 연차?"

"네."

사실 영은 지난달에 할아버지와 함께 여행을 가기 위해 휴가를 냈었는데, 오민석이 별장을 망가뜨리는 바람에 취소되고 말았다. 그녀는 그 휴가를 다시 한번 신청할 생각이었다. 이번에는 할아버지가 아닌 강우와 여행을 가기 위해서.

"지난달에 취소된 휴가 있었잖아요. 이번 달에 사용하고 싶습니다."

김 대표는 선선히 고개를 끄덕였다.

"그렇게 해. 그동안 고생 많았으니, 스케줄 없을 때 쉬어 두는 것도 나쁘지 않겠지."

"감사합니다."

"감사는 무슨, 본인 휴가 쓰는 건데. 그리고 오민석에 대해서는 신경도 쓰지 마. 내가 그놈의 집구석을 완전히 매장해 버리든가 할 테니까. 어디서 굴러먹던 양아치 새끼가 감히 우리 식구를 건드리고……."

김 대표는 원래 점잖은 사람이었다. 하지만 대부분의 경우 느긋한 미소를 잃지 않는 김 대표도 가끔씩 거칠고 성마른 모습을 보일 때가 있었다.

그래서 영은 김 대표가 오민석을 향해 욕설을 중얼거리는 모습을 보면서도 놀라지 않았다. 아니, 지금만큼은 대표님의 욕설에 몇 마디 더 보태고 싶은 심정이었다.

한참 동안 흥분하던 김 대표는 혼자 떠들어서 미안하다는 사과와 함께 그녀를 내려보냈다. 컨디션이 안 좋으면 조퇴를 해도 된다는 말까지 덧붙여서.

영은 내려오는 길에 바로 총무과에 들러 휴가 일정을 잡았다. 강우에게 문자로 휴가 날짜를 알려 주자마자 핸드폰이 울리기 시작했다. 그러나 전화한 사람은 강우가 아닌 할아버지였다. 그녀는 괜히 뜨끔한 마음을 감추며 통화 버튼을 눌렀다.

"네, 할아버지."

－지금 어디냐.

"어디긴요, 회사죠."

─……점심시간에 차를 보낼 테니, 식사하러 오거라.

딱딱하게 굳어 있는 할아버지의 목소리에 알았다는 대답밖에 할 수 없었다. 전화가 끊기자 영은 조금 불안한 마음으로 중얼거렸다.

"설마, 벌써 알고 계신 건 아니겠지?"

사실 그녀는 출근하는 내내 할아버지에게 어제 일을 말해야 하나 고민하다가, 말하지 않는 쪽으로 마음을 굳혔다. 강우가 워낙 빨리 쫓아와 주었기 때문에 아무 일도 없이 끝났는데, 괜히 할아버지까지 걱정시키고 싶지 않았던 것이다.

그런데 이렇게 일찍부터 전화하신 것을 보니, 아무래도 이미 다 들으신 모양이었다.

강우 씨가 말했을 리는 없는데, 누구지?

선우 회장에게 어제의 일을 알린 사람이 누군지 알게 된 것은 두 시간쯤 지난 후였다.

그녀를 데리러 온 차는 평소에 가던 한정식집으로 향한 것이 아니라 평창동 저택으로 향했다. 집 안으로 들어가자 완전히 굳은 표정의 할아버지가 그녀를 맞이하셨다.

"아침 못 먹었지? 식사부터 하자."

식탁에 차려진 음식은 전복죽이었다. 잔뜩 긴장하고 있던 영의 입에서 저도 모르게 이런 말이 흘러나왔다.

"오늘도 죽이네."

"뭐라고 하는 게야?"

"아니에요, 하하. 잘 먹겠습니다."

이 상황에서 어젯밤을 강우의 집에서 보내고 그가 끓여 준 죽까지 먹었다는 말을 했다가는 분명히 좋은 소리를 듣지 못할 것이다. 영은 어색한 미소로 대답을 얼버무리며 숟가락을 들었다.

죽은 맛있었다. 굳이 물어보지 않아도, 좋은 건 모조리 갈아 넣고 만든 것임을 알 수 있었다. 게다가 그녀는 어제저녁에 죽을 먹고, 오늘 아침엔 커피 한 잔만 마셨기 때문에, 꽤나 허기진 상태였다.

한 그릇 가득 담겨 있던 죽을 금세 다 먹어 버리고 난 그녀가 민망한 미소와 함께 물었다.

"더 먹어도 돼요?"

그러자 뒤쪽에 대기하고 있던 도우미가 그림자처럼 나타나 영의 앞에 새로운 죽 그릇을 내려놓았다.

할아버지는 그녀가 두 번째 그릇을 싹싹 비울 때까지 가만히 지켜보셨다. 그러다가, 숟가락을 내려놓자마자 못마땅한 음성으로 물으셨다.

"신 부사장이 밥도 안 해 준 게냐?"

쿨럭, 쿨럭.

한껏 포만감을 느끼며 물을 마시고 있던 영은 그 말에 사레가 들리고 말았다.

"그, 그게 무슨 말씀이세요?"

"시치미 뗄 생각이라면, 그만두거라. 지난 스물네 시간 동안 무슨 일이 있었는지, 이미 다 들었으니까."

"아. 그러셨구나, 하하……."

다시 한번 어색한 미소로 얼버무리려 해 봤지만 할아버지의 표정은 더 굳어질 뿐이었다. 영은 민망한 얼굴로 입을 다물었다. 하지만 괜히 물컵을 들었다 놨다 하며 눈치를 보고 있으려니 점점 억울해진다.

아니, 저도 피해자인데요, 할아버지…….

그 순간 그 말을 듣기라도 한 것처럼 할아버지의 목소리가 들려왔다.

"언제 말할 생각이었냐?"

"……."

"설마, 내가 영영 모를 거라고 생각한 건 아니겠지?"

"······어떻게 아셨어요?"

"지금 그게 중요해!"

"······."

영이 시무룩한 얼굴로 고개를 숙이자 선우 회장은 한숨을 푹 쉬며 목소리를 가라앉혔다.

"어제 오후에 신재민 전무에게서 연락을 받았다. 네가 그 오민석이란 놈한테 잡혀갔었다고. 신 부사장이 바로 눈치채고 좇아가서 너는 무사하게 돌아왔으니, 너무 걱정하지 말라고 말이다."

아, 그 신재민 씨는 도대체 왜 그런 시키지도 않는 일을······.

"그때부터 네게서 연락이 오기만을 얼마나 기다렸는지 알기나 해! 전화기는 꺼져 있고, 집에는 아무도 없고! 걱정하는 사람은 생각도 안 하는 게야!"

"······죄송해요, 할아버지."

걱정하실까 봐 말씀을 안 드렸는데, 오히려 그래서 더 걱정을 끼친 모양이다.

"놀라실까 봐 그랬어요. 나중에 말씀드리려고 했는데."

"네가 놀란 것보다 더 놀랐을까 봐! 도대체 어떻게 그런 일을 당해 놓고 아무 말도 없을 수가 있어!"

"죄송해요."

정말로 할 수 있는 말이 그것밖에 없었다. 영은 왠지 초등학교 시절로 돌아간 기분까지 느끼며 고개를 숙였다.

선우 회장은 풀이 죽은 손녀를 한참 동안 바라보다가 다시 한번 한숨을 푹 쉬었다.

손녀가 납치되었다가 또 금세 구출되었다는 말을 들었을 때는 얼마나 놀랐는지 모른다. 이제나저제나 연락 오기만을 기다리다가 결국 직접 나서서 손녀를 찾기 시작했을 때, 영이 강우의 집에 있다는 걸 알고 배신감까지 느꼈더랬다.

처음부터 손녀를 되찾았다는 것을 세상에 알리고, 아무도 건드리지 못하게 품고 살아야 했다는 후회를 밤새 얼마나 했는지 모른다. 그랬다면 오민석 같은 졸부 따위는 감히 손녀를 건드릴 생각조차 못 했을 것이다.

밤새 그런 생각에 뒤척이던 선우 회장은 결국 오늘 아침 강우에게 전화를 걸어 한바탕 퍼부어 주고 말았다. 남의 손녀를 데리고 가서 밤을 새우다니, 뭐 하는 짓이냐고 말이다. 손녀를 구해 줘서 고맙다는 인사를 잊어버렸다는 건, 전화를 끊고 나서야 깨달았다.

그런데 저렇게 멀쩡한 얼굴로 나타나 죽을 두 그릇씩 비우는 손녀를 보니, 밤새 했던 고민이 무색하기만 했다. 괜히 영을 구해 주고도 아침부터 욕만 잔뜩 먹은 강우에게도 미안해졌다. 이래서 자식은 애물단지라고 했던가.

"그래, 병원에서는 뭐라고 하더냐."

선우 회장이 기운 빠진 목소리로 묻자 영은 힐끔 고개를 들면서 대답했다.

"이것저것 검사는 했는데, 아직 결과가 안 나왔어요. 그리고 어제 먹은 건 단순한 수면제라서 몸에 이상은 없었고요."

"어지럽고 속이 메스껍다고 했다면서? 그게 어떻게 이상이 없는 거야?"

그건 또 누구한테 들으셨대…….

"아니, 그게요."

영은 어쩔 수 없이 실토했다.

"사실 그렇게 심하진 않았는데, 오민석이 좀 더 곤란해지라고 경찰서에서 과장을 좀……."

그 말은 들은 선우 회장은 허무한 웃음이 터져 나오는 것을 느꼈다. 손녀의 순진함에 화를 낼 힘마저 쏙 들어가는 것 같았다. 게다가 영은 그런 선우 회장의 기분을 금세 눈치채고는 어리광 섞인 음성으로 말했다.

"죄송해요, 할아버지. 화 푸세요, 네? 금방 끝난 일이라 바로 연락을 못 드린 거예요."

그리고 그때는 저도 놀랐으니, 전화할 생각을 못 했겠지.

그런 생각을 하는 선우 회장의 입에서 또 한 번 한숨이 쏟아져 나왔다. 아무래도 강우에게 고맙다는 인사를 늦지 않게 해야 할 것 같았다.

"그, 오민석이란 녀석에 대한 처분은 내가 결정할 테니, 넌 나서지 말거라."

"네."

얌전하게 고개를 끄덕이던 영은 슬그머니 눈치를 보더니 물었다.

"근데, 할아버지. 저 오늘 반차 냈는데, 저녁까지 먹고 가도 돼요?"

그 말을 들은 선우 회장의 입에서 한 번 더 기운 빠진 웃음이 새어 나왔다. 아들이 누굴 닮아 이렇게 애교 많은 손녀딸을 남기고 갔는지 모를 일이었다.

* * *

할아버지와 그렇게 화해 아닌 화해를 마무리 지은 영과 달리, 강우는 가족들과 비교적 험악한 대화를 나누고 있었다.

먼저, 그는 재민에게 영에 대한 일에 자꾸 나서지 말 것을 당부했다.

"이번에 네가 도와준 건 정말 고맙게 생각한다. 네가 아니었으면 영 씨를 그렇게 빨리 구할 수 없었을 거야."

"아니, 난, 전에 미안했던 일도 있고 해서……."

그러나 강우는 멋쩍은 듯 대답하는 재민의 말을 그대로 잘랐다.

"그래도 선우 회장님께 네가 연락을 드릴 필요는 없었어. 그건 나나 영 씨가 해야 할 일이었으니까. 물론 먼저 연락을 드리지 못한 건 우리 잘못이 맞아. 하지만 그 소식을 듣고 밤새 걱정하셨을 할아버님을 생각하면, 정말 유감스러울 뿐이다."

순간 재민은 울컥했다.

야, 이번엔 정말로 너를 도와주려는 거였다고! 선우 회장님께 네가 영 씨를 구해 냈다는 사실을 어필해서 점수를 따는 데 보탬이 되려고 했단 말이야! 설마 너희 두 사람 모두 선우 회장님께 연락을 안 드렸을 거라고는 내가 짐작이나 했겠냐고!

물론 재민은 그 말을 입 밖으로 내뱉지 않았다. 강우가 말했던 '우리'라는 단어와 '할아버님'이라는 호칭이 머릿속에 강렬하게 꽂혀 버린 탓이다.

약혼도 하지 않은 상태에서 선우 회장님을 '할아버님'이라 부르고 있다는 건, 신강우의 이성이 반 이상 날아갔다는 뜻이었다. 그러니까, 괜히 건드려서 부스럼을 만들 필요가 없었다.

"내가 생각이 짧았다. 미안하다."

재민은 정말 진심으로 사과했다. 속으로는 '나중에 제정신이 돌아오면 두고 보자'고 복수를 다짐하면서.

아무튼 재민의 사과를 받고 나자 강우의 시선은 자연스럽게 신 회장에게로 돌아갔다.

"할아버지."

"왜! 난 아무것도 안 했다! 꼬투리 잡을 생각은 꿈도 꾸지 말거라."

그러자 강우의 입에서 낮은 한숨이 흘러나왔다.

"꼬투리 잡는 게 아니라 말씀드릴 게 있습니다."

"……뭔데?"

"영 씨와 최대한 빨리 결혼할 생각입니다."

강우의 말에 신 회장이 못마땅한 표정을 지었다.

"그 얘기라면…….."

"이번 일로 확실하게 느꼈습니다. 하루라도 빨리 영 씨와 가족이 되어야 한다는 것을요. 솔직히 말씀드리면 저는 그냥 저희끼리 혼인 신고한 다음, 살림을 합쳐도 상관없다고 생각합니다."

"그건 또 무슨 말도 안 되는 소리야!"

신 회장의 노기 어린 음성에도 강우의 냉정한 표정은 변함이 없었다.

"말이 안 되는 소리는 아니라고 생각합니다, 할아버지. 하지만 저는 영씨가 가족들의 환대를 받으며 결혼하기를 바랍니다. 그래서 이렇게 말씀드리는 거고요."

신 회장은 차갑기 짝이 없는 목소리로 말하는 손자를 가만히 바라보았다. 시간이 좀 지나면 이성을 찾을 거라 생각했는데, 어제 일을 겪고 나서 오히려 더 불타오른 모양이었다. 신 회장은 마지못해 대답했다.

"조금 더 생각해 보도록 하자꾸나."

"아니요."

강우는 천천히 고개를 저으며 말을 이었다.

"지금까지 생각하실 시간은 충분했습니다. 더 끌고 싶지 않습니다."

그 말에 신 회장도 벌컥 역정을 냈다.

"아니, 결혼이 그렇게 간단한 일도 아닌데, 왜 그렇게 서둘러! 번갯불에 콩 구워 먹을 테냐!"

그러나 강우의 표정에는 변함이 없었다.

"필요하다면 그렇게라도 할 겁니다."

15. 일탈

유치장에 갇힌 민석은 당황하고 있었다. 경찰들은 그를 쓰레기 취급했고, 믿었던 아버지는 그를 아예 없는 자식 취급하고 있었다. 심지어 철민까지도 그를 모르는 척했다.

찾아오는 인간들이라고는 죄다 변호사밖에 없었다. 나라 건축 사무소 쪽에서 보낸 변호사, 신강우가 보낸 변호사, 그리고 선우영의 개인 변호사까지, 모두 자신을 잡아먹지 못해 안달이 난 사람들밖에 없었던 것이다.

솔직히 민석은 억울했다. 선우영에게 먹인 것은 단순한 수면제에 불과했기 때문이다. 그것도 그 여자가 너무 빨리 눈치를 채는 바람에 한두 모금밖에 못 먹였다. 그러니까 그렇게 빨리 깨어난 것이 아닌가.

게다가 그는 영을 별장에 데려갔을 때도 곧바로 건드리지 않고 얌전히 놓아두었다. 철민을 기다린다는 핑계가 있긴 했지만, 사실 선우영이 아닌 다른 여자였다면 그는 철민이 오건 말건 간에 별장에 들어간 순간 벌써 일을 시작했을 것이다.

건드려도 괜찮은 여자와, 함부로 건드리면 안 될 여자는 민석도 정확하게 구분하고 있었다. 그래서 겁만 좀 줄 생각이었다. 선우영의 기를 확 눌러서 고분고분한 여자로 만들기만 할 생각이었던 것이다.

하지만 아무 짓도 하지 못했는데 갑자기 경찰이 들이닥쳐 그를 잡아 왔다. 경찰뿐만 아니라 사설 경호원 한 무더기도 그를 감싸고 위협했다. 뒤늦게 사색이 되어서 도착한 신강우를 보고 나서야 민석은 자신의 계획이 왜 실패했는지 깨달았다. 신강우, 그 재수 없는 금수저 자식 때문이었다.

"젠장."

싸늘한 눈초리로 자신을 노려보다가, 더 상대할 가치조차 없다는 듯 시선을 돌리던 신강우의 모습이 떠오르자 민석의 입에서 욕설이 흘러나왔다.

"망할, 그 면상을 확 눌러 줘야 했는데."

지나가던 경찰 한 명이 민석의 사나운 중얼거림을 듣고는 시끄럽다는 듯 눈총을 준다. 그는 이를 바득바득 갈며 입술을 앙다물었다.

일단은 유치장에서 나가는 게 먼저였다. 어떻게든 나가고 나면 아버지를 구슬려서 그 재수 없는 한 쌍에게 복수할 방법을 찾아낼 것이다. 오민석이라는 남자는, 이 정도의 일로 무너지지 않는다는 것을 선우영과 신강우에게 똑똑히 보여 줘야 했다.

* * *

그러나 어찌 보면 당연하게도, 강우와 영은 모두 오민석이란 인간에게는 신경조차 쓰지 않고 있었다. 굳이 떠올릴만한 가치가 없기 때문이기도 했지만, 두 사람에게는 더 큰 문제가 있었기 때문이기도 했다.

"정말로 그냥 가도 돼요?"

영이 걱정 가득한 얼굴로 묻자 강우는 태평한 목소리로 대답했다.

"벌써 네 번째 묻는 말이라는 거 압니까?"

장난기 섞인 그 말에 그녀는 한숨을 폭 쉬었다. 치기 어린 십 대도 아니고 가족들에게 말도 없이 여행을 가는 게 웬일인가 싶었다.

서로 휴가 기간을 맞추자는 말을 들었을 때만 해도 영은 며칠 동안 같이 지낼 수 있겠구나, 하는 생각에 좋기만 했었다. 여행을 가자는 말을 들었을 때는 조금 설레고 긴장이 되기도 했다.

하지만 그녀와 둘이 여행 가는 것을 아무도 모르고 있다는 말을 듣는 순간, 이건 아닌데 하는 생각이 들었다.

"영 씨는 할아버님께 말씀드려도 상관없습니다."

그렇게 말하는 강우가 순간적으로 조금 뻔뻔해 보이기까지 했다.

"우리 할아버지한테 말씀드리면, 결국 강우 씨 가족분들도 알게 되실 거 아니에요."

"그래도 내 입으로 말씀드릴 생각은 없습니다."

"와아."

이렇게 유치할 수가. 영은 입을 쩍 벌린 채 어이없다는 표정을 그대로 드러냈다. 하지만 강우의 뻔뻔한 표정은 여전했다.

"그러니까 영 씨도 괜한 걱정은 그만두고 휴가를 즐길 생각이나 해요. 처음으로 해 보는 일탈이니만큼, 아무것도 신경 쓰지 않을 겁니다."

강우의 말을 들은 영은 다시 한번 입을 쩍 벌렸다.

이게 처음으로 해 보는 일탈이라니, 도대체 얼마나 바른 생활을 해 온 거야, 이 남자는.

더불어 조금 전까지 뻔뻔하다고 생각했던 것도 미안해지기 시작했다.

그래, 사람이 너무 바르게 살면 안 돼. 가끔 일탈도 즐기고 해야지. 때로는 불량식품도 먹고 그래야 삶이 재미있는 거 아니겠어?

영은 더 이상 묻거나 따지지 않고 강우의 첫 일탈에 협력하기로 마음먹었다.

"좋아요, 그럼 우리 다른 건 신경 쓰지 말고 실컷 즐겨 봐요."

그러자 이번에는 강우가 걱정스러운 얼굴로 물었다.

"괜찮겠습니까?"

"그럼요."

영은 호기롭게 고개를 끄덕였다.

"제가 원래 일탈 전문이거든요. 그러니까 걱정하지 말고 나한테 다 맡기세요."

그녀의 말을 들은 강우가 쿡쿡 웃기 시작했다.

"일탈 전문이라고요?"

"그렇다니까요."

"그럼 믿고 맡겨 보겠습니다."

"후회하지 않을 거예요."

그렇게 호언장담한 영은 내친김에 목적지까지 정해 버렸다.

"그럼 우리, 서해안 투어를 해 보는 게 어때요?"

"서해안이요?"

"네. 국도를 따라 달리다가 마음에 드는 곳에 내려서 해 지는 걸 보고 밥도 먹는 거예요."

강우는 나쁘지 않은 생각이라는 듯 고개를 끄덕였다.

"좋습니다."

두 사람은 짐을 최소한으로 꾸렸다. 가까운 곳으로 놀러 가는 사람처럼 보이도록. 그러고는 영의 차를 타고 나와 곧장 인천 쪽으로 달리기 시작했다.

경호원들이 언제 두 사람을 찾아내서 쫓아올지 알 수 없었다. 그들도 전문가이니만큼 오래 걸리지는 않을 것이다. 그러나 강우는 영과 함께 그들의 눈을 벗어나 고속도로를 달리고 있다는 사실에 알 수 없는 쾌감을 느꼈다.

어린 시절에도 느껴 본 적 없는 유치한 즐거움이었지만, 아무려면 어떠냐 싶었다. 그는 지금까지 자신이 완벽하게 정해진 틀 안에서만 살아왔다는 것을 알고 있었다.

사실 그렇게 사는 게 문제 될 건 없었다. 그 자체로도 완벽한 삶이었으니까.

하지만 얼마 전까지만 해도 만족스럽게 느껴졌던 그 생활이 지금은 왠지 부족하게 느껴졌다. 굳이 그 생활만을 고집해야 할 필요성이 없다는 생각도 들었다. 삶의 방식을 조금 바꾼다고 해도 그가 신강우라는 사실이 변할 리 없으니까 말이다.

뚜렷한 목적지를 정하지 않고 차를 달리는 것은 처음이었다. 그러나 영과 함께 있기 때문인지 지루하지도, 걱정이 되지도 않았다. 해변을 찾아 들어갈 때는 길을 잃고 헤매기도 했지만, 그마저도 재미있었다.

강우는 생전 처음 시간과 장소에 구애받지 않고 행동하고 있다는 사실에 묘한 해방감마저 느꼈다. 영의 환한 미소는 그 해방감을 더욱 부추겼다.

"저녁으로는 조개구이를 먹어요!"

바닷가 근처의 펜션에서 하룻밤을 묵어가기로 한 다음, 영은 기다렸다는 듯 말했다.

"조개구이요?"

"네. 해 질 녘 노을을 보면서 조개구이에 소주 한 잔, 크으, 정말 죽이지 않아요?"

그녀는 생각만 해도 좋다는 듯 살짝 진저리까지 치면서 말했다. 그 모습이 어찌나 귀여운지 입가가 저절로 벌어지고 고개도 절로 끄덕여졌다.

"좋습니다, 가죠."

날씨가 좋아서 그런지, 수평선 위로 지는 붉은 노을이 여느 때보다도 아름다웠다. 낮에는 조금 더운 듯했지만 저녁이 되자 선선한 바람이 불면서 야외에서 식사하기에 적당한 기온이 되었다.

두 사람은 천천히 이야기를 나누며 양이 찰 때까지 실컷 먹었다. 그러고 나서 해가 완전히 지고 나자 손을 꼭 잡고 해변을 걸었다. 영은 그의 손을 깍지 껴 잡고 크게 흔들며 물었다.

"호텔에서 먹던 셰프의 추천 요리와 와인이 아니라도 맛있었죠?"

"네, 맛있었습니다."

"내일은 더 맛있는 음식을 맛보게 될 테니까, 기대해도 좋아요."

강우는 큰소리 떵떵 치는 영을 보며 웃다가 물었다.

"그럼 오늘은 이걸로 끝입니까?"

"오늘요? 어, 끝이…… 죠?"

그녀는 뭔가 더 먹어야 하나, 하는 표정으로 고개를 갸웃거렸다.

"강우 씨는 더 먹고 싶은 거 있어요?"

"있습니다."

"뭔데요?"

"디저트요."

영은 그제야 생각났다는 듯 눈을 동그랗게 뜨고 말했다.

"아, 그럼 펜션 가기 전에 아이스크림 사 가지고 갈까요?"

그 해맑은 얼굴을 보면서 강우는 잠시 갈등했다. 자신이 원하는 디저트가 어떤 종류인지 지금 확실하게 말해 두는 게 나을 것인가. 하지만 굳이 말을 하지 않아도 펜션에 들어가면 알게 될 것이다. 그는 더 이상의 설명 없이 고개를 끄덕였다.

"그럼 지금 바로 아이스크림을 사러 갑시다."

그러자 영이 그와 잡은 손을 더 크게 흔들며 즐겁다는 듯 웃었다. 손을 잡고 있는 남자의 머릿속에 어떤 생각이 가득한지도 모르고.

"으으응……."

지금까지 먹어 본 아이스크림 중에 이렇게 달았던 것은 없었다. 영은 입술을 겹친 채 그녀의 아이스크림을 빼앗아 먹고 있는 강우의 목에 힘주어 팔을 감았다. 정말, 지독히도 다디단 디저트라고 생각하면서.

해변의 끝자락에 딱 하나 있었던 편의점에는 하필 딸기 맛 아이스크림밖에 남아 있지 않았다. 딸기 우유든, 딸기 아이스크림이든, 딸기 맛이 들어간 가공식품을 좋아하지 않았던 그녀는 조금 김샜다는 표정을 지었다.

"아이스크림이 별로 없는데요."

그러나 강우는 맛이야 아무 상관도 없다는 얼굴로 아이스크림 한 통을 집어 들었다. 그리고 펜션에 도착해 그녀에게 한 입 떠 주자마자 그대로 입술을 겹쳐 왔다.

"아."

영은 당황과 부끄러움 사이에서 그의 셔츠 자락을 움켜쥐며 깨달았다.

이 남자가 아까부터 말했던 디저트가 바로 이거였구나.

참 바보 같았다는 생각을 오래 할 시간도 없었다. 그녀의 입속에 넣어 준 아이스크림을 하나도 남김없이 먹어 버린 강우가 또 한 번 아이스크림을 떠 먹여 주었기 때문이다.

솔직히 말하면, 아이스크림에서 무슨 맛이 나는지 느낄 새도 없었다. 영은 입속을 뜨겁게 헤집어 오는 강우를 받아들이는 것만으로도 벅차서, 입술이 떨어질 때마다 헉헉거리고 숨을 몰아쉬기만 했다.

강우는 입술을 살짝 벌린 채 뜨거운 숨을 몰아쉬는 그녀를 욕망에 가득한 눈으로 바라보며 속삭였다.

"정말, 달군요."

그리고 다시 고개를 숙였지만, 이번에 그의 입술이 찾아간 곳은 그녀의 어깨였다. 옷차림이 언제 이렇게 흐트러졌는지 놀랄 새도 없었다. 마치 낙인을 찍듯 피부 위에서 뜨겁게 움직이는 입술이 영을 꼼짝도 할 수 없게 만들었다.

그러나 강우가 나머지 단추를 풀고 옷을 완전히 벗기기 전, 그녀는 간당간당 남아 있던 이성을 긁어모으며 말했다.

"씨, 씻고 올게요."

그 말에 강우의 입술이 섹시한 미소를 지었다.

"씻는 건, 조금 있다가 같이 해도 됩니다."

그러더니 더 이상 아무 말도 하지 말라는 듯 그녀의 입술을 덮어 버린다.

"으으응."

영은 머릿속이 아득해지는 것을 느끼며 강우의 목에 팔을 감았다. 뜨겁게 부딪쳐 오는 몸과, 숨결까지 모조리 가져가고 싶다는 듯 파고드는 입술이 이성을 완전히 마비시켰다.

그의 체온이 온전히 그녀의 몸에 실리는 순간, 영은 눈을 감고 그의 모든 것을 받아들였다. 온전히 하나가 되었다는 충족감이 온몸을 가득 메우는 것을 느끼면서.

영과 강우는 다음 날 군산 쪽으로 내려가자고 계획을 세웠었다. 그러나 다음 날 아침 그녀가 눈을 떴을 때는 이미 정오가 지난 다음이었고, 눈을 뜨자마자 기다렸다는 듯 또다시 덤벼드는 강우 때문에 저녁이 다 될 때까지 침대 밖으로 벗어나지도 못했다.

그는 해가 거의 다 넘어가고 나서야 영을 놔주었다. 하루 종일 힘을 쓰고도 지치기는커녕 더 팔팔해진 강우는 그녀의 어깨에 가볍게 입을 맞추고는 몸을 일으켰다.

"좀 쉬고 있어요. 요기할 거리를 사 올 테니."

대꾸할 기운도 없었던 그녀는 강우가 방을 나서기도 전에 잠에 빠져들었다.

그는 간단히 씻고 밖으로 나왔다. 한적한 해변이라 그런지 음식점은 많지 않았고, 그나마도 저녁 장사만 하는 곳이 대부분이었다. 영에게 고기를 먹이고 싶었지만, 제대로 포장이 되는 음식점이 없었다.

한참을 돌아다니던 그는 어쩔 수 없이 어제 아이스크림을 샀던 그 편의점에서 샌드위치를 싹쓸이하다시피 했다. 아쉬운 대로 일단 요기부터 하고, 내일은 아침 일찍 출발해 든든하게 속을 채워야겠다고 생각하면서.

펜션에 돌아와 보니 영은 깊이 잠들어 있었다. 몇 번을 불러도 그녀가 깨어나지 않자, 강우는 저녁 식사를 잠시 미루기로 했다. 다시 영의 옆에 누워 잠든 얼굴을 가만히 바라보고 있으려니 하룻밤 새 수척해진 모습에 미안해진다.

어젯밤엔 그동안 쌓여 있던 욕망이 한 번에 터져 나오는 바람에 좀 이기적으로 굴었던 것도 사실이었다. 거칠게 달려들수록 정신을 못 차리며 자신을 끌어안는 그녀의 손길이 좋았던 것도 물론이고 말이다.

하지만 지금 이렇게 잠에 취해 있는 것을 보니, 앞으로는 조금 절제를 해야겠다는 생각이 들었다. 아니면, 영양제와 보약을 든든히 먹이면서 영의 체력 보충에 총력을 기울이거나.

"신혼여행 가기 전에 확실히 챙겨야겠는데요."

강우가 그렇게 음흉한 미소를 지으며 그녀의 머리카락을 쓰다듬고 있는데 핸드폰 벨 소리가 들려왔다. 자신의 핸드폰은 여행을 떠나면서 아예 전원을 오프했으니, 영의 것이 분명했다.

그는 혹시나 하는 마음에 벌떡 일어나 발신인을 확인했다. 액정에서 '할아버지'라는 단어를 확인하자 조금 고민이 된다.

전에 오민석이 영을 납치했을 때 그녀를 빨리 구출한 덕택에 자신에 대한 선우 회장의 마음이 조금 누그러진 것은 알고 있었다.

하지만 이렇게 손녀딸과 함께 단둘이 여행을 떠났다는 것을 알고도 좋은 말씀을 하실 거라 생각할 수는 없었다. 그렇다고 안 받을 수도 없는 일이라 강우는 마음을 굳게 먹고 통화 버튼을 눌렀다.

─영이, 지금 어디냐.

통화 버튼을 누르자마자 선우 회장의 점잖은 목소리가 들려왔다. 강우는 최대한 정중하고 예의 바른 음성처럼 들리기를 바라며 대답했다.

"안녕하십니까, 할아버님. 저, 신강우입니다."

수화기 저편에서 무거운 침묵이 흘렀다. 영이 지금 자고 있다고 해야 하나,

아니면 잠깐 나갔다고 해야 하나 고민하고 있는데 선우 회장의 엄한 목소리가 들려왔다.

  −자네가 왜 영이의 전화를 받는 겐가?

  강우는 태어나서 처음으로 대답하기 전에 한참을 망설였다.

  "음, 사실…… 영 씨와 함께 여행 중입니다. 할아버님."

  다시 한참 동안의 침묵이 흐른 뒤에 선우 회장이 말했다.

  −영이 바꾸게.

  "네."

  그는 고분고분 대답한 다음 핸드폰을 침대에서 최대한 먼 곳에 놓아두었다. 그리고 침대로 달려가 그녀를 흔들어 깨우기 시작했다.

  "영 씨, 일어나요! 할아버님이 전화하셨습니다!"

  이번엔 다행스럽게도 그녀가 금방 눈을 떴다.

  "……뭐라고요?"

  "할아버님께서 전화를 하셨습니다. 빨리 받아 봐요."

  그러나 영은 강우의 급박한 표정을 보면서도 그게 뭐 그렇게 놀라운 일이 나는 듯 천천히 눈을 비볐다.

  "어, 핸드폰은 어디 있어요?"

  강우는 재빨리 핸드폰을 가져다가 그녀의 손에 쥐여 주었다. 그러자 영이 잠에서 덜 깬 목소리 그대로 전화를 받았다.

  "할아버지? ……아, 네. ……네, 강우 씨랑 여행 중이에요. 출발은 어제 했는데. ……여기 태안 쪽이요. ……에이, 할아버지, 강우 씨랑 단둘이 여행 간다고 하면 안 된다고 하실 게 뻔한데 뭐 하러……."

  잠이 덜 깬 목소리로 대수롭지 않다는 듯 말하는 영과는 달리, 강우는 등 뒤로 식은땀이 흐르는 것을 느꼈다. 선우 회장이 당장 올라오라고 하면 곧 바로 영에게 옷을 입힌 다음 출발해야 하는 건 아닐까 걱정까지 된다. 하지만 정작 그녀는 평온하다 못해 느긋하기까지 했다.

"하루밖에 안 됐는데 벌써 올라가요? 며칠 푹 쉴 생각으로 출발한 건데. ……음, 미리 말씀 안 드린 건 죄송해요. ……어, 글쎄요? 특별히 예약한 건 없어요. 그냥 국도를 따라 달리다가 마음에 드는 곳에 멈춰서……. 음, 너무 걱정하지 않으셔도 돼요. 강우 씨랑 같이 있는데요, 뭐."

그렇게 얌전히 대답하던 영이 갑자기 웃음을 터뜨렸다.

"하하하, 안 돼요, 할아버지. 진짜 그러시면 저 서울에 안 갈지도 몰라요. 결혼 허락해 준다고 하실 때까지요. ……하하하. 매일 연락드릴게요, 너무 걱정 마세요, 할아버지. ……네. 전화할게요."

조마조마한 강우와는 달리 영은 느긋하게 웃으며 통화를 끝냈다. 그는 전화를 끊자마자 다시 침대 속으로 파고드는 그녀를 보며 물었다.

"할아버님이 뭐라고 하셨습니까?"

"금쪽같은 손녀를 말도 없이 데려갔다고, 가만히 있지 않으시겠대요."

영은 눈을 감은 채로 웅얼거리듯 대답했다. 그 표정이 어찌나 의뭉스러운지, 강우는 진짜로 믿을 뻔했다.

"정말 그렇게 말씀하셨습니까?"

걱정근심 가득한 강우의 목소리에 슬쩍 눈을 뜬 영이 낮은 웃음을 터뜨렸다.

"네. 그리고 강우 씨가 손끝 하나도 대지 못하게 조심하라고 하시던데요?"

그제야 강우의 얼굴에 의심의 기색이 서리기 시작했다.

"정말 그렇게 말씀하셨다고요? 손끝 하나도 대지 못하게 하라고?"

"그렇다니까요. 제일 위험한 건 강우 씨니까……."

그가 이불 위로 몸을 숙이며 두 팔로 그녀를 가두자 영의 미소가 조금 더 진해졌다.

"여행하는 내내 멀찍이 떨어져 있으라고 하셨어요."

강우는 그녀에게로 얼굴을 바싹 붙이며 속삭이듯 말했다.

"왜 이렇게 믿을 수가 없는지 모르겠군요."

그러고는 영의 입술에 가볍게 촉, 촉, 촉 입을 맞췄다. 장난스럽게 시작한 키스가 천천히 깊어졌다. 그러나 잠시 후 영은 그를 슬그머니 밀어내면서 말했다.

"오늘은 그만. 정말 꼼짝도 할 수 없을 것 같아요. 배도 고프고."

강우는 아쉬움을 삼키며 자리에서 일어났다. 냉장고에 넣어 두었던 샌드위치를 꺼내오자 그녀의 표정이 환하게 밝아졌다. 신나게 샌드위치를 먹는 영을 보는 그의 머릿속에 다시 세 개의 단어가 둥둥 떠다니기 시작했다.

보약과 영양제, 최대한 빨리.

다음 날 아침 일찌감치 일어난 두 사람은 아침 식사가 가능한 식당을 찾아내서 든든하게 배를 채운 다음 출발했다. 두 번째로 차를 멈춘 곳은 군산이었다.

간단히 관광지를 둘러보고 나서 식사를 마치고 나오는 강우의 눈에 낯익은 경호원들의 모습이 보였다. 이제부터는 드러내 놓고 쫓아다닐 모양이다. 강우는 영과 다정한 모습을 계속 보여 주면서 경호원들의 손발을 죄다 오그라뜨려 주겠다 다짐하며 그녀의 어깨에 손을 올렸다.

"잠깐 뒤를 돌아볼래요?"

그러자 의아한 표정으로 뒤를 돌았던 영이 경호원들을 발견하고는 반색을 했다.

"어머, 안 실장님이시네요? 언제 도착하셨대요?"

너무 반가워하는 그녀의 모습에 강우의 입가가 씰룩였다.

"안 실장님과는 언제 그렇게 친해졌습니까?"

"친해진 건 아니고요, 전에 용인에서 뵀었잖아요. 그때 제가 좀 실례한 것도 있고, 감사한 것도 있었는데, 아무튼 다시 보니 반갑네요. 식사는 하셨대요?"

이대로 놔두면 달려가서 악수라도 청할 기세였다. 강우는 그녀가 더 이상 안 실장을 못 보도록 아예 반대쪽으로 돌려세우며 대답했다.

"식사는 알아서 할 겁니다."

"에이, 어차피 같이 다닐 거 식사도 같이하면 좋을 텐데."

그러자 강우는 심술궂은 목소리로 안 실장의 정체를 폭로했다.

"……영 씨가 몰라서 그렇지, 원래 쟤도 가드들입니다."

그제야 영이 고개를 끄덕였다.

"음, 그럼 못 본 척해 드려야 하나요?"

"그러는 게 서로 좋을 겁니다."

그날 저녁 두 사람은 여수에 도착했다. 경호원에게 따라잡혔으니 더 이상 숨을 필요가 없다고 생각했는지 강우는 도착하자마자 호텔에 체크인했다. 그 말을 전해 들은 신 회장은 못마땅한 표정을 지었고, 맞은편에 앉아 있던 선우 회장도 혀를 쯧쯧 찼다.

그러나 신 회장보다는 선우 회장의 표정이 훨씬 더 밝았는데, 한 시간 전쯤 영에게 안부 전화와 함께 사진 몇 장을 받았기 때문이었다.

물론 그 사진에는 영과 강우의 모습이 함께 찍혀 있어서, 그 사진을 본 선우 회장의 입가가 잠시 씰룩거리긴 했지만, 지금껏 사흘 내내 한 통의 연락도 받지 못한 신 회장에 비하면 훨씬 나은 입장이었다.

그래서 선우 회장은 드러내 놓고 사진을 자랑했다.

"아무래도 둘이서 찍은 건 아닌 듯한데, 혹시 경호원이 찍어 준 건 아닌가?"

그 말에 신 회장이 미간을 찌푸렸지만, 호기심을 참을 수 없었는지 선우 회장이 내민 핸드폰으로 시선을 내렸다.

사진 속의 강우는 가벼운 티셔츠와 청바지 차림이었다. 항상 깔끔하게 빗어 넘겼던 머리카락이 바람에 흐트러진 채로 비슷한 차림의 여자를 거의 끌어안은 듯 하고 있었다.

그러나 신 회장의 눈길을 끈 것은 그 허름한 차림새가 아닌 강우의 얼굴에 가득 차올라 있는 미소였다.

신 회장은 강우가 이렇게 환하게 웃는 모습을 언제 봤는지, 기억도 할 수 없었다. 유치원 때였을까, 아니면 초등학생 때? 분명한 것은 사고로 인해 아들과 며느리가 하늘나라로 간 이후로는 한 번도 없었다는 것이었다.

그 사실을 깨달은 신 회장의 입가에 씁쓸한 미소가 떠올랐다. 정말 인정하기 싫었지만, 강우에게 이런 미소를 짓게 만드는 선우영이란 아이를 손자며느리로 맞아야 할 것 같았다.

"우리 영이가 참 예쁘지 않나?"

신 회장의 속마음도 모르고 선우 회장이 만면에 미소를 띤 채 손녀 자랑을 시작했다.

"애가, 티끌이 없어. 솔직하고, 당당하고. 이제 와 말이지만, 우리 이현이가 딸은 참 잘 키웠지."

은근슬쩍 해 오는 아들과 손녀 자랑도 못마땅했다.

우리 손자도 어디에 내놔도 빠지지 않는 인물이거든!

하지만 차마 그런 유치한 말을 입 밖으로 낼 수는 없었다. 그래서 신 회장은 퉁명스러운 목소리로 물었다.

"그래, 자네는 이 결혼에 동의하는 겐가?"

그러자 선우 회장이 코웃음을 쳤다.

"동의는 무슨! 공식적으로 아무 사이도 아닌 남의 손녀딸을 데리고 며칠씩이나 여행을 간 녀석을 그렇게 쉽게 손녀사위로 들일 거라 생각하나? 서울에 와서 싹싹 빌기 전엔 안 되겠네!"

"싹싹 빌다니! 둘이 좋아서 같이 간 건데, 싹싹 빌 게 뭐가 있나!"

신 회장이 말도 안 된다는 듯 펄쩍 뛰었지만, 선우 회장은 들은 척도 하지 않았다.

"입장을 바꿔서 생각해 보게. 자넨 결혼도 안 한 손녀가 아무 사이도 아닌 남자와 함께 여행을 갔다는데, 그냥 웃어넘길 수 있을 것 같은가?"

그 말에 신 회장은 입을 다물고 말았다. 더 이상 할 말이 없었으니까.

저녁 식사를 마친 선우 회장은 영이 강우와 결혼하더라도 선일 그룹과는 상관없는 일이라는 사실을 완전히 못 박은 다음 자리에서 일어났다.

'공식적으로 아무 사이도 아닌 선우 회장의 손녀를 데리고 도망친' 손자를 둔 탓에 신 회장은 아무 소리도 못 하고 선우 회장을 배웅할 수밖에 없었다. 강우가 사춘기 때도 하지 않았던 짓을 도대체 왜 이제 와 하고 다니는 건지 모르겠다고 생각하면서.

강우가 어렸을 때, 신 회장은 혹시라도 손자가 비뚤어지지 않을까 항상 노심초사하곤 했었다. 사춘기 직전에 부모님을 잃었기 때문이다.

그러나 강우는 지금까지 한 번도 정도에서 벗어난 적이 없었다. 다른 아이들, 심지어는 재민이도 자라면서 한두 번은 방황을 하고 사춘기라는 명목 하에 말썽을 부렸지만, 강우는 전혀 그런 적이 없었다.

처음엔 그런 손자가 걱정스러웠던 신 회장도 언제부턴가 그 모습을 당연하게 받아들이고 있었다. 강우는 군이 걱정하지 않아도 다 잘 알아서 할 거라고 말이다.

그런 강우가 갑자기 말도 없이 사라졌다는 보고를 들었을 때, 신 회장은 말도 안 된다고 생각했다. 강우가 어떤 성격인데 그런 짓을 한단 말인가.

하루 종일 손자와 연락이 되지 않자, 언제나 바르기만 하던 손자가 여자를 잘못 만나서 이상해졌다는 생각에 혼자 씩씩거리기도 했다. 하지만 오늘 선우 회장을 만나고 나니 강우가 결코 일시적이고 충동적인 감정으로 저지른 일이 아니라는 생각이 들기 시작했다.

선우영과 휴가 기간을 맞추고, 떠나기 전에 급한 일은 모두 차질 없이 처리를 해 두었다. 그리고 영이 선우 회장과 연락하는 것을 막기는커녕, 그 아이의 전화를 직접 받아서 선우 회장과 통화까지 했다고 한다. 선우 회장과 통화하는 즉시 자신의 귀에도 들어오게 될 것을 뻔히 알면서도.

그러니까 손자는, 그저 자신의 생각을 보여 주고 있는 것뿐이었다. 선우영이라는 아이와 함께하겠다는 의지를. 가족들의 반대는 그의 의지를 전혀 꺾을 수 없다는 것을 말이다.

그런 생각을 하고 있는 동안 핸드폰 메시지가 도착했다는 신호가 보였다. 무심코 메시지를 확인한 신 회장의 입매가 못마땅하게 다물어졌다. 선우 회장이 아까 보여 줬던 사진을 그대로 자신에게 보냈던 것이다.

"하여간, 심술은……. 쯧쯧……."

불만스럽게 혀를 차면서도, 신 회장은 영을 품에 안은 채 환하게 웃고 있는 손자의 얼굴에서 눈을 뗄 수가 없었다.

* * *

펑펑 소리가 울릴 때마다 새까만 밤하늘에 불빛이 수 놓인다. 영은 강우에게 몸을 완전히 기댄 채 몽롱한 눈으로 창밖을 바라보았다. 호텔 안에서 편안하게 앉아 불꽃놀이를 보고 있으니 신선놀음이 따로 없는 기분이다.

그러나 그 생각은 강우의 손이 슬그머니 움직인 순간 바로 깨지고 말았다.

"졸립니까?"

"으응……."

"아직 아홉 시밖에 안 됐는데?"

강우는 그렇게 말하면서 고개를 숙여 그녀의 어깨에 입술을 묻었다. 동시에 손으로 매끄러운 피부를 쓰다듬자 영의 입술에서 기운 빠진 목소리가 흘러나왔다.

"난 더 이상 못 해요."

"진심입니까?"

"강우 씨 덕분에 힘이 하나도 없다고요."

"음, 그럼 룸서비스라도 시킬까요?"

영은 퉁명스럽게 대꾸했다.

"먹여 놓고 또 덮치려고요?"

대답하는 강우의 목소리에는 슬며시 웃음기가 섞여 들었다.

"그럼 안 됩니까?"

"……체크인하자마자 나를 욕조에 던져 넣고 지금까지 꼼짝 못 하게 했잖아요."

"그건 같이 씻다가 일어난 어쩔 수 없는 해프닝이었습니다."

그녀는 강우의 뻔뻔한 대답에 콧방귀를 끼었다.

"거짓말. 야식 먹은 다음엔 또 밤새도록 잠도 안 재울 거면서."

강우는 입술로 그녀의 귓불을 간질이면서 속삭였다.

"오늘은 조금 자제해 보도록 하겠습니다."

절대 못 믿겠다는 대답을 하려는 순간 강우가 어깨를 살짝 깨물었다. 동시에 손으로 그녀의 매끈한 허벅지를 쓰다듬자 영이 움찔, 몸을 떨었다. 강우는 낮게 웃으며 손을 더 안쪽으로 미끄러뜨렸다.

그녀가 움직일 때마다 욕조 안의 물이 낮은 파문을 일으키며 출렁거린다. 강우의 입술이 목덜미로 옮겨 가 여린 피부를 자극하는 순간 영의 입술에서 낮은 신음이 새어 나왔다.

"으응……."

여행하는 내내 강우는 그녀에게서 손을 떼지 못했다. 관광을 다닐 때는 손을 잡지 않으면 영의 어깨나 허리에 팔을 두르고 있었고, 숙소에 들어오면 곧바로 그녀를 덮쳐 오는 통에 정신이 없을 정도였다.

오늘도 강우는 호텔 방에 들어오자마자 욕조에 물을 받아 주겠다며 욕실 안으로 사라졌다. 웬일로 문 앞에서부터 덮치지 않았다고 의아해한 것도 잠시, 몇 분 후 영은 욕조 안에 같이 앉아 지분거리는 강우의 손길을 느끼며 속으로 고개를 끄덕였다.

혹시나 했더니, 역시나였다.

욕조 안에서 한참 동안 본능을 불태우고 나서, 잠깐 졸았다가 눈을 떴더니 창밖에서 불꽃이 펑펑 터지고 있었다. 뒤에서 편안하게 받쳐 주는 강우의 몸과

적당히 따뜻한 물, 그리고 창밖으로 보이는 불꽃놀이. 비현실적으로 느껴질 만큼 완벽한 분위기였는데, 강우에게는 그렇지 않은 모양이었다.

"흐읍……."

영은 뜨겁게 파고드는 입술에 다시 정신이 아득해지는 것을 느끼며 두 팔로 그를 감싸 안았다.

방음이 완벽한 호텔, 그것도 욕실 안에 있는데 창밖에서 불꽃이 펑펑 터지는 소리가 귓가에 가득 들려오는 것 같았다. 아니, 펑펑 터지고 있는 건 온몸의 감각인지도 모르겠다.

강우가 그녀의 몸을 안고 움직일 때마다 욕조의 물이 출렁거리며 밖으로 흘러넘쳤다. 그가 귓가에 거칠게 이름을 속삭이는 순간 몸속이 뜨거운 충족감으로 가득 차올랐다. 마침내 영이 더 견디지 못하고 강우의 이름을 외쳤을 때, 그는 부서져라 그녀의 몸을 감싸 안았다.

강우의 입술이 그녀의 거친 숨소리와 신음을 모두 삼킨다. 영은 온몸으로 그를 끌어안으며 강우의 모든 것을 받아들였다. 욕실 안에 가쁜 숨소리가 사라지고, 창밖의 불꽃놀이가 다 끝나 버릴 때까지.

16. 뒤끝 있는 여자

　서울에 돌아온 강우는 영을 집에 데려다주지 않고 청담동 쪽으로 차를 몰았다. 어디 가는 거냐고 아무리 물어도 기다려 보라는 대답과 함께 묘한 미소를 지을 뿐이었다.

　잠시 후 두 사람이 도착한 곳은 유명한 보석상이었다. 강우는 당황스럽다는 듯 두리번거리며 눈만 깜빡이는 영에게 말했다.

　"천천히 골라 봐요."

　"뭘요?"

　그녀는 어리둥절한 표정으로 물었다. 설마 반지를 고르라는 건가? 하지만 커플링으로 하기엔 너무 비싼 매장인데?

　그런 영의 얼굴을 보며 강우가 태연하게 대답했다.

　"결혼반지요."

　"네?"

　"그리고 온 김에 예물도 같이 봐 두면 좋겠군요."

"어, 그……."

그녀가 우물거리는 동안 강우는 벌써 직원의 안내를 받으며 안쪽을 둘러보고 있었다. 영은 기쁘기도 하고 조금 걱정스럽기도 한 눈으로 강우를 바라보았다.

아직 어른들이 허락도 안 하셨고, 결혼 날짜가 정해지지도 않았는데 반지부터 맞추자고? 그래도 되는 걸까?

영이 머뭇거리고 있는 동안 강우는 직원이 추천해 준 반지들을 진지한 표정으로 살펴보다가 그녀를 향해 손짓했다.

"안 고를 겁니까?"

영은 천천히 그의 곁으로 다가가 물었다.

"반지부터 고르자고요?"

그녀의 표정을 본 강우가 고개를 돌려 직원에게 눈짓을 했다. 순식간에 직원들이 멀찍이 사라지고, 커다랗고 반짝이는 공간에 두 사람만 남았다. 강우는 진지한 얼굴의 영을 보며 한쪽 눈썹을 치켜세웠다.

"혹시 프러포즈할 때 반지가 빠져서 서운했습니까?"

"아니, 그런 건 아닌데요."

"그럼 이제 와서 결혼을 못 하겠다는 말을 하려는 건 아니겠지요?"

"그것도 아니에요. 근데 강우 씨……."

그는 다행이라는 듯 고개를 끄덕이면서 은근슬쩍 그녀의 말을 잘랐다.

"만약 영 씨 마음이 바뀌었다면 선우 회장님을 찾아갈 생각이었는데, 다행이군요."

그녀의 얼굴이 다시 어리둥절해졌다.

"할아버지를요? 왜요?"

"선우 회장님의 손녀가 멀쩡한 남자를 홀려서 정신 쏙 빠지게 만들어 놓고 같이 여행까지 갔다 오더니, 결혼반지를 고르자는 말을 듣자마자 도망을……."

"아니, 그게 무슨 말도 안 되는 소리……."

그러나 강우는 황당해하는 표정의 그녀를 보면서도 진지하게 말을 이었다.

"……도망가 버렸으니, 선우영 씨에게 육체적, 정신적인 피해보상을 요구하……."

"보상은 무슨 보상이요!"

영은 누가 듣기라도 할까 봐 주위를 둘러보며 낮은 목소리로 외쳤다.

"도대체 무슨 피해 보상을 하라는 거예요? 내가 뭘 어쨌다고!"

"영 씨가 나와 결혼할 거라 철석같이 믿고서, 지난 며칠간 밤낮 가릴 것 없이 힘을 썼더니 허리가……."

"미쳤어!"

영은 재빨리 손을 뻗어 강우의 입술을 막았다. 도대체 무슨 말을 하는 거야, 이 남자가!

강우는 어느새 새빨갛게 달아오른 그녀를 보더니 짓궂게 웃으며 영의 손바닥에 입술을 찍었다. 손바닥에 불이 붙는 것 같은 느낌에 화들짝 손을 떼고 노려보자 강우가 능글맞은 미소를 지으며 물었다.

"계속할까요?"

"아니요!"

"그럼 이제 반지를 고르는 게 좋겠군요."

그가 어떤 신호를 보냈는지 모르겠지만, 보이지도 않는 곳에 서 있던 직원들이 다시 기척도 없이 다가왔다.

강우를 흘겨보고 있던 영은 어쩔 수 없이 최대한 뻔뻔한 얼굴을 한 채로, 직원이 권해 주는 반지를 모두 다 손가락에 끼어 보았다. 이왕 이렇게 된 거, 최대한 화려하고 비싼 반지를 골라 신강우를 속 쓰리게 만들어 주겠다는 다짐을 하면서.

그러나 강우는 그녀가 고른 반지의 가격도 확인하지 않은 채 카드를 내밀어 영을 약 오르게 만들었다.

영과 같이 고른 반지가 손가락에 끼워진 것을 보고 속 쓰림을 가장 크게 느낀 사람은 다름 아닌 신 회장이었다.

"저 왔습니다."

강우가 마치 어제저녁에 헤어졌던 사람처럼 태연하게 말하며 들어오는 순간, 신 회장은 신고 있던 슬리퍼를 벗어서 손자에게 던지고 싶은, 참으로 점잖지 못한 충동을 느꼈다. 그리고 강우의 왼손에서 빛나고 있는 반지를 확인했을 때, 정말로 손을 발목 근처까지 내렸다가 가까스로 멈췄다.

"그것참 오랜만이로구나. 연락이라도 하면 손가락이 부러지기라도 하는 게냐?"

신 회장이 못마땅한 표정으로 말했지만 강우는 아무렇지 않게 대꾸했다.

"그동안 안 팀장님이 소식 다 전해 드린 거 알아요. 그래서 일부러 안 팀장님한테 사진도 찍어 달라고 했는데."

그 순간 신 회장은 이제라도 슬리퍼를 던져 볼까 심각하게 고민했다. 하지만 강우는 신 회장의 속마음도 모르고 심드렁하게 말을 이었다.

"그래도 제가 해외로 나가지 않아서 쫓아오기는 편했을 텐데요?"

"그래서, 지금 잘했다고 칭찬이라도 해 달라는 게야?"

신 회장의 날카로운 목소리를 듣고 나서야 강우의 표정이 진지해졌다.

"그건 아닙니다."

그 짤막한 대꾸를 들은 신 회장이 험악하기까지 한 시선으로 손자를 노려보았다.

"잘못했다는 말도 한마디 없구나."

그러자 강우가 어려울 것 없다는 듯 말을 꺼냈다.

"말씀도 안 드리고 여행을 떠나서 걱정 끼쳐 드린 건, 죄송합니다."

두 사람 사이에 무겁고도 긴 침묵이 흘렀다. 그리고 이번에도 먼저 입을 연 사람은 신 회장이었다.

"그래서, 그 애와 결혼을 하고야 말겠다는 게야?"

"네, 할아버지."

"선우 회장은 끝까지 그 애가 손녀라는 사실을 밝히지 않겠다고 했다."

"상관없습니다. 그런 이유로 영 씨와의 결혼을 원하는 게 아니니까요."

"네 앞날에 조금이라도 도움이 되는 사람을 선택해야 한다는 생각은 안 하는가 보구나."

그 말에 강우는 조금 부드러워진 목소리로 대답했다.

"할아버지, 저 그렇게 능력 없는 놈 아닙니다. 아시잖아요."

"도움이 될 사람은, 아무리 많아도 부족하지 않아."

"영 씨는 누구보다도 제게 도움이 될 사람이에요, 할아버지."

두 사람 사이에 다시 한번 침묵이 흘렀다. 하지만 강우는 신 회장의 얼굴에서 전과 같은 무조건적인 반대의 기색이 사라진 것을 느낄 수 있었다.

결국 허락해 주시리라 생각하긴 했지만, 그래도 영이 조금 더 가벼운 마음으로 결혼할 수 있게 되었다는 생각이 들자 그의 기분도 가벼워졌다.

"조만한 영 씨와 함께 인사드리러 오겠습니다."

"……."

"직접 만나 보시면, 할아버지도 손자며느리 잘 들어왔다고 생각하시게 될 거예요."

강우의 장담에 신 회장은 대놓고 콧방귀를 끼었다. 아직 결혼도 하지 않았으면서 손자며느리는 무슨! 이성적이다 못해 쌀쌀맞기 짝이 없던 큰손자가 고작 몇 달 사이에 팔불출이 된 꼴을 보고 있자니 다시 부아가 치밀 것 같았다.

"그만 가 보거라."

신 회장은 퉁명스럽게 말하며 자리에서 일어났다.

"내일 전화 드릴게요."

신 회장이 아무 대답 없이 방 안으로 들어가 버렸지만, 강우는 이제 한고비 넘었다는 생각에 굳어 있던 입가가 슬슬 풀어지는 것을 느꼈다.

* * *

미현은 정말 놀랐다는 시선으로 한참을 바라보다가 영의 어깨를 툭툭 두드렸다.

"하여튼 선우영, 정말 스펙터클한 인생을 사는구나."

그러나 어깨를 두드리는 손길은 시간이 갈수록 점점 더 강해져만 갔다.

"한동안 조용하다 했더니, 신강우 씨랑 만리장성을 히말라야까지 쌓고 있었어? 그러면서 연락 한 번 안 하고? 거기다 뭐? 납치? 여행?"

어느새 등짝으로 자리를 옮겨 두드리는 손이 매섭기 그지없었다. 영은 눈물이 찔끔 나는 것을 감추며 앓는 소리를 냈다.

"아파! 아프다고! 지금 얘기 다 했잖아! 다 들어 놓고 왜 때려!"

"다 끝나고 나서, 결혼 허락까지 다 받아 놓고 얘기하니까 그렇지!"

그 말과 함께 철썩, 하는 소리가 다시 한번 등을 울렸다. 영은 앓는 소리에 엄살을 더하며 외쳤다.

"아, 미안해! 그러니까 그만 좀 때려! 등짝이 부서질 것 같다고!"

그제야 미현이 손을 멈추고 그녀를 흘겨보았다.

"무슨 일이 있었는지, 남자들 도착하기 전까지 자세히 말해 봐. 하나도 빼놓지 말고. 안 그러면 저녁밥은 없을 줄 알아."

하여간, 깐깐하기는.

영은 몰래 미현을 향해 눈을 흘겼지만 더 이상 반항하지 못하고 그동안의 이야기를 자세하게 풀어놓기 시작했다. 몇 년 전의 사고 이후 미현이 그녀를 좀 과하다 싶을 정도로 챙긴다는 것을 잘 알고 있었기 때문이다.

다소 긴 이야기였지만 다행히 남자들이 도착하기 전에 끝낼 수 있었다. 얘기를 다 들은 미현의 입에서는 냉소적인 감상이 흘러나왔다.

"어쩐지, 얼굴에 윤기가 반지르르하다 했더니, 신강우 씨랑 아주 좋은 시간 보내고 왔나 보구나."

영은 고개를 설레설레 저으며 대답했다.

"그렇지도 않아. 시도 때도 없이 덤벼드는 바람에 여행하는 내내 아주 힘들어 죽을 뻔……."

"야! 지금 염장 지르지? 안 그래도 재훈 씨 며칠 동안 출장 갔다 오는 바람에 내가 얼마나 외로웠는데……."

영은 다시 한번 찔끔하며 비굴한 미소를 지었다.

"그럼 오늘 좋은 시간 보내면 되지. 우리가 저녁만 먹고 얼른 일어날게, 응?"

"됐어! 얼른 일어나면 또 어디 가서 뭐 하려고!"

그러더니 미현은 또 한 번 영의 등을 철썩, 때리고는 자리에서 일어났다. 저녁 식사가 끝나면 강우와 함께 드라이브라도 할까 생각하고 있던 영은 뻘쭘해진 채로 입술만 비죽 내밀었다.

선우 회장은 드러내 놓고 결혼을 허락한다는 말은 하지 않았다. 그러나 '네가 정 신강우와 결혼을 하고 싶다면, 그에 대한 지원은 아끼지 않겠다'는 말로 승낙의 뜻을 비쳤다. 강우에게 물어보니 신 회장님도 비슷한 말씀을 하셨다고 한다.

그런데 기쁨에 찬 두 사람이 조촐하게 자축의 시간을 계획하고 있을 때 미현에게서 연락이 왔다.

'그래서, 신강우 씨는 언제 소개해 줄 건데?'

그제야 영은 한동안 미현과 연락이 뜸했었다는 사실을 깨달았다. 아마도 미현은 그동안 다른 사람들에게서 두 사람의 소식을 전해 들으며 적잖이 서운해하고 있었을 것이다. 잘못했다간 그 섭섭함을 풀어 주는 데만 몇 달이 걸릴지도 몰랐다.

영이 미현과의 저녁 식사를 말하자 강우는 자세히 묻지도 않고 고개를 끄덕였다. 저녁 식사를 미현의 집에서 하자는 말에도 마찬가지였다.

"미현이가 음식을 잘하거든요. 밖에서 먹는 것보다 맛있을 거예요."

처음부터 미현의 홈그라운드로 데려가는 게 조금 미안해진 영이 그렇게 말했지만, 강우는 신경도 쓰지 않는 것 같았다.

약속한 날이 되자, 영은 자진 납세를 하는 기분으로 퇴근 후 곧바로 미현의 집으로 달려갔다. 미리 주문해 두었던, 미현이 가장 좋아하는 치즈 케이크를 사 들고서. 강우와 재훈이 도착하기 전에 여자끼리의 대화를 끝내야 했던 것이다.

그리고 결국, 등짝을 실컷 얻어맞고 말았지만. 그 정도에서 끝난 게 다행이었다. 미현은 온순한 성격이긴 했지만, 한 번 마음이 틀어지면 그 뒤끝이 꽤나 길게 가는 편이었다.

"내가 도와줄 건 없어?"

미현의 뒤를 따라 주방에 들어간 영이 싱크대 앞을 기웃거리며 물었다.

"없어. 남자들 도착하면 식탁 차리고 먹기만 하면 돼."

미현의 간단한 대답과는 달리, 준비된 음식의 종류는 어마어마했다. 닭볶음탕과 불고기, 낙지볶음, 호박전에 나물을 세 가지나 무치고 김치도 세 종류나 된다. 영의 눈에 비친 미현은 진정한 금손이었다.

"넌 어떻게 이렇게 음식을 잘해?"

호박전 하나를 슬쩍 집어먹으며 묻자 미현은 주저 없이 영의 손등을 찰싹 때렸다.

"손 씻고 먹어!"

"어, 그래."

영이 곧바로 싱크대에서 손을 뽀득뽀득 씻는 것을 본 미현이 고개를 저으며 말했다.

"나는 음식 하는 걸 좋아하니까 계속 만들어 보는 거야. 재훈 씨도 잘 먹는 데다가, 가끔 손님들 초대하는 것도 재밌고."

"부럽다. 난 콩나물국 하나 끓이는 것도 일이던데."

"넌 하루 종일 밖에서 일하잖아. 직장 다니면서 음식까지 잘하면, 그건 내가 억울할 일이지."

미현의 쿨한 대답에 영은 조금 자신감이 생기는 것을 느꼈다.

"그렇지? 나중에 강우 씨가 뭐라고 하면 네가 지금 했던 말을 그대로 들려줘야겠다."

그러자 미현이 살짝 뾰족해진 목소리로 물었다.

"설마, 신강우 씨 입맛이 까다로운 거야?"

"아니. 그건 아닌데. 결혼한다고 생각하니까, 그런 것도 걱정이 되더라고."

영의 대답을 들은 미현이 피시식 웃었다.

"진짜 결혼이 하고 싶긴 한가 보구나?"

"아니, 하고 싶다기보단, 이 남자랑 결혼해서 살면 좋겠다, 하는 정도인데?"

"그게 그거지, 뭐."

"그런가?"

영이 그 말의 차이점에 대해 생각하고 있을 때 현관에서 도어록 해제하는 소리가 들렸다. 미현과 함께 후다닥 나가 보니 재훈과 강우가 같이 들어오고 있었다.

"같이 오네요?"

그녀가 반색을 하며 맞이하자 강우가 부드럽게 웃었다.

"마침 주차장에서 마주쳤습니다."

그렇게 대답한 강우는 그 웃는 얼굴을 그대로 미현에게 돌렸다.

"초대해 주셔서 감사합니다, 미현 씨. 말씀 많이 들었습니다."

그러자 미현이 얼굴이 발갛게 물들었다.

"저야말로 초대에 응해 주셔서 감사하죠. 저도 말씀 많이 들었어요."

미현은 사실 미남에게 약했다. 그 사실을 잠깐 잊고 있었던 영은 슬쩍 재훈의 눈치를 살피면서 끼어들었다.

"미현이가 식사 준비 다 해 놨어요. 다들 시장하시죠?"

살짝 올라가려던 재훈의 눈꼬리가 그 말에 제자리를 찾았다. 미현은 아차 싶었는지 조금 수선스럽게 영의 팔을 잡고는 주방 쪽으로 끌고 갔다.

"금방 준비할게요. 잠깐만 기다려 주세요."

주방으로 들어간 미현이 이번에는 영에게 등짝을 얻어맞고 울상을 지었다.

"설마, 재훈 씨가 눈치챈 건 아니겠지? 응?"

영은 속으로 혀를 차며 생각했다.

펴이나 눈치 못 챘겠다, 이것아.

하지만 굳이 그렇게 대답하지 않고 미현을 다독였다.

"어서 밥이나 먹자."

그 후로는 평온한 저녁 시간이 흘러갔다. 미현은 식탁을 차리는 동안 마음을 단단히 먹었는지 강우가 아무리 멋진 미소를 지어도 꿈쩍도 하지 않았다. 덕분에 영은 맛있는 식사와 함께 화기애애한 저녁 시간을 보내고 미현의 집에서 나올 수 있었다.

두 사람은 집에 가기 전에 가볍게 드라이브를 하기로 했다. 그런데 차에 탄 지 얼마 지나지 않았을 때, 강우가 이런 말을 꺼냈다.

"미현 씨와 정말 많이 친한가 보군요."

"네. 미현이가 워낙 주위 사람을 잘 챙기는 편이라서, 제가 도움을 많이 받았어요."

"언제부터 친해졌습니까?"

"대학 1학년 때부터요."

그 말을 들은 강우의 얼굴에 쏩쓸한 미소가 떠올랐다. 식사시간 내내 미현이 보여 주었던 알 수 없는 견제의 의미를 그제야 정확하게 깨달았던 것이다.

겉으로 보기에 미현의 태도는 흠잡을 데 하나 없이 예의 발랐다. 그가 웃거나 진지한 표정을 지을 때면 어색한 듯 수줍은 듯 얼굴을 붉혀서 재훈이 신경을 곤두세우게 만들기도 했다.

그러나 미현은 식사를 하는 동안 예상치 못한 부분에서 그의 허를 찌르곤 했다. 영도, 김재훈도 눈치채지 못할 정도로 아주 교묘하게 말이다.

"말씀은 들었지만, 음식 솜씨가 정말 좋으시군요."

"어머, 감사합니다. 맛있게 드셨어요?"

"네. 정말 맛있게 잘 먹었습니다."

"그럼 나중에 영이한테도 레시피를 좀 알려 줘야겠네요."

"그래 주시겠습니까?"

그런데 별생각 없이 맞장구치듯 한 그 말에 미현은 이런 대답을 해 왔다.

"그럼요. 레시피 알려 주는 거야 어려운 일도 아닌걸요. 아, 근데 영이는 음식 만들 시간은 별로 없을 텐데…… 그 정도는 알고 계시죠?"

"하하, 물론입니다."

"그리고 아침잠이 많아서 출근 전엔 좀 힘드실지도 몰라요. 그래도 꼭 우유라도 한 잔 챙겨 먹여야 하는데……. 저래 봬도 저혈압이라 아침에 상태가 별로 안 좋거든요. 그래도 이제부턴 강우 씨가 잘 챙겨 주실 테니 다행이에요. 호호호."

하필이면 미현은 꼭 재훈과 영이 대화에 빠져서 옆자리를 신경 못 쓸 때 그런 이야기를 꺼내곤 했다. 그러다가도 영이 무슨 이야기를 했냐는 표정으로 고개를 돌리면 아무렇지 않게 말을 얼버무렸다.

"왜? 내가 뭐 해야 돼?"

"아니야. 강우 씨가 낙지볶음 맛있다고 하시길래 너한테 레시피를 알려 준다고 한 거야."

"아……."

미현의 대답에 영의 미소가 흐려졌다.

"근데, 그 레시피 가져가도 똑같은 맛은 안 나올 텐데."

영의 난처한 표정을 보면서 강우가 할 수 있는 말은 많지 않았다.

"그럼 내가 만들면 됩니다. 너무 걱정하지 말아요."

그러자 영은 고맙다는 미소를 지었고, 미현은 그런 영의 얼굴을 보며 만족스럽게 고개를 끄덕였다.

이런 대화가 몇 번이나 되풀이되자, 강우는 정미현이 그들의 순수한 아군은 아니라는 확신을 가지게 되었다. 아니, 선우영의 아군이라는 사실만큼은 확실했다. 그러나 신강우의 아군이 아니라는 것도 의심할 수 없었다.

미현은 그저 영이 좋아하는 남자라는 이유로 자신을 받아들였을 뿐, 그가 어떤 작은 실수라도 한다면 가차 없이 칼을 빼 들어 휘두르고도 남을 여자였다. 그런 생각을 하는 순간 강우의 머릿속에는 재민이 떠올랐다.

재민이 영과의 결혼을 반대하고 영을 견제한 이유도 이런 것이었을까. 혹시 정미현과 재민은 비슷한 생각을 가지고 있는데, 그저 표현하는 방법에 차이가 있었던 것은 아니었을까. 그것이 성격의 차이이건, 사고방식의 차이이건, 남자와 여자의 차이이건 간에 말이다.

강우가 그렇게 뜻밖의 고민에 빠져 있을 때 뜬금없는 영의 목소리가 들려왔다.

"생각해 보니까 우린 공통점이 꽤 많은 것 같아요."

"어떤 공통점 말입니까?"

"부모님 대신 할아버지가 계신다는 것도 그렇고, 형제 대신 좀 극성스러운 사촌이 있다는 것도 그렇고요."

그녀의 말을 들은 강우의 입가에 동의의 미소가 떠올랐다. 어쩜 저렇게 맞는 말만 하는지 모를 일이다. 그의 미소를 본 영은 조금 장난스러운 목소리로 말을 이었다.

"그 극성스러운 사촌들이 자꾸 심술을 부리는 것까지 똑같네요. 세상에, 믿을 사람 하나도 없다더니."

그 말에 강우는 놀란 눈으로 영을 바라보았다. 김재훈과의 대화에 빠져서 옆자리에는 신경도 못 쓰는 것 같더니, 그건 아니었나 보다. 강우의 시선을 느낀 그녀가 좀 민망하다는 표정을 지었다.

"아까 많이 당황했었죠? 미안해요. 미현이가 가끔 그렇게 예민하게 굴 때가 있거든요. 아마 저한테 보호 본능 같은 걸 가지고 있는 모양인데, 나중에 따끔하게 한마디 할게요."

그 말을 듣는 순간 강우의 마음속에 자리 잡고 있던 불편한 감정이 눈 녹듯 사라졌다. 영이 그의 불편함을 다 눈치채고 먼저 말을 해 준 게 왠지 모르게 기분이 좋았다.

"아닙니다. 그렇게 따지면 저도 할 말이 없죠. 재민이가 영 씨를 얼마나 쫓아다녔는데요."

이번에도 그녀는 솔직하게 고개를 끄덕였다.

"아, 그건 또 그러네요. 솔직히 말하면 그때, 재민 씨가 저한테 반한 줄 알고 얼마나 걱정했었는데요."

그녀의 말에 강우는 조금 전까지의 미안한 마음을 잊고 뜨악한 표정을 지었다.

"설마요."

"아니, 진짜라니까요. 지금까지 한 번도 마주친 적 없는 사람을, 이틀이 멀다 하고 보는데 별별 생각이 다 들었단 말이에요. 거기다 재민 씨가 맨날 밥도 사 주고, 커피도 사 주고, 아이스크림도 사 주고, 선물도⋯⋯."

선물이라니? 강우의 눈빛이 날카로워졌다.

"무슨 선물을 받았습니까? 처음 들어 보는 말이로군요."

"아, 별건 아니에요. 수제 비누랑 디퓨저를 줬는데, 향기가 참 좋아⋯⋯."

"좋았습니까?"

그 순간 영은 아차 싶었는지 말끝을 흐렸다.

"뭐, 괜찮았어요. 근데 강우 씨는 차량용 디퓨저로 어떤 향을⋯⋯."

"안 씁니다."

"네?"

"디퓨저같은 건 저랑 안 맞아서요."

황당하다는 듯 바라보는 영의 시선이 느껴졌지만 강우는 뚱한 표정을 풀지 않은 채 고집스럽게 앞쪽만 쳐다보았다.

이미 다 지나간 일이었고, 재민이 왜 그런 짓을 했는지도 알고 있었다. 영이 그 당시에 왜 자세히 말을 못 했는지까지도 다 이해할 수 있었다. 하지만 이상하게도 그랬나 보다, 하고 넘어가지지 않는다. 머리로는 이해해도 가슴으로는 이해를 못 하는 일이 있다더니, 지금이 딱 그 상황인가 보다.

강우는 이를 부득부득 갈며 이 사태의 원인 제공자에게 복수를 다짐했다.

신재민! 언제 할지 몰라도, 네 결혼이 평탄하게 진행될 거라는 기대는 버리는 게 좋을걸!

영은 선물 이야기가 나온 다음부터 입을 꾹 다물고 운전에만 집중하는 척하는 강우를 몰래 흘겨보며 속으로 투덜거렸다.

아니, 내가 그땐 일부러 말을 안 한…… 거긴 하지만 다 이유가 있어서였잖아! 나도 그 당시에는 당신 사촌이 이상한 생각을 하고 있는 건 아닌지, 그래서 혹시나 막장 드라마 찍는 건 아닌지 얼마나 걱정했는데! 그리고, 커다란 선물도 아니고 비누나 디퓨저 같은 걸 거절하기가 뭐 쉬운 줄 알아요? 당신도 한번 받아 보라고!

그러나 생각해 보니 강우는 자기 마음에 드는 상대가 아니라면 사탕 한 개까지도 깔끔하게 거절할 수 있을 것 같았다. 그렇다고 무조건 내가 잘못했다며 넙죽 고개를 숙이기엔 아무래도 좀 억울한데…….

영이 그런 생각을 하고 있는 동안 침묵 속의 드라이브가 끝났다. 강우는 딱 한 마디, '그만 집에 가는 게 좋겠군요'라는 말을 한 다음 그녀를 데려다주었고, 영도 집 앞에 도착하자마자 입술을 삐죽 내민 채로 차에서 내렸다.

"내가, 이번 일은 꼭 복수를 하고야 만다."

영은 쌩하니 멀어지는 강우의 차를 보며 저도 모르게 중얼거렸다. 아무래도 그냥 넘어가기엔 너무 분하고 억울했다. 이런 생각을 한다는 건 너무 소심해 보일지 모르지만, 어쨌거나 따지고 보면 그녀가 가장 큰 피해자가 아니었냐 말이다.

"선우영의 뒤끝을 기대하시라고요, 신재민 씨, 신강우 씨."

그날 영은 두 남자를 괴롭혀 줄 아이디어를 생각해 내느라 밤까지 새우고 말았다. 하지만 생각하면 할수록 계속 분한 마음만 치솟아서, 아침이 되었을 때도 피곤한 줄을 몰랐다.

* * *

처음에는 아무도 눈치채지 못했다. 아니, 강우는 혹시나 하고 고개를 갸웃 거리긴 했지만 아니겠지, 생각하며 대수롭지 않게 넘어갔다.

그러나 할아버지에게 먼저 인사를 드리러 올 때도, 가족들과 정식으로 만 나는 자리에서도, 가볍게 사촌들끼리만 만나 식사를 하는 자리에서도 영이 선물이라며 디퓨저를 들고 나타나자 더 이상 모르는 척할 수가 없게 되었다.

어지간히도 기분이 나빴나 보구나.

동시에 강우는 그때 곧바로 영과 대화로 풀지 않았던 것을 후회했다. 괜 히 욱하는 마음에 그냥 돌아서 버렸다가, 이 지경이 되고 만 것이다. 어서 빨리 그녀의 기분을 풀어 주지 않으면 조만간 집에 디퓨저 진열장이 새롭게 생길 판이다.

그런데 그때, 참으로 눈치 없게도 재민이 그의 곁으로 와서는 이런 말을 건넸다.

"영 씨가 디퓨저를 좋아하나 보다? 내가 괜찮은 가게 알려 줄까?"

강우는 이를 박박 갈며 대답했다.

"됐으니까 너나 실컷 써."

"왜? 영 씨가 좋아하면 알아 두는 것도……."

그는 눈치라곤 손톱만큼도 없는 사촌을 보며 인상을 팍팍 썼다.

"안 좋아해, 안 좋아한다고! 이게 다 네가 영 씨한테 디퓨저를 선물해서 생긴 일이란 말이다! 도대체 왜 그런 쓸데없는 짓을 한 거야, 왜!"

목소리를 죽여 으르렁거리는 강우를 보던 재민의 표정이 서서히 흐려졌다. 그제야 이게 어떻게 된 일인지 깨달았나 보다.

"야, 나는 그냥 가볍게……."

"가볍게건, 무겁게건, 쓸데없는 짓이었다고!"

"……."

강우는 불편한 표정으로 시선을 돌리는 재민을 보며 다시 한번 미간을 찌푸렸다.

"앞으로 우리 앞에서 디퓨저의 '디'자도 꺼내지 말아라. 그랬다간 다음 날 네 침실을 디퓨저로 꽉꽉 채워 버릴 테니까."

그렇게 사촌의 입을 막아 버린 강우는 최대한 빨리 식사 자리를 파한 다음, 영을 데리고 밖으로 나왔다. 미현과의 수다에 빠져 있던 그녀는 갑자기 집에 가자는 말을 듣고 좀 어리둥절한 얼굴을 했지만, 별말 없이 자리를 정리하고 일어났다.

하지만 막상 그녀와 함께 나오자 무슨 말을 먼저 해야 할지 알 수가 없었다. 신강우의 인생에서 이런 종류의 고민은 처음이었기 때문이다.

어떤 말로 먼저 얘기를 꺼내야 할지 고민하는 동안 시간은 계속 흘러갔다. 이러다가는 밤이 새도록 같은 자리만 빙빙 돌지 않을까 하는 생각에 식은땀까지 맺힐 지경이 됐을 때, 영의 입술이 천천히 열렸다.

"무슨 말을 하려는데 그렇게 뜸을 들여요?"

강우는 저도 모르게 슬쩍 그녀의 표정을 살폈다.

다행히도 그녀는 별로 기분이 나빠 보이진 않았다. 하지만 불쾌함을 드러내지 않은 채 속으로만 쌓아 두고 있는 상태인지도 모른다. 아니라면 오늘 저렇게 보란 듯이 디퓨저를 가져오지 않았을 테니까.

강우는 무조건 조심해야 한다고 생각하며 입을 열었다.

"음…… 오늘 식사는 입에 맞았습니까?"

"네, 맛있었어요."

"다행이군요. 다음에 한 번 더 오도록 할까요? 오늘 먹었던 코스 말고 다른 코스도 좋다고들 하던데."

"네, 좋아요."

선선하게 고개를 끄덕이던 영이 다시 한번 물었다.

"근데, 정말 무슨 얘긴지 말 안 할 거예요?"

그녀의 눈 속에 순간적으로 장난기가 보였던 건 착각이었을까? 강우는 더 이상 미룰 수 없다는 생각에 어쩔 수 없이 입을 열었다.

"흠, 혹시 아직도 화가 났습니까?"

"화가 나요? 왜요?"

"그, 재민이와 디퓨저를 오해한 사건 때문에요."

그 말에 영이 고개를 살짝 옆으로 돌리며 새침한 목소리로 중얼거렸다.

"아, 그 오해요."

"……그 일은 정말 미안했습니다. 이제 그만 화를 풀어 주면 안 될까요?"

"흐응……."

그녀는 어떻게 해야 할지 고민된다는 듯 말꼬리를 길게 끌었다.

"진짜 미안한 거예요?"

"네. 진짜 미안합니다."

"제일 미안한 게 뭐였는데요?"

"영 씨에게 화를 낼 일이 아니었다는 거요."

그 말에 그녀가 씩 웃으며 말했다.

"정확히 알고 있었네요?"

강우는 왠지 얼굴이 붉어지는 것을 느끼며 다시 한번 사과했다.

"미안했습니다."

"다음부터는 안 그럴 거죠?"

"네."

"누가 뭐라고 해도 내 편 들어 주는 거죠?"

"네, 그럴 겁니다."

"좋아요. 그럼 그 일은 이 정도로 넘어갈게요."

강우는 속으로 안도의 한숨을 푹 쉬며 생각했다. 뭐가 이렇게 복잡한지 모를 일이라고. 그러나 그 역시 한 가지, 그녀에게 약속을 받을 게 있었다.

"그럼 다음에 만날 때 디퓨저는 가지고 나오지 않는 겁니까?"

그 말에 영이 쿡쿡거리며 웃었다.

"디퓨저가 그렇게 싫었어요?"

"솔직히 말하면, 이제 꼴도 보기 싫습니다."

"하하하, 그럼 다음부턴 안 가지고 나올게요."

재미있다는 듯 웃음을 터뜨리는 영을 보고 있으니 마음속을 묵직하게 내리누르던 뭔가가 다 사라지는 기분이다.

강우는 다시 한번 한숨을 삭이며, 앞으로는 절대 이런 일이 일어나지 않도록 해야겠다고 다짐했다. 이제야 깨달았는데, 연애라는 건 참 세심한 배려가 필요한 작업이었다. 이전까지 이런 경험이 없었다는 게 다행인지, 불행인지 알 수가 없었다.

17. 걸림돌

결혼 준비는 천천히 진행되었다. 강우는 최대한 빨리 결혼식을 올리고 싶어 했지만, 두 사람 모두 그럴 만한 여건이 되지 않았다. 영에게도, 강우에게도 당장 코앞에 닥친 스케줄이 있었던 것이다.

그나마 영의 다음 스케줄은 서울에서 진행되었지만, 강우의 일은 국내에서 하는 것이 아니었다.

태강 건설은 작년 캄보디아의 대규모 해상 교량 수주에 성공했다. 강우가 부사장이 된 이후 체결된 가장 큰 규모의 공사였고, 때문에 그는 계약부터 그 이후의 모든 일을 꼼꼼하게 체크하며 진행 중이었다. 우기가 끝나는 10월부터 공사에 착공하기로 되어 있었는데, 마침 그때가 다가온 것이다.

공사가 시작되고 나면 최소한 서너 번은 해외 출장을 가야 했고, 상대 국가의 책임자를 초청해 화합을 다지는 일정도 필요했다. 그 와중에 결혼까지 진행하는 건 누가 봐도 무리였기 때문에 강우는 어쩔 수 없이 결혼식 날짜를 미루는 것에 동의해야 했다.

결혼식은 내년 봄으로 정해졌다. 집안 어른들과 가족, 심지어는 영까지도 결혼식 날짜가 정해지자 충분히 여유가 있다며 만족했다. 결혼식까지 너무 오래 기다려야 한다는 것에 실망한 사람은 강우밖에 없는 것 같았다.

사실 영은 결혼식을 기다리다가 목 빠지겠다며 투덜거리는 그를 보는 것이 재미있었다. 솔직히 말하면, 신강우처럼 멋진 남자가 그녀와 결혼식을 올리지 못해 안달하는 것을 볼 때마다 자존심이 꽉꽉 채워지는 기분이었다.

그래서 그런지 몰라도 거의 아홉 달이나 남은 결혼식이 멀다는 생각도 들지 않았다. 물론, 강우에게는 그런 말을 할 생각이 절대로 없었지만.

그래도 영은 가끔 그를 위로하기 위해 결혼식 준비에 대한 것들을 조금 호들갑스럽게 상의하곤 했다. 대부분 결혼식은 어떤 식으로 올리고 싶다거나 신혼여행지로는 어디를 가면 좋겠다는 이야기, 또는 신혼집은 어떤 식으로 꾸미고 싶다는 정도의 이야기였다.

그중에서 강우가 가장 관심을 갖는 주제는 신혼여행지였다. 그는 '멀지 않은 곳으로, 일주일 정도 갔다 오면 될 것 같다'는 영의 말을 듣더니 절대 안 된다는 듯 고개를 저었다.

"장소는 상관없습니다. 하지만 기간은 최소 열흘은 넘게 잡을 생각입니다."

"그렇게 오래요?"

강우는 영이 놀라는 것이 오히려 이상하다는 얼굴로 말을 이었다.

"거의 일 년을 기다리는데, 그 정도 보상은 있어야 하는 게 아닙니까?"

일 년은 아니고 아홉 달 정도였다. 하지만 심통이 가득 난 강우의 목소리와 표정을 본 순간 그녀는 아무 말도 하지 않고 입을 다물었다. 여기서 말을 잘못했다간 백이십 퍼센트의 확률로 삐칠 것이 분명했으니까. 영은 그런 위험까지 무릅쓰고 싶은 생각은 전혀 없었다.

"그럼 장소는 어디로 가고 싶은데요?"

"호주나 유럽으로 가는 건 어떨까 합니다."

"그렇게 멀리요?"

"신혼여행은 단 한 번뿐이니까요. 멀리 가는 건 싫습니까?"

그녀는 조금 머뭇거리다가 대답했다.

"그런 건 아니지만, 비행기를 오래 타고 있으면 좀이 쑤셔서……."

그 순간 영은 강우의 눈에 짓궂은 미소가 스쳐 지나갔다는 것을 확신했다.

"그렇다면 일단, 신혼여행지는 내가 고르는 게 좋겠군요."

"어, 그냥 같이 고르는 게……."

"아니요. 꼭 내가 고르고 싶습니다. 영 씨는 신혼여행에 대해서는 아무것도 걱정하지 말고, 다른 부분을 신경 쓰면 될 것 같습니다."

강우는 그렇게 그녀의 입을 막아 놓은 다음 캄보디아로 출장을 가 버렸다. 그리고 강우가 출장 가 있는 동안 그녀 역시 일하랴, 신 회장과 친해지랴, 바빴기 때문에 신혼여행에 대한 일은 까맣게 잊어버리고 말았다.

* * *

"요즘 많이 바쁜가 보구나."

강우가 출장을 간 다음 날, 저녁 식사 자리에서 만난 신 회장이 그녀의 얼굴을 보더니 그렇게 말했다.

"피곤해 보이는데, 보약이라도 좀 지어서 보내 줄까?"

"괜찮습니다, 할아버님. 요즘 바쁜 건 맞는데 약 먹을 정도는 아니에요. 걱정해 주셔서 감사합니다."

"크흠."

그녀가 생글거리며 감사의 인사를 하자 신 회장은 헛기침을 하며 슬쩍 시선을 돌렸다. 영은 그런 신 회장의 모습을 보며 남몰래 웃음을 삼켰다.

사실 영은 신 회장과 친해지는 데 필요한 시간을 아주 넉넉하게 잡고 있었다. 처음부터 그녀를 반대하셨기 때문에 결혼식 전까지만이라도 부드러운 관계가 된다면 성공이라고 생각했던 것이다.

그래서 신 회장을 처음 만나던 날에도 그녀는 상당히 긴장한 채로 자리에 나갔다. 하지만 신 회장은 각오했던 것보다 부드럽게 그녀를 대했다. 그동안 강우와의 결혼을 반대했던 사실은 모두 잊기라도 한 듯 말이다.

"처음 뵙겠습니다, 선우영입니다."

"그래, 흐음…… 만나게 돼서 반갑구나."

"감사합니다, 할아버님. 저도 할아버님 정말 많이 뵙고 싶었어요."

사실 영은 어렸을 때도 애교 많은 성격은 아니었다. 엄마가 일찍 돌아가시고 아버지와 둘이 살게 되면서, 아버지를 위로하고 힘이 되어 주려 노력하다 보니 조금씩 애교가 늘어간 것뿐이었다.

몇 년 후 아버지가 돌아가신 다음 선우 회장을 만났을 때 영은 세상 누구보다 까칠한 상태였지만, 할아버지라는 사실을 받아들이고 나서는 급속도로 가까워졌다. 유일하게 남은 가족인 데다가, 두 사람이 함께 추억할 수 있는 '아버지'라는 존재가 있었기 때문이다.

그래서 영은 선우 회장에게 아버지에게 했던 것보다 훨씬 더 어리광과 애교를 많이 부렸다. 할아버지와 친해지기 위해 일부러 그러기도 했고, 선우 회장이 그녀의 응석을 거의 다 받아 주었기 때문이기도 했다.

아무튼 할아버지와의 관계도 그렇게 성인이 된 후 시작되었기 때문에 그녀가 신 회장에게 다가갈 마음을 먹는 것은 그리 어렵지 않았다. 영은 신 회장을 너무 어려워하지 않고, 그냥 할아버지를 대하듯 하기로 했다.

사실 그건 상대가 '시할아버지'이기 때문에 가능했던 생각이기도 했다. 아마 그녀가 마주해야 할 사람이 '시부모님'이었다면 영은 그렇게 간단히 '우리 할아버지 대하듯 하자'라는 생각을 하지 못했을 것이다.

"와, 할아버지, 제가 연어 좋아하는 거 어떻게 아셨어요?"

"흐음, 좋아한다니 다행이구나. 많이 먹으렴."

"감사합니다, 할아버지! 안 그래도 며칠 전부터 먹고 싶었는데……. 잘 먹겠습니다."

"부족하면 언제든 말하고."

"네!"

그런 식으로 몇 차례 만남을 가져 본 후, 영은 신 회장이 '손녀'라는 존재에 약하다는 것을 알게 되었다. 아마도 가족 중에 손녀가 많지 않기 때문인 것 같았는데, 그녀에게는 아주 다행스러운 일이 아닐 수 없었다.

영은 신 회장을 만날 때마다 생글거리며 웃었다. 너무 웃고만 있었던 바람에, 가끔은 집에 돌아가면서 얼굴에 경련이 날 것 같은 기분이 들기도 했지만, 어떤 경우에도 웃는 얼굴만큼은 지우지 않았다.

솔직히 어떤 때는 피곤하고 힘들어서 다 때려치우고 싶은 생각도 들었다. 그러나 강우가 선우 회장에게 하는 것을 보고 있으면 그런 생각이 소리 소문 없이 사라졌다. 강우도 할아버지에게 저렇게 싹싹하게 잘하는데, 자신이라고 못 할 건 없다는 생각이 들었던 것이다.

그런 노력이 있어서인지는 몰라도 신 회장은 생각보다 쉽게 그녀에게 마음을 열었다. 강우가 캄보디아 공사 건 때문에 출장이 잦아지자 수시로 불러서 저녁도 사 주고, 그녀의 일에 대한 얘기도 들어 주고, 조언과 충고를 해 주기도 했다.

그리고 이제는 피곤해 보인다며 보약까지 해 주겠다 말씀하시는 것을 보니, 결혼해도 시집살이는 하지 않겠구나 하는 안도감이 든다.

"식사는 잘 챙겨 먹고 다니는 게야? 외근 다니면서 귀찮다고 대충 먹고 말면 안 된다."

계속되는 신 회장의 걱정 어린 말에 그녀는 계속 생글거리며 대답했다.

"에이, 그럼요, 할아버지. 저 되게 잘 먹고 다녀요. 외근 나가면 현장에서 근무하시는 분들보다 제가 더 먹을 때도 있는데요."

"그래, 끼니는 잘 먹고 다녀야지. 사무실에 앉아만 있는 것도 아닌데."

"하하, 점심도 잘 챙겨 먹었고 할아버님이 이렇게 저녁도 사 주시는데요, 뭐. 걱정 마세요. 저 되게 튼튼해요."

그녀의 너스레를 들은 신 회장의 입가에 다시 미소가 맺혔다. 선우 회장이 그렇게 자랑을 하더니, 보면 볼수록 그럴 만하다는 생각이 들었다.

영은 소탈하면서도 밝고 예의가 발랐다. 온실 속 화초처럼 키운 자신의 손녀들과는 많이 달랐다. 사람들과 많이 부딪치면서 일을 하는 직종이라 그런지, 시원시원한 성격이었다. 힘든 일이나 모르는 것이 있으면 솔직하게 물어보는 점도 마음에 들었다.

역시나 강우가 제 배우자감 하나는 아주 잘 골랐다. 영이 선우가의 일원이라는 것을 드러내면 손자에게 더 도움이 될 거라는 아쉬움이 조금 남아 있긴 했지만, 신 회장은 안 될 일에는 더 이상 미련을 갖지 않기로 했다. 제가 좋아하는 짝을 만난 것만 해도 어디냐고 생각하면서.

그렇게 마음을 비우자 영과 함께 하는 시간이 점점 더 즐거워졌다. 그래서 신 회장은 강우가 출장을 가고 없을 때면, 그리고 영이 퇴근 후 약속이 없다고 할 때면 거의 저녁 식사를 같이하고 있었다.

"와, 이거 맛있는데요, 할아버지? 좀 더 드세요."

가리는 음식이 없는 것도 마음에 들었다. 강우는 영이 고기를 좋아하니 고기를 많이 사 주시라고 말했지만, 고기가 아닌 다른 음식도 복스럽게 잘 먹었다.

"더 시켜 주랴?"

"아니에요, 배불러요. 할아버지는 많이 드셨어요?"

"그래, 많이 먹었다. 네 덕분에 요즘 저녁을 잘 먹는구나."

"하하하, 어차피 할아버지가 사 주시는 거잖아요. 할아버님 덕분에 제가 잘 먹고 있는 거죠."

그러더니 영은 내일모레 강우가 돌아오면 함께 할아버지를 모시고 맛집에 가겠다며 헤헤 웃었다. 그날을 위해서 미리 찾아 놓은 맛집이 있다면서 말이다.

그 순간 신 회장은 선우 회장이 어떤 마음으로 '손녀가 원하지 않는다면 결혼을 시키지 않겠다'라고 했는지 이해할 수 있을 것 같았다. 저렇게 예쁘고 싹싹하고 능력 있는 손녀라면, 당연히 그런 생각이 들고도 남을 것이다. 그 손녀가 평생 쓰고도 남을 정도의 유산을 물려줄 수 있는데, 원하는 대로 살아도 된다고 말하는 게 당연하지 않은가 말이다.

흐음, 그래도 강우와 결혼은 시켜야지.

신 회장은 쓸데없는 생각을 했다는 듯 슬쩍 고개를 흔들었다. 그리고 식사를 마친 영을 잘 데려다준 다음 집으로 돌아왔다.

* * *

서울에서 화기애애한 시간을 보내고 있는 신 회장이나 영과는 달리, 캄보디아에 있는 강우는 스트레스가 머리끝까지 차오른 상태였다.

이번 해상교량 공사는 강우가 부사장에 취임하고 나서 수주를 성공시킨 첫 번째의 해외 사업이었다. 이번 일을 끝까지 완벽하게 마무리 지어야 인도차이나반도에서 태강 건설의 입지를 다지는 동시에 신강우의 능력을 또한 번 증명해 보일 수 있는 것이다.

강우는 충분히 자신이 있었다. 그럴 만한 준비도 되어 있다고 생각했었고 말이다.

그러나.

캄보디아가 우리나라와는 사회적인 분위기도, 경제적인 여건도 모두 다르다는 것을 수십 번이나 확인하고 갔음에도 불구하고, 현지 공사 책임자의 성향만큼은 그의 생각대로 조절할 수가 없었다. 그 성향이 비상식적인 것일 때는 더더욱 그랬다.

강우는 만날 때마다 대놓고 뇌물을 요구하는 책임자를 보면서, 성질대로 한판 벌여 보고 싶은 충동을 억누르느라 정말 젖 먹던 힘까지 짜내는 중이었다.

도대체 어떻게 저렇게 노골적으로 뇌물을 요구할 수 있는지 모를 일이었다. 요즘 세상이 어떻게 돌아가는지도 모르는 걸까. 아니면 관심이 없는 걸까.

더 짜증이 나는 건, 강우가 그 요구를 못 들은 척하자 선일과 태강을 대놓고 비교하기 시작했다는 사실이었다.

선일 건설은 최근 라오스에서 고속도로 건설 사업을 성공적으로 마무리 지었다. 그리고 그 이전에도 미얀마나 말레이시아에서 여러 가지 사업을 했기 때문에 인도차이나반도에서 태강 건설보다는 인지도가 높은 편이었다.

그러나 태강 건설은 최근까지 계속 중동 지역에서 사업을 진행했었다. 때문에 비교적 빨리 인도차이나반도에 진출한 선일에 비해 인지도가 낮은 건 어쩔 수 없었다.

강우가 캄보디아의 해상 교량 건설 수주에 힘을 쏟은 것도 그런 이유에서였다. 장기적인 관점에서 보았을 때, 인도차이나반도는 가능성이 무궁무진한 시장이라 손 놓고 있을 수 없었던 것이다.

그런데 캄보디아 책임자인 네와누크는 그 무궁무진한 가능성을 말아먹기 딱 좋은 태도를 취하고 있었다. 드러내 놓고 뇌물을 요구하는 것으로도 모자라, 경쟁 기업과의 비교라니. 선일과 함께 일을 해 보지도 않았으면서 말이다.

게다가 강우가 아는 선일 건설의 사장은 이런 억지스러운 요구를 다 들어줄 사람도 아니었다. 선일 건설 박명훈 사장은 성격이 화통하지만 대쪽 같고, 때때로는 지랄 맞은 것으로 유명했기 때문이다.

그러니까 이건, 강우가 나이 어린 재벌 3세라는 이유로 얕잡아 보고서 하는 짓이었다. 또한 앞으로도 태강과의 관계에서 주도권을 잡겠다는 속셈이 뻔히 보이는 짓이었다. 정말, 성질 같아서는 제대로 한 방 먹여 주고 싶은데 그럴 수가 없으니 속만 터지는 노릇이었다.

캄보디아는 사회주의 국가였고, 따라서 사업의 최종 주체는 정부였다.

자칫하다가는 외교 문제로까지 불거질 수 있었기 때문에 아무리 짜증이 나도 그가 참는 수밖에 없었다.

공사만 끝나면, 제대로 한 방 먹여 주지.

오늘도 강우는 그의 앞에서 야비한 웃음과 함께 선일 건설을 들먹이며 깐족거리고 있는 네와누크를 보며 속으로 이를 갈았다. 하지만 네와누크는 강우가 속으로 어떤 생각을 하고 있는지는 관심도 없다는 듯 계속 헛소리만 늘어놓고 있었다.

"그러니까, 우리나라는 날씨에 대한 생각을 하지 않을 수가 없단 말입니다. 신 부사장님이 어떤 말씀을 하시는지는 잘 알고 있습니다만, 착공은 조금 더 여유를 두고 시작하는 게 좋을 것 같습니다. 제가 듣기로 선일은 현지 사정을 아주 유연하게 받아들였다고 하던데, 태강은 좀 다른 분위기인 것 같군요."

강우는 네와누크가 마지막에 덧붙인 말을 깔끔하게 무시했다.

"글쎄요, 날씨 때문이라면 지금부터 한동안은 계속 좋은 것으로 알고 있습니다만. 굳이 착공을 연기할 필요는 없지 않을까요."

"허허허, 모르시는 말씀입니다. 우리나라는 한국과 달라서 날씨가 갑자기 변하는 일이 비일비재하답니다. 그러니 너무 성급하게 생각하지 마시고, 저희와 함께 식사나 하러 가십시다. 신 부사장님께 소개해 드리고 싶은 사람들이 아주 많습니다, 하하하."

그런 식으로 며칠 동안이나 시간을 낭비하게 되자 강우는 더 이상 참지 않겠다고 결정했다. 그는 업무와 상관없는 초대를 모두 거절하고 현지에서 네와누크에 대한 정보를 더욱 자세하고 정확하게 수집하기 시작했다.

그리고 한편으로는 선일 건설의 박 사장에게 비밀리에 만남을 요청했다. 박 사장이 다음 날 오후밖에 여유가 없다는 소식을 듣자 곧바로 서울로 돌아오는 비행기 표를 예약했다.

박 사장은 강우의 용건을 듣더니 재미있다는 듯 웃음을 터뜨렸다.

"하하하, 신 부사장님 신고식을 호되게 치르시는군요."

"네. 한국과 분위기가 다르다는 것은 알고 있었지만, 이 정도일 줄은 몰랐습니다."

강우는 씁쓸하게 대답했다. 그러자 박 사장이 안됐다는 듯 고개를 저었다.

"분위기라기보다는, 그 책임자 개인의 성향일 겁니다. 예전의 악습을 그대로 유지해서 개인의 이익을 챙기려는 사람들은 어디에나 있기 마련이니까요."

"그렇군요."

"저쪽에서 앞으로도 아마 많은 걸 요구할 겁니다. 그걸 얼마나 들어주는지, 또는 잘라 내는지는 신 부사장님께서 결정하셔야겠죠."

"박 사장님께서는 어떤 식으로 대처하셨습니까."

그러자 박 사장은 조금 미안하다는 미소를 지었다.

"아, 사실 저는 그렇게 힘들지 않았습니다. 우리는 꽤 오래전부터 미얀마와 라오스에서 사업을 해왔으니까요. 물론 처음에는 힘들고 곤란한 일이 많았지만, 사업을 계속 진행하다 보니 상대하는 노하우가 생겼달까요."

"그러셨군요."

강우는 씁쓸하게 고개를 끄덕였다. 선일도 처음엔 고생을 꽤나 했다고 들었는데, 결국 시간이 해결해 주었다는 의미였다.

"음, 우리가 캄보디아에서도 일을 한 적이 있다면 뭔가 구체적인 조언을 해 드릴 수 있었을 텐데, 안타깝군요."

"아닙니다. 지금 해 주신 말씀만으로도 많은 도움이 되었습니다. 감사합니다."

"아무쪼록 잘 헤쳐 나가시기를 바랍니다."

결국 박 사장과의 만남에서 얻은 결론은 이거였다.

'네가 알아서 잘해야 한다.'

강우는 참으로 오랜만에 의기소침한 기분을 느끼며 집으로 돌아왔다.

이렇게 비협조적인 상대를 만난 것은 참 오랜만이었다. 아니, 이렇게 막무가내인 상대를 만난 것은 처음이라고 해야겠다.

네와누크가 요구하는 것은 너무 어처구니가 없어서 두 번 생각할 필요도 없는 일들이었다. 그걸 들어준다면 몇 년 후에 태강 건설은 캄보디아 해상 교량의 부실 공사와 뇌물 수수, 비리 건으로 온갖 매스컴을 떠들썩하게 장식하고도 남을 것이다.

하지만 아예 무시해 버리면, 상대방은 착공부터 훼방을 놓을 작정인 게 분명했다. 그래 봤자 결과적으로는 자기네들에게 불리한 일이라는 것을 모르는 걸까. 강우는 참 답답하기만 했다.

그렇다고 해서 적당히 타협을 한다면, 다음에는 더 심한 요구를 해 올 게 뻔하니 그럴 수도 없었다. 정말 이렇게까지 가치 없는 고민을 해야 한다는 게 한심할 정도였다.

강우가 그렇게 머리를 싸매고 고민에 빠져 있을 때 갑자기 핸드폰이 울리기 시작했다. 발신인을 확인하니 영이었다. 그는 자신이 귀국했다는 것을 그녀에게 알렸었는지 잠시 기억을 더듬었다. 그러다가 말하지 않았다는 것을 깨닫고 한숨을 쉬며 통화 버튼을 눌렀다.

–와, 강우 씨 정말 너무한 거 알아요?

그가 전화를 받자마자 영이 서운한 기색을 팍팍 드러내며 말했다.

–강우 씨가 서울에 왔다는 걸 할아버님 비서를 통해 듣게 될 줄은 몰랐는데요.

"미안합니다. 도착하자마자 약속이 있어서 정신이 없었습니다."

강우는 그렇게 대답하고 나서야 뭔가 좀 이상하다는 생각을 했다.

"그런데 할아버지의 비서에게 귀국 소식을 들었다고요? 강 실장님을 말하는 겁니까?"

–네. 오늘 할아버님이랑 저녁 식사를 하고 있는데 강 비서님이 말씀해 주시더라고요. 강우 씨가 인천 공항에 도착했다는 사실을요.

강우는 뚱하게 대답하는 영의 목소리를 들으며 왠지 모르게 복잡한 감정을 느꼈다. 영이 그의 귀국 사실을 다른 사람을 통해 듣게 한 것은 미안한 일이었다.

하지만 그녀가 요즘 너무 할아버지와 친해진 것 같아 기분이 좀 묘하기도 했다. 자신과는 그렇게까지 매일 만나지도 않았으면서.

게다가 목소리를 들으니까 그녀의 얼굴을 보고 싶다는 생각에 머릿속이 마비되는 느낌이었다. 지금 당장, 영을 만나고 싶었다. 그녀의 작고 부드러운 몸을 품에 꼭 끌어안고 그 향기를 들이마시면 이 피곤하고도 혼란스러운 기분에서 벗어날 수 있을 것 같았다.

강우는 시계를 찾아 고개를 돌리며 물었다.

"그럼 지금은 집에 왔습니까?"

—아뇨. 들어가는 중이에요.

"얼마나 걸릴 것 같습니까?"

—음, 한 십 분 정도요. 왜요?

"지금 곧 그쪽으로 가겠습니다."

그러자 영이 당황한 듯 물었다.

—어, 지금요?

"네. 조금만 기다려요."

강우는 영의 말을 더 듣지도 않고 자리에서 일어났다. 그의 머릿속에는 지금 당장 그녀를 만나야 한다는 생각밖에 남아 있지 않았다.

강우는 그녀가 집에 온 지 겨우 5분 만에 도착했다고 전화를 해 왔다. 겨우 집안을 정돈하고 화장이 망가지지 않았는지 점검할 정도의 시간밖에 없었다.

벨이 울리는 소리에 문을 열자마자 단단한 팔이 다가와 그녀를 품에 안는다. 연락도 없이 돌아와서 서운했던 기분이, 그 포옹 한 번에 스르르 녹아 버렸다.

나, 너무 쉬운 거 아닌가?

그의 품에 안긴 채 그렇게 생각하던 영은 금세 좋으면 됐지, 하면서 강우를 더 세게 끌어안았다.

"솔직히 말하면 지금까지 잘 몰랐는데, 이렇게 안고 나니까 알겠군요. 정말 보고 싶었습니다."

"로맨틱함이라곤 조금도 없네요. 강우 씨 너무 솔직한 거 아니에요?"

그녀가 손으로 등을 툭툭 치면서 말하자 강우는 작게 웃음을 터뜨렸다.

"서운합니까?"

"당연하죠."

"미안합니다. 오늘은 미안한 것투성이네요."

영은 그의 가슴에 얼굴을 묻은 채로 입술을 삐죽이다가 대답했다.

"멀리 갔다 오느라 피곤했을 테니까, 이번만 용서해 줄게요."

그러고는 살짝 팔을 풀며 말했다.

"여기 이렇게 서 있지 말고, 안으로 들어와요."

그러자 강우가 슬쩍 음흉한 미소를 지으며 물었다.

"그 말, 후회하지 않을 자신 있습니까?"

하지만 영은 강우의 말에 대놓고 콧방귀를 끼었다.

"들어오지도 않을 거면 이 시간에 여기까지 왜 왔어요?"

"그건 또 그렇군요."

영은 순순히 고개를 끄덕이는 그를 보며 피식 웃고는 소파를 가리켰다.

"이쪽으로 앉아요. 식사는 했어요?"

"네, 가볍게 먹었습니다."

"근데 왜 갑자기 들어온 거예요? 원래 내일 저녁에 돌아온다고 했었잖아요."

"급하게 만나 볼 사람이 있어서요."

그러자 그녀의 얼굴에 걱정스러운 기색이 돌았다.

"혹시, 뭐 안 좋은 일이 생긴 건 아니죠?"

"그런 일은 없습니다."

그러면서 강우는 속으로 한마디를 삼켰다. 아직은요.

그러나 그는 아무렇지 않은 척 화제를 돌렸다.

"근데 내가 출장 가 있는 동안 매일 할아버지를 만난 겁니까?"

"네. 매일 맛있는 걸 사 주시더라고요."

"영 씨 혼자만요?"

"엊그제는 재민 씨도 나오긴 했는데, 뭐 대부분 저 혼자 뵈러 간 게 맞긴 하네요."

태연하게 대답하는 그녀를 보자 강우는 불쑥 심술이 솟았다. 아니, 할아버지는 결혼을 허락하신 지 얼마나 됐다고 영에게 이렇게 친한 척을 하시는지 모를 일이다. 그것도 자신이 없는 틈을 타서 단둘이 데이트를 하시다니.

왠지 모르게 배신감까지 느껴졌다. 그래서 저도 모르게 심술궂은 표정을 지었는지 영이 그를 보며 웃었다.

"내가 할아버님이랑 둘이서 맛있는 걸 먹었다니까 부러워요?"

"너무 부러워서 배가 다 아프군요."

그 대답에 영이 쿡쿡거리며 그의 옆에 바싹 붙어 앉았다.

"질투하는 거예요?"

"글쎄요."

"흐응, 질투한다고 하면 라면 먹고 가라고 할 거였는데."

그러자 강우의 눈썹이 슬쩍 위로 올라갔다.

"사실은 무지하게 질투하고 있습니다만."

"와, 강우 씨 그거 무슨 뜻인지 알고 있었어요?"

놀랍다는 영의 표정에 이번에는 그가 콧방귀를 끼었다.

"대한민국 남자 중에 그 말뜻을 모르는 사람이 있을 거라고 생각하는 겁니까?"

그러더니 강우는 씩 웃으며 그녀에게로 고개를 숙였다.

"그래서, 라면은 언제 끓여 줄 겁니까?"

"글쎄요."

영은 몸을 슬쩍 뒤로 빼며 새침한 표정을 지었다.

"일단 생각 좀 해 보고 나서……."

하지만 강우는 그 말이 끝나기를 기다리지도 않았다. 두 팔로 그녀를 가두듯 품에 안고 슬쩍 뒤로 밀면서 그대로 입술을 덮어왔다. 영은 뜨겁게 파고드는 입술을 마지못한 척 받아들이며 두 팔을 그의 목에 감았다. 자연스럽게 열린 입술 사이로 그의 숨결이 느껴졌다.

한참 동안 입술 위에 머물던 뜨거운 숨결이 천천히 아래로 내려갔다. 강우의 입술이 머무는 곳마다 새빨간 불길이 피어오르는 느낌이다.

"으응……."

저도 모르게 그의 머리카락을 움켜쥐자 그녀의 배 위에 얼굴을 묻고 있던 강우가 미소를 지었다. 그리고 영을 완전히 불태워 버리겠다는 듯 더 아래쪽으로 입술을 움직여 갔다.

* * *

강우는 서울에서 이틀을 머문 다음 다시 출국했다.

서울에 있는 동안 그는 네와누크에 대한 조사를 철저히 했다. 태어난 이후 어떻게 살아왔는지부터 시작해서 가족 관계, 성격, 취미, 정치적인 성향, 그동안 비리로 축적한 재산 내역과 내연 관계, 성적 취향까지 하나도 빠짐없이.

모든 것을 다 확인하고 나자 강우의 머릿속에 네와누크에 대한 대응 방법이 떠올랐다. 그리고 강우는 그것들을 하나씩 하나씩 써먹으면서 줄기차게 그 인간의 숨통을 죄어 가기로 결정했다.

눈에는 눈, 이에는 이. 내가 잠도 제대로 못 자고 이따위 지저분한 고민을 하게 만든 대가를 톡톡히 치르게 해 주지.

캄보디아로 가는 비행기 안에서 그는 이를 부득부득 갈며 그렇게 다짐했다.

네와누크는 강우가 돌아왔다는 말을 듣자마자 달려왔다. 그는 강우가 뭔가 선물이라도 들고 올 것이라 기대했는지 잔뜩 기대한 얼굴로 나타났다가, 예전과 다름없이 빈손에 담백한 태도라는 것을 확인하고는 기분이 상했다는 티를 팍팍 내며 돌아갔다.

하지만 강우는 그런 태도에 신경도 쓰지 않고서, 서울에서부터 진행하던 작업을 신중하게 계속해 나갔다. 그는 우선 네와누크가 스승처럼 모신다는 캄보디아 정부 관료와 만남을 가졌다. 또 네와누크가 개인적으로 하는 사업의 동업자를 만나 식사를 함께했다.

그런 다음 캄보디아 정부의 외교 책임자와 친목을 다져 나갔다. 그 소식을 들은 네와누크는 약이 올라서 펄펄 뛰었지만 강우는 아는 척도 하지 않았다.

강우가 그렇게 조용히 대처해 나가자 네와누크는 어떻게든 착공 일자를 미루려 안간힘을 썼다. 그러면서 태강이 선일에 비해 일 처리가 꼼꼼하지 못하다는 말을 하고 다니며 그 모든 것이 강우의 탓인 것처럼 불평을 해 댔다.

현지 사정이 그렇게 시끄러워지자 한국에 있는 신 회장도 강우가 어떤 문제와 씨름을 하고 있는지 알게 되었다. 그러나 신 회장은 강우가 알아서 해결할 수 있도록 아무 말도 하지 않았다. 문제가 너무 커지고, 정 힘들어지면 그때 나서도 되는 일이었으니까.

강우에게는 그 정도의 문제를 해결할 수 있는 능력이 충분했다. 신 회장은 큰손자를 굳게 믿고 있었다.

* * *

강우를 믿는 마음은 누구에게도 뒤지지 않았지만, 영은 그에게 조금이라도 힘이 되어 주고 싶었다. 비슷한 일을 하고 있었기 때문에, 의뢰인들이 텃세를 부리기 시작하면 얼마나 더러워지는지 누구보다 잘 알았던 것이다.

게다가 국내도 아닌 해외 사업이었다. 내색은 하지 않고 있지만 외롭고, 답답하고, 피곤하고……. 스트레스가 말이 아닐 것이다.

하지만 아무리 생각해 봐도 도울 수 있는 일이 없었다. 나서 봤자 그녀의 능력으로 해결할 수 있는 일도 아니었다. 그러나 강우의 해외 출장 기간이 점점 더 길어지자 영은 도저히 가만히 앉아 있을 수만은 없다고 생각했다. 무슨 일인지 정확히 알기라도 해야 할 것 같았다.

한참 고민하던 그녀는 신 회장의 비서인 강 실장에게 연락을 했다. 그리고 의아한 얼굴로 약속 장소에 나온 강 실장에게 단도직입적으로 물었다.

"지금 강우 씨가 어떤 문제 때문에 힘들어하고 있는지, 실장님은 알고 계시죠?"

"……."

강 실장은 왜 하필 자신을 불러서 이런 질문을 하는지 알 수 없다는 표정을 지었다. 차마 모른다는 대답은 안 나오는 모양이다. 영은 씁쓸한 미소를 지으며 그 무언의 질문에 답했다.

"강우 씨한테 물어보면 정확하게 대답을 안 해 줄 것 같고, 할아버님께 여쭤봐도 자세한 설명을 듣기 힘들 것 같아서요. 제가 갑자기 이런 걸 물어서 많이 놀라셨지요?"

"사실은, 그렇습니다."

"저도 웬만하면 그냥 힘든 일이 있구나 하고 넘어가려고 했는데, 강우 씨 출장이 너무 길어져서요. 결혼을 앞둔 사이니까, 좀 뻔뻔한 것 같긴 해도 여쭤보는 거예요. 말씀해 주실 수 있을까요?"

그러나 강 실장은 그리 자세히 말해 주진 않았다. 그저 캄보디아의 공사 책임자가 비협조적으로 나오고 있어서 착공이 늦어지고 있고, 그래서 강우가 고생하고 있다는 정도의 대답밖에는 들을 수 없었다. 그 정도는 영도 충분히 짐작하고 있었던 일이었다. 다시 한참을 고민하던 그녀는 이번엔 할아버지인 선우 회장을 찾아갔다.

"네가 웬일이냐? 요즘 저녁마다 예비 시댁 어른 찾아뵙느라 바쁘다면서?"

선우 회장의 삐딱한 인사에 영은 멋쩍은 미소를 지었다.

"에이, 할아버지, 그래서 서운하셨어요?"

"그래. 이 할아비는 아예 잊어버린 줄 알았구나."

"강우 씨 댁 어른들이 결혼을 반대하셨으니까 잘 보이고 싶어서 그런 거였죠, 헤헤헤. 할아버지, 제가 어깨 주물러 드릴까요?"

그녀가 애교 있게 웃으며 말하자 선우 회장은 마지못한 척 표정을 풀었다.

"그래, 요즘 회사 일은 어떠냐?"

"이번 일은 간단한 거라서 곧 마무리될 거예요."

"다행이구나."

영은 한동안 열심히 수다를 떨며 할아버지의 기분을 풀어 드리기 위해 애썼다. 그리고 어느 정도 분위기가 부드러워진 다음 은근슬쩍 말을 꺼냈다.

"근데 할아버지."

"왜?"

"혹시 태강 건설이 요즘 캄보디아에서 어떤 문제가 있는지 들어 보셨어요?"

그러자 신 회장이 엄한 표정으로 그녀를 나무랐다.

"태강 건설의 일을 왜 할아비에게 묻는 게야? 네 약혼자에게 듣지 않고?"

"어, 그게요……."

그녀는 처음 보는 할아버지의 표정에 어떻게 대답할까 한참 망설였다. 괜히 여쭤봤나?

"그게, 할아버지한테 여쭤보면 안 된다는 건 아는데, 달리 물어볼 사람이 없어서……."

영의 민망해하는 표정을 보면서도 선우 회장의 표정은 여전히 딱딱하기만 했다.

"내가 해 줄 수 있는 이야기가 아니다."

좋은 소리를 들을 거라 생각하진 않았지만, 이렇게까지 엄하게 말씀하실 줄은 몰랐기 때문에 영은 조금 주눅이 들고 말았다. 그녀가 더 이상 말을 잇지 못해 고개만 숙이고 있자 선우 회장은 조금 누그러진 음성으로 말했다.

"그게 그렇게 궁금하더냐?"

"네."

"네 약혼자는 능력 있는 사람이다. 지금 고생을 하고 있을지는 몰라도 잘 해결하고 돌아올 게다. 정 힘든 상황이라면 신 회장이 두 손 놓고 보고 있지만은 않을 테고."

"……알고 있어요, 할아버지."

그러자 선우 회장의 목소리가 다시 엄해졌다.

"그럼 믿고 기다리지 않고?"

"그래도 제가 뭔가 도울 수 있는 일이 있지 않을까……."

"없다."

"……."

"지금 네 입장에서 할 수 있는 일은 조용히 기다리다가, 강우가 돌아오면 위로해 주고 격려해 주는 것밖에 없다."

"……네."

집으로 돌아온 영은 소파 위에 웅크리고 앉아 생각에 잠겼다. 선선하게 말씀해 주시진 않을 거라 생각했지만, 할아버지가 그렇게까지 딱딱한 반응을 보이실 거라는 예상도 하지 않았었다. 그래서 실망스럽기도 하고, 속상하기도 하고, 서운하기도 했다.

"그렇게까지 노골적으로 말씀하실 필요는 없었는데."

팔 위에 턱을 괸 채로 중얼거리던 그녀는 다음 순간 고개를 갸웃거리며 할아버지가 하셨던 말씀을 되짚어 보았다. 할아버지는 분명히 '지금 네 입장에서 해 줄 수 있는 일이 없다'고 하셨었다.

할아버지가 말씀하셨던 그녀의 입장이란 게 과연 어떤 것일까. 신강우의 약혼자라는 입장?

약혼자 외에는 아무것도 아니기 때문에 강우의 회사 사정이라든지, 강우가 지금 어떤 문제로 힘들어하는지, 그런 문제를 직접 듣기 전에는 쓸데없이 참견조차 하지 못하는 그런 입장을 말씀하셨던 걸까?

"아, 그렇게 생각하니까 나 되게 보잘것없네."

영은 한숨을 쉬며 투덜거렸다.

"이거 너무 현실적이잖아. 알고는 있었는데, 그래도 내가 너무 초라해지는 기분이라고요, 할아버지."

솔직히 그녀는 자신이 강우에 비해 어느 것도 부족하지 않다고 생각하고 있었다. 괜찮은 직장을 다니며 능력을 인정받고 있었고, 나름대로 알아주는 학교를 졸업한 데다가, 빚이 있거나 한 것도 아니어서 경제적인 사정도 괜찮았으니까.

솔직히, 강우와 다를 게 뭐가 있단 말인가. 그저 규모만 조금 작을 뿐, 비슷한 조건이 아니냔 말이다.

그런데 지금 이런 상황에 닥치고 나자 영은 자신이 완전히 잘못 생각하고 있었다는 것을 깨달았다.

비슷한 조건이라면 그의 일에 대해 알고, 도와줄 수 있어야 했다. 하지만 그녀는 지금 강우에게 아무런 힘도 줄 수 없는 무능력하기 짝이 없는 상태였다. 솔직히 말하면, 자존심도 좀 상한다.

"어떻게 해야 하지?"

영은 다시 한번 '자신의 입장'이라는 말에 대해 고민하며 중얼거렸다.

지금 그녀의 입장에서 할 수 있는 것은 정말로 아무것도 없을까. 그렇다면 그녀의 입장이 바뀌면 강우에게 도움을 줄 방법이 있다는 걸까. 그런데 그놈의 '입장'이라는 건 도대체 어떻게 해야 바꿀 수 있다는 걸까.

생각하면 할수록 머리만 복잡했다. 그런데 계속 그 '입장'이라는 것에 대해 고민하다 보니, 왠지 할아버지가 괜히 하신 말씀이 아닌 것 같다는 생각도 들었다.

뭔가 방법이 있는 걸까. 아니, 그렇다면 할아버지는 왜 그냥 속 시원하게 말씀해 주시지 않고 스무고개 하듯 딱 한 단어만 던져 주신 걸까. 그녀가 얼마나 빨리 눈치채는지 궁금하기라도 하셨던 걸까.

"와, 우리 할아버지, 요즘 소홀했다고 많이 서운하셨나 보네. 내가 마지막까지 눈치 못 채면 어쩌시려고."

그러면서도 영은 어느새 할아버지가 말씀하신 '입장'이란 말의 의미를 찾아내기 위해 머리를 싸매고 있었다. 어쩌면 할아버지는 영의 그런 성격을 다 알고 계셨기 때문에 일부러 호기심을 자극하듯 한마디만 던지신 건지도 모를 일이었다.

18. 커밍아웃

할아버지가 어떤 의미로 그런 말씀을 하셨는지 깨닫는 데는 오래 걸리지 않았다. 그러나 그놈의 '입장'이란 것을 바꾸겠다는 결심을 하고, 의지를 다지는 데는 생각보다 오랜 시간이 필요했다.

하지만 결국 영은 '강우의 힘이 될 수 있는 입장'이 되겠다는 결심을 굳혔다.

마음 한구석에는 아직도 '이게 잘하는 짓일까'하는 생각이 남아있었지만, 그럼에도 불구하고 그녀는 강우와 동등한 입장에 서고 싶었다. 도움을 줄 수도 있고, 받을 수도 있는 입장에 말이다. 일방적으로 받기만 하고, 기대기만 하는 관계는 원치 않았다.

솔직히 말하면 그 대상이 강우이기 때문에 이런 결심을 한 것도 맞았다. 만약 힘들어하는 사람이 다른 사람이었다면 그녀는 못 본 척하고 넘어갔을지도 모른다. 아무튼 영의 결심을 들으신 할아버지는 놀란 표정으로 물으셨다.

"진심인 게야? 그래도 괜찮겠어?"

"……솔직히 말씀드리면 괜찮을지 아닐지 아직 모르겠어요. 그래도 그러고 싶어요."

"네 인생이 완전히 바뀌게 될 거다."

"네, 그럴 것 같더라고요. 그래서 결심하는 데 시간이 좀 필요했어요."

그러자 할아버지의 표정에 서운한 기색이 살짝 서렸다.

"신강우가 그 정도로 좋아? 네 아버지가 알면 땅을 치며 서운해하겠구나."

영도 조금 씁쓸한 어조로 대답했다.

"이미 서운해서 울고 계실지도 몰라요."

"그래도 네 결심은 변함이 없다는 게야?"

"네."

영은 멋쩍은 미소를 지으며 할아버지를 바라보았다.

"그래도 나중엔 이해해 주실 거예요. 할아버지도 그러셨잖아요."

그 말에 선우 회장이 슬쩍 코웃음을 쳤다.

"누가 이해했다는 건지 모르겠구나. 난 그런 적 없다."

"정말요?"

"그래."

선우 회장의 완고한 표정을 보던 영이 웃음을 터뜨렸다.

"하하하, 그럼 저도 이해 안 해 주실 거예요? 저, 이제부터 어떻게 해야 하는지 할아버지가 알려 주실 거라고 기대하고 있었는데요."

그러자 선우 회장이 못마땅한 표정으로 입을 다물었다. 그녀는 선우 회장의 팔짱을 끼며 애교 있는 목소리로 말했다.

"제가 할아버지만 믿고 있는 거 아시죠?"

"흐음."

"저, 이제부턴 어딜 가든 할아버지 옆에 딱 붙어 있을 건데, 그래도 괜찮으신 거죠?"

"흐으음."

하지만 선우 회장은 영이 자신의 '입장'을 바꾸겠다는 의지를 드러내자 재빨리 그에 맞는 조치를 취하기 시작했다. 이제부터 그녀가 무엇을 해야 하는지 정확하게 알려 주었던 것이다.

그때부터 그녀는 한동안 퇴근만 하면 할아버지 댁으로 가서 변호사들이 내미는 서류를 보느라 정신없는 시간을 보냈다.

알아 둘 것과 듣고 나서 꼭 기억해야 하는 것, 또는 기억해야 하는 사람들, 그리고 그에 대한 이해관계가 얼마나 복잡한지 몰랐다. 일주일쯤 지났을 때 영은, '이렇게 힘들 줄 알았으면, 다시 생각해 보는 건데' 하고 중얼거렸다가 선우 회장에게 쓴소리를 한마디 듣고 말았다.

"아직 시작도 안 했다. 무르고 싶거든 지금 하려무나."

그 말에 그녀는 조용히 입을 다물고 서류 쪽으로 시선을 내렸다.

* * *

영이 그렇게 끙끙거리고 있을 때, 강우는 네와누크와의 보이지 않는 힘겨루기에서 승기를 잡아 가고 있었다. 시간이 좀 걸리긴 했지만 네와누크와 이해관계가 얽힌 주변인들을, 그것도 주로 정부 관료 쪽을 공략했던 강우의 작전이 맞아들어 간 것이다.

강우는 태강 건설뿐만 아니라 태강 그룹을 대표하는 사람이나 마찬가지였고, 캄보디아의 정부 관료 중에 태강 그룹과 척을 지고 싶어 하는 사람은 아무도 없었다.

결국 네와누크는 주변의 보이지 않는 압박을 이겨 내지 못했다. 못마땅하다는 티를 팍팍 내며 착공 허가를 알려 왔다. 공사가 시작된 날 밤, 강우는 정 비서와 함께 조촐한 축배를 들었다.

"고생하셨습니다, 부사장님."

정 비서의 말에 강우는 쓴웃음을 지으며 대답했다.

"이 정도는 별거 아니라고 하고 싶은데, 그럴 수 없는 게 유감이군요. 이번엔 정말 힘들었습니다. 정 비서님도 고생 많았습니다."

정 비서는 평소처럼 잔잔한 미소와 함께 잔을 내밀었다. 챙, 하는 소리와 함께 잔이 부딪치고, 강우는 와인 잔을 깨끗이 비웠다.

"이제 귀국 일정을 잡아도 되겠군요."

"아, 참, 부사장님."

강우의 말에 정 비서가 갑자기 생각났다는 표정으로 말했다.

"오후에 강 실장님께 연락이 왔었습니다. 다음 주쯤 네와누크 씨를 한국으로 초대하겠다고 하시던데요?"

"벌써 말입니까?"

해외 공사가 진행될 때, 그 책임자를 서울로 초대해 우호 관계를 다지는 일은 항상 있어 왔다.

하지만 그 시기를 정하는 사람은 강우여야 했다. 강 실장이 연락을 해 왔다는 건 그 일에 대해 그룹 차원에서 나선다는 뜻이었고, 그래서 강우는 할아버지의 그런 결정에 서운함을 느낄 수밖에 없었다.

생각보다 시간이 오래 걸리고 고생도 많이 하긴 했지만, 그래도 강우는 다른 누군가의 힘을 빌리지 않고 스스로 이번 일을 해결해 냈다.

할아버지에게 도움을 청하려는 생각을 안 해 본 건 아니지만, 그때마다 이를 악물고 참았다. 이런 일이 지금 한 번으로 끝날 거라 생각하지 않았기 때문이다.

앞으로 그는 더 다양한 사람들을 만나서 일을 하게 될 것이다. 그리고 이제부터 만나게 될 사람 중에 네와누크 같은 사람이 없을 거라고 생각하지 않았다. 오히려 비상식적인 생각을 가진 사람들이 더 많을 수도 있었다. 그때마다 누군가에게 도움을 청한다면 그는 지금 상태에서 전혀 발전하지 못할 것이었다.

그리고 네와누크는 아직 완전히 패배를 인정한 것도 아니었다. 네와누크는 자신이 강우에게 졌다는 것을 인정하기가 어지간히도 싫었는지, 이제는 강우를 보기만 해도 인상을 쓰며 입을 다물 정도였다. 그러면서 선일 그룹에 대한 칭찬은 아예 입에 달고 살았다. 모르는 사람이 보면, 선일 그룹이 네와누크 집안의 은인이 아닐까 생각할 정도였다.

그래서 강우는 네와누크를 서울로 초대하는 건 조금 시간이 지난 후에 하려고 생각하고 있었다. 이런 상황에서 초대했다가, 자기가 이겼다고 생각하며 필요 이상의 선물이라도 요구하면 피곤해질 게 분명했으니까.

강우는 내일 오전에 할아버지와 통화를 해 봐야겠다고 마음먹었다. 왜 갑자기 네와누크를 초대할 생각을 하셨는지 말씀을 들어보고, 그 시기를 조절해 봐야겠다고. 그리고 오늘 밤은 오랜만에 아무 걱정도 없이 숙면을 취하는 거다.

이왕이면 영 씨의 꿈을 꾸면 좋을 텐데.

강우는 다시 와인 잔을 비우며 생각했다.

돌아갈 곳에 자신을 기다려 주는 사람이 있다는 건, 꽤나 좋은 기분이구나, 하고.

그런데 다음 날 아침, 신 회장에게 전화를 걸었던 그는 뜻밖의 이야기를 들었다.

"……그게 무슨 말씀이십니까?"

강우는 정말로 할아버지의 말씀을 이해할 수 없었다. 영이 파티를 주최한다고? 그의 약혼녀 자격으로? 아니, 무슨 그런 말도 안 되는 일을, 그렇게 당연한 듯 말씀하시는 건지 모르겠다.

"할아버지, 영 씨가 왜 파티의 주최자가 된다는 겁니까? 영 씨는 태강 건설과 아무 관련이 없는 사람입니다."

차마 '잘 아시잖아요?'라는 말까지 할 수는 없었다. 분명 할아버지가 몰라서 하시는 말씀은 아닐 테니까.

－왜 아무 관련이 없어? 네 약혼녀인데.

"할아버지, 그런 뜻이 아니잖아요."

－무슨 뜻인지는 나도 잘 안다. 하지만 벌써 준비는 시작했으니 넌 그저 현장 일을 잘 마무리 짓고 돌아오면 된다.

"아니, 할아버지……."

－남은 얘기는 돌아와서 하자꾸나.

전화는 그렇게 끊겨 버렸다. 강우는 핸드폰을 멍하니 쳐다보다가 이번엔 영에게 전화를 걸었다. 하지만 그녀의 반응 역시 시원찮았다.

－아, 강우 씨! 일 잘 해결됐다면서요? 언제 돌아와요?

"사흘 뒤에 갑니다. 그런데……."

－어, 금요일이네요? 몇 시에 도착해요?

"아홉 시쯤이요."

－밤 아홉 시죠? 그날 시간 비워 놔야겠다. 공항에 마중 나갈까요?

"아니요. 그럴 것까진……."

그러나 영은 그의 말을 다 듣지도 않고 급하게 말했다.

－강우 씨. 저 지금 미팅 들어가야 해서요. 미안해요. 나중에 다시 통화해요. 전화할게요.

통화는 또 그렇게 끊겼다. 강우는 이번에도 멍하니 핸드폰을 보다가 허무한 미소를 지으며 자리에서 일어났다. 미팅에 들어가야 한다니 할 수 없겠지. 그러니까 할아버지와 그녀의 사이에 뭔가 있었을 거라는 성급한 판단은 내리지 말아야겠다.

하지만 강우는 그 이후로도 신 회장이나 영과 제대로 된 통화를 할 수가 없었다. 할아버지는 돌아와서 직접 들으라는 말로 그의 입을 막아 버리셨고, 영은 대답을 피하며 말을 빙빙 돌리기만 했다. 아, 서프라이즈라는 말을 하긴 했었다. 깜짝 놀랄 준비를 하라고 말이다.

도대체 무슨 일이 있는 건지 궁금해 죽을 지경이었지만, 강우는 서울에 돌아갈 때까지 꾹 참고 기다리기로 했다. 깜짝 놀랄 준비라고 했으니 나쁜 일은 아닐 것이라 스스로를 다독이면서.

그리고 마침내 서울에 돌아온 날.

마중 나오지 말라고 하긴 했지만, 비행기에서 내려 입국장으로 나오던 강우는 은근히 영의 모습을 찾고 있었다. 서프라이즈가 공항 이벤트는 아닐까 생각하면서.

물론 그녀도 일주일 동안 열심히 일을 했으니 피곤할 거라는 사실은 알고 있었다. 그러나 머리로는 알고 있어도 마음은 못 따라가는 일이 있는 법이다.

마지막까지 영의 모습을 찾아내지 못한 그는 적잖이 실망한 기분을 감추며 차가 오기를 기다렸다. 차가 도착하자 아무 생각 없이 정 비서가 문을 열어 주는 대로 자리에 앉았다. 그런데 다음 순간 운전석에서 영의 목소리가 들려왔다.

"고생했어요, 강우 씨. 피곤하죠?"

그는 말 그대로 눈이 번쩍 뜨이는 것을 느꼈다. 그러고 보니 그는 뒷자리가 아니라 조수석에 앉아 있었고, 영은 그가 놀라는 모습을 보더니 씩 웃으며 차를 출발시켰다.

"어떻게 된 겁니까?"

"마중 나온다고 했었잖아요."

"피곤할 텐데, 여기까지 운전을……."

그러자 영이 입술을 삐죽 내밀었다.

"그냥 마중 나와서 기쁘다, 반갑다, 그렇게 말해 주면 될 것 같은데요."

그 말에 강우는 멋쩍은 표정을 지었다.

"영 씨가 마중 나와 줘서 정말 좋군요."

"나도 강우 씨를 만나서 좋아요. 보고 싶었어요."

그렇게 말하며 살짝 얼굴을 붉히는 영의 모습을 보자 그는 가슴속이 뿌듯하게 채워지는 것을 느꼈다.

아, 지금이 차 안이 아니고, 그녀가 운전을 하고 있지 않다면 얼마나 좋을까.

그러다가 강우는 굳이 지금 당장 집에 돌아가지 않아도 된다는 사실을 깨닫고 핸드폰을 꺼냈다.

그는 가장 가까운 호텔을 검색한 다음 직접 내비게이션에 주소를 입력했다. 강우가 입력한 주소를 확인한 영이 황당한 듯 웃었다. 그러나 그는 표정 관리를 할 만한 여유도 없었다.

"이 주소로 곧장 갑시다, 기사님."

"정말요? 집에 안 가고요?"

"집에 기다리는 사람이라도 있습니까?"

"음, 그런 건 아니지만."

"그럼 우리 둘이 같이 있을 수만 있다면 어디든 상관없는 거 아닙니까?"

그러자 영이 어깨를 으쓱하며 대답했다.

"뭐, 그것도 그러네요."

호텔까지는 십 분도 걸리지 않았다. 강우는 룸에 들어가자마자 그녀를 끌어안고 머리카락에 얼굴을 묻었다. 영의 향기로 몸속을 가득 채우고 나니 비로소 서울에 돌아왔다는 실감이 들었다.

"돌아오자마자 만난 사람이 영 씨라서 정말 기쁩니다."

"그럴 것 같아서 마중 나간 거예요."

"앞으로 당신이 마중 나오는 걸 당연히 생각해서 버릇이 나빠지면 어쩌려고 그럽니까?"

"뭐, 그땐 다른 방법이 생기지 않을까요?"

그녀의 장난스러운 대답을 들은 강우의 입술에 미소가 걸렸다.

"그 해결책은 함께 찾아보도록 합시다."

그의 입술이 내려와 영의 것을 덮었다. 강우가 가볍게 쪼는 듯한 키스를 계속하는 동안 두 사람의 옷이 하나씩 바닥으로 떨어졌다. 잠시 후 그의 손길을 방해하는 것이 완전히 사라지자, 강우는 영을 번쩍 안아 들고 욕실로 들어갔다.

샤워기에서 떨어진 물이 두 사람의 몸을 흠뻑 적셨다. 강우는 샤워 볼에 거품을 잔뜩 낸 다음 장난스럽게 그녀의 몸에 문질렀다. 영은 간지러운 듯 깔깔거리고 웃으며 몸을 비틀었지만, 그의 손길이 느리고 농밀해지면서 점점 웃음소리가 작아졌다.

"으응……"

어느새 강우의 손에서 샤워 볼이 사라졌다. 물에 젖은 그의 단단한 피부 위에서 영의 손이 자꾸 미끄러졌다. 그 손길에 더 흥분한 강우는 그녀를 아예 벽에 기대어 세우고 한 팔로 허리를 단단히 감싸 안았다.

"강우 씨……"

두 사람의 입술이 다시 겹쳐졌다. 샤워기에서 떨어지는 물소리가 뜨거운 숨소리를 삼켜 버렸다. 영은 두 팔을 강우의 목에 감고 힘껏 끌어안았다. 그의 거친 움직임에도 흔들리지 않을 수 있도록.

다음 날 오전, 느지막이 눈을 뜬 강우는 옆에서 세상모르고 잠들어 있는 영을 보고는 저도 모르게 미소를 지었다.

영의 옆에 있으면 그는 이성도, 인내심도, 만족도 모르는 사람이 되어 버린다. 참 신기한 일이었다. 도대체 선우영의 어떤 점이 자신을 이렇게 본능만 남은 사람으로 만들어 버리는 것일까.

그런 생각을 하며 손가락으로 코를 톡톡 두드리자 영이 미간을 찌푸리며 고개를 저었다.

귀엽긴.

강우는 계속 장난을 치고 싶은 것을 참으며 천천히 몸을 일으켰다. 샤워부터 하고, 룸서비스를 시킨 다음, 영을 깨워서 같이 밥을 먹어야겠다. 그 이후의 시간을 어떻게 보낼지는 밥을 먹은 다음 결정해도 늦지 않을 테니까.

영은 룸서비스가 도착하자 음식 냄새에 자극을 받았는지 부스스 눈을 떴다.

"일어났어요?"

강우의 말에 그녀는 멋쩍은 표정으로 몸을 일으켰다.

"먼저 깨우지 그랬어요."

"피곤해 보여서요."

그렇게 대답한 강우는 음식이 차려져 있는 트레이를 아예 그녀의 앞으로 들고 왔다.

"자, 천천히 먹어요."

영은 커피가 담긴 컵이 바로 앞에 놓이는 것을 보고는 슬쩍 얼굴을 붉혔다. 일어나자마자 애인이 갓 구운 크로아상과 커피를 눈앞에 차려 주다니 무슨, 영화 속의 주인공이라도 된 기분이다.

게다가 맛은 또 왜 이렇게 좋은 건지 모르겠다. 영은 자신을 보며 흐뭇한 미소를 짓고 있는 강우를 의식한 채로 빵을 손톱만큼 작게 잘라 입에 넣었다. 안 그래도 잠에서 막 깬 부스스한 모습인데, 먹는 것까지 게걸스럽게 보일 수는 없으니까.

그래도 그녀는 후식으로 준비된 과일까지 모두 다 먹어치운 다음 자리에서 일어났다. 밥을 먹었으니 식후 운동이 필요하지 않겠냐며 지분거리는 강우를 애써 물리친 영은 깔끔하게 샤워를 마치고 나와서 그와 마주 앉았다.

해야 할 말이 있었다. 달콤하고, 노곤한 기분으로는 못 할 것 같은 말이었다.

그녀의 진지한 표정을 본 강우도 얼굴에서 웃음기를 지웠다. 그 정색한 표정도 잘생겨 보여서, 영은 저도 모르게 실실 새어 나오는 미소를 억지로 참아야 했다.

도대체 신강우라는 남자에게 언제 이렇게 홀딱 빠져 버린 걸까.

"음, 할 말이 있어요."

그녀의 말에 강우가 고개를 끄덕였다.

"그럴 거라고 생각했습니다."

그러나 며칠 동안 그에게 할 말을 열심히 궁리했음에도 불구하고, 이렇게 마주 앉아 있으니 입이 떨어지지 않았다. 영이 한참을 망설이면서 말을 꺼내지 못하자 결국 강우가 먼저 입을 열었다.

"할아버지 말씀으로는, 영 씨가 어떤 파티를 주최하기로 했다더군요."

"네, 맞아요."

"갑자기 왜 그런 일이 벌어진 겁니까?"

"……저도 힘이 되어 주고 싶었거든요."

강우는 영이 빠뜨린 목적어를 곧바로 찾아냈다.

"나에게 말입니까?"

"네."

"솔직히, 이해를 못 하겠습니다."

……그럴 것 같았다. 만약 입장이 바뀌었다면, 그녀 역시 짐작도 못 했을 일이니까. 그래서인지 말을 시작하기가 참 힘들었다.

"으음……. 그 파티에서 저는 강우 씨의 약혼녀로 소개될 거예요."

그는 하나도 놀랍지 않다는 듯 고개를 끄덕였다.

"그리고 선일 그룹 선우세진 회장님의 손녀로도 소개될 거고요."

강우의 눈 속에 서서히 이해의 빛이 떠올랐다. 하지만 그는 믿을 수 없다는 듯 한참 동안 고개를 젓더니 이렇게 물었다.

"왜요?"

영은 잔뜩 찌푸려진 그의 미간을 펴 주고 싶다는 생각을 하며 대답했다.

"이번에 강우 씨가 고생하는 걸 보면서 느낀 점이 많았거든요."

"……이번 일이 예상했던 것보다 힘들었던 건 사실이지만, 다 해결됐습니다. 그런 이유로 영 씨의 집안사를 드러낼 필요까진 없어요."

그녀는 천천히 고개를 저었다.

"아직 완전히 해결되지 않은 거 알고 있어요."

"그게 무슨……."

"그쪽 담당자가 하필 선일 건설 얘기를 계속 물고 늘어진다면서요."

"……."

영은 차마 아니라는 대답을 못 하고 시선을 돌리는 강우를 보며 작게 한숨을 쉬었다.

"저는요, 처음에 강우 씨가 서울에 돌아오는 날짜가 미뤄지는 걸 보면서도 별거 아니겠지, 했어요. 그냥 일이 좀 안 풀리나 보다 하고요. 그게 정말 심각한 일이라는 걸 눈치챈 것도 한참이 지나서였고요."

그녀는 언젠가 강 실장님과 나누었던 대화를 떠올리며 씁쓸하게 웃었다.

"뒤늦게 무슨 일인지 알아보려고 했는데 그것도 쉽지 않더라고요. 왜냐하면 저는 강우 씨와 결혼을 약속하긴 했지만, 태강과는 아무 관련도 없는 사람이었으니까요. 너무 답답해서 할아버지한테 무슨 일인지 아시느냐고 여쭤봤다가 꾸중만 들었어요. 왜 그런 걸 다른 사람에게, 그것도 다른 회사의 사람에게 묻느냐고요."

영은 점점 심각해져 가는 강우를 보면서 조용히 말을 이었다.

"그때 제가 무슨 생각을 했는지 알아요? 이런 상태로 강우 씨와 결혼하면 나는 평생 당신의 주변에서만 맴돌겠구나, 하는 생각이 들더라고요."

"그런 게 아닌……."

영은 말도 안 된다는 듯 입을 여는 그에게 고개를 저어 보였다.

"결혼하면 아마 달라질지도 몰라요. 최소한 당신이 무슨 일을 하고, 어떤 상황에 처해 있다 정도까지는 알게 되겠죠. 하지만 딱 거기까지일 거예요. 실질적으로 강우 씨에게 도움이 되지는 못하는 사람이죠."

이번에는 강우가 고개를 저었다.

"그렇지 않습니다. 당신이라는 존재 자체가 나에게 얼마나 힘이 되는지 몰라요. 그러니까 그런 생각을……."

"하지만 내가 계속 이 상태에 머물러 있다면 그런 무력감에서 벗어날 수 없는 것도 사실이에요. 어떻게 해야 당신을 도울 수 있는지 알면서도 그 방법을 사용하지 않는다면 말이에요. 그래서 나는 내가 할 수 있는 일을 하기로 결심했어요. 실제로도 이런 결심을 밝히고 나서야 강우 씨가 어떤 어려움을 겪고 있는지 정확히 들을 수 있었고요."

그는 할 말을 찾지 못한 듯 한참 동안 침묵했다. 그러다가 손을 내밀어 영의 두 손을 잡으며 입을 열었다.

"걱정을 끼쳐서 미안합니다. 그런데 영 씨, 이번 일은 정말 특이한 케이스였어요. 내가 너무 자신만만하기도 했고, 그래서 준비가 부족했던 것도 사실이었습니다. 경험 부족이었던 것도 맞고요. 하지만 앞으로는 이런 일이 많지 않을 겁니다. 그러니까 영 씨가 군이 가족 관계까지 드러내는 부담을 지지 않아도 괜찮아요."

그녀는 강우의 말을 들으며 마주 잡은 손에 힘을 주었다.

"나도 그래서 고민 많이 했어요. 근데 강우 씨, 이제야 깨달았는데 나는 가만히 앉아서 강우 씨가 성공하고 돌아오길 기다리기만 하는 성격은 아니었나 봐요. 나한테 도와줄 힘이 있는데 왜 그걸 쓰면 안 될까, 그 생각만 들더라고요."

"그 방법을 쓰면 영 씨의 생활이 완전히 바뀔 테니까요."

영은 씩 웃으며 고개를 끄덕였다.

"그것 때문에 결정하는 데 오래 걸렸어요. 그런데도 생각이 안 바뀌는 걸보니 그냥 그 방법을 써먹어야겠더라고요. 무슨 일이든 저질러 보고 후회하는 게 낫잖아요?"

장난스러운 그녀의 말에 강우도 비식 웃음을 지었다.

"그래도 한 번 더 생각해 봐요. 아직 시간은 많습니다."

"아니에요, 강우 씨. 나 정말 고민 많이 했다니까요. 그리고, 입장을 반대로 놓고 생각해 봐요. 나한테 힘든 일이 생겼으면 강우 씨도 분명히 그런 결정을 했을걸요?"

강우의 입술이 다시 한번 다물어졌다. 아니라고 말을 못 하는 걸 보니 이 와중에도 기분이 좀 좋아진다. 영은 다시 한번 힘을 주어 강우의 손을 잡았다.

"솔직히, 나한테 숨겨진 가족사가 없었다면 이런 생각은 하지 못했을 거예요. 그리고 만약 내가 조금 더 소극적이거나 내성적인 성격이었다면 그냥 생각에 그치고 실행에 옮기지는 못했겠죠. 그러니까 강우 씨도 너무 걱정할 필요 없어요. 이게 다, 나 좋자고 하는 일이거든요."

그의 얼굴에 미미한 미소가 돌아왔다.

"영 씨한테 뭐가 어떻게 좋은데요?"

"음, 일단 강우 씨를 곤란하게 만든 그 사람에게 한 방 먹여 줄 수 있겠죠?"

강우의 미소가 조금 더 진해졌다.

"그리고요?"

"그리고…… 강우 씨가 하는 일에 대해 당당히 물어봐도 되겠죠?"

"그리고 또요?"

이번엔 영의 대답을 듣게 되기까지 꽤 오랜 시간이 걸렸다. 하지만 그렇게 오래 걸려 나온 대답도 그리 신통하지는 못했다.

"뭔가 또 좋은 게 있겠죠. 시간이 지나다 보면 알게 되지 않을까요?"

그녀의 말에 강우는 한숨 섞인 미소를 지었다.

지금이라도 다시 생각해 보라고 말리고 싶었다. 전혀 그럴 필요가 없다고, 지금 이 결정이 당신의 생활을 어떻게 바꿔 놓을지 아직 모르지 않냐고 요목조목 따져 가며 알려 주고 싶었다.

하지만 그렇게 할 수 없었다. 영이 했던 말 중에 '입장을 반대로 놓고 생각해 보라'는 부분 때문이었다.

정말, 뭐라고 반박할 수가 없는 말이었다. 그는 아마 영에게 무슨 일이 생겼다면 집안을 다 뒤집어 놓으면서라도 그녀를 도우려 했을 것이다. 자신부터도 그런 생각을 하는데, 영이라고 해서 같은 마음을 먹지 말란 법은 없었다.

그러니까 그녀의 마음이 고맙다는 생각을 말로 표현해 주고 영에게 더 잘해 주면 되는 일인데, 그게 왜 이렇게 어려운지 모를 일이었다. 앞으로 그녀의 생활이 얼마나 힘들고 피곤해질지 누구보다 잘 알고 있기 때문일까.

강우는 착잡한 기분으로 마주 앉은 영의 얼굴을 바라보았다. 무거운 분위기는 싫다는 듯 장난스럽게 입술을 삐죽이고 있는 그녀를 보자 혀끝에서 맴돌던 심각한 말들이 어디론가 흩어져 버렸다.

그래, 그녀의 선택을 존중해야 한다. 그리고 힘든 일이 생기면 곁에서 위로해 주고 힘이 되어 주는 거다. 영이 자신에게 그러는 것처럼.

강우는 잡고 있던 그녀의 손을 들어 올려 입술에 가져다 대었다.

"힘든 결정을 내려 줘서 고마워요."

그러자 그녀가 씩 웃었다. 조금 멋쩍다는 듯이, 그리고 조금은 부끄럽다는 듯이. 강우는 그녀의 손등에 입술을 댄 채로 말을 이었다.

"앞으로 힘든 일도, 속상한 일도 많이 생길 겁니다. 그 힘들고 속상한 일은 모두 나한테 얘기해 줘요. 내가 다 들어 주겠습니다."

"그냥 불평하고 푸념하는 얘기들도요?"

"그런 이야기일수록 더더욱 해 줘요. 속에 담아 두지 말고."

영의 눈이 반달 모양으로 접혔다. 그녀는 얼굴 가득 미소를 지으며 자리에서 일어나더니 테이블을 빙 돌아 강우의 옆으로 와서 앉았다.

"그럼 강우 씨도 앞으로 무슨 일이든 속에 담아 두지 말고 다 얘기해 줘요."

"알겠습니다."

"나를 얼마나 좋아하는지도 매일매일 얘기해 주고요."

그 말을 들은 강우의 입가에 슬쩍 음흉한 미소가 떠올랐다.

"그건 어려울 것 없겠군요. 내가 또 할 일은 없습니까?"

"음, 날마다 모닝 키스를 해 주고, 굿나잇 키스도 해 주고……."

그는 두 팔로 영을 안아 올려 자신의 무릎 위에 앉혔다.

"그리고요?"

"그다음엔 강우 씨가 하고 싶은 걸 해 줘요."

강우는 고개를 숙이며 속삭였다.

"좋은 생각이군요."

두 사람의 입술이 달콤하게 만난 순간, 영의 팔이 그의 목을 감싸 안았다.

* * *

강우가 처음에 예상했던 것처럼, 네와누크는 때 이른 초대를 받고 한껏 의기양양한 모습이었다. 네와누크는 강우가 생각을 고쳐먹고, 자신이 지금까지 해 왔던 사업 방식을 받아들인 것이리라 완전히 착각하고 있었다.

공항에 도착해서 회사까지 차를 타고 오는 동안 어찌나 거들먹거렸는지, 비위 좋기로 소문난 정 비서조차 네와누크의 태도에 혀를 내두를 정도였다고 한다. 그러나 강우는 네와누크가 그 착각을 실컷 즐기도록 놔두었다. 하룻밤 정도는 행복한 상상에 빠질 자유가 있었으니까.

마침내 파티가 열리는 날이 되었다. 영은 이날을 위해 태강과 선일 양쪽에서 받을 수 있는 충고와 조언과 도움은 모두 받은 상태였다.

마지막으로 군장을 점검하듯 차림새를 확인하는 그녀의 얼굴에는 비장함마저 흐르는 것 같았다. 강우는 그녀의 긴장을 덜어 주기 위해 가볍게 농담을 걸었다.

"오늘따라 눈이 부시군요. 사람들이 영 씨의 미모에 넋이 나갈지도 모르겠습니다."

거짓말은 아니었다. 은색 드레스로 성장을 한 그녀의 모습은 정말 예뻤으니까. 하지만 그의 말을 받는 영의 목소리는 시니컬하기만 했다.

"내 미모가 아니라 내 귀걸이와 목걸이에 넋이 나갈 거예요. 도대체 내가 지금 몸에 얼마를 두르고 있는지 모르겠다니까요."

강우는 그녀가 두르고 있는 것들의 가격을 알고 있었다. 그것도 꽤 정확하게. 그녀의 귀걸이와 목걸이, 시계를 구입하며 사인을 한 사람이 그였기 때문이다. 물론, 굳이 지금 이 순간 그 사실을 얘기할 생각은 없었다.

"걱정하지 않아도 됩니다. 사람들은 당신이 누군지 알게 되는 순간 그깟 장신구에는 신경조차 쓰지 못할 거예요."

"네와누크도 그럴까요?"

"그 사람이 받을 충격이 가장 클 겁니다. 그러니까 그렇게 긴장하지 않아도 돼요."

그 말에 영이 가느다란 한숨을 내쉬고는 목을 이쪽저쪽으로 돌렸다. 그 순간 노크 소리가 들리더니 정 비서가 문을 열었다.

"이제 나가실 시간입니다."

강우가 그녀에게 손을 내밀었다. 마주 잡은 작은 손이 긴장으로 차갑게 식어 있었다. 그는 영의 손을 힘주어 잡으며 말했다.

"내가 계속 옆에 있을 겁니다. 아무 걱정도 하지 말아요."

영은 자신이 꽤 대범한 성격이라고 생각해 왔었다. 뭔가 일이 생기면 잘못을 솔직하게 인정하는 타입이었고, 사람들 앞에 나서는 것을 두려워한 적도 없었기 때문이었다.

그런데 태어난 지 서른두 해 만에 처음으로 그녀는 마음속 어딘가에 잠들어 있던 소심하다 못해 비겁하기까지 한 성격이 깨어나는 것을 느꼈다.

겉으로 보기엔 아무 문제도 없었다. 영은 오늘 자신의 겉모습만큼은 더할 나위 없이 완벽하다는 것을 알고 있었다.

당연한 일이었다. 스타일리스트와 메이크업 아티스트들이 세 시간이나 달라붙어서 만들어 준 차림새였으니까. 그들의 노력을 헛되이 하지 않기 위해 영은 자못 당당하게 허리를 쭉 펴고, 고개를 뻣뻣하게 치켜든 채로 사람들을 만났다.

이 자리에 모인 얼마 안 되는 사람들의 신상 명세를 며칠 전부터 외우고 다녔기에 누구를 만났는지 기억할 수는 있었다.

그러나 인사를 나누고 난 다음에는 무슨 말을 했었는지 곧바로 잊어버렸고, 그 뒤처리는 모두 강우의 차지가 되고 말았다. 아무리 그가 걱정 말라고 했다지만, 이렇게까지 해도 되나 싶을 정도였다.

하지만 파티장에 모인 모든 사람, 아니 그녀의 가족들과 강우를 가족들을 제외한 모든 사람에게 의심이 가득 담긴 시선을 끊임없이 받고 있노라면 침착해야 한다는 다짐이 흔적도 없이 사라져 버리곤 했다. 그리고 불행하게도, 그런 영의 상태는 네와누크와 마주쳤을 때 가장 심각해지고 말았다.

"이런, 말씀으로만 듣던 부사장님의 약혼녀를 이제야 뵙게 되는군요. 정말 아름다우십니다."

네와누크는 그렇게 말하며 영의 손을 가볍게 잡고 손등에 입을 맞췄다. 그녀는 손등에 묻은 축축한 느낌을 닦아 내고 싶은 기분을 억누르며, 최대한 화사한 미소를 지어 보였다.

"만나 뵙게 돼서 반갑습니다. 말씀 많이 들었어요."

"하하하, 저에 대한 얘기를 들으셨단 말입니까? 영광이군요."

짐짓 호탕하게 웃는 네와누크의 얼굴에는 '나는 네 얘기를 전혀 못 들어 봤다'는 의심의 기색이 가득했다.

그는 약속했던 시간보다 삼십 분 정도 늦게 파티장에 도착했고, 들어오자마자 강우의 약혼녀라는 여자의 이야기를 들었을 것이 분명했다. 영에 대한 얘기는 이 파티장에서 최고의 이슈인 것이 분명했으니까.

그래서 원래 네와누크의 환영회처럼 진행되어야 했던 파티장의 분위기는 선우영을 소개하는 분위기처럼 흘러가고 있었다. 하지만 그 상황에 대해 누구도 뭐라고 하지 못했는데, 일단 이 자리부터가 태강 건설에서 주최한 행사가 아니었기 때문이다.

엄밀히 따지면 파티의 주최자는 신 회장이었고, 네와누크는 어쩌다 보니 '초청된 인사 중의 한 명'일 뿐이었다.

게다가 네와누크 말고도 중요한 손님들은 넘쳐흘렀다. 선일 그룹의 선우세진 회장이라든가. 선우 회장의 손녀라든가, 선일 건설의 박명훈 사장이라든가 하는 사람들 말이다.

때문에 네와누크는 생각보다 주목을 받지도 못한 데다가, 선일 그룹 회장의 손녀라는 여자가 신강우 부사장의 약혼녀였다는 사실을 듣고 조금 충격을 받은 상태였다.

그동안 자신이 선일 건설을 들먹이며 얼마나 신경을 긁었는데! 신강우 저 인간은 그런 중요한 사실을 왜 지금까지 숨기고 있다가 이렇게 뒤통수를 치는 건지 모르겠다.

선일 그룹 회장과 선일 건설 사장까지 이 자리에 다 불러 놓은 것을 보면, 자신을 완전히 묵사발로 만들어 놓겠다는 속셈인 것 같은데, 아직까지 아무 말도 안 하고 있는 것도 불안했다.

나중에 또 무슨 얘길 꺼내서 나를 곤란하게 만들려고 저러는 걸까.

그래서 네와누크는 일단 강우의 약혼녀라는 선우영이란 여자의 환심을 사야겠다고 결심했다. 보아하니 오늘 파티는 선우영을 중심으로 돌아가는 분위기였고, 신강우도 그녀에게 푹 빠져 있는 게 그대로 보였기 때문이다.

그나마 다행스럽게도 선우영이란 여자는 이런 파티가 익숙지 않은지 조금 산만한 모습을 보이고 있었다. 선일 그룹 회장의 손녀라더니, 기대했던 것보다 어설퍼 보이기도 했다. 감언이설로 꼬여 내기에는 딱 적당해 보이는 타입이랄까.

네와누크는 속으로 음흉한 미소를 지으며 선우영을 잔뜩 치켜세웠다. 예쁘다고 칭찬하고, 박학다식하고 교양 있다고도 하고, 심지어는 목소리가 좋다는 말까지 해 가며 칭찬을 실컷 한 다음, 조만간 강우와 함께 캄보디아에 놀러 오라고 초대를 했다.

"선우영 씨께서 신강우 부사장님과 함께 방문해 주신다면, 제가 최고의 대접을 해 드리도록 하겠습니다. 캄보디아에는 생각보다 좋은 것들이 많답니다."

그러자 선우영은 입이 함지박만큼 벌어져서 정신을 못 차렸다. 그녀 역시 칭찬에 약한 여자 중의 한 명이었던 것이다.

하지만 점점 시간이 흐르면서 네와누크는 선우영과의 대화가 자신이 원하는 대로 흘러가지 않는다는 것을 깨닫게 되었다. 선우영은 그가 하는 말에 호들갑스럽게 호응을 했다가도 몇 분 지나고 나면 그에게 들었던 말을 잊어버리는 것 같았다.

"어머, 초대해 주신다니 정말 감사드립니다. 저도 예전부터 캄보디아에 꼭 한번 가 보고 싶었어요."

"와 보시면 더 좋아하실 겁니다."

"그럴 것 같아요. 저는 따뜻한 나라가 좋거든요. 그리고 캄보디아는 유적지가 그렇게 멋있다고 하던데. 영화에서도 많이 나왔잖아요."

"하하하, 맞습니다. 영화에 나온 유적지 말고도 보여 드릴 만한 곳이 정말 많지요. 요즘은 씨엠립 말고 프놈펜으로도 관광을 많이 오는 추세랍니다."

그 말을 들은 영은 기대에 부푼 눈빛으로 물었다.

"아, 그래요? 그럼 혹시 휴양지도 있나요? 예쁜 해변이나……."

"당연히 있고 말고요. 사실 우리나라는 아직 개발 중인 곳이 많아서 대부분 청정 지역이랍니다. 바다가 그렇게 예쁠 수가 없지요, 하하하."

"어머, 정말로 가 보고 싶네요."

"그럼 조만간 초대하겠습니다. 아니, 차라리 두 분 신혼여행을 캄보디아로 오시는 게 어떨까요?"

"호호호호, 그것도 좋겠네요. 강우 씨 생각은 어때요?"

선우영이 신난다고 웃으며 옆에 말없이 서 있던 신강우를 돌아보았다. 그러자 신강우 역시 사람 좋게 웃으며 고개를 끄덕였다.

"영 씨가 원하는 거라면 뭐든 상관없습니다."

"와, 그럼 우리 캄보디아에서 유적지를 보고 태국으로 가는 건 어때요? 그런 다음 베트남까지 가면 삼 개국을 클리어하는 거네요?"

"하하하, 그것도 괜찮겠군요."

그 말을 들은 네와누크는 좀 어이없는 표정으로 두 사람을 쳐다보았다. 아니, 조금 전까지 캄보디아 얘기를 실컷 해 놓고 왜 갑자기 태국이랑 베트남이 나오냐고!

대화는 계속 그런 식으로 어긋났다. 그러나 참다못한 네와누크가 살짝 짜증을 드러내려던 순간 하필이면 선일 건설의 박명훈 사장이 다가와 말을 걸었다.

"재미있는 이야기 중이십니까? 제가 끼어들어도 될까요?"

"어머, 그럼요."

선우영이 호들갑스럽게 박 사장을 반기더니 네와누크를 돌아보며 물었다.

"아, 참, 그런데 선일 건설 박명훈 사장님은 아시죠? 안 그래도 저희 선일 건설을 상당히 좋게 보고 계신다는 말씀을 많이 들어서, 꼭 인사시켜 드리고 싶었는데."

네와누크는 지금까지 눈치껏 박 사장을 피해 가며 대화 상대를 고르고 다닌 참이었다. 하지만 이렇게 눈앞에 마주한 상태에서는 도망갈 길이 없었다. 네와누크는 속으로 이를 갈면서도 겉으로는 짐짓 반가운 미소를 지으며 손을 내밀었다.

"허허허, 만나 뵙게 되어서 반갑습니다."

"저도 반갑습니다. 안 그래도 네와누크 씨와는 꼭 한번 이야기를 나눠 보고 싶었습니다."

그러면서 박 사장은 선일 건설에 대한 이야기를 언제 처음 들었는지, 언제부터 호감을 갖게 되었으며, 그 계기를 만들어 준 사람은 누구인지 꼬치꼬치 캐묻기 시작했다.

네와누크는 식은땀을 삘삘 흘리며 그 질문에 대답해야 했고, 정신을 차렸을 때 신강우와 선우영은 이미 어디론가 사라져 버린 다음이었다.

19. 당신은 모르는 사정 (1)

영은 박 사장의 옆에서 거의 한 시간가량이나 꼼짝도 못 하고 쩔쩔매는 네와누크를 보며 십 년 묵은 체증이 다 해결되는 듯한 시원함을 느꼈다.

내가 오늘 아무리 정신이 없었어도, 당신을 위해 준비한 빅엿만큼은 잊지 않고 있었답니다, 흥.

어찌 보면 오늘의 일은 네와누크 스스로가 자초한 것이었다. 그러게 왜 하필 강우에게 선일 건설을 들먹이며 사사건건 비교를 했냔 말이다. 선일 건설에 대해 잘 알지도 못하면서.

게다가 박 사장은 사건의 전말을 듣더니 상당히 분개했다. 그룹 회장님의 손녀가 갑자기 튀어나와 신강우의 약혼녀라고 선언한 데 대한 놀라움보다, 선일 건설의 이름이 그런 식으로 쓰인 것에 대한 불쾌함이 더 큰 것 같았다. 전에 강우를 만났을 때는 이 정도로 심각한 상황인 줄 몰랐었다는 것이다.

"요즘은 어디에서도 그런 식으로 사업을 하지 않습니다. 왜 애꿎은 선일 건설의 이름이 캄보디아에서 들려온 건지 알 수가 없군요. 모르는 사람이 들으면 우리가 지저분한 일에 연루되었다고 생각할 수도 있을 겁니다."

그러더니 박 사장은 네와누크와 심도 깊은 대화를 해봐야겠다며 혼자 씩 씩거렸다. 영이 보기에 박 사장의 반응은 좀 과장된 부분이 없잖아 있었지 만, 그 정도는 상관없지 않을까 싶었다.

뿌린 대로 거두는 건데, 뭐 어쩌라고.

그녀가 속으로 콧방귀를 끼며 네와누크를 향해 슬쩍 눈을 흘기고 있으려니 뒤쪽에서 강우의 목소리가 들려왔다.

"피곤하지 않아요?"

"아뇨. 하도 정신이 없어서 피곤한지 아닌지도 모르겠어요."

"힘들면 참지 말고 바로 말해요."

걱정이 가득 담긴 그의 음성에 영이 씩 웃었다.

"그럼 나랑 같이 도망가 줄 거예요?"

그러나 강우는 심각한 표정으로 고개를 저었다.

"오늘은 안 됩니다. 두 할아버님께서 눈을 부릅뜨고 쳐다보고 계시니까요. 결혼식을 올릴 때까지는 절대 두 분의 눈 밖에 날 만한 일은 하지 않을 생각 입니다."

그 말에 영이 작게 웃음을 터뜨렸다.

"강우 씨 갑자기 너무 소심해진 거 아니에요?"

"저는 이제부터 제 안의 소심함에 대해 인정하기로 했습니다."

"하하하하."

그렇게 다정한 두 사람의 모습을, 파티장 안의 모든 사람이 지켜보고 있 었다. 노골적으로 대놓고 쳐다보는 사람도 있었고 아닌 척 힐끔거리는 사람 도 있었지만, 모두의 시선이 그들에게 꽂혀 있는 건 분명했다.

선우 회장이 오랫동안 숨겨 놓았던 손녀를 갑자기 공개한다는 것만으로도 놀라웠는데, 그 손녀가 태강 그룹 신강우의 약혼녀이기도 하다는 사실이 알 려지자 사람들은 대부분 믿을 수 없다는 반응을 보였다.

"재벌 간의 결탁 아니야? 그것도 태강이랑 선일이라니, 좀 심하네."

"그건 아니라던데? 저 손녀가 선일 가의 사람이라는 걸 숨긴 채로 신강우랑 만났대."

"에이, 그건 그냥 하는 말이겠지."

"아니, 처음엔 나도 그런 줄 알았는데, 정략결혼치고는 두 사람 사이가 너무 좋지 않아? 특히 신강우가 여자를 저렇게 대하는 건 처음 보는데?"

그 말에 하나같이 입을 다물었다. 다른 건 다 몰라도, 마지막 말만큼은 반박할 수 없었던 것이다.

신강우가 누구던가. 서른이 넘을 때까지도 여자를 보기를 돌같이 하던, 재미도 없고, 스토리도 없고, 감동도 없던 냉돌 같은 인간이 아닌가 말이다.

그런 신강우가 파티장에 들어온 이후로 저 선우영이라는 여자의 옆에서 한 발자국도 떨어지지 않은 채 마치 파수꾼처럼 굴고 있었다. 누구든 선우영을 잘못 건들기만 하면 가만히 놔두지 않겠다는 듯.

그러면서도 단둘이 되자마자 언제 그랬냐는 듯 표정을 풀었다. 영이 웃음을 터뜨리자 같이 웃기까지 하면서. 그것도 그녀가 사랑스러워 견딜 수 없다는 눈빛까지 그대로 드러낸 채였다.

어떤 사람들은, 그러니까 박명훈 사장처럼 생각을 솔직하게 드러내는 사람은 대놓고 이렇게 말했다.

"정략결혼이고 뭐고, 그냥 임자 만난 거 아니야?"

두 사람의 사이를 여전히 의심스럽게 생각하는 사람들은 이렇게 말하기도 했다.

"신강우가 선우 회장한테 잘 보이려고 작정을 했나 보지."

그러나 다시 생각해 보면 그럴 필요가 없는 게, 태강과 선일은 완벽하게 동등한 관계였다. 두 그룹이 어느 한쪽에 비해 기운다고 말하려면 그 사람은 양심의 99퍼센트를 내다 버려야 할 것이다.

게다가 오늘 이 자리에는 신 회장도 함께 자리하고 있었다. 혹시라도 신강우가 아쉬운 부분이 있어 선우 회장에게 잘 보이려는 마음을 먹었더라도, 굳이 신 회장이 함께 있는 이 자리에서 그런 모습을 보일 필요는 없었다. 신 회장의 체면 역시 중요한 문제였기 때문이다.

그러다 보니 사람들의 의견은 대부분 '신강우와 선우영의 만남이 정략은 아니었을 것'이라는 쪽으로 기울었다. 그리고 그런 논란 덕분에 영이 갑작스럽게 선우 회장의 손녀로 나타난 사실은 슬쩍 묻혀 버리고 말았다.

파티는 완벽하게 성공했다. 하지만 영은 마무리까지 깔끔하게 짓고 싶었다. 그래서 네와누크가 떠나기 전날 강우와 함께 개인적으로 식사하는 자리를 마련했다.

다시 만난 네와누크는 완전히 풀이 죽어 있었다. 그는 강우가 그랬던 것처럼 나름대로 서울에서 인맥을 만들어 보려고 애썼다고 한다. 그러나 이미 캄보디아에서의 일이 다 소문난 상태라서 네와누크를 진지하게 상대해 주는 사람은 없었다.

그래도 네와누크는 다시 만난 영에게 웃으면서 인사를 건네는 예의는 차렸다.

"흐음, 두 분의 일은 다시 한번 진심으로 축하드립니다."

"감사합니다."

"꼭 함께 캄보디아에 방문하시길 바랍니다."

"네, 꼭 갈게요. 캄보디아에서 또 한 번 봬요."

"하하, 네. 기다리고 있겠습니다."

저녁 식사를 하는 내내 그런 형식적인 인사만 오갔다. 식사도 생각보다 빨리 끝나고 네와누크는 급한 일이라도 있는 사람처럼 숙소로 돌아가 버렸다. 강우가 조만간 다시 만나자는 인사를 건넸지만, 건성으로 고개를 끄덕일 뿐이었다.

"빨리 돌아가고 싶은가 봐요."

영은 서둘러 가 버리는 네와누크의 뒷모습을 보다가 강우에게 속삭였다.
파티 날 너무 충격을 준 것 같아서 돌아가기 전에 조금이라도 위로해 주려
고 했더니, 그건 물 건너간 모양이었다.

"조국이 그리운가 보죠."

강우는 별로 관심 없다는 시큰둥하게 대답했다. 그도 그럴 것이 강우는
앞으로도 몇 번 더 네와누크를 만나야 했기 때문이다. 지금 다시 기를 살려
서 보내면, 나중에 만날 때 또 어떤 식으로 돌변할지 몰랐다.

"디저트 먹으러 갈까요?"

그는 영의 손을 잡으며 물었다.

"홍대 근처에 아이스크림이 맛있는 집이 있다더군요."

"좋아요."

영은 그의 손을 마주 잡으며 웃었다.

"식사가 일찍 끝나니까 데이트도 하고 좋네요."

"그러게요. 우리 너무 오랜만에 만난 거 아닙니까?"

"맞아요. 근데 나 요즘 너무 바빴어요."

"회사에 문제라도 생겼습니까?"

"문제는 아니고, 지금 마무리 단계라 이것저것 신경 쓸 게 많거든요."

강우의 얼굴에 걱정이 가득 차올랐다.

"그래도 일주일 내내 야근이라니, 너무 고생이 심하군요."

"뭐, 그럴 때도 있는 거죠. 다들 이렇게 살잖아요?"

"그래도……."

뭔가 더 할 말이 있는 듯 보이던 그는 살짝 고개를 젓더니 그냥 이렇게
물었다.

"이번 일은 언제 끝납니까?"

"어, 글쎄요? 열흘? 아니면 이 주 정도?"

"그럼 그때까지 계속 야근이란 말입니까?"

강우의 질색하는 표정을 본 영이 쿡쿡 웃음을 터뜨렸다.

"거의 그렇지 않을까요?"

"회사 측에 근무시간 준수를 요청해야겠군요."

"아니에요. 야근 수당 꼬박꼬박 챙겨 받고 있으니까 굳이 그럴 것까진 없어요."

영의 대답에 그가 한숨을 푹 쉬었다. 그놈의 야근 수당 받아서 다 병원비로 지출할지도 모르게 생겼는데, 뭘 그렇게 몸을 바쳐 일하는지 모를 일이다.

그리고 그런 강우를 보던 그녀도 속으로 몰래 한숨을 삼켰다. 사실 영은 요즘 회사 일이 아닌 다른 일 때문에 바쁜 상태였고, 가능하면 그가 그 사실을 모르기를 바랐기 때문이다. 알아도, 가능한 한 늦게 알았으면 싶었다.

선일 그룹 회장님의 친손녀였다는 사실이 밝혀지고 난 후, 영의 생활은 많이 변해 버렸다. 우선, 회사 사람들의 태도부터가 달라졌다. 정말로 재벌 3세였냐고 대놓고 묻는 사람들은 그나마 괜찮았다.

소현은 씁쓸한 듯 '그래서 오민석 씨가 자기한테 그렇게 집착했구나. 나만 몰랐었네'라고 말했고, 다른 사람들은 '도대체 왜 회사를 계속 다니는 거냐'며 대놓고 비아냥거리기도 했다.

"재벌의 서민 체험인가 보네? 근데, 선우 팀장이 여기 있으면 진짜 형편 어려운 사람들 일자리 뺏는 거 아닌가? 할아버지가 선일 그룹 회장인데, 굳이 일하지 않아도 먹고 사는데 문제없을 거 아냐?"

"맞아. 그리고 굳이 우리 회사를 다닐 필요도 없잖아. 선일에서 자리 하나쯤은 거뜬히 내줄 텐데."

"아니, 그러고 보니까 애인도 태강 건설 부사장이잖아. 근데 왜 회사를 꼬박꼬박 나오는 거지? 어차피 결혼하면 회사 그만두고 사모님 소리 들으면서 살 텐데 말이야."

그런 상황을 잘 알고 있던 김 사장은 속상해하는 영을 따로 불러 넌지시 위로해 주기도 했다.

"다들 사는 게 힘들어서 선우 팀장을 시샘하는 거야. 다들 저러다 말 테니까, 한동안은 그냥 귀를 막고 다녀. 알았지?"

각오를 하긴 했지만, 이렇게까지 심한 반응이 나올 줄 몰랐던 영은 시무룩하게 고개를 끄덕였다.

그동안 회사 생활 열심히 하고 남한테 욕먹을 짓은 안 하면서 살았다고 생각했는데, 그게 아니었나 보다. 항상 웃으면서 인사하던 사람들이 순식간에 돌변하는 모습은 그녀에게 꽤 큰 상처를 남겼다.

그래도 회사 사람들이 모두 그런 반응을 보이는 것은 아니었고, 대표님의 말대로 눈감고 귀 막고 있으면 일하는 데 지장은 없었다. 요즘 영을 더욱 힘들게 하는 것은 매일 퇴근하자마자 할아버지 댁으로 가서 일을 배워야 한다는 것이었다.

강우가 출장을 가 있을 때는 문제 될 것이 없었다. 그녀의 스케줄에 대해 알고 싶어 하는 사람이 없었으니까. 하지만 강우가 돌아온 다음부터 영은 매일 저녁 퇴근을 하자마자 할아버지께 달려가야 한다는 사실을 어떻게 알려야 할까 고민하고 있었다.

알아야 할 것도 많았고, 배워야 할 것도 많았다. 기억해야 할 사람도 많았고, 조심해야 할 사람은 넘쳐났다. 영은 할아버지 댁에 갈 때마다 공부해야 할 것이 몇 배씩 불어나는 것을 보며 진저리를 쳤다.

"할아버지, 조금 천천히 배우면 안 될까요? 솔직히, 너무 벅차요."

그러나 그렇게 우는소리를 해 봐도 할아버지는 단호하셨다.

"넌 이 세계가 어떻게 돌아가는지 아무것도 모르고 있다. 지금 상황에서 네가 가장 조심해야 할 건 '사람'이다. 네가 순진하다는 것을 알고 접근하는 사람들, 너를 속이고 이용해 먹으려는 사람들이 주변에 넘쳐나기 시작할 게야. 그것도 네가 모르는 사이에. 그런 사람들에게 당하지 않으려면 준비를 단단히 해 두는 수밖에 없어."

그 앞에서 '저도 어린애는 아니거든요'라는 말은 차마 나오지 않았다.

할아버지가 하신 말씀의 의미를 정확히 이해했기 때문이다.

물론 영은 자신이 그 정도로 어수룩하지는 않다고 생각했지만, 세상에는 나쁜 놈들이 많다는 사실도 잘 알고 있었다. 그녀도 순진했던 시절에는 김창수 같은 놈에게 걸려 고생만 실컷 한 적이 있었으니까. 더 이상 그런 놈들에게 잘못 걸려 이용당하고 망신당하고 싶지도 않았다.

그러니 매일같이 퇴근과 동시에 할아버지 댁으로 가서 공부하는 수밖에 없었다. 하지만 정말 오랜만에 머릿속에 새로운 지식을 집어넣는 건, 정말 미치도록 힘들었다.

마치 고3 시절로 돌아간 것 같은 기분이 들었다. 아니, 그때보다 더 힘든 것 같았다.

그때는 그녀가 배워야 할 것이 무엇인지, 어떻게 하면 좀 더 쉽게 접근할 수 있는지, 그리고 언제까지 해야 하는지도 잘 알고 있었다. 정해진 기간에 열심히 해서 좋은 결과가 나오면, 그다음에는 완전히 벗어날 수 있다는 것도 알고 있었고, 그렇게 공부하는 동안 틈틈이 친구들과 함께 가벼운 일탈을 즐기며 스트레스를 풀기도 했다.

그땐 나름 재미있었는데.

영은 몰래 학원을 빠지고 친구들을 만나 놀러 다녔던 추억을 떠올리며 잠시 미소 지었다. 하지만 그 미소는 금세 우울한 것으로 바뀌고 말았다.

지금 그녀는 끝을 알 수 없는 산을 오르고 있는 기분이었다. 하나를 배우면 그에 관련된 일이 대여섯 가지 더 튀어나왔다. 누군가 한 명을 알게 되면, 그 사람뿐 아니라 주변 인물들에 대해서도 다 알아야 했다. 배워야 할 것이 매일 제곱으로 뻥튀기되는 느낌이었다.

할아버지께 따끔한 말을 듣고 난 다음에는 더 징징거릴 수도 없었다. 선우가의 사람이 되기로 마음먹었을 때, 그녀도 어느 정도 각오는 했었으니까.

이제 와서 못하겠다며 드러누워 버리면 말 그대로 '먹고 튄' 것이나 다름없었다. 강우의 일 때문에 모습을 드러냈다가, 원하는 것을 얻고 나자 입 닦아

버리는 짓이나 마찬가지였던 것이다.

그래서 영은 아무 말도 못 하고 매일 할아버지와, 할아버지의 비서실장님과, 변호사들이 주시는 서류를 보며 머리에 쥐가 나도록 공부하는 중이었다. 주말에는 아예 할아버지 댁에서 머물면서 아침부터 밤늦게까지 서재에서 나오지도 않았다.

그러다 보니 그제와 어제는 코피까지 흘렸다. 하필 밥을 먹던 중에 코피가 쏟아진 바람에 모양새가 과히 좋지는 않았지만, 어쨌든 그동안 노력했다는 게 밖으로 드러난 것 같아서 조금 뿌듯하기도 했다.

하지만 강우에게 그런 사정을 설명하는 건 또 다른 문제였다. 괜히 엄살을 부리는 것처럼 보일 수도 있었고, 코피까지 흘리면서 공부한다는 얘길 하면 너무 생색을 내는 것처럼 보일 수도 있었다.

강우가 진짜로 엄살이라고 생각하고 쓴소리를 한다면, 그것도 서운할 것 같았다. 정반대로 유난스럽게 걱정을 하며 그녀의 건강을 챙긴다면, 그것 역시 민망할 것 같았다.

무엇보다도 영은 강우와 함께 어딘가를 갔을 때 주변 사정을 제대로 파악하지 못해 어리바리한 모습을 보이고 싶지 않았다. 선우가의 일원이자 강우의 약혼자로서 부족함 없는 모습을 보여 주고, 강우를 비롯한 다른 사람들의 감탄 어린 시선을 받아 보겠다는 욕심도 있었던 것이다.

그래서 그녀는 아직까지 강우에게 아무 말도 하지 않았고, 앞으로도 한동안은 말하지 않을 생각이었다. 자신이 현재 어떤 위치에 있는지 웬만큼 파악이 끝날 때까지는 말이다.

"그래도 주말에는 평소처럼 퇴근하는 거지요?"

강우의 물음에 영은 혼자만의 생각에서 깨어났다.

"아마 그럴 거예요."

"그럼 우리 이번 주말엔 오랜만에 인천으로 드라이브 갈까요? 칼국수도 먹고?"

"좋아요."

강우는 주말에 몇 시에 만나면 좋겠냐면서 조금 수선스럽게 약속을 정하는 영의 모습을 찬찬히 뜯어보았다. 확실히, 지난주에 봤을 때보다 피곤해 보였다. 눈 아래쪽에 거무스름한 다크서클을 화장으로 꼼꼼히 가리긴 했지만, 완전히 숨기지는 못했다.

아무리 생각해도 이상했다. 지난번에 오민석이 진상을 부렸을 때도 영은 이 정도로 바쁘지 않았으니까. 게다가 이번 작업은 서울에서 하는 데다가, 의뢰인이 상당히 협조적이라 양평 별장 때에 비하면 휴식 같다는 말까지 들었던 기억이 났다.

그런데 왜 갑자기 바빠졌다는 거지?

참 어울리지도 않는 '바쁘다'는 핑계를 대는 것을 보니 별일 아닐 것 같다는 생각이 들었다가, 별일이 아니라면 굳이 감출 필요가 없다는 사실을 깨달았다.

곧이어 그녀가 자신에게 뭔가를 감춘다는 사실이 불편해졌다. 하지만 알리지 않고 싶어 하는 것이 뻔히 보이는데, 무슨 일이냐며 추궁하는 짓도 하고 싶지 않았다.

뭐가 이렇게 복잡한 거야.

만약 상대방이 재민이었다면 얘기해 줄 때까지 기다렸을 것이다. 기다리는 동안 별로 신경도 쓰지 않고 잊어버리고 있었겠지. 그러나 영에 대한 일은 그럴 수가 없었다.

왜 그러는 건지 궁금했고, 만약 곤란한 일이 있는 거라면 사정을 들어 본 다음 도움을 주고 싶었다. 그러나 그녀가 말을 하지 않으니 무슨 일이 있는 건지 알아보려면 김 대표에게 연락을 하는 수밖에 없었는데, 강우는 그렇게까지 하고 싶지는 않았다.

서로 대화를 할 수 있는데 왜 다른 사람을 통해 듣는단 말인가. 영도 그가 그런 식으로 뒤에서 듣고 다녔다는 얘길 듣게 된다면, 분명히 기분 나빠 할……

그 순간 강우는 불과 얼마 전에 자신이 비슷한 행동을 했었다는 것을 깨달았다. 캄보디아에서 네와누크 때문에 스트레스를 받고 있을 때, 영에게는 단지 '일이 잘 풀리지 않는다'는 정도로만 말하고 말았던 것이다.

오죽하면 그녀가 강 실장님에게 물어보고, 선우 회장님에게도 물어봤을까. 그리고 결국엔 선우 회장님의 손녀라는 사실을 드러내면서까지 그를 도우려고 했다.

거기까지 생각하고 나자 왠지 자신이 되게 못나 보였다.

"젠장."

강우는 씁쓸하게 중얼거렸다.

"아무래도 나와 관계가 있는 일일 것 같은 기분이 드는데."

도대체 뭐가 있을까. 자신과 관계된 일 중에서 그녀가 감출 만한 것. 그것도 이 주일이 넘게 야근을 해 가면서까지 말이다.

아무리 고민을 해 봐도 떠오르는 것이 없었다. 하지만 강우는 영을 추궁하거나 김 대표에게 연락하지 않았다. 그녀에게서 직접 듣겠다고 마음을 먹었던 것이다.

선우가의 사람이라는 것을 밝히기 전에도 왜 그런 결심을 했는지, 그 전후 과정까지 하나하나 자신에게 이야기했던 그녀였다. 그러니까 이번에도 그가 물어보면 무슨 일인지 다 설명해 줄 것이다. 영에게 직접 듣기 전까지는 누구에게도, 어떤 이야기도 듣지 않을 생각이었다.

강우가 그녀의 사정을 정확히 알게 된 것은 주말이 되어서였다. 두 사람은 약속한 날이 되기 전까지 며칠 동안은 전화 통화도 몇 번 하지 못했다.

토요일이 되어서야 모습을 드러낸 영은 그 며칠 새에 눈에 띄게 핼쑥해져 있었다. 차라리 밥을 집에서 차려 주고, 그대로 쉬라고 말하고 싶을 정도의 얼굴이었다.

하지만 그녀의 표정이 너무 밝아서, 차마 드라이브 대신 집에서 쉬는 게 어떻겠냐는 말이 나오지 않았다. 강우는 속상한 기분을 참으며 영의 손을 잡았다.

"어제도 늦게 퇴근했습니까?"

"네."

"피곤하겠군요."

"이젠 좀 익숙해졌어요."

야근이 익숙해졌다니, 아무리 바쁘다지만 너무한 게 아닐까. 강우는 자신 역시 바쁠 때는 야근을 밥 먹듯 했다는 사실을 잊은 채 못마땅한 표정을 숨겼다.

이럴 줄 알았으면 차라리 결혼식을 일찍 올릴 걸 그랬다. 그래야 영이 늦게 퇴근하고 집에 왔을 때 뭔가 챙겨 주기라도 할 게 아닌가. 그녀는 요즘 저녁도 대충 때우고 늦게까지 일하다가 집에 가면 그대로 쓰러져 잠이 들 것이 분명했다.

매일 저녁 영에게 먹일 보양 식단을 고심하는 선우 회장이 들었으면 상당히 억울해할 만한 생각이었다. 그러나 영은 차가 출발하고 나서 오 분도 지나지 않아 잠들어 버리는 것으로 강우의 그런 의심에 못을 박았다.

강우는 인천으로 가는 동안 내내 결혼식을 내년으로 미루자는 어른들의 말씀에 동의했던 것을 후회했다. 생각해 보면 전혀 그럴 필요가 없던 일이었다. 캄보디아의 공사는 무사히 시작만 하면 되는 것이었다. 착공만 하고 나면 그렇게 자주 왔다 갔다 할 필요는 없었던 것이다.

그러니 지금부터는 그가 자리를 오래 비울 일도 없었고, 많이 바쁜 일도 없었다. 적어도 그녀처럼 한 달 가까이 야근을 할 만한 일은 없었다.

그래, 그냥 결혼식을 앞당기는 게 좋겠어.

강우는 그렇게 결론을 내린 다음, 영이 잠에서 깨면 진지하게 얘기를 해봐야겠다고 마음먹었다.

다행스럽게도 피로가 그녀의 입맛을 가져가지는 않은 것 같았다. 영은 앉은 자리에서 칼국수 2인분을 깨끗이 먹어 치우고는 밖으로 나와서 아이스크림까지 손에 쥐고 나서야 만족한 표정을 지었다.

"아, 이 집은 정말 맛있는 것 같아요."

그녀의 모습에 강우는 웃지 않을 수 없었다.

"칼국수 집 말입니까, 아니면 아이스크림 집 말입니까."

"둘 다요."

영의 공평한 대답에 그의 미소가 좀 더 진해졌다.

"신혼집은 칼국수 집과 아이스크림 가게가 가까운 곳으로 정해야겠군요."

"하하하, 정말 그러면 재미있겠는데요."

그녀가 재미있다는 듯 웃으며 아이스크림을 할짝거렸다. 핑크색 입술 사이로 사라지는 아이스크림에 잠시 시선을 멈추었던 강우는 곧 정신을 차리고 아까부터 생각했던 얘기를 꺼냈다.

"바쁜 일은 얼마나 남았습니까?"

"아직 좀 더 해야 할 것 같아요."

"그럼 그 일이 끝나고 난 다음, 우리 결혼식 날짜에 대해 상의를 해 보면 어떨까요?"

"네?"

영이 무슨 말이냐는 듯 눈을 동그랗게 떴다. 그는 별것 아니라는 표정으로 대답했다.

"조금 앞당기는 것도 좋을 것 같아서요. 이제 특별히 바쁜 일도 없는데, 굳이 내년 5월까지 기다려야 할 필요는 없을 것 같습니다."

하지만 그녀는 그 말을 듣고도 별로 좋아하지 않았다.

"갑자기요?"

"너무 놀라는 거 아닙니까?"

영의 반응을 본 강우가 서운한 표정을 지었다.

"전에도 말했을 텐데요? 결혼식을 너무 많이 미뤘다고요."

"아, 그건 그랬지만……."

그녀는 결혼 날짜를 잡고 나서 그가 투덜거렸던 것을 떠올리며 고개를 끄덕였다. 하지만 그렇다고 갑자기 이렇게 날짜를 당기자니……. 아니, 그건 그것대로 좋기는 한데, 그러면 내가 준비할 시간이 너무 빠듯한데?

"그럼 찬성하는 거지요?"

성급하게 대답을 재촉하는 강우를 보던 영은 일단 그의 팔을 잡았다.

"아니, 좀 생각을 해 보고요. 그게 그렇게 급하게 정할 수 있는 문제는 아니잖아요?"

"어른들을 설득하는 거라면, 내가 하겠습니다. 영 씨는 걱정할 필요 없어요."

그녀는 어떻게든 시간을 벌 방법을 생각하기 위해 애썼다. 그러나 너무 갑작스럽게 들은 말이라서 그런지 머리가 돌아가지 않는다.

아, 안 되는데.

영은 곤란한 표정을 숨기지도 못한 채 생각했다.

아직 배울 게 많았다. 거의 한 달간 죽을 둥 말 둥 고생을 해 가며 공부를 해서 이제 겨우 새로운 지식들이 머릿속에 자리 잡기 시작했단 말이다.

그런데 이 상태에서 멈춘 채로 결혼 준비를 한다면, 결혼식이 끝난 다음엔 죄다 잊어버리고 처음부터 다시 시작해야 할지도 몰랐다.

절대로, 이 짓을 다시 되풀이할 순 없어.

영은 비장한 얼굴로 입을 열었다.

"강우 씨, 그래도 조금 여유를 갖고 생각해 보는 게 좋겠어요."

그러자 강우의 얼굴에는 불만이 차올랐다.

"영 씨는 하나도 급하지 않은가 보군요. 나만 결혼하고 싶어 안달이 난 것 같습니다."

"아니, 그런 건 아니고요."

"아닌 것치고 너무 여유 있는 게 아닙니까? 안 그래도 전에 결혼식 날짜를 내년으로 잡았을 때 영 씨가 당연하게 받아들인 것도 좀 섭섭했습니다."

그 말에 영은 당황하고 말았다. 사실 그때는 아무 생각도 없었기 때문이다. 일단 양가 어른들의 허락을 받은 것만으로도 안심이 돼서 날짜가 너무 멀다고 생각할 겨를도 없었다.

게다가 할아버지께서 '사람은 사계절은 만나 봐야 하는 거야'라는 말씀을 자주 하셨는데, 그 말에도 일리가 있다고 생각했었다.

하지만 그런 말을 솔직히 하면 분명 강우는 더 서운해할 것이다. 영은 어떻게 해야 약간이라도 더 시간을 벌 수 있을지 고민하기 시작했다. 어느 정도만, 그러니까 두어 달만이라도 시간을 더 벌면 지금보다는 훨씬 나아질 것 같았다.

음, 그런데 두어 달이 지나면 겨울이 될 테고, 그러면 결국 결혼식은 봄에 하게 될 것 같은데? ……어쩌지?

고민에 가득 찬 영의 얼굴을 보던 강우가 낮게 한숨을 쉬었다.

"같이 있으면 요즘처럼 영 씨가 힘들 때, 내가 도와줄 수 있을 거라고 생각했습니다."

"아……."

영이 뜨끔한 표정으로 바라보자 그는 김빠진다는 음성으로 말을 이었다.

"이렇게 아무 도움도 되지 못하고 지켜보기만 하는 건 정말 못할 일이더군요."

그녀는 슬쩍 강우의 시선을 피했다. 양심에 찔려서 계속 듣고 있기가 힘들어진다. 그런 영의 마음도 모르고 그는 더욱 기운 빠진 목소리로 말했다.

"영 씨의 생각이 나와는 다른 것 같아서 좀…… 섭섭하군요."

씁쓸함이 가득한 강우의 얼굴을 보고 있자니 더 이상 입을 다물고 있을 수가 없었다. 영은 양심이 제자리를 찾기 위해 아우성을 치는 것을 느끼며 말했다.

"저기, 강우 씨, 사실은요……."

"네."

강우는 무슨 말이든 들을 준비가 됐다는 눈으로 그녀를 마주 보았다.

"저 요즘 야근하는 거, 회사 일 때문이 아니에요."

"네? 그게 무슨 말입니까?"

이해가 안 된다는 듯한 그의 얼굴을 보자 영은 정말 울고 싶어졌다.

아, 처음부터 무슨 일이 있었는지 얘기해 둘 걸 그랬다. 그랬다면 자신을 걱정해 주는 강우의 말을 들으며 이렇게 난처해지지는 않았을 텐데.

"그…… 요즘 매일 퇴근하고 나면 할아버지 댁에 가고 있어요."

"할아버님 댁에는 왜……?"

"그냥, 이것저것 배우느라고요."

그 짧은 설명만으로도 강우는 찰떡같이 알아들은 모양이었다. 금세 심각한 표정으로 변하면서 입을 다물었다. 그 얼굴을 보고 있던 영은 등에 식은땀이 나는 것 같은 기분을 느꼈다.

아니, 나도 나름대로 열심히 하려고 한 건데, 왜 이런 기분을 느껴야 하지?

당연히 그런 말을 입 밖으로 내뱉을 수는 없어서, 그녀는 하늘을 한 번 봤다가 바다도 한 번 보고, 그러다가 강우의 눈치를 힐끗 살피기를 반복했다.

아아, 바닷바람이 참 시원하기도 하지.

이렇게 시원한 바닷바람에 머리를 비우고 나니, 내일부터 할아버지 댁에 가면 듣는 말마다 머릿속에 쏙쏙 들어올 것 같다. 할아버지랑, 김 변호사님이랑, 이 실장님이 가르치는 보람이 있다고 참 좋아하겠다.

영이 그렇게 먼 산을 보며 자기 위안에 빠진 다음에도 한참 더 시간이 흐르고 나서, 마침내 강우의 입이 열렸다.

"그런 시간이 필요할 거라고 생각은 했습니다. 그런데 도대체 왜 그렇게 심하게 하는 겁니까? 지금 영 씨 모습이 어떻게 보이는 줄 알아요?"

"……어떻게 보이는데요?"

"일 년쯤 햇빛도 못 보고 방 안에 틀어박혀서 공부만 한 사람처럼 보입니다."

"……."

표현 한 번 적나라하다. 영도 요즘 자신이 하루가 다르게 늙어 가는 것을 느끼고 있었다. 그래도 그렇지, 뭐 저렇게까지 대놓고 얘길 하냔 말이다. 어쨌든 그녀도 예비신부인데 좀 순화해서 말해주면 어때서.

그렇게 속으로 삐죽거리고 있는데 강우가 여전히 심각한 얼굴로 물었다.

"그럼 지금까지 거의 한 달간을 그렇게 지냈다는 말입니까?"

"네."

그의 미간이 조금 더 찌푸려졌다.

"그럼 앞으로 얼마나 더 할아버님 댁에 갈 계획입니까?"

"음, 두 달 정도? 그 정도면 급한 건 마무리 될 거라고……."

"할아버님께서 말씀하신 겁니까?"

"아뇨, 이 실장님이요."

"선일 그룹 비서실장님 말입니까? 이건호 실장님이요?"

"네."

강우의 입술이 다시 다물어졌다. 그러나 이번엔 그 시간이 그리 길지 않았다.

"오늘도 갑니까?"

"아니요. 오늘은 쉬는 날이에요."

"내일은요?"

"가야죠."

"그럼 내일 내가 할아버님을 찾아뵈어도 될까요?"

"네?"

영은 갑작스러운 화제의 전환에 놀라며 물었다.

"내일요?"

"안 됩니까?"

"안 될 건 없지만……."

"영 씨가 말씀드리기 어려우면 제가 연락을……."

"아니에요."

그녀는 손까지 내저으며 말렸다.

"그거 말씀드리는 게 뭐 어렵다고요. 점심이요, 저녁이요?"

"언제가 좋겠습니까?"

"음, 저녁이요?"

영은 그 와중에도 내일 저녁 식사 후에 강우와 함께 땡땡이칠 계획을 짜며 대답했다.

"강우 씨도 저녁이 낫지 않아요?"

"알았습니다. 그럼 내일 다섯 시쯤으로 생각하고 있겠습니다."

"네, 시간 정해지면 연락할게요."

두 사람은 그렇게 약속을 정하고 곧바로 서울로 올라왔다. 올라오는 동안 강우는 평소와 다름없이 부드럽고 자상했지만, 그녀는 왠지 모를 불안함을 느꼈다.

그 기분은 강우가 '오늘은 푹 쉬라'며 집 앞에 내려 주고 돌아간 다음에도 계속되었다. 그게 마음에 걸려, 모처럼 얻은 휴식시간을 푹 쉬지도 못하고 보내야 했다.

20. 당신은 모르는 사정 (2)

강우는 영이 안으로 들어가는 것을 확인한 다음, 차를 돌려 집으로 왔다. 그녀의 모습이 사라진 순간 내내 웃고 있던 그의 얼굴에서 미소가 완전히 지워졌다.

아무리 생각해 봐도 선우 회장을 이해할 수 없었다. 도대체 왜 그렇게까지 독하게 교육을 시킨단 말인가. 그들은 아직 결혼도 하지 않은 상태였고, 결혼식까지는 시간도 꽤 많이 남아있었다.

그런데도 매일 그렇게 부르다니 너무한 게 아니냔 말이다. 비서실장까지 불렀다면 아주 작정을 한 게 분명했다.

그러니까 그렇게 야위었지. 직장까지 다니는 사람을, 뭐가 그렇게 급해서!

집에 돌아왔지만 생각할수록 화가 나고 진정이 되지 않았다. 강우는 거실을 서성거리며 내일 선우 회장에게 무슨 말을 해야 할지 생각했다.

일단 스파르타식 교육은 그만두시라고 한 다음, 결혼식 날짜를 앞당기겠다고 말씀드려야겠다. 그리고 영이 알아두어야 할 것이 있다면 결혼한 후에,

자신이 천천히 알려 주겠다고 하는 것이다. 그의 머릿속에는 어떤 방법을 쓰든 간에 영이 더 이상 초췌해지는 것은 막겠다는 생각만 가득했다.

다음 날 오전 영에게서 문자 메시지가 도착했다.

[다섯 시 반까지 오면 돼요. 예쁘게 하고 오세요. ^ ^]

예쁘게라니.

저도 모르게 피식 웃던 강우는 그러나 잠시 후 저녁 식사 약속을 위해 때 빼고 광내는 작업을 시작했다.

평소 그는 색상만 맞춰서 옷을 입는 편이었다. 하지만 이상하게도 오늘은 평소에 입던 옷들이 어딘가 부족하거나 어색해 보였다. 자신이 평소에 이렇게나 이상하게 옷을 입고 다녔던가 하는 생각이 들 정도였다.

평소엔 차림새를 확인하기 위해 거울 앞에서 오랜 시간을 보내는 건 더할 나위 없이 낭비라고 생각했었는데, 오늘은 그가 그러고 있었다. 옷을 몇 번이나 갈아입고, 머리 스타일도 몇 번이나 바꿨다. 심지어는 즐겨 쓰던 향수가 마음에 들지 않아 샤워도 두 번이나 했다.

그러느라 강우는 약속 시각에 아슬아슬하게 맞출 수 있었다. 어젯밤만 해도 영에게 너무 가혹한 교육을 시키는 선우 회장이 야속하다고 생각했건만, 선우 회장의 모습이 보이는 순간 저절로 허리가 꺾였다.

"갑작스러운 방문을 허락해 주셔서 감사합니다."

"그래, 잘 지냈나?"

"네. 할아버님께서도 별고 없으셨습니까?"

"덕분에 잘 지내고 있다네. 앉게나."

"감사합니다."

선우 회장이 가리킨 소파에 강우가 조심스럽게 앉자, 옆에 얌전히 서 있던 영이 그 옆에 냉큼 앉는다. 그 모습을 본 선우 회장이 슬쩍 못마땅한 눈길을 보냈지만, 그녀는 헤헤 웃을 뿐이었다.

그래도 어제 쉬어서 그런지 영의 안색이 조금 나아 보이는 것 같았다. 그녀의 웃는 얼굴을 보며 강우는 오늘 자신이 하려는 말을 다시 한번 머릿속으로 되뇌었다.

선우 회장이 그를 서재로 부른 것은 저녁 식사가 끝난 다음이었다.

식사 시간은 예상했던 것보다 화기애애하게 흘러갔다. 무엇보다 영이 분위기를 밝게 이끌려고 애썼기 때문에 강우도 최대한 그녀의 분위기에 맞췄고, 선우 회장 역시 별다른 쓴소리 없이 대화에 참여했다.

그러나 식사가 끝난 후, 영이 잠시 자리를 비우자 선우 회장은 기다렸다는 듯 그를 서재로 불렀다.

강우는 갑자기 입술이 마르는 것을 느끼며 선우 회장을 따라갔다. 자신의 할아버지인 신 회장 앞에서는 한 번도 이 정도까지 긴장을 해 본 적이 없었는데, 선우 회장의 앞에만 오면 왜 자꾸 이렇게 되는지 모를 일이라고 생각하면서.

서재에 마주 앉은 두 사람의 사이에 깊은 침묵이 떠돌았다. 한참 시간이 지난 후, 강우가 식은땀까지 나는 기분을 느끼고 있을 때 마침내 선우 회장이 입을 열었다.

"하고 싶은 말이 있어서 온 거 아닌가?"

"네, 맞습니다."

"그럼 해 보게."

강우는 목소리를 가다듬고 싶은 것을 참으면서 천천히 입을 열었다.

"요즘, 영 씨가 선일 그룹에 대한 일을 배우고 있다고 들었습니다."

"맞네."

"당연히 배워야 할 일이 맞지만, 너무 빨리 시작하신 게 아닌가 싶어서요."

그러자 선우 회장이 이해할 수 없다는 표정을 지었다.

"선우가의 일원으로 인정받은 지가 벌써 한 달이 넘었는데 그게 왜 빠르다는 건가?"

"저희 결혼식까지는 아직 여유가 있습니다. 무엇보다 영 씨가 많이 피곤해하고 있는……."

선우 회장은 가차 없이 강우의 말을 잘랐다.

"결혼식과는 상관없네. 우리 집안의 일이니까."

"물론 그렇긴 하겠지만, 요즘 영 씨가 평일과 주말까지 계속 할아버님 댁에서 일을 배우느라 많이 힘들어 보입……."

"나도 잘 알고 있네. 지난주에는 코피도 몇 번 흘리더군."

"네……?"

강우의 놀라고 당황한 표정을 보면서도 선우 회장은 냉정함을 잃지 않았다.

"영이 우리 집안의 사람이라는 것을 알리겠다고 했을 때 이미 얘기가 끝난 일이라네. 자네가 신경 쓸 것 없네."

"하지만 할아버님, 영 씨가 매일 코피까지 흘리며 배워야 할 정도로 급한 일은 아니지 않습니까."

"그걸 왜 자네가 판단하나? 다시 한번 말하지만 우리 집안의 일이고, 결과적으로는 영이를 위한 일이네. 무엇보다 그 애가 동의를 했어. 영이가 걱정되는 마음은 잘 알겠지만, 참견은 그만두게. 그리고 영이도 지금 고생을 해 두는 것이 더 나을 걸세. 나중에 큰일이 닥쳤을 때를 생각한다면 말이지."

마치 벽을 보고 얘기하는 기분이었다. 강우는 선우 회장의 한결같은 대답에 좌절감마저 느꼈다. 물론 틀린 얘기는 아니었다. 선우가의 집안 사정이었고, 그가 참견할 일은 아니었다. 하지만 영이 너무 힘들어하지 않느냔 말이다.

건강이 먼저지, 집안일이 먼저입니까! 이러다가 영이 쓰러져서 결혼식에 지장이라도 생기면 어떡하실 겁니까!

강우는 답답함을 꾹 참으며 차분한 말투를 유지하기 위해 애썼다.

"그래도 할아버님, 속도를 조금만 늦춰 주시는 게 어떨까요. 제가 너무 속상해서 그럽니다. 한 달 사이에 영 씨 얼굴이 너무……."

그러나 선우 회장은 그 말조차도 잘라 버렸다.

"나는 속상하지 않은 줄 아나?"

"……."

"내 손녀네. 자네보다 더 가슴이 아파. 하지만 이건 어쩔 수 없는 일이네."

"하지만 할아버님, 다시 한번만 생각해 주시면 안 되겠습니까?"

그래도 강우가 포기하려는 기색을 보이지 않자 선우 회장이 한숨을 푹 쉬었다.

"자네, 그 애가 왜 선우가의 사람인 것을 드러내겠다고 마음먹었는지 알고 있나?"

"……알고 있습니다."

"그때 영이가 나와 약속한 것이 있네."

"어떤 약속입니까?"

"무슨 일이든 얻는 게 있으면 잃는 것도 있어야 하고, 높이 올라갈수록 책임도 뒤따른다는 건 자네도 잘 알고 있겠지."

"네."

"나는 그 애에게 나중에 선일 건설에서 일해야 한다고 말했네."

강우는 누군가에게 뒤통수를 얻어맞은 기분을 느꼈다. 영이 선일 그룹에 들어간다? 개인 건축 사무소에서 하는 일과 대기업 건설사에서 하는 일은 완전히 달랐다.

그런데 그걸 허락했다고? 지금까지 그녀가 쌓은 커리어는 다 어쩌고?

강우는 흥분하지 않기 위해 잠시 숨을 골랐다.

"……영 씨가 하겠다고 대답했습니까?"

"방금 말했지 않나. 얻는 게 있으면 잃는 것도 있는 법이라고. 그 애도 그 정도 상식은 가지고 있네."

"하지만 할아버님……."

믿을 수 없다는 강우의 표정을 본 선우 회장이 못마땅한 얼굴을 했다.

"오늘 자꾸 같은 말을 하게 만드는군. 이건 우리 집안일이네. 자네가 왈가왈부할 일이 아니지. 영이가 그렇게 걱정되면 개인적으로 잘 챙겨 주게나. 오늘 대화는 이쯤에서 접도록 하지."

"……."

선우 회장은 그렇게 말하더니 그대로 자리에서 일어났다. 하지만 강우는 그 후에도 한참 동안 자리를 뜰 수 없었다. 방금 들은 말이 믿기지 않았기 때문이다.

영은 자신을 도와주기 위해서 선우가의 사람이라는 것을 밝혔다. 그런데 그 대가가 선일 건설에 들어가는 것이었다니…….

아니, 요즘에는 재벌가에서 태어나도 원하는 직업을 갖는 경우가 많았다. 그런데 영에게 왜 그런 것까지 요구하신단 말인가! 그의 입술에서 한숨이 쏟아졌다.

스스로가 이렇게 무력하게 느껴진 것은 태어나서 처음이었다.

서재에서 나온 선우 회장은 한참 후 강우가 뒤따라 나오자 밤이 늦었다며 그만 가라고 말했다. 아직 아홉 시도 안 된 시각이었지만, 선우 회장의 말을 들은 영은 신난다는 표정을 지으며 겉옷을 가지고 나왔다.

"할아버지, 그럼 내일 올게요!"

"너무 늦게까지 돌아다니지 말고 일찍 들어가서 쉬도록 해라."

"네!"

"다음에 또 뵙겠습니다."

"그래, 조심히 돌아가게."

선우 회장은 애인과 일찌감치 나가서 데이트할 생각에 신이 난 영을 보자 꽤나 서운했지만, 그런 티를 내지 않고 두 사람을 돌려보냈다. 그래도 강우가 손녀를 많이 걱정하고 있다는 것을 알게 되어서 흡족한 기분이었으니까.

사실 서재에서 강우에게 했던 말은 백 퍼센트 사실이 아니었다. 그가 영에게 '선일 건설에 들어와야 할 수도 있다'는 말을 했던 건 맞았다. 하지만 그건 그저 손녀에게 겁을 주기 위해 했던 말에 불과했다.

선우 회장은 애인을 위해 대뜸 나서서 가족이라는 사실을 알리겠다는 손녀에게 조금 섭섭함을 느꼈었다. 그리고 먼저 하늘로 간 아들에게 미안한 마음 역시 느꼈다. 아들과의 약속을 어기면서까지 되찾은 손녀가 다시 선우가의 이름을 되찾겠다 했으니까.

그래서 선우 회장은 손녀를 향해 엄포를 놓아 보았다. 네가 이래도 할 테냐, 하면서. 네가 앞으로 감수해야 할 것이 어떤 것인지 알고 있냐면서 말이다.

"네 결정은 너 한 사람이 아닌 우리 집안 전체에 영향을 끼칠 게다. 알고 있지?"

"네."

하지만 영은 그래도 하겠다고 대답했고, 선우 회장은 그룹에 대한 전반적인 부분을 최대한 빨리 파악할 것을 조건으로 내세웠다.

그것마저도 상관없다고 고개를 끄덕이는 손녀가 밉지 않았다면 거짓말일 것이다. 그래서 선우 회장은 좀 더 엄하게 영을 교육하는 중이었다. 하루가 다르게 초췌해지는 손녀의 모습이 안타까운 것은 그 역시 마찬가지였지만, 그래도 빨리 끝내놓는 것이 나았기 때문이다.

안 그래도 다니고 있는 회사에서 영을 좋지 않게 보는 사람들이 있다고 했다. 하지만 앞으로는 이것보다 훨씬 더 안 좋은 일이 많을 수 있었다. 질투와 시기에 가득 찬 시선으로 보는 사람들이 더 많아질 테고, 영을 이용할 목적으로 접근하는 사람들도 생겨날 것이다.

힘들더라도 먼저 고생을 해 두는 게 나았다. 다행히 영은 똑똑한 아이라서 전반적인 상황을 생각보다 빨리 이해하고 받아들이고 있었다. 조금만 더 가르치면 금방 성장할 수 있을 것이다.

선우 회장은 앞으로 자신이 더 나이가 들기 전에 손녀를 최대한 많이 가르쳐 놓을 계획이었다. 영에게 많은 것을 물려줘도 힘들어하지 않을 수 있도록 말이다.

물론 신강우와 결혼하면 그가 옆에서 많이 도와주겠지만 그래도 안심은 할 수 없었다. 지금이야 신강우가 손녀에게 빠져 정신을 못 차린다지만, 냉정하게 따졌을 때 부부 사이는 남이었다. 나중에 어떻게 될지 장담할 수 없는 일이다.

게다가 영과 강우의 결혼은 일반적인 것이 아니었다. 아무리 배제하려고 해도 사업적인 부분이 얽힐 것이다. 신강우는 현재 자타 공인 태강 그룹의 후계자나 마찬가지였으니까.

따라서 선우 회장은 손녀를 조금이라도 더 단단하게, 그래서 나중에 더 상처를 받지 않게 도와줄 생각이었다. 그것을 방해하는 사람은, 강우라 해도 용납하지 않을 것이다.

* * *

영은 밖으로 나오자마자 장난스럽게 말했다.

"드디어 탈출했네요! 우리 어디 갈까요?"

그 말에 강우는 피식 웃었다. 그는 사실 아직 영에게 무슨 말을 해야 할지 정하지 못한 상태였다. 지금 그녀가 고생하고 있는 건 모두 자신의 탓처럼 느껴졌기 때문이다.

게다가 선일 건설이라니, 영이 왜 그렇게까지 하며 자신을 돕겠다고 나섰는지 원망스러울 정도였다. 그냥 자신만 고생해도 되는데, 왜 그녀까지 고생길에 들어섰냔 말이다.

하지만 비난을 할 수도 없었다. 그를 도와준 것도 그녀였고, 고생하는 당사자도 그녀였는데 무슨 면목으로 비난을 한단 말인가.

복잡한 머릿속으로 할 말을 찾던 강우의 입에서 결국 이런 말이 흘러나왔다.

"보약 지어 줄까요?"

"네?"

"한약 잘 먹습니까?"

그 말에 영이 황당한 표정으로 강우를 쳐다보았다.

"와, 할아버지랑 얘길 하고 나오더니, 보약 먹이면서 공부 계속 시키는 걸로 합의 본 거예요? 내가 무슨 고3도 아니고……. 배신감 느껴지는 거 알아요?"

"미안합니다. 그런데 지금 내가 해 줄 수 있는 게 아무것도 없군요."

강우가 진지한 표정으로 대답하자 장난스럽게 말하던 그녀가 좀 당황스럽다는 듯 말했다.

"아니, 뭘 또 그렇게 심각하게 말을 하고 그래요. 농담이었는데."

"저는 진심입니다. 영 씨가 힘든 건 나 때문인데 도와줄 방법이 없으니까요. 그런데, 그만두라고도 못 하겠군요. 나 자신이 이렇게 무능하게 느껴진 건 생전 처음입니다."

"아니, 강우 씨. 그렇게까지 심각하게 말할 건 없어요. 내가 하겠다고 한 일이고……."

그는 천천히 고개를 저으며 영의 말을 막았다.

"할아버님께 들었습니다. 영 씨에게 선일 건설에 들어가라고 말씀하셨다면서요."

"아니, 그건……."

"지금 힘든 것까지는 어떻게 해 줄 수 없겠지만, 선일 건설 건은 무슨 수를 쓰든 없던 일로 만들어 보겠습니다."

"잠깐만요, 강우 씨……."

"결혼도 하기 전에 영 씨를 이렇게 힘들게 만들어서 정말 미안하……."

영은 더 이상 참지 못하고 강우의 팔을 흔들었다.

"아, 내 얘기도 좀 들어 보라고요!"

그제야 그가 당황한 표정으로 입을 다물었다. 영은 강우가 왜 이렇게 혼란스러워하는지 알 수 없었다.

"도대체 할아버지랑 무슨 얘길 한 거예요? 선일 건설은 또 뭐고요?"

그는 다시 천천히 말을 시작했다.

"아까도 말했지만, 할아버님께 말씀을 다 들었습니다. 영 씨가 선일 건설에 들어가는 조건으로……."

"그런 일 없었는데요?"

그녀의 퉁명스러운 말에 강우가 당황한 듯 눈을 깜빡였다.

"없었다고요?"

"네, 없었어요. 잘 다니고 있는 회사를 놔두고 내가 왜 선일 건설에 들어가겠어요?"

"하지만 할아버님께선……."

"아, 우리 할아버지가 하신 말씀은 좀 잊어버리고요!"

"……."

영은 강우가 머쓱한 표정으로 입을 다무는 것을 보며 한숨을 삼켰다.

도대체 무슨 말씀을 하신 거야, 할아버지는!

그녀는 여전히 불편해 보이는 강우의 얼굴을 보면서 입을 열었다.

"처음에 그런 말씀을 하셨던 건 맞아요. 제가 갑자기 할아버지 손녀로 나선다고 하니까 조금 겁을 주고 싶으셨던 것도 같고……. 아무튼, 그런 말씀을 하긴 하셨어요. 근데, 내가 그 말을 듣고 네, 알겠습니다. 그랬을 것 같아요? 당연히 싫다고 했죠."

그 말을 들은 강우의 눈이 점점 커졌다. 영은 짧은 한숨과 함께 말을 이었다.

"물론 할아버지도 쉽게 단념하진 않으셨고, 그래서 결국 그렇게는 못 하겠다고, 배 째라고 드러누워…… 크흠, 아무튼, 그랬어요."

"……."

"그러고 나서 하신 말씀이 '최대한 빨리 전반적인 업무를 배워야 한다'는 것이었고요. 할아버지께서 생각하신 만큼은 해야 한다고 하셨고, 그런 수준이 될 때까지는 아무리 힘들어도 불평은 하지 않기로 약속했어요. 그래서 내가 요즘 어떻게든 빨리 끝내려고 애를 쓰는 거라고요."

"……그랬군요."

"네, 그랬어요. 그리고 공부하다 보니까 이제 이것저것 조금씩 알 것 같기도 하고요."

영의 말에 강우는 대답도 없이 그녀를 바라보기만 했다.

"아마 할아버지가 강우 씨에게도 충격 요법을 사용하신 것 같은데, 그런 말을 들었다고 혼자 너무 앞질러 나가지 말아요. 알았죠?"

"……알았습니다."

그렇게 대화를 마무리 지은 두 사람은 가벼운 데이트를 즐겼다.

집 앞까지 바래다주고 돌아가는 강우의 차를 바라보던 영은 그제야 좀 착잡한 기분을 드러내며 안으로 들어왔다. 아까, 그녀가 선일 건설에 들어가는 것은 어떻게든 막아 보겠다고 하던 강우의 표정을 떠오르자 마음이 복잡해졌다.

황당하기도 하고, 웃고 싶기도 하고, 한숨도 나오고……. 할아버지가 강우에겐 또 얼마나 겁을 주셨는지, 그래서 그 성격 진지한 남자가 또 얼마나 충격을 받고 고민을 했을지 상상이 되었기 때문이다.

"그래도 그렇지, 할아버지 정말 너무 하시네."

샤워를 하고 나온 영은 머리를 말리다가 침대에 털썩 드러누우며 중얼거렸다.

할아버지가 그러시는 것은 충분히 이해를 했다.

입장을 바꿔서 그녀가 그룹 회장이라고 가정해 봤을 때, 가족 관계를 드러내지 않겠다고 하던 손녀가 단지 약혼자를 돕겠다는 이유로 가족임을 공개하겠다 하면 아마 코웃음을 쳤을지도 모른다. 딱 봐도 너무 이기적이지 않은가 말이다.

할아버지도 당연히 처음에는 반대를 하셨다. 너무 쉽게 결정하지 말라는 말씀도 하셨고, 고작 남자 때문에 그런 결정을 하다니 섭섭하다는 말씀도 하셨다. 하지만 그녀가 끝끝내 뜻을 굽히지 않자 결국에는 못 이기는 척 들어주셨던 것이다.

'지금의 네가 가늠할 수 있는 책임과 의무가 아닐 것이다'라는 말씀도 하셨다. 그리고 나서 하셨던 말씀이 바로 그 '선일 건설 입사 건'이었다. 사실 영도 그때는 많이 놀랐었다. 할아버지가 심각한 표정으로 이렇게 말씀하셨으니까.

'그럼, 배울 만큼 배우고 나면 지금 다니는 회사는 그만두고 선일 건설로 들어오도록 해라.'

'네에?'

'뭘 그렇게 놀라? 이제 너도 선우가의 사람이니 선일에서 한자리해야 할 게 아니야? 그래야 신강우에 비해서 부족하다는 소리도 덜 들을 테고.'

'할아버지!'

'목소리 낮추거라. 네가 선우가의 사람인 걸 공개하겠다고 한 순간부터 네 결혼은 비즈니스가 된 거야. 그것도 생각하지 못하고 말을 꺼냈던 게야?'

'그건 아니지만……'

'처음부터 그런 가벼운 마음으로 결정한 거라면 지금이라도 늦지 않았으니 그만두거라. 나중에 우는소리 해도 들어주지 않을 테니까.'

그래서 그녀는 나중이 아니라 바로 그 당시에 우는소리를 했다. 할아버지가 배우라고 하시는 건 뭐든 할 테니 선일 건설에 들어가는 것만은 하지 않게 해달라고.

그녀가 자신의 일에 얼마나 만족하고 자부심을 가지고 있는지, 그리고 어떤 꿈을 꾸고 있는지도 구구절절 설명했다. 그러고 나서야 할아버지는 못마땅한 표정으로 고개를 끄덕이셨던 것이다.

'그래, 그럼 내가 하라는 건 뭐든 하겠다고?'

그녀가 했던 말과는 뉘앙스가 좀 달라진 것 같았지만 영은 급한 마음에 고개부터 끄덕였다.

'네, 할아버지.'

'좋다. 그럼 김 실장과 이 변호사를 붙여 주마. 그 두 사람이 앞으로 네가 배워야 할 것을 알려 줄 게다. 내가 됐다고 할 때까지 일단 배우기부터 하거라.'

영은 그제야 아차 싶은 생각이 들었지만 알았다고 대답하는 것 외에는 할 말이 없었다. 아무튼 그렇게 일단락되었던 얘기가 강우를 상대로 다시 한번 터지다니, 황당한 일이었다.

"우리 할아버지 뒤끝 있으시네. 조심해야겠어."

영은 그렇게 중얼거리며 눈을 감았다. 아침에 일어나면 머리가 산발이 되어 있겠지만, 몸이 물먹은 솜처럼 무거워서 꼼짝도 하고 싶지 않았다.

집에 돌아온 강우 역시 머릿속이 복잡한 건 마찬가지였다.

선우 회장의 말이 그냥 엄포였다는 것을 알게 돼서 안심이 되긴 했다. 하지만 그 앞에서 말 한마디도 제대로 못 하고 나와야 했다는 사실이 너무 씁쓸했다. 자신이 영에게 해 줄 수 있는 일이 아무것도 없었던 것이다.

선일 건설 건만 해도 그랬다. 만약 선우 회장이 정말 독하게 마음을 먹고 영을 선일 건설에 입사시켰어도 그는 뭐라 하지 못했을 것이다. 아직 그녀는 선우가의 사람이었으니까. 아직까지 그에겐 선우가의 일에 개입할 만한 자격이 없었다.

하지만 과연 결혼을 한 다음에는 선우 회장과 영의 사이에 끼어들 수 있을까?

그녀가 선우가의 사람이 되어 자신과 결혼을 하게 되면 개인적인 관계만으로 풀어낼 수 없는 것들이 생길 게 분명했다.

선우 회장이 지금처럼 선우가의 일이라고 못을 박았을 때, 자신은 영을 얼마나 도울 수 있을까. 아니, 만약 갑작스러운 일이 생겨 그녀가 정말로 선일 건설에 들어가게 된다면 자신은 영에게 어떤 도움을 줄 수 있을까.

"진짜 무능하구나, 신강우."

그렇게 중얼거리던 그는 생각하는 방식을 바꿔 보기로 마음먹었다. 영이 처음 만났을 때와 지금의 입장이 달라진 것을 인정부터 하기로 말이다.

사실 그녀를 만나 사랑에 빠지고 결혼할 생각을 하지 않았다면 나중에 결혼할 사람은 당연히 조건을 보고 선택했을 것이다. 태강과의 관계를 생각했을 때 가장 이익이 될 수 있는 사람으로 말이다.

그러니 영과의 사이에도 그런 비즈니스적인 것이 하나 더 추가되었다고 생각하면 된다. 그리고 그 관계에서 자신이 그녀를 얼마만큼, 어떻게 도울 수 있는지 생각하면 되는 거였다.

그녀가 자신과의 결혼을 결정한 것을 후회하지 않도록. 그리고 평생 함께 살면서 행복하다고 느낄 수 있도록 하는 방법을 찾고 싶었다.

"일단, 머릿속부터 비워야겠군."

강우는 그렇게 중얼거리며 침대에 누웠다. 그는 자신을 믿었다. 분명히 어떤 방법이든 찾아낼 수 있을 것이다.

21. 결심

시간이 흐르면서 선우 회장은 영을 교육하는 속도를 조금씩 늦춰 나갔다. 이제 그녀의 머릿속에 선일 그룹에 대한 지식이 어느 정도 자리를 잡았다고 판단했던 것이다. 그리고 그때부터 영은 선우 회장이나 강우와 함께 공개 석상에 다니는 일이 잦아지게 되었다.

처음에 영은 할아버지의 서재에서 탈출할 수 있다는 사실 때문에 외출을 반겼다. 어쨌거나 그녀는 돌아다니는 것을 좋아했고, 사람들 만나는 것도 즐기는 성격이었기 때문이다. 그러나 뭐든 과하면 안 좋은 법이라더니, 얼마 지나지 않아서 그녀는 지쳐 가기 시작했다.

주말에 제대로 쉬지 못하고 계속 새로운 사람들을 만나는 것은 정말 피곤한 일이었다. 시간이 지날수록 사람들의 얼굴과 이름이 머릿속에서 뒤죽박죽 섞여 굴러다니는 기분이었다.

강우는 영의 그런 말을 듣더니 씩 웃으며 대답했다.

"그런 느낌이 드는 사람들은 그냥 잊어버려요. 정말 중요한 사람이 있다면 내가 옆에서 알려 주겠습니다."

정말로 기운이 나고 위로가 되는 대답이었지만, 강우가 항상 그녀의 옆에만 붙어 있을 수는 없었다. 영은 외출해서까지 공부를 해야 하는 자신의 신세에 한탄하며 천천히 사람들과의 관계를 익혀 나가는 수밖에 없었다.

사실 몇 달 동안 선우 회장의 서재에 틀어박혀 있어서 몰랐지만, 영의 존재는 사람들 사이에서 이미 커다란 이슈가 되어 있었다.

선우 회장이 거의 삼십 년 동안 숨겨 놓았던 손녀가 갑자기 나타나서는, 다른 사람도 아닌 태강 그룹 신 회장의 큰손자와 결혼을 한다고 하니 다들 믿을 수 없다고 고개를 저었던 것이다.

현대판 신데렐라의 결정판이라고 하는 사람도 있었고, 사기꾼인 게 분명하니 태생부터 속속들이 파헤쳐야 한다고 주장하는 사람도 있었다. 인터뷰 요청도 숱하게 들어왔지만, 모두 선우 회장이 잘라내고 있었다. 영은 그 모든 것을 서재에서 해방되고 난 다음에야 알게 되었다.

"아니, 솔직히 할아버지 손녀라는 걸 공개하기 전에도 난 내 힘으로 잘 먹고 잘살았거든. 근데 무슨 신데렐라냐고."

영이 그렇게 투덜거리자 미현은 시니컬한 목소리로 그 말을 받았다.

"그럼 앞으로 더 잘 먹고 잘살겠네. 할아버지도 부자, 남편도 부자."

"야, 그건 너도 마찬가지잖아."

"그래도 태강은 급이 다르지."

미현의 말에 영은 조금 불안한 표정을 지으며 물었다.

"근데 나, 강우 씨랑 결혼하고 나면 회사 때려치우게 되는 거 아닐까?"

미현의 음성은 여전히 냉정하기만 했다.

"솔직히 말하면 그럴 확률이 팔십 퍼센트 이상이라고 본다."

"그렇겠지?"

그녀의 쓸쓸한 얼굴을 보던 미현이 안됐다는 듯 혀를 찼다.

"그러게, 그런 걸 왜 그렇게 쉽게 결정했어?"

"쉽게 결정한 거 아니야. 고민해 볼 만큼 했다고."

"하지만 직장 문제까지 깊이 생각하지 못한 건 맞잖아."

"……그건 그렇지."

미현이 고개를 저으며 혀를 찼다.

"하여간, 선우영, 단세포. 쯧쯧쯧."

그러나 영은 뭐라고 할 수도 없었다. 자신의 고민이 생각만큼 넓고 깊지 못했다는 사실을 실감하고 있었기 때문이다. 그런 그녀를 보던 미현이 슬쩍 어깨를 두드렸다.

"신강우 씨가 그렇게 좋디?"

"뭐……."

"강우 씨 힘들다고 하니까 눈이 확 뒤집힐 것 같고 그랬어?"

"아니, 그건 아니고……."

대답이 너무 빨랐나 보다. 미현이 황당한 눈빛을 보내며 물었다.

"그럼 왜 그런 결정을 내렸는데? 할아버지가 그렇게 졸라도 못 들은 척했으면서."

"……할아버지가 많이 서운해하셨겠지?"

"그걸 말이라고 해?"

그렇게 말하며 살짝 눈을 흘기던 미현은 다시 원래의 주제로 돌아오라고 영을 다그쳤다.

"아니, 그보다 왜 그런 결정을 내렸냐고 물었잖아! 도대체 왜 그런 결정을 내린 거냐고, 주위 사람들이랑 상의도 없이!"

그 물음에 영은 조금 멋쩍은 미소를 지었다.

"음, 그 사람한테 내가 도움이 되고 싶었어."

"뭐? 그건 또 무슨 소리야?"

지금 두 사람은 미현의 집 거실에 앉아 있었다. 재훈과 강우는 한 시간쯤 지난 후에 도착할 예정이었다. 집안에 그들 말고는 아무도 없다는 사실을 알고 있으면서도 영은 주변을 한 번 둘러본 다음 낮은 목소리로 말했다.

"너, 지금 말하는 건 죽을 때까지 비밀이다?"

"뭔데 그렇게 비장한 얼굴로 다짐을 받아?"

"듣기 싫으면 말고."

"아, 알았으니까 얘기해 봐."

그러면서도 미현은 그녀 쪽으로 슬쩍 고개를 숙였다. 그러자 영도 고개를 숙이고 조그만 목소리로 속삭이듯 말했다.

"나, 사실은 강우 씨가 없으면 못 살겠다거나, 그런 마음은 아니야."

미현은 좀 황당하다는 눈으로 영을 쳐다보다 물었다.

"뭐라고?"

"솔직히 말하면, 김창수를 만났을 때 좋아하던 거랑, 또 김창수한테 배신 당했을 때 아팠던 감정보다는 좀 무뎌진 것 같아. 이 사람이랑 결혼하고 싶고, 함께 있으면 행복하겠구나, 하는 생각은 드는데……."

그 순간 철썩, 하는 소리가 조용한 공기를 갈랐다.

"그건 당연하지! 그게 뭐 그렇게 비밀이라고 머리까지 맞대고 소곤거려!"

그러더니 미현은 얻어맞은 등짝이 아파서 오만상을 쓰고 있는 영에게 눈을 흘겼다.

"야, 너 옛날처럼 그런 마음으로 남자를 또 만나면 제 명에 못 살아! 지금 무슨 얘길 하는 거야!"

"아니. 난 마음이 그렇게 다른데도 강우 씨를 도와주고 싶어서 그런 생각을 하게 됐다는 설명을……."

"그것도 당연하지! 좋아하는 사람이 고생하는 걸 보면 도와주고 싶은 게 당연하잖아!"

"그런 건가?"

조금 멍하게까지 들리는 영의 중얼거림에 미현이 한숨을 푹 쉬었다.

"그래서, 너 지금 강우 씨 사랑 안 해? 그냥 조건 보고 결혼하는 거야?"

"아니, 그런 건 아니지."

"그럼 뭐가 문젠데?"

"음…… 옛날처럼 없으면 죽을 것 같다거나 그런 게 아니라 감정이 너무 잔잔하다는 게 좀 이상해서. 분명히 사랑하거든. 그래서 내가 할 수 있는 건 뭐든 도와주고 싶다고 생각했고, 누가 뭐래도 그 결정을 후회하지 않아."

"그런데?"

"……그렇다고. 미현아, 나 이상한 거 아니겠지?"

미현은 한숨을 푹 쉬며 사촌을 쳐다보았다.

솔직한 심정으로는 나이가 몇 살인데 그런 고민을 하느냐고 핀잔을 하고 싶었다. 하지만 영이 김창수 때문에 너무 큰 상처를 받았고, 몇 년 동안 연애 감정을 완전히 무시하고 살았다는 걸 알고 있었기 때문에 뭐라고 하기도 힘들었다.

뭐, 그렇게 따지면 영에게 다시 사랑이란 감정을 느끼게 해주고 결혼을 결심하게 만든 것으로도 모자라, 할아버지의 손녀라는 사실까지 만천하에 공개하게 만든 신강우가 참 대단해 보이기는 했다.

그래, 선우영, 뒤늦게라도 좋은 남자 만나서 다행이다

미현은 속으로 그렇게 중얼거리며 한 번 더 사촌의 등짝을 내리쳤다.

"모든 남자한테 다 똑같은 감정이면 어떻게 연애를 하고 결혼을 하니? 너, 그렇다고 해서 강우 씨랑 헤어져도 상관없을 것 같아?"

"아니, 그건 안 되지! 내가 왜 헤어져?"

단박에 대답한 영이 왜 그런 말을 하냐는 듯 슬쩍 눈까지 흘기자 미현의 손바닥이 다시 한번 휘둘러졌다.

"아야!"

"그럼 그런 쓸데없는 생각은 그만하고 지금 닥친 일이나 생각해! 너 내일도 할아버지랑 같이 김 사장님 생신 파티에 간다고 하지 않았어?"

"아, 그랬지."

그제야 생각난 듯 울상을 짓는 영을 보며 미현이 과장되게 한숨을 쉬었다.

"나 같으면 그런 고민할 시간에 참석하는 사람들 리스트라도 한 번 더 보겠다."

"맞는 말인데, 솔직히 보고 싶지 않아. 멀미 날 것 같아."

미현은 다 죽어가는 표정으로 그렇게 말하는 사촌을 바라보다가 자신이 때렸던 등을 슬슬 쓰다듬었다.

"그래, 그 기분은 나도 잘 안다."

"무슨 방법이 없을까?"

"없어. 끌려 나가면 무조건 웃으면서 인사해. 그럼 반은 성공한 거야."

"……."

"그리고 과하게 친절한 사람들이나 연락처 달라고 명함 내미는 사람들은 항상 조심하고."

"그건 나도 알아."

영은 시무룩한 표정으로 고개를 끄덕였다. 미현에게 몇 번이나 얻어맞은 등짝이 정말로 쓰라렸지만 하나도 내색하지 못하고서 말이다.

그래도 미현에게 속사정을 털어놓았더니 조금 마음이 가벼워진 것 같았다.

사실 영은 한동안 혼자서 그런 고민을 하느라고 심란했었다. 분명히 강우를 사랑하는 것도 맞고, 만나면 가슴이 뛰는 것도 맞는데 왜 예전과 다른 기분인 걸까, 하고 말이다.

그런 생각이 들 때마다 속상하기도 하고 괜히 강우에게 미안하기도 했다. 하지만 오늘 미현과 이야기를 나누다 보니 자신의 감정이 잘못되거나 한 건 아닌 것 같아 다행이었다.

그래, 사람 마음이 항상 똑같은 모양일 수는 없겠지. 내가 그동안 안 하던 공부를 너무 열심히 하느라 감정까지 혼란스러워졌던 게 분명해. 더 이상 쓸데없는 생각은 하지 말자.

영은 그렇게 생각하며 미현이 저녁 식사를 준비하는 것을 도왔다.

결혼식 날짜가 잡힌 다음부터 강우와 그녀는 이삼 주에 한 번씩 미현 부부와 저녁 식사를 함께하고 있었다. 처음엔 강우가 '영의 사촌과 친목을 다지고 싶다'는 말로 시작된 모임이었지만, 생각보다 재훈과 생각이 잘 맞았는지 개인적으로도 연락을 자주 하는 모양이었다.

네 사람은 밖에서 만날 때도 있었고, 오늘처럼 미현의 집에서 만날 때도 있었다. 영은 미현의 집에서 만날 때면 남자들보다 일찍 와서 사촌의 요리 솜씨를 배워 보려 했으나 번번이 실패하고 말았다. 그래서 이제는 그냥 보조하는 것에 만족하며 맛있게 먹는 일에만 집중했다.

미현의 음식 솜씨는 늘 그렇듯 최고였다. 게다가 오늘은 한동안 머릿속을 어지럽혔던 고민이 덜어져서 그런지 음식이 다른 때보다 훨씬 더 맛있는 것 같았다.

영이 신나게 밥을 먹는 것을 보던 강우가 조금 멀리 떨어져 있던 반찬을 집어 영의 밥그릇 위에 올려놔 주었다. 그 모습을 본 미현이 입가를 실룩이는 것도 모르고 영은 좋다고 헤벌쭉하며 강우를 바라본다.

저러고도 마음이 잔잔해서, 뭐가 어쨌다고?

미현은 밥을 먹으면서도 깨가 쏟아지는 영과 강우를 보다가 남편에게로 눈길을 돌렸다. 그녀와 눈이 마주친 재훈은 보일 듯 말 듯 한 미소를 흘리며 수저를 계속 움직였다. 원래 그런 성격인 것은 알고 있었지만, 오늘따라 무뚝뚝한 남편이 참 답답하게 느껴진다.

미현은 씁쓸한 기분으로 버섯볶음 하나를 입에 넣고 잘근잘근 씹었다. 아까만 해도 고소하게만 느껴지던 버섯이 지금은 고무를 씹듯 질기게만 느껴진다. 아무래도 저 두 사람이 돌아가고 나면 남편 교육을 다시 해야 할 것 같았다.

* * *

다음 날 오후 영은 할아버지와 함께 제일 호텔 김문식 사장의 생일 파티에 참석했다. 제일 호텔은 국내 최대의 호텔 그룹 중 하나였기 때문에 그녀가 아는, 그리고 아직 잘 모르는 유명 인사들까지 모두 참석할 예정이었다.

그녀는 요즘 어딜 가더라도 화제의 중심이 되고 있는 만큼, 오늘 역시 사람들의 시선을 한눈에 받을 것이 분명했다. 영은 참 달갑지 않은 기분을 느끼며 행사 장소에 도착했다. 그나마 잠시 후에 강우가 온다는 것을 위안으로 삼을 수 있어서 다행이었다.

영이 선우 회장과 함께 파티장에 들어가자마자, 늘 그렇듯 사람들의 시선이 한꺼번에 모여들었다. 그녀는 얼굴 가득 미소를 띤 채 인사를 하고, 또 하고, 하고, 또 했다. 이제 모르는 사람의 얼굴만 봐도 자동적으로 입꼬리가 올라가고 오른손이 앞으로 나온다.

그렇게 인사의 시간이 끝나자 그녀에 대한 호기심을 억누르지 못한 사람들이 다가오기 시작했다. 그런 사람들이 처음 다가와서 건네는 말은 거의 비슷했다.

"가족을 되찾아서 정말 기쁘시겠어요. 축하드립니다."

"하하하, 네. 감사합니다."

"선우 회장님께서 다시 찾은 손녀를 정말 아끼시나 봅니다. 요즘 어디를 가시더라도 영 씨만 데리고 다니신다는 소문이 자자합니다."

"맞아요. 그래서 요즘 저희 조카도 할아버지랑 같이 다니고 싶다고 얼마나 조르는지 모릅니다. 젊은 여자분들이 모두 선우영 씨를 부러워하느라 정신없더라고요."

"하하하, 정말요?"

"네, 게다가 그 신강우 씨의 약혼녀이기도 하시니까요. 친정과 시댁, 모든 걸 가진 골든 걸이시지 않습니까."

대화가 할아버지에서 강우로 넘어가는 것은 당연한 순서였다. 영은 이제 강우의 이름 뒤에 이어질 말을 예상하며 힘들게 웃는 얼굴을 유지했다.

"맞아요. 선우영 씨는 정말 현대판 신데렐라 아닙니까? 유리구두가 아니라 다이아몬드 구두를 신은 신데렐라죠. 하하하하."

그놈의 신데렐라 타령은 이제 너무 들어서 귀에 못이 박일 정도였다. 처음엔 내가 왜 신데렐라냐고 속으로 발끈했던 그녀도 이제는 그냥 그러려니 하며 흘려듣고 말았다. 부러워서 그러는 거라고 생각하면서. 자신이 갑부 할아버지와 갑부 약혼자를 양손에 거머쥔 건 틀림없는 사실이었으니까.

아무튼 신데렐라 레퍼토리가 끝날 때쯤엔 그녀의 주위에 새로운 목적을 가진 사람들이 접근했다. 그들은 주로 그녀가 얼마나 귀가 얇은지, 마음이 얼마나 약한지를 궁금해하는 부류였다.

"이제 환경이 달라졌으니 좋은 일에도 관심을 가져야 하지 않겠습니까?"

"국제 난민 문제에 관심을 가져 보시는 게 어떠십니까?"

"요즘 투자하기 좋은 건 뭐니 뭐니 해도……."

어찌나 점잖게 접근하고, 어찌나 듣기 좋은 말만을 해 주는지 영이 조금만 마음이 약했다면 물려받지도 못한 유산을 벌써 바닥내고 말았을 것이다.

그리고 그 사람들 사이에 섞여 점잖지 못한 제의를 해 오는 남자들도 있었다.

"저는 이런 사람인데, 영 씨가 한가할 때 연락하시면 언제라도 달려 나가겠습니다."

"제가 괜찮은 남자라는 걸 보여 드릴 기회가 있었으면 좋겠군요."

다행스럽게도 영은 모르는 사람의 말에 금방 솔깃해하는 성격은 아니었다. 오히려 처음 만난 사람은 경계하는 편이었는데, 요즘 워낙 조심하라는 말을 많이 들어서 그런지 그 경계심이 훨씬 더 단단해져 있었다.

영은 그들이 내미는 명함을 모두 웃는 얼굴로 받아든 다음 집에 가서 화장대 구석에 단정하게 쌓아 두었다. 나중에라도 명함을 버렸다는 소리를 들었을 때 반박할 만한 증거를 남겨두기 위해서.

강우는 영이 그렇게 점점 지쳐 가고 있을 때 모습을 드러냈다. 사실 아까부터 도착해 있긴 했지만, 그 역시도 여기저기 인사를 할 사람들이 많았던 것이다.

그러나 강우는 그녀보다는 훨씬 생생해 보이는 표정이었다. 어려서부터 이런 분위기를 익혔기 때문에 단단해진 것인지, 아니면 어설프게 접근했다가는 본전도 못 찾을 성격인지 알고서 사람들이 쉽게 다가오지 못하는 것인지, 영은 정말 궁금했다.

"즐거운 시간 보내고 있습니까?"

웃는 얼굴로 다가온 강우가 그렇게 말하며 자연스럽게 영의 등에 손을 얹었다. 단순하지만 소유욕이 엿보이는 그 행동에 주변에 있던 사람들이 모두 시선을 돌리며 헛기침을 했다. 그리고 잠시 후 몇몇은 강우의 날카로운 시선이 부담스러운 듯 자리를 떴다.

그때까지 남아 있던 다른 사람들도 강우와 몇 마디 이야기를 나누고 나더니 하나둘씩 멀어져 갔다. 마침내 두 사람만 남게 되자 영은 감탄 어린 시선으로 그를 바라보았다.

"강우 씨, 능력자였네요. 어떻게 한 거예요?"

강우는 씩 미소를 지었다. 이 정도는 별일도 아니라는 것처럼.

"아무것도 하지 않았습니다만?"

하지만 영은 절대 믿을 수 없었다.

"아니야, 뭔가 한 게 분명해요. 나한테는 사돈의 팔촌이 아이를 낳은 얘기까지 늘어놓던 사람들이 강우 씨한테는 몇 마디 하지도 못하고 가 버렸단 말이에요."

"뭐, 처음 만난 사람들은 아니니까요."

강우는 가볍게 대답하더니 말을 슬쩍 돌렸다.

"힘들어 보이는데, 잠깐 나가서 바람이라도 쐬고 올까요?"

영은 기다렸다는 듯 고개를 끄덕였다.

"네, 빨리 나가요."

강우는 그녀의 대답을 듣더니 씁쓸한 미소를 지었다. 그리고 밖으로 나오자마자 물었다.

"많이 힘듭니까?"

"좀 그래요. 아무래도 이렇게 사람들을 많이 만나고 다닌 건 처음이니까요."

"한 시간 정도만 더 참아 봐요. 할아버님께서도 먼저 들어가도 된다고 허락하셨습니다."

"정말요?"

"네."

영은 조금 걱정스럽게 물었다.

"강우 씨, 나 피곤한 거 많이 티 났어요?"

"전혀 아닙니다. 그냥 제가 먼저 말씀드린 겁니다. 들어가는 길에 조금이라도 더 같이 시간을 보내고 싶어서요. 그리고 내일 아침엔 출근도 해야 하지 않습니까."

"아, 그럼 다행이네요. 고마워요, 강우 씨."

"별말씀을요. 당연히 내가 챙겨야 하는 일인데요."

영은 새삼스럽게 감탄 어린 시선으로 강우를 바라보았다. 이런 완벽한 남자 같으니라고. 도대체 얼마나 더 멋있어지려고 이러는지 모르겠다.

그녀는 헤실헤실 웃으며 강우에게 팔짱을 끼었다. 조금 전까지만 해도 에너지가 완전히 바닥 난 기분이었는데, 순식간에 힘이 솟아오른다. 강우가 그 웃는 얼굴을 보더니 갑자기 몸을 확 끌어당겨 안았다.

"나한테 다시 반했습니까?"

그가 너무 세게 당기는 바람에 두 사람의 몸이 빈틈없이 밀착되었다. 맞닿은 가슴이 주책없이 뛰기 시작한다. 하지만 영은 새침한 표정을 지으며 손을 슬쩍 강우의 가슴 위에 올려놓았다.

"어떤 것 같아요?"

“나한테 완전히 빠졌다고 얼굴에 쓰여 있는 것 같군요.”

“음…… 그런 것 같기도 하고.”

“그렇죠?”

“……아닌 것 같기도 하고.”

그러자 강우가 눈을 가늘게 뜨고 그녀를 내려다보더니 고개를 점점 깊이 숙였다. 다가온 그의 입술이 바로 앞에서 속삭였다.

“그럼 나한테 완전히 반하도록 만들어야겠군요.”

“어떻게요?”

“일단, 여기서 나가는 게 좋겠습니다.”

“……지금요?”

“네.”

영이 그러면 안 될 것 같다는 표정을 지었지만 강우는 단호하게 고개를 저었다.

“할아버님께는 제가 말씀드리겠습니다.”

“그러다가 우리 할아버지한테 밉보이면 어쩌려고요?”

“밉보인 건 벌써 오래전입니다. 전에 영 씨와 여행을 떠났을 때부터 저는 이미 불한당이 되어 있었거든요.”

그 말에 영이 낮은 소리로 웃었다. 그녀는 허리를 감싸던 강우의 손이 슬슬 아래쪽으로 움직이는 것을 느끼며 물었다.

“여기서 나가면 어디로 가려고요?”

“내 아파트로 갈 겁니다.”

영은 새침한 표정으로 살짝 입술을 삐죽였다.

“강우 씨 아파트에 가서 뭘 할 건데요?”

“내 매력을 최대한 어필하도록 하겠습니다. 수단과 방법을 가리지 않고.”

그녀는 다시 웃음을 터뜨렸다.

“하하하하, 오늘 들은 것 중에 최고의 감언이설이었어요.”

"마음에 들었습니까?"

"네."

강우는 활짝 웃으며 고개를 끄덕이는 그녀를 흡족한 표정으로 내려다보았다.

"그럼, 이만 나갈까요?"

* * *

며칠 후 강우는 어떤 모임에 들렀다. 뚜렷한 목적 없이 모이는 자리라서 그리 내키지 않았지만, 재민과 재훈이 가자고 했기 때문에 어쩔 수 없었다.

도대체 왜들 이런 사교 모임을 꼬박꼬박 챙기는지 모를 일이었다. 쓸데없이 수다만 떠는 모임이, 뭐가 그렇게들 좋다고.

그는 시계를 보며 시간을 계산했다. 지금이 일곱 시 반이니까, 두 시간 정도만 어울리다가 선우 회장님 댁으로 가면 될 것 같았다. 열 시쯤 돼서 영을 데리러 가면 할아버님께서도 뭐라고 하지는 않으시겠지.

그런 생각을 하다 보니 자신도 모르게 계속 시계를 쳐다보게 된다. 그 사실을 금방 눈치챈 재민이 빙글빙글 웃으며 놀리듯 말했다.

"왜, 영 씨가 옆에 없으니까 지겨워 죽겠냐?"

"……무슨 헛소릴 하는 거야."

그러자 이번엔 재훈도 피식거리며 그 말을 받았다.

"천하의 신강우가 이렇게 되다니, 영 씨가 정말 대단하긴 하지. 우리 와이프도 영 씨에 대한 일이라면 자다가도 벌떡 일어날 정도거든."

그 말을 들은 강우의 머릿속에 처음 만났을 때 예상보다 과하게 자신을 경계하던 미현의 모습이 떠올랐다. 그의 시선이 자연스럽게 재민에게로 향했다.

"너도 너무 질투하지 마라. 곧 임자 만나게 될 테니까."

강우의 말에 재민은 질색 팔색을 했다.

"왜 그 화살이 나한테 오는데?"

"여기 임자 없는 사람이 너밖에 더 있냐?"

그 말에 재훈까지 고개를 끄덕였지만 재민은 당당히 고개를 저었다.

"괜한 기대는 하지 말아라. 난 자유로운 솔로의 삶을 오랫동안 즐길 생각이니까."

"쯧쯧, 그게 네 맘대로 되는 게 아니라니까 그러네."

그렇게 주거니 받거니 서로를 사이좋게 타박하고 있을 때였다. 강우의 뒤쪽에 있던 사람들이 이런 대화를 나누는 것이 들려왔다.

"어, 저기 신강우 부사장이 있네? 웬일이지? 오늘은 약혼녀랑 같이 안왔나 봐. 요즘 매일 같이 다니더니."

"그러게 말이야. 여자 보기를 그야말로 돌같이 하더니, 그 약혼녀한테는 완전히 껌뻑 죽는다며? 세상 참 오래 살고 볼 일이라니까."

"근데 그런 그럴 만도 하지. 자그마치 선우 회장님의 손녀잖아. 삼십 년만에 되찾은 손녀가 얼마나 예쁘겠어? 아주 금이야 옥이야 한다면서?"

"그 손녀도 애교가 장난이 아니라던데, 뭐. 그 딱딱한 선우 회장을 아주살살 녹인다더라. 약혼자한테는 당연히 더 하지 않겠어?"

강우의 표정이 점점 차갑게 식어 갔다. 재민은 술맛이 떨어졌다는 표정으로 슬쩍 자리를 옮겼다. 그러나 재민이 강우와 그들의 사이를 막아섰을 때강우의 귀에 왠지 익숙한 이름이 들려왔다.

"아, 저기 김 원장이 오는군요. 김창수 원장이 그 선우영이라는 여자를 잘안다고 했던 것 같은데. 대학 후배라고 하지 않았나?"

"아, 그랬어? 그럼 뭔가 들을 만한 게 있겠네."

강우는 천천히 몸을 돌렸다. 저 예의 없는 인간들의 얼굴을 똑똑히 기억해두기 위해. 감히 그가 듣는 데서 영의 뒷담화를 하는 것으로도 모자라……

다음 순간 뒤쪽에 있던 사람들과 반가운 듯 인사를 나누는 김창수의 모습을

본 강우에게서 냉기가 풀풀 흩날리기 시작했다. 그의 상태를 눈치챈 재민이
어깨에 손을 올리며 낮은 목소리로 말했다.

"그만 나가자. 상대할 가치도 없는……."

강우는 차가운 음성으로 재민의 말을 막았다.

"신재민."

"……그래."

"넌 지금 바로 가서 이 모임의 주최자에게 김창수라는 인간이 누구의
소개로 이 모임에 들어왔는지 확인 좀 해 줬으면 좋겠는데."

재민은 잠시 망설였지만 곧 재훈에게 눈짓을 하더니 빠른 걸음으로 사라
졌다. 강우는 이번엔 재훈을 향해 말했다.

"조금 전까지 내 약혼녀에 대해서 함부로 지껄이던 인간들에 대해 자세
하고 정확하게 알고 싶은데?"

재훈도 어쩔 수 없다는 듯 고개를 끄덕였다.

"알았다."

그렇게 재훈까지 물리치고 난 강우는 천천히 김창수의 모습을 훑었다.
머리부터 발끝까지 하나도 빠짐없이.

영과 함께 있는 자리에서 마주쳤던 것이 고작 몇 달 전이었다. 그런데 김
창수는 그때보다 서너 배는 더 느끼해지고, 머리숱은 확연하게 줄어든 모습
이었다. 저런 놈과 닮았던 순간이 있었다는 사실만으로도 치욕적이었다.

강우는 냉랭한 눈빛으로 김창수를 쏘아보며 천천히 다가갔다. 마침 김창
수는 사람들과 호들갑스럽게 인사를 끝낸 다음 영에 대한 이야기를 꺼내려
하고 있었다.

"김창수 씨."

목소리의 주인공이 누구인지를 확인한 사람들의 얼굴이 순식간에 파랗게
질렸다. 그러나 김창수만은 눈을 치켜뜨며 제법 거만하게 강우의 앞으로 한
걸음 다가왔다.

"아, 이게 누구십니까. 안 그래도 신강우 씨의 약혼녀에 대한 이야기를 나누던 참이랍니다. 마침 선우영 씨가 제 대학 후배라서, 이것저것 기억나는 것이 많거든요."

"그러시군요."

강우는 짧게 고개를 끄덕인 다음 말을 이었다.

"여기 모여 있는 사람들에게 제 약혼녀에 대한 뒷담화를 하려고 하셨군요."

안 그래도 사색이 되어 있던 사람들은 강우의 말을 듣더니 슬슬 뒷걸음질을 치기 시작했다.

일 분도 지나지 않아, 그 자리에는 강우와 김창수 두 사람만 남게 되었다. 멀찍이 떨어져 있는 사람들까지도 이쪽의 분위기가 심상치 않다는 것을 감지하고는 조용히 두 사람을 주시했다.

"참 용감하시군요."

강우는 싸늘한 표정으로 입을 열었다.

"감히 사람들 앞에서 내 약혼녀에 대한 얘기를 하려고 하다니."

그러나 김창수는 강우의 기세에도 전혀 기죽지 않고 맞섰다.

"공교롭게도 당신의 약혼녀가 예전에 저와 아주 잘 알던 사이여서요."

강우는 그 말을 노골적으로 비웃었다.

"아, 그랬습니까? 김창수 씨가 우리 영 씨에게 어떤 선배였는지는 저도 꽤 많이 들었습니다. 좋은 추억이 아니라는 게 참 안타깝군요."

그제야 창수가 켕기는 표정으로 입을 다물었다. 일말의 양심은 남아 있는 모양이다. 하지만 강우는 양심 따위를 찾을 생각이 없었다. 그는 김창수에게 잘못한 것이 없었으니까.

"조용히 입 다물고 돌아가면 오늘은 없었던 것으로 하겠습니다."

그러자 김창수가 욱하는 얼굴로 고개를 들었다.

"어차피 당신도 영이 선일 그룹 손녀라는 걸 알고 나서 약혼한 거잖아? 혼자 그렇게 깨끗한 척하지 말라고. 영도 당신 속셈을 알게 되면……."

"안됐지만, 김창수 씨. 다른 사람들이 모두 당신과 같은 기준을 가지고 살아가는 건 아닙니다. 영 씨는 누군가의 손녀가 아니라도 충분히 멋진 여자이니까요."

하지만 이번엔 창수가 그의 말을 비웃었다.

"그래? 그럼 당신도 참 안됐군. 선우영 같은 여자는 당신과 결혼하면 절대 행복해지지 못할 테니까. 영이는 정말 단순한 성격이거든. 자기가 하고 싶은 걸 다 버리고 신강우의 와이프라는 이름으로만 살아가야 하는 인생에 만족할 것 같아? 천만에. 영이는 금세 후회할걸. 어차피 당신 결혼도 오래 못 가, 알아?"

참, 두서없는 악담이었다. 그 말만 들었는데도 강우는 김창수란 인간이 어떤 타입인지, 확실히 알 수 있었다. 정말 상대할 가치도 없는 인간이었다. 아니, 김창수와 마주쳐서 이런 대화를 나누었다는 자체만으로도 영에게 미안해지는 기분이다.

강우는 김창수와 마주하는 시간을 가능한 한 짧게 끝내야겠다고 생각했다.

"김창수 씨, 이번 한 번만 경고하겠습니다. 다시는 내 눈에, 그리고 영 씨의 눈에 띄지 마십시오."

그 말에 창수의 얼굴이 시뻘겋게 변했다.

"그게 무슨…… 당신이 뭔데 나한테 그딴 소릴……."

그러나 강우는 조용히 그 말을 잘랐다.

"요즘 김창수 씨 병원에서 크고 작은 의료 사고가 끊이지 않는다고 하던데요."

창수의 얼굴이 눈에 띄게 창백해졌다.

"무, 무슨, 말도 안 되는……."

"그리고 김창수 씨의 처가 쪽 분들이 사위의 바람기에 대해 상당히 불쾌해하고 있다는 소문도 들었습니다. 남의 가정을 걱정하기 전에, 본인의 가정이나 잘 지켜보는 게 어떻겠습니까? 처가가 당신에게서 돌아선다면, 병원

운영부터 힘들어지지 않을까요?"

창수는 대답도 못 한 채 주먹을 쥐고 부들부들 떨기만 했다. 그 모습을 차갑게 쏘아보던 강우가 몸을 돌리자 언제부터인지 바로 뒤에 서 있던 재민이 조용히 말했다.

"그만 가자. 요즘 여기 물도 많이 지저분해진 것 같더라."

강우는 처음에 계획했던 것처럼 선우 회장의 저택으로 가서 영을 데리고 왔다. 물론 그녀에게는 김창수를 마주쳤다는 말을 꺼내지도 않았다. 하지만 영을 집에 데려다주고 돌아오는 동안 그의 머릿속에서는 김창수가 했던 말이 계속 맴돌고 있었다.

'자기가 하고 싶은 걸 다 버리고 신강우의 와이프라는 이름으로만 살아가야 하는 인생에 만족할 것 같아?'

다른 말은 아무것도 신경 쓰이지 않았지만, 그 말만큼은 아무리 잊어버리려고 해도 그럴 수가 없었다. 그 역시 마음속으로 계속 생각하고 있던 일이기 때문일까.

그러나 다음 날 저녁, 강우는 창수의 말보다 훨씬 더 노골적인 말을, 훨씬 더 많은 사람에게 듣게 되었다.

다음 날은 영이 오랜만에 자유 시간을 받은 날이었다. 그래서 강우는 아예 오후 스케줄을 모두 비워 두었다가 퇴근 시간이 되자마자 회사에서 나왔다.

그가 영의 회사 앞에 도착하자마자 그녀에게서 메시지가 왔다. 회의가 조금 늦게 끝나서 십 분 정도 늦는다는 것이었다.

강우는 그동안 새로운 드라이브 코스를 찾아볼 생각으로 휴대폰으로 검색을 시작했다. 그런데 열어 둔 창밖으로 지나가는 사람들의 목소리가 그의 주의를 잡아끌었다.

"아까 봤어? 안 팀장이랑 선우 팀장 싸우는 거? 안 팀장도 그렇게 안 봤는데, 정말 대단하더라."

"그러게 말이야. 뭘 믿고 선우 팀장한테 그렇게 덤비는지 몰라. 이제 선우 팀장 잘못 건드리면 큰일 난다는 거 모르나?"

"모르긴 왜 모르겠어, 안 팀장은 원래 그런 쪽으로 눈치가 빠하잖아. 소문 듣고 나더니 부러워서 어쩔 줄 모르는 게 눈에 그대로 보이더라."

"근데 왜 그렇게 덤볐지? 솔직히 오늘 일은 안 팀장이 잘못한 거였잖아."

"언제는 안 그랬나? 안 팀장 실수하는 거 어제오늘 일도 아니었는데. 그래 놓고 맨날 남 탓하다가 트러블 생기고 했잖아. 오늘 선우 팀장이 짜증 낼 만했어."

"맞아. 나 같으면 안 팀장 가만히 안 뒀다. 막말로 선우 팀장이 겁날 게 뭐 있어? 할아버지도 빵빵하고, 약혼자도 빵빵한데. 안 팀장 하나쯤 잘라 버려도, 아무도 뭐라고 못 할걸?"

"하여간, 난 요즘 선우 팀장만큼 부러운 사람이 없더라. 도대체 뭘 어떻게 했는데 재벌 3세를 만나고, 재벌 할아버지까지 찾았을까?"

"그러게 말이야. 근데, 난 한편으로 생각하면 좀 안됐기도 하던데."

"왜? 뭐가?"

"선우 팀장, 이 일 좋아했잖아. 근데 결혼하면 일을 계속할 수 없을 거 아냐."

"그거야 당연하지. 약혼자가 태성 그룹 후계자나 다름없다던데. 그룹 사모님이 조그만 사무소에서 일을 할 순 없겠지. 남편 내조하기에도 바쁠 테니까."

"근데 전에 선우 팀장이 그랬거든. 나중에 자기 이름 걸고 건축 사무소 차리는 게 꿈이라고. 잘난 남편 만난 대신 꿈을 접어야 하다니, 그것도 좀 안됐더라고."

"안됐긴 뭐가 안됐냐? 그래도 재벌 남편이 낫지. 막말로, 나중에 시간 나면 하나 차려 줄지도 모르잖아."

"뭐, 하긴 그럴 수도 있겠네."

멀어져 가는 사람들의 목소리를 듣고 있던 강우의 머릿속에 어제 김창수가 했던 말이 다시 떠올랐다.

'자기가 하고 싶은 걸 다 버리고 신강우의 와이프라는 이름으로만 살아가야 하는 인생에 만족할 것 같아?'

아무래도 자신은 그동안 영이 무엇을 감수하고 있었는지 정확히 몰랐던 것 같다. 아니, 그녀가 스스로 결정한 일이니만큼, 그 결과도 스스로 감수해야 한다는 생각이 마음속 어딘가에 있었는지도 모른다.

강우가 그렇게 혼자 미적거리고 있는 동안 영은 할아버지 댁에 가서 공부를 하고, 여기저기 다니면서 사람들을 만나고, 회사에서는 저런 소리를 들어가면서 견뎌 왔던 것이다. 주위 사람들이 모두 그녀가 꿈을 포기하는 게 당연하다는 듯 말하는 것을 들으며 얼마나 속이 상했을까.

그렇게 생각에 잠겨 있는데 저쪽에서 급하게 뛰어오는 영의 모습이 보였다. 강우는 자신의 속내가 얼굴에 드러나 있는지 확인하기 위해 재빨리 거울을 보았다. 평상시와 다름없는 표정이라는 것을 확인하고 고개를 돌린 순간, 그녀는 벌써 차 문을 열고 있었다.

"오래 기다렸죠? 미안해요. 메일 하나를 못 보냈다는 게 마지막에 생각 났어요."

"아닙니다. 나도 방금 도착했습니다."

그러자 영이 다행이라는 듯 웃었다.

"얼른 가요. 배고파 죽을 것 같아요. 강우 씨도 배고프죠?"

"네."

고개를 끄덕이며 차를 출발시키던 강우는 곁눈으로 그녀의 표정을 살피며 물었다.

"오늘 많이 바빴습니까?"

"뭐, 다른 때랑 비슷했어요. 왜요?"

"오늘따라 피곤해 보여서요."

그러나 영은 안 팀장과의 트러블에 대해 말하는 대신 이렇게 대답했다.

"요즘 퇴근할 때만 되면 이렇다니까요. 결혼하기 전에 피부과를 정말 열심히 다녀야 할 것 같아요. 그리고, 그 비용은 다 할아버지한테 청구할 거예요."

강우는 그녀의 말에 웃으면서도 속으로는 한숨을 삼켰다. 영은 힘들거나 속상하다는 말은 아예 하지 않을 작정인 것 같았다.

아직 기댈 생각은 못 하는 걸까.

강우는 그런 생각을 하며 씁쓸한 기분을 숨겼다. 이제야말로 자신의 결정이 필요한 때가 온 것 같았다.

22. 진심으로 원하는 것

강우가 갑자기 이렇게 물었을 때만 해도 영은 아무런 생각이 없었다.

"영 씨도 혹시 그런 생각을 해 본 적 있습니까? 지금 하는 일을 그만두고 내 회사를 차리고 싶다는."

"그거야 직장인이라면 누구나 한 번쯤 해 보는 생각 아닐까요? 근데 갑자기 그건 왜요?"

"……갑자기 그런 얘기를 꺼낸 친구가 있어서요."

그 말에 영은 아무 생각 없이 대답했다. 피시식 웃기까지 하면서.

"그 친구분도 회사 생활이 꽤나 힘든가 보네요."

"그런 것 같더라고요."

"그래도 너무 급하게 결정하면 안 돼요. 우리 대표님이 그러셨는데, 사장이 됐을 때보다 월급 받고 일할 때가 훨씬 더 마음이 편했대요."

강우는 그녀의 말이 재미있다는 듯 웃으며 물었다.

"그럼 영 씨는 언제쯤 회사를 차리고 싶습니까?"

"음, 한 십 년 정도 지난 다음에? 돈도 좀 모으고, 경험도 더 쌓고, 나이도 좀 드는 게 좋을 것 같아요. 아무래도 이 바닥에선 젊은 여자가 대표자라고 하면 우습게 보는 경향이 있거든요."

"그렇군요."

그가 더 이상 물어보지 않고 고개만 끄덕였기 때문에 영은 그냥 그런가 보다 하고 지나갔었다. 하지만 나중에 생각해 보니 그 대화가 사건의 전초전이었던 것 같았다.

강우와 그런 대화를 나누고 나서 한 달쯤 지난 어느 날, 그녀는 신 회장과 단둘이 식사를 하고 있었다. 시간이 정신없이 흘러 벌써 겨울이 다가와 있었고, 영은 예비 시할아버님을 모시고 뜨끈한 삼계탕을 먹으러 온 참이었다.

"할아버지, 제가 뼈 발라 드릴까요?"

"괜찮다. 아주 푹 익어서 건드리기만 해도 뼈가 쏙쏙 빠지는구나."

"맛은 어떠세요?"

"국물이 아주 진하구나. 맛있어."

"헤헤, 입에 맞으시다니 다행이에요."

스스로 생각하기에도 그녀는 점점 여유가 되고 있는 것 같았다. 그럴 가능성은 극히 희박하지만, 이런 상황에서 회사 동료들과 마주친다면 민망함에 고개도 들기 힘들 것 같았다.

그런데.

영이 그런 생각을 하다가 고개를 드니 신 회장이 의미를 알 수 없는 깊은 시선으로 자신을 바라보고 있는 게 아닌가. 그녀는 씹던 닭고기가 목에 걸리기라도 할까 봐 얼른 삼킨 다음, 멋쩍은 미소를 지으며 조심스럽게 물었다.

"불편하신 데라도……."

"아니다."

신 회장은 그녀가 말을 끝맺기도 전에 불쑥 대답했다. 그러고는 스스로도 민망했는지 살짝 헛기침을 하며 물었다.

"흐음, 요즘도 일을 배우고 있어?"

"네. 근데 예전만큼 할아버지 댁에 자주 가진 않아요. 일주일에 한두 번 정도만 가거든요."

저도 모르게 뿌듯한 표정이 드러났나 보다. 그녀의 대답을 듣던 신 회장이 피식 웃더니 다시 물었다.

"회사는? 다니기 힘들지 않고?"

"그럼요. 이제 겨울이라 바쁜 일도 별로 없어요."

그렇게 대답하던 영은 그제야 뭔가 이상하다는 생각을 했다. 할아버님이 원래 자상하긴 하셨지만, 오늘은 뉘앙스가 좀…… 다른 것 같은데?

하지만 신 회장은 그녀의 대답을 듣고 난 다음 곧바로 식사에 집중하기 시작했고, 영은 무슨 일이 있냐는 말을 묻지 못했다

그 일이 있은 지 일주일쯤 지났을 때, 영은 이번엔 재민과 함께 식사를 할 일이 생겼다. 강우가 2박 3일로 중국 출장을 떠난 다음, 갑자기 재민에게서 연락이 온 것이다.

재민과 단둘이 만난 것은, 그가 강우와 그녀의 사이에서 모종의 계략을 세웠던 때 이후 처음이었다. 영은 재민과 둘이서만 식사를 한다는 사실이 꺼림칙했지만, 특별히 거절할 만한 핑계도 없었다. 그래서 이번엔 식사 약속을 잡자마자 강우에게 메시지부터 보냈다.

[나 오늘 재민 씨랑 저녁 식사할 건데, 질투하면 안 돼요!!!]

그러나 강우는 질투는커녕 몇 시간 동안 메시지를 확인하지도 못했다. 많이 바쁜 모양이었다.

"오늘은 내 힘으로 물리쳐야 한단 말이지?"

하는 수 없이 영은 그렇게 중얼거리며 약속 장소에 나갔다. 오늘도 쓸데없는 말을 한다면 단단히 쓴소리를 해 주겠다 벼르면서 말이다.

하지만 재민은 그런 기색은 조금도 내비치지 않았다. 오히려 강우와 함께 만났을 때보다 훨씬 더 친절하고, 예의 바르고, 정중하기까지 했다. 신재민이 원래 농담을 좋아하는 성격이라는 걸 잘 알고 있던 그녀가 이상하다 느꼈을 정도로.

그런데, 영이 무슨 일이 있는 거냐고 물으려는 순간 재민이 이상한 말을 던졌다.

"음, 근데 영 씨, 하나만 여쭤봐도 될까요?"

"네."

"만약, 강우가 갑자기 일하기 싫어졌다면서 회사를 그만두면 어떡할 겁니까?"

"네에? 강우 씨가 일하기 싫대요?"

"아니, 강우가 그랬다는 게 아니고요."

재민은 놀라는 그녀의 얼굴을 보더니 손까지 내저었다.

"예를 들어서 하는 말입니다. 결혼을 앞둔 친구 녀석 하나가, 갑자기 쉬고 싶다면서 고민을 하더라고요. 그런 경우 여자분들은 어떤 생각을 하는지 궁금해서요."

"음, 대부분의 여자는 반대할 거예요. 특히나 결혼을 앞두고 있다면 더 그렇죠."

"그렇군요."

영은 심각하게 고개를 끄덕이는 재민을 보며 천천히 말을 이었다.

"하지만 저는 그 대부분의 여자에 포함되지 않으니까 그냥 그만두라고 할래요."

그녀의 말에 재민은 재미있다는 표정을 지었다.

"그러다가 강우가 몇 달 동안 계속 쉬어 버리면요?"

"그럼 집에서 살림이라도 열심히 하라고 해야죠. 돈은 제가 벌면 되잖아요?"

그러자 재민의 얼굴에 조금 더 진한 미소가 걸렸다. 영은 그 미소를 보다가 조용히 물었다.

"무슨 일인데 그래요?"

"아무것도 아닙니다. 아까도 말했지만……."

"괜히 없는 친구 얘긴 지어내지 마시고요."

그녀는 고개를 저으며 재민을 추궁했다.

"말씀 안 해 주시면 저 지금 당장 강우 씨한테 전화 걸어서……."

"아니, 그건 안 됩니다."

영의 엄포를 들은 재민은 두 손까지 다 내밀며 만류했다.

"궁금해하시는 마음은 알겠는데, 제가 말씀드릴 순 없어서요. 강우가 돌아오면 직접 들어 보세요. 부탁드립니다."

"……실컷 궁금하게 해 놓고, 너무하신 거 아니에요?"

퉁명스러운 그녀의 말에 재민은 정중하게 사과했다.

"정말 미안합니다. 하지만 제 입으로 말했다가는 강우가 가만히 있지 않을 겁니다."

그 솔직한 사과를 들은 영은 어쩔 수 없이 며칠 더 기다리기로 했다. 언젠가 한 번쯤은 재민의 저 오지랖 넓은 성격에 복수해 주리라 다짐하면서.

하지만 강우가 돌아올 때까지 무슨 일일까 궁금해하며 기다리던 영의 머릿속에 문득, 지난주 신 회장과 나눴던 대화가 떠올랐다. 그때는 정말 별일 아닌 것처럼 넘어갔는데 다시 생각해 보니 그때도 뭔가 이상했던 것이다.

"무슨 일이 있긴 있었네."

영은 고개를 심각하게 끄덕이며 중얼거렸다.

"도대체 무슨 일인지 모르겠지만 당신과 관련된 일이 맞다면, 신강우 씨, 돌아와서 보자고요. 각오 단단히 하는 게 좋을걸요."

그녀가 그렇게 벼르고 있는지도 모르고, 강우는 인천에 도착하자마자 입국 보고를 해 왔다.

─지금 도착했습니다. 나 안 보고 싶었습니까?

"보고 싶어 죽을 뻔했어요."

영의 대답에 핸드폰 건너편이 잠시 조용해졌다. 너무 빨리 원하는 대답을 내놓자 당황한 모양이다. 강우는 잠시 머뭇거리는 것 같더니 이렇게 물어 왔다.

─오늘 저녁에 만날까요?

"좋아요. 오늘은 특별히 내가 강우 씨 회사 앞으로 데리러 갈게요."

이번에도 대답은 한 박자 늦게 들려왔다. 강우는 영의 기분이 썩 유쾌한 상태가 아니라는 것을 눈치챈 것 같았다.

─……알겠습니다.

"그럼, 도착하면 전화할게요."

* * *

강우는 영과의 통화를 끝내자마자 재민에게 전화를 했다. 그리고 사촌이 이번에도 성급하게 오지랖을 부렸다는 사실을 알게 되자 한바탕 욕을 퍼부어 주었다.

그러나 그렇게 욕을 해도 속이 시원하지는 않았다. 영을 만나서 자신의 결심에 대해 이야기해야 할 일이 남아 있었기 때문이다.

사실 아직 결정 난 것은 없었다. 마음속으로 이런저런 생각을 하다가 최선의 방법이라고 결론 내린 것을 가족들에게 슬쩍 흘려 보았을 뿐이다. 최종 결정은 영에게 얘기한 다음, 그녀와 함께 할 생각이었으니까.

그런데 이번에도 재민이 초를 치다니, 정말 그 녀석은 사촌인지 웬수인지 알 수 없는 노릇이었다.

강우는 조마조마한 기분으로 그녀를 기다렸다. 하지만 주차장에서 만난 그녀의 얼굴은 출장을 떠나기 전과 마찬가지로 밝기만 했다.

"비행기 타고 오느라 피곤하지 않아요?"

"괜찮습니다."

"저녁은 내가 맛있는 데로 예약을 해 놨어요."

자랑하듯 말하는 영을 보자 그는 조금 마음이 놓이는 것을 느끼며 물었다.

"어딥니까?"

"삼계탕집이요. 전에 할아버님 모시고 갔었다고 했잖아요. 아마 강우 씨 마음에도 들 거예요."

강우는 그 삼계탕이 진흙 같은 맛이라도 세상 최고의 음식이라고 극찬할 준비가 되어 있었다. 하지만 막상 먹어 보니 그런 비장한 결심까지는 필요도 없었다. 그는 어느새 국물까지 싹 비우고 나서 부른 배를 두드리며 의자에 기대앉아 있었다.

영이 강우의 그런 모습을 흐뭇하게 바라보며 말했다.

"역시, 할아버님 입맛이랑 똑 닮았다니까요. 그런 얘기 많이 듣지 않았어요?"

"많이는 아니고, 가끔요."

그럴 리가 없을 텐데, 하는 시선을 보내는 그녀를 보며 웃던 강우는 차분하게 말을 꺼냈다.

"할 얘기가 있습니다."

영은 기다렸다는 듯 대답했다.

"들을 준비는 다 돼 있어요."

그녀의 얼굴에는 조금 전까지 가득했던 웃음기가 싹 걷혀 있었다. 진지하기 짝이 없는 영을 보자 자신의 표정도 그녀와 별다를 것 없겠다는 생각이 들었다. 강우는 이상하게 기분이 편해지는 것을 느끼며 물었다.

"만약, 내가 태강의 후계자가 아니게 된다면 어떨 것 같습니까?"

"······강우 씨, 혹시 회사에 무슨 일 있어요?"

"아니요, 그런 건 아닙니다."

영은 이번에도 미심쩍다는 표정을 지었지만 대답하는 목소리만큼은 차분
했다.

"솔직히 말해도 돼요?"

"최대한 솔직히 말해 주십시오."

"사실, 강우 씨 지금도 완전히 후계자로 결정된 건 아니잖아요. '가장
유력한 후보'인 건 맞지만, 앞날은 어떻게 될지 모르니까요."

심드렁하게까지 들리는 그녀의 말에 강우는 저도 모르게 쿡쿡 웃음을
터뜨렸다. 아, 이렇게 간단한 걸 왜 지금까지 그렇게 심각하게 고민했는지
모르겠다.

강우가 웃기 시작하는 것을 보던 영은 이제 조금 퉁명스러운 표정이 되어
말을 이었다.

"아, 그리고 여차하면 내가 먹여 살릴 테니까 회사 일이 너무 힘들면 그만
둬도 돼요. 나도 나름대로 잘 버는 편이거든요. 그동안 모아 둔 것도 있고,
물려받은 것도 좀 있으니까······."

"하하하하하."

그녀의 말을 들을수록 웃음소리가 커져 갔다. 강우가 웃음을 멈추지 못하
는 것을 보던 영이 천천히 입을 다물었다. 그의 웃음은 한참이 지나고 나서야
잦아들었고, 그제야 영은 다시 조심스럽게 입을 열었다.

"정말, 무슨 일 있는 거 아니죠?"

"전혀 아닙니다."

강우는 웃음기를 거두지 못한 채 대답했다.

"제가 그동안 고민을 하던 일이 있는데, 영 씨의 말을 들으니까 쓸데없는
고민이었구나 싶어졌어요."

"어떤 고민이었는데요?"

"후계자의 후보에서 완전히 물러서는 게 어떨까, 하는 고민이요."

그 말을 들은 영이 아무 말도 없이 눈만 깜빡거렸다. 그는 여전히 미소가 남아 있는 얼굴로 그녀가 뭔가 말을 하기를 기다렸다.

"……그, 갑자기 왜 그런 생각을 하게 됐어요?"

"갑자기는 아닙니다."

"하지만 나를 만난 다음부터 하게 된 건 맞잖아요."

"아니라고 할 수는 없겠군요."

강우의 말을 들은 영의 얼굴이 조금 어두워졌다.

"강우 씨, 나는 당신한테 도움이 되고 싶어요. 나 때문에 당신 미래를……."

"다른 누구도 아닌 나를 위한 결정입니다."

그는 가만히 고개를 저으며 말했다.

"솔직히 말하면, 몇 달 전까지만 해도 내가 갈 길은 오직 하나라고 생각했습니다. 나 스스로도, 주변에서도 모두 그게 당연한 거라고 여겼죠. 그런데 다시 생각해 보니 굳이 그럴 필요가 없겠더군요. 무엇보다, 제가 아니더라도 그 자리를 채울 수 있는 사람은 많았습니다."

"그게 누군데요?"

"영 씨도 알겠지만 나한텐 숙부들만 세 분이 계십니다. 사촌은 재민이를 포함해서 일곱 명이나 되고요. 그리고 요즘에는 그런 친족 경영이 꼭 필요한 것도 아닙니다. 부족한 부분이 있다면 전문 경영인들을 채용하면 되니까요."

그 말을 듣고도 영의 표정은 밝아지지 않았다.

"하지만 당연히 강우 씨가 갈 수 있는 길을 포기한다는 게……."

그는 다시 한번 고개를 저었다.

"포기하는 게 아닙니다. 다른 선택을 하는 거죠. 그리고 저는 태강에서 나올 생각은 없습니다. 그래도 지금까지 자라면서 배운 게 있으니, 계열사 자리 하나쯤은 차지할 생각입니다. 지금 생각으로는 태강 건설이 좋을 것 같더군요."

"……"

"태강 건설 사장 정도로는 영 씨의 기대에 부응하지 못할 것 같습니까?"

장난기 섞인 그 말에 영이 슬쩍 눈을 흘겼다.

"아, 나는 강우 씨가 백수라도 상관없다고요!"

"나도 그렇습니다."

강우는 부드러운 미소를 지으며 손을 뻗었다. 그리고 놀란 듯 차게 식어 있는 그녀의 손을 꼭 잡았다.

"집안일도, 그룹의 일도 중요하지만, 우리가 서로 함께 하는 시간이 가장 중요하다는 생각을 했기 때문에 그런 결정을 내린 겁니다. 물론, 영 씨가 싫다고 한다면 원래의 노선대로……"

"……내가 싫다고 할 리 없잖아요."

영이 툭 던지듯 말했다. 그러더니 걱정스러운 기색을 지우지 못하고 곧바로 물어 왔다.

"나중에 후회하면 어떡하려고요?"

"안 할 겁니다. 이십 년 뒤의 나는 영 씨와 함께 훨씬 여유 있는 시간을 보내고 있을 겁니다."

"그래도 할아버님이나 다른 가족분들이 섭섭해하실 텐데."

"글쎄요. 그 섭섭함이 오래가지는 않을 겁니다. 아까도 말했지만 그 자리를 채울 사람은 많으니까요."

"……할아버님께는 말씀드린 거예요?"

"아니요. 이제 말씀드려야죠. 하지만 전에 이런 말을 슬쩍 내비친 적이 있었기 때문에 이미 짐작하고 계실 겁니다."

"그래도 화내시면 어떡해요?"

"어떡하긴요. 영 씨 집으로 도망가면 되죠. 조금 전에 내가 백수가 되면 먹여 살린다고 말했지 않습니까. 그 말, 꼭 지켜야 됩니다."

그제야 영의 얼굴에 미소가 돌아왔다. 진짜 웃음은 아니고 기가 막혀서 나오는 웃음이었지만, 어쨌든 아까보다는 밝아진 게 사실이었다. 강우는 그런 그녀의 얼굴을 보다가 한마디 덧붙였다.

"그리고, 우리 결혼은 좀 더 앞당기는 게 좋겠습니다."

그 말에 영의 미소가 조금 장난스럽게 변했다.

"그렇게 나랑 결혼하고 싶어요?"

"당연한 거 아닙니까?"

"으음…… 그래도 난 오월의 신부가 되고 싶었는데."

하지만 강우는 단호하게 고개를 저었다.

"그럼 그때 가서 한 번 더 하면 됩니다."

이번엔 영의 입에서 황당한 웃음이 터져 나왔다.

"아니, 무슨 결혼을 일 년에 몇 번씩 해요!"

"그럼 내년 봄에 한 번 더 하든가요."

"와, 강우 씨 원래 성격이 이렇게 막무가내였어요?"

강우는 뻔뻔한 표정으로 고개를 저었다.

"막무가내라니요. 원하는 것을 얻기 위해 직진하는 성격이라고 표현해 주면 좋겠군요."

"하하하, 그게 그거지 뭐예요."

"전혀 다릅니다."

저녁 식사를 마치고 나온 영은 오늘은 자신이 운전하는 날이라며 그를 신 회장의 저택까지 데려다주었다. 강우는 그녀의 차가 사라질 때까지 지켜보다가 벨을 눌렀다. 그의 갑작스러운 방문에도 신 회장은 전혀 놀란 기색이 아니었다.

"이 시간에 웬일이냐, 연락도 없이."

"드릴 말씀이 있어서요."

"어지간히 급한 일인가 보구나."

"네."

신 회장은 무슨 일인지 들어 보자며 소파에 앉았다. 강우는 할아버지의 맞은편에 앉아, 아까 영과 함께 나누었던 이야기를 차분한 목소리로 시작했다.

그가 왜 그런 생각을 하게 됐는지, 정말로 원하는 것이 무엇인지, 그리고 앞으로는 어떻게 살아가고 싶은지를 이야기하는 동안 할아버지는 조용히 듣고만 계실 뿐이었다.

할아버지의 표정이 점점 어두워지는 게 보이긴 했지만, 강우는 많이 걱정하지 않았다. 결국은 이해해 주실 것이라고 믿었기 때문이다.

"결국, 그렇게 결정을 내린 게야?"

강우의 말이 끝나고도 한참 시간이 흐른 후에 신 회장이 낮은 음성으로 입을 열었다.

"네."

"내가 허락하지 않는다면 어쩔 테냐? 나는 처음부터 너를 내 후계로 생각하고 모든 것을 가르쳐 왔다. 네가 지금까지 배웠던 것을 모두 무용지물로 만들 셈이더냐?"

"아니요, 할아버지. 앞으로 저는 태강 건설을 맡아서 더 키워 볼 생각입니다. 할아버지께 배운 것들을 모두 써먹으면서요."

"누구 맘대로! 네가 후계자의 자리에서 물러난다면, 태강에 네가 설 곳은 남지 않을 게다!"

신 회장이 낮고도 힘 있는 목소리로 말했지만, 강우는 별로 당황하지 않았다.

"진심이십니까?"

"당연하지! 세상일이 모두 그렇게 네 마음대로 된다더냐!"

"음, 그렇다고 해도······."

강우는 신 회장을 향해 미소를 지었다. 조금 장난스럽고도 멋쩍은 미소였다.

"별로 걱정하진 않습니다. 만약 백수가 되면 영 씨가 먹여 살려 준다고 했거든요. 아무래도 제가 결혼할 사람은 제대로 고른 것······."

"이런 얼빠진 녀석 같으니라고!"

신 회장의 노기 섞인 음성이 손자의 너스레를 막았다.

"그게 지금 네가 할 이야기야? 도대체 갑자기 왜 이렇게 변한 게냐! 지금까지 네 앞길은 탄탄대로였다. 그런데 영이 그 아이를 만나고 나서부터······."

"제가 영 씨를 만나고 나서부터 변한 건 맞습니다, 할아버지."

강우는 언제 웃었냐는 듯 정색한 목소리로 신 회장의 말을 받았다.

"하지만 영 씨를 만나기 전까지 저는 그저 아무 생각도 하지 않았던 것뿐입니다. 할아버지가 정해 주신 길이 당연히 내 길이겠거니 하면서, 주위의 다른 것은 돌아볼 생각조차 하지 않았죠. 그런데 영 씨를 만나고 나서부터 어떻게 하면 행복할지에 대해 생각하게 됐습니다. 제 앞날에 다른 누군가가 있는 것을 당연하게 생각해 본 것도 처음이고요. 그래서 이런 결정을 내렸습니다. 앞으로 영 씨와 함께, 행복하게 살아가고 싶어서요."

그 말에 신 회장이 못마땅한 표정으로 입을 꾹 다물었다. 강우는 조금 누그러진 음성으로 말을 이었다.

"실망하시게 해서 죄송합니다. 하지만 할아버지, 제 결심은 변하지 않을 겁니다."

두 사람 사이에 오랫동안 무거운 침묵이 흘렀다. 결국 신 회장은 긴 한숨과 함께 이렇게 대답했다.

"생각해 볼 테니, 오늘은 그만 돌아가거라."

"네. 그런데 할아버지, 한 가지 더 드릴 말씀이 있는데요."

일어서려던 강우가 그렇게 말하자 신 회장은 피곤한 얼굴로 물었다.

"······또 뭔데?"

"저희 결혼식을 조금 앞당겼으면 합니다. 2월 정도면 어떨······."

"그놈의 결혼식, 한 번만 더 했다간 할아비 속을 다 뒤집어 놓겠구나! 듣기 싫으니 그만 가거라!"

할아버지의 얼굴이 정말로 붉으락푸르락하는 것을 본 강우는 재빨리 거실 밖으로 나왔다. 결혼식도 치르기 전에 할아버지가 쓰러지시면 큰일이었으니까.

밖으로 나온 강우는 정원 한가운데 멈춰 선 채 하늘을 올려다보았다. 어제보다 훨씬 더 매서운 바람이 몸을 휘감았지만 그에게는 더할 나위 없이 시원하게만 느껴졌다.

"이제 끝났구나."

강우는 아까부터 참았던 숨을 크게 내쉬며 후련한 미소를 지었다. 몸속을 가득 채우고 있던 무언가가 갑자기 사라져 버린 듯 허전하면서도 시원한 기분이 든다.

강우는 지금 이 자리에 서 있는 신강우가 삼십 분 전의 신강우와 완전히 다른 사람이라는 생각을 하다가, 그게 정말이라면 큰일 난다는 사실을 깨닫고 고개를 저었다.

완전히 다른 사람이라면 영 씨와 결혼을 못 할 텐데, 그럼 안 되지. 절대 안 돼.

다른 사람이 봤다면 심각하게 걱정할 정도로 실실거리며, 강우는 발걸음도 가볍게 정원을 가로질렀다. 저 뒤쪽 창가에서 신 회장이 서운함이 가득 담긴 시선을 보내고 있는 것은 모르는 채로.

* * *

강우의 결심을 전해 들은 선우 회장은 기가 막힌다는 표정으로 딱 한 마디를 내뱉었다.

"어디서 제 아빠 같은 남자를 데려와서는."

사실 그녀도 비슷한 생각을 하고 있었기 때문에, 뭐라 할 말이 없었다. 그래서 영은 그녀를 위해 후계자의 자리를 차 버린 남자에 대한 자랑을 늘어놓는 대신 이렇게 물었다.

"근데 할아버지, 저희 결혼식을 좀 앞당기면 안 될까요? 겨울이 더 한가하기도 하고, 굳이 5월까지 기다려야 하나 싶기도 하고…….'

그러자 선우 회장은 있는 대로 인상을 쓰더니 그녀를 집으로 돌려보내 버렸다. 거의 쫓겨나다시피 집으로 돌아온 영은 강우에게 전화를 걸어 섭섭함을 하소연했다. 하지만 강우는 뭐가 그렇게 재미있는지 웃음기 가득한 목소리로 대답할 뿐이었다.

"영 씨가 결혼을 빨리하고 싶어 하니 서운하신가 보죠.'

아니, 누가 들으면 나 혼자 애 닳은 줄 알겠네. 날짜 앞당기자고 조르던 남자는 도대체 어디 갔냐고요, 네?

약이 잔뜩 오른 그녀는 만나서 이야기하자는 강우의 말을 못 들은 척했다. 그랬더니 그는 주말에 직접 영의 집으로 찾아와 놀라운 소식을 들려주었다.

"두 분 할아버님들께서 우리 결혼식을 앞당기는 것을 허락해 주셨습니다. 날짜도 정해졌어요. 2월 19일입니다.'

그 말을 들은 영은 며칠 동안 삐쳐 있었던 것도 잊고서 강우의 손을 덥석 잡았다.

"강우 씨, 도대체 뭘 어떻게 한 거예요?'

"별로 한 일은 없습니다. 할아버님들께서 우리 마음을 잘 헤아려 주신 덕분이죠, 뭐.'

사실 강우는 두 분 할아버님을 모셔 온 다음 거의 엎드려 빌다시피 해서 결혼 날짜를 앞당길 수 있었다. 그러나 영에게 그런 말까지 할 생각은 없었다. 아무리 생각해도 그건 좀 창피한 일이었으니까.

대신 그는 영을 부추겨 결혼 준비를 서두르기 시작했다. 할아버님들께 허락을 받느라 고생했던 일에 비하면, 매우 쉽고 간단한 일이었다. 영은 드레스라는 말이 나오는 순간, 다이어트를 해야 한다며 흥분했으니까 말이다.

23. 해피 웨딩

결혼식을 앞둔 석 달 동안, 영은 최선을 다해 뻔뻔해지기로 마음먹었다. 지난 몇 달간 쉬는 날도 없이 공부하고, 할아버지를 따라 여기저기 다니느라 다크서클이 얼굴을 뒤덮어 버렸기 때문이다.

"결혼식장이나 다른 필요한 것들은 할아버지가 다 알아서 해 주실 거죠?"

"뭬야!"

"할아버지만 믿을게요, 헤헤헤."

그녀의 말에 선우 회장이 입을 쩍 벌린 채 눈을 흘겼다. 뭐 저런 뻔뻔한 녀석이 다 있냐는 시선이었지만, 영은 모르는 척 드레스 샘플에만 관심을 집중했다.

인생에 한 번뿐인 날이니까, 무슨 일이 있어도 예뻐지고 말겠어!

그녀의 결심을 들은 강우는 한참 동안 웃더니, 전력을 다해 협조할 것을 약속했다.

그러나 영의 굳은 결심은 일주일이 지나고, 또 일주일이 지나면서 점점 무너지고 말았다. 피부 미용을 위해 마사지를 받는 과정까지는 나쁘지 않았다. 하지만 식단 조절을 시작하고 나자 영은 순식간에 마음이 약해지는 것을 느꼈다.

고기는 한 번에 한 입만 먹어야 하고, 술은 아예 입에도 못 대고, 심지어는 밥도 많이 먹을 수가 없었다. 탄수화물을 많이 섭취하면 안 된다는 이유로 말이다. 그래서 계속 샐러드와 닭가슴살, 두부 같은 것들로 연명하다 보니, 어떤 때는 정말 하늘이 노랗게 보일 지경이었다.

내가 무슨 부귀영화를 누리겠다고, 먹고 싶은 것도 못 먹어 가면서 이 고생을 해야 하냐고. 그깟 사진은 그냥 보정하면 되지! 세상이 이렇게 좋아졌는데!

하지만 그렇게 결심이 흔들릴 때마다 옆에서 미현이 그녀를 어르고 달랬다.

"너, 내 결혼식 기억 안 나? 그때 내가 스트레스 때문에 살쪘던 거 다 못 빼고 결혼해서 얼마나 땅을 쳤는지 벌써 잊어버렸어? 내 흑역사를 그대로 따라 하고 싶으면 다이어트 포기하든가!"

솔직히 말하면 미현은 살이 조금 쪘을 때도 예뻤다. 그러나 그런 말을 했다간 등짝을 얻어맞을 것이 뻔했으므로 영은 아무 말 없이 닭가슴살과 양상추를 꾸역꾸역 입으로 집어넣었다.

그렇게 노력한 시간이 헛되지 않아, 영은 결혼식을 이 주일 앞둔 시점에서 올챙이처럼 나왔던 배가 홀쭉하게 들어간 것을 확인할 수 있었다. 웨딩드레스를 입어 보던 그녀는 한 달 전보다 허리 부근이 눈에 띄게 헐렁해진 것을 느끼고는 감격에 겨워 말했다.

"'세상에 이런 큰일이!'에 제보할까 봐. 기적의 다이어트 성공기로 나올 수 있을 것 같아!"

"그렇게 식이 조절을 하고 운동까지 했는데도 복근 하나 못 만든 걸 보면, 정말 놀라운 일이긴 하지."

미현의 시큰둥한 반응도 영의 감동을 해치지는 못했다. 그녀는 한껏 들떠서 결혼식 전날까지 더 독하게 다이어트를 하기로 마음먹었다. 뱃살과 함께 가슴까지 사라진 건 슬펐지만, 그건 보정 속옷으로 충분히 해결할 수 있을 거라 믿으면서.

그렇게 다이어트에 목을 매고 있는 동안 시간은 착실하게 흘러갔다. 드디어 결혼식이 하루 앞으로 다가온 날, 영은 하루 종일 아무것도 하지 않고 집에서 푹 쉬었다.

-식사는 했습니까?

저녁을 먹고 나서 전화를 걸자, 강우는 대뜸 그 말부터 물었다. 그녀가 다이어트를 시작한 이후로, 특히나 배고파서 눈앞이 노랗게 변하기도 했다는 말을 들은 다음부터 항상 물어보는 말이었다.

"네."

영은 한 손을 들어 올려 낮에 관리받은 손톱을 이리저리 돌려보면서 대답했다.

"간단히 먹었는데, 오늘은 하루 종일 쉬어서 그런지 별로 힘들지 않더라고요."

-다행이군요. 결혼식장에 들어가다가 쓰러지지나 않을까 걱정이었는데.

"그럼 강우 씨가 안고 들어가 줄 거죠?"

-……혹시라도 그런 일이 생기면 병원부터 가야 하는 게 아닙니까?

틀린 말이 아니었기에 그녀는 잠시 고민하다가, 단호하게 고개를 저었다.

"어차피 잠깐 어지러운 걸 테니까 괜찮아요. 하지만 결혼식을 미루게 되면 일이 복잡해진다고요. 무조건 내일, 그 자리에서 끝내야 해요."

강우는 그 말을 듣더니 큰 소리로 웃음을 터뜨렸다.

-나와 그렇게까지 결혼하고 싶었습니까?

"네. 강우 씨는 안 그래요?"

그러자 그는 또 한참을 웃고 나서 이렇게 대답했다.

―저도 그렇습니다. 고작 하루 남았는데, 내일까지 기다리는 게 정말 미치도록 지겹네요.

강우와 통화를 끝내고 나서 침대 위에 편한 자세로 눕는데 갑자기 이런 생각이 들었다.

아, 오늘이 솔로로서 잠드는 마지막 날이구나.

그러자 갑자기 머릿속에 오만가지 생각이 휘몰아치고, 기분이 복잡 미묘해졌다. 일 년 전까지만 해도 결혼이란 건 생각도 하지 않았는데 내일이면 유부녀가 된다니, 정말 놀라운 일이 아닐 수 없었다.

근데 내가 왜 강우 씨랑 결혼을 하겠다고 마음먹었더라?

그렇게 기억을 더듬던 영은, 문득 강우를 처음 만났던 날이 떠오르자 피식 웃음이 나는 것을 느꼈다. 보자마자 김창수를 닮았다며 질색했던 일이 생각났던 것이다.

그땐 정말, 목소리 듣는 것도 싫었는데. 오죽하면 강우가 오기에 불타서 그녀를 쫓아다녔을까.

그렇게 쫓아다니던 것이 인연이 되고, 그러다가 정이 들고, 결국은 여기까지 온 것이다. 어쩌면 사람들이 말하는 '결혼할 인연'이라는 게 정말 있는지도 모르겠다. 어렸을 때부터 늘 원했던 대로 아버지를 꼭 닮은 사람을 만난 건, 그녀가 복을 받았기 때문인지도 모르고 말이다.

사실 영은 아직까지도 강우가 자신을 위해 포기했던 것들을 생각하면 속에서 뭔가 울컥거리며 치밀어 오르는 기분이 들었다. 아무리 행복한 미래를 위해서라지만, 어려서부터 당연하게 생각했던 자리를 내던졌는데 당연히 아쉬운 마음이 남아 있을 것이다.

하지만, 그러니까 더 잘해 줘야지 생각하면서도 마음속 한구석에 그가 자신을 위해 그런 행동을 했다는 사실을 기뻐하는 마음이 사라지지 않는 것을 보면 스스로가 참 이기적으로 느껴지기도 했다.

반성하라고, 선우영. 착하게 살아야지.

그래야 강우 씨랑 오래오래 행복하게 살지.

영은 마음속에 남아 있는 이기적인 생각을 다 몰아내기 위해 입을 크게 벌리며 심호흡을 했다. 뱃속 깊숙이 있던 호흡까지 다 뱉어 내고 나자 저녁을 먹고 나서 조금 나왔던 배가 쑥 꺼지며 그 안에 숨어 있던 이기심까지 밖으로 몰아낸 기분이 든다.

나와 함께하는 걸 후회하지 않게 해 줄게요.

영은 눈을 감고 잠을 청하며 다짐하듯 중얼거렸다. 그녀는 정말로 강우와 오래오래, 남들이 다 부러워할 만큼 행복하게 살고 싶었다.

* * *

영은 결혼식을 올리기 일주일 전부터 할아버지 댁에 머물고 있었다. 그러는 편이 결혼식 준비를 하고, 사람들에게 도움을 받기에도 훨씬 수월했기 때문이다.

그래서 결혼식 당일도 할아버지 댁에서 눈을 떴다. 그날은 구름 한 점 없이 맑고 화창했지만, 입김이 얼어붙어 버릴 만큼 춥기도 했다. 영이 일찌감치 일어나 샤워를 하고 내려가니 거실에는 이미 스타일리스트들이 도착해 있었다.

화장을 하고, 머리를 만진 다음 옷을 갈아입었다. 드레스를 갖춰 입고 나자 다시 머리 세팅을 했고, 다 끝난 다음엔 액세서리까지 착용하고 거울을 보았다. 생전 처음 본 여자가 거울 속에 앉아 있다가 그녀와 시선을 마주친다.

그래. 이래야 새벽부터 일어나서 두 시간 넘게 고생한 보람이 있지.

영의 만족스러운 미소를 본 스타일리스트들이 예쁘다고 추켜세우며 화장을 마무리했다. 그리고 드레스가 망가지지 않게 차에 태운 다음 조심조심 그녀를 결혼식이 치러질 호텔로 데려갔다.

생각해 보면, 신부 대기실에 들어간 다음부터는 제대로 기억나는 게 없었다. 마치 할아버지를 따라 파티장을 돌아다니던 때로 돌아간 기분이었다. 영은 무조건 활짝 웃으며 수도 없이 많은 사람에게 인사를 하고, 사진을 찍고, 또 사진을 찍고 인사를 했다.

그러다가 정신을 차려 보니 그녀는 어느새 강우와 둘이 손을 잡고 결혼식장 문 앞에 서 있었다. 갑자기 귓가를 가득 메우는 피아노 소리에 고개를 들자 강우가 그녀를 보며 빙그레 웃었다.

"긴장됩니까?"

"네. 생각했던 것보다 많이요."

"나도 그렇습니다."

거짓말.

영은 저도 모르게 그런 생각을 하며 마주 선 그의 모습을 살펴보았다. 반듯하게 빗어 넘긴 머리가 이마를 드러내서 그런지 다른 때보다 훨씬 더 얼굴이 환해 보인다. 메이크업을 살짝 하고 나니 이목구비도 더 뚜렷해진 게, 세상 누구보다 잘생겨 보이기까지 했다.

결혼식에 온 여자들이 다 반하는 거 아니야?

그런 생각이 떠오르는 순간 갑자기 정신이 번쩍 들었다. 영이 경계하는 표정으로 그에게 조금 더 바짝 붙어 서는데 눈앞의 문이 활짝 열렸다. 입장하라는 헬퍼의 신호를 본 강우가 그녀의 귀에만 들리도록 조그맣게 속삭였다.

"오늘 영 씨는 내가 아는 누구보다 아름답습니다."

그건 분명히 영의 기운을 북돋워 주기 위해 한 말이었다. 너무 긴장하지 말라는 뜻에서 말이다. 하지만 긴장 때문인지 영의 머리와 입이 따로따로 반응했고, 다음 순간 그녀의 입은 이런 말을 중얼거리고 있었다.

"그럼 다른 땐 안 예뻤어요?"

그 말에 강우가 쿡쿡거리며 웃음을 터뜨렸다.

신랑 신부의 입장이 늦어지자 궁금해진 하객들은 하나둘씩 뒤쪽으로 고개를 돌렸다가, 신랑이 신나게 웃고 있는 모습을 발견하고는 다들 흐뭇한 미소를 지었다.

영은 신부 화장과 여기저기 번쩍거리는 조명 덕택에 붉어진 얼굴이 가려져서 다행이라고 생각하며 최대한 고개를 숙였다. 하지만 강우가 저 웃는 얼굴 그대로 입장하기 시작하자 민망함에 입술을 깨물고 말았다.

주례가 서 있는 단상까지 가는 길이 왜 이렇게 길게 느껴지는지 모를 일이었다. 영은 익숙지 않은 구두 때문에 발을 잘못 디디기라도 할까 봐 강우의 팔을 더 꼭 붙잡았다. 그 손짓만으로도 그녀의 상태를 다 눈치챈 듯 강우가 발걸음을 슬쩍 늦춰 주었다.

간단한 주례사와 축가를 끝으로 본식이 끝난 뒤 하객들에게 인사하고, 가족들에게도 인사를 하는데 할아버지의 뒤에서 손수건으로 눈물을 닦느라 바쁜 미현의 모습이 보였다.

영은 울컥 솟아나는 눈물을 꾹 억누르며 몸을 돌렸다. 저쪽에서 피곤함에 젖은 얼굴로 그녀와 강우를 보고 있던 재민과 시선이 마주치자 울컥하던 기분이 순식간에 사라진다.

재민은 요즘 강우 대신 일을 배우느라 바빠 잠도 제대로 못 잔다고 했다. 재민을 적극적으로 그 자리에 추천한 사람이 바로 강우였기 때문에 그는 요즘 심사가 많이 불편한 듯 보였다.

인사를 다 끝낸 그녀가 잠시 화장을 고치기 위해 몸을 돌리려는 순간이었다. 강우가 낮은 목소리로 그녀의 이름을 불렀다.

"선우영 씨."

"네?"

더없이 진지한 목소리에 고개를 돌리자 그는 영과 눈을 마주친 채로 조용히 말했다.

"나와 결혼해 줘서 고맙습니다. 사랑합니다. 이 말을 꼭 하고 싶었습니다."

아까부터 꾹꾹 참아 눌러 오던 눈물이 그 말을 듣는 순간 흘러내렸다.
영은 눈물을 닦지도 않은 채 활짝 웃었다. 그리고 진심을 다해 대답했다.

"나도, 사랑해요. 신강우 씨."

강우는 미소 지으며 부드럽게 그녀의 눈물을 닦아 주었다.

에필로그

"아얏! 강우 씨, 살살 좀……."

"미안합니다. 근데, 잘 안 보이는군요."

"그럼 손으로 더듬어 보면서 빼 주면 안 돼요?"

"그러고는 있는데……."

"아야야!"

세팅된 머리에서 실핀이 하나씩 뽑혀 나갈 때마다 영의 입에서 작은 비명이 터져 나왔다.

도대체 무슨 핀을 이렇게나 많이 꽂았는지 모르겠다. 아니, 평소에는 꼼꼼하고 야무진 강우가 왜 머리핀을 뽑을 때마다 그녀의 머리카락까지 같이 뽑아내고 있는지는 도무지 알 수 없는 노릇이었다.

"아, 이제 다 뽑은 것 같습니다."

마침내 강우가 지친 목소리로 말하며 그녀의 머리에서 손을 떼었다. 영은 옆에 수북하게 쌓여 있는 머리핀과 그 몇 배는 되어 보이는 머리카락을 보며 눈물을 찔끔거렸다. 이러다가 신혼여행이 끝나고 서울에 돌아가면 가발부터 사야 하는 건 아닌지 모르겠다.

두 사람은 결혼식이 끝나고 식사를 마친 다음 공항 근처의 호텔에서 하룻밤을 묵기로 했다. 신혼여행을 호주로 가기로 했는데, 비행기가 내일 저녁에 출발하기 때문이었다.

다행히 해가 지기 전에 호텔에 도착해서 이제 좀 쉴 수 있겠구나 했더니, 영의 머리카락에 꽂혀 있던 머리핀이 얼마 남지 않은 기운까지 다 빼내 가고 말았다. 그녀는 뒤쪽 소파에 앉아 있는 강우의 다리에 몸을 기대며 축 늘어졌다.

"정말, 이제는 손가락 하나 까딱할 힘도 없어요."

"그래도 메이크업은 지워야죠."

"……그냥 내일 아침에 씻으면서 같이 지우면 안 될까요?"

강우의 대답은 조금 시간이 흐른 다음 들려왔다.

"절대 안 됩니다."

저 단호한 말투를 보니 신부 화장을 한 얼굴이 밤새 옆에서 잠들어 있는 게 어지간히도 마음에 안 드는 모양이었다. 영은 한숨을 푹 쉬며 말했다.

"그럼 강우 씨 먼저 씻어요. 난 조금 쉬었다가 일어날게요."

그는 아무 대답도 없이 몸을 일으켰다. 그리고 잠시 후 다시 돌아와 소파에 기댄 채 졸고 있는 그녀를 번쩍 안아 들었다.

"욕조에 물 받아 놨으니까 씻고 자요."

그러더니 입은 옷 그대로 그녀를 안고 욕조 안으로 들어갔다. 따뜻한 물에 몸이 잠기자 하루 동안 온몸에 뭉쳐 있던 긴장이 슬슬 풀어지기 시작했다. 아, 이대로 잘 수 있으면 얼마나 좋을까.

하지만 강우는 매정한 목소리로 그녀의 잠을 방해했다.

"옷 벗어야죠."

"……욕조에 들어오기 전에 벗겨 주지 그랬어요."

"욕조에 들어오면 잠이 깰 거라고 생각했습니다."

억울하다는 기색이 섞인 음성을 들으며 영은 조그맣게 키득거렸다.

"이렇게 물이 따뜻한데요?"

강우는 아무 말 없이 그녀의 옷을 벗기기 시작했다.

시간이 좀 걸리긴 했지만 상의를 벗기는 데는 별로 문제가 없었다. 블라우스의 단추를 풀고, 그 아래 입고 있던 얇은 면티를 벗겨 낸 다음 브래지어 훅을 풀자 끝났던 것이다.

하지만 바지, 그것도 물을 잔뜩 먹은 청바지는 욕조 안에서 벗길 방법이 없었다. 강우는 하는 수 없이 그녀의 몸을 일으켰다.

"잠깐만 있어 봐요."

그러더니 그는 단추를 푼 다음 바지와 팬티를 한꺼번에 벗겨 내렸다. 마치 허물을 벗기듯 청바지를 벗기던 강우의 입에서 한마디 단어가 나왔다.

"발."

영은 말 잘 듣는 어린아이처럼 오른쪽 발을 들었다. 그리고 잠시 후 왼쪽 발도 들었다. 청바지가 철썩 소리를 내며 욕조 밖으로 떨어진 것과 동시에 강우의 목소리가 들려왔다.

"잠깐만 기다려요."

그녀가 고개를 끄덕이자 그는 잽싸게 욕조 밖으로 나가 옷을 벗어 던졌다. 똑같이 물에 흠뻑 젖은 옷이었는데, 영의 옷을 벗길 때보다 반밖에 시간이 걸리지 않았다.

"자, 됐습니다."

강우는 다시 욕조에 들어오더니 그렇게 말하며 자신의 몸에 그녀를 기대게 만들었다.

"이젠 좀 쉬어요."

마치 아이를 돌보듯 자상한 말투에 영은 다시 한번 키득거리며 웃었다.

"신혼여행 오니까 좋긴 좋네요. 남편이 알아서 다 해 주고."

그러자 강우가 선심 쓰듯 물었다.

"메이크업도 지워 줄까요?"

"네! 머리도 감겨 주고 말리는 것까지 다 해 줘요."

영이 어리광처럼 대답하자 그의 목소리에도 웃음기가 섞이기 시작했다.

"너무 과도한 서비스를 원하는 거 아닙니까?"

"음, 글쎄요. 난 잘 모르겠는데요? 새신랑은 원래 그런 것까지 다 해 주는 거 아니었어요?"

그녀의 말에 강우가 콧방귀를 끼었다.

"과한 서비스를 요구하는 고객에게는 최대한 많은 팁을 받아 낼 겁니다."

"뭘로 받아 낼 건데요?"

"글쎄요."

그는 영의 말투를 그대로 흉내 내며 대답했다.

"그건 지금부터 생각해 보겠습니다."

그러면서도 강우는 그녀의 메이크업을 꼼꼼히 지워 주고, 세팅되어 있던 머리카락을 다 풀어낸 다음 샴푸까지 해 주었다.

따뜻한 물에 몸이 노곤해진 그녀가 제대로 서 있지 못하고 흐물거렸지만 짜증 한 번 내지 않았다. 샤워하는 동안 반쯤은 장난으로 그에게 기대 서 있던 영도 나중에는 조금 미안해질 정도였다.

"고개 좀 들어 봐요."

샤워가 끝난 다음 강우는 그녀를 수건으로 둘둘 말고 욕실에서 나왔다. 그러고는 정말로 머리를 말려주겠다며 헤어드라이어를 가져왔다.

"어, 그냥 놔둬도 마를 텐데……."

"아닙니다. 서비스는 끝까지 완벽해야죠."

강우가 그녀에게 어떤 종류의 '팁'을 받아 내려고 할지 예상은 하고 있었다. 하지만 영은 이제 슬슬 무서워지기 시작했다.

강우는 영에게 아주 기본적인 것만을 받을 생각이었다. 신혼부부가 첫날밤을 보낼 때 하는 그것, 신혼여행의 궁극적인 목적이라고 할 수 있는 그것만 받을 생각이었던 것이다.

그래서 깨끗이 씻겨 준 다음, 머리도 말려 주고, 룸서비스를 시켜 체력도 보충시켜 주었더니, 영은 숟가락을 내려놓자마자 잠이 들고 말았다.

"자는 겁니까?"

"으응……."

왠지 이럴 것 같다는 생각이 들긴 했지만, 예상했던 그대로 일이 진행되니 참 기운 빠진다.

하지만 강우는 좋게 생각하기로 했다. 오늘 일찍 잠이 들면 내일은 일찍 일어날 테고, 비행기 출발하기 전까지는 시간이 넉넉하니 오전 내내 그가 원했던 만큼 좋은 시간을 보낼 수 있을 것이다.

영이 다이어트를 했던 지난 몇 달 동안 강우는 항상 굿나잇 키스로만 만족해야 했다. 그래서 정말 오랜만에 그녀와 함께 보내는 밤이었고, 강우는 솔직히 영이 비행기에서 열세 시간 동안 눈도 뜨지 못할 정도로 괴롭혀 주고 싶다는 생각을 하고 있었다.

그래도 눈을 뜨고 있어야 괴롭히든 말든 할 수 있을 게 아닌가.

"내일 아침엔 정말 두 배로 받아 낼 겁니다."

강우는 그렇게 다짐하며 영을 침대에 눕힌 다음 그 옆에 누웠다. 몸은 욕구불만으로 가득한데 그녀를 품에 안고 눈을 감자 거짓말처럼 잠이 오기 시작한다. 그는 영을 조금 더 가까이 끌어안으며 중얼거렸다.

"정말, 내일은 침대에서 꼼짝도 못 하게 만들 겁니다."

다음 순간 그는 그대로 잠이 들어 버렸다.

지난 몇 달 동안의 욕구불만을 풀어 보겠다는 강우의 소원은 다음 날 오전이 되어서야 이루어졌다.

그는 뭔가 허전한 기분을 느끼면서 잠에서 깼다. 눈을 뜨고 나서 보니 밤새도록 품 안에 안겨 있었던 작은 몸이 보이지 않는다. 강우는 고개를 돌려 시간부터 확인했다.

오전 아홉 시 이십 분.

거의 열두 시간을 잤다는 사실을 깨달은 그는 실소를 흘리며 몸을 일으켰다. 침대 옆의 커튼을 걷어 버리자 밝은 햇살이 그대로 쏟아졌다. 때마침 영이 욕실 문을 열고 나오다가 잠이 덜 깬 목소리로 물었다.

"일어났어요?"

"네."

두툼한 샤워 가운을 입고서 잔뜩 부은 얼굴로 쑥스러운 듯 웃던 그녀의 얼굴이 갑자기 붉어졌다.

"근데, 옷 좀 입고 있으면 안 돼요?"

"왜요? 내 몸이 부끄럽습니까?"

"그건 아닌데……."

강우는 음흉하게 웃으며 그녀에게 다가갔다.

"나도 안 부끄럽습니다. 그러니까 영 씨도 가운을 벗는 게 좋겠군요."

"아니, 그게 무슨 논리……."

강우는 그녀의 말을 듣지도 않고 번쩍 안아 들었다. 그대로 침대 위에 눕히면서 가운을 벗겨 내자 기대했던 대로 아무것도 입지 않은 맨몸이 드러난다. 강우의 얼굴에 만족스러운 미소가 가득 떠올랐다.

"얼마나 오래 기다렸는지 모릅니다."

그 말과 동시에 그의 입술이 영의 목덜미에 내려앉았다. 부드럽고 매끄러운 피부를 가볍게 빨아들이자 금세 붉은 자국이 피어난다.

"으응……."

영의 입술에서 달콤한 신음이 흘러나오는 것을 들으며 그는 조금 더 아래쪽으로 내려갔다. 오똑하게 솟아 있는 핑크빛 유두를 입에 물고 가볍게 깨물었더니 영의 손이 그의 머리카락을 꼭 움켜쥐었다.

"하아아……."

그녀만의 달콤한 피부와 향기가 머릿속에 가득 들어찬다. 강우의 손이 조금 거칠게 영의 몸을 쓰다듬다가 이내 안쪽으로 파고들었다.

뜨겁게 밭은 숨을 뱉어내는 입술과 그의 어깨를 필사적으로 움켜잡는 손길까지도 사랑스러워 견딜 수가 없다. 강우가 천천히 몸을 움직이기 시작하자 그녀의 몸이 그를 뜨겁게 감싸 안았다.

강우는 고개를 숙여 영의 입술을 빼앗듯 덮쳤다. 두 사람의 숨결이 뒤섞이면서 그의 움직임이 점점 더 격렬해졌다. 이제야 비로소 그녀가 온전히 자신만의 것이 되었다는 생각이 강우를 더 거칠 것 없이 만들었다.

"아! 강우 씨……!"

절정은 빠르게 찾아왔다. 그를 꼭 끌어안은 채 몸을 떠는 영의 온기를 기분 좋게 느끼던 강우가 천천히 몸을 일으켰다. 그리고 영의 몸을 천천히 돌려 눕혔다.

"……왜요?"

그녀가 고개를 돌리며 기운 없는 목소리로 묻자 강우는 아무 일도 아니라는 듯 고개를 저었다.

"편하게 누워 있어요."

영은 그 말을 그대로 믿었는지 몸에서 힘을 빼며 베개에 얼굴을 묻었다. 그는 음흉한 미소를 지으며 눈 앞에 펼쳐진 그녀의 나신을 감상했다.

가느다란 어깨, 날씬한 허리, 통통한 엉덩이, 쭉 뻗은 다리. 뭐랄까, 자신만을 위해 펼쳐진 절경을 보고 있는 기분이다.

강우가 손으로 발목을 어루만지다가 종아리를 쓰다듬을 때까지도 영은 가만히 누워 있었다. 하지만 그의 손이 허벅지를 지나 엉덩이까지 올라오자 이대로는 안 되겠다고 생각했는지 고개를 들었다.

"편하게 있으라면서요?"

불신이 가득한 영의 눈빛을 보면서도 강우는 태연하게 대꾸했다.

"네. 영 씨는 편하게 있기만 하면 됩니다. 내가 다 알아서 할 테니까요."

그러면서 고개를 숙여 엉덩이를 살짝 깨물자 그녀의 입에서 나오려던 항의가 작은 신음으로 바뀌었다.

"아야!"

강우는 다시 한번 그녀의 엉덩이를 깨물며 짓궂게 웃었다. 그는 이 시간을 느긋하게 즐길 생각이었다. 공항으로 가기 전까지 아직 시간이 넉넉하게 남아 있었으니까.

엄살 섞인 영의 작은 비명이 신음으로 바뀌는 데는 오래 걸리지 않았다. 강우는 그 소리를 즐겁게 들으며 그녀의 몸을 정성껏 괴롭혀 주었다. 두 사람 모두 만족할 때까지, 아주아주 오랫동안.

fin.

외전

"하준아, 우준아, 엄마 왔다!"

영이 신발을 벗고 들어가며 외쳤지만, 쌍둥이들이 달려 나오는 소리는 들리지 않았다. 의아한 눈으로 고개를 들자 가정부가 푸근한 미소를 지으며 말했다.

"아까까지 놀이방에 계셨어요."

"할아버지도요?"

"네."

영은 뭔가 이상하다는 생각을 하며 놀이방으로 갔다. 아이들이 잠들었다면 할아버지라도 나오셨을 텐데?

쌍둥이들이 조용하면 뭔가 사고를 치고 있다는 뜻이었다. 게다가 혼자가 아니라 둘이 같이 사고를 친다면 그 효과는 수십 배가 된다.

영이 다급한 손짓으로 놀이방 문을 열었을 때, 아이들의 모습은 보이지 않았다. 장난감들이 여기저기 널려 있었지만 특별히 사고를 친 것 같지도 않았다. 그녀의 뒤를 따라왔던 가정부가 놀란 듯 중얼거리는 소리가 들려왔다.

"이상하네. 조금 전까지 이 방에 계셨는데."

이제 찾아볼 곳은 서재밖에 없었다. 신발이 그대로 있었으니, 정원에 나간 건 아닐 것이다. 영은 발걸음을 돌리며 가정부를 향해 말했다.

"제가 찾아볼게요."

쌍둥이들이 서재에 있을 거라는 그녀의 예상은 정확했다. 당연히 몇 시간 동안 아이들의 감시자 역할을 자처하셨던 할아버지의 모습도 함께였다. 하지만 그 외의 생명체가 함께 있을 거라고는 상상조차 하지 못했다.

"멍, 멍, 멍, 멍!"

문을 열자마자 어디선가 달려와 짖기 시작하는 강아지를 보며 영은 입을 쩍 벌렸다.

할아버지가 드디어…….

아이들이 강아지, 강아지 노래를 부를 때부터 좀 불안하기는 했었다. 하지만 이렇게 뜬금없이 강아지를 데려오셨을 줄이야.

그렇게 멍하니 있는 동안에도 강아지는 좋다고 꼬리를 흔들며 그녀의 주변을 빙빙 돌았다. 덩치는 작지 않았지만 짖는 소리나 깨발랄한 행동을 보아하니 아직 어린 강아지인 듯했고, 정말 귀엽기는 했다.

영은 저도 모르게 주저앉아 강아지를 쓰다듬으며 중얼거렸다.

"넌 도대체 언제 온 거니……."

"아까 데려왔다."

조금 전까지만 해도 쌍둥이들과 함께 소파에 앉아 잠들어 계셨던 할아버지가 언제 일어났는지 그녀의 곁으로 다가오며 말씀하셨다. 영은 강아지를 쓰다듬는 손을 멈추지 않으면서도 인상을 살짝 쓰며 목소리를 낮췄다.

"말씀도 없이 데려오시면 어떻게 해요!"

"내 집에 강아지를 들이는 데도 네 허락을 받아야 하는 게냐?"

쌍둥이들이 아니었으면 강아지를 데려오실 생각은 아예 안 하셨을 거잖아요!

하지만 영은 차마 그렇게까지 노골적으로 말할 수는 없었다. 쌍둥이는 다름 아닌 그녀의 아들들이었고, 할아버지가 아이들을 이렇게나 아껴 주시는 것은 정말 감사한 일이었으니까.

영이 입을 다문 채 인상만 쓰고 있자 선우 회장도 슬그머니 찔리는 표정을 감추며 말했다.

"이 큰 집에서 혼자 지내려니 적적해서 데려온 거다."

네, 아무렴요, 그렇게 믿어 드려야죠.

영은 어쩔 수 없다는 표정으로 고개를 끄덕이며 강아지를 안아 올렸다.

"얘 이름은 뭐예요?"

"아직 안 지었다."

그녀는 저도 모르게 피식 웃고 말았다. 쌍둥이들이 이름을 고민하다가 잠이 든 게 분명했으니까.

"애들 자는 동안 거실에 데리고 가 있을게요."

"그래라."

문을 닫고 거실로 나오는 동안 강아지는 영의 품에 얌전히 안겨 있었다. 사람 손을 많이 타는 것을 보니 정말로 어린 것 같았다.

쌍둥이들이 뭣도 모르고 달려들면 많이 놀랄 텐데, 너도 참 힘들겠구나.

그녀가 거실로 나오자 기다리고 있었다는 듯 다가온 가정부 오 씨가 웃으며 고개를 끄덕였다.

"어쩐지, 강아지도 안 보이더라니. 서재에 같이 계셨나 보네요?"

"네. 근데 얘는 언제 왔어요?"

영이 소파에 앉으며 물었다. 강아지는 이제 그녀의 품에서 아예 자리를 잡고 앉아 있었다.

"오전에요. 아가씨 출근하신 다음 금방 왔을걸요."

"애들이 막 괴롭히거나 하지 않았어요?"

"네. 회장님이 단단히 주의를 주시더라고요. 아직 아가니까 잘 보살펴야 한다고요."

"혹시 몇 달 정도 됐는지 아세요?"

"다섯 달쯤 됐다고 하던데요. 회장님이 몇 달 동안 고르고 고르시더니, 예방접종까지 모두 끝낸 다음 데려오셨어요. 급할 때 강아지 돌보는 사람도 알아보셨다 하더라고요."

그 말을 들은 영은 피식 웃으며 강아지를 쓰다듬었다.

아이고, 베이비시터에 강아지 돌보는 사람까지. 우리 할아버지, 증손자 쟁탈전에서 이기시려고 단단히 힘주셨네요.

* * *

다음 달이면 쌍둥이가 태어난 지 정확히 25개월이 된다. 그리고 지난 24개월 동안 선우 회장과 신 회장 사이에는 일주일이 멀다 하고 '쌍둥이 쟁탈전'이 벌어지고 있었다.

돌이 지나면서 아이들의 바깥출입이 자유로워지자 영과 강우는 아이들을 데리고 격주로 양가 할아버지 댁을 번갈아 가며 함께 주말을 보내곤 했다. 할아버지들의 쌍둥이 사랑은 그야말로 극진했고, 아이들도 자기들 예뻐하는 건 알고 있는지 할아버지라면 만세를 부르면서 좋아했던 것이다.

뭐, 아이들이 예쁜 건 그녀도 인정했다. 쌍둥이들은 정말 제 아빠의 장점만을 빼다 박은 듯 귀엽고 똑똑한 데다가, 애교까지 많았기 때문이다. 하지만 커 가면서 점점 고집도 세지고 힘도 세지는 아이들을 돌보기가 힘든 것도 사실이었다.

게다가 강우와 그녀는 직장인이었다. 휴직 기간이 길어질수록 불안해지는 마음을 어쩔 수 없었던 그녀는 강우와 의논 끝에 어린이집을 알아보기 시작했다. 그러자 선우 회장이 기다렸다는 듯 한마디 툭 던졌다.

"우리 집에 맡기려무나. 안 그래도 요즘 혼자 보내는 시간이 적적하던 참인데."

그 말 그대로 선우 회장은 작년에 그룹의 모든 일을 큰삼촌에게 넘긴 다음, 여유 있는 시간을 보내는 중이었다. 쌍둥이도 외증조할아버지를 좋아하고 따랐지만, 하루 종일 맡긴다는 것은 아무래도 걱정스러웠다.

"할아버지, 아이들이 얼마나 시끄럽고 고집이 센데요. 쉬지 않고 소리 지르고 싸우고, 뛰어다니고……."

"아이들이야 다 그렇지. 너는 안 그랬을 것 같아서?"

그 말에 입술을 삐죽 내밀었던 영은 잠시 후 말을 이었다.

"그래도 힘드실 거예요. 이제 어린이집 보낼 때도 됐으니까……."

"베이비시터 부르면 된다. 어린이집이야 한두 살 더 먹고 보내도 되고, 봐줄 사람도 있는데 왜 그렇게 서둘러?"

"할아버지 힘드실까 봐 그러죠."

"할아비 아직 정정하니까, 그런 걱정은 할 필요도 없다."

그런 대화가 몇 번이나 되풀이되자, 영의 마음도 점점 아이들을 할아버지 댁에 맡기는 쪽으로 기울어지게 되었다. 게다가 강우 역시 할아버지 댁에 아이들을 맡기는 것에 별다른 이의가 없었다.

"아마, 모든 일을 손에서 놓은 다음부터 많이 허전해하고 계실 겁니다. 한동안 쌍둥이들과 같이 지내시는 것도 나쁘지 않겠죠."

그렇게 해서 영과 강우가 일하는 동안 쌍둥이는 선우 회장의 집에서 지내게 되었다. 다행히도 할아버지 댁이 멀지 않았기 때문에 출근하면서 들러 아이들을 맡기는 것이 어렵지는 않았다.

그러나.

그 사실을 알게 된 신 회장이 서운함을 그대로 드러내면서부터 일이 커지기 시작했다.

신 회장은 노골적으로 인상을 쓰며 불평했다. 쌍둥이를 선우 회장의 집에 맡기기 전에 자신과 상의를 하지 않았다고, 차별당했다는 말까지 하면서 말이다. 하지만 강우는 시큰둥한 표정으로 신 회장의 입을 막았다.

"할아버지도 출근하시잖아요."

"그, 그래도, 증손자를 봐 줄 만한 시간은……."

"하루 종일 눈을 떼지 말고 지켜봐야 해요. 고개 돌리고 숨만 쉬어도 사라져서 사고 치는 녀석들이라서요."

그 말에는 신 회장도 더 이상 고집을 부리지 못했다. 물론, 완전히 포기한 것은 아니었지만 말이다.

"그럼 주말에는 내가 데리고 있으마."

"……그 많은 조찬, 오찬 약속을 다 어쩌시려고요?"

"빠지거나, 재민이를 보내면 된다."

그 순간 강우가 한숨과 함께 고개를 저었다.

"할아버지, 그러다 재민이 도망가요. 지금도 피로에 절어 있는데."

"그럼 어쩌라는 게냐! 애들이 곧 증조할아버지 얼굴도 잊겠구나!"

"이맘때 애들은 원래 사람 얼굴을 잘 잊어버려……."

영은 여전히 시큰둥하게 말하는 강우의 옆구리를 꾹 찔렀다.

"시간 날 때마다 데리고 올게요, 할아버님."

그제야 신 회장이 투덜거리는 것을 멈췄다. 영은 남편을 향해 슬쩍 눈을 흘기고는 말을 이었다.

"자주 보실 수 있을 거예요. 아이들이 할아버지를 얼마나 좋아하는데요."

"그럼 차라리 할아버지가 시간 나실 때마다 선우 회장님 댁에 가시는 건……."

신 회장의 눈빛이 날카로워지는 것을 본 영이 다시 한번 남편을 찔렀다. 강우는 여전히 시큰둥한 표정으로 입을 다물었고, 신 회장 역시 못마땅한 표정으로 침묵을 지켰다.

* * *

그 후로 할아버지 두 분 사이에서 증손자 쟁탈전이 더욱 치열해졌다.

두 집에 놀이방이 만들어진 건 이미 오래전이었다. 신 회장은 주말만이라도 아이들과 함께 있고 싶다면서 주말 동안 상주하는 베이비시터를 들이기도 했다. 주말에 한 번씩 올 때마다 놀이방에 새로운 장난감들이 쌓여 가는 건 두말할 필요도 없었다.

그러던 중 쌍둥이가 우연히 강아지를 보더니 키우고 싶다고 노래를 부르기 시작했다. 산책 나갔다가 만난 강아지에게 마음을 홀딱 빼앗겼던 것이다. 하루 이틀 그러다 말겠지, 하고 신경 쓰지 않았던 영은 강아지에 대한 소망이 쉽사리 사라지지 않는 것을 보고 조금 놀랐다.

하지만 당장 강아지를 키울 생각은 하지 않았다. 쌍둥이를 돌보는 것만으로도 벅찬데, 강아지까지 키울 여력은 없었으니까. 그리고 솔직한 마음으로는, 쌍둥이들 등쌀에 힘들어할 강아지가 불쌍하기도 했다.

그런데 강아지에 대한 열망을 할아버지가 이루어 주실 줄이야. 두 분 다 동물에는 별로 관심이 없으신 듯해서 마음을 놓고 있었더니, 결국 그녀의 할아버지가 선수를 치신 것이다.

아이들이 한동안 집 밖으로 나갈 생각도 안 할 것 같은데. 아니, 집에도 안 가려고 할 것 같은데 큰일이네.

영은 걱정스럽게 생각했다.

그러면 신 회장 역시 가만히 있지 않을 것이다. 영은 나날이 치열해져만 가는 할아버지들의 증손자 쟁탈전을 어떻게 막아야 할까 생각하다가 소파에 앉은 채로 깜빡 잠이 들고 말았다.

"엄마 잔다."

"끼이잉……."

"쉬잇, 조용해. 엄마 자."

"엄마 깨우면 안 돼, 알았지?"

엄마를 안 깨우고 싶으면 목소리를 좀 낮추는 게 어떻겠니, 애들아.

영은 웃음이 나오는 것을 참으며 살짝 실눈을 떴다. 누굴 닮아 둘 다 이렇게 목소리가 우렁찬지 모를 일이다.

잠시 후 무릎 위에 앉아 있던 강아지의 온기가 사라졌다. 우준이 영차, 소리를 내며 강아지를 안아 올렸다.

"엄마 깼어?"

"아니, 안 깼어."

하준과 우준이 키득거리며 그런 말을 주고받았다. 도대체 엄마가 자는 동안 무슨 사고들을 치려고 저러는 걸까.

눈길을 내리자 바로 그녀의 발치에 앉아 강아지를 쓰다듬고 있는 아들들이 보였다. 주의를 단단히 받았는지, 강아지를 만지는 손길이 제법 조심스러웠다. 영은 다시 눈을 감은 채 흐뭇하게 웃으며 아이들이 주고받는 말을 들었다.

"이름은 어떠케?"

"이름은 지어야지!"

"우리가 지어 주라고 할아버지가……."

"그럼 어떠케?"

이 분 늦게 태어난 동생 하준이 진지한 표정으로 묻자 우준도 덩달아 심각한 얼굴이 되어 입을 다물었다. 영이 이제 그만 잠에서 깬 척하며 아이들의 대화에 동참할까 생각하는 순간, 갑자기 우준이 소리를 꽥 질렀다.

"만두!"

"깨갱!"

"만두가 이름이야! 만두!"

그러자 하준도 활짝 웃으며 소리를 지른다.

"만두, 만두 좋아!"

"멍, 멍, 멍!"

"만두야, 만두!"

하준이 기쁨에 차서 강아지를 안아 들고 벌떡 일어났다. 그대로 두었다간 만두를 들고 만세를 부르며 달려 나갈 판이다. 영은 눈을 번쩍 뜨고 기지개를 켜듯 팔을 들어 올렸다.

"아함, 잘 잤다!"

그 모습에 아이들이 기다렸다는 듯 소리치기 시작했다.

"엄마!"

"엄마!"

"엄마 깼어!"

"우준이랑 하준이, 할아버지 말씀 잘 듣고, 잘 놀았어?"

"응! 엄마, 강아지! 만두야, 만두! 내가 이름 지어 줬어!"

"와, 우준이가 이름 지어 줬어?"

"응! 내가!"

"우리 강아지야, 만두!"

아이들이 그렇게나 좋아하는 만두를 강아지 이름으로 붙인 건 어찌 보면 참 당연한 일이었다. 하지만 만두라는 이름이 붙은 강아지는 아들들이 흥분하며 방방 뛰는 통에 터진 만두가 되기 일보 직전이었다. 영은 강아지가 부디 무사히 버텨 주기를 바라며 손을 내밀었다.

"예쁜 강아지네. 엄마도 한 번 안아 볼까?"

"응!"

우준은 미련 없이 엄마의 품으로 강아지를 인계했다. 오래 안고 있어서 좀 무거웠나 보다. 영의 품으로 되돌아온 강아지는 곧바로 옆구리를 파고들며 자리를 잡았다. 그녀는 쓴웃음을 지으며 아들들에게 말했다.

"만두가 피곤한가 보다."

"아까까지 잤는데?"

하준이 눈을 동그랗게 뜨고 물었다. 말도 안 된다는 듯. 영은 부드럽게 웃으며 설명했다.

"만두는 아직 아가라서 오래 놀면 힘들어. 그러니까 자주 쉬게 해 줘야 해."

그 말을 조금 더 빨리 받아들인 건 우준이었다. 우준은 자신이 형이라는 사실에 알 수 없는 자부심을 가지고 있었고, 아가라는 말에도 예민하게 반응하곤 했다.

"응, 아가니까."

그제야 하준이도 경쟁하듯 고개를 끄덕였다.

"아가니까 쉬어야 돼!"

만두가 아가라는 사실을 이해해 줘서 얼마나 다행인지 모르겠다. 아이들은 엄마의 옆구리에 자리를 잡자마자 잠이 든 강아지를 조심스럽게 쓰다듬고 있었다. 그 모습을 보며 영은 고민에 빠졌다.

지금 이 시점에 집에 가자고 하면 난리가 나겠지? 집에 가는 길에 만두를 종류별로 사 준다고 꼬셔 볼까?

그러나 아무리 다른 곳으로 주의를 돌려 보려 해도 아이들은 강아지의 옆에 찰싹 붙어 떨어질 생각을 하지 않았다. 답답한 마음에 불퉁한 표정을 했었더니 선우 회장이 그녀를 보며 의기양양한 미소를 짓는다.

와, 할아버지, 정말……

왠지 분한 마음이 든 영이 자리에서 벌떡 일어나는데 핸드폰 벨 소리가 울리기 시작했다. 강우였다.

─할아버님 댁에 도착했습니까?

"네. 아까요."

기운이 다 빠져 버린 그녀의 대답에 강우가 웃음기 묻은 목소리로 물었다.

─아직 출발도 못 했고요?

"네. 아무래도 일찍 집에 가긴 힘들 것 같아요."

-오늘은 무슨 일인데요?

강우는 이제 선우 회장이 무슨 일을 벌이든 놀라지 않는 듯했다.

"할아버지가 강아지를 데려오셨어요. 아이들이 만두라는 이름을 붙여 줬는데, 옆에서 떨어질 생각을 안 하네요."

강우는 한참 동안 쿡쿡거리며 웃고 나서 대답했다.

-퇴근 후에 할아버님 댁으로 가겠습니다.

"네, 있다가 봐요."

오늘은 금요일이었고, 그래서 영은 큰맘 먹고 반차를 쓴 다음 일찌감치 아이들을 데리러 왔다. 그런데 퇴근하는 강우를 집에서 맞기는커녕, 할아버지 댁으로 불러들이다니 참 기운 빠지는 노릇이었다.

오늘은 아이들도 일찍 재우고 강우 씨도 푹 쉬라고 할 참이었는데.

그러나 그 무엇도 강아지를 향한 쌍둥이의 사랑을 막을 수 없었다. 퇴근한 강우가 도착해서 저녁 식사까지 끝냈는데도 아이들은 강아지의 곁에서 떨어지려 하지 않았다. 결국, 영은 마지막 수단을 사용하기로 마음먹었다.

"우준아, 하준아 그만 집에 가자."

"으응……."

"근데, 엄마, 만두가 같이 놀재."

"그래? 밤이 늦어서 만두도 자야 할 것 같은데?"

"그래도……."

"엄마는 집에 갈 건데?"

그러자 우준이 강아지를 끌어안으며 말했다.

"만두랑 같이 갈래."

아이의 얼굴엔 이미 떼를 쓸 만반의 준비가 되어 있었다.

"만두는 할아버지 댁에서 사는 거야. 우준이랑 하준이는 집이 따로 있잖아."

"그래도, 그래도……."

"만두랑 같이 있을래!"

하준이 선수를 치며 목소리를 높였다. 그러자 우준도 같이 목청을 키운다.

"만두랑 같이 있을 거야."

"그래, 그럼."

영은 순순히 고개를 끄덕이며 강우의 옆으로 갔다.

"엄마는 아빠랑 집에 가서 만두나 먹어야겠다. 엄마랑 아빠랑 둘이서만 맛있게 먹어야지."

아이들의 얼굴이 서서히 어두워지기 시작했다. 이 만두를 택할지, 저 만두를 택할지 고민이 되는 모양이다. 그러나 영은 아이들이 결정을 내릴 때까지 기다리지 않았다.

"가요, 자기. 얼른 가서 만두 먹어요."

강우가 이제는 익숙해진 그 호칭을 들으며 웃다가 미련 없이 몸을 돌렸다.

"그럴까요?"

엄마 아빠의 매정한 모습에 먼저 무너진 건 우준이었다.

"우준이도 만두, 먹을래요!"

영은 곧바로 고개를 저었다.

"아니야. 우준이는 할아버지 댁에서 만두랑 놀아야지. 오늘은 엄마랑 아빠만 먹을게. 와, 빨리 가서 먹어야지. 맛있겠다."

"아니야!"

이번엔 하준이 소리를 질렀다.

"하준이도 집에 가서 만두 먹을래!"

"어머, 여기서 만두랑 놀지 않고?"

그러자 하준은 조금 미련이 남은 듯 강아지를 쳐다보며 울상을 지었다. 그 순간 우준이 강아지를 떨어뜨리듯 내려놓고 그녀가 있는 쪽으로 달려왔다.

"깨앵!"

내려놓는 손길이 너무 급했던 모양이다. 만두가 날카로운 비명을 지르며 끙끙거리자 쌍둥이가 깜짝 놀라며 엄마에게로 달려왔다. 다리에 달라붙는 아이들을 강우에게 넘기고 강아지를 살펴보니, 다행히도 많이 다친 것 같지는 않았다.

영은 상처가 없는지, 다리를 절진 않는지, 한참을 확인한 다음 만두를 할아버지께 넘겼다.

"할아버지가 안고 주무실 거죠?"

그 말에 선우 회장이 마뜩잖은 표정을 짓는다. 오늘 밤 아이들을 재우려던 계획이 틀어져서 못내 아까우신 모양이다.

영은 시무룩해진 아이들을 데리고 집에 돌아왔다. 만두에겐 미안했지만 예기치 않은 사고로 아이들이 조용해졌기 때문에, 집에 돌아오는 길은 평탄했다.

집에 도착한 다음 그녀는 약속대로 아이들에게 만두를 쪄 주었다. 만두를 먹고 다시 행복해진 아이들이 색색 소리까지 내며 잠이 들고 나서야 영의 입에서 안도의 한숨이 새어 나왔다.

"아, 오늘도 전쟁이었어⋯⋯."

씻고 나온 영이 털썩 누우며 중얼거렸다. 그러자 침대 위에서 서류를 보고 있던 강우가 씩 웃었다.

"모처럼 만의 반차였는데 아쉽게 됐군요."

"그러게나 말이에요."

강우의 말에 대답하던 그녀는 갑자기 몸을 벌떡 일으켰다.

"아니, 할아버지도 너무하신 거 아니에요? 어떻게 한마디 말씀도 없이 강아지를 데려오실 수가 있죠?"

"아마, 지난주에 성북동에서 아이들을 동물원에 데려가신 일 때문에 자극을 받으신 것 같습니다."

"아, 그랬었지⋯⋯."

영은 깨달음의 한숨을 쉬며 다시 침대 위로 쓰러졌다.

지난주 목요일, 신 회장이 갑자기 아이들을 데리고 나들이를 가고 싶다는 연락을 해 왔었다. 할아버지께 말씀드렸더니 상관없다는 답변이 돌아왔고, 그래서 그날 아침 영은 아이들을 성북동 신 회장의 집으로 데려다주었다.

그날 오전에 안부 전화를 했을 때만 해도 별문제가 없었다. 그저 아이들이 할아버지와 동물원에 놀러 간다고 조금 들떠 있구나, 하는 정도로 생각했을 뿐이다. 그러나 퇴근할 무렵이 되자 영은 일이 좀 희한하게 돌아가고 있다는 것을 깨달았다.

신 회장이 아이들과 함께 서울 근교의 동물원에서 즐거운 시간을 보낸 것까진 좋았다. 그런데 거기 간 걸 어떻게 아셨는지 할아버지까지 그곳에 따라가신 것이 문제였다. 물론 아이들은 좋아했겠지만, 글쎄, 두 분의 만남이, 그것도 서울 근교의 작고 조용한 동물원에서의 만남이 외부에 어떻게 비쳤을지는 뻔한 일이었다.

은퇴한 선우 회장이 인적이 드문 동물원에서 신 회장을 만나 몇 시간이나 함께 있었다는 소식은 순식간에 여기저기로 퍼져 나갔다.

두 그룹 사이에 어떤 새로운 일이 벌어지고 있는지를 확인하려는 사람들이 입에 거품을 물고 달려들었고, 덕분에 며칠 동안 그녀는 끊임없이 울려대는 휴대폰을 해지할까 말까 심각하게 고민해야 했다.

그러나 영보다 훨씬 더 많은 사람의 관심과 접근과 질문을 견뎌 내야 했을 강우는 별일 아니라는 듯 말을 했다.

"두 분이 같이 바람도 쐬고 좋으셨겠네요."

"……자기는 아무렇지도 않아요?"

"나야 워낙 익숙한 일이라서요. 그런 사람들을 물리치는 스킬도 일찌감치 터득했고."

영은 좀 얄밉게 들리는 남편의 대답에 살짝 눈을 흘겼다. 그러자 강우가 장난스럽게 웃으며 그녀의 옆에 누웠다.

"난 오히려 재미있던데요. 두 분이 만난 이유를 사람들이 그런 식으로 추측하면서 고민한다는 게. 사실은 세 살짜리 증손자들을 독차지할 방법에 관해 이야기 나누신 거 말고는 특별한 대화가 없었을 테니까요."

그제야 영도 피식 웃었다.

"그건 그러네요."

"그러니까 걱정하지 말아요. 할아버님들도 그걸 꽤 즐기고 계실 겁니다."

그 말에 영은 다시 웃었다. 조금 밝아진 웃음이었지만, 이내 그녀의 표정에는 다른 걱정거리가 떠올랐다.

"근데 자기는 괜찮아요?"

"뭐가 말입니까?"

"아이들이 우리 할아버지 댁에 가서 지내는 거요."

"괜찮지 않을 이유가 없는데요?"

"음……. 아무래도 성북동에서 너무 서운해하시니까 난 좀 걱정이 되더라고요."

"신경 쓰지 말아요."

강우는 그렇게 대답하며 슬그머니 그녀의 허리 쪽으로 손을 내렸다.

"모든 걸 다 고려해 봤을 때, 그게 가장 합리적인 선택이었습니다. 말씀은 안 하셨지만 그동안 할아버님이 많이 적적하셨을 겁니다. 우리 아이들과 같이 지내면서 활기를 찾으신다면 좋은 일이죠."

"……."

"그리고 우리도 할아버님께서 아이들을 봐주시면 걱정할 필요가 없으니까요. 성북동은 걱정하지 말아요. 괜히, 질투하시는 겁니다."

그러더니 강우는 영에게 새로운 고민을 안겨 주었다.

"지금 우리가 걱정해야 할 건, 두 분의 경쟁이 너무 과열돼서 아이들의 버릇이 나빠지지 않을까 하는 겁니다."

"그건 그렇지만……. 그런 말을 하면서 왜 손을 그쪽으로 밀어 넣어요?"

강우의 손이 가운 속으로 당당하게 들어와 맨살을 쓸어내리자 영은 눈썹을 치켜세웠다. 그러자 강우가 뻔뻔하게 웃었다.

"내 손은 제자리를 찾아가는 겁니다. 신경 쓰지 말아요."

"신경을 어떻게 안 쓰⋯⋯."

그는 영의 항의가 끝나기도 전에 가운의 끈을 풀어 버리고 몸을 그녀에게 기울였다.

"샤워를 하고 나와서 그런지 평소보다 향기가 더 좋은데요."

그는 욕심껏 영의 몸을 어루만지며 음흉하게 웃었다.

"아이들이 일찍 잠든 이 시간을 보람차게 보내는 게 어떻겠습니까?"

"어떻게 보내는 게 보람찬 건데요?"

영이 새침하게 묻자 강우는 진지한 표정으로 대답했다.

"일단 내 셔츠부터 벗겨 봐요. 자세한 설명은 그다음에 하겠습니다."

"설명도 해 줄 거예요? 자세하게?"

"물론이죠. 순서대로 하나하나, 상세하게 설명을 할 생각입니다."

"흐응⋯⋯."

그녀는 콧소리를 내며 강우의 셔츠 단추를 풀어내기 시작했다. 이내 자잘하게 근육이 잡힌 단단한 상체가 드러나자, 영의 손이 저절로 그 매끄러운 피부에 내려앉았다. 그러나 강우는 고개를 저었다.

"아직 아닙니다."

"아니, 왜요?"

"바지가 남아 있으니까요."

그녀의 손이 강우의 허리춤으로 내려갔다. 트레이닝복이라 밀어내기만 해도 쉽게 벗겨지는 바지였다. 영이 맡은 일을 금세 해치우고 쳐다보자 강우는 싱긋 웃으며 그녀의 위로 올라왔다.

"먼저, 키스를 할 겁니다."

"흐응⋯⋯."

"당신의 온몸에."

"그다음에는요?"

그녀가 재촉하듯 두 팔을 강우의 목에 감으며 물었다. 그러자 그가 한층 낮아진 음성으로 대답했다.

"그다음은, 키스부터 끝내고 나서 얘기하는 게 어떻겠습니까?"

강우의 입술이 대답을 기다리지 않고 그녀의 것을 덮었다. 영은 기꺼운 마음으로 그를 맞이하며 키스를 되돌렸다.

* * *

예상했던 일이지만 만두에 대한 소문은 금세 퍼졌다.

며칠이 지난 다음, 미현이 이제 막 20개월이 지난 딸 정아를 데리고 만두를 보러 왔다. 활발하고 시끌벅적한 쌍둥이와 달리, 정아는 얌전하고 소심한 아이였다. 그래서인지 강아지를 보는 순간 좋아하기는커녕 잔뜩 경계심을 내보이며 엄마의 품으로 파고들었다.

그 모습에 당황한 건 쌍둥이였다. 우준과 하준은 동생이 왜 만두를 무서워하는지 이해하지 못했다. 그래서 정아가 만두와 친해질 수 있도록 시도 때도 없이 만두를 들이밀었다.

"만두 예쁘다, 해 줘, 쩡아."

"만두는 착해, 안 무서워."

"만두는 아가니까 조심해서 만져야 해, 쩡아, 알았지?"

"아, 이쁘다, 이렇게 해 주면 돼."

그렇게 몇 시간이 흐르자 정아는 오빠들의 극성에 힘입어 머뭇머뭇 손을 내밀고 강아지를 쓰다듬을 정도가 되었다. 그 모습을 지켜보고 있던 우준이 의기양양한 음성으로 말했다.

"안 무섭지?"

그러자 하준도 옆에서 똑같이 물었다.

"안 무섭지, 쩡아?"

"으응, 안 무셔."

정아가 아직도 머뭇거리며 고개를 끄덕였다.

"아가니까 이쁘다, 해 줘."

"이쁘다."

"아이, 이쁘다. 아이, 이쁘다."

정아가 드디어 만두와 친해졌다는 기쁨에 신이 난 우준은 강아지를 번쩍 안아 올렸다. 아마 정아에게 안겨 주려는 의도였던 것 같다.

그러나 들어 올리다가 손에 너무 힘을 준 모양이었다. 깨갱! 하는 날카로운 비명과 함께 강아지를 놓친 우준이 멋쩍은 얼굴로 만두가 도망간 방향을 쳐다보았다. 물론 정아는 이미 혼비백산해서 제 엄마 품으로 달려가 버린 상태였다.

쌍둥이는 엄마에게 안겨 칭얼대는 정아에게 다가가야 할지, 아니면 도망가 버린 만두를 찾으러 가야 할지 한참을 고민했다. 그 모습을 보다 못한 선우 회장이 증손자들을 구해 주었다.

"간식 먹을 시간이 됐구나. 손들 씻고 오너라."

쌍둥이가 신난다고 욕실로 달려가는 모습을 지켜보던 미현은 아직도 품에 안겨 있는 정아의 등을 가볍게 두드렸다.

"정아도 가서 손 씻자."

"응."

두 사람이 욕실 앞에 갔을 때 쌍둥이는 벌써 손을 씻고 나오는 중이었다. 미현은 쌍둥이를 다시 불러들여 한 번 더 꼼꼼하게 씻겨 주었다.

겨우 여섯 달 차이인데도 불구하고 쌍둥이는 참 의젓하고 씩씩했다. 하루 종일 엄마와 떨어져 있는데도 엄마를 찾으며 칭얼거리지도 않고, 손을 씻는 것도 알아서 잘한다. 남자아이들이라 그런 걸까, 아니면 쌍둥이라 그런 걸까.

쌍둥이를 욕실에서 내보낸 미현이 정아의 손을 씻기며 물었다.

"정아도 오빠들처럼 혼자 씻어 볼까?"

"아니, 엄마가."

이럴 때만 의사 표현이 정확하지, 우리 딸은.

미현이 한숨을 참으며 정아를 데리고 다시 거실로 나가자, 테이블 위에는 이미 과일과 쿠키가 한 상 차려져 있었다.

"쩡아, 과자 먹어!"

"맛있어!"

여전히 씩씩하게 동생을 챙긴 쌍둥이들은 곧 전투적인 자세로 간식을 먹기 시작했다. 우준과 하준이 가리는 것 없이 눈앞에 보이는 것들을 모두 먹어 치우는 동안 정아는 고작 쿠키 두 개만 깨작거릴 뿐이었다.

괜히 속상해진 미현은 걱정스러운 얼굴로 딸에게 물었다.

"정아야, 맛없어?"

"아니."

"그럼 좀 더 먹지. 오빠들 봐, 잘 먹잖아."

그러자 정아는 고개를 갸웃거리며 쌍둥이를 보다가 이렇게 말했다.

"오빠, 옷, 지지."

지지? 아이들 옷이 많이 더러워졌나 하는 생각으로 고개를 돌린 미현은 곧 실소하고 말았다. 우준과 하준이 과자를 먹느라 흘린 부스러기가 옷과 소파에 잔뜩 떨어져 있었던 것이다.

네가 먹는 쿠키에서도 부스러기가 떨어지고 있다는 말을 하려던 미현은 제 옷에 묻은 쿠키 가루를 열심히 털어 내고 있는 딸을 보고 다시 한번 웃고 말았다.

신경 쓰지 말고, 차라리 좀 더 먹으라는 말이 자꾸만 혀끝에서 맴돌았지만 미현은 그 말을 꿀꺽 삼키며 달래는 음성으로 말했다.

"다 먹고 털면 돼, 정아야."

그러나 정아는 고개까지 저으며 다시 한번 '지지'를 강조했다.

"으응, 지지, 지지야."

아이고, 누가 보면 되게 태어날 때부터 깔끔한 줄 알겠네, 우리 딸. 집에서는 과자 가루를 온 거실에 뿌리고 다니면서, 밖에만 나오면 깔끔을 떤단 말이지.

하지만 이 자리에서 아이와 그런 걸로 실랑이를 할 수는 없었기에 미현은 쌍둥이들이 먹는 모습만 부러운 시선으로 쳐다보았다. 우준과 하준이 먹는 것을 보고 있으니, 보고만 있어도 배부르다는 말이 어떤 의미인지 확실하게 느껴졌다.

그날 저녁, 아이들을 데리러 온 영이 정아를 보고 반색을 했다.

"어머, 우리 공주님 와 있었네! 정아야, 잘 지냈어?"

"으응."

"이모, 안녕하세요, 해야지."

미현의 말에 정아는 부끄럽다는 듯 몸을 배배 꼬면서 말했다.

"안녕하세요."

"아유, 예뻐라. 우리 정아는 볼 때마다 예뻐지네."

영이 정아를 안고 토닥이며 미현에게 말했다.

"역시 여자애는 달라. 어쩜 이렇게 작고 귀엽지?"

"정아가 또래에 비해 작은 편이긴 해. 그리고 우준이랑 하준이가 큰 편이기도 하고."

"그런가?"

"응."

미현은 고개를 끄덕이며 뒤늦게 엄마의 퇴근을 반기러 나오는 쌍둥이들을 보았다.

"엄마!"

"엄마 왔어!"

"그래, 엄마 퇴근하고 지금 왔어. 오늘도 할아버지 말씀 잘 들었어?"

"응!"

"쩡아랑 놀았어!"

"그래, 오랜만에 정아랑 놀아서 재미있었겠네?"

"응!"

"응!"

영은 쌍둥이의 우렁찬 대답을 들으며 미현에게 조용히 물었다.

"애들이 정아 괴롭히거나 하진 않았지?"

"괴롭히긴, 무슨. 아니야. 동생이라고 잘 챙겨 주던데?"

"그래?"

미현의 말에 흐뭇하게 웃던 영의 시선이 다시 강아지와 놀기 위해 안으로 달려가는 아이들의 뒷모습을 좇았다.

"일부러 그러는 건 아니더라도 좀 조심해야겠더라고. 애들이 요즘 힘이 너무 세져서, 감당이 안 돼. 집에선 내가 막 끌려다닌다니까."

영은 소파에 앉으며 말을 이었다.

"그래서 계속 주의를 주고 있는데, 아직 어려서 그런지 잘 모르는 것 같더라고."

"그거야 어쩔 수 없지."

미현도 그렇게 대답하며 영의 맞은편에 앉았다. 그러자 두 사람의 중간에서 고개를 갸웃거리던 정아가 냉큼 영의 옆자리로 파고든다. 그 모습에 영이 감동한 얼굴로 정아를 끌어안았다.

"아유, 우리 정아, 이모랑 같이 있고 싶었구나."

"으응, 이모."

미현은 좀 착잡한 기분으로 딸내미를 바라보았다. 할아버지한테도 저렇게 안겨 들고 애교를 부리면 좋으련만, 정아는 낯을 너무 가렸다. 그나마 가족 중에 가장 잘 따르는 사람이 영이라는 게, 좋기는 하지만 씁쓸하기도 했다.

"조금만 더 씩씩하고 활발하면 좋을 텐데."

저도 모르게 그 말이 입 밖으로 나왔나 보다. 그게 무슨 말이냐는 듯 눈을 크게 뜬 영이 걱정스러운 음성으로 물었다.

"왜? 무슨 일 있었어?"

"아니, 그런 건 아니고. 너희 애들 보니까 부러워서. 겨우 여섯 달 차이인데 저렇게 의젓하고 씩씩하고, 너 없는 동안 엄마도 한 번 안 찾고 할아버지 말씀도 잘 듣더라고."

"그거야 할아버지가 워낙 애들한테 잘해 주시니까 그렇지."

영은 심드렁하게 대답했다.

"그래도……."

"야, 아침에 데려다줄 때마다 전쟁도 그런 전쟁이 없어. 나 출근하지 말라고 울고불고……. 둘이 같이 울기 시작하면 아주, 현관문이 다 떨어져 나갈 것 같다니까."

"그, 그래?"

믿을 수 없다는 표정을 짓는 미현을 보면서, 영은 고개를 설레설레 저었다.

"근데 웃긴 건, 내가 문 닫고 나가고 나면 5분도 안 돼서 멀쩡해진단다. 처음엔 나도 가슴 아프고, 걱정도 되고 했는데 그 말을 듣고 나니까 배신감이 확 드는 거 있지."

"잘 놀면 좋지 뭐."

"좋긴 하지. 근데 어쩔 땐 진짜 서운해."

분개한 표정으로 말하는 영을 보며 웃음 짓던 미현은 슬쩍 화제를 돌렸다.

"그래도 밥은 잘 먹던데? 정아는 나 없으면 밥도 안 먹어."

"정말?"

이번엔 영이 놀란 얼굴로 물었다.

"밥을 안 먹어?"

"응. 끼니때마다 쫓아다니면서 먹여 줘야 해. 가끔은 이렇게까지 먹여야 하나 싶다니까. 넌 그렇지는 않을 거 아냐."

영은 천천히 고개를 끄덕였다.

"나야, 뭐 그런 일은 없지. 애들이 둘이라서 그런지 거의 경쟁하는 것처럼 먹어 대거든. 가끔 저렇게 많이 먹어도 괜찮나 싶어서 좀 무서울 때도 있고. 지금도 저렇게 먹는데, 더 크면 쟤들 먹는 걸 감당할 수 있을까 하는 생각도 들고."

"그러니까 저렇게 컸지. 난 잘 먹는 애들이 제일 부럽더라."

그 말에 영이 정아의 머리를 쓰다듬으며 말했다.

"정아가 입이 짧구나."

"응. 그것도 그렇고, 외동이라 그런지 어리광도 좀 심한 것 같고……. 아무튼 요즘 어린이집 알아보는 중이야. 또래 애들하고 섞이면 좀 덜할까 싶어서."

"음……. 우리 애들하고 며칠 같이 지내 보라는 말은 양심상 못하겠다."

영이 나지막하게 한숨을 쉬면서 말했다.

"두 녀석 등쌀에 정아가 못 견딜 것 같아."

"그건 나도 아닌 것 같아."

이번엔 미현이 피식 웃으며 말했다.

"너야 직장 다니느라 어쩔 수 없어서 할아버지한테 맡기는 거지만, 난 내가 돌볼 수 있잖아. 괜히 할아버지 댁에 맡겼다가 나중에 꼬투리 잡힐 구실 만들기는 싫어."

미현의 쓸쓸한 말에 괜히 미안해진 영은 애꿎은 조카를 간지럽혔다.

"정아야, 밥 많이 먹고 얼른 커야지."

숨이 넘어갈 듯 까르르 웃는 아이는 그래도 예쁘기만 했다.

그날 저녁 식사 후, 집에 돌아온 그녀는 강우에게 미현을 만났던 이야기를 해 주었다.

"정아는 전에 봤을 때보다 더 예뻐졌더라고요. 확실히 여자아이는 작고 귀여운 것 같아요. 아기자기한 맛이 있달까."

그 말에 강우가 아쉽다는 표정을 지었다.

"저녁 약속만 아니었으면 정아를 볼 수 있었는데, 아깝게 됐네요."

"안 그래도 다음에 같이 식사하기로 했어요. 주말에 가까운 데로 나가서 같이 밥도 먹고, 바람도 쐬고 하면 좋을 것 같아서요."

"좋은 생각인데요."

그러더니 강우가 영의 옆에 바짝 붙어 앉아 은근한 목소리로 물었다.

"역시, 딸이 좋죠?"

"네. 물론 우리 애들도 귀엽지만, 아무래도 딸이랑 아들은 다르니까요."

"그럼, 우리도 딸을 가져 보는 게 어떻겠습니까."

영은 그제야 강우의 의도를 깨닫고 살짝 눈을 흘겼다.

"셋째를 가지자고요?"

"이제 생각해 볼 때가 된 것 같은데요. 아닙니까?"

"음……."

틀린 말은 아니었다. 쌍둥이에게 동생을 만들어 주려면 더 늦기 전에 낳는 것이 좋을 테니까. 그리고 그녀 역시 아이를 한 명쯤 더 낳아도 괜찮지 않을까 생각하던 중이긴 했다. 하지만 아이를 낳는 일이 그렇게 간단하게 결정할 문제는 아니니까.

"일단, 생각 좀 해 보고요."

그 대답에 강우가 짓궂게 웃으며 영의 목덜미에 입술을 묻었다.

* * *

미현의 가족과 함께 식사를 하기로 한 날이 되었다. 영은 놀러 간다고 머리끝까지 신이 난 쌍둥이에게 아침부터 단단히 주의를 주었다.

"꼭 엄마가 보이는 곳에서만 노는 거야, 알았지?"

"응!"

"아라쩌!"

"네, 라고 해야지."

"네!"

"네!"

오늘 가는 곳은 서울 근교의 한식당이었다. 전에 미현이 가 본 적이 있었는데, 조용하고 경치도 좋은 데다가 정원이 넓어서 아이들이 놀기에도 괜찮은 곳이라고 했었다. 하지만 영은 쌍둥이들이 그 넓은 정원을 돌아다니며 또 무슨 사고를 칠지, 걱정이 더 앞서는 것을 느꼈다.

"둘 다 엄마 얼굴이 보이는 데 있어야 해, 응?"

영이 저도 모르게 똑같은 말을 되풀이하자 운전하던 강우가 웃었다.

"너무 걱정 말아요. 오늘 특별히 아이들을 맡아 줄 사람을 불렀으니까."

"그게 누군데요?"

그녀가 의아한 얼굴로 물었다.

"설마 거기까지 베이비시터를……."

"하하하, 아닙니다. 가 보면 알아요."

그러자 쌍둥이들도 얼굴에 호기심을 가득 담고 물었다.

"아빠, 누구?"

"누가 와? 누군데?"

"가 보면 알아. 반가운 사람이니까 조금만 기다리자."

다행인지 불행인지 아이들은 새로운 사람에 대해 그리 궁금하지 않은 모양이었다. 갑자기 어제 배운 동요를 합창하기 시작하는 아이들 사이에서 영은 혼자 오늘의 특별 게스트가 누굴까 생각했다. 그리고 한 시간 후, 그 특별 게스트의 정체를 확인한 그녀의 입술이 짓궂은 곡선을 그렸다.

"어머, 도련님, 오랜만이에요."

게스트의 정체는 재민이었다. 쌍둥이는 이미 오랜만에 보는 삼촌의 팔다리에 주렁주렁 매달리는 중이었다. 한쪽 팔로 무심코 하준을 안아 올리려던 재민은 생각보다 무거웠는지 좀 놀란 표정을 지으며 그녀의 인사에 대답했다.

"그동안 별일 없으셨어요, 형수님?"

"그럼요. 아이들이 많이 컸죠?"

"네, 몰라보겠는데요."

"저도 가끔 퇴근하고 오면 깜짝깜짝 놀란다니까요."

그녀의 너스레에 재민이 피식 웃었다. 그러는 동안에도 아이들은 삼촌의 다리에 매달려 애타게 관심을 요구하고 있었다.

"삼촌, 삼촌! 우준이가……."

"강아지가 만두를……."

영은 정신없어하는 재민의 모습을 보며 고개를 저었다. 일단 구해 주고 나서, 식사를 든든히 시킨 다음에 베이비시터로 부려 먹어야겠다.

"얘들아, 삼촌한테 제대로 인사도 안 했잖아! 삼촌 다리 놔드리고 이쪽으로 와."

그러자 아이들이 마지못한 듯 재민에게서 떨어졌다. 그녀는 시동생의 놀란 표정을 즐겁게 감상하며 다시 말했다.

"삼촌, 안녕하셨어요, 해야지."

"삼촌, 안녕하셨어요."

"삼촌, 안녕하셨어요."

"이제, 일단 들어가서 밥 먹고, 삼촌이랑 노는 건 조금 있다가 하는 거다?"

"응."

"응."

영이 아이들의 손을 잡고 건물을 향해 걷기 시작하자 재민이 재빨리 따라붙었다.

"도대체 어떤 마법을 부리신 겁니까."

그녀는 씩 웃으며 어깨를 으쓱였다.

"식사 후에 알려 드릴게요."

식사 후에 영이 알려 준 비법은 별거 없었다.

'엄마 말을 안 들으면 월요일부터 할아버지 댁에 못 가게 한다'고 으름장을 놓는 것이었다. 아이들이 왜 그런 말을 듣고 겁을 먹는지 이해를 못 하던 재민은 할아버지 댁에 '만두'라는 이름의 강아지가 있다는 얘기를 듣고 나서야 아이들이 얌전해진 이유를 깨달을 수 있었다.

만두의 위명은 재민 역시 잘 알고 있었다. 아이들이 얼마나 그 강아지를 좋아하는지, 벌써 한 달째 얼굴을 볼 수 없다며 신 회장이 펄펄 뛰었던 게 바로 그저께 있었던 일이니까.

하지만 강우는 자기도 어쩔 수 없는 일이라며 강 건너 불구경하는 반응을 보였을 뿐이다. 신강우는 원래도 좀 뻔뻔했었지만, 결혼하고 나더니 그 뻔뻔함이 해마다 두 배씩 늘어나는 것 같았다.

그래도.

재민은 식사하는 내내 아이들을 신경 쓰느라 밥도 제대로 먹지 못하는 두 부부를 보며 재미있기도 하고, 안돼 보이기도 하고, 부럽기도 한, 복잡하고도 묘한 기분을 느꼈다.

재미있는 건, 두 집 아이들의 식사하는 모습이 확연히 차이 난다는 것이었다.

일단 쌍둥이는 거짓말을 보태지 않고, 거의 어른만큼 먹었다. 어찌나 먹성이 좋은지, 음식을 앞에 놓아 주면 순식간에 사라지는 것처럼 보일 지경이었다. 그래서 강우와 영은 아이들에게 음식을 먹이는 것보다, 음식을 조달하는 데 신경 쓰느라 식사를 제대로 못 하고 있었다.

반면 정아는 어찌나 입이 짧은지 한 입 먹은 음식을 또 한 번 먹으려면 달래고 애원하는 일을 몇 번이나 반복해야 했다. 그래서 미현과 재훈 부부는 아이를 먹이는 데 집중하느라 식사를 제대로 못 하고 있었다.

그렇게 어른 네 명이 아이들에게 음식을 먼저 먹이기 위해 식사를 하는 둥 마는 둥 하고 있었고, 덕분에 재민은 앞에 놓인 음식들을 여유롭게 먹으며 두 가족을 관찰했다.

결혼하고, 아이 낳고 사는 건 다 똑같아 보였다.

세상에서 제일 잘난 줄 알고 살아온 신강우가 결혼하고 나서 저렇게 쌍둥이 밥 먹이는 데 정신없는 평범한 아빠가 될 거라고 누가 예상했을까. 그룹의 후계자가 아닌 한 가정의 가장이라는 위치에 행복해할 거라고 어느 누가 상상했겠냔 말이다.

덕분에 자신은 뒤늦게 후계자 수업을 받느라, 그리고 결혼을 재촉당하느라 몸이 네 개라도 모자랄 지경이었다. 할아버지는 매일같이 강우가 사는 것을 좀 보라며 결혼을 닦달하시지만, 글쎄? 강우네 가족을 보면 볼수록, 자신은 도저히 저렇게 못 할 것 같다는 생각만 들었다.

그렇게 재민이 결혼에 대한 부정적인 생각을 차곡차곡 쌓아 올리던 순간이었다. 정아에게 밥을 먹이던 재훈이 '어, 이거 잘 먹네?' 하며 목소리를 높였다.

"뭔데요?"

"이거, 연두부요."

"그거 양념장 짤 텐데, 왜……."

"아니, 양념장은 다 걷어 내고 하얀 부분으로만 줬어요. 잘 먹는데요?"

그러자 미현이 눈을 번뜩이며 식탁 위를 쳐다보았다.

"여기 있습니다."

재민은 앞에 놓여 있던 연두부 그릇을 얌전히 바쳤다. 미현은 미안한 미소를 지으면서도 넙죽 그릇을 받아들었다.

"정아야, 두부 먹자. 아."

“아아.”

“아유, 잘 먹네? 이거 맛있어?”

“응. 마져.”

“그래, 그럼 이거 다 먹자?”

“으응.”

그렇게 대답하며 씩 웃던 정아가 고개를 돌리다가 재민과 시선이 마주
쳤다.

……귀엽긴 하네. 재민은 저도 모르게 아이에게 미소를 되돌리며 생각
했다.

정아는 제 엄마의 오밀조밀한 이목구비를 그대로 닮아 원래도 귀여웠으
니, 웃는 모습이 더 귀여운 건 당연한 일이었다. 그런데도 이상하게 아이의
웃는 얼굴에서 눈을 뗄 수가 없었다.

“아유, 우리 정아가 삼촌이 주신 두부라 더 맛있나 보구나.”

미현의 말에 정아가 또 한 번 배시시 웃었다.

“어머, 얘 좀 봐. 남자 어른들한테 낯을 그렇게 가리더니 삼촌 보면서는
계속 웃네?”

그 말에 어깨가 괜히 으쓱해진다. 미현의 말을 들은 강우가 ‘그럼 나는?’
하면서 고개를 쑥 들이밀었을 때 정아가 깜짝 놀라며 뒤로 물러서는 것을
보자 기분이 훨씬 더 좋아졌다.

“정아는 나도 좋아해요!”

“나도, 나도 좋아해요!”

쌍둥이가 그렇게 끼어들지 않았더라면 강우가 분한 표정으로 한마디 했을
것이다. 아무튼 기분이 한껏 좋아진 재민은 그의 앞에 놓여 있던 포도를 한
알 집어 들어 정아에게 내밀었다.

“이거 먹을래?”

정아가 생글생글 웃으며 포도를 받아들었다. 그러더니 그대로 입에 넣었

다가 한입 깨물고는, 울상을 지으며 바로 뱉어 낸다. 미현과 재훈은 그럴 줄 알았다는 표정으로 아이가 뱉은 음식을 받아 냈고, 옆에서는 강우가 쌤통이라는 표정으로 이죽거렸다.

"정아가 신맛을 잘 못 먹었지, 아마?"

재민은 오늘따라 더 꼴 보기 싫은 사촌을 향해 인상을 잔뜩 썼다. 하지만 강우의 옆에서 음식을 권해 주는 영과, 입가에 샐러드 소스를 잔뜩 묻힌 채 아빠를 보며 웃는 쌍둥이의 모습이 부러워 보이는 것은 사실이었다. 강우의 앞에서는 절대로 인정하지 않겠지만 말이다.

아무튼 식사가 끝난 다음에는 정해진 순서인 것처럼 다들 정원으로 나갔다. 영과 미현이 쌓인 이야기를 하느라 뒤처진 동안 남자 세 명이 아이들을 데리고 먼저 나왔다.

쌍둥이는 정원에 나오자마자 이리저리 뛰어다니기 시작했지만 정아는 아빠의 품에 얌전히 안긴 채 움직일 줄을 몰랐다. 그러다 보니 당연히 이야기의 주제가 정아에서 시작될 수밖에 없었다.

"정아야, 삼촌한테 올래?"

강우가 애써 친절한 미소를 지으며 손을 내밀었지만 정아는 대번에 고개를 저었다. 그러자 재훈이 미안한 웃음과 함께 말했다.

"애가 낯을 많이 가려."

그러자 또 강우는 그게 당연한 거라며 고개를 끄덕인다.

"여자애는 언제나 조심해도 부족하지. 나도 딸을 낳으면 무조건 나만 안고 다닐 거야."

있지도 않은 딸을 상상하는 강우의 표정이 그렇게 결연해 보일 수 없어서 재민은 저도 모르게 코웃음을 쳤다.

"딸이나 낳고 말씀하시지."

"안 그래도 셋째를 가지기로 했다."

그러자 이번엔 재훈이 반색을 했다.

"정말로?"

"그래. 우리 나이도 생각해야 하고, 아이들 터울도 생각해야 하고 이쯤에서 가지는 게 좋을 것 같다고 결론을 내렸지."

사방팔방 뛰어다니는 쌍둥이를 앞에 두고도 셋째를 가진다는 말을 하는 걸 보면 신강우는 진정한 용자임이 틀림없었다. 재민이 속으로 '간 큰 놈'이라며 사촌 형을 걱정하고 있는데, 저쪽에서 달려온 하준이 제 아빠의 다리를 잡고 늘어졌다.

"아빠, 아빠, 저쪽에 개구리가 있어."

그러자 강우가 갑자기 재민을 보며 사악하게 웃었다.

"그래? 그럼 삼촌한테 먼저 개구리를 보여 주는 건 어때?"

하준은 주저 없이 그 미끼를 물었다.

"삼촌, 저쪽에 있어, 저쪽에!"

신하준의 나이는 분명 세 살인데, 무슨 힘이 이렇게 센지 모르겠다. 재민은 말 그대로 하준의 손에 질질 끌려서 연못이 있는 쪽으로 갔다. 그곳에서는 이미 우준이 풀밭에 엎드려 개구리를 밀착 관찰하고 있었다.

"삼촌 왔어!"

하준의 말에 우준은 제법 심각한 표정으로 입술에 손가락까지 가져다 댔다.

"쉿! 떠들면 개구리가 도망가!"

그러자 하준이 입을 꾹 다물고 다짜고짜 재민을 풀밭에 주저앉혔다.

"삼촌, 여기야, 여기."

목소리를 잔뜩 낮춘 하준의 손가락을 따라가자 정말 잔디 위에 작은 개구리 한 마리가 보였다.

이 작은 걸 찾은 것도 대단하네.

재민은 피식 웃으며 우준의 옆으로 고개를 숙였다. 비싼 정장 바지에 풀물이 잔뜩 들겠지만, 오늘은 어쩔 수 없겠다고 포기하면서.

"삼촌, 근데 왜 안 울어?"

"뭐?"

"아까부터 봤는데, 개구리가 안 울어."

우준이 여전히 개구리에게 시선을 고정한 채 진지한 목소리로 물었다. 재민은 왠지 모르게 식은땀이 나기 시작하는 것을 느끼면서 대답했다.

"글쎄, 우리가 전부 지켜보고 있으니까 부담스러워서 그런 게 아닐까?"

"부담스러워? 왜?"

이번에는 하준이 의아하다는 표정을 하고 물었다. 그 얼굴이 너무 귀여워서, 재민은 저도 모르게 손을 뻗어 쓰다듬었다.

"여기 있는 사람들이 갑자기 다 하준이를 쳐다보면 괜히 부끄럽고 어색해지고 그렇잖아? 개구리도 그래서……."

"나는 안 그런데."

하준이 고개를 갸웃하며 중얼거렸다. 도통 이해를 못 하겠다는 얼굴이었다. 순간 재민은 피식 웃으며 고개를 끄덕였다.

그래, 네 아빠가 누구인지 내가 잠깐 잊고 있었구나.

어릴 때 사람들의 시선이 모이면 속이 불편해지고 식은땀이 나던 자신과 달리, 신강우는 몇십 명의 어른들 앞에서도 태연한 얼굴로 밥을 먹었던 녀석이었다.

그런 사촌을 한번 이겨 보겠다고 청심환을 수도 없이 먹으면서 자랐는데……. 결국은 자신이 후계자의 자리를 차지했지만, 이제 그 자리가 별로 기쁘지도 반갑지도 않았다.

그렇게 하루 종일 조카들과 놀아 주다가 저녁까지 먹고 집으로 돌아온 재민은, 샤워를 하고 나오자마자 기절하듯 침대에 누워 잠이 들었다. 다음 날 아침에도 알람이 몇 번씩이나 울리고 나서야 잠에서 깰 수 있었다. 최근에 이렇게까지 지쳤던 적이 있었나 싶을 정도였다.

하지만 참 이상한 일이었다. 회사에 출근한 재민은 저도 모르게 어제 조카들과 놀아 주었던 기억을 떠올리며 혼자 실실거리고 있었다.

떼를 쓰고 울거나 억지를 부릴 때는 사실 한숨이 나도록 귀찮았었다. 그러나 엉뚱한 질문을 하고 나서 그의 대답이 이해가 안 되는지 어리둥절한 표정을 지을 때, 그리고 그를 보며 활짝 웃을 때는 세상 누구보다도 예쁘다는 생각밖에 들지 않았다.

"거 참, 누굴 닮아서 이렇게 귀여운 거야."

재민은 어느새 어제 핸드폰으로 찍어 둔 조카들의 사진을 보며 혼자 중얼거렸다.

"어휴, 녀석들, 정말 똘망똘망한 게……."

"그렇게 큰 아이가 있었는지 몰랐습니다."

"아, 얘들이 벌써 세 살이 넘었다는 게 나도 놀라워. 태어났다는 얘기를 들은 것도 엊그제 같은……."

무심코 대답을 하던 재민은 소스라치게 놀라며 고개를 들었다. 책상 앞에서 강 비서가 묘한 시선으로 그를 쳐다보고 있다가 씩 웃었다.

"제가 듣기로, 결혼은 안 하셨다고……."

"조카야, 조카!"

알 수 없는 억울함에 목소리가 커진다.

"태강 건설 신강우 사장 아이들이라고! 무슨, 장가도 안 간 남자를 애 아빠를 만들고 그래?"

그러나 대답하는 강 비서의 표정은 덤덤하기만 했다.

"그러셨군요. 오해해서 죄송합니다."

대답과는 달리 그의 말을 전혀 못 믿겠다는 얼굴이었다. 재민은 욱하는 마음에 핸드폰 사진을 강 비서의 코앞으로 들이밀었다.

"자, 봐! 여기 신강우 사장! 그 옆에 와이프! 그리고 아이들! 맞지? 내 아들 아니지?"

"네, 전무님의 조카들이라는 건 확실하게 알았습니다. 그런데, 회의 참석하실 시간입니다."

"……뭐?"

"십 분 뒤에 임원 회의가 있다고 말씀드렸었습니다만."

그제야 아차 싶은 생각이 들었다. 벌써 시간이 이렇게 흘렀나? 재민은 당황한 얼굴로 강 비서를 질책했다.

"아니, 그럼 좀 더 빨리 알려 줬어야지!"

"이십 분 전에 인터폰으로 말씀드렸습니다."

……맞다, 그랬다. 재민은 사진을 보다가 인터폰에서 뭐라고 하는 소리에 건성으로 대답했던 자신의 모습을 기억해 내고는 한숨을 쉬었다.

"알았어."

그러고는 책상 한쪽에 놓여 있던 회의 자료를 챙겨 자리에서 일어났다.

잠깐 엄한 곳에 정신이 팔려 있었다고 해도, 회의 진행을 못 할 정도는 아니었다. 어쨌거나 재민도 그동안 해 왔던 바탕이 있었다. 신 회장 역시 아무 능력도 없는 사람을 손자라는 이유만으로 본사의 전무 자리에 앉히는 사람은 아니었다.

따라서 임원 회의는 아무 문제 없이 끝냈지만, 재민은 그 이후로 이상하게 강 비서의 눈치를 보는 자신을 발견하게 되었다.

'정말, 신경 쓰여 죽겠군.'

강 비서로 말할 것 같으면, 전임 전무님을 5년간이나 보좌하고 무사히 정년퇴임까지 시킨 베테랑이었다. 그래서 할아버지가 친히 재민의 비서로 임명하셨고, 재민 역시 전무로 막 부임해 업무를 익힐 때 많은 도움을 받았다. 지금까지 일 년간 일하면서는 그보다 더 많은 도움을 준 사람이기도 했다.

하지만 결정적으로 강 비서는 할아버지인 신 회장의 스파이였다.

물론 그의 일거수일투족이, 어떤 부분이 과하고 어떤 부분이 부족한지에 대해 할아버지께 알려져도 그다지 불편할 건 없었다. 그런 것을 모르고 계실

분도 아니었고, 새롭게 알았다고 해도 대놓고 탓하실 분은 더더욱 아니었으니까.

할아버지는 본인의 장단점은 스스로 컨트롤하는 게 당연하다고 생각하셨다. 자기 자신을 조절하지 못하면 큰일을 맡길 수 없다는 게 어렸을 때부터 들어 온 할아버지의 가르침이었다.

그러니까 재민이 걱정하는 건 일에 대한 부분이 아니라, 그가 조카들의 사진에 푹 빠져 있던 모습을 들켰다는 것이었다. 안 그래도 작년부터 결혼하라는 말을 입에 달고 다니시는 할아버지였다. 그런 말을 전해 들으시면 또 얼마나 닦달을 하실지, 상상만으로도 무서웠다. 결국 재민은 강 비서에게 로비를 해 보기로 결심했다.

"강 비서, 퇴근하고 뭐 해?"

"집에 갑니다."

"그럼 오늘 저녁 식사나 같이할까?"

재민은 검토를 마친 서류를 내밀며 물었다. 딴에는 자연스럽게 물었다고 생각했는데, 강 비서의 귀에는 그다지 자연스럽게 들리지 않았나 보다. 그녀는 보기 드물게 의아한 표정을 지으며 물었다.

"하실 말씀이 어떤 종류입니까?"

"아니, 그냥 그동안 고맙다는 인사를 제대로 한 적이 한 번도 없는 것 같아서……."

"그런 의미라면 정시 퇴근과 두둑한 보너스로 표현해 주시는 게 훨씬 더 감사하겠습니다."

"그거 너무 노골적인 표현 아니야?"

"모든 직장인의 꿈이기도 하죠."

하여간 딱딱하긴.

재민은 강 비서의 이런 점이 가장 불만이었다. 어디 하나 빈틈이 없어서, 바늘로 찌르면 튕겨 나올 것처럼 견고하지 않냔 말이다. 그 냉정하기 짝이 없는 신강우도 이 정도는 아니었는데.

"……칼퇴근과 보너스를 약속할 테니까 식사나 한번 하자고."

재민이 오기를 부리며 고집스럽게 같은 말을 되풀이하자 강 비서는 이제 눈썹까지 살짝 찌푸렸다.

"업무의 연장입니까?"

"절대 아니야."

"그렇다면, 전무님과 제가 개인적인 이야기를 나눌 이유가……."

"아, 좀!"

결국 재민은 목소리를 높이고 말았다.

"사람이 어떻게 그렇게 딱딱해? 직장 동료끼리 일 끝나고 밥도 먹고 그럴 수도 있는 거잖아."

"직장 동료가 아니라, 상관과 부하 직원의 관계입니다만."

여전히 차분하고도 냉정한 강 비서의 대꾸를 듣자 재민은 책상에 엎드려 머리를 쥐어뜯고 싶은 기분을 느꼈다.

"그래서, 절대 못 먹겠다고?"

그러자 강 비서는 한참 시간을 끌고 나서 마지못한 듯 대답했다.

"전무님, 내일은 오후 다섯 시 경에 일정을 마치실 겁니다."

"……그래, 고마워. 강 비서 마음에 드는 곳으로 예약해 줘."

비서하고 식사 한번 하는데 밥을 같이 먹어 줘서 고맙다는 말까지 해야 하나 싶다. 재민은 강 비서가 소리도 없이 문을 닫고 나가자 그대로 책상 위에 엎어지며 중얼거렸다.

"내가, 이렇게까지 해야 하는 건가……."

하지만 강 비서의 입을 막아 두기 위해선 어쩔 수 없는 일이었다. 그는 절대로 할아버지의 결혼 압박에 굴복할 생각이 없었다.

* * *

다음 날 저녁.

재민은 단단히 정신무장을 하고 강 비서와 함께 식사를 하러 나섰다. 강 비서는 어제의 설전은 다 잊은 듯, 왠지 상큼해 보이기까지 하는 표정으로 그의 뒤를 따랐다.

그러나 편안한 분위기는 딱 거기까지였다. 테이블에 음식이 다 차려진 순간, 강 비서가 기다렸다는 듯 입을 열었던 것이다.

"이제 하시고 싶은 말씀은 다 하셔도 됩니다."

"……밥 좀 먹고 하면 안 될까? 나, 점심도 샌드위치 하나로 때웠어."

"그럼, 식사하면서 천천히 하시죠."

너그러운 표정으로 고개를 끄덕이는 강 비서를 보는데, 속에서 욱하고 성질이 올라온다.

아니, 내가 이렇게까지 닦달을 당해야 하는 거냐고!

하지만 곧, 강 비서 역시 점심을 대충 때웠을 거라는 사실을 떠올린 재민은 얌전히 입을 다물었다. 자신은 그래도 강 비서가 챙겨 줘서 샌드위치도 먹고 커피도 마셨겠지만, 비서실 직원들은 그나마도 못 챙겨 먹었을 가능성이 백 퍼센트였기 때문이다.

그렇게 마음먹고 나니 식사 시간은 평화롭게 흘러갔다.

재민은 오늘 하루 종일 허했던 위장을 열심히 채워 넣으며 강 비서를 어떤 식으로 매수할지 궁리했다. 그러나 아직도 뾰족한 수가 떠오르지 않은 상태였다.

하루 이틀 정도 휴가를 줄 수는 있었다. 하지만 그 이상은 안 된다. 할아버지가 곧바로 눈치채실 테니까.

보너스를 많이 주는 것도 문제가 아니었다. 그러나 그래 봤자 할아버지가 주시는 것보다 적으면 아무 소용이 없는 짓이 될 것이다. 그러니까 뭔가 강 비서의 마음을 확 끌어당길 수 있는 걸 찾아야 할 텐데…….

강 비서는 도대체 뭘 좋아할까.

재민은 맞은편에 앉아 있는 강 비서의 모습을 새삼스레 쳐다보며 생각했다.

매끈한 이마 아래로 가지런한 눈썹, 그 아래 옆으로 긴 모양의 동양적인 눈매, 너무 높지도 낮지도 않은 코, 다른 부분만큼이나 단정하게 생긴 핑크색 입술.

그러고 보니 미인이었네, 우리 강 비서. 같이 일한 지 벌써 일 년이 넘었는데, 왜 지금까지 모르고 있었지?

그는 왠지 모르게 흐뭇한 기분이 되어 고개를 끄덕였다. 왜 기분이 좋은지 모르겠지만 아무튼 괜히 유쾌해진다.

그럼, 우리 비서님은 과연 어떤 걸 좋아하시는지 한번 물어나 볼까?

"취미가 뭐야?"

조용히 식사를 하던 강 비서가 그 말을 듣더니 이해할 수 없다는 시선으로 재민을 바라보았다. 조금 뻘쭘해진 그는 괜히 횡설수설 부연설명을 덧붙였다.

"아니 뭐, 다른 사람들처럼 영화감상이라거나, 책을 읽는다거나, 운동을 한다든가……."

"없습니다."

강 비서는 참 쌀쌀맞게도 재민의 말을 잘랐다.

"비서실에 온 다음부터는 바빠서 취미를 챙길 만한 시간이 없었습니다."

"아니, 그래도 쉬는 날에는……."

"잡니다."

"……."

"하시려는 말씀이 제 취미와 관련이 있습니까?"

"……그건 아니고."

테이블 위에 침묵이 가라앉았다. 재민은 괜한 소리를 했다고 후회하며 원래의 목적에 충실해 보기로 했다.

"남자친구는 있어? 결혼할 계획이라든가……."

"취미 생활할 시간도 없는데, 남자친구가 있을 리가요."

"그렇지?"

재민은 저도 모르게 반색을 하며 강 비서 쪽으로 몸을 숙였다.

"먹고 살기도 바쁜데 굳이 결혼까지 할 필요는……."

그러나 이번에도 강 비서는 무표정한 음성으로 그의 말을 잘랐다.

"결혼을 하기 싫다는 뜻은 아니었습니다. 저는 연애도 하고 결혼도 하고 아이도 낳고, 남들 하는 건 모두 다 해 보고 싶습니다. 다만 지금은 시간이 없어서 못 할 뿐입니다."

"그, 그랬구나. 우리 회사가 좀 바쁘긴 하지, 음."

아무래도 강 비서를 포섭하는 건 포기하는 게 좋겠다. 무슨 말만 해도 튕겨 나오니 포섭은커녕, 접근하는 것도 쉽지 않아 보인다.

하지만 이렇게 따로 시간까지 내서 자리를 마련했는데, 너무 쉽게 포기하는 건 아깝잖아.

재민은 딱 한 번만 더 시도를 해 보기로 했다. 아까처럼 빙빙 돌리지 않고 직구로, 자신의 의도가 무엇인지 듣자마자 알 수 있도록 말이다.

"강 비서."

"네, 전무님."

"나는 결혼이 싫어. 아니, 딱히 싫은 건 아니지만 지금도 잘살고 있는데 굳이 할 필요는 없다고 생각하는 편이야."

"네, 그러시군요."

"그러니까 할아버지께 내가 조카들 사진을 보고 혼자 실실거렸다는 말씀은 드리지 말았으면 좋겠는데."

그러자 강 비서가 의미를 알 수 없는 눈길로 그를 빤히 쳐다보았다. 괜히 부담스러워진 재민이 시선을 돌렸다가 물을 마시고, 물잔을 내려놓고, 와인을 한 병 시킬까 말까 고민할 때까지.

그가 느끼기에는 숨이 찰 정도로 오랜 시간이 지난 다음, 강 비서가 평소와 다름없이 차분한 음성으로 물었다.

"그 말씀을 하시려고 저녁까지 사 주신 겁니까?"

"아니 뭐, 겸사겸사……."

그 순간 강 비서의 입가에 아주 미미한 미소가 떠올랐다가, 순식간에 사라졌다.

"걱정하지 않으셔도 됩니다. 그 정도는 어려운 일도 아니니까요."

그제야 마음이 좀 가벼워졌다. 재민은 안도의 한숨을 쉬면서도 장난스러운 말투로 한 번 더 다짐을 받았다.

"진심이지?"

"네."

"고마워."

"아닙니다."

이제야 남은 음식이 제대로 들어간다. 재민은 후식까지 깨끗이 먹어 치우고 나서야 잊고 있었던 의문을 떠올렸다.

"그런데, 할아버지가 강 비서한테는 어떤 조건을 말씀하셨지?"

"조건이라니요?"

여전히 표정 없는 얼굴로 묻는 강 비서를 향해 그는 짓궂은 미소를 지어 보였다.

"시치미 떼지 않아도 돼. 할아버지가 강 비서를 통해 나에 대한 일을 듣고 계신다는 건 벌써 눈치챘으니까."

"그러셨군요."

"그래, 그러니까 말해 봐. 진짜 궁금해서 그래."

"사실……."

강 비서는 포크를 내려놓고, 냅킨으로 입가를 두드렸다.

"제 목표는 정년퇴직입니다."

"뭐?"

"가늘고 길게, 최대한 오래오래 회사를 다니다가 최대한 늦게 퇴직을 해서 최대한 많은 퇴직금을 받고 편안한 노후를 보장받는 게 제 꿈입니다."

"……그게 꿈이라고?"

"네."

강 비서는 당당하게 고개를 끄덕였다.

"생각보다 소박하네?"

"절대 그렇지 않습니다."

강 비서는 조금 어리둥절하게 중얼거린 재민의 말을 곧바로 반박했다.

"요즘 정년퇴직하기가 얼마나 어려운지 모르시나 보군요. 회사에서 가늘고 길게 살아남는 건, 아무나 할 수 있는 일이 아닙니다. 그리고 회장님께서는 저에게 그것을 약속하셨습니다."

"평생 고용?"

강 비서는 단호하게 고개를 저었다.

"정년퇴직입니다."

"아, 그래."

듣고 보니 오직 하나의 목표만을 바라보고 간다는 게, 왠지 강 비서와 어울린다는 느낌이 들었다. 그래서 재민은 고개를 끄덕이며 말했다.

"응원할게."

"감사합니다."

"앞으로도 잘 부탁해."

"제가 드릴 말씀입니다."

그렇게 화기애애한 상태에서 저녁 식사가 끝나는 순간이었다. 갑자기 뒤에서 귀에 익은 목소리가 들려왔다.

"저녁 식사 중인가 보군요, 강 비서님."

"안녕하십……."

강우는 자리에서 일어나려는 그녀를 말렸다.

"아닙니다. 업무적으로 만난 것도 아닌데, 일어날 필요 없습니다."

재민은 왠지 모르게 방해받은 기분을 느끼며 고개를 돌렸다.

"여긴 웬일이야?"

"웬일은. 밥 먹으러 왔지. 아는 얼굴이 보이길래 인사나 하고 가려고 온 거야."

"인사 다 했으면 그만 가든가."

그 시큰둥한 대꾸에 강우가 의아한 표정을 지었다.

"왜? 아직 식사 안 끝났어? 이렇게 만난 것도 오랜만인데 같이 나가서 간단하게 한잔하러……."

한 잔 같은 소리 좋아한다. 신강우가 결혼한 다음부터 퇴근만 하면 어떻게든 빨리 집에 가지 못해 안달하는 걸 누구보다도 그가 가장 잘 알고 있는데.

지금 강우는 그를 약 올리고 있는 것이 분명했다. 그 이유가 뭔지는 모르겠지만 말이다. 대답하는 재민의 목소리가 더 퉁명스러워졌다.

"운전해야 돼."

"대리 부르면 되지."

"오랜만에 일찍 좀 들어가고 싶다고. 요즘 너무 피곤해."

재민이 그렇게 투덜거리고 난 후에야 강우는 묘한 미소를 지으며 고개를 끄덕였다.

"아, 그렇다면 할 수 없겠네."

그러더니 강우는 강 비서를 향해 싹싹한 인사를 던졌다.

"좋은 시간 보내요, 강 비서."

"네. 들어가십시오."

"먼저 간다."

"그래."

좋은 시간 같은 소리 하네. 저 때문에 그 좋은 시간을 다 방해받았는데.

멀어지는 강우의 뒷모습을 보며 속으로 투덜거리던 재민은, 순간 뭔가 이상하다는 생각을 하며 고개를 갸웃거렸다.

근데 내가 왜 기분이 나쁘지? 그다지 방해받은 건 없었는데?

* * *

강우는 기분이 좋았다. 그리고 얼른 집에 가서 이 좋은 기분을 와이프와 함께 나누고 싶었다.

어쩐지, 재민이 언제부턴가 강 비서의 말에만 고분고분해지는 모습을 볼 때마다 이상하다는 생각은 했었다. 그런데 오늘 보니, 그저 간단히 인사만 했을 뿐인데도 방해받아서 짜증 난다는 기분이 얼굴에 그대로 드러나고 있었다. 게다가 스스로는 그 감정을 아직 깨닫지도 못한 것 같았다.

앞으로 재미있어지겠는데.

강우는 실실거리며 집으로 향하는 걸음을 재촉했다.

집에 도착해 문을 열고 들어가자마자 왁자지껄한 소리가 들리며 쌍둥이가 달려 나왔다.

"아빠, 아빠!"

"아빠 왔어!"

"아빠, 안녕히 다녀오셨어요, 해야지."

영이 뒤따라 나오며 그렇게 타이르자 우준은 우렁차게 외치며 강우의 다리에 매달렸다.

"아빠, 아빠, 안녕히 다녀왔어요!"

하준 역시 그의 다른 쪽 다리에 매달리며 인사했다.

"안녕히, 다녀왔어!"

"그래. 오늘도 할아버지 말씀 잘 듣고, 만두랑 재미있게 놀았어?"

그는 자리에 앉아 아들들을 한꺼번에 안으며 물었다. 집에 돌아오면 이렇게 떠들썩하게 반겨 주는 사람이 있다는 게, 얼마나 좋은지 모르겠다.

"응! 수박이랑 만두를 먹었어요!"

"만두가 수박을 좋아했어!"

"수박을 많이 먹어서 쉬했어!"

"만두는 만두도 좋아해!"

아이들은 정신없이 일과를 이야기했다. 옆에서 빙그레 웃고 있던 영이 잠시 후 아이들을 진정시켰다.

"자, 아빠도 씻고 나오셔야지. 우준이랑 하준이는 잘 준비하자."

"응!"

"네!"

이럴 때 보면 말은 참 잘 듣는다. 강우는 다시 방으로 들어가는 아이들을 보다가 옆에 서 있는 영에게 가볍게 키스를 했다.

"오늘도 잘 지냈습니까?"

"네. 자기는요?"

"나도 괜찮은 하루였습니다. 재미있는 소식도 있고요."

"무슨 소식인데요?"

궁금한 듯 눈을 빛내는 영에게 강우는 옷을 갈아입으며 레스토랑에서 재민과 강 비서를 만났던 이야기를 들려주었다. 그러자 영도 금세 눈치를 챘는지 흥미롭다는 표정으로 물었다.

"분위기가 좋아 보였어요?"

"아주, 많이요."

"흐음, 할아버님께서 좋아하시겠는데요? 강 비서님을 많이 아끼신다면서요?"

"능력 있는 사람이니까요."

"곧 능력 있는 손자며느리를 보시겠네요."

"그렇게 간단하지는 않을 겁니다."

"왜요?"

눈을 동그랗게 뜨는 영을 보며 강우는 사악한 미소를 지었다.

"재민이가 아직 자기 감정을 제대로 파악하지 못한 데다가, 깨닫는다 해도 내가 쉽게 가도록 놔두지 않을 거니까요."

"네?"

"복수해야죠."

그제야 강우의 말을 이해한 영이 아, 하는 감탄사와 함께 웃음을 터뜨렸다.

"에이, 너무 그러지 말아요."

"안 됩니다. 우리 사이를 방해했던 일에 대한 대가는 꼭 치르게 할 겁니다."

"하하하, 도련님도 결혼하셔야죠."

"그 정도 방해로 결혼도 못 한다면, 안 하는 게 낫습니다."

"하하하하."

"웃지 말아요. 당신도 나한테 협조해야 하니까."

"내가요?"

영이 웃다 말고 눈을 크게 뜨면서 물었다.

"나도 해야 하는 거였어요?"

"당연하지요. 우린 한 팀 아닙니까?"

그 말을 들은 영이 다시 웃음을 터뜨렸다. 확실한 대답은 없었지만 강우는 아내가 자신의 계략에 협조할 것임을 의심치 않았다. 그녀도 자신만큼이나 뒤끝이 있는 성격이었으니까.

며칠 후, 본사에 들어갔던 강우는 신 회장을 만나고 내려오던 중 우연히 강 비서를 발견했다. 서류철을 한 팔에 가득 안고 엘리베이터 앞에 서 있는 강 비서를 본 순간 강우는 짓궂은 미소를 지으며 그녀에게 다가갔다.

"들어 줄까요?"

고개를 돌린 강 비서가 잠시 놀란 듯 눈을 크게 떴다가 공손히 고개를 숙였다.

"괜찮습니다. 안녕하십니까, 사장님."

"어차피 나도 신 전무에게 들렀다가 갈 생각이었습니다. 가는 길에 나눠들죠."

"감사하지만, 전무님은 지금 자리에 안 계십니다."

"오래 걸리는 일입니까?"

"홍보부장님과 미팅 중이신데, 앞으로 삼십 분 정도는 지나야 돌아오실겁니다."

그는 고개를 끄덕이며 손을 내밀었다.

"그 정도는 여유가 있으니 기다리도록 하죠."

강우가 내민 손을 본 강 비서는 한참 머뭇거리더니 엘리베이터 문이 열리고 나서야 서류철 몇 개를 건넸다.

강우는 사소한 안부를 몇 가지 물으면서 강 비서와 함께 재민의 방으로 들어갔다. 주인 없는 방에서도 편안하게 소파에 앉은 강우를 보더니 강 비서가 살짝 웃으며 물었다.

"커피 드릴까요?"

"괜찮습니다. 신 전무가 돌아오면 같이 마시죠."

"네, 그럼…….'"

"근데, 왜 웃습니까?"

강우는 가벼운 목례와 함께 돌아서는 강 비서를 향해 물었다. 재민이 돌아오기 전까지 어떤 구실로 강 비서를 잡아둘까 고민하고 있었는데, 마침 적당한 핑계가 생긴 것이다. 강우는 재민의 반응을 확인할 수 있는 이 기회를 절대 놓칠 생각이 없었다.

"무슨 말씀이신지······."

"방금 웃은 거 봤으니까 시치미 떼지 맙시다. 아, 책잡으려는 건 아니니 걱정하지 않아도 됩니다. 그냥 궁금해서 그럽니다."

강우가 들은 바에 의하면 강 비서는 은근히 할 말을 다 하는 성격이었다. 그렇다고 수다스럽다는 건 아니었고, 굳이 따지자면 대범한 쪽이었다. 할아버지 앞에서도 바른말을 삼가지 않고 그대로 한다고 했다. 그래서 할아버지께서도 강 비서를 재민의 옆에 붙여 놓으셨다고 했었다.

"그게······."

역시나 강 비서는 잠시 망설이다가 입을 열었다.

"전무님의 방에 앉아 계신 게 편안해 보여서요."

이번엔 강우의 얼굴에 의아한 기색이 떠올랐다.

"불편할 이유가 있습니까?"

"다른 분들은, 대부분 불편해하시거든요."

아, 그런 뜻이었군.

강우는 그제야 강 비서가 미소 지은 이유를 이해할 수 있었다.

신재민은 겉으로는 유해 보이고 사람을 안 가리는 것 같지만, 알고 보면 아니었다. 재민은 강우에게 뒤지지 않을 만큼 예민하고 선을 긋는 게 분명한 녀석이었다. 강우와는 달리 그것을 밖으로 드러내지 않을 뿐이었다.

따라서 약속도 하지 않은 사람이 빈 사무실에서 소파를 턱 하니 차지하고 있는 걸 좋아할 리 없었다. 재민이 이 사무실에서 일한 지 일 년이 넘었으니 이제 사람들도 슬슬 신재민 전무의 성격을 파악했을 것이다. 당연히 재민이 없는 방에 들어와 있는 게 영 불편하겠지.

하지만 강우는 그런 재민의 성격을 모두 파악하고 있는, 가장 가까운 사람 중 한 명이었다. 재민의 빈방이 불편할 까닭이 없었다.

"나는 그 '대부분의 사람'에 포함되지 않으니까요."

그 말에 강 비서가 다시 웃었다. 아까보다 좀 더 선명한 미소였다.

그리고.

바로 그때 문이 열리며 재민이 들어오다가 자리에 멈춰 섰다.

굿 타이밍!

강우는 속으로 쾌재를 부르며 손을 들어 올렸다.

"왔어?"

"네가……. 웬일이야?"

재민이 천천히 걸음을 옮기며 물었다. 평소와 다름없이 부드러운 표정이었지만, 눈 속에 싸늘한 빛이 번뜩인 것을 강우는 놓치지 않았다.

"할아버지 뵙고 가는 길에 잠깐 들렀지. 근데, 강 비서 말로는 삼십 분쯤 걸릴 거라고 하던데, 빨리 끝났네?"

"음."

재민은 대충 고개를 끄덕이더니 성큼성큼 자기 자리로 가 버렸다. 저 정도의 반응을 드러내는 것을 보니 기분이 나빠도 한참 나빴나 보다. 강우는 재민의 반응을 다시 확인해 보기 위해 일부러 부드러운 미소를 지으며 강 비서를 향해 말했다.

"차는 우리가 알아서 하겠습니다."

그 말에 강 비서가 살짝 목례를 하고는 방에서 나갔다. 문이 닫히자마자 재민이 강우를 향해 까칠한 시선을 던졌다.

"오늘따라 친절하다?"

"내가?"

강우는 무슨 뜻인지 모르는 척 황당한 표정을 만들어 보였다. 그래도 평소 같았으면 재민은 뭔가 이상하다는 눈치를 챘을 것이다. 눈치만큼은 세상 누구보다 빠른 녀석이었으니까. 하지만 오늘은 질투 때문에 눈치가 다 죽어버린 모양이었다.

"네가 언제부터 비서들과 그렇게 가깝게 지냈다고?"

"음, 난 정 비서와 꽤 가까운 사이인데?"

강우가 자신의 비서를 예로 들며 반문하자 재민은 약 오른다는 얼굴로 입을 다물었다.

성말, 새미있어 죽겠네.

강우는 애써 웃음을 감추며 의뭉스럽게 물었다.

"왜 그래? 무슨 일 있었어?"

재민의 대답은 조금 늦게 들려왔다.

"피곤해서 그런가, 요즘 자꾸 예민해지는 것 같다."

아니, 그건 피곤한 게 아니라 질투라니까.

강우는 속으로 빙글거리면서 고개를 끄덕였다.

"쉬어 가면서 해. 네 건강이 먼저야. 긴장도 풀고, 사람들도 만나 가면서……."

"내가 지금 누구 덕분에 이 모양인데?"

발끈하는 재민의 말에 강우는 쯧쯧 혀를 찼다. 지난 몇 년간 수도 없이 되풀이되었던 대화였으니까.

"너도 진짜 싫었으면 안 했을 거잖아."

재민의 입이 다시 닫혔다. 강우는 뚱한 표정의 사촌을 보며 오늘은 이 정도에서 끝내야겠다고 생각했다. 지금 너무 심하게 몰아붙이면 다음에 또 놀리는 게 미안해질 것이다.

"뭐, 얼굴 봤으니까 됐다."

그가 소파에서 일어나는 것을 보더니 재민이 미안한 표정을 짓는다.

"차라도 한잔하고 가."

"아니야. 정말 잠깐 들른 거야. 그리고 시간 나면 주말에 놀러 와라. 애들이 삼촌 보고 싶다더라."

"그래, 그럼. 주말에 한 번 갈게."

밖으로 나온 강우는 일부러 문을 다 닫지 않고 살짝 열어 두었다. 밖에서 하는 얘기가 재민에게 잘 들리도록. 그리고 강 비서와 평소보다 훨씬 친절하고 긴 인사를 나누었다.

강우가 가고 난 다음 재민은 심각하게 생각에 잠겼다.

신강우, 저게 미쳤나? 여자라고는 평생 형수님밖에 모르더니, 오늘 왜 저러는 거야? 그것도 하필 강 비서한테?

혼자 남고 나서야 솔직히 인정하지만, 아까 방에 들어와서 강우와 강 비서가 함께 있는 것을 보았을 때 느꼈던 감정은 분명히 '불쾌함'이었다.

평소 강우는 다른 임원의 비서들과 사담을 나누는 성격이 아니었다. 강 비서 역시 재민을 방문하러 온 임원들과 사담을 나눈 적이 없었다. 오히려 실없이 농담을 거는 임원들을 무표정한 얼굴과 딱딱한 말투로 밀어내 버리는 타입이었던 것이다.

그런 강 비서가 신강우를 보며 웃고 있었다. 도대체 무슨 얘길 했길래 그렇게 웃고 있었을까.

아니, 애초에 그 두 사람에게 공통적으로 대화를 나눌 만한 소재가 있었던가? 도대체 왜 강 비서는 신강우를 다른 임원 대하듯 하지 않는 거지? 그러고 보니까 지금까지 일 년 넘게 같이 일하면서, 나한테도 그렇게 웃어 준 적이 없었잖아!

생각하면 할수록 불쾌하고 화가 난다.

아니, 왜 사람을 차별해? 같이 일하는 사람은 난데, 왜 강우한테 잘해 주냐고! 그것도 임자 있는 남자한테! 신강우는 와이프도 있고 애도 줄줄이 달린 몸이라고!

참으로 두서없는 억울함이었지만, 흥분한 재민이 그 사실을 깨달을 리 없었다. 그렇게 혼자 한참을 씩씩거리다가, 그는 결국 인터폰을 눌러 강 비서를 부르고야 말았다.

"잠깐만 들어와 봐."

문을 열고 들어온 강 비서는 평소와 다름없이 차분한 얼굴이었다. 아까 강우와 대화하면서 얼굴에 나타났던 미소는 이미 흔적도 찾을 수가 없었다.

아까 보았던 미소의 흔적을 찾으려 너무 오랫동안 강 비서를 노려보고 있었나 보다. 그녀의 얼굴에 의아한 기색이 떠오르면서 천천히 입술이 열렸다.

"하실 말씀이 없다면, 제 자리로 돌아가도 될까요?"

"어, 그래…… . 아, 아니! 물어볼 게 있는데!"

무의식중에 대답하던 재민은 고개를 저으며 목청을 높였다. 그러다가 강 비서의 차분한 시선과 마주치자 갑자기 정신이 번쩍 드는 것을 느꼈다.

……왠지, 지금 이 기분 그대로 말을 시작하면 안 될 것 같은 느낌이 드는데?

그러나 그런 사정을 모르는 강 비서가 조용히 재촉을 해 왔다.

"전무님?"

"아, 그…… ."

재민은 에라 모르겠다 하는 심정으로 입을 열었다.

"아까 신 사장이랑 무슨 얘길 했어?"

"간단한 안부 인사였습니다."

"강 비서가 언제부터 임원들이랑 웃으면서 안부 인사를 나눴다고?"

저도 모르게 본심이 튀어나온 순간 재민은 재빨리 입을 다물었다. 그러나 강 비서의 예리한 청력이 그 말을 놓칠 리 없었다.

"무슨 뜻으로 하시는 말씀인지 모르겠습니다."

"……그러니까 내 말은, 음, 신 사장에게만 과한 친절을 보이는 건 그리 안 좋아 보인다는…… ."

"그런 적 없습니다."

"아, 그……렇지? 물론 강 비서 성격상 그런 일은 없었을 거라고 생각하지만, 그래도 혹시나 하는 생각이…… ."

"그런 적 없습니다."

강 비서는 조금 전과 똑같이 차분한 말투로 되풀이했지만, 재민의 귀에는 왠지 더 싸늘해진 것처럼 들렸다.

"용건이 그것뿐이시라면, 그만 나가 봐도 될까요?"

"어, 그래."

강 비서가 문을 닫고 나가자마자 재민은 의자 등받이에 몸을 기대고 한숨을 내쉬었다. 한숨이 빠져나가니 그 자리에 천천히 복수심이 차오른다.

젠장, 나를 이런 지경에 빠뜨리다니, 신강우 어디 두고 보자고!

* * *

일주일쯤 지난 다음 다시 재민을 만났을 때, 강우는 사촌 동생이 자신을 보는 시선이 그리 곱지 않다는 것을 느낄 수 있었다.

강우는 오늘도 일부러 재민의 사무실에 들렀다. 재민이 대놓고 불편하다는 기색을 보였지만 무시했다. 그랬더니 재민의 말투가 노골적으로 퉁명스러워지기 시작했다.

"웬일이야?"

"할아버지 뵙고 가는 길에 잠깐 들렀어. 별일 없나 하고."

"별일 있을 게 뭐 있어. 너야말로 집에 별일은 없냐?"

"우리야 뭐, 항상 즐겁지."

"형수님한테 잘해라. 직장 다니면서 아이 키우는 일이 만만치 않다던데, 네가 많이 도와줘야 하는 거 아니야?"

"돕는 게 아니라 같이 하는 거야. 서로 조율해 가면서."

그 대답에 재민의 표정이 더 불퉁해졌다. 뭔가 더 트집을 잡고 싶은데, 그럴 만한 꼬투리가 없어 심통이 났나 보다.

그 모습을 지켜보며 강우는 속으로 신나게 히죽거렸다.

또 뭔가 있었나 보군. 잘하면 올해에는 할아버지 소원성취하시겠는데?

강우는 이쯤에서 한 번 더 재민을 자극해 보기로 했다.

"넌 결혼을 아예 안 할 생각이야?"

예상대로 재민은 날이 선 반응을 보였다.

"너까지 왜 또 그래? 할아버지가 재촉하시는 걸로 충분하거든."

"걱정하시는 마음도 이해를 해야지. 너도 이제 삼십 대 중반이 넘어가잖아."

"나이가 문제가 아니라, 결혼할 상대가 없는 게 문제라고."

"아, 그래? 결혼할 생각이 있긴 있었어?"

그러자 재민이 입을 꾹 다문다. 강우는 문밖에서 노크 소리가 들려오는 것을 무시하며 말을 이었다.

"난, 네가 요즘 아예 아무도 안 만나길래 그냥 혼자 살려고 하는 줄 알았지."

문이 열리고 강 비서가 결재판을 들고 들어왔다.

강우는 씩 웃으며 한마디 덧붙였다.

"혼자 살 생각이 아니면, 내가 적당한 상대를 알아볼까? 너 정도라면 결혼하겠다고 달려들 사람이 줄을 설……."

"책상에 놓고 가요."

재민이 은근슬쩍 강우의 말을 막았다.

"손님 가시고 나면 바로 확인하겠습니다."

잘 쓰지도 않는 딱딱한 말투가 나오는 것을 보니 강 비서가 무지하게 신경 쓰이나 보다. 그래서 강우는 딱 한 마디만 더 해 보기로 했다.

"강 비서는 어떻습니까?"

"네?"

"주변에 괜찮은 친구들 있으면 신 전무한테 소개 좀 해 보는 건?"

그러자 강 비서가 아, 하며 고개를 끄덕인다.

"한번 알아보겠습니다."

"아니, 알아보긴 뭘……."

그러나 강 비서는 이미 문을 닫고 나가 버린 다음이었다. 이제 재민은 잔뜩 약 오른 표정이 되어 강우에게 소리를 질렀다.

"너, 지금 뭐 하는 거야!"

"내가 뭘?"

"왜 자꾸 나랑 강 비서 사이를……!"

"너랑 강 비서의 사이? 두 사람이 무슨 사이길래? 나 모르는 뭔가가 있었어?"

강우가 뻔뻔한 표정으로 묻자 재민은 얼굴이 시뻘겋게 달아오른 채로 입을 다물었다.

아, 정말 고소해 죽겠네.

강우는 십 년 묵은 체증이 다 내려가는 기분을 느끼며 자리에서 일어났다.

"비서들과의 사이는 깨끗해야 하는 거 알지? 괜히 이상한 소문 나지 않게 신경 써라. 강 비서 입장도 생각해 가면서. 난 그만 간다."

대답 없는 재민을 그대로 놔두고 밖으로 나오니 강 비서가 자리에서 일어나 인사를 한다. 아까 무슨 말을 들었냐 싶게 무표정한 얼굴이었다.

재민이 녀석, 앞으로 고생깨나 하겠군.

그는 속으로 실실 웃으며 강 비서와 인사를 나눈 다음 밖으로 나왔다.

퇴근하고 나서 강우는 영에게 오늘 있었던 일에 대해 얘기를 해주었다. 얘기를 다 듣고 난 영은 웃음을 참기 힘들다는 얼굴로 강우에게 살짝 눈을 흘겼다.

"자기, 너무한 거 아니에요? 그러다가 두 사람 잘못되면 어쩌려고요."

"그렇진 않을 겁니다."

강우는 자신 있게 고개를 저었다.

"재민이가 그런 쪽으로 신중하긴 하지만, 한번 결정을 내리면 머뭇거리지는 않거든요."

"자기처럼요?"

영이 씩 웃으며 물었다.

"그런 성격은 집안 내력인가 봐요?"

"그럴지도 모르죠."

강우는 그렇게 대답하며 은근슬쩍 그녀에게 몸을 붙였다.

"아이들은 다 잠들었어요?"

"네. 오후 내내 정원에서 만두랑 뛰어놀았다더라고요. 베이비시터가 아주
녹초가 돼서 돌아갔대요."

"우리 아들들은 언제나 기운차서 좋군요. 나를 똑 닮지 않았습니까?"

"음, 그런가요?"

"못 믿겠으면, 지금부터 내가 얼마나 기운찬 남자인지 보여 줄……."

그때 문이 조용히 열리더니 부스스한 음성이 들어왔다.

"아빠, 뭐 보러 가?"

영의 허리 안쪽으로 손을 넣었던 강우가 순간적으로 굳어 버렸다. 하준이
두 사람의 침대로 다가오며 다시 물었다.

"어디 갈 거야?"

당황과 욕구불만 사이에서 꼼짝도 못 하고 있는 강우를 대신해 영이 입을
열었다.

"아무 데도 안 가. 걱정 말고 자, 하준아."

"하준이 잘 동안 엄마만 만두랑 놀고 오면 안 돼."

"알았어. 엄마도 이제 코 잘 거야. 하준이도 다시 자자."

"으응. 엄마 옆에서 잘래."

"그래."

침대로 올라와 두 사람의 사이로 파고든 하준은 금세 잠들었다. 영이 잠
든 아이에게 이불을 덮어 주는 모습을 보던 강우가 김샜다는 표정을 하고서
드러누웠다.

"억울해요?"

영이 웃음기 섞인 목소리로 묻자 맥빠진 대답이 들려왔다.

"상당히, 그렇군요."

"뽀뽀해 줄 테니 기운 내요."

"겨우 뽀뽀 가지고……."

그녀는 투덜거리는 남편의 얼굴 위로 고개를 숙였다. 쪽, 쪽 하는 소리가 몇 번 들려오고 나자 강우가 조금 나아진 목소리로 중얼거렸다.

"충전 속도가 너무 느립니다. 좀 더 많이 해 줘요."

영은 숨죽여 키득거리면서 강우의 입술에 다시 입을 맞췄다.

* * *

다시 며칠이 지난 어느 날.

신 회장은 이른 아침부터 창밖을 내다보며 거실을 서성거리고 있었다. 오늘은 토요일이었고, 강우와 영이 아이들을 데리고 놀러 오기로 한 날이었다. 아침부터 먹이고 씻기는 게 힘들 거라는 건 알지만, 그래도 신 회장은 조금이라도 더 빨리 증손자들을 보고 싶어 조바심이 나는 것을 느꼈다.

아이들의 얼굴을 본 지도 벌써 한 달이 넘었다. 선우 회장이 강아지를 데려오고 난 다음부터 아이들은 말 그대로 강아지에게 찰싹 붙어서 떨어질 생각을 하지 않았기 때문이다.

"그렇다고 덜컥 은퇴를 해 버릴 수도 없고."

거실 창밖으로 정원을 내다보던 신 회장이 씁쓸하게 중얼거렸다.

쌍둥이들을 생각할 때마다 선우 회장이 부러운 건 어쩔 수 없었다. 자신은 결혼을 늦게 했는데, 자식들마저 다들 늦게 결혼하는 바람에 이제 첫 증손자들을 보았다.

그러나 선우 회장의 자식들은 모두 일찍 일찍 결혼하고 아이들도 빨리 낳았다. 덕분에 벌써 은퇴를 하고 증손자를 돌보며 느긋한 나날을 보내고 있지 않냔 말이다.

그런 생각을 하다 보니 문득 서른다섯이 넘은 나이에 아직도 결혼을 못 하고 있는 재민이 떠오른다.

"하여간 느긋한 녀석 같으니라고."

신 회장은 이번엔 못마땅한 음성으로 중얼거렸다.

어렸을 땐 강우에게 뒤지지 않으려고 그렇게 애를 쓰더니 지금은 왜 점점 느긋해져 가는지 모를 일이었다. 강우처럼 연애도 결혼도 한 번에 끝내고 증손자를 보게 해 주면 좋을 텐데.

아, 그렇다고 해서 강우처럼 요란하게 연애를 하라는 뜻은 아니었다. 결혼 한 번 하겠다고 집안을 들었다 났다 하는 건, 강우 하나만으로도 충분했다. 그저 무난하게 좋은 짝을 만나서, 서로 기대면서 잘 살아가면 좋을 텐데.

영과 강우가 아이들과 함께 도착한 것은 점심때가 다 되어서였다.

"할아버지!"

"할아버지, 우준이 왔어요!"

"하준이도 왔어요!"

신 회장은 자신을 부르며 달려오는 아이들을 말 그대로 얼싸안았다.

"어이구, 내 새끼들, 못 본 새 많이 컸구나."

"저희 왔습니다."

뒤늦게 들어온 강우가 인사를 하자 영은 신 회장에게 너무 매달려 있는 아이들을 말렸다.

"얘들아, 할아버지 안녕하셨어요 하고 인사부터 해야지."

"됐다, 됐어."

신 회장은 오히려 그런 영을 만류했다.

"오랜만에 만난 할아비한테 어리광도 부리고 그러는 게지."

그래도 할아버님, 애들 하자는 대로 다 해 주시면 나중에 힘드실 텐데요.

영은 그렇게 생각하면서도 슬쩍 뒤로 물러섰다. 거의 두 달 만에 아이들과 만나시는 거였으니까. 일단, 상봉의 기쁨을 즐기시도록 하고 선우 회장도 이제 아이들의 케어는 무조건 베이비시터와 함께한다는 사실은 조금 있다가 말씀드려야겠다.

신 회장은 아이들을 위해 말 그대로 상다리가 부러지도록 식탁을 차려 놓았다. 그리고 날로 위대해지는 쌍둥이의 위장은 그 많은 음식을 순식간에 바닥냈다.

영은 아이들이 평소보다 훨씬 더 많이 먹는다는 걸 알고 있었지만, 신 회장이 너무 흐뭇해하는 모습에 말리지도 못했다. 그래도 쌍둥이의 강철 같은 위장은 아무 탈도 없이 그 많은 음식을 소화했다.

재민이 도착한 건 신 회장이 배가 잔뜩 나온 상태로 여기저기 돌아다니고 있는 아이들을 보며 한창 웃고 있을 때였다.

재민 역시 아이들에게 성대한 환영을 받았다. 재민은 오자마자 아이들에게 끌려다니며 두어 시간을 놀아 주고 나서야 풀려날 수 있었다. 하지만 낮잠을 자러 간 아이들과 달리 녹초가 된 재민은 쉬지도 못하고 신 회장의 구박을 받아야 했다.

"화요일에 강남은행장 손녀와 만났다더니, 왜 아직도 가타부타 말이 없는 게야?"

"말씀드릴 만큼 큰일이 없었으니까요. 가볍게 식사만 하고 헤어졌어요."

"왜? 별로였어?"

이번에는 강우가 물었다. 강 비서가 신경 쓰여 밥도 제대로 못 먹었을 걸 뻔히 알면서 묻는 말이었다.

"아니, 뭐, 별로였던 건 아닌데……."

재민의 시큰둥한 반응에 이번에는 영이 반색을 했다.

"괜찮았어요? 그럼 계속 만나 보시지. 저도 그분 얘긴 들어봤는데, 성격이 정말 좋으시다면서요."

"아니, 어차피 그렇게 만나면 다 정략결혼인데 굳이 이것저것 따질 필요는 없으니까요."

재민이 처음보다 더 심드렁하고 부정적인 말투로 대답했다. 강우는 곁눈으로 신 회장의 이마에 주름살이 패는 것을 보며 넌지시 말했다.

"정략결혼이 싫으면 조건 보지 말고 네가 좋아하는 사람을 찾으면 되잖아. 나처럼."

그러자 영이 눈을 살짝 내리깔며 웃었다. 강우는 그녀를 향해 마주 웃어 보이면서 말을 이었다.

"주변을 잘 찾아봐. 의외로 가까운 곳에 있을지도 몰라."

"그것도 맞는 말이다."

신 회장이 강우의 말을 거들고 나섰다.

"네가 그렇게 시큰둥한 태도를 보이니 짝을 못 찾고 있는 거야. 어디 하나 모자란 것도 없는데, 못 만나는 이유가 그거 말고 뭐가 있겠어."

강우는 할아버지의 말을 들으며 속으로 음흉하게 웃었다. 재민의 결혼이 급하다는 생각에 이제 정략이든 연애결혼이든 상관없어지신 모양이다. 그럼 이쯤에서 강 비서 쪽을 좀 찔러 볼까?

"아, 그러고 보니 강 비서는 아무 말도 없어?"

"……강 비서가 무슨 말을?"

강우의 질문을 듣는 순간 재민의 얼굴에 경계의 기색이 짙게 깔렸다. 그리고 신 회장도 의아한 얼굴이 되어 물었다.

"강 비서가 왜?"

"아, 별건 아니고 전에 강 비서한테도 부탁을 좀 했었거든요. 주변에 괜찮은 사람이 있으면 재민이 좀 소개해 달라고."

"음, 그것도 나쁘지 않겠구나. 강 비서라면 주변 사람들도 믿을 만할 테니."

신 회장이 솔깃한 표정으로 고개를 끄덕였다.

"그래, 강 비서는 별말 없더냐?"

재민은 정말 땅이 꺼져라 한숨을 쉬었다. 저 웬수 같은 사촌 형 때문에 이젠 할아버지의 닦달을 받을 일이 더 늘어나 버렸다.

"없어요. 강 비서는 일하느라 바빠서 그런 걸 신경 쓸 여유가……"

"그럼 일을 좀 줄이도록 해라. 대체 얼마나 부려먹는 게냐."

재민의 말이 끝나기도 전에 신 회장의 면박이 떨어졌다.

"안 그래도 네 비서가 되고 나서부터 얼굴이 더 안돼 보이더구나. 일을 좀 적당히 시켜야 강 비서도 좀 쉬면서 주변을 둘러보고……"

"할아버지!"

드디어 재민의 얼굴에 짜증이 드러났다.

"아니, 비서한테 왜 그런 일을 시킵니까? 말씀하신 대로 바빠서 연애할 시간도 없다는 사람인데……"

"그런 얘긴 언제 또 했길래?"

강우가 기다렸다는 듯 끼어들었다. 보다 못한 영이 남편의 허벅지를 꼬집었지만 강우의 말을 못 들은 사람은 아무도 없었다. 잠시 침묵이 흐르고 난 뒤, 신 회장의 입술이 천천히 열렸다.

"그러게나 말이다. 바쁘다는 비서를 데리고, 그런 얘기할 틈은 있었나 보구나."

"어쩌다 보니 그런 얘기가……. 아니, 그게 아니고! 제가 알아서 할 테니 제발 아무 말씀도 마세요, 네? 특히나 강 비서 앞에서는……"

"강 비서 앞에서 무슨 말을 하지 말란 얘기냐?"

이제 신 회장도 뭔가 이상하다는 것을 느낀 듯했다.

"강 비서 앞에서 가릴 게 뭐가 있다고?"

"아니, 그런 게 아니라요, 자꾸 결혼 못 한 노총각 치워 버리려는 것처럼 말씀을 하시니까……"

"정확한 표현이로구나."

신 회장의 핀잔에 재민이 인상을 구겼다. 사촌 시동생이 안쓰러워진 영은 그쯤에서 슬그머니 재민의 편을 들었다.

"요즘은 결혼 늦게 하는 사람들도 많잖아요, 할아버님. 그리고 도련님은 늦은 편도 아닌데요, 뭐. 오히려 강우 씨가 결혼을 일찍 한……."

하지만 이번에도 신 회장은 고개를 저었다.

"일찍 한 게 아니라 적당한 때 한 거다. 그리고 일찍 하면 아이도 일찍 낳아 키우고 더 좋지!"

그렇게 영의 입을 다물게 만든 신 회장이 재민을 보며 선언하듯 말했다.

"아무튼, 내가 팔 걷고 나서는 걸 보기 싫으면 네가 알아서 결혼하도록 해라. 올해 안에!"

* * *

집에 돌아오는 길, 재민의 입에서는 한숨만 쏟아졌다. 도대체 이게 무슨 일인지 모르겠다.

"아니, 내가 뭘 어쨌다고 그렇게 결혼을 못 시켜서들……."

하지만 솔직히 말하면 요즘 들어 더 강우와 영이 함께 있는 모습이 부러워진 것은 사실이다. 게다가 쌍둥이는 볼 때마다 더 귀여워지고 있었다. 자신에게도 저런 아이들이 있었으면 좋겠다는 생각이 들 정도로.

"……그냥, 미친 척하고 말해 볼까?"

그는 저도 모르게 중얼거렸다.

어쩌면, 강 비서는 좋다고 할지도 모른다. 그리고 싫다면 또 평소처럼 싫은 대로 고개를 저은 다음, 별일 아니라는 듯 넘어가 줄지도 모른다. 그러면 계속 같이 일을 하는데도 아무 문제가 없을…….

없겠냐, 이 등신아.

재민은 스스로의 한심함에 절로 욕설이 나오는 것을 느꼈다.

사람에 대한 관심이 생기고, 그 사람에게 빠져드는 게, 이렇게 순식간에 일어날 수도 있는 일인 걸까. 불과 두어 달 전만 해도 그저 '비서'라는 존재일 뿐, 아무 의미도 없던 사람이 이렇게까지 신경 쓰일 수가 있느냐 말이다.

아니, 지금 그는 강 비서를 신경 쓰는 정도가 아니라, 일거수일투족을 좇고 그녀가 자신을 이상하게 볼까 봐 전전긍긍하며 지내는 중이었다. 매일, 매시간, 매분, 매초.

스스로 생각하기에도 정말 어이없고, 말도 안 되는 일이었다. 그런데도 그는 강 비서에 대한 관심을 끊을 수가 없었다. 끊기는커녕, 아예 하루 종일 자신의 옆에 딱 붙어 있게 만들고 싶었다.

정말 미치겠군.

강 비서. 강미주.

단순히 강 비서로만 인식되던 그녀의 존재가 강미주라는 사람으로 다가온 것도 얼마 안 된 일이다. 언젠가 함께 저녁 식사를 하면서 그녀가 '여자'라는 사실을 인식한 순간, 그리고 그녀가 강우에게 보인 미소가 불쾌해진 순간, 강미주는 이미 그에게 '그 전과는 다른 존재'가 되어 있었던 것이다.

재민의 고뇌와 번민이 시작된 것은 그때부터였다.

연애를 안 한 지 벌써 몇 년이나 지나서인지 누군가와 데이트를 한다는 생각만으로도 어색함이 느껴질 지경이었다. 게다가 강 비서는 그가 아는 누구보다도 철벽같은 방어막을 두른 여자였다. 솔직히, 어떻게 다가가야 하는지조차 감을 잡을 수 없었다. 그동안 미주의 앞에서 성질을 부려 대거나, 속 좁은 모습을 보였던 적이 수도 없이 많았기 때문에 더욱더 그랬다.

더구나 강우는 그녀에게 자신의 결혼 상대를 소개해 달라는 말까지 하지 않았던가. 미주가 속으로 자신을 어떻게 생각하고 있을지, 생각하는 것만으로도 두려울 지경이었다.

그래도 시도조차 하지 않고 포기할 수는 없으니까.

재민은 마음을 단단히 먹고 도전해 보겠다고 마음먹었다. 마음이 가는 여자가 나타난 게 몇 년 만인지 모른다. 그러니까 놓칠 수 없었다.

일단 강미주에게 부딪쳐 보고, 호응을 얻든 퇴짜를 맞든 반응을 본 후에 그다음 방향을 결정하리라. 그러기 위해서는······. 뭘 먼저 해야 하지?

밥을 사 준다고 해 볼까? 아니면 뮤지컬이나 오페라를 보러 가자고? 그것도 아니면 조용한 곳으로 드라이브나 가자고 할까? 음, 하지만 세 가지 모두 쉬는 날 휴식을 방해받는다며 거절당할 가능성이 농후했다.

그렇다면 그중에서도 가장 접근이 쉬운 밥으로 해야겠다. 밥을 같이 먹는 건 휴일이 아니라 퇴근 후 저녁때도 가능한 일이었으니까. 좋아하는 음식을 자꾸 사 주면서 호감을 표시한 다음······.

때마침 문을 노크하는 소리가 들려오자 재민은 옳다구나 고개를 끄덕였다.

그래, 오늘은 저녁 스케줄이 없으니까 바로 시도를 해 봐야겠다. 맛있는 거 사 준다고 하면 싫어하진 않겠지.

"들어와요."

미주가 조용히 문을 열고 들어와 그의 책상에 몇 가지 서류를 올려놓았다.

"전에 말씀하셨던 M&A 관련······."

"오늘 나 밥 좀 사 줄래?"

그 순간 불쑥 튀어 나간 말에 누가 더 놀랐는지 알 수 없었다. 게다가 재민은 미주가 이렇게 되물을 때까지 자신이 어떤 실수를 했는지도 깨닫지 못했다.

"······요즘 전무님의 재정 상태가 안 좋다는 말을 듣지는 못했습니다만."

저도 모르게 불쑥 나온 말에 당황하고 있던 재민은 미주의 말을 이해한 순간 눈썹을 치켜세웠다.

"재정 상태가 안 좋다니?"

"그런 게 아니라면 비서에게 밥을 사 달라고 하실 리가······."

"내가 밥을 사 달라고 했다고? 지금?"

"네. 분명히 밥 좀 사 줄래, 라고 하셨습니다."

그녀의 차분한 대답에 그의 머리도 덩달아 차분하게 식는다. 재민은 약

오 분 전부터의 기억을 되감기해 보았다. 그러자 곧 자신이 어떤 말을 했는지가 확인되었다.

젠장.

재민은 오늘도 머리를 쥐어뜯고 싶은 기분이 되어 사과를 했다.

"아니, 말이 잘못 나온 거였어. 밥을 사 달라는 게 아니라, 내가 사 주겠다는 말이었다고. 요즘 강 비서가 많이 힘들어 보인다고 할아버지가 뭐라고 하시기도 했고, 나도……."

"회장님께서요?"

아차. 횡설수설하던 그는 슬쩍 말을 돌렸다.

"어쨌든 내 재정 상태에는 아무 문제도 없어. 강미주 씨가 뭘 먹고 싶다고 해도 다 사 줄 수 있다고!"

그 말에 그녀가 무표정한 얼굴로 대꾸했다.

"전무님에 비하면 보잘것없는 연봉이지만, 저도 제가 먹고 싶은 걸 먹을 정도는 됩니다."

"아니, 지금 연봉 얘기하는 게 아니잖아."

"저도 연봉에 대한 얘기를 하는 건 아닙니다."

재민의 입이 저절로 닫혔다. 밥 먹자는 말을 잘못 꺼낸 것뿐인데, 왜 대화가 이런 쪽으로 흘러왔는지 도무지 알 수 없는 일이었다.

"이제 그만 나가 봐도 될까요?"

"어, 그래."

미주가 밖으로 나가고 나자 그는 의자 등받이에 몸을 기대며 한숨을 푹 쉬었다.

"정말, 내가 지금 무슨 짓을 하고 있는 건지 모르겠다."

결국 그날 재민은 미주와 저녁 식사를 하지 못했다. 그리고 그 후로 며칠 동안은 바빠서 시간을 낼 수조차 없었다. 어떤 날은 외부 스케줄만 계속 진행하느라 아침에 얼굴 한 번 보고 그만인 날도 있을 정도였다.

그러다 보니 재민은 기필코 미주와 밥을 먹고야 말겠다는 오기가 솟아나는 것을 느꼈다.

어떻게든 그녀와 함께 식사를 하고야 말리라. 그래서 강미주가 어떤 음식을 좋아하고, 어떤 남자 타입을 좋아하며, 결혼을 해도 정년퇴직할 때까지 회사를 다닐 것인지 확인해 볼 것이다.

그런 재민의 바람은 우연찮은 기회에 이루어졌다. 그것도 웬수 같은 사촌 신강우 덕택에.

목요일 저녁 무렵, 임원단 회의를 마친 강우가 재민의 뒤를 따라 내려왔다. 요즘 왜 이렇게 내 사무실 출입이 잦느냐는 말이 목구멍 끝까지 치밀어 올랐지만 재민은 애써 삼키며 물었다.

"곧바로 퇴근이야?"

"그러려고."

강우는 그의 사무실이 마치 자신의 방이라도 되는 양 소파에 느긋하게 앉아서 대답했다.

"오늘 영 씨도 비슷하게 끝난다고 해서, 같이 저녁 먹고 들어갈 생각이야. 할아버님께서 조금 늦게 와도 된다고 허락해 주셨거든."

결혼한 지 몇 년이 지났는데 아직도 깨가 쏟아지다니, 왜 이렇게 꼴 보기 싫은지 모르겠다. 그런데 건성으로 잘됐다고 대꾸하는 재민을 보던 강우가 갑자기 물었다.

"같이 갈래?"

"어딜?"

"저녁 먹으러."

"됐다. 너희 부부 데이트에 내가 왜 끼어? 무슨 눈치를 주려고."

"눈치는 무슨, 우리끼리 저녁 먹은 지도 오래됐는데 같이 가자. 영 씨도 괜찮다고 할 거야."

"됐다니까. 커플끼리 오붓하게 드시라고."

그러자 강우가 뭔가 생각하는 표정을 짓더니 물었다.

"커플이 부러운가 보다?"

"……무슨 그런 헛소릴."

강우는 재민의 대꾸는 아랑곳하지도 않고 말을 이었다.

"그럼 너도 커플 만들어서 같이 가면 되겠네."

"뭐?"

솔직히 말하면 그 순간 재민의 머릿속에 미주의 모습이 떠오른 건 맞았다. 하지만 강우의 입에서 그 이름이 나오자 그는 저도 모르게 인상을 쓰고 말았다.

"음, 강 비서한테 물어볼까? 급한 대로 커플을 만들어서 같이 저녁 식사를 하는 것도 나쁘지 않을……."

"무슨 말도 안 되는 소릴 하고 그래!"

"왜 말이 안 돼?"

강우는 오만상을 찌푸린 재민을 오히려 이상한 사람 보듯 쳐다보았다.

"할아버지 말씀 들어 보니까 요즘 고생이 많은 것 같던데, 이런 기회에 겸사겸사 저녁 식사 대접도 하고 그러는 거지. 그리고 너랑 둘이서 재미없게 식사하는 것보다 우리가 같이 있는 편이 좋지 않아? 강 비서도 영 씨가 있는 편이 좋을걸."

말도 안 되는 소리다. 강 비서에게 강우와 영은 오너의 가족들이었다. 그런 사람들과 저녁 식사를 같이하면서 어떻게 마음이 편할 수 있…….

그러나 재민이 혼자 어이없어하는 동안 강우는 벌써 몸을 일으켜 문을 열고 있었다. 뒤늦게 따라갔을 때는 밖에서 이런 얘기 소리가 들리는 중이었다.

"강 비서님, 오늘 퇴근 후 약속 있습니까?"

"아니요, 없습니다."

"그럼 내가 저녁 식사에 초대해도 괜찮겠어요? 신 전무가 우리 부부와 식사하는 자리에 끼어드는 건 어색해서 싫다고 하니, 강 비서님이 같이 가 주면 신 전무도 저녁 식사 자리를 조금 편하게 생각하지 않을까 합니다만."

그러자 황당하고 어이없고 기가 막히게도, 웃음기 머금은 미주의 대답이 들려왔다.

"제가 정말 가도 되는 자리인가요?"

"물론입니다. 한 번쯤 식사 대접도 하고 싶었으니까요."

"그럼 감사히 받아들이겠습니다."

"잘됐군요. 우리 영 씨도 반가워할 겁니다."

재민은 문 앞에 선 채로 두 사람이 화기애애하게 대화하는 모습을 멍하니 바라보았다. 저 유부남 신강우를 대할 땐 왜 강미주의 얼굴에 저렇게 웃음 꽃이 피어나는지 도무지 알 수 없는 노릇이라고 생각하면서.

그러나.

재민의 복장이 제대로 뒤집힌 건 그로부터 두 시간쯤 지난 후였다.

일단 시작은 좋았다. 영이 미주를 조금 과하게 반기긴 했지만, 두 여자가 친해지는 데는 오래 걸리지 않았던 것이다.

처음엔 오너의 가족을 부담스러워하던 미주도 영의 친근한 태도에 벽이 허물어졌는지, 점점 더 편안한 표정으로 변해 갔다. 그러다 보니 미주가 불 편할까 봐 신경을 쓰던 재민도 안심이 되는 것을 느꼈다.

나름 즐거운 식사 시간이 지나고 후식으로 나온 차를 마실 때였다. 영이 뜬금없이 미주를 향해 이렇게 물었다.

"미주 씨는 애인 있어요?"

"아니요, 없습니다."

"어, 설마 비혼주의인 건 아니죠?"

영의 물음에 미주는 언젠가 재민에게 들려주었던 대답을 그대로 되풀이 했다.

"아니에요. 저는 연애도 하고 결혼도 하고 아이도 낳고 살 겁니다."

그러자 영이 갑자기 핸드폰에서 쌍둥이의 사진을 찾더니 미주에게 보여주기 시작했다. 미주 역시 아이들을 보며 귀엽다고 한참 동안 감탄을 한다. 그렇게 사진 감상이 끝나자마자 영이 이런 말을 던졌다.

"어떤 타입을 좋아해요? 내 주변에 괜찮은 남자 많은데. 소개해 줄까요?"

"아니에요, 괜찮습니다."

"에이, 왜요? 바빠서 그래요?"

"그런 것도 있고……."

"그래도 좋은 사람 생기면 어떻게든 시간을 내서 만나게 되어 있어요. 일단 어떤 타입을 좋아하는지 말이나 해 봐요. 그래야 내가 더 잘 찾을 수 있지."

그 말을 들은 재민은 슬슬 기분이 상하는 것을 느꼈다.

아니, 형수님은 또 왜 저러시지? 괜찮다는 사람한테 왜 굳이…….

그런데.

영의 말을 들은 미주가 진지하게 고민하는 표정이더니 천천히 입을 열었다.

"음, 솔직히 말씀드려도 될까요?"

"그럼요."

"사심은 하나도 없이, 객관적인 이상형이니까 절대 기분 상하지 않으셨으면……."

그러자 영이 하하하 웃으며 물었다.

"아, 우리 강우 씨가 이상형이구나?"

그 순간 미주가 놀란 만큼 재민도 충격을 받았다. 그것도 보통 충격이 아니라 해머로 뒤통수를 내리치는 것 같은 강렬한 충격이었다.

뭐? 누가 이상형? 아니, 왜? 여기 멀쩡한 남자 놔두고 하필 유부남에 내 사촌인 신강우가 이상형이야?

"저기, 정말로 다른 뜻은……."

미주가 민망한 표정으로 말을 하자 영은 하나도 개의치 않는다는 듯 고개를 저었다.

"아, 오해 안 해요. 우리 강우 씨 멋있다고 하는 사람이 워낙 많아서요. 처음에는 좀 기분이 그랬었는데, 이제는 우쭐하더라고요. 이렇게 멋진 남자가 내 남편이라는 게 얼마나 기분 좋은 일인데요."

그 말을 들은 강우가 그야말로 우쭐한 얼굴이 되어 영을 보며 미소를 짓는다. 하지만 재민은 그 커플의 염장을 보며 짜증을 낼 여유가 없었다. 미주가 그런 두 사람을 정말 부러운 눈길로 바라보고 있었기 때문이다.

그다음부터는 식사 시간이 어떻게 흘러갔는지 기억도 나지 않는다. 식사가 끝난 후 웬수 커플과 헤어진 재민이 미주에게 말했다.

"타. 데려다줄게."

"아닙니다. 지하철 타고 가겠습니다."

"아직 많이 늦은 시간도 아니잖아. 할 얘기가 있어. 타."

조수석에 탄 미주에게서 불편해하는 기색이 역력히 느껴졌다. 그러나 재민은 모르는 척 야경이 좋은 스카이라운지로 차를 몰았다.

차를 타고 가는 동안 두 사람은 한마디도 나누지 않았다. 어디로 가는 거냐고 물을 법도 한데, 미주는 그저 가만히 앉아서 창밖을 내다볼 뿐이었다. 차가 멈추고 나서도 침묵이 한참 흐른 뒤에, 재민이 어색하게 입을 열었다.

"식사는 잘했어? 불편하진 않았고?"

"네. 잘 먹었습니다. 초대해 주셔서 감사합니다."

"아니, 내가 초대한 것도 아닌데, 뭐."

깍듯한 인사가 민망해진 재민이 그렇게 중얼거렸다. 그러자 뜻밖에도 미주가 피식 웃었다. 그 웃는 모습이 강우와 대화할 때 나타났던 미소와 비슷하다는 생각이 들자 울컥, 불쾌함이 치솟는다.

"신 사장이 좋은 사람이긴 하지만, 그래도 유부남이야. 너무 그렇게 감정을 드러내는 건 좋지 않아."

불쑥 튀어나온 퉁명스러운 말에 기분이 나빴을 법도 한데, 미주는 묘한 시선으로 그를 가만히 쳐다보기만 했다. 그 차분한 눈길이, 쓸데없는 소리를 한다는 질책보다 더 거북스럽게 느껴진다.

"그러니까, 내 말은……."

"이상형이 그렇다는 뜻이었어요. 정말 마음에 둔 사람이면 그렇게 대놓고 말씀 안 드리죠."

"아, 그렇지?"

안심이 된 재민이 속도 없이 그렇게 말하며 웃자, 미주도 다시 한번 피식 웃는다.

"하실 말씀이 그거였어요?"

"아니, 그건 아니고."

이번에도 미주는 어서 말을 해 보라는 듯 조용히 바라보기만 한다. 그는 미친 척하고 진심을 털어놓기로 마음먹었다. 오늘이 아니면 또 언제 이렇게 두 사람만의 시간을 가질 수 있을지 알 수 없었으니까.

"나랑, 만날래?"

"네?"

"아니, 그러니까……. 내가 강미주 씨한테 관심이 많다고."

미주의 시선이 진심이냐는 듯 그에게 깊숙이 파고들자 재민은 식은땀까지 나기 시작하는 것을 느꼈다.

"물론, 나는 강우랑은 달라. 그래서 미주 씨의 이상형과는 완전히 다르겠지만 사람이 다 이상형을 만날 수 있는 것도 아니고……."

"진심이세요?"

"당연하지."

반사적으로 대답했던 그는 미주의 얼굴에 놀람이나 당황, 불쾌함조차도 없는 것을 보고 뭔가 이상하다는 생각을 했다.

아니, 왜 반응이 이렇게 미지근하지? 고려해 볼 가치도 없는 헛소리라는 건가? 강미주한테 나는 이 정도밖에 안 된다는 거야? 내가 그렇게까지 별 볼 일 없는 남자였나? 아니면 혹시 다른 남자에게 관심이 있는 건가?

온갖 생각이 머릿속에서 휘몰아쳐서 숨까지 차는 기분이었다. 그녀는 재민이 스스로를 혼란과 절망의 구렁텅이에 목까지 파묻었을 때쯤, 가만히 입술을 열었다.

"생각해 볼 시간이 필요합니다."

……응?

그는 잘못 들은 게 아닌가 싶어 미주를 뚫어지게 쳐다보았다. 싫다는 게 아니라, 생각해 보겠다고? 내가 그렇게 들은 거 맞지?

그녀는 마치 재민의 생각을 읽기라도 한 것처럼 말했다.

"그냥 사내 연애도 아니고, 직장 상사와 만난다는 건 충분히 심사숙고해야 할……."

"그러니까, 내가 싫은 건 아니란 말이지?"

이제야 미주의 얼굴에 익숙한 표정이 떠올랐다. 그녀는 재민이 왜 그런 말을 하는지 이해할 수 없다는 얼굴로 고개를 저었다.

"그렇게 말씀드린 적 없습니다."

"그럼 그 딱딱한 말투는 그만둬."

"이건 습관이 되어서……."

"나랑 있을 때만 바꾸면 되잖아."

그렇게 말하는 동안 재민의 몸이 저절로 그녀를 향해 숙어졌다. 미주가 자신을 받아들일 생각이 있다는 것을 알게 되자마자, 그녀를 안고 싶어서 손이 근질근질한 기분이었다.

그의 움직임에 따라 뒤로 물러나던 미주가 등받이와 차 문에 어중간하게 등을 기댄 채 물었다.

"근데, 너무 가까이 다가오신 것 같은데요."

"응. 나도 그렇게 생각해."

재민은 속삭이듯 물었다.

"밀어낼 거야?"

이제 두 사람의 입술은 거의 닿을락 말락 한 상태였다. 언제나처럼 차분하고 말간 눈으로 그를 바라보던 미주가 살며시 눈을 감으며 대답했다.

"그럴 리가요."

그 대답과 동시에 재민의 입술이 그녀의 입술을 사납게 덮었다.

* * *

하아, 하아.

뜨거운 숨을 내쉬는 입술을 그대로 빨아들이자, 그녀의 손이 단단한 어깨를 그러안았다. 강우의 움직임이 격해질수록 두 사람의 몸이 물결치듯 흔들린다. 영이 있는 힘껏 그에게 매달렸다. 그녀의 손톱이 강우의 어깨에 상처를 남겼지만, 두 사람 모두 그 사실을 깨닫지 못했다.

"훗, 강우 씨……."

재민과 헤어진 두 사람은 선우 회장의 집에 들러 아이들을 데리고 돌아왔다. 쌍둥이는 엄마 아빠가 늦게 데리러 왔다며 칭얼거렸지만, 집에 돌아온 순간 언제 그랬냐는 듯 즐거워하더니 씻자마자 침대에 누워 잠이 들었다. 그리고 그 모습을 본 강우는 기다렸다는 듯 영을 안고 침실로 들어갔다.

"으음……. 하앗."

오랜만이긴 했지만, 그렇게 따지더라도 강우의 몸짓은 평소보다 훨씬 더 성급하고 거칠기까지 했다. 그러나 영은 그런 남편의 몸을 기꺼운 손길로 받아들였다.

항상 젠틀하기만 하던 강우가 이렇게 야성적인 모습을 보일 때면 그녀 역시 색다른 흥분을 느끼곤 했으니까.

"다른 생각하지 말아요."

격한 움직임을 반복하던 강우가 어떻게 알았는지 입술로 그녀의 귓불을 애무하며 속삭였다. 그 순간 몸속 깊숙이 파고드는 그의 움직임에, 영의 입에서 조금 전보다 훨씬 더 숨찬 신음이 흘러나왔다.

"아, 강우 씨……. 오늘, 너무……."

"남편을 너무 방임한 벌입니다."

"하아, 난, 그런 건……."

강우는 그 대답을 막으려는 것처럼 그녀의 몸을 으스러지도록 끌어안았다. 몸속을 가득 채운 그의 욕망에, 영의 입술에서 소리 없는 비명이 흘러나온다. 절정의 순간이 지나가고 나서도 한참 동안 강우는 그녀를 안고 놓아주지 않았다.

깜빡 잠에 빠져들었던 영이 눈을 떴을 때도 여전히 남편의 품 안이었다. 살며시 몸을 일으키려고 하자 강우의 팔이 그녀를 꽉 끌어안았다. 영은 씩 웃으며 강우의 입술에 가볍게 키스했다.

"일어나지 말아요."

강우가 다시 그녀의 몸을 덮으며 속삭였다. 영도 그러고 싶은 마음이 굴뚝같았지만, 아이들이 깰지도 몰랐다. 특히 하준이는 유독 밤에 잘 깼기 때문에, 갑자기 눈을 뜨고 엄마 아빠를 찾을지도 몰랐다.

"하준이 깨면 어쩌려고요."

그러자 강우도 별말 없이 입을 다물었다. 어쩔 수 없다는 것을 알면서도 해 본 말이라는 것을 깨닫자 그녀의 입가에 다시 미소가 떠올랐다.

"그럼 딱 십 분만 더 이렇게 있을까요?"

강우는 불만족스럽다는 것을 한숨으로 표현하며 좀 더 편한 자세로 그녀를 고쳐 안았다.

그로부터 몇 주가 지난 어느 날.

영과 강우는 평소와 다름없이 정신없는 시간을 보냈다. 쌍둥이에게 간단한 아침을 먹이고 옷을 입혀 차에 태우는 것만으로도 하루치의 힘을 다 쓴 기분이 든다.

그래도 영은 아이들을 할아버지 댁에 맡긴 다음 서둘러 출근을 했다. 회사에 도착하자마자 커피를 한잔 마시고 자리에 앉았더니 그제야 제정신이 돌아오는 것 같았다.

회사에서도 시간은 바쁘게 흘러갔다.

새롭게 작업하는 별장의 현장 답사 사진을 확인하고, 도면 설계를 시작하고, 회의를 하는 동안 하루가 순식간에 지나갔다. 가끔씩 밥보다 커피를 더 먹는 날이 있었는데, 오늘이 딱 그런 날인 것 같았다.

퇴근 시간이 되자 그녀는 또 서둘러 할아버지 댁으로 출발했다. 요즘 아이들은 그녀가 퇴근할 시간쯤 되면 거실에 나와 기다리고 있었다. 오늘도 그녀가 현관문을 열고 들어서자마자 쌍둥이의 목소리가 들려왔다.

"엄마!"

"그래, 엄마 왔다."

"엄마 왔어요!"

"멍, 멍, 멍!"

만두까지 합세한 요란스러운 인사가 끝나자 영은 아이들의 짐을 주섬주섬 챙겼다.

"할아버지, 오늘도 고생하셨어요."

"뭐가 그리 급해. 숨이라도 돌리고 가지."

"에이, 지금 가도 할 일이……."

그렇게 말하던 영은 갑자기 머릿속이 핑 도는 것을 느끼고 소파 위에 주저앉았다. 그녀의 안색이 파리해진 것을 본 선우 회장이 깜짝 놀라며 물었다.

"왜 그래? 몸이 안 좋은 게야?"

"아니, 아니에요, 할아버지."

잠깐 눈을 감고 있었더니 어지럼증은 곧 가셨다. 선우회장을 안심시키기 위해 별일 아니라는 듯 미소 지은 그녀는 오늘 뭔가 잘못 먹은 게 있었는지 생각해 보았다.

아침도 챙겨 먹었고, 점심을 대충 먹긴 했지만 어지러울 정도는 아니었는데? 커피를 너무 마셨나?

"괜찮아? 어디 안 좋은 거면 김 박사를 불러서……."

주치의를 부른다는 할아버지의 말씀에 영은 고개를 저었다. 몸 상태가 안 좋을 이유가 없으니 짐작 가는 것은 한 가지였다. 그녀는 정확히 확인한 다음 할아버지께 말씀드릴 생각을 하며 소파에서 몸을 일으켰다.

"점심을 대충 먹어서 허기가 졌나 봐요. 걱정하지 않으셔도 돼요."

끼니도 안 챙겨 먹는다는 선우 회장의 잔소리를 뒤로하고 돌아온 영은 서둘러 아이들에게 밥을 먹였다. 쌍둥이를 일찌감치 재우고 나서, 괜히 심호흡까지 한 다음 확인했더니 테스트기에 선명한 두 개의 줄이 나타났다.

왠지 모르게, 눈물이 나올 것 같았다. 알 수 없는 감동에 멍해 있던 그녀는 핸드폰을 찾아들고 강우에게 문자를 보냈다. 임신 소식을 듣고 기뻐할 강우를 생각하니 벌써부터 행복해지는 것 같다.

[보고 싶어요. 얼른 들어와요.]

그녀의 메시지에 대한 답은 곧바로 돌아왔다. 띠, 띠, 띠 하는 도어록의 전자음이 들려온 순간 영은 날아갈 듯 현관으로 향했다. 문을 열고 들어온 강우가 미안한 미소를 지으며 말했다.

"많이 기다렸어요?"

"네. 강우 씨가 들으면 기뻐할 소식이 있거든요."

"그게 뭡니까?"

영은 남편의 허리에 팔을 감고 까치발을 들었다. 그녀의 속삭임을 들은 강우의 눈이 커지더니 이내 입가에 미소가 활짝 걸렸다.

"진짭니까?"

"조금 전에 확인했어요. 내일 병원 가 보려고요."

벅찬 얼굴로 영을 바라보던 강우가 두 팔로 그녀를 감싸 안았다.

"사랑합니다, 선우영 씨. 그리고 고맙습니다."

남편의 말에 담긴 진심과 온기가 그녀의 마음을 따뜻하게 채운다. 영은 강우를 더 꼭 끌어안고 가슴에 얼굴을 묻으며 속삭였다.

"나도 사랑해요. 그리고 고마워요."